中国诗歌研究动态

第二十四辑·古诗卷

教育部人文社会科学重点研究基地
首都师范大学中国诗歌研究中心 主办

主　编　赵敏俐
执行主编　姚苏杰

学苑出版社

图书在版编目（CIP）数据

中国诗歌研究动态. 第二十四辑，古诗卷/赵敏俐主编. —北京：学苑出版社，2020.6
ISBN 978-7-5077-5943-3

Ⅰ.①中… Ⅱ.①赵… Ⅲ.①诗歌研究–中国–丛刊②古典诗歌–诗歌研究–中国 Ⅳ.①I207.22-55

中国版本图书馆 CIP 数据核字（2020）第 083673 号

责任编辑：李　耕
出版发行：学苑出版社
社　　址：北京市丰台区南方庄 2 号院 1 号楼
邮政编码：100079
网　　址：www.book001.com
电子信箱：xueyuanpress@163.com
销售电话：010-67601101（营销部）、010-67603091（总编室）
印　刷　厂：北京建宏印刷有限公司
开本尺寸：787×1092　1/16
印　　张：24.25
字　　数：380 千字
版　　次：2020 年 6 月第 1 版
印　　次：2020 年 6 月第 1 次印刷
定　　价：125.00 元

编 委 会

主　　编：赵敏俐
执行主编：姚苏杰
编　　委：（按姓氏笔画为序）

　　　　　王光明　王兆鹏　方　铭　左东岭
　　　　　刘福春　李昌集　吴伏生　吴相洲
　　　　　吴思敬　林　莽　钟振振　施议对
　　　　　钱志熙　徐　炼　黄卓越　蒋　寅
　　　　　蔡　毅

编　　务：马富丽
本期编辑：艾　欣　池　茗　高文韬　孙春晓
　　　　　展子雯

目 录

专题研究
略论《南山有台》的创作时间、主旨及礼仪功能　◇王　梦/1
王逸《楚辞章句》八字注略论　◇耿慧波/13
《楚辞·远游》"无为"观念的内涵辨析　◇李　昭/23

吟诵专题
《诗经·关雎》声情分析　◇徐健顺/35
朱自清语文吟诵资料汇编（下）　◇秦佳佳/42

论文索引与摘要
2016年中国古典诗歌研究论文索引　◇池　茗　高文韬　整理/71
2016年中国古代诗歌研究硕士论文索引　◇孙春晓　整理/178
2016年中国古代诗歌研究博士论文索引及摘要　◇展子雯　整理/196

书　评
楚史及屈赋研究的重大创获
　　——评张树国新著《出土文献与上古历史文学研究》　◇冷卫国/254
礼乐结合　诗礼相依
　　——评战学成《五礼制度与〈诗经〉时代社会生活》　◇姜国申/258

综　述
20世纪以来徐渭诗学研究述论　◇雍繁星　董天歌/265
20世纪《河岳英灵集》研究综述　◇郭睿康/280
2018年屈原与楚辞研究综述　◇周微洵/288
《楚辞·远游》作者问题研究综述　◇李　昭/297

《天问》研究综述　　◇艾　欣/309

会议纪要与综述
杜甫研究高端论坛暨中国杜甫研究会第九届、四川省杜甫学会第二十
　　届年会综述　　◇何哲涵/323
中国唐代文学学会唐诗之路研究会成立大会暨第一次学术研讨会综述
　　◇赵素文/335
2018年诗歌相关会议纪要十三则　　◇李　雯　整理/343

学人志
孙明君教授/362

诗歌中心研究动态
首都师范大学中国诗歌研究中心2018年工作总结　　◇赵敏俐/370

略论《南山有台》的创作时间、主旨及礼仪功能

◇王 梦

摘 要：《南山有台》是《诗经·小雅》中一首表达人君乐得贤人，并由此对国君和国家进行赞美和祝颂的诗。它的创作年代大约是在周公、成王之时。因为《南山有台》体现了得贤之效和美好寓意，在周代被运用于多个仪式典礼中。据《仪礼》记载，《南山有台》作为一首乐歌在乡饮酒礼和燕礼的仪式中演奏，演奏场景大致相同。在"升歌""笙奏""间歌""合乐"的四个演奏环节中，《南山有台》是间歌演奏中的一首乐歌，与《由仪》成为一组歌乐表演，具体是由堂上四工演奏出来，其中二工鼓瑟、二工歌唱。又据《左传》等记载，《南山有台》被运用于礼乐仪式中，主要是起着招揽贤者和鼓励贤臣的重要作用。

关键词：《南山有台》；创作时间；主旨；演奏场景；礼仪功能

一、《南山有台》的创作时间及其主旨

关于《南山有台》的创作时间，诗歌本身没有明说，《毛诗序》仅说："《南山有台》，乐得贤也。得贤则能为邦家立太平之基矣。"① 因此我们只能根据外证来加以推测。据《毛诗注疏》卷第九《小大雅谱》："又大雅《生民》及《卷阿》，小雅《南有嘉鱼》下及《菁菁者莪》，周公、成王之时诗也。"《南山有台》正在这个范围之内。孔颖达疏："知小雅自《南有嘉鱼》者，以《六月》序广陈小雅之废，自《华黍》以上皆言缺，《由庚》以下不言缺，明其诗异主也。《鱼丽》之序云文、武，《华黍》言与上同，明以上武王诗，《由庚》以下周公、

---

① （汉）毛亨传，（汉）郑玄笺，（唐）孔颖达疏，朱杰人，李慧玲整理：《毛诗注疏》，上海：上海古籍出版社，2013年，第874页。

成王诗也。《南有嘉鱼》云'太平'，《蓼萧》云'泽及四海'，语其时事，为周公、成王明矣。序者盖亦以其事著明，故不言其号谥焉。《由庚》既为周公、成王之诗，则《南有嘉鱼》至《菁菁者莪》从可知也，故云'下及《菁菁者莪》皆周公、成王之时诗也。'以周公摄王事，政统于成王，故并举之也。"① 由此我们可知，郑玄认为《南山有台》的创作时间是周公、成王之时，孔颖达从《南山有台》前后诗的内容及次序的角度进行分析，对此观点进行了补充说明，"小雅之次，以承文、武政平之后，继体之君，调阴阳、育万物。《由庚》，万物得由其道。《南有嘉鱼》，乐与贤也。《崇丘》，万物得极其高大也。《南山有台》，乐得贤者。《由仪》，万物之所生，各得其宜。此五篇，乐与万物得所，更相互见，明得贤所以养物也。既万物得宜，又能周及海外，故次《蓼萧》也。言万物得所，四海蒙泽，天下无事，可以饮燕诸侯，褒赐有功，故次《湛露》《彤弓》也。既见因飨燕而赐之，故先燕后赐也。既有功蒙赏，唯才是用，为天下之所歌乐。故次《菁菁者莪》也。其次如此，其作之时节则难明也。"② 根据孔颖达的论述，结合《南山有台》的序言和内容来看，这首诗描述的是国家有了"君子"之后的太平安乐的情况，全诗呈现一派祥和的气氛，它与《南有嘉鱼》歌唱宾客的欢乐，《由庚》《崇丘》《由仪》序言中所表达的万物各得其所的安适，是同一种创作心态；又与《蓼萧》《湛露》《彤弓》《菁菁者莪》内容上下相承，可见应与这几首诗产生于同一个时期，是为周公、成王之时。但孔颖达也认为，虽根据次序可得知大致时间，却无法确定具体创作时间，"小雅之中，皆无成王之言，又无即政之事，其作多在摄政之时，不可定其年月也"。③ 因此，对于《南山有台》的创作时间这一问题，我们只能得知大致范围却无法得出确论。

关于其创作主旨，一种说法是表达国君乐得贤臣，并加以任用和礼遇，最后赞美和歌颂国君福寿延年，国家繁荣昌盛。《毛诗序》曰："《南山有台》，乐得贤也。得贤则能为邦家立太平之基矣。"郑玄笺："兴者，山之有草木以自覆盖，成其高大，喻人君有贤臣，以自尊显。""只之言是也。人君既得贤者置之于位，又尊敬以礼乐乐之，则能为国

---

① （汉）毛亨传，（汉）郑玄笺，（唐）孔颖达疏，朱杰人，李慧玲整理：《毛诗注疏》，上海：上海古籍出版社，2013年，第772页。
② 同上，第773页。
③ 同上，第774页。

家之本，得寿考之福。"孔颖达疏："言南山所以得高峻者，以南山之上有台，北山之上有莱。以有草木而自覆盖，故能成其高大。以喻人君所以能令天下太平，以人君所任之官有德，所治之职有能，以有贤臣各治其事，故能致太平。言山以草木高大，君以贤臣尊显。贤德之人，光益若是，故我人君以礼乐乐是有德之君子，置之于位而尊用之，令人君得为邦家太平之基。以礼乐乐是有德君子，又使我国家得万寿之福，无有期竟，所以乐之也。"①《毛诗序》、郑玄、孔颖达都认为《南山有台》的主旨在于通过歌颂贤者，而对国君、国家进行赞美和祝颂。范处义的《诗补传》持同样的观点，作者对《南山有台》的序言和内容进行了分析："成王既与贤矣，又曰乐得贤，成王既太平矣，又曰立太平之基，何也？窃谓小序言得贤，谓成王以得贤者在朝，所以乐也，大序言太平之基，推原成王所以能立太平之基者，以得贤故也，乐与者，乐与贤者相处也，乐得者，乐得贤者为用也，能处之乃能用之，然后太平之基可立，故不能用贤，则为国之基坠，可不信哉。""贤者有益于人之国，犹草木之在山，不特为之荫庇而，且有用如此，君子得贤之助可谓乐矣，以国家言之，则本固而历数无期，名显而历数无疆，以君身言之，则为民父母而令闻无穷，遐不眉寿而令闻益着，身其康强而子孙逢吉，用贤之效有如此者。"②范氏认为《南山有台》就是歌颂贤者对国家、对国君的重要作用，因此国君乐得贤人。吕祖谦《吕氏家塾读诗记》也持此种观点："贤才之盛多如此，乐哉，王者诚可为邦家之基矣，诚可以万寿无期矣，五章反复咏叹之，乐之至也。"③其他的说法，例如孔颖达在《礼记正义》卷第六十中提出《南山有台》是赞美成王的诗，"《诗》云：'乐只君子，民之父母。'此记者引之，又申明'絜矩之道'。若能以己化，从民所欲，则可谓民之父母。此《小雅·南山有台》之篇，美成王之诗也。"④姚际恒《诗经通论》则认为，"小序谓'乐得贤'，按序以前篇《南有嘉鱼》为'乐与

---

① （汉）毛亨传，（汉）郑玄笺，（唐）孔颖达疏，朱杰人，李慧玲整理：《毛诗注疏》，上海：上海古籍出版社，2013年，第874页。
② 范处义：《诗补传》，中国诗经学会编《诗经要籍集成》第5册，北京：学苑出版社，2003年，第149—150页。
③ 吕祖谦：《吕氏家塾读诗记》，中国诗经学会编《诗经要籍集成》第7册，北京：学苑出版社，2003年，第146—147页。
④ （汉）郑玄笺，（唐）孔颖达疏，十三经注疏整理委员会整理：《礼记正义》，北京：北京大学出版社，2000年，第1877页。

贤'，此篇为'乐得贤'，与之与得，所差几何，如此说诗，不近稚乎"，"此臣工颂天子之诗"。①姚氏认为，《南山有台》并不是表现国君乐得贤者，而是一首祝颂天子的诗。事实上，孔颖达"美成王之诗"的观点，以及姚际恒"颂天子之诗"的观点，与《毛诗序》和郑玄的观点并无抵牾，郑玄《小大雅谱》曰："其用于乐，国君以小雅，天子以大雅。然而飨宾或上取，燕或下就。何者？天子飨元侯，歌《肆夏》，合《文王》。诸侯歌《文王》，合《鹿鸣》。诸侯于邻国之君，与天子于诸侯同。"②《南山有台》是用乐的诗，因此诗中的祝颂语"乐只君子，万寿无期""乐只君子，万寿无疆""乐只君子，保艾尔后"等可以通用于诸侯及天子级别的贵族身上。但是，孔颖达和姚际恒对于主旨的概括更直接而单一，他们忽视了诗中"南山有台，北山有莱""南山有桑，北山有杨""南山有杞，北山有李""南山有栲，北山有杻""南山有枸，北山有楰"对于贤者的赞美。再如欧阳修《诗本义》认为《南山有台》的诗义是描述草木生于高山上，贤才出于大国的繁荣景象，着重突出的是高山、大国的地位。王质《诗总闻》："春夏之交，草木繁茂，诗人触景生情，大率占国占家，皆当以气象观之，而其气象，古人多即草木而观，《旱麓》《皇矣》之类是也。周之草木，气象如此，则人君声华福寿岂有穷也。所以可乐也。"③他认为《南山有台》中南山和北山上的草木实指草木，是古人用来观气象的实物，而不是用来比喻贤者，诗中的草木茂盛象征着国家兴旺，国君福寿无穷，全诗表现的是对国家繁荣气象的赞美。这些阐释偏重赞美国家这一个方面，但实际与《毛诗序》、郑玄、孔颖达等观点也是一脉相承的。况且，用草木比喻贤者，《南山有台》之前的《南有嘉鱼》也可作为辅证。《南有嘉鱼》描述的是君子燕饮嘉宾的欢乐场面，第三章中的"南有樛木，甘瓠累之"，就是用茎蔓植物瓠子攀缘树木的自然现象起兴，起兴的对象"君子"和"嘉宾"应该指的就是国君和贤者，而诗中屡次用"嘉鱼""甘瓠""雏"来比喻贤者，君子用酒来招待贤者，

---

① 姚际恒：《诗经通论》，中国诗经学会编《诗经要籍集成》第27册，北京：学苑出版社，2003年，第9页。
② （汉）毛亨传，（汉）郑玄笺，（唐）孔颖达疏，朱杰人，李慧玲整理：《毛诗注疏》，上海：上海古籍出版社，2013年，第775—776页。
③ 王质：《诗总闻》，中国诗经学会编《诗经要籍集成》第5册，北京：学苑出版社，2003年，第437—438页。

体现的是国君对于贤者的渴求,以及燕饮贤者的欢乐。

还有一种说法认为是赞美宾客的诗,朱熹《诗集传》:"此亦燕飨通用之乐,故其辞曰:'南山则有台矣,北山则有莱矣。乐只君子,则邦家之基矣。乐只君子,则万寿无期矣。'所以道达主人尊宾之意,美其德而祝其寿也。"① 朱熹认为诗中的"君子"是指宾客,全诗写主人尊宾,美宾客之德,祝宾客之寿。结合《南山有台》的诗歌本身,及《诗经》中相似的祝颂之词,如《天保》《蓼萧》等,不论"乐只君子"中的"君子"是指国君还是贤者,我们赞同《毛诗序》和郑玄的观点,认为诗中祝颂的对象当是指国君,但祝颂的方式却是以歌颂国君任用贤臣为前提。朱熹主要是从《南山有台》在宴会场合中的礼乐功能角度出发来解读这首诗的主旨,《南山有台》作为在乡饮酒礼和燕礼上歌唱的诗,作为周代时国君在宴会上歌赋以嘉奖臣下的诗(《左传》中有记载,见下文),所要表达的大多是赞美贤者之情。但对诗歌创作主旨的认定,还是应更多地从诗歌本身的内容以及同一时期产生的其他诗歌所表达的主旨来加以考虑。因此,通览以上这些说法,我们认为《南山有台》的创作主旨是表达国君乐得贤人,并由此对国君和国家进行赞美和祝颂。也正因为《南山有台》体现了得贤之效,因此在周代被运用于多个仪式典礼中。

二、《南山有台》的演奏场景

《南山有台》不仅是一首诗歌,它还与《鱼丽》《南有嘉鱼》一样,同为在乡饮酒礼和燕礼上演唱的乐歌。《仪礼·乡饮酒礼》:"乡饮酒之礼。主人就先生而谋宾、介。"郑玄注:"主人,谓诸侯之乡大夫也。先生,乡中致仕者。宾、介,处士贤者……乡大夫以'正月之吉,受法于司徒,退而颁之于其乡吏,使各以教其所治,以考其德行,察其道艺',及三年大比,'而兴贤者、能者。乡老及乡大夫帅其吏与其众寡,以礼礼宾之。厥明,献贤能之书于王',是礼乃三年正月而一行也。诸侯之乡大夫,贡士于其君,盖如此云。"② 可见,乡饮酒礼是诸侯之乡大夫三年一次宾贤能之人的礼节,而这些贤能之人是由乡大夫

---

① (宋)朱熹集撰,赵长征点校:《诗集传》,北京:中华书局,2017年,第173页。
② (汉)郑玄笺,(唐)贾公彦疏,十三经注疏整理委员会整理:《仪礼注疏》,北京:北京大学出版社,2000年,第146页。

与乡先生商定,将要献于君的人选。《南山有台》是在诸侯之乡大夫宾贤能之人的仪式上演奏的一首乐歌。燕礼是古代天子、诸侯等宴饮群臣的仪式,《仪礼·燕礼》:"燕礼。小臣戒与者。"郑玄注:"小臣相君燕饮之法。与者,谓留群臣也。君以燕礼劳使臣,若臣有功,故与群臣乐之。小臣则警戒告语焉,饮酒以合会为欢也。"① 可见本篇写的是诸侯宴请臣下的仪式,燕礼的对象主要是有勤劳之功的大臣及聘问之宾,《南山有台》同样是在诸侯宴请有功之臣的仪式上演奏的一首乐歌。

据《仪礼·乡饮酒礼》记载:"设席于堂廉,东上。工四人,二瑟,瑟先。相者二人,皆左何瑟,后首,挎越,内弦,右手相。乐正先升,立于西阶东。工入,升自西阶。北面坐。相者东面坐,遂授瑟,乃降。工歌《鹿鸣》《四牡》《皇皇者华》。卒歌,主人献工。工左瑟,一人拜,不兴,受爵。主人阼阶上拜送爵。荐脯醢,使人相祭。工饮,不拜既爵,授主人爵。众工则不拜,受爵,祭饮,辩有脯醢,不祭。大师则为之洗,宾、介降,主人辞降。工不辞洗。笙入堂下,磬南,北面立。乐《南陔》《白华》《华黍》。主人献之于西阶上。一人拜,尽阶,不升堂,受爵,主人拜送爵。阶前坐祭,立饮,不拜既爵,升授主人爵。众笙则不拜,受爵,坐祭,立饮,辩有脯醢,不祭。乃间歌《鱼丽》,笙《由庚》;歌《南有嘉鱼》,笙《崇丘》;歌《南山有台》,笙《由仪》。乃合乐,《周南》:《关雎》《葛覃》《卷耳》,《召南》:《鹊巢》《采蘩》《采蘋》。工告于乐正曰:'正歌备。'乐正告于宾,乃降。"② 从这一记载中我们可以看到,在乡饮酒礼中,"乐宾"这一环节要演奏的包括四部分:升歌三终、笙入三终、间歌三终、合乐三终。其中《南山有台》是在间歌这一部分演奏。待四组诗歌都演奏结束后,"工告于乐正曰:'正歌备。'"此"正歌"即是献酬时用的指定乐歌,这说明《南山有台》是乡饮酒礼中所规定演奏的乐曲之一,表演情况可能趋于程式化。

首先来看演奏者的情况,《仪礼·乡饮酒礼》曰:"工四人,二瑟,瑟先……工入,升自西阶……工歌《鹿鸣》《四牡》《皇皇者华》。"郑

---

① (汉)郑玄笺,(唐)贾公彦疏,十三经注疏整理委员会整理:《仪礼注疏》,北京:北京大学出版社,2000年,第286页。

② 同上,第167—177页。

玄笺曰:"四人,大夫制也。二瑟,二人鼓瑟,则二人歌也。瑟先者,将入,序在前也。"① 由此我们可知,工四人,二人鼓瑟,二人歌唱。又曰:"笙入堂下……一人拜,尽阶,不升堂,受爵,主人拜送爵。"郑玄笺:"一人,笙之长者也。笙三人,和一人,凡四人。《乡射礼》曰:'笙一人拜于下。'"贾公彦疏:"云'笙三人,和一人,凡四人'者,案《乡射》记云:'三笙一和而成声。'注:'三人吹笙,一人吹和,凡四人。'《尔雅》曰'笙小者谓之和'是也。"② 由此我们可知,笙四人,三人吹笙,一人吹和。(据《尔雅·释乐》,"大笙谓之巢,小者谓之和",笙管大者十九簧,小者十三簧。)掌握了堂上四工和堂下四名吹笙者的情况之后,又据贾公彦针对"主人献工献笙"问题的讨论,我们可以推测升歌、笙奏、间歌、合乐中的大部分表演者的相关信息。贾公彦疏曰:"案此《乡饮酒》及《燕礼》同是主欢心尚乐之事,故有升歌、笙、间、合乐,及其献工献笙后间合不献,以知二节自前已得献,故不复重献。《乡射》主于射,略于乐,无笙间,唯有合乐,笙工并为,至终总献之。《大射》亦主于射,略于乐,但不间歌,不合乐,故有升歌,《鹿鸣》三终,主人献工,乃后下管新宫,不复得献,此君礼异于《乡射》也。"③ 此段论述虽是说明主人献工、献笙的问题,但我们由此知道,间歌和合乐也是由乐工和笙者这同一批人演奏的,因此主人在献工、献笙后,不献间、合。确定了表演者的情况之后,我们可以推想升歌三终、笙入三终、间歌三终、合乐三终的表演形态。先是"工歌《鹿鸣》《四牡》《皇皇者华》",堂上四工,二工鼓瑟,二工依次歌唱这三首诗。接着"笙入堂下,磬南,北面立。乐《南陔》《白华》《华黍》",郑玄笺:"笙,吹笙者也,以笙吹此诗以为乐也。"④ 堂下四名吹笙者同时依次吹奏这三首诗。接着"间歌《鱼丽》,笙《由庚》;歌《南有嘉鱼》,笙《崇丘》;歌《南山有台》,笙《由仪》",郑玄笺:"间,代也,谓一歌则一吹。"⑤ 贾公彦疏曰:"云'谓一歌则一吹'者,谓堂上歌《鱼丽》终,堂下笙中吹《由庚》续之。以下

---

① (汉)郑玄笺,(唐)贾公彦疏,十三经注疏整理委员会整理:《仪礼注疏》,北京:北京大学出版社,2000年,第168页。
② 同上,第173页。
③ 同上,第170页。
④ 同上,第172页。
⑤ 同上,第173页。

皆然。"① 由此可知，堂上四工，二工鼓瑟，二工歌唱《鱼丽》，唱完这一首，接着堂下四名吹笙者一齐吹奏《由庚》；然后堂上四工，二工鼓瑟，二工歌唱《南有嘉鱼》，唱完这一首，然后堂下四名吹笙者一齐吹奏《崇丘》；然后堂上四工，二工鼓瑟，二工歌唱《南山有台》，唱完这一首，接着堂下四名吹笙者一齐吹奏《由仪》，结束这三组诗歌的演奏。最后，"合乐，《周南》：《关雎》《葛覃》《卷耳》，《召南》：《鹊巢》《采蘩》《采蘋》"，关于合乐的演奏乐器，与升歌、笙奏和间歌略有不同。贾公彦疏曰："此一经论堂上（元缺一字）堂下众声俱合之事也。云'合乐，谓歌乐众声俱作'者，谓堂上有歌瑟，堂下有笙磬，合奏此诗，故云众声俱作。"② 又，前文中提到"笙入堂下，磬南，北面立"，以磬作为吹笙者的方位参考，由此可知，磬与笙同在堂下，合乐《关雎》《葛覃》《卷耳》《鹊巢》《采蘩》《采蘋》的时候，击磬者或许与歌者、鼓瑟者、吹笙者同时表演。此外，通过细读以上所表演诗歌的内容，我们发现，《鹿鸣》中提到瑟、笙、琴三种乐器，《关雎》中提到琴、瑟、钟、鼓四种乐器，尽管升歌中没有提到笙和琴的使用，但是合乐中也很有可能包括琴、钟、鼓这三种乐器。确定了合乐的演奏乐器，进而推测其演奏顺序，《礼记·乡饮酒义》中孔颖达疏："'合乐三终'者，谓堂上下歌瑟及笙并作也。若工歌《关雎》，则笙吹《鹊巢》合之。若工歌《葛覃》，则笙吹《采蘩》合之。若工歌《卷耳》，则笙吹《采蘋》合之。所以知然者，则《乡饮酒》云：'乃合乐，《周南》：《关雎》《葛覃》《卷耳》，《召南》：《鹊巢》《采蘩》《采蘋》。'郑云：'合乐，谓歌乐与众声俱作。'"③ 因此，《关雎》《鹊巢》为一组，堂上二工鼓瑟，二工歌唱《关雎》，同时堂下四名吹笙者一齐吹奏《鹊巢》，磬、琴、钟、鼓之声一并合之。一组演奏完毕，接以第二组《葛覃》《采蘩》，再接以第三组《卷耳》《采蘋》，皆是如此。通过以上对于乡饮酒礼"乐宾"的整个过程的梳理，我们对于《南山有台》在其中的位置及大致演奏情况有了初步的了解，它作为间歌演奏中的一首，由堂上四工演奏出来，其中二工鼓瑟、二工歌唱，是乡饮酒礼仪式中重要的一环。

---

① （汉）郑玄笺，（唐）贾公彦疏，十三经注疏整理委员会整理：《仪礼注疏》，北京：北京大学出版社，2000年，第174页。

② 同上，第175页。

③ （汉）郑玄笺，（唐）孔颖达疏，十三经注疏整理委员会整理：《礼记正义》，北京：北京大学出版社，2000年，第1907页。

据《仪礼·燕礼》记载："席工于西阶上，少东。乐正先升，北面立于其西。小臣纳工，工四人，二瑟。小臣左何瑟，面鼓，执越，内弦，右手相。入，升自西阶，北面东上坐。小臣坐授瑟，乃降。工歌《鹿鸣》《四牡》《皇皇者华》。卒歌，主人洗，升献工。工不兴，左瑟，一人拜受爵。主人西阶上拜送爵。荐脯醢。使人相祭。卒受，不拜。主人受爵。众工不拜，受爵，坐祭，遂卒爵。辩有脯醢，不祭。主人受爵，降奠于篚。公又举奠觯。唯公所赐。以旅于西阶上，如初。卒。笙入，立于县中，奏《南陔》《白华》《华黍》。主人洗，升，献笙于西阶上。一人拜，尽阶，不升堂，受爵，降，主人拜送爵。阶前坐祭，立卒爵，不拜既爵，升授主人。众笙不拜，受爵，降，坐祭，立卒爵。辩有脯醢，不祭。乃间歌《鱼丽》，笙《由庚》；歌《南有嘉鱼》，笙《崇丘》；歌《南山有台》，笙《由仪》。遂歌乡乐，《周南》：《关雎》《葛覃》《卷耳》；《召南》：《鹊巢》《采蘩》《采蘋》。大师告于乐正曰：'正歌备。'乐正由楹内、东楹之东，告于公，乃降复位。"①通过对比，我们可以发现，燕礼中关于奏乐仪式的记载几乎与乡饮酒礼中的仪式相同。其中，"笙入，立于县中"，郑玄于前文中对"县"有注释："县，钟磬也。"② 燕礼中堂下同样有磬，因此我们可以推测，燕礼中奏乐所使用的乐器当与乡饮酒礼中所使用的乐器相同。而最后的"遂歌乡乐"，其实也就是合乐的意思，郑玄笺："乡乐者，《风》也。"贾公彦疏："又《乡饮酒》注云：'合乐，谓歌与众声俱作。'彼经有合乐之字故也。此经无合乐之字，故阙而不言。其实此歌乡乐亦与众声俱作，是以彼处解合为歌，与众声俱作耳。此歌而解合，明同也。"③ 其他诸如诗歌的演奏方式、演奏顺序和乐工的分配情况应是完全相同的。因此，《南山有台》在燕礼的奏乐仪式中作为间歌演奏中的一首乐歌，与《由仪》成为一组歌乐表演，其演奏场景是堂上四工，二工鼓瑟，二工歌唱《南山有台》。

---

① （汉）郑玄笺，（唐）贾公彦疏，十三经注疏整理委员会整理：《仪礼注疏》，北京：北京大学出版社，2000年，第313—319页。
② 同上，第288页。
③ 同上，第318页。

三、《南山有台》的礼仪功能

先秦时期礼乐合一。《礼记·文王世子》曰:"凡三王教世子,必以礼乐。乐,所以脩内也;礼,所以脩外也。礼乐交错于中,发形于外,是故其成也怿,恭敬而温文。"① 又,《礼记·郊特牲》曰:"宾入大门,而奏《肆夏》,示易以敬也;卒爵而乐阕,孔子屡叹之。奠酬而工升歌,发德也。歌者在上,匏竹在下,贵人声也。乐由阳来者也,礼由阴作者也,阴阳和而万物得。"② 其中"卒爵而乐阕,孔子屡叹之",郑玄笺:"美此礼也。"孔子对于这种礼乐的美妙配合屡次加以赞美。"奠酬而工升歌,发德也",郑玄笺:"以诗之义,发明宾主之德。"歌诗以发扬宾主的德行。可见乐之于礼的巨大作用,而乐的演奏又离不开诗,因此这些诗歌就具有一定的礼乐仪式功能。《南山有台》作为在乡饮酒礼和燕礼中表演的乐歌,无疑具有特定的礼仪功能。

根据《仪礼·乡饮酒礼》的记载,贾公彦疏:"郑《目录》云:'诸侯之乡大夫,三年大比,献贤者能者于其君,以礼宾之,与之饮酒。'"③ 乡大夫举行乡饮酒礼的主要目的是为了向国君推荐贤者,根据《南山有台》诗的内容和主旨,在乡饮酒礼的仪式中演奏《南山有台》,所表达的是国君乐得贤者、赞美贤者,从而起到招揽贤者的作用。这是《南山有台》的第一个礼仪功能。

又,根据《仪礼·燕礼》的记载,贾公彦疏:"郑《目录》云:'诸侯无事,若卿大夫有勤劳之功,与群臣燕饮以乐之。'"④ 诸侯燕饮群臣的主要目的是嘉奖有功之臣,根据《南山有台》诗的内容和主旨,在燕礼的仪式中演奏《南山有台》,所表达的是国君乐得贤者、赞美贤者,从而起到鼓励贤臣的作用。这是《南山有台》的第二个礼仪功能。如《左传》记载,"襄公二十年冬,"季武子如宋,报向戌之聘也。褚师段逆之以受享,赋《常棣》之七章以卒。宋人重贿之。归,复命,

---

① (汉)郑玄笺,(唐)孔颖达疏,十三经注疏整理委员会整理:《礼记正义》,北京:北京大学出版社,2000年,第741页。
② 同上,第903页。
③ (汉)郑玄笺,(唐)贾公彦疏,十三经注疏整理委员会整理:《仪礼注疏》,北京:北京大学出版社,2000年,第145页。
④ 同上,第286页。

公享之。赋《鱼丽》之卒章。公赋《南山有台》。武子去所,曰:'臣不堪也。'"① 季武子出使宋国,得到宋国国君的赞赏和奖励,出色地完成出使任务,因此归来后,鲁国国君设享礼招待他,并为其赋《南山有台》。杜预注曰:"《南山有台》,《诗·小雅》。取其'乐只君子,邦家之基','邦家之光'。喻武子奉使,能为国光辉。"② 可见《南山有台》在这次礼仪中正体现出国君乐得贤者,赞美贤者,从而鼓励季武子的作用。《穆天子传》记载:"天子西游,乃宿于祭。壬辰,祭公饮天子酒,乃《阄(古'昊'字)天》之诗。天子歌《南山有鵽》。乃绍宴乐。"郭璞注曰:"《诗·小雅》有《南山有台》:'乐之君子,邦家之基。'以答祭公之言。然皆古字难晓,所以未详。"③《南山有台》很有可能被天子用来赞美祭公之贤。又如《左传》记载,襄公二十四年,"范宣子为政,诸侯之币重,郑人病之。二月,郑伯如晋,子产寓书于子西,以告宣子,曰:'子为晋国,四邻诸侯不闻令德,而闻重币,侨也惑之。侨闻君子长国家者,非无贿之患,而无令名之难。夫诸侯之贿聚于公室,则诸侯贰。若吾子赖之,则晋国贰。诸侯贰,则晋国坏。晋国贰,则子之家坏。何没没也!将焉用贿?夫令名,德之舆也。德,国家之基也。有基无坏,无亦是务乎!有德则乐,乐则能久。《诗》云:"乐只君子,邦家之基。"有令德也夫!"上帝临女,无贰尔心。"有令名也夫!恕思以明德,则令名载而行之,是以远至迩安……'宣子说,乃轻币。"④ 子产给范宣子的信中引用了《南山有台》的诗句"乐只君子,邦家之基",杜预注曰:"《诗·小雅》。言君子乐美其道,为邦家之基,所以济令德。"⑤ 孔颖达疏曰:"《诗·小雅·南山有台》之篇。只,美也。言有乐美之德,君子以有乐美之德,故为邦家之基本也。此诗所言,言此君子有令德也。"⑥ 由此可见,子产正是希望范宣子能够拥有美德,成为邦家之基,因此引用《南山有

---

① (晋)杜预注,(唐)孔颖达疏,十三经注疏整理委员会整理:《春秋左传正义》,北京:北京大学出版社,2000年,第1108—1109页。
② 同上,第1109页。
③ (晋)郭璞注,王贻梁、陈建敏选:《穆天子传汇校集释》卷5,上海:华东师范大学出版社,1994年,第267页。
④ (晋)杜预注,(唐)孔颖达疏,十三经注疏整理委员会整理:《春秋左传正义》,北京:北京大学出版社,2000年,第1153—1154页。
⑤ 同上,第1153页。
⑥ 同上,第1154页。

台》的诗句，引用的正是其中赞美贤者的寓意，期望起到鼓励贤者的作用。同理，孔子也用《南山有台》的诗句"乐只君子，邦家之基"来赞美子产是人君所乐求的贤者。《左传》："（昭公十三年）及盟，子产争承……仲尼谓：'子产于是行也，足以为国基矣。《诗》曰："乐只君子，邦家之基。"子产，君子之求乐者也。'且曰：'合诸侯，艺贡事，礼也。'"① 综上，《南山有台》的主旨虽是表达国君乐得贤臣，并对国家和国君进行赞美和祝颂，但运用在礼乐仪式中，大部分情况都是表现国君乐得贤者之情，突出的是得贤之效，因此能够体现出招揽贤者和鼓励贤臣的礼仪功能。

经过以上论述，我们对《南山有台》的创作时间、创作主旨、在礼乐仪式中的表演场景及表现功能有了大致的了解，虽然具体的创作时间和更细致的诗句演唱情况我们无法得知，但是不影响我们对于诗歌本身所要表达的祝颂之意与欢乐之情的感受，也促使我们继续探索《南山有台》及《鱼丽》《南有嘉鱼》等诗作为间歌被应用于乡饮酒礼和燕礼的社会背景及礼乐制度。此外，关于《南山有台》中"南山"和"北山"的考证，也仍然有待我们进一步去研究。

(作者单位：首都师范大学中国诗歌研究中心)

(编辑：姚苏杰)

---

① （晋）杜预注，（唐）孔颖达疏，十三经注疏整理委员会整理：《春秋左传正义》，北京：北京大学出版社，2000年，第1529—1532页。

王逸《楚辞章句》八字注略论

◇耿慧波

摘　要：《楚辞章句》中存在三种不同类型的评注，本文主要探讨的是以"xxxx，xxx 也/xxxxxxx 也"形式出现的具有韵律的八字注。本文分别从八字注的分布、其与散体注释的比较、王逸的注释原则与习惯和八字注的独立性等方面进行分析，探讨八字注的特点、规律，以及它和常见散体注文的区别，在综合各方面的基础上得出《楚辞章句》中的八字注未必出自王逸之手结论。

关键词：《楚辞章句》；八字注；散体注；王逸

在《楚辞章句》中，有三种不同类型的评注，除了常见的先注释词意、再诠释句意的评注方式外，还出现了一批以八个字为一组，具备一定韵律，呈现出"xxxx，xxx 也/xxxxxxx 也"形式的评注以及四字一组的有韵短注。① 其中，八字注出现的次数很多，且分布在《楚辞章句》所收录的多篇作品之中。

这个现象在很早以前就有人注意到，《四库全书总目》中有言：

> 《抽思》以下诸篇注中，往往隔句用韵。如"哀愤结缙，虑烦冤也。哀悲太息，损肺肝也。心中结屈，如连环也"之类，不一而足。盖仿《周易·象传》之体，亦足以考证汉人之韵。②

显然清代已经注意到了这种特殊的评注方式，并将其解释为"仿

---

① 白马：《关于〈楚辞章句〉评注类型研究的研究目标》，《中国楚辞学》，第18辑，第158—166页。
② 永瑢等撰，王云五主编：《四库全书总目提要》，中国台北：台湾商务出版社，1965年，第3091页。

《周易·象传》之体"。但且不说王逸做评注（而非文学作品）模仿《周易》之辞的行为是否合理，《四库全书总目》中隔句用韵的说法也并不通用于《抽思》以下散韵结合的诸篇注中。

而后现当代的一些学者也注意到了《楚辞章句》注文形式的问题，并进行过一些探讨。如查屏球先生认为，《楚辞章句》中的各类韵体注文，都是王逸的有意创造，起初是以经传分离的形态出现的。曹建国先生则认为，这些韵体类注文并不是出于王逸之手，而是后人补佚。

在同一部著作的注释中出现几种注释方式的现象确实非常少见，那么《楚辞章句》中八字注是否具备一定的规律或特点？它和一般散体注的区别是什么？而这种独特的评注方式到底是如何形成的呢？

一、八字注的分布

按照王逸《楚辞章句》的顺序来看，八字注的评注方式最早出现在《九章》当中，《涉江》中有四句八字注，《哀郢》普通评注和八字注杂出，《抽思》则以八字注居多，《怀沙》几乎没有八字注出现，《橘颂》中只有尾段采用散体评注，《悲回风》则更加散乱，散体评注和八字注交替出现。而后《远游》《九辩》以八字注为主，《远游》中还夹杂了少量的散体评注以及四字短注，《卜居》只有前三句采用八字注。《招魂》《大招》《惜誓》三篇完全又采取了散体评注的方式，随后《招隐士》则是八字注为主，杂以四字短注。《七谏》《哀时命》皆散体普通注释，而后《九怀》则几乎全篇采取了八字注注法，最后《九叹》《九思》又重新使用散体评注。

其分布如下表：

《楚辞章句》顺序	普通散体注	八字注
《离骚》	全篇	×
《九歌》	全篇	×
《天问》	全篇	×
《九章》	《惜诵》《涉江》《哀郢》《惜往日》《橘颂》	《涉江》《哀郢》《抽思》《思美人》《橘颂》
《远游》	少量	基本全篇
《卜居》	×	三句

续表

《渔父》	×	×
《九辩》	×	全篇
《招魂》	全篇	×
《大招》	全篇	×
《惜誓》	全篇	×
《招隐士》	×	基本全篇
《七谏》	全篇	×
《哀时命》	全篇	×
《九怀》	×	基本全篇
《九叹》	全篇	×
《九思》	全篇	×

整合全书可以发现，八字注的出现非常散乱，几乎没有什么规律可循。但如果《九辩》按照其在释文中的排在第二位顺序来分析，那么八字注的评注方式几乎跨越了整个《楚辞》。它分散出现在不同的篇章、不同的位置，有时和普通散体评注混杂在一起。这种现象在各类注书中极为少见。

在通常情况下，注释者在注释同一篇作品时不会变换写作格式和手法，与《楚辞章句》同时期的评注作品，如赵岐注《孟子章句》，郑玄注《三礼》，都没有类似的情况出现。从这点来看，这种现象似乎并不符合评注乃至写作的常理。如《远游》等篇全篇采用八字注法尚且可以理解，但如《悲回风》这类在同一篇章中出现不同的注释方式未免令人匪夷所思。陈松青先生论八字注时说："八字注是上下相连成块成块的出现。那种在成块的八字注中夹着个别散体注的情况极为少见"，因此陈先生认为，八字注是王逸特意追求的独创形式。① 确实，八字的评注如陈松青先生所说，大多数时候会同时排列出四句以上，即陈先生所说的"成块出现"，但这仍然无法解释它在作品整体中呈现出的散乱性。

另外，如果说王逸作八字注是有意为之，是他选取一种独特的具有文学性的评注方式，那么他所选取的采取八字注评注的篇章是否具

---

① 陈松青：《王逸注释〈楚辞〉的文学视角——〈楚辞章句〉之八字注探析》，《中国文学研究》，2003年第1期，第77—82页。

备一定的特质？例如某一部分的原文较为简单易懂，不需要解释字义，因而采用八字注，或某一部分原文较为适合王逸进行文学性发挥。从以上八字注的分布来看，含有八字注注法的篇章既有屈原的作品，也有宋玉、淮南小山、王褒等人的作品；有长篇亦有短篇；所注之处也并非全部是前篇有注或者无需散体注解释字词义的部分；有简明易懂的也有深奥曲折的，其篇章本身难以找出一个共同之处，包括王逸自己的作品《九思》采用的也是散注的方式。在何处使用八字注的问题上，我们似乎难以找到一个规律或特质。难道王逸在何处作散注？何处作八字注这个问题上是随心所欲的吗？这似乎难以令人信服。从这些方面来看，八字注的作者确实存在一定的疑点，接下来就要从八字注和散体注文的对比上来探讨这一问题。

二、八字注与散注

（一） 对经典的引用

首先，从对经典的引用上可以明显看出八字注与散体注文的区别。

《楚辞章句》八字注的注释语言大多数相对散体评注较为浅显直白，虽然采用的是韵体，但是较少引用，大多数较容易理解。如《思美人》篇中评注："言己忧思，念怀王也。竚立悲哀，涕交横也。良友隔绝，道崩坏也。秘密之语，难传诵也……"语言上少有修饰，也很少采用修辞等艺术手法。既无典故也无引语，只是单纯的陈述，并不具备很高的文学价值。反观《楚辞章句》的普通散体注文，其中有一大特点是大量引用儒家经典，引用次数最高的是《诗》《书》《论语》和《易》，① 尤其是引《诗经》做注的情况最多。如《离骚》"步余马于兰皋兮"注：步，徐行也。泽曲曰皋。诗云：鹤鸣于九皋。这就是引《诗》辅助字词解释的范例之一。就整体来看，引《诗》做注的次数最多的篇章是《九叹》。其二是《离骚》，此两篇中所引《诗经》的次数几乎占有《楚辞章句》所有引诗次数的一半。其三是《九歌》和《九章》。② 根据前文的八字注分布来看，《九叹》《离骚》《九歌》都采

---

① 孙光、徐文武：《简论王逸、洪兴祖、朱熹楚辞注释的文献征引》，《内蒙古民族大学学报》，2007 年第 6 期，第 58—61 页。

② 赵晓东：《王逸以〈诗〉注〈楚辞〉研究》，广西师范大学硕士论文，2008 年，第 19—33 页。

用了完整的散体评注，《九章》中则是混杂状态。综合看来，引诗做注的习惯大量集中在普通散体评注中，而少见于八字注。王逸所处的东汉时期，由董仲舒开始的儒学思想传播的巨大影响力仍在不断加深，王逸广泛采用儒家经典引文做注是当时的社会情况所决定的。《文心雕龙·征圣》篇曰："论文必征于圣，窥圣必宗于经"，王逸采取"宗经"的方式解读《楚辞》更符合当时社会思想的要求。因此普通散体注中大量的引用是切实合理的。黄灵庚先生说："叔师以汉之儒师解《诗》之法注《楚辞》""叔师注《楚辞》秉承汉师家法，存汉世古义，诚为文字训诂之渊薮，礼仪文献之典型，考据经义，最为精密。"① 说的正是这一类散体注文。相反，八字注缺少以《诗经》为代表的儒家经典的支持，将《楚辞》奉为"经"的王逸理当不会抛弃"宗经"的注释方式转而全部采用这种评注方式，极大程度上去降低其注文的严肃性和秩序性。

（二）作为注释的功用

其次，八字注和散体注文在其作为注释的功用上有明显的差别。

在八字注中，作者采用短短八个字（只有七个字有实际意义）来注释，它所表达的内容事实上是不够详尽的。以一个普通散体注为例，《离骚》"延伫乎吾将反"注曰："延，长也。伫，立貌。诗曰：伫立以泣。言己自悔恨，相视事君之道，不明审查，若比干伏节死义，故长立而望，将欲还反，终已之志也。"这是一个相对并不复杂的散体注释，其中按照传统散体注释的习惯先释字义，其中包括解字和引经典为训，解释作者所表达的含义和典故。而比较复杂的散体注释则有时先释表面义，再释作者引申义，另外在原句中运用了比兴等写作手法时，评注中还要将其揭示出来。遇到人名、地名往往要单独注释。有时甚至要根据作者身份背景、时代情况来解释作者这样写作的原因，偶尔还有对文章层次的说明。相比之下，八字注所揭示的内容往往会跨过字词的解释和表面义，直接阐释引申义或直接说明作者的写作原因。虽然在某些部分会对某些字词进行简单的注释，但是中间仍然缺少一些必要的注释环节，对于作者的引用、表现手法都没有充分的阐述。在某些部分，可以说并没有完全起到注释应有的作用。如《九辩》"憎

---

① 黄灵庚：《楚辞文献丛考》，北京：国家图书馆出版社，2017年，第8—9页。

愠惀之修美兮，好夫人之慷慨"八字注曰："恶孙叔敖与子文也，爱重囊瓦与庄蹻"，注中对于此处所列人物从何而来，为何如此注释，都没有进行解释，更没有注明作者的写作意图，对于帮助读者理解还不够详尽。

此外，虽然八字注大多较为浅显，但仍有一些八字注所使用的字眼比原文更加拗口难懂，最为典型的例子就是《招隐士》中的"岑崟峨嵯，云瀹郁也。嵯峨巉崒，峻蔽日也。崎岖岨岪，嵚阻窟也。"其中所用字眼生僻复杂，难以通读，不仅不能起到注释应有的作用，反而给读者增加了更多的困难。①

在这种差异比较中，散体注文作为评注的功用凸显出来，而八字注似乎已然偏离了作注的本意。

通过上述对八字注和散体注文的两方面比较，我们可以看出这两种注文存在的明显差异，八字注多处不符合正常注文的要求。

三、王逸的注释原则与习惯

再从王逸的注释原则和习惯来看这两种注文，就会发现更为明显的问题。

王逸作注有一公认的原则，即前面曾经作过注的词句就不会再次作注，没有作过注的但有注释必要的词句必然会在解释句意前先做解读。这种原则在散体注释中体现得非常明显。然而在八字注中，对于前文未作过注的很多部分也并不做详解，而在这些不加详解的八字注之后出现的一些散体注释又使人产生了一定疑惑。例如，《九辩》"前轻辌之锵锵兮"，八字注只注有一句："轩车先导，声转辚也。轻，一作轻"，并未解释轻辌何以解释为轩车，其来源出处在哪。实际上在洪兴祖《楚辞补注》中有补："《诗》曰：如轾如轩。《说文》云：辌，卧车。"②八字注未曾引用。而在《九辩》之后的《招魂》当中，有类似的句子"轩辌既低"，散注曰："轩、辌，皆轻车名"，按照注释的需求，此处的注释不应止于此。《招魂》作为一般的散体注，按照王逸注释的原则和习惯，若是在前面的《九辩》中没有对"轩辌"进行过详

---

① 曹建国：《〈楚辞章句〉韵体注考论》，《文学评论》，2010年第5期，第121页。
② 洪兴祖：《楚辞补注》，上海：上海古籍出版社，2015年，第320页。

解，在此处应该引用《诗经》和《说文》进行解读，然而《招魂》却只是简单解释了字义，这似乎意味着，在王逸注《楚辞》时，先于《招魂》出现的《九辩》中的这句"前轻辌之锵锵兮"的评注并非如现在这般简单，而曾经应当是列举和引用过经典进行过详细训释的，因此《招魂》中才不再作二次引用。

再从王逸另外一个注释习惯来看，在《离骚》等作品的散体注释中，王逸很注意录入异说，在与自己的注释有所不同的地方具有很大的包容性，将前人的注解也列入评注当中，供读者参考，大多采取"或曰""五臣云"一类的写法①，有时也会对不赞同的意见进行批驳。如《离骚》"纷总总其离合兮"，注云："纷，盛多貌……五臣云：纷，乱也。"又如"杂申椒与菌桂兮"注曰"五臣以为香木，是矣；其以申为用，则非也"。然而在八字注中，这种"存异"或者对异说留精去粗的态度不复存在。在八字注之后，能够见到的仅剩下不同版本中取字的不同。如《远游》"漱正阳而含朝霞"，八字注曰："餐吞日精，食元符也……含，一作'食'"。此注中难得地出现了详细的引言注释，引用了《陵阳子明经》中的句子，详细阐释了"六气"，并释朝霞为"日始欲出赤黄气也"。但是并没有出现其他有出处的异说。而后洪兴祖补曰："李云：'平旦为朝霞……'五臣注云'沆瀣，清露。朝霞，赤云'。"可知此处释义在不同版本的注释中存在一些差异。而八字注却并没有按照王逸的注释习惯将这些异说列出，并不符合王逸一般的注释规范。

如此看来，八字注在《楚辞章句》这个整体中并不完全符合王逸注释规范与习惯，而一些现象表明王逸本人的原注文很可能与现在所见版本不完全一致，因此我们有理由怀疑八字注并不是一开始就存在于《楚辞章句》注文中的。

四、八字注的独立性

在连续阅读结成小块的八字注后，我们很容易注意到这些注文的独立性。我们若是把八字注单独拿出来，脱离《楚辞》的原文，事实

---

① 葛文杰，王逸：《〈楚辞章句〉训诂研究》，江苏：南京师范大学学位论文，2005年，第20—32页。

上它是能够构成一个独立的篇章。

首先，八字注有它自己的规整的格式和一定的韵律，并不似一般注释一样散乱，并不是必须参照原文来阅读。以《招隐士》前半部分的八字注为例：

> 远去朝廷，而隐藏也；容貌姣好，德茂盛也；仁义交错，条理成也；岑崟峰嵯，云瀹郁也；嵯峨巇辟，峻蔽日也；崎岖闾窍，硷阻窟也；踊跃丰沛，流迅疾也；禽兽所居，至乐佚也；猛兽争食，欲相啮也；登山引木，远望愁也；周旋中野，立踟蹰也；隐士避世，在山隅也；违背旧土，弃家室也；万物蠢动，抽萌芽也；垂条吐叶，纷华荣也；年齿已老，寿命衰也；中心烦忧，常含忧也；蜩蝉得夏，喜呼号也；秋节将至，悲嗸嗷也。

以上部分以第七个字为韵脚，与七言诗颇为相似。虽然并非全篇同韵，但具备虽不严谨但相对明显的韵律，形成了中间不规则换韵的形式。如果按照七言来看，小范围内确实具备《四库全书总目》中所说的隔句押韵的特点。陈松青先生认为，有时为了谐韵，作者甚至有意识地颠倒语序①。这样的独立创作意识，让人不得不怀疑这是一篇相对独立的作品。

另外，就其基本句意来说，在脱离《楚辞》原句之后，它作为独立篇章仍然可以讲通，在删除末尾的"也"字之后，宛如一首七言长诗的雏形。此段首句交代背景，即离开朝廷而隐居。后两句夸耀自己的德行，紧接着描绘自己的隐居环境，从"岑崟峰嵯"一直到"欲相啮也"都是对环境的描绘，以如此之德行居险恶之环境，亦可读出其中的隐喻和不平之意。随后作者描绘了自身在隐居时的状态，即"愁"与"踟蹰"，坐卧不安，身在草莽而心在朝堂。紧接着，作者顺承心境，交代自己"愁"之原因——隐士避世，抛弃家园故土。此时正值春天，万物萌发，欣欣向荣，而作者自己已然垂垂老矣，心有忧虑。借景物感慨年岁已老而我心烦忧，充满了无奈与悲慨。虽然此段语言

---

① 陈松青：《王逸注释〈楚辞〉的文学视角——〈楚辞章句〉之八字注探析》，《中国文学研究》，2003年第1期，第77—82页。

不算华美，但是总的来说能够构成一个有丰富意象、充沛情感的完整作品。其独立性可见一斑。

对于《楚辞章句》八字注的独立性问题，查屏球先生提出，《楚辞章句》的韵体注文和原句并不是对应关系，而是注家根据《屈原·史记列传》所作。是注家将自己阅读后的感受以文学形式展现给读者的一种方式①。这就充分肯定了《楚辞章句》八字注与散注的区分和其独立性质。

在承认八字注独立性的基础上再考虑它作为注文的问题，我们似乎并没有充分的理由确认它是王逸有意为之。首先，王逸没有理由在作严谨的以儒家经典为标准的注释时忽然掺入自己的独立作品。其次，就现存八字注的文学性来看，虽然其中偶尔也会出现一些相对华美的语句，但基本是少数，大多数八字注处于一个较为粗直的状态。对比王逸自身的《九思》，虽然形式不尽相同，但是无论在用韵的自然程度上还是在引用的丰富性、词汇的华美度上来看，八字注的文学水平远远比不上《九思》，并不符合王逸的个人文学素养。如，《九思》中的《悯上》篇，全篇采用五字句，篇幅并不长，但是文采斐然。"鹄窜兮枳棘，鹩集兮帷幄"运用比的手法，以鹄、鹩喻人，感叹贤者不遇，小人高张。"川谷兮渊渊，山邑兮峇峇。丛林兮嶮嶮，株榛兮岳岳。"形容词丰富，且连续使用叠字，非常工整。这都是八字注中难以找到的元素。

就其独立性来看，我们很容易猜测它原本并不是作为注文出现的，且很有可能存在一个独立的作者，而如果这个作者不是王逸，那么我们现在所见到的八字注的文字就有极大的可能是后人所作，窜入王逸注释之中的。

五、结语

《楚辞章句》中的评注历来被公认是王逸的手笔，但是在同一部作品中出现如此杂乱的评注方式是足可以令人怀疑的。在至今发表的断言八字注由王逸所作的论文中，其论据大多模棱两可，并不能作为充分证明的依据。而八字注以其明显区别于散体注的特点，不仅完全不

---

① 查屏球：《文学的阐释与阐释的文学——关于王逸〈楚辞章句〉韵体注文的考论》，《文学评论》，2008年第2期，第133—138页。

符合王逸的注释态度和注释规则，无视注释体例，更难以充分起到帮助读者理解作品的作用。它将散体注的规律打破，甚至可以说扰乱的散体注本应有的连续性和秩序性。而它却以独特的艺术形式、直白的表达方式和相对明显的韵律，单独成型的含义，形成了独具一格的整体，成为一个具备独立性的作品。从这些方面我们判断，八字注有很大可能性并非出自王逸之手。王逸本身以传统的散注方式注释了《楚辞》全篇，但在流传过程中存在散失的可能性，而八字注有可能是后人所作，窜入《楚辞章句》，形成了如今八字注和散体注交替出现的局面。

（作者单位：首都师范大学中国诗歌研究中心）

（编辑：姚苏杰）

《楚辞·远游》"无为"观念的内涵辨析

◇李 昭

摘 要：《楚辞·远游》作为一份创制时间并不明确的先秦文本，其内容的生成牵涉到了战国秦汉之际复杂的思想流动背景，《远游》文中虽多袭用道家术语，但这些术语的内涵与老庄所言并非是一脉相承的关系。就"无为"一词的使用情况来看，"无为"在不同历史时期、不同言说语境下有不同的含义。《老子》书中的"无为"专就治国发言，《庄子》书中的"无为"已出现了多重意蕴。从庄子道学的"无为"到黄老道学的"无为"再到《远游》的"无为"，存在着自然之道→治国治身之道→求仙之道的交融与变质。

关键词：无为；老子；黄老道学；庄子道学；游仙文学

今人看到传世文献中"无为""虚静""自然"等用语，习惯统称之为"道家思想"。什么是"道家思想"？自魏晋以迄乎唐，或以旷逸为道，或以寂灭为道，或以飞升黄白之事为道，或以清虚玄远之谈为道。不同时代的人使用古书中的旧语，都有不同时代之新含义。后人若追溯这些术语的源头，似皆可追溯至先秦《老》《庄》旧籍。然而《老》《庄》等先秦旧籍，书不成于一时，文不成于一手，相关术语的内涵也并非一脉相承的关系。《楚辞·远游》言："漠虚静以恬愉兮，澹无为而自得。"后世学者论及此句，往往言抒情者具有"道家思想"，或称"老庄思想"，或称"黄老思想"，然而在称述这些思想时并未对其内涵所指进行说明或辨析，往往一概而论，大致指出《远游》抒情者受老子或庄子影响后便收笔，让读者有些不明所以。何为老庄思想？何为黄老思想？二者有何区别？《远游》中的"无为"与二者究竟是何关系？面对以上诸种问题，我们不应仅仅满足于浅尝辄止的读后印象，或者浑阔粗放的猜测勾勒，而应更真切、更深入地走进具体文本。汉前论道多言黄老，魏晋以降则多以老庄并称。今人要讨论《楚辞·远游》的"无为",首先应回到周秦诸子的历史语境里,结合《老》《庄》原典和史传记载进行分析。《老子》书中的"无为"与《庄子》书中的"无为"是否所言一事?黄老道学的"无为"所指为何?《远游》中的"无为"与前三者是否可以混而言之?

就此,本文试以先秦诸子原典及相关史料为依据,以"无为"为中心,回归先秦诸子时期的历史语境,对《老子》《庄子》以及黄老道学文献中涉及的"无为"概念进行梳理,进而对《楚辞·远游》中的"无为"观念加以辨析。

一、《老子》书中的"无为"观

今见《老子》五千言中共有11处提及"无为",兹按《德》经在前、《道》经在后的顺序列于下:

> 上德不德,是以有德;下德不失德,是以无德。上德**无为**而无以为,(下德为之而有以为)。
>
> 天下之至柔,驰骋天下之至坚,无有入无间,吾是以知**无为**之有益。不言之教,**无为**之益,天下希及之。
>
> 为学日益,为道日损。损之又损,以至于**无为**,**无为**而无不为。取天下常以无事,及其有事,不足以取天下。
>
> 以正治国,以奇用兵,以无事取天下。吾何以知其然也哉?天下多忌讳,而民弥贫;民多利器,国家滋昏;人多技巧,奇物滋起;法令滋彰,盗贼多有。故圣人云:"我**无为**而民自化,我好静而民自正,我无事而民自富,我无欲而民自朴。"
>
> 为**无为**,事无事,味无味。大小多少,报怨以德。图难于其易,为大于其细。天下难事必作于易,天下大事必作于细,是以圣人终不为大,故能成其大。
>
> 为者败之,执者失之。是以圣人**无为**,故无败;无执,故无失。
>
> 是以圣人处**无为**之事,行不言之教,万物作焉而不辞,生而不有,为而不恃,功成而弗居。夫唯弗居,是以不去。
>
> 恒使民无知无欲也,使夫智者不敢为也。为**无为**,则无

不治。

道常**无为**而无不为，侯王若能守之，万物将自化。

上述各章皆言圣人治事之道，《老子》文中的"无为"并非指无所作为、超脱于世，"无为"乃是圣人取天下之法。上位者以不德为有德，理论上能在德行败坏之前将恶欲消解在源头，令多事者不生事，故天下无事。圣人以无事取天下，以无为守天下，使民风朴质寡欲，有智者不敢妄为。侯王若能遵行此道，万物亦将自化，天下无不治也。仅就上述各章内容而言，《老子》文中的"无为"思想可被视作一种治理天下的方法论，圣人之"为"以"无为"为前提和核心，其中蕴含了"对社会制度与政治秩序的价值诉求"①。而在进一步讨论老子"无为"观的历史背景和理论内涵之前，我们有必要先对《老子》的成书问题加以说明。

除了传世《老子》之外，近数十年来，《老子》先后有三种出土文献。一种是1973年长沙马王堆汉墓出土的帛书残卷，分甲、乙两本，大致抄写于西汉初年。其次是1993年出土的郭店楚墓竹简本，也是残简，分甲、乙、丙三组，学者推估约抄于战国中期或稍晚。最后一种是2012年底发表的北大竹简本，凡五千二百多字，是迄今较为完好的出土《老子》古本，约抄于汉武帝时期。郭店楚简《老子》时代最早，牵涉出的问题最多。若以今本为准而言，郭店简本内容完整且与今本大致相符者只有二十三章，这便涉及究竟其时已先有《老子》完本，三组分别摘抄，还是《老子》完本乃后人继续增订所形成的问题。此为研究界一大困扰，至今未有定论②。结合先秦典籍的相关记载和出土文献的研究情况而言，目前学界关于老子其人其书的探讨大致形成如下共识：

---

① 李友广：《从"道"观念看先秦子学思想的转向》，《社会科学》，2016年第10期。
② 对此一问题的讨论情况，已有不少学者做过研究综述，具体可参见邢文编译：《郭店老子——东西方学者的对话》，北京：学苑出版社，2002年，第138—143页；冯国超：《郭店楚墓竹简研究述评（下）》，《哲学研究》，2004年第1期；王永平：《郭店楚简研究综述》，《社会科学战线》，2005年第3期；王维国：《郭店楚墓竹简〈老子〉研究综论》，扬州：扬州大学硕士学位论文，2006年；等等。

1. 历史上确有老子其人，老子生年早于孔子，孔老之间有过交往①。《史记·老子列传》中对老子年代事迹的记载前后说法不一，这并非司马迁杜撰，实为固有之疑说，史公未能裁夺而并存之。

2. 按史书记载，老子虽为春秋末年人，但《老子》一书未必在春秋末期定型，今本《老子》的形成经历了复杂的流变过程。郭店简本的出现基本否定了疑古思潮中梁启超等人"《老子》为战国晚期作品"的观点②。至于战国之时《老子》是否有定本，定本面貌如何，《老子》是否还有其他传抄本，郭店简本《老子》究竟是摘抄本还是完整本……这些问题尚待进一步考证。学者或可依据现有材料作合理之推测，但在找到更多实证之前，无法轻下断语。

3. 自春秋末以至于汉初，《老子》的文本内容处于相对不稳定的状态。就内容而言，《老子》一书并非精心谋篇、一气呵成之作，其中既有上古与时贤的格言警句作为思想来源，亦有后来者的局部补充与修改，但在思想实质上则属于老子本人的创造③。老子后学出于注释和传授《老子》的需要，或各凭己见增减其文，然"语百变而不离其宗"④，《老子》一书仍是老子思想的集中反映。就分章而言，《老子》原来并未有既定的分章次序，非独几种出土文献为然，传世文献也反映了相近的信息。韩非子《解老》篇先解《德经》"上德不德"章，而《道经》"道可道"章的解说在若干章（今本58、59、60、46、14章）之后，所引章序参差不齐。而韩非在《六危》《六反》《难三》等篇所引《老子》，又出于《解老》《喻老》之外。西汉末叶的严遵所著《老子指归》共七十二章，上经注"德经"四十章，下经注"道经"三十二章，分篇形式与帛书本相近。郭店简本的三组《老子》与传世本《老子》的文段顺序几乎完全不同，而北大本（西汉武帝前）《老子》的章序与传世本基本一致，可见《老子》文本在经历了复杂模糊

---

① 《史记·孔子世家》《礼记·曾子问》《庄子》《吕氏春秋·当染》等文中皆有孔老交往的记载，虽然孔老间谈论的具体内容，可能会融入战国时期的人所具有的思想观念，但是历史上孔老之间有过交往、老子年长于孔子的这一基本事实是不容否认的。参见聂中庆：《郭店楚简〈老子〉研究》，北京：中华书局，2004年，第13—14页。

② 关于20世纪初疑古派对老子其人其书的争论情况及郭店简本出现后学界对疑古的反思，参见徐洪兴：《疑古与信古——从郭店竹简本〈老子〉出土回顾本世纪关于老子其人其书的争论》，《复旦学报（社会科学版）》，1999年第1期。

③ 丁四新：《郭店楚墓竹简思想研究》，北京：东方出版社，2000年，第39页。

④ 余嘉锡：《古书通例》，北京：中华书局，2007年，第230页。

的流传过程之后，又由后人进行了整理重编，其分章顺序在西汉早期已经大致成型。至于今见八十一章《老子》究竟分于何时何人，学界目前偏于刘向定著说①。然而"德道本"因何变为"道德本"，以及传世河上公本与王弼注本的分章和成书问题，今人尚难确考②。

4. 今本《老子》中的"绝圣弃智""绝仁弃义"句，楚简《老子》为"绝智弃卞（辩）""绝伪弃虑"，今古《老子》相关文句的不同引起了人们对早期儒道关系的重新反思。事实上，出土《老子》文献对于先秦子学研究的价值，"主要并不在于通过它们能解决多少具体的学术史疑案，它最根本的意义，在于推动学者利用出土文献去检视和反省过去许多不假思索的问题"③，从而更深切地理解先秦古书编纂、传抄、流传过程的复杂性，今人再进行研究时能对先秦诸子思想有更加深入细致的发明阐微。

有鉴于此，我们再看今本《老子》的思想背景和理论内涵。老子所处年代久远，其书文风简约，且流传过程中历经增衍改动，今人已难见原貌。对于《老子》一书的思想背景，研究者仍以传世记载为主要参考。按史公所言，老子本为周守藏室之史，后目睹周室式微而去，在此期间也对王朝兴衰的政权命运进行了反思。文章上列十一处"无为"之论虽散见于不同章节，但其表达的观念是大体一致的，即以辩证的态度否定了通过刻意的"有为"手段去治理天下，反过来强调圣人"无为"之治的益处和功效，进而解决国家滋昏、盗贼多有的现实问题。有学者认为，老子"无为"观念实为一种功利性主张，其核心

---

① 宋人谢守灏《混元圣纪》引《七略》轶文："刘向雠校中《老子》书二篇，……定著二篇，八十一章。《上经》第一，三十七章，《下经》第二，四十四章。"目前学界以刘向定著为最早最确的说法。参见丁四新：《"数"的哲学观念与早期〈老子〉文本的经典化——兼论通行本〈老子〉分章的来源》，《中山大学学报》，2019年第3期。

② 关于"道德"两篇次序调换的原因，一说古时已有"道德"版《老子》，它与简本、帛书本分属不同系统。一说"道德"为汉末人所改，如陈成吒认为："到了汉代中后期……以治国德论为开头的结构已不适应老学的发展，而以'道可道也'章为始，以'道论'为起点的结构，可以直通养生修仙，故被调整为篇首，上下篇次序发生颠倒。"参见陈成吒《先秦老学考论》，华东师范大学2014年博士论文。关于传世本《老子》的情况，可参孙晓英：《老子传本研究》，山东大学2008年硕士论文；虞万里：《由简帛〈老子〉重论其书之形成和篇章分合》，《中国研究》，2013年第37期；刘晗：《今传王弼本〈老子〉分篇分章源流考》，《管子学刊》，2014年第2期；等等。

③ 王维国：《郭店楚墓竹简〈老子〉研究综论》，扬州大学硕士论文，2006年，第47页。

在于否定高成本的控制性统治，而倡导一种基于长远考虑的节约性统治①。"无为"主张的提出与老子对西周敬德之治的反思密切相关，统治者在实际统治的过程中，往往会面临控制越强、抵触越大、越治越乱的悖论，而作为功利主张的"无为"，就是化解此德治悖论的道家方案。换言之，老子对西周末期社会发生巨变的原因进行了反思和总结，认为"天下多忌讳，而民弥贫……盗贼多有"，而"无为"正是老子针对上位者执政问题所提出的一种抽象的解决方案，即要侯王效法圣人，处无为之事，行不言之教，不主观妄为，少私寡欲，使万物自然归于不争不扰、平和有序的状态。然而，就现实而言，西周末期王权旁落，周王室对政策的掌握权几乎完全落入地方诸侯之手，不同诸侯国之间纷争竞起，诸侯国内亦有诸公子继位夺权、大夫家臣犯上作乱等种种矛盾。事实上，即便人们已经提前通过历史经验获晓了"有为"之治会导致的诸多社会问题，但在具体的政治生活中依然无法轻易做出有效改变，更不要提让在位者在复杂的现实背景下去实践古早时期的圣人"无为"之治。《史记·太史公自序》曰："春秋之中，弑君三十六，亡国五十二，诸侯奔走不得保其社稷者不可胜数。"历史无法回归原点，老子提倡的"无为"理念也无法融洽于当时的政治现实中。

综上，《老子》文中的"无为"观念既是老子对旧时圣人治世之道的提炼与总结，也是老子针对现实背景下的社会问题提出的一种解决方案，其中蕴含了对西周王朝历史兴衰的反思和对圣人无为之治的认同与向往。比老子稍晚的孔子，以及老子弟子关尹子、文子等皆受老子影响，老子的"无为"观念在此后不断传承。

到了战国中后期，诸子百家之学兴起，与"儒分为八、墨离为三"的学派分野相似，道家学说在传承的过程中也大致分出了两脉体系，一脉是牢牢扎根于政治权术，注重实际功利的黄老道学；一脉是力图摆脱现实功利，追求逍遥自得的庄子道学。在这二者混沌交融的中间地带，还蔓延着一股行气养生、炼形归神的登仙思潮。不同学派视域下的学者对老子的"无为"观念都有不同角度的再阐释，各家思想在碰撞间相互吸收，彼此互补，道家"无为"的理论内涵也因之不断丰富。

---

① 李巍：《德治悖论与功利思维——老子"无为"观念的新探讨》，《哲学研究》，2018年第12期。

就《远游》而言，《楚辞·远游》中的"无为"和《老子》书中的"无为"并不在同一个理论维度内。尝有论者言《远游》作者受老子思想影响，可实际上，老子和《远游》作者之间隔着战国百家观念混溶的思想鸿沟，《远游》中的"澹无为而自得"更多表现了抒情者弃世忘身的登仙意识，这种意识与之后黄老道学和庄子道学的发展有着更加密切的关系，而与老子相距甚远。要了解《远游》中的"无为"观，还需对后两者的内涵加以深探。

二、黄老道学与庄子道学视域下的"无为"观

"黄老道学"是战国之后产生的托黄帝、宗老子而又兼取百家的道家学派。若溯其源流，最早可追至黄帝，但发生影响，还是集中在战国，尤其在齐国稷下。按《史记·田敬仲完世家》载："宣王喜文学游说之士，自如驺衍、淳于髡、田骈、接舆、慎到、环渊之徒七十六人，皆赐列第，为上大夫，不治而议论。是以齐稷下学士复盛，且数百千人。"在上述几位稷下学者中，"慎到，赵人。田骈、接舆，齐人。环渊，楚人。皆学黄老道德之术，因发明序其指意。"（《史记·孟子荀卿列传》）除了齐国稷下学者之外，三晋法家亦多学黄老。《老子韩非列传》载："申子（申不害）之学，本于黄老而主刑名。"荀子弟子韩非"喜刑名法术之学，而其归本于黄老。"由此可见，黄老道学最迟在战国中期已经产生，因稷下学宫这一特殊的学术交流环境，辐射层面广大。史书谓稷下学者"各著书言治乱之事以干世主"，为了让自己的学说更好地适应君主治理时政的需要，黄老道学逐渐呈现出道、儒、墨、名、法、阴阳等各家学说交融的状态，并以这种兼容百家的状态传播和盛行于秦汉之际。

就文献而言，今见传世黄老文献资料的情况尤其复杂，目前传世本《管子》和马王堆出土的黄老帛书被学界视为最重要的黄老政治哲学之渊薮，而《庄子》（特别是外、杂篇中的相关篇什）、《吕氏春秋》《淮南子》《鹖冠子》等先秦旧籍也多被视作深受"黄老道学"浸淫的产物。仅就《管子》和《庄子》来看，《管子》书见"无为"11次，《庄子》内篇见"无为"8次，外杂篇见"无为"59次，这些"无为"术语的内涵并不单一。上文说过，《老子》文中的"无为"原指一种抽象的治国理念，是圣人取天下之法，而《管子》文中的"无为"又多

了一层内在"心术"上的体验。《管子·心术上》曰：

> 人之可杀，以其恶死也；其可不利，以其好利也。是以君子不休乎好，不迫乎恶，恬愉无为，去智与故。
> 故曰：心术者，无为而制窍者也。故曰君。

何谓"心术"？简单来说，"心术"是指用心的方法，特别是"使心保持清静虚素的境地的修养方法"。郑开先生指出，"如果说'主术'是黄老学的'外王'之学，那么'心术'就是其'内圣'之学。"就《管子·心术》而言，黄老学的心术，作为方法（术），是指心性论意义上的方法，具体是指一种克制嗜欲、自控感官的方法，心术的根本原则就是"无为而制窍者也"。①

在上文当中，"无为"并非指圣人治国之道，而是指一种君子的内在修养，即"不休乎好，不迫乎恶"。《心术上》言"虚其欲，神将入舍；扫除不洁，神乃留处"。这便是达到"无为"之境具体方法，即要求个人心灵达到"道"的境界，少私寡欲，这实际又与圣人治国之道同归。诚如郑开先生所言，《心术上》文本脉络不怎么连贯，但总的意思比较清楚，其特点就是把治身与治国匹配进来，形成某种理论上的同构关系，以表明身与国、主术与心术之间的同构关系。换言之，在黄老道学的视域下，"无为"不再是一种仅仅局限于政治语境的治国理念，它开始融进个人的生命体验，进而再返归于政治实践。当然，这个"个人"的范围是有限的，黄老道学旨在向帝王陈述治乱之道，由"圣人无为"推论"君子无为"，对民并没有特别要求。

在庄子道学的视域下，"无为"一词蕴含的个人生命体验感更加强烈。《庄子·逍遥游》结尾云："今子有大树，患其无用，何不树之于无何有之乡，广莫之野，彷徨乎无为其侧，逍遥乎寝卧其下。"这里的"无为"，主要是以"至人无己、神人无功、圣人无名"为中心，指人们在舍弃立功立言的功利目的、消去各家思想上的是非成见后，达到的一种自然、逍遥、无所待的生存状态。在"百家殊业，皆务于治"的时代背景下，庄子的《逍遥游》是一个突变的异类，它无意融入纷

---

① 郑开：《试论黄老政治哲学的"内圣外王之道"》，《湖南大学学报（社会科学版）》，2019年第2期。

乱的战争背景和喧嚣的政治语境，相反，这里的"无为"指向一种内在的安宁。庄子道学的"无为"观念既不同于老子，也不同于黄老道学，它是一种诉诸内在生命体验的精神境界。

除了《逍遥游》外，《庄子》内篇《大宗师》及外、杂篇的相关篇什中还有许多"无为"之论，但内涵并不都与《逍遥游》相似。如《庄子·天道》篇言："夫虚静恬淡寂漠无为者，万物之本也。明此以南乡，尧之为君也；明此以北面，舜之为臣也。以此处上，帝王天子之德也；以此处下，玄圣素王之道也。以此退居而闲游，江海山林之士服；以此进为而抚世，则功大名显而天下一也。"这里的"无为"之旨与上述黄老道学相近，"无为"作为一种"帝道"又被拉回到政治功名的语境里，在治身之道与治国之道之间建立了同构关系。又如《庄子·刻意》篇言："就薮泽，处闲旷，钓鱼闲处，无为而已矣。此江海之士，避世之人，闲暇者之所好也。吹呴呼吸，吐故纳新，熊经鸟申，为寿而已矣；此道引之士，养形之人，彭祖寿考者之所好也。"在这里，庄子逍遥无为之旨被打上了"避世"的标签，文中同时又将"无为"视作养身之道，"无为"和"吹呴呼吸，吐故纳新"的道引（导引）养形等事有了联系。按史书所记，庄子与梁惠王、齐宣王同时，时值稷下学兴盛时期，百家思想在此之间碰撞交融，学者或称庄子受黄老影响，或称黄老吸收庄子思想，这两组过程基本是同时进行的。几乎同一时期，"服食求神仙"之风尝盛极一时，齐威、齐宣、燕昭都有求不死药的狂热，而辟谷道引（导引）以"养形""为寿"者大概也相当风靡，这种求仙风潮一直蔓延到秦汉。《史记·封禅书》言："自齐威、宣之时，驺子之徒论著终始五德之运，及秦帝而齐人奏之，故始皇采用之。而宋毋忌、正伯侨、充尚、羡门高、最后皆燕人，为方仙道，形解销化，依于鬼神之事。驺衍以阴阳主运显于诸侯，而燕齐海上之方士传其术不能通，然则怪迂阿谀苟合之徒自此兴，不可胜数也。"事实上，今见《庄子》一书同样经历了复杂的流传过程，期间或杂入秦汉人手笔也未可知，因《庄子》一书不成于一时一手，故外、杂篇作品往往呈现出一种"黄老庄"三者杂糅的特性。

在稷下学宫这一独特学术环境背景下，战国学者的思想变迁往往呈现出一种"你中有我，我中有你"的混容状态：看似文辞相仿，实则内涵相差万里；观点看似水火不容，思想背景又有联系。综合上文来看，黄老道学主要为君政服务，同时也兼顾君子修身，故此视域下的"无为"观念仍与政治语境密切相连，前者即治国经世的原则，后者乃颐养身心的方法，黄老道学力求在治国之道和治身之道间实现一种内在平衡。而庄子道学视域下的"无为"观念作用于内在精神，在一定程度上与黄老道学注重内在"心术"修养同质，只是庄子"无为"更偏向于个人生命体验，它摒弃了功利，与现实政治语境背离，因而也被视为避世之谈。相较而言，黄老道学因其容纳百家的特性，涵盖的理论范畴更加广阔，它在吸收庄子道学的同时又对其进行改化，并为后代学者继承，导致今见《庄子》文献杂糅不齐，不同篇什涵盖了多种来源不同的思想。可以看出，一旦回归现实政治语境中，"无为"一词往往会添上一层实用色彩，这种实用色彩一方面体现在帝道的实践，即"帝王无为而天下功"（《天道》），后来发展成汉人所讲的"人君南面术"。另一方面还体现在个人肉体的实践，即道引之士宣扬的"服食行气，吐故纳新"的神仙导引术，《楚辞·远游》篇中的"无为"观就蕴含了这种神仙导引术的具体实践。

三、《楚辞·远游》中的"无为"观

前人言《远游》作者具有老庄思想，或言《远游》作者具有黄老思想，多是因《远游》与《庄子》相关篇目中的文辞高度相仿，其中"精气""形神"之说也与《管子》及后出的《淮南子》多有相似之处。具体而言，《远游》曰：

> 神倏忽而不反兮，形枯槁而独留。内惟省以端操兮，求正气之所由。漠虚静以恬愉兮，澹无为而自得。闻赤松之清尘兮，愿承风乎遗则。贵真人之休德兮，美往世之登仙。与化去而不见兮，名声著而日延。

> 形穆穆以浸远兮，离人群而遁逸。因气变而遂曾举兮，忽神奔而鬼怪。时仿佛以遥见兮，精晈晈以往来。绝氛埃而淑尤兮，终不反其故都。免众患而不惧兮，世莫知其所如。

就文辞来看，《远游》篇吸收了《庄子·大宗师》《天道》《天地》等篇什的内容，并以楚辞体的形式进行转述。就内容而言，《远游》篇的抒情主人公并不是以"远游"为疏解情绪的临时手段，而是旨求以形神分离的"丧我"之法超脱现世。通过端正内心、炼形归神的方式切实修得"正气"，最终乘风登仙，使身心获得永恒的解脱。相比之下，《天道》篇中的"虚静无为"具有一层鲜明的政治功利色彩，而《远游》篇中的"虚静无为"则又多了一层求仙意识。《远游》抒情者相信，通过沐浴发肤、餐霞饮泉、服玉除秽之类的"修道"行为，他的面容可以逐渐焕发光泽，精神可以变得纯粹专一，身体也能够恢复强壮。不仅如此，在经历了一番烁铁熔金般的体质修炼后，他的神魄最终可以自由地穿梭于天地之间，做到真正意义上的"绰约若仙子"。由此看来，《远游》虽然化用了《庄子》的言辞作为理论外壳，但它的实践核心不在于师法自然的"道"，而在于飞升脱俗的"仙"。在问道者那里，前者主要作用于意识领域，并不涉及现实操作，而后者却能落实到具体的身体修炼上。常森先生认为："仙观念与信仰的产生不晚于庄子，《庄》学在体系建构中虽汲取了它们一部分启发，而归趋却大异；更主要的一面，显然是神仙学说攫取、化用了《庄》学各派的观念与架构，营造了一个兼有理论和实践的完整体系，《远游》正是这一方面的重要结果与经典之作。"① 从《庄子》到《远游》，经历了"《庄》学整体上世俗化、神仙化为仙道的历时性过程。"这一过程的展开与秦汉时期神仙思潮的蔓延对接到一起，突破了战国黄老道学以及传统儒家的政治观与人生观，对世人的价值取向和内在信仰产生了深刻影响。

  由于言语的符号性超过了它承担的思想本身，使得一些论者见到《远游》中的"虚静""无为"等道家术语，就直接把它们和老庄、黄老等思想画上等号，笼统言之为道家思想，而未加以细分。事实上，"虚静""无为"虽是源自老、庄的道家术语，但后人往往不是依照老、庄思想的原意来使用它们，而是根据自己的言说目的改变了这些术语原本承担的思想内涵。结合上下文内容来看，《远游》篇中的"漠虚静以恬愉兮，澹无为而自得"更像是一种口号式的宣言，是抒情者确实进行了"内省以端操"这一环节的证明。抒情者"虚静无为""离人群而遁逸"的最终目的不是要反归到自然本真的生存状态，也不是要去治国治天下，而是要远离故都、出世成仙。如此一来，既能避免凡尘

---

① 常森：《屈原及楚辞学论考》，北京：北京大学出版社，2016年，第573页。

中的诸多祸患,又能永世留名。《楚辞·远游》以超脱人世、游天登仙为主题,是我国古典游仙文学的奠基之作。如果说黄老道学的理论核心是要在治国与治身之间建立同构关系,那么《楚辞·远游》的出现实际意味着现实政治与个体生命的脱离与解构,《远游》篇中的"无为"从政治哲学泛论的语境中返归到了个人的精神诉求。《远游》作者为读者勾画了一幅美好的升仙游天图景,在经历了一段"经营四方,周流六漠"的愉快旅途之后,抒情者心中时运不济的悲苦、去国离乡的哀愁都得到了有效安抚,天上地下再没有他的限制。最终,抒情者泯灭了视听、消融了时间,在无为之境内得以永存。以此为始,后世文人开启了绵延千年的游仙文学之路,意在与困厄多难的现实世界诀别,追求生命的自由与永恒。

综上,《楚辞·远游》作为一份创制时间并不明确的先秦文本,其内容的生成牵涉到了战国秦汉之际复杂的思想流动背景。前代学者在研究《远游》与道家老庄、黄老、淮南等思想关系的过程中,尚没有辨析清楚相关思想观念发生形成的次第,没有把它们放到现实政治立场和文本上下语境中进行细致考察。《老子》《庄子》内容驳杂不一,"无为"在不同历史时期、不同言说语境下有不同的含义。《远游》虽多袭用道家术语,但这些术语的内涵与老庄所言并非是一脉相承的关系。从庄子道学的"无为"到黄老道学的"无为"再到《远游》的"无为",存在着自然之道→治国治身之道→求仙之道的交融与变质。在"学黄老以干人主"的学术大背景下,《远游》实际上是一种边缘化的产物,它的出现意味着个体生命诉求与现实政治语境的脱离,也正是从这里开始,文学有了自己的呼吸。

(作者单位:首都师范大学中国诗歌研究中心)

(编辑:姚苏杰)

《诗经·关雎》声情分析

◇徐健顺

摘　要：对于《诗经·关雎》的诗旨讨论，众说纷纭，但是并没有从声音的角度对其含义进行剖析。先秦的诗歌在诞生之初，便与声音息息相关，通过细致的声韵分析，《关雎》作为周朝雅乐的教化功能得以体现，也可探触一些它的真实面貌。

关键词：关雎；声情分析；依韵分章；周朝雅乐

一、历代争论

《史记·外戚世家》赞《诗经·关雎》为"夫妇之际，人道之大伦"，然而对于其诗旨的阐释，历来众说纷纭。

《韩诗外传》引孔子之言曰："大哉！《关雎》之道也，万物之所系，群生之所悬命也……天地之间，生民之属，王道之原，不外此矣。"孔子重视诗教，他重编《诗经》，为周代贵族子弟提供了学习的模本。然而后世对《关雎》一诗，作了多方面的阐发，并不拘泥于"诗教"角度。

第一，后妃之德说。此说源自《毛诗序》云："《关雎》后妃之德也。风之始也，所以风天下而正夫妇也……是以《关雎》乐得淑女以配君子，忧在进贤，不淫其色……是《关雎》之义也。"这一说法将《关雎》当作是教化天下、匡正夫妇关系的华章。在此基础上，东汉郑笺云："后妃觉寐则常求此贤女，欲与之共己职也。"将君子淑女（君王后妃）说引申为后妃求贤女之说。这两种说法在古代是主流，强调的是《关雎》的政治道德教化功能。

第二，男女情歌说。新文化运动以后，一大批受到西方文学理论影响的著名学者纷纷打破《诗经》神圣经典的包袱，如胡适的《谈谈诗经》说"《关雎》完全是一首求爱诗……这完全是初民时代的社会风气,并没有什么稀奇。"① 胡适从纯文学的角度进行学术研究,将《关雎》解释为求爱歌,其影响极为深远,打开了后世多角度研究之路。情歌说得到了广泛的认可和接受,例如程俊英和蒋见元(《诗经注析》)、余江(《〈关雎〉诗旨辨说》)等人,都支持这一说法。

第三,婚歌说。最早明确指出的是清人姚际恒,他在《诗经通论》中说:"此诗只是当时诗人美世子娶妃初昏之作。"此说影响也十分广泛,郑振铎(《中国俗文学史》)、余冠英(《诗经选》)等人都赞同此说。

第四,其余诸说。有翟相君的《〈关雎〉是求贤诗》、谭卫宁的《〈关雎〉是一首思妇诗》、黄维华的《三月成妇祭之歌——〈关雎〉别解》,等等。现代学者或从新出土的文献入手,或采用了新的文学理论,对《关雎》进行了多维度探讨。

众多学者从不同角度探讨《关雎》诗旨,均有道理,却都未从声音角度入手来对其含义进行剖析,令人遗憾。正如傅毅《舞赋并序》提及宋玉之语:"臣闻歌以咏言,舞以尽意。是以论其诗,不如听其声;听其声,不如察其形。"先秦时期的舞蹈已经无法考证,但是其声音通过吟诵的方式保留了大致面貌。接下来笔者将对《关雎》进行声情分析,从新的角度来研究《关雎》的内涵主旨。

二、依韵分章

"《诗经·国风》都是歌诗,可配乐演唱。"② 先秦时期儒家弟子们"诵《诗》三百,弦《诗》三百,歌《诗》三百,舞《诗》三百"(《墨子·公孟篇》),将诗乐舞融为一体。我们之所以要重视《诗经》的声音,是因为它是口头创作的。《毛诗序》云:"诗者,志之所之也。在心为志,发言为诗。情动于中而形于言,言之不足故嗟叹之,嗟叹之不足故永歌之,永歌之不足,不知手之舞之足之蹈之也。"在《诗经》诞生之初,便具有了音乐属性,其声音的重要性不言而喻,作声情分析也是必要的。

---

① 顾颉刚等:《古史辨》(第三册),上海:上海古籍出版社,1982年,第580页。
② 李炳海:《〈诗经·国风〉生成期的演唱方式》,《中州学刊》2008年第1期,第211页。

《诗经·周南·关雎》一文如下：
> 关关雎鸠，在河之洲。窈窕淑女，君子好逑。
> 参差荇菜，左右流之；窈窕淑女，寤寐求之。
> 求之不得，寤寐思服。悠哉悠哉，辗转反侧。
> 参差荇菜，左右采之；窈窕淑女，琴瑟友之。
> 参差荇菜，左右芼之；窈窕淑女，钟鼓乐之。

该诗一共五节，每节四句，这种章法在《诗经》中非常罕见，因而在分章上便有了不少分歧。此诗依韵分章，便是由于韵对于诗歌无比重要，因为它占了诗歌时长的四分之一到二分之一的比例，决定了诗歌的基本情调。况且押韵、拖韵和日常生活语言不同，读者听时就会关注到这个不同，从而体会韵的含义。汪烜《诗韵析》给平水韵每个韵的情绪含义都做了四字评语，如十一尤韵便是"潇洒风流、素女悲秋、婉转优悠"。

古人作诗是非常重视押韵的。正如《蕙风词话》所云："作咏物事词，须先选韵。"又如《宋四家词选目录序论》中所说："东真韵宽平，支先韵细腻，鱼歌韵缠绵，萧尤韵感慨。各具声情，莫草草乱用。"可见其作诗选韵的谨慎。押韵就相当于音乐上的主干音，押尾韵则会在长主音的基础上，继续加强结束感，所以汉语诗歌的节奏、句子的独立性比较强。英语诗歌、苗语诗歌等等，都是旋律比较悠长，纠缠连绵，而汉语诗歌的节奏，旋律以乐句为单位比较独立，所以很短的句子，就可以表达独立而丰富的含义。从语言的角度来说，押韵就是把一个韵的声音拖长放大，让你体会这个声音的含义，它里边的情绪。

《关雎》并非一韵到底，古体诗经常换韵，换韵往往就表示情绪的转换，因而换韵的地方往往就是段落划分的地方。因此，将古体诗《关雎》依韵分章是符合传统的作诗习惯的。该诗根据换韵，可分为四节，分别押平、入、上、去四韵。押韵的字分别是：鸠、洲、逑、流、求；得、服、侧；采、友；芼、乐。"参差荇菜，左右流之。窈窕淑女，寤寐求之。"按理说押尾韵那应该是尾字"之"押韵，只是"之"在这里是语气词，无实际意义，与《楚辞》中的"兮"类似。第三个字押韵的情况在《诗经》中十分常见，如之字脚的《召南·摽有梅》《卫风·河广》、兮字脚的《王风·采葛》《郑风·子衿》等等，王力

吟诵专题

在《诗经韵读》中列举了14种不同虚字脚的情况①。因而此处真正的韵是"流"和"求"。

这首诗，一二三四句押的是平声韵，五六句押的是入声韵，七八句押的是上声韵，九十句押的是去声韵。在这么短的篇幅内，平上去入，四个声调全都用到了，换了三次韵，是非常独特的。

三、声情分析

《关雎》的前两节采用的是平声韵。"关关雎鸠"一句，一般课本大多只讲两层意思——关关是雎鸠鸟的叫声以及雎鸠鸟是爱情忠贞的象征，只讲字义，不管音义。实际上，"关关雎鸠"还有一层意思，"鸠"是韵字。这首诗前八句都是这个韵，属上古幽部（依据王力《诗经韵读》拟为 u）。根据吟诵规则，将会有一半的时间都在唱"i—o—u——"，需要人们关注它们的含义。更何况"关关雎鸠"是四连平，根据规律平长仄短，再加上韵字拖长，此句变得更加绵长。今人常把"关关雎鸠"念得短促响亮，或许更符合鸟类的发音，却不符合君子的心情，君子的求爱之声是温柔而不绝的。"在河之洲"是三连平，"洲"也是韵字，声音的拖长表明了河洲之远，也许是指淑女所居之处远，也许是虚指淑女的心离得远，在此不妄加揣测。但前两句八个字七个字都是平声字，还有两个韵字，不能不关注。"窈窕淑女"用了三个上声，上声在上古表示细小亲密，可见主人公的欢喜之情。

开篇八句是以君子为第一人称来歌唱的，暗合君子的口吻和心情。幽部的具体读音，各家构拟有异，例如王力在《汉语史稿》把幽拟为"əu"，后改为"u"，陆志伟拟的主要元音为"w"，董同龢拟的主要元音为"o"。我们无法断定它在上古的真正读音，但是可以根据各家的结论进行归纳总结，它大致是闭口音，呈橄榄形。首先是长，有变化但是开口度不大，但是它又不是完全闭死的。又平又长但里边又有些微的变化，因而会给人一种舒缓、柔软、悠长的感觉。

这个音本身具有含义，在诗歌中又被拖长，其声音的意义进一步被放大，用温柔缠绵的感觉来表示相思。《诗经》中同为幽部的诗句还有"南有乔木，不可休思；汉有游女，不可求思"（《周南·汉广》）；

---

① 王力：《诗经韵读》，上海：上海古籍出版社，1980年，第36—41页。

"抱衾与裯，寔命不犹"（《召南·小星》）；"泛彼柏舟，亦泛其流。耿耿不寐，如有隐忧，微我无酒，以敖以游"（《邶风·柏舟》）；"执子之手，与子偕老"（《邶风·击鼓》）等等。它们有的是相思之情，有的是忧愁，有的则是爱意，但都具有绵长而不断的情感特点。

通过这个韵可以感知淑女给君子的感觉，以及君子初恋上淑女后的感觉。诗中讲述君子遇到一位淑女，决心追求她，可《关雎》却采用的是平声的幽部韵。在这里就要思考：为什么？君子在先秦典籍中多指国君之子，强调地位的崇高，后来才引申为有德之人。如《周易·乾》云："九三，君子终日乾乾，夕惕若，厉无咎。"《关雎》中的君子指的是贵族，他从小肯定见过诸多各有千秋的姑娘，他独独喜欢这个淑女，是因为淑女给他的感觉是不一样的，他思念淑女的时候，心里的感觉就是"i—o—u——"。这是一个平静的但是又是很复杂的声音，只有见到这个姑娘，思念这个姑娘，他的内心世界就是安宁而舒缓的，他的爱并不撕心裂肺，却绵长不绝。这就是最好的女子——淑女，她来到你的世界，就让你的内心世界井然有序，一切各安其位，再无紧张慌乱与痛苦，君子由此看到了美好的未来，于是决定追求她。所以，用平静而悠长的平声韵，就是东方的爱情，而且是周代贵族的爱情。在这份爱情中，淑女的外貌与身材君子都不在乎，君子在乎的是她的品德，在乎的是她能带来的平长而变化丰富的内敛的感觉。所以《毛诗序》说这诗是"后妃之德"，其实也不无道理。

该诗的第三节转为入声韵，同属职部。在北方方言中，入声字已经消失，但是南方方言还保留了许多入声字，其发音特点为短促顿挫，在诗歌中便尤为突出。《关雎》的入声韵，《诗经韵读》中标为"ək"，尾音不发音，只是个趋势。该节的换韵，诗中解释得很清楚，"求之不得"，相思结束，君子被拒绝了！第一次被拒绝令他内心十分痛苦，所以用短促顿挫的入声字押韵。《诗经》中同为职部韵的有"殷其雷，在南山之侧。何斯违斯，莫敢遑息"（《召南·殷其雷》）；"泛彼柏舟，在彼河侧；髧彼两髦，实维我特。之死矢靡慝"（《鄘风·柏舟》）。其情感均是痛苦、决绝而又强烈的。

"求之不得！寤寐思服！悠哉悠哉——辗转反侧！"努力追求的结果却是"不得"连着两个入声字，还有一个是韵字，可见君子内心的波荡。"悠哉悠哉"是四连平，体现出这个痛苦的夜晚太过漫长。辗、转、反，连续的三个上声，可感受到君子翻来覆去却依旧无法入睡的

吟诵专题

动作。

到了第四节换为上声韵,"采"(tsə)和"友"(hiuə)同属之部。朱晓农的《亲密与高调》一文曾论证过上声最初表示情绪的细小而亲密,而之部韵的发音有延展、细长之意,合起来,能给人以婉转温柔的感觉。《说文解字》云:"采,捋取也。"有得到的意思,以荇菜被采摘下来暗喻君子第二次求爱被接受了。二人定情的一刻,君子心中的喜悦和温柔无法掩藏;"琴瑟友之"是展现了君子刚追求到淑女后两人相处的状态,表达了无限的珍爱,所以用上声以示之。而"窈窕淑女"这样包含了三个上声字的亲密称呼也再次出现。

最后一节转为去声韵,依据《诗经韵读》,"芼"(mô)与"乐"(lôk)押韵,属于宵觉通韵。它和第四节的句式极为相似,很难分出时间的先后。君子的心情在得到女方的同意后,本是上声式的温柔,不久忽然转为去声的坚定。在恋爱过程中什么时候最需要坚定的心情?发誓之时。先秦的时候不像现在有自由恋爱的说法,求爱即求婚,发誓是所有求婚后必须立刻进行的环节。前称"琴瑟友之",为求婚实景,后有"钟鼓乐之",为求婚誓言。

那么发誓为什么要用去声呢?平声不能发誓,太过冷淡。上声也不能发誓,太软弱或者说夸张了,不够可靠。而入声是可以发誓的,比如前文所举的例子《鄘风·柏舟》,便是用入声韵发誓,还有广为人知的汉乐府《上邪》:

上邪!我欲与君相知,长命无绝衰。山无陵,江水为竭,冬雷震震夏雨雪,天地合,乃敢与君绝!

竭、雪、合、绝都是入声韵字,也是在发誓。但是很显然,《鄘风·柏舟》和《上邪》的主人公都是在相爱过程中遇到了外界巨大的阻力,所以才会发毒誓,发死誓。而《关雎》里的君子和淑女,一没有外部的压力,二来这是在求婚,不适合发不吉利的毒誓,所以只剩下了去声可以用来发誓。去声铿锵有力,最适合现在的情况。而且君子发誓采用的是开口度很大的宵部韵,有呼喊之意。"我一定会让你快乐!"这就是君子最后的姿态。

以上便是对《关雎》一诗的声情分析,对于声音的分析可以从韵、平上去入、双声叠韵等多方面切入。若是笔者还有疏漏,欢迎指正。

按照"四声对五音"理论,《关雎》五章的押韵顺序平、入、上、去,恰好符合乐音的上升顺序:宫(商)、角、徵、羽,移宫换调,步

步提高,最后一章灿然至美。所以孔子曾说:"师挚之始,《关雎》之乱,洋洋乎盈耳哉!"(《论语》)

"乱"指的是古代乐曲的最后一章,"洋洋乎盈耳"表明孔子对它的喜爱,是因为这一章涉及夫妇之义。在宗族社会中,父子和夫妇是纵横两条线索,把所有的人联系在一起。父子有血缘维系,且是无法变更的,夫妇却没有,更需要谨慎的选择和维持。所以《关雎》教育贵族子弟:合适的配偶是非常重要的,要寻找能令你内心平静舒缓的淑女,而且追求要锲而不舍,更重要的是,追求成功之后,一定要发誓,永远对她好。前几步是很自然的,最后一步夫妇之义却是古代人伦的关键之一。所以将《关雎》看成是有教化功能的周朝雅乐,而不仅仅是民歌,这样才能探触到一些《诗经》的真实面貌。

(作者单位:首都师范大学中国诗歌研究中心)

(编辑:姚苏杰)

朱自清语文吟诵资料汇编（下）

◇秦佳佳

＊本文从《朱自清全集》中汇集朱自清先生关于语文吟诵的论述58则，以便学者研究。每条先列篇名，下列出处，再附相关正文。因篇幅较长，分上、下二篇，此为下篇。

＊资料皆引自朱乔森编：《朱自清全集》，江苏教育出版社，1987年至1988年。为方便学者研究，字、词、句均不做改动。

24.《论雅俗共赏》

《朱自清全集》第三卷，223页。

至于词曲，算是新起于俗间，实在以音乐为重，文辞原是无关轻重的；"雅俗共赏"，正是那音乐的作用。后来雅士们也曾分别将那些文辞雅化，但是因为音乐性太重，使他们不能完成那种雅化，所以词曲终于不能达到诗的地位。而曲一直配合着音乐，雅化更难，地位也就更低，还低于词一等。可是词曲到了雅化的时期，那"共赏"的人却就雅多而俗少了。真正"雅俗共赏"的是唐、五代、北宋的词，元朝的散曲和杂剧，还有平话和章回小说以及皮簧戏等。皮簧戏也是音乐为主，大家直到现在都还在哼着那些粗俗的戏词，所以雅化难以下手，虽然一二十年来这雅化也已经试着在开始。

25.《论百读不厌》

《朱自清全集》第三卷，227—230页。

但是过去一般读者只注意诗文的注解，不大留心那些课题，对于小说更其如此。他们集中在本文的吟诵或流览上。这些人吟诵诗文是为了欣赏，甚至于只为了消遣，流览或阅读小说更只是为了消遣，他们要求的是趣味，是快感。这跟诵读经典不一样。诵读经典是为了知识，为了教训，得认真，严肃，正襟危坐的读，不象读诗文和小说可以马马虎虎的，随随便便的，在床上，在火车轮船上都成。这么着可还能够教人"百读不厌",那些诗文和小说到底是靠了什么呢?

在笔者看来,诗文主要是靠了声调,小说主要是靠了情节。过去一般读者大概都会吟诵,他们吟诵诗文,从那吟诵的声调或吟诵的音乐得到趣味或快感,意义的关系很少;只要懂得字面儿,全篇的意义弄不清楚也不要紧的。梁启超先生说过李义山的一些诗,虽然不懂得究竟是什么意思,可是读起来还是很有趣味(大意)。这种趣味大概一部分在那些字面儿的影象上,一部分就在那七言律诗的音乐上。字面儿的影象引起人们奇丽的感觉;这种影象所表示的往往是珍奇,华丽的景物,平常人不容易接触到的,所谓"七宝楼台"之类。民间文艺里常常见到的"牙床"等等,也正是这种作用。民间流行的小调以音乐为主,而不注重词句,欣赏也偏重在音乐上,跟吟诵诗文也正相同。感觉的享受似乎是直接的、本能的,即使是字面儿的影象所引起的感觉,也还多少有这种情形。至于小调和吟诵,更显然直接诉诸听觉,难怪容易唤起普遍的趣味和快感。至于意义的欣赏,得靠综合诸感觉的想象力,这个得有长期的教养才成。然而就象教养很深的梁启超先生,有时也还让感觉领着走,足见感觉的力量之大。

……新诗或白话诗,和白话文,都脱离了那多多少少带着人工的、音乐的声调,而用着接近说话的声调。喜欢古诗、律诗和骈文、古文的失望了,他们尤其反对这不能吟诵的白话新诗;因为诗出于歌,一直不曾跟音乐完全分家,他们是不愿扬弃这个传统的。然而诗终于转到意义中心的阶段了。古代的音乐是一种说话,所谓"乐语",后来的音乐独立发展,变成"好听"为主了。现在的诗既负上自觉的使命,它得说出人人心中所欲言而不能言的,自然就不注重音乐而注重意义了。

26.《论书生的酸气》

《朱自清全集》第三卷,245—252页。

为什么"酸"是"书生气味"呢?怎么样才是"酸"呢?话柄似乎还是在书上。我想这个"酸"原是指读书的声调说的。晋以来的清谈很注重说话的声调和读书的声调。说话注重音调和辞气,以朗畅为好。读书注重声调,从《世说新语·文学》篇所记殷仲堪的话可见;他说,"三日不读《道德经》,便觉舌本闲强"。说到舌头,可见注重发音,注重发音也就是注重声调。《任诞》篇又记王孝伯说"名士不必须奇才,但使常得无事,痛饮酒,熟读《离骚》,便可称名士。"这"熟读《离骚》"该也是高声朗诵,更可见当时风气。《豪爽》篇记"王司州(胡之)在谢公(安)坐,咏《离骚》《九歌》'人不言兮出不辞,乘回风兮载云旗',语人云,'当尔时,觉一坐无人。'"正是这种名士气的好例。读古人的书注重声调,读自己的诗自然更注重声调。《文学篇》记着袁宏的故事:

> 袁虎(宏小名虎)少贫,尝为人佣载运租。谢镇西经船行,其夜清风朗月,闻江渚间估客船上有咏诗声,甚有情致,所诵五言,又其所未尝闻,叹美不能已。即遣委曲讯问,乃是袁自咏其所作咏史诗。因此相要,大相赏得。

从此袁宏名誉大盛,可见朗诵关系之大。此外《世说新语》里记着"吟啸""啸咏""讽咏""讽诵"的还很多,大概也都是在朗诵古人的或自己的作品罢。

这里最可注意的是所谓"洛下书生咏"或简称"洛生咏"。《晋书·谢安传》说:

> 安本能为洛下书生咏。有鼻疾,故其音浊。名流爱其咏而弗能及,或手掩鼻以效之。

《世说新语·轻诋》篇却记着:

> 人问顾长康"何以不作洛生咏?"答曰,"何至作老婢声!"

刘孝标注,"洛下书生咏音重浊,故云'老婢声'。"所谓"重浊",似乎就是过分悲凉的意思。当时诵读的声调似乎以悲凉为主。王孝伯说"熟读《离骚》,便可称名士",王胡之在谢安坐上咏的也是《离骚》《九歌》,都是《楚辞》。当时诵读《楚辞》,大概还知道用楚声楚调,乐府曲调里也正有楚调,而楚声楚调向来是以悲凉为主的。当时的诵读大概受到和尚的梵诵或梵唱的影响很大,梵诵或梵唱主要的是长吟,就是所谓"咏"。《楚辞》本多长句,楚声楚调配合那长吟的梵调,相得益彰,更可以"咏"出悲凉的"情致"来。袁宏的咏史诗现存两首，第一首开始就是"周昌梗概臣"一句，"梗概"就是"慷慨""感慨"；"慷慨悲歌"也是一种"书生本色"。沈约《宋书·谢灵运传》论所举的五言诗名句，钟嵘《诗品·序》里所举的五言诗名句和名篇，差不多都是些"慷慨悲歌"。《晋书》里还有一个小故事。晋朝曹摅的《感旧》诗有"富贵他人合，贫贱亲戚离"两句。后来殷浩被废为老百姓，送他的心爱的外甥回朝，朗诵这两句，引起了身世之感，不觉泪下。这是悲凉的朗诵的确例。但是自己若是并无真实的悲哀，只去学时髦，捏着鼻子学那悲哀的"老婢声"的"洛生咏"，那就过了分，那也就是赵宋以来所谓"酸"了。

唐朝韩愈有《八月十五夜赠张功曹》诗，开头是：

> 纤云四卷天无河，
> 清风吹空月舒波，
> 沙平水息声影绝，
> 一杯相属君当歌。

接着说：

> 君歌声酸辞且苦，
> 不能听终泪如雨。

接着就是那"酸"而"苦"的歌辞：

> 洞庭连天九疑高，
> 蛟龙出没猩鼯号。
> 十生九死到官所，
> 幽居默默如藏逃。
> 下床畏蛇食畏药，
> 海气湿蛰熏腥臊。
> 昨者州前捶大鼓，

嗣皇继圣登夔皋。
赦书一日行万里,
罪从大辟皆除死。
迁者追回流者还,
涤瑕荡垢朝清班。
州家申名使家抑,
坎轲只得移荆蛮。
判司卑官不堪说,
未免捶楚尘埃间。
同时辈流多上道,
天路幽险难追攀!

张功曹是张署,和韩愈同被贬到边远的南方,顺宗即位,只奉命调到近一些的江陵做个小官儿,还不得回到长安去,因此有了这一番冤苦的话。这是张署的话,也是韩愈的话。但是诗里却接着说:

君歌且休听我歌,
我歌今与君殊科。

韩愈自己的歌只有三句:

一年明月今宵多,
人生由命非由他,
有酒不饮奈明何!

他说认命算了,还是喝酒赏月罢。这种达观其实只是苦情的伪装而已。前一段"歌"虽然辞苦声酸,倒是货真价实,并无过分之处。由那"声酸"知道吟诗的确有一种悲凉的声调,而所谓"歌"其实只是讽咏。大概汉朝以来不象春秋时代一样,士大夫已经不会歌唱,他们大多数是书生出身,就用讽咏或吟诵来代替唱歌。他们——尤其是失意的书生——的苦情就发泄在这种吟诵或朗诵里。

战国以来,唱歌似乎就以悲哀为主,这反映着动乱的时代。《列子·汤问》篇记秦青"抚节悲歌,声振林木,响遏行云",又引秦青的话，说韩娥在齐国雍门地方"曼声哀哭，一里老幼悲愁垂涕相对，三日不食"，后来又"曼声长歌，一里老幼，善跃抃舞，弗能自禁"。这里说韩娥虽然能唱悲哀的歌，也能唱快乐的歌，但是和秦青自己独擅悲歌的故事合看，就知道还是悲歌为主。再加上齐国杞梁殖的妻子哭倒了城的故事，就是现在还在流行的孟姜女哭倒长城的故事，悲歌更为动人，是显然的。书生吟诵，声酸辞苦，正和悲歌一脉相传。但是声酸必须辞苦，辞苦又必须情苦；若是并无苦情，只有苦辞，甚至连苦辞也没有，只有那供人酸鼻的声调，那就过了分，不但不能动人，反要遭人嘲弄了。书生往往自命不凡，得意的自然有，却只有少数，失意的可太多了。所以总是叹老嗟卑，长歌当哭，哭丧着脸一副可怜相。朱子在《楚辞辨证》里说汉人那些模仿的作品"诗意平缓，意不深切，如无所疾痛而强为呻吟者"。"无所疾痛而强为呻吟"就是所谓"无病呻吟"。后来的叹老嗟卑也正是无病呻吟。有病呻吟是紧张的，可以得人同情，甚至叫人酸鼻；无病呻吟，病是装的，假的，呻吟也是装的，假的，假装可以酸鼻的呻吟，酸而不苦象是丑角扮戏，自然只能逗人笑了。

苏东坡有《赠诗僧道通》的诗：

> 雄豪而妙苦而腴，
> 只有琴聪与蜜殊。
> 语带烟霞从古少，
> 气含蔬笋到公无。
> …………

查慎行注引叶梦得《石林诗话》说：

> 近世僧学诗者极多，皆无超然自得之趣，往往掇拾摹仿士大夫所残弃，又自作一种体，格律尤俗，谓之"酸馅气"。子瞻……尝语人云，"颇解'蔬笋'语否？为无'酸馅气'也。"闻者无不失笑。

东坡说道通的诗没有"蔬笋"气，也就没有"酸馅气"，和尚修苦行，吃素，没有油水，可能比书生更"寒"更"瘦"；一味反映这种生

吟诵专题

活的诗，好像酸了的菜馒头的馅，干酸，吃不得，闻也闻不得，东坡好象是说，苦不妨苦，只要"苦而腴"，有点儿油水，就不至于那么扑鼻酸了。这酸气的"酸"还是从"声酸"来的。而所谓"书生气味酸"该就是指的这种"酸馅气"。和尚虽苦，出家人原可"超然自得"，却要学吟诗，就染上书生的酸气了。书生失意的固然多，可是叹老嗟卑的未必真的穷苦到他们嗟叹的那地步；倒是"常得无事"，就是"有闲"，有闲就无聊，无聊就作成他们的"无病呻吟"了。宋初西昆体的领袖杨亿讥笑杜甫是"村夫子"，大概就是嫌他叹老嗟卑的太多。但是杜甫"窃比稷与契"，嗟叹的其实是天下之大，决不止于自己的鸡虫得失。杨亿是个得意的人，未免忘其所以，才说出这样不公道的话。可是陈师道的诗，叹老嗟卑，吟来吟去，只关一己，的确叫人腻味。这就落了套子，落了套子就不免有些"无病呻吟"，也就是有些"酸"了。

道学的兴起表示书生的地位加高，责任加重，他们更其自命不凡了，自嗟自叹也更多了。就是眼光如豆的真正的"村夫子"或"三家村学究"，也要哼哼唧唧的在人面前卖弄那背得的几句死书，来嗟叹一切，好搭起自己的读书人的空架子。鲁迅先生笔下的"孔乙己"，似乎是个更破落的读书人，然而"他对人说话，总是满口之乎者也，教人半懂不懂的"。人家说他偷书，他却争辩着，"窃书不能算偷……窃书！……读书人的事，能算偷么？""接连便是难懂的话，什么'君子固穷'，什么'者乎'之类，引得众人都哄笑起来。"孩子们看着他的茴香豆的碟子。

　　孔乙己着了慌，伸开五指将碟子罩住，弯下腰去说道，"不多了，我已经不多了。"直起身又看一看豆，自己摇头说，"不多不多！'多乎哉？不多也。'"于是这一群孩子都在笑声里走散了。

破落到这个地步，却还只能"满口之乎者也"，和现实的人民隔得老远的，"酸"到这地步真是可笑又可怜了。"书生本色"虽然有时是可敬的，然而他的酸气总是可笑又可怜的。最足以表现这种酸气的典型，似乎是戏台上的文小生，尤其是昆曲里的文小生，那哼哼唧唧、扭扭捏捏、摇摇摆摆的调调儿，真够"酸"的！这种典型自然不免夸张些，可是许差不离儿罢。

　　向来说"寒酸""穷酸"，似乎酸气老聚在失意的书生身上。得意之后，见多识广，加上"一行作吏，此事便废"，那时就会不再执着在书上，至少不至于过分的执着在书上，那"酸气味"是可以多多少少"洗"掉的。而失意的书生也并非都有酸气。他们可以看得开些，所谓达观，但是达观也不易，往往只是伪装。他们可以看远大些，"梗概而多气"是雄风豪气，不是酸气。至于近代的知识分子，让时代逼得不能读死书或死读书，因此也就不再执着那些古书。文言渐渐改了白话，吟诵用不上了；代替吟诵的是又分又合的朗诵和唱歌。最重要的是他们看清楚了自己，自己是在人民之中，不能再自命不凡了。他们虽然还有些闲，可是要"常得无事"却也不易。他们渐渐丢了那空架子，脚踏实地向前走去。早些时还不免带着感伤的气氛，自爱自怜，一把眼泪一把鼻涕的；这也算是酸气，虽然念诵的不是古书而是洋书。可是这几年时代逼得更紧了，大家只得抹干了鼻涕眼泪走上前去。这才真是"洗尽书生气味酸"了。

　　27．《论朗诵诗》

　　《朱自清全集》第三卷，253—255页。

　　战前已经有诗歌朗诵，目的在乎试验新诗或白话诗的音节，看看新诗是否有它自己的音节，不因袭旧诗而确又和白话散文不同的音节，并且看看新诗的音节怎样才算是好。这个朗诵运动虽然提倡了多年，可是并没有展开；新诗的音节是在一般写作和诵读里试验着。试验的结果似乎是向着匀整一路走，至于怎样才算好，得一首一首诗的看，看那感情和思想跟音节是否配合得恰当，是否打成一片，不漏缝儿，这就是所谓"相体裁衣"。这种结果的获得虽然不靠朗诵运动，可是得靠诵读。诵读是独自一个人默读或朗诵，或者向一些朋友朗诵。这跟朗诵运动的朗诵不同，那朗诵或者是广播，或者是在大庭广众之中。过去的新诗有一点还跟旧诗一样，就是出发点主要的是个人，所以只可以"娱独坐"，不能够"悦众耳"，就是只能诉诸自己或一些朋友，不能诉诸群众。战前诗歌朗诵运动所以不能展开，我想根由就在这里。而抗战以来的朗诵运动，不但广大的展开，并且产生了独立的朗诵诗，转捩点也在这里。

　　后来渐渐觉得，似乎适于朗诵的诗或专供朗诵的诗，大多数是在朗诵里才能见出完整来的。这种朗诵诗大多数只活在听觉里，群众的听觉里;独自看起来或在沙龙里念起来,就觉得不是过火,就是散漫,平淡,没味儿。对的,看起来不是诗,至少不像诗,可是在集会的群众里朗诵出来,就确乎是诗。这是一种听的诗,是新诗中的新诗。它跟古代的听的诗又不一样。那些诗是唱的,唱的是英雄和美人,歌手们唱,贵族们听,是伺候贵族们的玩意儿。朗诵诗可不伺候谁,只是沉着痛快的说出大家要说的话,听的是有话要说的一群人。朗诵诗虽然近乎戏剧的对话,可又不相同。对话是剧中人在对话,只间接的诉诸听众,而那种听众是悠闲的,散漫的。朗诵诗却直接诉诸紧张的、集中的听众。不过朗诵的确得注重声调和表情,朗诵诗的确得是戏剧化的诗,不然就跟演讲没有分别,就真不是诗了。

28.《诗与话》

《朱自清全集》第三卷,283—284页。

陆先生(注:陆志伟)选了北平话,是因为赵元任先生说过"北平话的重音的配备最象英文不过"……

这"是用国语写的","得用国语来念",陆先生并且"把重音圈出来",指示读者该怎样念。

29.《中国文的三种型》

《朱自清全集》第三卷,298—299页。

郭先生(注:郭绍虞)特别强调"中国文学的音乐性",同意一般人的见解,以为欧化的白话文是"哑巴文学"。他对中国文学的音乐性是确有所见的。书中指出古人作文不知道标点分段,所以只有在音节上求得句读和段落的分明。骈文和古文甚至戏剧里的道白和语录都如此,骈文的匀整和对偶,古文句子的短,主要的都是为了达成这个目的。而这种句读和段落的分明,是从诵读中觉出(三八至三九面,又《自序》二至三面)。但是照晋朝以来的记载,如《世说新语》等,我们知道诵读又是一种享受,是代替唱歌的。郭先生虽没有明说,显然也分到这种情感。他在本书(注:《语文通论》)自序里主张"于文言取其音节,于白话取其气势,而音节也正所以为气势之助"(三面),这就是"参用文言文的长处"。书中称赞小品散文,不反对所谓"语录体",正因为"文言白话无所不可"(一○四至一○八面),又主张白话诗"容纳旧诗词而仍成新格"(一三二面),都是所谓"参用文言文的长处"。但是小品文和语录体都过去了,白话诗白话文也已经不是"哑巴文学"了。自序中说"于白话取其气势",在笔者看来,气势不是别的，就是音节，不过不是骈文的铿锵和古文的吞吐作态罢了。朗诵的发展使我们认识白话的音节，并且渐渐知道如何将音节和意义配合起来，达成完整的表现。现在的青年已经能够直接从自己唱和大家唱里享受音乐，他们将音乐和语言分开，让语言更能尽它的职责，这是一种进步。至于文言，如书中说的，骈文"难懂"，古文"只适宜于表达简单的意义"（三九面）；"在通篇的组织上，又自有比较固定的方法，遂也不易容纳复杂的思想"（《自序》三面）。而古诗可以用古文做标准，律诗可以用骈文做标准。那么，文言的终于被扬弃，恐怕也是必然的罢。

30.《冬夜》序

《朱自清全集》第四卷，46—50页。

我心目中的平伯底诗，有这三种特色：一，精炼的词句和音律；二，多方面的风格；三，追切的人的情感。

攻击新诗的常说他的词句沓冗而参差，又无铿锵入耳的音律，所以不美。关于后一层，已颇有人抗辩；而留心前一层的似乎还少。沓冗和参差底反面自然是简炼和整齐。这两件是言语里天然的性质：文言也好，白话也好，总缺不了他们；断不至因文言改为白话而就有所损失。平伯底诗可以作我们的佐证。他诗里有种特异的修词法，就是偶句。偶句用得适当时，很足以帮助意境和音律底凝炼。平伯诗里用偶句极多，也极好。

……至于音律。平伯更有特长。新诗底音律是自然的，铿锵的音律是人工的；人工的简直，感人浅；自然的委细，感人深。这似乎已不用详说的。所谓"自然"，便是"宣之于口而顺，听之于耳而调"底意思。但这里的"顺"与"调"也还有个繁简、粗细之殊，不可一概而论。平伯诗底音律似乎已到了繁与细底地步，所以凝炼、幽深、绵密、有"不可把捉的风韵"。如《风底话》《黄鹄》《春里人底寂寥》底首章末节等。而用韵底自然，也是平伯底一绝。他诗里用韵底处所，多能因其天然，不露痕迹；很少有"生硬""叠响"（韵促相逗，叫作叠响）、"单调"等弊病。

……看这啴缓舒美的音律是怎样地婉转动人啊！平伯用韵，所以这样自然，因为他不以韵为音律底唯一要素，而能于韵以外求得全部词句底顺调。平伯这种音律底艺术，大概从旧诗和词曲中得来，他在北京大学时看旧诗、词、曲很多；后来便就他们的腔调去短取长，重以己意熔铸一番，成了他自己的独特的音律。我们现在要建设新诗底音律，同然应该参考外国诗歌，却更不能丢了旧诗、词、曲。旧诗、词、曲底音律底美妙处，易为我们领解，采用；而外国诗歌因为语言底睽异，就艰难得多了。

1922年1月23日

31.《文艺之力》

《朱自清全集》第四卷，103—111页。

另有词句与韵律，虽常被认为末事，却也酝酿着多样的空气，传给我们种种新鲜的印象。这种印象确乎是简单些，而引人入胜，有催眠之功用，正和前节所述关于意境情调的一样——只是程度不同吧了。从前人形容痛快的文句，说是如哜哀家梨，如用并州剪。这可见词句能够引起人的新鲜的筋肉感觉。……此外"句式"也有些关系。短句使人敛；长句使人宛转；锁句（periodical sentence）使人精细；散句使人平易；偶句使人凝整，峭拔。说到"句式"，便会联想到韵律，因为这两者是相关甚密的。普通说韵律，但就诗歌而论；我所谓韵律却是广义的，散文里也有的。这韵律其实就是声音的自然的调节，凡是语言文字里都有的。韵律的性质，一部分随着字音的性质而变，大部分随着句的组织而变。字音的性质是很复杂的。我于音韵学没有什么研究，不能详论。约略说来，有刚音，有柔音，有粗涩的音，有甜软的音。清楚而平滑的韵（如"先"韵）可以引起轻快与美妙的感觉，开张而广阔的韵（如"阳"韵）可以引起飔举与展扩的感觉。浊声（如ㄅ，ㄉ，ㄍ）使人有努力，冲撞，粗暴，艰难，沉重等印象；清声（如ㄆ，ㄊ，ㄋ）则显示安易，平滑，流动，稳静，轻妙，温良与娴雅。浊声如重担在肩上；清声如蜜在舌上。这些分别，大概由于发音机关的变化；旧韵书里所谓开齐合撮，阴声，阳声，弇声，侈声，当能说明这种缘故。我却不能做这种工作；我只总说一句，因发音机关的作用不同，引起各种相当而不同的筋肉感觉，于是各字的声音才有不同的力量了。但这种力量也并非一定，因字在句中的位置而有增减。在句子里，因为意思与文法的关系，各字的排列可以有种种的不同。其间轻重疾徐，自然互异。轻而疾则力减，重而徐则力增。这轻重疾徐的调节便是韵律。调节除字音外，更当注重音"节"与句式；音节的长短，句式的长短，曲直，都是可以决定韵律的。现在只说句式，音节可以类推。短句促而严，如斩钉截铁，如一柄晶莹的匕首。长句舒缓而流利，如风前的马尾，如拂水的垂杨。锁句宛转腾挪，如夭矫的游龙，如回环的舞女。散句曼衍而平实，如战场上的散兵线，如依山临水的错落的楼台。偶句停匀而凝炼，如西湖上南北两峰，如处女的双乳。这只论其大凡，不可拘执；但已可见韵律的力量之一斑了。——所论的在诗歌里，尤为显然。

……文艺所恃以引起浓厚的情绪的，却全在那些文字里所含的意象与联想（association）（但在诗歌里，还有韵律）。

1924年1月28日

32.《文学的美》

《朱自清全集》第四卷，163—165页。

泰奴（Talne）说得好：人们初与各物相接，他们便模仿他们的声音；他们撮唇，拥鼻，或发粗音，或发滑音，或长，或短，或作急响，或打胡哨。或禽张其胸膛，总求声音之毕肖。

文字的这种原始的摹仿力，在所谓摹声字（onomatopoetic words）里还遗存着；摹声字的目的只在重现自然界的声音。此外还有一种摹仿，是由感觉的联络（associations of sensations）而成。各种感觉，听觉，视觉，嗅觉，触觉，运动感觉，有机感觉，有许多公共的性质，与他种更复杂的经验也相同。这些公共的性质可分几方面说：以力量论，有强的，有弱的；以情感论，有粗暴的，有甜美的。……如清楚而平滑的韵，可以给人轻捷和精美的印象（汕，翩，旋，尖，飞，微等字是）；开阔的韵可以给人提高与扩展的印象（大，豪，茫，倘，张，王等字是）。又如难读的声母常常表示努力，震动，猛烈，艰难，严重等（刚，劲，崩，敌，窘，争等字是）。易读的声母常常表示平易，平滑，流动，温和，轻隽等（伶俐，富，平，袅，婷，郎，变，娘等字是）。

以上列举各种声音的性质，我们要注意，这些性质之不同，实由发音机关动作之互异。凡言语文字的声音，听者或读者必默诵一次，将那些声音发出的动作重演一次——这种默诵，重演是不自觉的。在重演发音动作时，那些动作本来带着的情调，或平易，或艰难，或粗暴，或甜美，同时也被觉着了。这种"觉着"，是由于一种同情的感应（Sympaihetleinducflon），是由许多感觉联络而成，非任一感觉所专主；发音机关的动作也只是些引端而已。和摹声只系于外面的听觉的，繁简过殊。但这两种方法有时有联合为一，如"吼"字，一面是直接摹声,一面引起筋肉的活动,暗示"吼"动作之延扩的能力。

……文字没"有"意义,它们因了直接的暗示力和感应力而"是"意义。它们就是它们所指示的东西。不独字有此力,文句,诗节（Verse）皆有此力;风格所论,便在这些地方,有字短而音峭的句,有音响繁然的句,有声调圆润的句。这些句形与句义都是一致的。至于韵律,节拍,皆以调节声音,与意义所关也甚巨,此地不容详论。还有"变声"（breaks）和"语调"（variations）的表现的力量,也是值得注意的。"变声"疑是句中声音突然变强或变弱处;"语调"疑是同字之轻重异读。此两词是音乐的术语,我不懂音乐,姑如是解,待后改正。

1925 年 3 月 30 日。

33.《唱新诗等等》

《朱自清全集》第四卷,222—224 页。

有人说,新诗（无论无韵,有韵,自由体,格律体）不便吟诵,也是冷落之一因。这或者是的。为什么新诗不便吟诵?我想,或由于文句的组织,或由于韵的不协调,或由于不知如何吟诵,或竟由于不愿吟诵之成见（新诗不能吟诵,不足吟诵,或不必吟诵之成见）。……但不久以后,我却听见他的诵读了。他是用旧戏里丑角的某种道白的调子（我说不清这种调子什么戏里有）读的;那是一种很爽脆的然而很短促的调子。他读了自己的两首诗,都用的这种调子。我想利用这种调子,或旧戏里,大鼓书里其他调子,倒都可行。只是一件,若仅用一种调子去读一切的新诗,怕总是不合式的。这读新诗的事,实甚重要;即使没有下文所要说的唱新诗那样重要,也能增进一般人诵读新诗的兴味,与旧来的"吟诵"不同的兴味,并改进新诗本身的艺术的。……

我因此想到,我们得多有赵先生这样的人,得多有这样的乐谱与唱奏。这种新乐曲即使暂时不能像皮黄一般普及于民众,但普及于新生社会和知识阶级,是并不难的。那时新诗便有了音乐的基础;它的价值也便可渐渐确定,成为文学的正体了。

1927 年 10 月 11 日。

34.《论中国诗的出路》

《朱自清全集》第四卷,287—292 页。

音节麻烦了每一个诗人,不论新的旧的。从新诗的初期起,音节并未被作诗的人忽略过，如一般守旧的人所想。

中国诗体的变迁，大抵以民间音乐为枢纽。四言变为乐府，诗变为词，词变为曲，都源于民间乐曲。所以能行远持久，大半便靠这种音乐性，或音乐的根据。这其间也许有外国影响，如胡乐之代替汉乐，及胡适之先生所说吟诵诗文的调子由梵呗而来（见《白话文学史》）之类；但只在音乐方面，不在诗的本体上。还有，词曲兴后，五七言之势并不衰；不但不衰，似乎五七言老是正宗一样。这不一定是偏见；也许中国语的音乐性最宜于五七言。你看九言诗虽有人做过，都算是一种杂体，毫不发达。（参看《小说月报·中国文学研究》中刘大白先生的论文）（俞平伯先生说）

按照上述的传统，我们的新体诗应该从现在民间流行的，曲调词嬗变出来；如大鼓等似乎就有变为新体诗的资格。但我们的诗人为什么不去模仿民间乐曲（从前倒也有，如招子庸的粤讴，缪莲仙的南词等，但未成为风气），现在都来模仿外国，作毫无音乐的白话诗？这就要看一看外国的影响的力量。在历史上外国对于中国的影响自然不断地有，但力量之大，怕以近代为最。这并不就是奴隶根性；他们进步得快，而我们一向是落后的，要上前去，只有先从效法他们入手。文学也是如此。这种情形之下，外国的影响是不可抵抗的，它的力量超过本国的传统。就新诗而论，无论自由诗，格律诗，（姑用此名）每行之长，大抵多于五七言，甚至为其倍数。在诗词曲及现在的民集乐曲中，是没有这样长的停顿或乐句的（词曲每顿过七字者极少；在大鼓书通常十字三顿，皮簧剧词亦然）。

这种影响的结果，诗是不能吟诵了。有人说不能吟诵不妨，只要可读可唱就行。新诗的可唱，由赵元任的新诗歌集证明。但那不能证明新诗具有充分音乐性；我们宁可说，赵先生的谱所给的音乐性也许比原诗所具有的多。至于读诗，似乎还没有好的方法。诗刊诸先生似乎也有鉴于此，所以提倡诗的格律。他们的理论有些很可信，但他们的实际，模仿外国诗音节还是主要工作。……

……大概中国语言本身最不轻易接受外来的影响；句法与表现的变更要有伟大的努力或者方便的环境。至于音节，那是更难变更——不但难，有时竟是不可能的。音节这东西太复杂了，太微妙了，不独这种语言和那种语言不同，一个人的两篇作品，也许会大大地差异；以诗论，往往体格相同之作，音节上会有繁复的变化，如旧体律诗便是如此——特别是七律。

　　徐志摩先生是试用外国诗的音节到中国诗里最可注意的人。……近来综观他所作，觉得最成功的要算无韵体（Blank Verse）和骈句韵体。他的紧凑与利落，在这两体里表现到最好处。别的如散文体姑不论，如各种奇偶韵体和章韵体，虽因徐先生的诗行短，还能见出相当的效力，但同韵的韵字间距离太长，究竟不能充分发挥韵的作用。韵字间的距离应该如何，自然还不能确说；顾亭林说古诗用韵无隔十字以上者，暂时可供参考。不但章韵体奇偶韵体易有此病，寻常诗行太长，也易有此病。

　　……上文说过新诗不能吟诵，因此几乎没有人能记住一首新诗。固然旧诗中也只近体最便吟诵，最好记，词曲次之，古体又次之；但究竟都能吟诵，能记，与新诗悬殊。新诗的不能吟诵，就表面看，起初似乎因为行不整齐，后来诗行整齐了，又太长。其实，我想，是因为新诗没有完成的格律或音节。但还有最重要的，如胡适之先生《谈新诗》里所说及刘太白先生《中国诗篇里的声调问题》文中所主张，是轻重音代替了平仄音。说得更明白些，旧诗句里的每个字，粗粗地说，是一样的重音，轻音字如"了"字也变成重音；新诗模仿自然的语言，至少也接近自然的语言，轻音字便用得多，轻音字的价值也便显露了。这一种改变，才是新诗不能吟诵的真因；新诗大约只能读和唱，只应该读和唱的。唱诗是以诗去凑合音乐，且非人人所能，姑不论。读诗该怎么着，是我们现在要知道的。赵元任先生在《新诗歌集》里说读诗应按照自然的语气，明白，清朗（大意）。曾听见他读《我是少年》等诗，在国语留声机片中。但这是以国语为主，不以诗为主，故不及听他唱新诗的有味。又曾听见朱湘先生读他的《采莲曲》，用旧戏里韵白的调子。这自然是个经济的方法，但显然不是唯一的方法。用这种方法读诗，似乎还有些味儿。读诗的方法最为当务之急，新诗音节或格律的完成与公认，一半要靠着那些会读的人。这大概也得等待天才，不是尽人所能；但有了会读的人，大家跟着来便容易，不象唱那么难。……

　　在外国影响之下，本国的传统被阻遏了，如上文所说；但这传统是不是就中断或永断了呢？现在我们不敢确言。但我们若有自觉的努力，要接续这个传统，其势也甚顺的。这并非空话。前《大公报》上有一位蜂子先生写了好些真正白话的诗，记载被人忘却的农村里小民的生活。那些诗有些像歌谣，又有点像大鼓调，充满了中国的而且乡土的气息。有人嫌它俗，但却不缺少诗味。可惜蜂子先生的作品久不见了，又没个继起的人。这种努力其实是值得的。

35.《国语和普通话》

《朱自清全集》第四卷，531—532页。

我们却觉得在新的变动的生活里北平话的确不够用，在语汇和语式方面都有这种情形。这在演讲和谈话里比在文艺写作里更见得出。现在多数人，特别是知识分子，不大热心于作为国语标准语的北平话，还只是强调那"蓝青官话""二八京腔"的普通话，正为了这个原故。

普通话本来叫做官话，原义该就是做官的和他们的幕僚和随从说的话。这些人知识比较高，接触的人比较多，走的地方比较高，说的话里方言的成分比较少，语汇比较丰富，语式比较复杂，因此应用的范围比较宽。而做官的人的集中区是京城，过去几百年北平是京城，京话又是皇室说的话，所以是正宗的官话。此外也还有北方官话、长江流域官话、西南官话和杭州官话等，但是都只算官话的别支。正宗的和别支的官话后来却渐渐称为普通话。大概学校教育推行以后，知识分子大量的加多，官话的需要也加大，而说官话的人大部分并不是官或官的附属人物，因此就有了普通话这个名称。官话也罢，普通话也罢，大概都掺杂着一些文言成分和各种方言成分。方言成分理论上自然该拿北平话或是别支官话的中心城市的话做主体，事实上却因人而不同。"蓝青官话"和"二八京腔"就是嘲笑北平话说得不到家的。但是普通话的意念代替了官话的意念以后，大家倒也并不强调所谓"京腔"似韵。我们的第一部"国音字典"就是所谓普通话的读音，南腔北调的，正是一个证据。

但是后来到底定了北平话做标准语，国音指北平话的音调，国语就指北平话。当时北平还是国都，专家们认为标准语得是一种活的方言，才好学习，才容易达到国语统一的目的。照历史的传统，通行的区域，政治的地位，北平话自然是最适宜的最有资格的。五四运动发展了白话文，也发展了国语。白话文走着普通话的道路；国语大体上走着北平话的道路，可也走着别支官话的道路。白话文和国语的白话确是很不一致的。白话文用各种官话做底子，加上欧化、语录和旧小说的白话、文言，这才够用，可是疙里疙瘩的说不上口。上口的国语北平话在学生们说着的时候也在变，可是主要的是增加语汇，不像白话文里那样骤然增加了许多语式，所以不大显得在变。……这种方言的大解放和大融合显然是向着普通的道路，而白话文和说话倒因此接近起来。

36.《伦敦竹枝词》

《朱自清全集》第五卷，305—306页。

"春节"时逛厂甸，在书摊上买到《伦敦竹枝词》一小本。……后有作者识语，署光绪甲申（一八八四）；而书刻于光绪戊子（一八八八）。但有一诗咏维多利亚女王登极五十年纪念，是年应为光绪丁亥（一八八七）；那么便不应作于甲申了。这层也只好待考。

书后有署檄甫的《跋》云：

……一诗一事，自国政以逮民俗，罔不形诸歌咏。有时杂以英语，"雅鲁""娶隅"，诙谐入妙。虽持论间涉愤激，然如医院大政，亦未尝没有立法之美，殆所谓憎而知其善者欤？……

这几句话说得很公道。"局中门外汉"无论如何是五十年前的人物了，他对于异邦风土的愤激怪诧是不足奇的。如邮筒、电话、电灯、照相，都觉新异，以之入诗，便是一例。所奇的是他的宽容、他的公道。

诸诗时杂英语，所译的音，与平常迥乎不同，所以檄甫《跋》里说他"诙谐入妙"。现在选抄若干首，凡懂点英语的人，看了定会发笑的。但解释译语，只摘录原注，不代注原文，盖所以存幽默也。

风来阵阵乳花香，鸟语高冠时样妆。结伴来游大巴克，见人低唤"克门郎"。原注：巴克，译言花园也。克门郎，译言来同行也。

握手相逢"姑莫林"，喃喃私语怕人听。订期后会郎休误，临别开司剧有声。原注：姑莫林，译言早上好也。开司，译言接吻也。……

37.《新诗歌》旬刊

《朱自清全集》第五卷，310—313页。

这个旬刊最近情形不知如何，我只看到第一、第二、第四期，就这三期说，他们利用旧形式要比创造新的，成绩好些。那些用民谣、小调儿歌的形式写出来的东西虽然还不免肤泛、散漫的毛病，但按歌谣（包括俗曲）的标准说，也不比流行的坏。况且总还有调子，要是真歌唱起来，调子是很重要的。

《关于写作新诗歌的一点意见》里也论到新诗歌的形式，他们分列四项，大概不外利用旧的与创造新的。旧的指歌谣的形式。照我的意见，歌谣应包括徒歌与俗曲（小曲，小调，唱本等）；徒歌又分为可歌可诵两类。七言四句的山歌属于前者，长短参差的歌语属于后者。歌谣的组织，有三个重要的成分：一是重叠，二是韵脚，三是整齐。只要有一种便可成歌谣，也有些歌谣三种都有。当然，俗曲还得加上乐调一个成分，极要紧的成分。不过那已在文学以外了。周作人先生想"中国小调的流行，是音乐的而非文学的"，"以音调为重而意义为轻"，所以辞句幼稚粗疏的多（见《自己的园地诗的效用》篇）。这是个很有意思的推想。徒歌可诵的一类无一定形式可言。可唱的一类以七言四句一节为主要的形式，有时可重叠到许多节。节不限于四句，但七言总是主要的句法；俗曲中的句法也以七言为主。七言外有时加些衬字、叠字、虚腔，但基本形式总看得出。至于北平的"弦子书"，有时长到十九字一句，也只唱七拍子，与七言同，那却带着乐调的关系了。俗曲中还有一种十字句，分三三四，共三读。大鼓书里有时用它，皮黄里简直以它为主。俗曲的篇法却无定，则因为要跟着乐调走。这些组织与形式，都可试验。但各种形式全带韵脚，韵脚总是重读。虽有无韵句间隔而太少，篇幅短还行，长了就未免单调。这层多换韵也许可以补救一些。还有一层，韵句多了，令人有头轻脚重之感；这个可不容易补救，只有将篇幅剪裁得短些。实在短不了的，便须用新形式。……至于中国语里有轻音的现象，胡适之先生《谈新诗》里早已说过了。这种歌虽不可唱而可诵。《新诗歌》里主张朗读，这种诗体是最相宜的。

38.《浙江省立第十中学校歌》

《朱自清全集》第五卷，125页。

怀籀亭边勤讲诵，中山精舍坐春风。

英奇匡国，作圣启蒙。

上下古今一冶，东西学艺攸同。

1923年。

39.《昆明五华中学校歌》

《朱自清全集》第五卷，134页。

千里英才，荟萃一堂，

春风化雨，弦诵未央，

坚忍和爱，南方之强。

1944年11月2日。

40.《西北有高楼》

《朱自清全集》第五卷，141页。

白云随风度，弦歌起素帷，慷慨奋哀响，不知弹者谁？一听清商曲，含情数低徊。琴声忽复断，叹息中肠摧！知音不可见，歌者兴已颓。

41.《王粲七哀诗》

《朱自清全集》第五卷，152页。

诵彼匪风诗，回顾怆肺肝。

42.《饮酒》

《朱自清全集》第五卷，165页。

凭轩自啸咏，且以适吾情。

43.《近怀示圣陶》

《朱自清全集》第五卷，258页。

山崩溟海沸，玄黄战大宇。健儿死国事，头颅掷不数。弦诵幸未绝，竖儒犹仰俯。

44.《别圣陶，次见赠韵》

《朱自清全集》第五卷，285页。

贪吟诗句拙，酣饮酒简醇。

45.《次公权韵》

《朱自清全集》第五卷，307页。

拥鼻吟讽不释手，忘尘学步知其难。

46.《经典常谈·诗第十二》

《朱自清全集》第六卷，95—96页。

齐武帝永明年间（西元四八三——四九三），"声律说"大盛。四声的分别，平仄的性质，双声叠韵的作用，都有人指出，让诗文作家注意。从前只着重句末的韵，这时更着重句中的"和"；"和"就是念起来顺口，听起来顺耳。从此诗文都力求谐调，远于语言的自然。这时的诗，一面讲究用典，一面讲究声律，不免侧重技巧的毛病。

47.《诗多义举例》

《朱自清全集》第八卷，206页。

就一首首的诗说，我们得多吟诵，细分析；有人想，一分析，诗便没有了，其实不然。

48．《中国散文的发展》

《朱自清全集》第八卷，319—334页。

当时言语，方言之外有"雅言"。"雅言"就是"夏言"，是当时的京话或官话。孔子讲学就用雅言，不用鲁语。

经义的格式，宋末似乎已有规定的标准，元明两代大体上递相承袭。但明代有两种大变化：一是排偶，一是代古人语气。因为排偶所以讲究声调。因为代古人语气，便要描写口吻，圣贤要像圣贤口吻，小人要像小人的。这是八股文的仅有的本领，大概是小说和戏曲的不自觉的影响。八股文格律定得那样严，所以得简练揣摩，一心用在技巧上。除了口吻、技巧和声调之外，八股文里是空洞无物的。……但它的影响极大，明清两代的古文大家几乎没有一个不是从八股文出身的。

他的老师刘大櫆指出，作文当讲究音节，音节是神气的迹象，可从字句下手（《论文偶记》）。姚鼐得了这点启示，便从音节上用力，去求得那绵邈的情韵。他的文真是所谓靠"阴与柔之美"（《姚鼐与鲁絜非书》）。他最主张诵读，又最讲究虚助字，都是为此。但这分明是八股文讲究声调的转变。

49．《诗的语言》

《朱自清全集》第八卷，337—343页。

诗是比较精粹的语言，但并不是诗人的私语，而是一般人都可以了解的。

又如歌诀，虽具有诗的形式，却不是诗，如：

平声平道莫低昂，上声高呼猛烈强，去声分明哀远道，入声短促急收藏。

四组织：

1．韵律：诗要讲究音节，旧诗词中更有人主张某种韵表示某种情感者，如周济《宋四家词选叙论》：

> 阳声字多则沉顿，阴声字多则激昂，重阳间一阴，则柔而不靡，重阴间一阳，则高而不危。

> 东、真韵宽平，支、先韵细腻，鱼、歌韵缠绵，萧、尤

韵感慨，各具声响。

2. 句式的复沓与倒置：因为诗是发抒情感的，而情感多是重复迂回的，如《古诗十九首》：

行行重行行，与君生别离。
相去万馀里，各在天一涯。
道路阻且长，会面安可知。
…………

这几句都表示同一意思——相隔之远——，可算一种复沓。句式的复沓又可分字重与意重。前者较简单，后者较复杂。歌谣与故事亦常用复沓，因为复沓可以加强情调，且易于记诵。

50.《了解与欣赏》
《朱自清全集》第八卷，351 页。

总结起来说，关于了解与欣赏应该特别注意的有三点：

一是语言的经济。注意句读顿停多少与力量是否集中。

一是比较的方法。讲散文时可用诗句作比较，讲诗时可用散文作比较。文中的语句可与口中的说话比较。读鲁迅先生的《秋夜》，便可与叶绍钧先生的《没有秋虫的地方》比较。比较的方法对于了解与欣赏是极有帮助的。

一是文字的新变。一个作家必须要能深得用字的妙趣，古人称为"炼字"，便是指作家用字时打破习惯而变新的地方，教师就也要在这方面求原文作者的用心。

训练的方法，除教师讲解外，在学生方面，熟读的功夫是不可少的。吟诵与了解极有关系，是欣赏必经的步骤。吟诵时对于写在纸上死的语言可以从声音里得其意味，变成活的语气。不过在朗诵时，要能分辨语气的轻重，要使声调有缓急，合于原文意思发展的节奏。注意本文的意思，不要被声音掩盖了，滑过去。默读是不出声的，偏于用眼，但也不要让意思跟了眼睛滑过去。

51.《文学与语言》
《朱自清全集》第八卷，355—356 页。

专就散文而论，桐城派的古文与从前的《大公报》的社评也不同。

后者可称为新文言或变质的文言，其中夹上许多的新名词，而没有声调之美。古文读起来是可以摇头摆尾的，但读大公报的社评，头摇不起来，尾也摇不出来。所以我必须用不同的眼光去观察，把它们看成两种东西。

声律是使文学美化的一个要素，旧诗中的音调都是很美的。新诗则利用节奏。

52.《中等学校国文教学的几个问题》

《朱自清全集》第八卷，401页。

令学生分述各段大意及全篇大意。报告参考结果时，报告者即应分段朗读原文（藉此亦可练习朗读能力。现在中等学生朗读能力实太缺乏，不是嘤嘤，便是喃喃，清晰响亮者极不多！这是要由小学校负责的！）……

53.《怎样学习国文》

《朱自清全集》第八卷，第3493页。

中学生对于"读"的功夫是太差了，现在把"读"的意义，简单地说一说。"读"这方面，它是包含着了解的程度及欣赏的程度。就像看一张图画，你觉得它确实太好了，但问你好到什么境地？那么得由你自己去体会，从体会的能力，就见出欣赏的深浅。

古人作一篇文章，他是有了浓厚的感情，发自他的胸腑，才用文字表现出来的。在文字里隐藏着他的灵魂，使旁人读了能够与作者共感共鸣。我们现在读文言，是因为时间远隔，古今语法不同，词汇差别很大，你能否从文字中体会古人的感情呢？这需要训练，需要用心，慢慢地去揣摩古人的心怀，然后才发现其中的奥蕴，这就是一般人觉得文言文了解的程度，比白话文实在是难的地方。

…………

文言文，大学生与中学生都不大喜欢读的，大半因为文言文中的词汇不容易了解，譬如文言文中的"吾谁欺"在白话文中是"我欺负哪一个"的意思。如果你不了解古代文法，也许会想到别的意义上去。然而只要多读它几遍，多体会一下，了解的程度就不同。所以"读"的功夫，我是以为非常重要的。

由于文言文在日常应用上渐渐地失去效用，我们对于过去用文言文写的典籍，便漠不关心，这是错误的思想。因为我们过去的典籍，我们阅读它，研究它，可以得到古代的学术思想，了解古代的生活状况，这便是中国人对于中国历史认识的任务。你多读文言，多研究历史、典籍、古文，这阅读工作的本身就是值得尊重的！

读文言最难的一步工作，是需要查字典、找考证、死记忆。有一种人图省事，对这步工作疏忽，囫囵吞枣地读下去，还自号"不求甚解"。这种态度，太错误了。假若我们模仿陶渊明的"好读书，不求甚解"的态度，那是有害无益的。他的不求甚解，是因为学问已经很渊博了，隐居时才自称"不求甚解"的，这句话含着他的人生观，青年人是万万不能从表面去仿效的。如果你以为他的不求甚解，就是马虎过去的意思，那么你非但没有了解"不求甚解"这句话的意义，对于你所读的书，就更无从了解。

由此可见，诗里含着高尚的感情，要你多欣赏，多诵读，必能了解得更深刻。

54.《朱自清日记》中的资料

《朱自清全集》第九卷，第166—275页。

（1）1933.10.14

十四日星期五晴

晚中国文学会开会，讲伦敦读诗会事。平伯讲歌诗、诵诗之别。

周孝若谓闻一多言诗与乐无多关系。

（2）1933.10.24

二十四日星期六晴

昨一多讲新诗问题，大旨如次：

①诗的倡优起源说。作者以娱悦其上，读者乃灵魂的纵淫，注重音乐此其要因，所谓歌也，音乐虽为诗所需，但不需太多。古诗中有思挣扎出倡优境界者，如所谓劝百讽一是也。至三百篇全然言志，不能以倡优论，杜甫、孟郊亦能言志，且有教训与人。

②新诗仍不脱倡优行径，注重肉感，惟今已无帝主，亦无士夫，无所用之，应注重理智（intellect），诗须有严肃的目的。文本载道，以能言志为佳；诗本言志，以能载道为佳也。理智与理不同，亦高级情感（high emotion），须含蓄。如做不到，宁有教训，不可放纵。又谓吟唱诗要不得，又主张诗有功用，重乐观。

③诗异于散文者，在语的音节。诗当如话剧，须以模印理论（Typographical Theory）解之。此节闻君未详。

④诵之诗价值在歌之诗上。

（3）1934.5.10

十日星期三晴

重读孟实《为诗的音律辩护》一文，觉其中论中国诗句法，以音义兼尽为主，故重韵；又谓中国诗讲究音律乃因诗已不能弦歌，故乃于文字本身找音乐也；又谓诵诗宜提倡，当斟酌于格律与语言声调之中而诵之，不宜只重其一种。此三说皆极有见。

（4）1934.5.23

二十三日星期三晴

昨晚举行吟诵会，以我将去之，《大摊儿》为最好，《孔乙己》亦不劣。余读《卡尔佛里》较佳，《给亡妇》则不佳。因以题材关系，且在顾宪良读《子夜》上海译文后，亦不免影响也。先是此会拟有人读上海白，求材料而不得，始定翻译办法。然《子夜》之文实太啰嗦，不便诵读，其描写处尤然。顾君计费时二十五分，众有倦意，余文只得疾读，且紧接顾后，未容听众喘息，此皆失败因由也。本日读语体皆勉效口语；然此只是一种读法。在此读法中愈工口语与文之愈近口语者自易成功，唐君是也。然如稻翁之论，谓惟幽默轻巧之作乃能诵读，则亦不免一偏之说。大抵不近口语之作，当另有读法，须着重咬字，使字有高尚感情（Noble Feeling），则尚远于口语声调。此层尚待试验，昨日之会，本意固在试验耳。稻翁读八股，声调至佳，如顾宪良之从未见八股文者，亦觉其有力。可知读之关系亦不小也。至董同和读《秋声赋》，真背书耳。

（5）1936.2.15

十五日星期六晴

参加冯的婚礼。

梁宗岱和罗念生来访。谈及平仄韵律。引用朱孟实的观点：诗与音乐分离之后，始产生平仄韵律。韵律是为了歌唱，并非为了朗诵。

（6）1944.1.8

八日星期六晴

阅卷一百二十份。伦威克教授讲课，题为《英诗概况》，要点如下：诗——词——语言——短语。词序不易改变。语音及韵律形成语调的抑扬顿挫，皆服从于诗的主旨。音调，重音，——音质，长音，短音等——吟唱诗与朗诵诗，适合于演唱的民歌。具有音乐技巧的诗人不一定能写出有音乐节奏的诗歌。诗配乐曲比较困难。等等。

55．《朱自清书信》

《朱自清全集》第十一卷。

（1）致叶圣陶 二十三（一九四八年）三月六日灯下

三、弟选诗赋较多，因根据经验，觉学生多喜读韵文，而历来教本选诗均太多，又所选诗均多古诗，亦嫌狭窄。鄙意诗歌（包括赋）最好能占每册五分之一，乞二兄酌之。

（2）致俞平伯 二（一九二一年）十月廿九晚

《心》和《小劫》底意境和调子似乎都和兄底别的诗彻异，这两首又互相异。《小劫》的调子和《凄然》相仿。意境底殊胜，音节底啴缓和美，真是无以复加！兄妙在能善采古诗音调之长，更施以一番融铸工夫，所以既能悦耳，又可赏心，兼耳底、心底音乐而有之。记得有人批评俄国诗人某，以为他能将他本国语言里最好的调子用在诗里（大意如此），我也将借了这句话来批评兄底诗了。我读了这首诗，真有"崔颢题诗在上头"之感！《心》底意境也好，但调子似不如余作（除末节）。兄以为如何？——我因此又想起郭沫若君底诗了，郭君押韵，嫌生硬些，现在许多人都如此。我想韵本可帮助诗底艺术美，但不善用之，反觉刺耳，此非知文章甘苦者不能知！——你想产生光明鲜洁的文字，我想《小劫》可称得光明鲜洁了。

（3）致程千帆（一九四四年）八月十四日

昨承惠诗四章，风度高妙，循诵再三，不忍释手，感荷感荷！颇思和作，但有数韵甚险，恐举鼎绝膑；容徐徐为之。《萧萧》与《世味》二律，格高韵胜；前篇"淫"韵，次篇前三韵，尤所心赏，佩甚。《醉中》一篇朴实有味，以俗为雅，甚得江西法，亦所偏爱也。

（4）致吴组缃（出自吴组缃《敬悼佩弦先生》）

我的兴趣本在诗，现在是偏向宋诗；我是个写散文的人，所以也偏爱散文化的诗。

（5）致萧公权 二（一九四一年二月）十八日

顷奉手教并大作《呓语》二章。大作奇丽沉雄，承示诸篇中似均无此境界（《残灯》二章中有之）。

贤者多能，无施不可，至深钦服。首章中二联感慨尤深，令人辄唤奈何。次语意亦新。二章前半并高响遏云。兄着眼甚高，超然物表，而哀婉之情亦自流露于字里行间。此亦吾辈生今日者无可如何者也。二章语气较平静清彻，然弟所偏爱，尤在首章，以为盘纡蕴郁，有一往不穷之妙。步曾先生作亦见气力，但若不能割爱，且不免廊庙气。因知老杜《北征》固不易到耳（妄论勿示人）。赵竟老到陪都，诗事甚盛。与座有潘伯鹰君（见报）旧曾相识。其七言古诗极见功力。其诗出于"大苏"，香软雄肆，兼而有之。

（6）致萧公权 三（一九四一年二月）二十五日

昨奉手教并大作见和一章，敬悉。大作奇横感慨，朗诵数通，便已成诵，足知其入人者深也。全诗结体完密，似尤在《呓语》二章之上。首联结联，不但如常山之蛇，首尾相应，且押"还""颜"二韵均极新警，令人眼明。佩甚，佩甚！（昨降雨，叶君未得晤，《峨嵋曲》星期日寄奉，乞谅为幸！）又大作中二联亦皆未经人道，与起句落句极相称，又极相贯。奇横而不失自然，尤为难能可贵也。前曾谈及赍送文字，弟检旧箧，有友人周厚枢君（乐山国立技专校长）为其太夫人所作哀启，颇谨严而贴切。弟意可谓当行之作。但未必出周君手。寄奉清览，阅毕仍乞寄还，为荷！匆颂

吟安！

叶君拟和颜字韵诗。俟见示，当抄奉台阅。

书成后复诵来诗，情难自遏，再成一章。语多肤廓，未能尽怀。

56.《诵读的态度》

《朱自清全集》第十一卷，307页。

中学国文科课程标准里分诵读为"精读""略读"两种；这个分类代表两种方法，同时也代表两种态度。"精读"要逐词逐句求解，还要讽诵，涵泳；"略读""只观大意"就成，这两种是互相辅助的。而"精读"更是基本，事实上现在中学国文课程，能顾到学生"略读"的恐怕极少；要是真能做到"精"读，就很好了，可是学生"略读"的机会，并不缺少；他们读报，读杂志、小说、小册子，都是"只观大意"，不过不经教师指定，也不经教师指导罢了。

"精读"虽然是基本训练，可是怀疑"精读"的效力的，似乎也有不少人，……

这种怀疑也不是没有渊源的，陶渊明"好读书，不求甚解"，至少可为借口。但陶渊明，"每有会意"或"开卷有得"，"便欣然忘食"；他是着眼在"心得"或"创见"上，这种心得或创见是一种受用。宋人所说的"涵泳"或"玩味"，也便是这种受用。程颐《春秋传序》说，"学《春秋》者，必优游涵泳，默识心通，然后能造其微"。朱熹

《近思录》引谢显道云:"明道先生(程颢)善言《诗》;他又浑不曾章解句释,但优游玩味,吟哦上下,便使人有得处。……便教人有省悟",所谓"心通""造微""得处""省悟",都是受用,也都是修养的境界。

以诵读为修养的手段,正也是一种态度。这样的诵读,不但超乎词句的了解以上,并且常常超出词句的了解以外,超乎词句,便是所谓"言外之意"或"文外之旨"。陆九渊《语录》云:"读书固须晓文义,然只以晓文义为是,只是儿童之学,须看意旨所在"。"文义"是词句;"意旨"是在所谓"字里行间",但还从文义来——离开文义,便无意旨可言。超出词句,却就不然,一个人可以根据他的信念,成见,或偏见,就词句的一枝一节联想开去,得到他的结论或创见。这个结论或创见,也许是很高超的修养境界,但和原来的文义是不相干的,这可以称为"断章取义",却并不是健全的诵读态度。

"读书变化气质",是一个很有力量的信念。读书要能受用,似乎才算真会读书,若是将"受用"一词从宽解释,这句话并没毛病。培根说"读书使人充实";我们可以说,诵读帮助人格的造成或自我的实现。精读和略读都可以有这种效用;这种效用兼包知识与修养而言。精读时的"涵泳",也只是熟读细看,或吟味那字里行间的意旨。这样的"受用",是诵读时能有,也该有的。

…………

从前私塾里教七八岁的孩子念"四书",并不讲,只教念,念了背。我想正是宋人的影响,那些时候,人们过分相信熟读,以为"吟哦上下,便使人有得处"。其实所得的只是些硬橛橛的,不能消化的句子;若不考科举,真是一点用也没有。

…………

再则,向来"分章析句"的人,总不能客观的解释章句。他们将自己的信念当作书篇的意旨,并且使文意也迁就这个无中生有的意旨,汉儒如此,宋儒也如此。只是信念不同,所加给书篇的意旨也不同罢了。这也是"断章取义",也不是健全的诵读态度。

精读得采取分析的态度。词义,句式,声调,论理,段落,全篇主旨,都分析的说明,比较,练习。"词义"包括词在文句和在诗句里的意义;"句式"包括各种语气;"声调"指朗读而言:文言诗文,最好恢复吟诵;只有在吟诵里,骈文和所谓八家文,以及近体诗,才能发挥充足的意味。其馀经、史、子，和一般著述的文字，以及古体诗，可以用"宣读"的调子，却要使每个字都有相当分量。白话诗文，也该用"宣读"的调子；那些用口语写的，得用口语的调子"说"出。

57.《在中国语文诵读方法座谈会上的讲话》

《朱自清全集》第十一卷，320—321 页。

目前小学以及初中诵读白话文，都是两个字作一顿而延长之，有如从前私塾里不顾文义只管瞎念的办法。老师学生也都感到这样读法不对劲儿，然而又想不出别的妙法。抗战期中，一般学校盛行朗诵会。朗诵的人稍带姿态表情，颇有戏剧性。记得闻一多先生朗诵过一首诗，那一首诗的内容并不很好，而经闻先生朗诵之下，就非常动听。可见白话文恐怕与朗诵并没有必然的关系。然而朗诵本身的技巧近年来非常进步，这也是不可否认的事。教育上的诵读方法应当在小学和初中时期养成。我以为不一定须"朗诵"，而必须有对于白话文忠实的"朗读"。朗读的作用更大于诵读。朗读要像纪念周时读总理遗嘱，而比较慢一点儿，要把作品的意义清楚地表达出来。换句话说，像宣读文件似的。已故诗人朱湘曾经以读旧诗的调子和旧戏中的道白法去读白话诗，都恐怕不合式。有人以为白话诗文不能吟唱是他的缺点，而我以为白话诗文只宜干念，本不能吟唱，干吗要唱？唱不见得有什么好处。干念倒能注重诗文的意义。宋朝律诗念起来不如唐律响亮好听，然而宋律内容的精深博大超过了唐律。词离开音乐独立后才扩大了意境。曲子的文学地位所以始终不如诗词，原因也就在他始终没脱离音乐。这些事实，都可以助我们反省。

胡适之先生当年作《建设的文学革命论》，提出"国语的文学，文学的国语"两大目标；国语的文学经过三十年来有意的推进，已相当成功，但是文学的国语似乎还缺少自觉的有意的推进，原因是总有些人觉得白话文里夹杂些文言词句和欧化句法，不能上口。我以为欧化的和文言的成分，在白话文里恐无法避免。青年人接触白话文最多，最久。白话文夹杂文言成分，还不妨碍诵读；只要经过涵泳融化，也就渐能上口。而欧化成分，青年在笔下多方接受，在口语里却不能接受似的。我以为欧化成分应当有意的勉力使他上口，经过相当时期以后，习惯就成自然了。新词汇在清末因来源迫促而繁多，故受到当时许多士大夫的反对。例如张之洞说他的幕客"用新名词，殊堪痛恨！"而幕客回答他："你那'新名词'就是新名词，尤堪痛恨！"可见拒绝新词汇的人也得无意间接受了。到今天，清末所谓新词汇更多半已成为口语了。所以我们对于欧化白话文成分应当渐渐放宽尺度，如不过分，就勉力使它上口。如果自小学即开始注重白话诵读，即使是欧化句式，亦可渐渐上口。那么，将来国语的内容必能日渐丰富，所谓"文学的国语"也就有了。

58.《佩弦吾师千古》

《朱自清全集》第十二卷，389页。

许商也言诗每当著述馀闲密咏恬吟亲教我

正悲哉秋气重过荷塘旧地西风落日倍伤神

受业余冠英敬挽

（作者单位：首都师范大学中国诗歌研究中心）

（编辑：姚苏杰）

2016年中国古典诗歌研究论文索引

◇池　茗　高文韬　整理

＊本索引收录2016年中国古代诗歌相关论文目录，收录范围包括中国大陆正式出版的期刊、报纸。整理参考《中国知网》《全国报刊索引》等相关刊物。

＊个别文章在发表时文字或标点不甚规范或有错误，但为了与发表时的原貌一致，故不做修改。

＊目录按时代编排大类，重要体裁、作家再细分小类。

＊每条所列内容及格式为：作者：题目，《刊物》（出版地），期数，页码。

简明目录

一、先秦诗歌

（一）诗经；（二）楚辞；（三）其他。

二、汉代诗歌

（一）汉诗；（二）汉赋。

三、魏晋南北朝诗歌

（一）三曹；（二）陶渊明；（三）辞赋；（四）其他。

四、隋唐五代诗歌

（一）初唐诗歌；

（二）盛唐诗歌：1．王孟，2．边塞诗派，3．李白，4．杜甫，5．其他；

（三）中唐诗歌：1．韩愈，2．元白，3．其他；

（四）晚唐诗歌：1．小李杜，2．其他；

（五）总论及其他；

（六）词。

五、宋代诗歌

（一）北宋诗：1. 苏轼，2. 其他；

（二）南宋诗：1. 江西诗派，2. 中兴四大家，3. 其他；

（三）宋诗总论及其他；

（四）北宋词：1. 柳永词，2. 苏轼词，3. 其他；

（五）南宋词：1. 辛弃疾词，2. 李清照词，3. 其他；

（六）宋词总论及其他。

六、辽金元诗歌

（一）诗；（二）词曲。

七、明代诗歌

（一）诗；（二）词曲。

八、清代诗歌

（一）诗；（二）词曲。

九、近代诗歌

（一）诗；（二）词曲。

十、理论及其他

一、先秦诗歌

（一）诗经

1. 刘毓庆：《百年来〈诗经〉研究的偏失》，《名作欣赏》（太原），2016 年 01 期，第 145 页。

2. 牛芳芳：《〈诗经·小雅·采薇〉正义探究》，《名作欣赏》（太原），2016 年 02 期，第 120—121 页。

3. 钱玉趾：《屠呦呦之名与〈诗经·鹿鸣〉》，《文史杂志》（成都），2016 年 01 期，第 78 页。

4. 张强：《〈诗经·大雅〉"岂弟"德之内涵新探》，《山东社会科学》（济南），2016 年 01 期，第 73—77 页、第 95 页。

5. 谢模楷：《汪绂〈诗经〉诠义之文学阐释论》，《河北师范大学学报：哲学社会科学版》（石家庄），2016 年 01 期，第 56—61 页。

6. 许凤慧；张晨；陈露：《撷品〈诗经〉中的爱情诗》，《现代语文：学术综合版》（曲阜），2016 年 01 期，第 4—6 页、第 2 页。

7. 刘懿谊：《基于〈诗经〉中传统价值观的社会主义核心价值观

培育研究》,《南方论刊》(茂名),2016年01期,第106—108页。

8. 李家禄:《〈古诗十九首〉对〈诗经〉的继承影响研究》,《语文建设》(北京),第2期,第61—62页。

9. 徐鼎鼎:《〈毛诗序〉美刺说探微》,《河北师范大学学报:哲学社会科学版》(石家庄),2016年01期,第62—71页。

10. 胡祥云:《明代诗话中的〈诗经〉文学品评》,《安庆师范学院学报:社会科学版》(安庆),2015年06期,第13—18页。

11. 朱君毅:《〈诗〉〈传〉〈笺〉及后世咏陇诗中的"周祖"意象》,《西南石油大学学报:社会科学版》(成都),2016年01期,第91—95页。

12. 史文:《融源并流 蔚为大观——评李金坤〈风骚诗脉与唐诗精神〉》,《镇江高专学报》(镇江),2016年01期,第15—17页。

13. 顾明佳:《归士的吟唱 不绝的回响——〈诗经·豳风·东山〉主旨考辨》,《淮南师范学院学报》(淮南),2016年01期,第97—103页。

14. 吴名岗:《山川悠远,唯其劳矣——论〈诗经〉中的"东征"牺牲精神》,《孙子研究》(济南),2016年01期,第100—104页。

15. 吕华亮:《从"舞乐"到"歌乐"——论〈诗经〉颂诗的演变》,《东南大学学报:哲学社会科学版》(南京),2016年01期,第124—129页、第145页。

16. 赵敏俐:《论歌唱与中国早期诗体发展之关系》,《北京大学学报:哲学社会科学版》(北京),2016年01期,第84—92页。

17. 李高:《重回〈诗经〉时代》,《中国社会科学报》(北京),2016年,第2页。

18. 王燕:《论诗经的音乐特征与韵律之美》,《语文建设》(北京),2016年03期,第77—78页。

19. 荣欣:《论〈诗经〉雅、颂中的文王之德》,《文化学刊》(沈阳),2016年01期,第186—188页。

20. 翟婷婷:《〈诗经〉中的孝道精神》,《文化学刊》(沈阳),2016年01期,第189—191页。

21. 王春:《卜筮文化视域下〈诗经〉两首抒情特色新论》,《中学语文教学》(北京),2016年06期,第44—46页。

22. 郭跃辉:《从"俟我于城隅"说开去——〈诗经·静女〉备课

启示》,《语文月刊》(广州),2016 年 07 期,第 13—15 页。

23. 段赛:《试论《诗经·采薇》中"雨雪霏霏"的"雨"字》,《语文学刊》(呼和浩特),2016 年 10 期,第 50—51 页。

24. 姜婷婷:《目的论视角下的庞德、理雅各〈诗经〉英译比较》,《语文学刊》(呼和浩特),2016 年 09 期,第 31—32 页、第 137 页。

25. 薛幼萍:《〈诗经〉的吟诵教学实践与反思》,《课程教育研究》(呼和浩特),2016 年 20 期,第 75—76 页。

26. 赵茂林:《〈鲁诗〉〈毛诗〉篇次异同原因考辨》,《孔子研究》(济南),2016 年 01 期,第 126—134 页。

27. 吴子慧:《"四始"说考论》,《古籍整理研究学刊》(长春),2016 年 01 期,第 57—60 页。

28. 张荣:《论〈诗经·国风〉中的衣裳与人物形象》,《巢湖学院学报》(巢湖),2016 年 01 期,第 70—74 页。

29. 彭敏:《诗史源起与流变》,《求索》(长沙),2016 年 01 期,第 152—156 页。

30. 姜雪丽;杨晖:《论〈诗经〉婚恋诗中植物意象的生成》,《河南科技大学学报:社会科学版》(洛阳),2016 年 01 期,第 50—53 页。

31. 王云鹏:《〈诗经·采蘩〉发微》,《岳阳职业技术学院学报》(岳阳),2016 年 01 期,第 97—100 页。

32. 刘婷:《当今大学生应借鉴〈诗经〉中的爱情观》,《新西部:理论版》(西安),2016 年 02 期,第 118 页、第 140 页。

33. 李永明:《浅析〈诗经〉中的政治讽刺诗》,《名作欣赏》(太原),2016 年 06 期,第 122—123 页。

34. 朱昳晨:《〈小雅·采薇〉明代文献整理情况概述》,《现代语文:学术综合版》(曲阜),2016 年 02 期,第 21—22 页。

35. 陈思琪:《〈圣经·雅歌〉与〈诗经·国风〉之比较》,《红河学院学报》(个旧),2016 年 01 期,第 55—57 页。

36. 袁媛:《〈诗经〉视阈下张爱玲小说中的男性形象》,《佳木斯大学社会科学学报》(佳木斯),2016 年 01 期,第 121—123 页。

37. 许文静;方明:《〈诗经〉中的农具描述及其农业文化内涵》,《景德镇学院学报》(景德镇),2016 年 01 期,第 71—76 页。

38. 孔德超:《论〈诗经偶笺〉景境体味中的文学思想》,《甘肃广播电视大学学报》(兰州),2016 年 01 期,第 36—38 页。

39. 郭冠群：《从创作与阐释角度看〈诗经〉对闺怨诗的双重影响》，《重庆交通大学学报：社会科学版》（重庆），2016年01期，第74—78页。

40. 叶碧英：《〈诗经〉里的典型相思心理探析》，《文教资料》（南京），2016年19期，第6—7页、第29页。

41. 丰晓流：《〈诗经〉爱情系何方》，《中学语文教学参考》（西安），2016年12期，第26—27页。

42. 李千慧：《浅析〈诗经〉中的弃妇形象及其产生原因》，《语文学刊》（呼和浩特），2016年12期，第80—81页。

43. 张平：《天水方言对秦汉文化的继承》，《文教资料》（南京），2016年22期，第26—27页。

44. 邵杰：《〈诗经·野有死麕〉事义考》，《中国韵文学刊》（湘潭），2016年01期，第1—5页。

45. 谭梅：《论〈诗经〉》中居住行为的文化意蕴》，《铜仁学院学报》（铜仁），2016年01期，第149—155页。

46. 唐婷：《〈诗经·伐木〉考释》，《保定学院学报》（保定），2016年01期，第71—79页。

47. 毛宣国：《〈诗经〉阐释与中国古代诗学》，《中国文学研究》（长沙），2016年01期，第62—66页。

48. 沈媛媛：《〈诗经·周南·螽斯〉主题探析》，《内江师范学院学报》（内江），2016年01期，第49—53页。

49. 刘毓庆：《论〈诗经·郑风〉中女性的情感经历》，《榆林学院学报》（榆林），2016年01期，第74—78页。

50. 胡海琼：《〈诗经〉"抱布贸丝"之"布"考辨》，《南昌师范学院学报》（南昌），2016年01期，第120—122页。

51. 张树国：《由乐歌到经典：出土文献对〈诗经〉诠释史的启迪与效用》，《浙江学刊》（杭州），2016年02期，第130—141页。

52. 强中华：《论〈世说新语〉中的〈诗经〉典故》，《河北师范大学学报：哲学社会科学版》（石家庄），2016年02期，第46—50页。

53. 张思齐：《从郭子仪诗歌组看杜甫对〈诗经〉的继承和发展》，《齐鲁学刊》（曲阜），2016年02期，第121—130页。

54. 李辉：《论〈诗经〉"乱"的音乐功能及其演变》，《文艺评论》（哈尔滨），2016年02期，第63—67页。

55. 张三夕；邓凯：《清华简〈蟋蟀〉与〈唐风·蟋蟀〉为同题创作》，《海南大学学报：人文社会科学版》（海口），2016年02期，第90—95页。

56. 朱金发：《论〈诗经〉与先秦"心性"范畴》，《南阳师范学院学报》（南阳），2016年04期，第29—35页。

57. 郭明浩：《〈诗经〉与沈德潜诗学体系建构》，《孔子研究》（济南），2016年03期，第69—78页。

58. 石了英：《中国抒情源头之辨——论高友工对〈古诗十九首〉文学史意义的再阐释》，《中国韵文学刊》（湘潭），2016年01期，第99—105页、第115页。

59. 李训予：《〈诗经·国风〉中的植物意象与女性美》，《许昌学院学报》（许昌），2016年01期，第54—56页。

60. 高博；吴晓龙：《〈诗经〉英译研究的功能语言学途径——以〈东门之墠〉的经验功能分析为例》，《广东外语外贸大学学报》（广州），2016年01期，第81—86页、第100页。

61. 田鹏：《孔子"论诗"与"删诗"新解》，《兰台世界》（沈阳），2016年04期，第154—156页。

62. 魏启峰；赵小刚：《〈诗经〉称代词训解差异对诗意的影响》，《陕西师范大学学报：哲学社会科学版》（西安），2016年06期，第170—174页。

63. 车艳妮：《〈诗经·国风〉中的玉意象内涵》，《青岛农业大学学报：社会科学版》（青岛），2016年04期，第81—86页。

64. 周远斌：《"思无邪"释义辨正——与晁福林先生商榷》，《孔子研究》（济南），2016年06期，第61—65页。

65. 谢炳军：《〈诗经〉的结集及其对〈周公之琴舞·敬之〉的选编——答徐正英先生》，《中州学刊》（郑州），2016年02期，第138—149页。

66. 步蕾英：《〈诗经〉所反映的周代婚俗文化》，《青岛农业大学学报：社会科学版》（青岛），2016年01期，第86—90页。

67. 王思方：《浅析〈诗经〉中的女性观念》，《辽宁师专学报：社会科学版》（铁岭），2016年01期，第19—20页、第86页。

68. 阎阳；武欣：《〈诗经〉中的中国古代建筑文化浅谈》，《语文建设》（北京），2016年06期，第63—64页。

69. 董娟：《〈诗经〉与讽寓：论争述评——以余宝琳、张隆溪、苏源熙为中心》，《太原理工大学学报：社会科学版》（太原），2016年01期，第68—71页。

70. 夏琦：《〈诗经〉读解的流变探析——以〈关雎〉为例》，《美与时代：下》（郑州），2016年02期，第87—89页。

71. 李申曦：《论〈诗经〉篇目的另立新题》，《洛阳理工学院学报：社会科学版》（洛阳），2016年01期，第26—31页。

72. 郭亮亮：《〈诗经〉中的爱情诗考证》，《戏剧之家》（武汉），2016年05期，第252页。

73. 唐婧：《认知语法视野下〈诗经〉"桑意象"及"采桑女形象"的英译——许渊冲、汪榕培、理雅各三种译本对比分析》，《沈阳大学学报：社会科学版》（沈阳），2016年01期，第138—142页。

74. 张树国：《由乐歌到经典：出土文献对〈诗经〉诠释史的启迪与效用》，《浙江学刊》（杭州），2016年02期，第130—141页。

75. 邓诗悦：《释〈诗经〉中的"彼其之子"》，《湖北文理学院学报》（襄樊），2016年03期，第65—68页。

76. 王宁：《〈诗经〉的时间用语与情感表达》，《华中师范大学研究生学报》（上海），2016年01期，第80—84页。

77. 郑志强：《〈诗经〉"雅体诗"新探》，《中州学刊》（郑州），2016年03期，第127—134页。

78. 王笑飞：《"诗言情"在先秦两汉文学理论的发生》，《广东技术师范学院学报》（广州），第29—37页。

79. 林静静；赵奉蓉：《"郑声淫"再探》，《乐山师范学院学报》（乐山），2016年03期，第26—29页。

80. 黄陈林：《中日古代文学中的"葛"研究——基于〈诗经〉与〈万叶集〉比较探究视角》，《大连民族大学学报》（大连），2016年02期，第165—169页。

81. 钟仕伦：《〈世说新语〉诗学文献述略》，《杜甫研究学刊》（成都），2016年01期，第90—99页。

82. 于春莉：《清代桐城学术文化与马瑞辰〈诗经〉学研究》，《学术界》（合肥），2016年03期，第119—126页、第326页。

83. 邓春玲：《〈诗经〉中孝道的内涵及对当代的影响》，《哈尔滨师范大学社会科学学报》（哈尔滨），2016年02期，第16—18页。

84．樊向飞：《浅析〈诗经·卫风·氓〉前后呼应的结构特点》，《经贸实践》（杭州），2016年23期。

85．王岩：《〈诗经·大雅·下武〉题解》，《晋阳学刊》（太原），2016年01期，第138—140页、第145页。

86．田鹏：《朱熹〈诗集传〉自序考论》，《贵州文史丛刊》（贵阳），2016年01期，第71—77页。

87．王红进：《〈诗经〉服饰材料考之裘服》，《语文学刊：外语教育教学》（呼和浩特），2016年03期，第63—64页。

88．唐帅：《〈诗经〉编集过程中的传播问题初探》，《中华文化论坛》（成都），2016年02期，第39—43页、第191—192页。

89．王云飞：《〈诗经〉人文精神探析》，《名作欣赏》（太原），2016年08期，第35—38页。

90．王柯平：《诗教的致知功能——"多识于鸟兽草木之名"疏解》，《美育学刊》（杭州），2016年02期，第76—82页。

91．程远蝶；胡同帝：《〈齐国佐不辱命〉》中的"诗经现象"》，《开封教育学院学报》（开封），2016年03期，第44—45页。

92．毛振华：《日本汉诗引用〈诗经〉的方式及其学术意义》，《广东社会科学》（广州），2016年02期，第167—173页。

93．徐林云：《方玉润〈诗经原始〉研究现状综述》，《湖南广播电视大学学报》（长沙），2016年01期，第22—27页。

94．叶颖芝：《〈诗经〉誓约诗初探》，《重庆第二师范学院学报》（重庆），2016年02期，第86—89页。

95．施心恬：《从"有""无"的审美辩证角度看汉诗英译的局限——以〈诗经〉英译为例》，《成都师范学院学报》（成都），2016年03期，第75—80页。

96．朱卫平：《王夫之、朱熹〈诗经〉经文评论比较》，《船山学刊》（长沙），2016年02期，第31—39页。

97．王燕华：《经典的翻译与传播——〈诗经〉在英国的经典化路径探析》，《上海翻译》（上海），2016年02期，第78—83页、第95页。

98．熊祥军：《论严粲〈诗辑〉解〈诗〉的文学性》，《新余学院学报》（新余），2016年02期，第81—84页。

99．陈明远：《从甲金文再思考"诗经"中禹的形象》，《社会科学论坛》（石家庄），2016年04期，第22—33页。

100. 李传杰：《〈诗经〉的音乐性解读》，《语文建设》（北京），2016年11期，第67—68页。

101. 万唐秋子：《论〈诗经·二南〉》中的美女观与地域文化之关系》，《郧阳师范高等专科学校学报》（丹江口），2016年02期，第14—16页。

102. 蔡晓明：《浅析"堂"概念空间在〈诗经〉中的变迁与完善》，《艺术科技》（杭州），2016年04期，第209页。

103. 王以兴；冯瑾：《〈诗经·关雎〉新解》，《中国韵文学刊》（湘潭），2016年02期，第16—20页。

104. 泓峻：《赋、比、兴与汉语诗性文本内部的心物关系结构类型》，《中州大学学报》（郑州），2016年02期，第36—42页。

105. 任娟：《浅析〈诗经〉中的孝道思想及其表现方式》，《广西民族师范学院学报》（南宁），2016年02期，第104—106页。

106. 张中宇：《〈诗三百〉编订"讼案"与趋势》，《重庆师范大学学报：哲学社会科学版》（重庆），2016年02期，第5—11页。

107. 李惠姊：《从〈颂〉和〈九歌〉中微探南北方祭祀文化》，《河北广播电视大学学报》（石家庄），2016年02期，第66—69页。

108. 吴思佳：《由采诗活动看〈诗经〉的新闻性》，《新乡学院学报》（新乡），2016年04期，第36—38页。

109. 闫孟莲：《〈诗经·商颂〉为商人旧作》，《信阳师范学院学报：哲学社会科学版》（信阳），2016年03期，第133—136页。

110. 罗训鹏；谭德兴：《从〈诗经〉看周代道路发展情况》，《乐山师范学院学报》（乐山），2016年05期，第78—82页。

111. 胡美馨：《多声部赋格经注策略及其对中国经典"走出去"的启示——以理雅各〈诗经·关雎〉注释为例》，《外国语：上海外国语大学学报》（上海），2016年03期，第83—91页。

112. 李小贝：《远古歌谣和〈诗经〉中的诗情内涵探讨》，《湖北大学学报：哲学社会科学版》（武汉），2016年03期，第95—99页。

113. 韩蕊蕊：《新世纪〈诗本义〉研究综述》，《美与时代：下》（郑州），2016年05期，第30—31页。

114. 彭茂芸：《〈诗经〉鸟意象的审美探究》，《西北成人教育学院学报》（兰州），2016年03期，第100—102页、第109页。

115. 廖越：《〈风〉诗"非民歌说"平议》，《天水师范学院学报》（天水），2016 年 03 期，第 78—83 页。

116. 董娟：《比较视阈中的〈诗经〉与讽寓解释：系谱性考略》，《肇庆学院学报》（肇庆），2016 年 03 期，第 30—34 页。

117. 袁济喜；迟文颖：《风雅与玄思的天合——嵇康四言诗融汇问题新探》，《安徽师范大学学报：人文社会科学版》（芜湖），2016 年 03 期，第 273—284 页。

118. 朱家席：《论五河民歌对〈诗经〉的借鉴与继承》，《巢湖学院学报》（巢湖），2016 年 02 期，第 70—75 页。

119. 侯文华：《卫国女儿的焦愁与拯救——读〈诗经·鄘风·载驰〉》，《古典文学知识》（南京），2016 年 03 期，第 12—18 页。

120. 魏岱华：《略说〈诗经·国风〉之美》，《中国民族博览》（北京），2016 年 05 期，第 208—209 页。

121. 孔德超：《〈诗经偶笺〉中的"以情论诗"》，《晋城职业技术学院学报》（晋城），2016 年 03 期，第 72—74 页。

122. 方坚伟：《先秦〈诗经〉传播形态论略》，《黑龙江教育学院学报》（哈尔滨），2016 年 05 期，第 95—96 页。

123. 留生：《古史辨派与朱谦之在"诗乐"上的态度》，《歌海》（南宁），2016 年 03 期，第 70—74 页。

124. 刘璐：《孔子"诗教"观再解读》，《陕西学前师范学院学报》（西安），2016 年 05 期，第 27—29 页。

125. 胡美馨：《多声部赋格经注策略及其对中国经典"走出去"的启示——以理雅各〈诗经·关雎〉注释为例》，《外国语：上海外国语大学学报》（上海），2016 年 03 期，第 83—91 页。

126. 李小贝：《远古歌谣和〈诗经〉中的诗情内涵探讨》，《湖北大学学报：哲学社会科学版》（武汉），2016 年 03 期，第 95—99 页。

127. 陆跃升：《试论〈诗经〉婚恋诗中的婚姻观》，《赤峰学院学报：汉文哲学社会科学版》（赤峰），2016 年 05 期，第 186—188 页。

128. 安奇贤：《〈诗经〉"女性"研究综述》，《牡丹江大学学报》（牡丹江），2016 年 05 期，第 68—70 页。

129. 刘永亮：《理雅各〈诗经〉翻译出版对中国典籍走出去之启示》，《中国出版》（北京），2016 年 13 期，第 63—65 页。

130. 李含嫣：《女性服饰审美辨析——以〈诗经〉为例》，《南宁职业技术学院学报》（南宁），2016 年 04 期，第 23—26 页。

131．张彦群：《〈诗经〉与〈楚辞〉句首、句中语气词探析》，《西部皮革》（成都），2016年16期，第294—295页。

132．曾建华：《"弃夫"的悲歌：〈邶风·谷风〉的语境分析》，《中国韵文学刊》（湘潭），2016年03期，第1—4页。

133．张民权：《万光泰〈经韵余论〉与〈诗经〉韵例研究》，《语文研究》（太原），2016年03期，第16—22页。

134．王雯雯：《孔子在〈论语〉中对〈诗经〉引用及其价值》，《赤峰学院学报：汉文哲学社会科学版》（赤峰），2016年08期，第127—129页。

135．阎雨濛：《〈诗经〉与〈楚辞〉中的龙意象》，《宁波教育学院学报》（宁波），2016年04期，第56—58页、第72页。

136．孙柯贞：《论徐光启〈毛诗六帖〉对〈诗经〉的文学性研究》，《名作欣赏》（太原），2016年23期，第69—70页。

137．王磊：《〈诗经〉中的昆虫文化》，《青岛农业大学学报：社会科学版》（青岛），2016年03期，第87—89页、第94页。

138．冯源：《〈诗经〉所见河洛地域婚恋诗的情感特征及文化内涵》，《河南工程学院学报：社会科学版》（郑州），2016年03期，第75—81页。

139．朱倩：《清代〈诗经〉学与王昶"寄兴托意"词学思想研究》，《理论观察》（齐齐哈尔），2016年08期，第127—128页。

140．朝彻：《孔子与〈诗〉及其魅力》，《文史杂志》（成都），2016年05期，第60—62页。

141．石强：《郑振铎〈插图本中国文学史〉视野下的〈诗经〉研究》，《兰台世界》（沈阳），2016年16期，第102—106页。

142．高妍：《〈蟋蟀〉对读及其主旨和艺术特色分析》，《文学教育：上》（武汉），2016年09期，第42—44页。

143．唐雨菲：《汉乐府战争诗的情感倾向对〈诗经〉的发展》，《文学教育：上》（武汉），2016年09期，第126—127页。

144．柯小刚：《政教与自然：〈诗经·北风〉与变风的诗教意义》，《同济大学学报：社会科学版》（上海），2016年04期，第77—82页、第97页。

145．李颖；姚小鸥：《二重证据视野下的孔子删诗问题》，《北方论丛》（哈尔滨），2016年04期，第1—4页。

146. 马草：《儒家诗教观的文化阐释》，《湖北社会科学》（武汉），2016 年 07 期，第 117—122 页。

147. 刘济芳：《从传统民俗看〈诗经·七月〉"授衣"》，《临沂大学学报》（临沂），2016 年 03 期，第 95—99 页。

148. 张节末：《从〈诗经〉比兴循环解释现象探究"兴"的起源——以〈关雎〉〈汉广〉〈樛木〉三诗为例》，《浙江大学学报：人文社会科学版》（杭州），2017 年 01 期，第 195—205 页。

149. 李斌：《郭沫若、闻一多〈诗经〉研究互证》，《郭沫若学刊》（乐山），2016 年 02 期，第 12—18 页。

150. 吴海琪：《〈诗经·七月〉：农事背后的爱情与生活意韵》，《武汉工程职业技术学院学报》（武汉），2016 年 02 期，第 63—65 页。

151. 阳淑华：《〈诗经〉中的"弃妇诗"及其主题嬗变》，《广西科技师范学院学报》（柳州），第 33—37 页。

152. 宿雷：《〈诗经·国风〉中的女性形象——以"二南"、〈王风〉为例》，《潍坊学院学报》（潍坊），第 16—20 页、第 85 页。

153. 孙志江：《〈诗经〉中的 PR 思绪透视（之一）——兼从公关的视角解读〈韩诗外传〉》，《公关世界》（北京），2016 年 11 期，第 48—51 页。

154. 尹雯：《系联〈诗经〉"东、冬"二韵浅析二韵分合》，《兰州教育学院学报》（兰州），2016 年 06 期，第 59—60 页。

155. 张得才：《〈诗·关雎〉——"舞雩"祈雨之祀》，《湖北职业技术学院学报》（孝感），2016 年 02 期，第 38—41 页。

156. 蔺文龙：《论毛奇龄对清代〈诗经〉考据学的贡献》，《牡丹江大学学报》（牡丹江），2016 年 06 期，第 38—40 页。

157. 秦蓁：《欧阳修儒学复兴时代语境下的〈诗经〉学阐释》，《中华文化论坛》（成都），2016 年 06 期，第 59—65 页。

158. 刘静：《清代常州学派对〈诗经〉学发展的影响与贡献》，《河北学刊》（石家庄），2016 年 04 期，第 222—226 页。

159. 张健婷：《从氓形象看女性悲剧命运及反映的"集体无意识"》，《现代交际》（长春），2016 年 14 期，第 82—84 页。

160. 刘灿灿：《从〈诗经·卫风〉中看卫国的风俗礼仪》，《赤峰学院学报：汉文哲学社会科学版》（赤峰），第 161—163 页。

161. 赵敏俐：《赋体的生成与先秦〈诗〉学传统》，《中国诗歌研究》（北京），2016 年 01 期。

162．安小兰：《"赋者，古〈诗〉之流也"正义》，《中国诗歌研究》（北京），2016 年 01 期，第 56—67 页。

163．宋小芹：《〈诗经〉中植物特性与比兴之密切关系的几种表现》，《荆楚学术》（武汉），2016 年第 4 期，第 99—101 页。

164．刘娟：《〈诗经〉到〈楚辞〉乐风的嬗变》，《艺术研究》（哈尔滨），2016 年 03 期，第 55—57 页。

165．龚敏：《清代词坛尊体运动中的〈诗经〉》，《黄冈师范学院学报》（黄冈），2016 年 04 期，第 54—56 页。

166．郭红：《陆机拟古诗对〈诗经〉艺术手法的继承》，《开封教育学院学报》（开封），2016 年 08 期，第 20—21 页。

167．崔云胜：《〈诗小序〉作于子夏——张澍〈诗小序翼题辞〉述评》，《河西学院学报》（张掖），2016 年 04 期，第 75—84 页。

168．张思远：《〈论语〉中的〈诗经〉现象及其意义》，《文化学刊》（沈阳），2016 年 08 期，第 221—222 页。

169．焦杰：《从〈诗经〉诗义看先秦女性的自由性情》，《平顶山学院学报》（平顶山），2016 年 04 期，第 1—6 页。

170．王小惠：《钱玄同的〈诗经〉论》，《鲁迅研究月刊》（北京），2016 年 08 期，第 84—88 页、第 34 页。

171．王志芳：《由〈诗经·卫风·淇奥〉中的"绿竹"谈及竹意象的文化内涵》，《名作欣赏》（太原），第 111—113 页、第 147 页。

172．阚海阳：《阎连科小说〈风雅颂〉对〈诗经〉元素的应用和变异》，《名作欣赏》（太原），2016 年 27 期，第 111—113 页。

173．冯文开：《口承与书写视域下的〈诗经〉研究》，《民俗研究》（济南），2016 年 05 期，第 27—33 页、第 158 页。

174．何海燕：《清代〈诗经〉的文学阐释及其文学史意义》，《文学遗产》（北京），2016 年 05 期，第 95—102 页。

175．鲁洪生：《民国时期的赋、比、兴研究》，《文学遗产》（北京），2016 年 05 期，第 103—111 页。

176．张诗芳：《浅论〈诗经〉中悼亡作及其影响》，《沧州师范学院学报》（沧州），2016 年 03 期，第 7—9 页。

177．彭燕：《论〈诗经〉祭祀活动中女子的地位和作用》，《杜甫研究学刊》（成都），2016 年 03 期，第 110—114 页。

178. 高中华；姚小鸥：《周代政治伦理与〈芮良夫毖〉"谁適为王"释义》，《文艺评论》（哈尔滨），2016年09期，第41—44页。

179. 秦蓁：《经学为"体"，文学为"用"——欧阳修〈诗经〉阐释的二元维度》，《孔子研究》（济南），2016年05期，第90—96页。

180. 周子君：《"新训诂学"之代表——闻一多〈诗经〉字词训诂方法之浅析》，《大众文艺》（石家庄），2016年18期，第193—194页。

181. 冯现冬：《为伊消得人憔悴——〈诗经·卫风·伯兮〉的思念主题赏析》，《名作欣赏》（太原），2016年29期，第20—21页。

182. 王萌芽：《〈诗经〉与〈楚辞〉植物对比研究——以〈离骚〉为例》，《名作欣赏》（太原），2016年03期，第24—25页。

183. 刘书刚：《〈诗经·豳风·东山〉新读》，《名作欣赏》（太原），2016年28期，第93—95页。

184. 李伟强：《〈诗经·秦风·渭阳〉作年考》，《辽宁工业大学学报：社会科学版》（锦州），2016年06期，第56—59页。

185. 朱国伟：《〈诗经·邶风·柏舟〉诗义新解》，《南京师范大学文学院学报》（南京），2016年04期，第26—30页。

（二）楚辞

186. 许富宏：《〈楚辞·九章〉中的"节士喻"及其文学渊源》，《南通大学学报：社会科学版》（南通），2016年01期，第61—68页。

187. 陈欣：《论清代楚辞文学艺术研究的特点与成就》，《学术交流》（哈尔滨），2016年01期，第181—185页。

188. 方铭；刘剑：《2013年屈原及楚辞研究综述》，《云梦学刊》（岳阳），2016年01期，第36—43页。

189. 施仲贞：《屈复〈楚辞新注〉中的"遗民情结"》，《南通大学学报：社会科学版》（南通），2016年01期，第69—75页。

190. 张志香；（日）浅野裕一：《基于出土文献的彭咸新考——兼论彭咸传说的形成与变迁》，《东疆学刊》（延吉），2016年01期，第10—18页。

191. 陈桐生：《屈原后期的心境障碍及其沉江结局》，《铜仁学院学报》（铜仁），2016年01期，第10—15页。

192．朱磊：《论先秦的成仙模式——屈原"游仙"幻想的宗教学分析》，《四川大学学报：哲学社会科学版》（成都），2016年01期，第112—119页。

193．赵敏俐：《论歌唱与中国早期诗体发展之关系》，《北京大学学报：哲学社会科学版》（北京），2016年01期，第84—92页。

194．郭建勋；罗璐：《论王闿运〈楚辞释〉的政治化阐释及其影响》，《湖南科技大学学报：社会科学版》（湘潭），2016年01期，第148—154页。

195．周建忠；孙金凤：《论林云铭〈楚辞灯〉对〈离骚〉的解读，《吉林师范大学学报：人文社会科学版》（吉林），2016年01期，第30—38页。

196．孙金凤：《林云铭〈楚辞灯〉在日本的传播与影响》，《宁夏大学学报：人文社会科学版》（宁夏），2016年01期，第144—149页。

197．刘长华：《闻一多诗歌与"楚辞"的复活——基于民族神话、传说意象视野的考察》，《延安大学学报：社会科学版》（延安），2016年01期，第85—89页、第94页。

198．徐梅：《宋玉〈九辩〉的悲秋情结》，《郧阳师范高等专科学校学报》（郧阳），2016年01期，第53—56页。

199．郎耀辉：《屈原〈九歌〉对人生意义的解决——兼论林怀民〈九歌〉中对"司命"的处理方式》，《安徽文学：下半月》（合肥），2016年02期，第3—4页。

200．张思齐：《日本楚辞学的内驱力》，《大连大学学报》（大连），2016年01期，第30—42页。

201．李文：《近代公羊学与楚辞研究》，《天中学刊》（驻马店），2016年02期，第94—98页。

202．李佳玉：《日本楚辞文献版本的调查与研究》，《职大学报》（包头），2016年01期，第22—27页。

203．李金善；赵然：《晚清、民国时期楚辞研究的现代转型——以王闿运、梁启超、游国恩为例》，《河北学刊》（石家庄），2016年02期，第114—118页。

204．蔡靖泉：《端午为屈原的节俗演变与文化意义》，《湖北社会科学》（武汉），2016年01期，第115—124页。

205．贺威丽：《先唐文学中的乐舞形象——以〈诗经〉〈楚辞〉、汉魏六朝诗赋为例》,《湖北社会科学》(武汉),2016年02期,第44—47页。

206. 张世磊:《从先秦文献命名方式看〈离骚〉篇题及其内涵》,《唐都学刊》(西安),2016年02期,第67—73页。

207. 赵聘:《宋代〈楚辞〉刻书的异文保存》,《齐齐哈尔大学学报:哲学社会科学版》(齐齐哈尔),2016年03期,第140—143页。

208. 兰珊:《楚文化的"异托邦"诗学想象——略论闻一多的〈九歌〉研究》,《殷都学刊》(安阳),2016年01期,第64—65页、第68页。

209. 邓盼:《骆鸿凯〈楚辞〉学中的音韵研究探赜》,《云梦学刊》(岳阳),2016年02期,第28—32页。

210. 赵然;李金善:《游国恩楚辞学思想探源》,《人民论坛》(北京),2016年08期,第187—189页。

211. 赵辉:《战国新乐与楚辞的新变》,《中南民族大学学报:人文社会科学版》(武汉),2016年02期,第112—119页。

212. 王伟:《〈楚辞〉所载汉人作品校证(三十九则)》,《辽东学院学报:社会科学版》(丹东),2016年02期,第1—6页。

213. 赵长慧:《〈九歌〉"优美"艺术特征》,《郧阳师范高等专科学校学报》(郧阳),2016年02期,第33—36页。

214. 丰子翔:《"芳与泽其杂糅兮"浅证》,《开封教育学院学报》(开封),2016年04期,第28—29页。

215. 黄超:《从林黛玉相关描写看〈红楼梦〉对楚辞的接受》,《名作欣赏》(太原),2016年11期,第119—120页。

216. 周秉高:《论〈楚辞·九歌〉是叙事诗而非抒情诗》,《云梦学刊》(岳阳),2016年03期,第38—43页。

217. 黄灵庚:《出土文献与当下的〈楚辞〉研究》,《云梦学刊》(岳阳),2016年03期,第44—46页。

218. 魏义刚:《浅析王维骚体诗与楚辞〈九歌〉之间的承变》,《安徽文学:下半月》(合肥),2016年05期,第19—20页。

219. 许光:《〈离骚正义〉与望溪"义法"》,《海南大学学报:人文社会科学版》(海口),2016年03期,第69—74页。

220. 代生:《清华简〈楚居〉与楚辞研究三题》,《济南大学学报:社会科学版》(济南),2016年03期,第10—14页。

221. 芦莎莎：《论〈楚辞〉的感伤之美》，《中华文化论坛》（成都），2016年05期，第48—51页。

222. 夏远生：《"我们就是他生命长存的见证"——毛泽东十评屈原》，《湘潮：下半月》（长沙），2016年07期，第20—50页。

223. 陈文新：《疑古与分寸——评〈剑桥中国文学史〉的楚辞论述》，《文艺研究》（北京），2016年06期，第153—160页。

224. 刘杨：《从出土文献看〈离骚〉篇题解》，《殷都学刊》（安阳），2016年02期，第52—55页。

225. 王雪冰：《汉代体物大赋对〈楚辞〉语词的接受》，《安顺学院学报》（安顺），2016年03期，第5—6页、第14页。

226. 王凡：《二湘"恋爱"状态考释》，《鸡西大学学报》（鸡西），2016年06期，第101—104页。

227. 施仲贞：《屈复〈楚辞新注〉注疏研究》，《重庆师范大学学报：哲学社会科学版》（重庆），2016年03期，第70—75页。

228. 常晓彬：《"人、神之恋"的祭歌——〈九歌〉》，《昭通学院学报》（昭通），2016年03期，第33—39页。

229. 万新华：《鬼耶？神耶？——傅抱石〈山鬼〉释读》，《南方文物》（南昌），2016年02期，第235—237页、第234页、第2页、第301页。

230. 方言：《唐前文学作品对〈招魂〉〈大招〉的接受——南方想象的建构》，《忻州师范学院学报》（忻州），2016年03期，第42—45页。

231. 李大明：《长江文学的一个样板——战国后期至西汉时期楚辞的生成与传播》，《中华文化论坛》（成都），2016年06期，第5—12页、第191页。

232. 赵静：《〈天问注补〉作者疑误辨》，《文献》（北京），2016年04期，第170—173页。

233. 常威：《民国〈天问〉研究平议》，《云梦学刊》（岳阳），2016年04期，第30—37页、第114页。

234. 张世磊：《屈辞文体研究现状、问题及其研究方向》，《云梦学刊》（岳阳），2016年04期，第38—43页。

235. 周仁政：《论沈从文与巫楚文化》，《文艺争鸣》（长春），2016年07期，第91—99页。

236. 马燕鑫：《道骞〈楚辞音〉对〈文选〉版本的校勘价值——

以〈离骚〉经及王逸注为例》,《古籍整理研究学刊》(长春),2016 年 04 期,第 7—10 页。

237. 施仲贞:《论胡濬源〈楚辞新注求确〉的成书与体例》,《宁夏大学学报:人文社会科学版》(宁夏),2016 年 04 期,第 123—127 页。

238. 龚敏:《清代词坛尊体运动中的〈楚辞〉》,《荆楚学术 2016 年第四期:总第五期》(武汉),第 74—76 页。

239. 熊良智:《口头传统与文人创作——以楚辞的诗歌生成为中心》,《中国社会科学》(北京),2016 年 08 期,第 159—183 页、第 208 页。

240. 秦龙泉:《从〈离骚〉看〈楚辞补注〉与〈广韵〉反切注音的差异》,《大众文艺》(石家庄),2016 年 16 期,第 14 页。

241. 青萍:《〈九章〉的得名》,《文史杂志》(成都),2016 年 05 期,第 62 页、第 108 页。

242. 熊贤品:《〈楚辞·天问〉"昏微遵迹"与商先公世系问题》,《殷都学刊》(安阳),2016 年 03 期,第 16—20 页。

243. 石丹丹:《从〈楚辞〉服饰透视屈原人格魅力》,《大众文艺》(石家庄),2016 年 17 期,第 46 页。

244. 张宏锋:《宋代〈楚辞〉传播地域考》,《齐齐哈尔大学学报:哲学社会科学版》(齐齐哈尔),2016 年 09 期,第 148—150 页、第 153 页。

245. 李其霞:《〈楚辞〉之崇香及先秦香文化》,《长春理工大学学报:社会科学版》(长春),2016 年 05 期,第 105—108 页、第 129 页。

246. 张树国:《论〈楚辞·远游〉文本的组成》,《杭州师范大学学报:社会科学版》(杭州),2016 年 05 期,第 60—71 页。

(三) 其他

247. 陈业新:《〈周易〉"三驱"礼考释》,《周易研究》(济南),2016 年 02 期,第 71—87 页。

248. 王璞:《郭沫若与古诗今译的革命谱系》,《文学评论》(北京),2016 年 03 期,第 152—163 页。

249. 拜昆芬:《先秦诗赋中的美女形象流变——以"色相"描写为中心》,《运城学院学报》(山西),2016 年 04 期,第 49—53 页。

250. 吴承学:《"九能"综释》,《文学遗产》(北京),2016 年 03 期,第 116—131 页。

251. 王正：《重思先秦儒家的王霸之辨》，《中国哲学史》（北京），2016年03期，第13—19页。

252. 郑杰文：《由谶纬说"神守文化""社稷守文化"对先秦文学的影响》，《文学评论》（北京），2016年03期，第187—192页。

253. 王泽文：《浅析海昏侯墓出土的两件先秦青铜礼器》，《南方文物》（南昌），2016年03期，第234—236页、第209页。

254. 钟书林：《对话圣贤与经典——孔子成圣之路与先秦诸子经典的形成》，《文史哲》（济南），2016年02期，第76—90页、第166—167页。

255. 李巍：《逻辑方法还是伦理实践？——先秦儒墨"推类"思想辨析》，《文史哲》（济南），2016年05期，第115—125页、第167—168页。

256. 陈鸿超：《〈左传〉先秦传授世系再议》，《中国典籍与文化》（北京），2016年02期，第99—107页。

257. 薛梦潇：《先秦、秦汉月令研究综述》，《中国史研究动态》（北京），2016年03期，第14—22页。

258. 高华平：《先秦的"小说家"与楚国的"小说"》，《文学评论》（北京），2016年01期，第171—181页。

259. 戴晋新：《先秦诸子的"春秋"观——观念史与史学史的考察》，《理论与史学》（北京），2016年00期

260. 许可；陈颖飞：《2015年先秦史研究概述》，《中国史研究动态》（北京），2016年06期，第5—11页。

261. 可永雪：《分门别类，追本溯源——简评《〈文心雕龙〉先秦两汉文学批评研究》》，《内蒙古师范大学学报：哲学社会科学版》（呼和浩特），2016年04期，第177页。

262. 韩博韬：《从〈学记〉研究（1979—2014）看先秦儒家教育伦理思想的当代探索》，《唐山师范学院学报》（唐山），2016年06期，第95—99页。

263. 孙亚丽：《〈周易〉之诚信思想及对先秦儒家的影响》，《中国青年社会科学》（北京），2016年06期，第130—135页。

264. 王鑫：《王弼易学新证》，《中国哲学史》（北京），2016年04期，第17—29页。

265. 李尚信：《释〈周易〉晋卦卦爻辞》，《周易研究》（济南），

2016年06期，第19—26页。

二、汉代诗歌

（一）汉诗

266. 陈瑞娟：《唐人的乐府诗观研究》，《中国典籍与文化》（北京），2016年01期，第23—29页。

267. 闫菲：《曹操、曹丕古乐府创作相关问题论析》，《北方论丛》（哈尔滨），2016年01期，第28—30页。

268. 刘怀荣：《〈俳歌辞〉的发展源流及表演方式》，《文学遗产》（北京），2016年01期，第13—24页。

269. 王福利：《行体乐府的声辞关系及其在舞曲歌辞中的应用》，《文学遗产》（北京），2016年01期，第25—33页。

270. 张艳：《汉乐府〈朱鹭〉曲新释》，《中南民族大学学报：人文社会科学版》（长沙），2016年01期，第144—147页。

271. 葛晓音：《日本伎乐"吴公"本事与汉魏乐府》，《北京大学学报：哲学社会科学版》（北京），2016年01期，第57—68页。

272. 钱志熙：《王运熙在汉魏六朝乐府研究方面的贡献》，《北京大学学报：哲学社会科学版》（北京），2016年01期，第93—99页。

273. 郭殿忱：《唐人咏〈陇头〉乐府诗异文校释》，《天水师范学院学报》（天水），2016年01期，第1—5页。

274. 杨恂骅：《论初唐的新题乐府》，《兰台世界》（沈阳），2016年04期，第151—153页。

275. 王辉斌：《梅鼎祚与〈古乐苑〉的乐府题解批评》，《学术论坛》（南宁），2016年01期，第106—111页。

276. 柳卓娅；陈文华：《出土文物与汉乐府〈秋胡行〉古辞考》，《江汉论坛》（武汉），2016年04期，第94—98页。

277. 文晓华：《魏晋六朝拟篇乐府诗初探》，《中国韵文学刊》（湘潭），2016年02期，第21—28页。

278. 王立增：《论杨慎的乐府研究》，《四川师范大学学报：社会科学版》（成都），2016年04期，第143—149页。

279. 解玉峰：《汉唐"乐府诗"辨证》，《文学遗产》（北京），2016年04期，第57—67页。

280. 吕家慧：《论中唐乐府中风俗题材的兴起》，《北京大学学报：哲学社会科学版》（北京），2016年04期，第89—97页。

281. 吴大顺：《汉魏诗歌交叉传播与"古诗十九首"性质及年代的争论》，《中国韵文学刊》（湘潭），2016年04期，第11—16页。

282. 吴静：《释诗模式之对比研究——以〈选诗补注〉〈汉魏乐府风笺〉为例》，《文艺评论》（哈尔滨），2016年10期，第42—48页。

283. 石了英：《中国抒情源头之辨——论高友工对〈古诗十九首〉文学史意义的再阐释》，《中国韵文学刊》（湘潭），2016年01期，第99—105页、第115页。

284. 蒲帅：《〈饮马长城窟行〉本辞考》，《文化学刊》（沈阳），2016年01期，第192—194页。

285. 覃素安：《论〈古诗十九首〉士人的悲态心理》，《文艺评论》（哈尔滨），2016年08期，第89—95页。

286. 黄梦佳：《〈古诗十九首〉中的思妇形象及其艺术》，《文学教育：上》（武汉），2016年09期，第40—41页。

287. 史晓婷；曹旭：《〈古诗十九首〉的色彩》，《古典文学知识》（南京），2016年06期，第39—45页。

288. 李志春：《"痛苦"中的感性审美特质及其哲学阐释——以叔本华意志理论与〈古诗十九首〉为中心》，《理论界》（沈阳），2016年01期，第21—28页。

289. 魏友：《竟陵派与〈古诗十九首〉》，《四川职业技术学院学报》（遂宁），2016年01期，第43—47页。

290. 郎显英：《论早期文学史对固有文学的展开——以〈古诗十九首〉为案例》，《名作欣赏》（太原），2016年08期，第119—121页。

291. 冉恬羽：《〈古诗十九首〉的生命忧患意识》，《名作欣赏》（太原），2016年09期，第128—129页、第137页。

292. 王静：《从〈诗经〉到〈古诗十九首〉看思妇形象的发展演变》，《名作欣赏》（太原），2016年14期，第48—49页。

293. 梁旭：《〈古诗十九首〉中被误解的几首友情诗分析》，《佳木斯职业学院学报》（佳木斯），2016年06期，第76—77页。

294. 王荣：《诗的一种读法——从现象美学角度解读〈古诗十九首·行行重行行〉》，《牡丹江师范学院学报：哲学社会科学版》（牡丹江），2016 年 03 期，第 69—72 页。

（二） 汉赋

295．潘晨婧：《颜色词蕴含哲学文化义分析——以〈全汉赋〉为例》，《泰山学院学报》（泰安），2016 年 01 期，第 94—98 页。

296．关鹏飞：《汉代辞赋分合不定原因考辨》，《河北师范大学学报：哲学社会科学版》（石家庄），2016 年 02 期，第 62—67 页。

297．张一南：《汉赋体物因素的消长轨迹——以唐诗为参照》，《甘肃社会科学》（兰州），2016 年 02 期，第 74—79 页。

298．汪小洋：《汉赋与汉画的本体关系及比较意义》，《文艺理论研究》（上海），2016 年 02 期，第 184—195 页。

299．金璐璐：《班彪〈北征赋〉文史价值考论》，《北方论丛》（哈尔滨），2016 年 03 期，第 12—17 页。

300．程维：《论汉赋之声情》，《学术交流》（哈尔滨），2016 年 05 期，第 169—175 页。

301．王思豪：《文学化的无"音"之乐——汉赋用〈诗〉乐考论》，《江海学刊》（南京），2016 年 03 期，第 227—233 页、第 239 页。

302．田胜利：《汉赋用〈易〉与声韵、骈文的文学史书写》，《浙江学刊》（杭州），2016 年 03 期，第 94—102 页。

303．伏奕冰：《先秦兵书对汉赋的影响——以〈孙子兵法〉为主》，《甘肃广播电视大学学报》（杭州），2016 年 03 期，第 17—20 页。

304．黄颖波：《"表"文与汉赋殊途同归原因探究》，《文教资料》（南京），2016 年 18 期，第 4—5 页。

305．安相：《汉赋与小说之叙事艺术共通性探微》，《兰州教育学院学报》（兰州），2016 年 02 期，第 3—4 页、第 18 页。

306．刘彦青：《汉代史传文学在汉赋经典化过程中的作用——以〈史记〉〈汉书〉为中心》，《云南师范大学学报：哲学社会科学版》（昆明），2016 年 02 期，第 146—156 页。

307．王慧；何新文：《康达维汉赋描写性复音词的英译策略与方法论启示》，《湖北大学学报：哲学社会科学版》（武汉），2016 年 02 期，第 147—153 页。

308．彭安湘；高爱华：《"空间的艺术"：汉赋空间叙事的演进、类型及其美学特征》,《辽东学院学报:社会科学版》(丹东),2016年02期,第7—13页。

309. 许结:《论东汉赋的历史化倾向》,《文史哲》(济南),2016年03期,第81—94页、第166—167页。

310. 宋芸;蔡庸礼:《简论汉赋创作在主题上对后世小说的影响》,《现代语文:学术综合版》(曲阜),2016年04期,第10—12页、第2页。

311. 张新科;刘彦青:《新时期对汉赋经典的重新建构》,《文史哲》(济南),2016年05期,第92—101页、第167页。

312. 龚世学:《赋体"用瑞"与汉唐赋体观念的演变》,《南京师范大学文学院学报》(南京),2016年03期,第13—18页。

313. 许结:《从"礼法"到"技法"——赋体创作论的考述与省思》,《中国社会科学》(北京),2016年10期,第153—174页、第205—206页。

314. 高正琴:《论汉赋中的女性服饰描写特征及其意义》,《才智》(长春),2016年29期,第210—211页。

315. 黄卓颖:《论汉赋的"比"法》,《中国韵文学刊》(湘潭),2016年04期,第85—88页。

316. 汤仕普:《虚字用弃:主情向铺陈的转变》,《中国韵文学刊》(湘潭),2016年04期,第7—10页。

317. 姚圣良:《汉人的"风水"观念与汉赋的文学表现》,《学术研究》(广州),2016年10期,第170—176页、第178页。

318. 吴婉霞:《论司马相如赋之讽谏》,《科教文汇:下旬刊》(合肥),2016年01期,第141—142页。

319. 程勇:《今文经学的制度美学与汉代审美文化的体制建构》,《文学评论》(北京),2016年01期,第126—134页。

320. 孔庆蓉:《论汉诗在汉魏六朝的文学传播——以史书和选集为例》,《文艺评论》(哈尔滨),2016年04期,第47—51页。

321. 李殿元:《论蜀人的"好文刺讥"》,《中华文化论坛》(成都),2016年02期,第129—136页。

三、魏晋南北朝诗歌

（一）三曹

322．蒋凡：《〈文心雕龙〉建安三曹论评议》，《赣南师范学院学报》（赣州），2016年01期，第99—105页。

323．陶广学：《论〈礼记〉对三曹诗文创作的积极影响》，《阜阳师范学院学报：社会科学版》（阜阳），2016年02期，第64—67页。

324．金秋：《近十年来曹植诗歌研究综述》，《四川职业技术学院学报》（遂宁），2016年04期，第104—108页。

325．王会斌：《三曹"令"用语特征探微》，《琼州学院学报》（三亚），2016年04期，第20—26页。

326．陈倩倩；张慧灵：《试论三曹诗歌"悲情美"的差异》，《文学教育：上》（武汉），2016年12期，第63—65页。

327．杨波：《从明代三国戏看曹操形象的民间传播》，《中州学刊》（郑州），2016年12期，第148—153页。

328．刘泰廷：《读〈册魏公九锡文〉札记》，《殷都学刊》（安阳），2016年04期，第23—26页。

329．付开镜：《曹操人生理想的矛盾：仿周公还是效刘邦？》，《许昌学院学报》（许昌），2016年06期，第1—6页。

330．闫菲：《曹操、曹丕古乐府创作相关问题论析》，《北方论丛》（哈尔滨），2016年01期，第28—30页。

331．宋杰：《曹操陈留起兵史迹考辨》，《史学月刊》（开封），2016年02期，第15—26页。

332．魏宏灿；张兰：《论铜雀台的文化价值》，《皖西学院学报》（六安），2016年01期，第131—134页、第143页。

333．祖秋阳；木斋：《曹操诗歌的分期及其在诗歌史地位的重新认知》，《琼州学院学报》（三亚），2016年01期，第3—8页。

334．程杰：《"青梅煮酒"事实和语义演变考》，《江海学刊》（南京），2016年02期，第179—188页。

335．陶广学：《论〈礼记〉对三曹诗文创作的积极影响》，《阜阳师范学院学报：社会科学版》（阜阳），2016年02期，第64—67页。

336. 祖秋阳：《〈魏武帝集〉结集及著录考》，《江西师范大学学报：哲学社会科学版》（南昌），2016年02期，第113—117页。

337. 史为恒：《明代文人对曹操的评价及文学影响》，《兰台世界》（沈阳），2016年07期，第128—130页。

338. 孙倩：《论建安诗歌的"梗概多气"》，《才智》（长春），2016年12期，第216页。

339. 胡晓榕：《曹植词赋中的人物形象及文化内涵》，《语文建设》（北京），2016年14期，第29—30页。

340. 马佳佳：《浅论曹丕〈典论·论文〉之"文气"说》，《才智》（长春），2016年01期，第203—204页。

341. 程希：《从"铭诔尚实"谈曹丕文之"不实"》，《五邑大学学报：社会科学版》（江门），2016年01期，第40—43页、第94页。

342. 刘桂鑫：《弃妇代言诗人曹丕的诗史意义》，《广西民族师范学院学报》（南宁），2016年01期，第88—91页。

343. 韦运韬：《曹丕诗歌艺术特点》，《青海师范大学民族师范学院学报》（西宁），2016年01期，第46—50页。

344. 王会斌：《三曹"令"用语特征探微》，《琼州学院学报》（三亚），2016年04期，第20—26页。

345. 彭玮：《论曹植的得与失》，《安徽文学：下半月》（合肥），2016年11期，第74—75页。

（二）陶渊明

346. 钟信玉：《关于朱光潜在〈诗论〉中〈陶渊明〉一章的思考》，《大众文艺》（石家庄），2016年23期，第14—15页。

347. 蔡勇：《从与〈陶渊明集序〉之比较看〈文选〉招隐诗选择的官方性》，《太原师范学院学报：社会科学版》（太原），2016年01期，第67—69页。

348. 洪平：《论陶渊明诗歌中的山水情怀》，《湖北师范学院学报：哲学社会科学版》（黄石），2016年01期，第6—10页。

349. 谢梦洁；严明：《陶渊明诗渊源辨析——以明清诗话为中心》，《江苏社会科学》（南京），2016年01期，第184—191页。

350. 刘中文：《周作人对陶渊明诗文的接受》，《天中学刊》（驻马店），2016年01期，第96—102页。

351. 刘贵生：《从陶渊明的诗文看其家风家教》，《九江学院学报：社会科学版》（九江），2016年01期，第9—12页。

352. 高智：《陶渊明"隐逸诗人之宗"考论》，《铜仁学院学报》（铜仁），2016年02期，第35—41页。

353. 张琼文：《心上无弦：陶渊明〈闲情赋〉浅释》，《黑河学刊》（黑河），2016年02期，第34—36页。

354. 潘殊闲：《叶梦得对陶渊明的接受与传播》，《阿坝师范学院学报》（汶川），2016年01期，第67—70页。

355. 许迪：《陶渊明诗歌中的时间意识："委运自然"与"素位之乐"》，《南京政治学院学报》（南京），2016年02期，第88—92页。

356. 唐亚飞：《曾巩对陶渊明的接受探析》，《东华理工大学学报：社会科学版》（抚州），2016年01期，第5—8页、第13页。

357. 史月婵：《〈归去来兮辞〉的主题意蕴和表现艺术》，《语文建设》（北京），2016年11期，第53—54页。

358. 尹玉珊：《陶渊明诗文对二疏精神的承传与升华》，《齐鲁学刊》（曲阜），2016年03期，第130—135页。

359. 张弛：《陶渊明与琴之关系探微》，《大众文艺》（石家庄），2016年10期，第147—148页。

360. 刘宗镐：《论陶渊明儒者人格的生成及效用——南宋理学家对陶渊明儒者人格的认同及影响》，《科学经济社会》（兰州），2016年02期，第111—119页。

361. 刘伟安：《论陶渊明"心远"境界的丰富内涵——兼论其对传统"远游"和"玄远"境界的超越》，《九江学院学报：社会科学版》（九江），2016年02期，第1—6页。

362. 姜复宁；孙奇：《陶渊明享年研究及诸说差异考》，《牡丹江师范学院学报：哲学社会科学版》（牡丹江），第55—59页。

363. 曹虹：《陶渊明与洙泗遗音——兼及海东文家对陶渊明的儒学想象》，《江西师范大学学报：哲学社会科学版》（南昌），2016年04期，第102—109页。

364. 陈志刚：《论陶渊明的民俗情怀》，《曲靖师范学院学报》（曲靖），2016年04期，第11—16页。

365. 逯钦立：《评陶渊明——〈陶渊明集〉校注代前言》，《苏州教育学院学报》（苏州），2016年04期，第3—29页。

366．唐旭东：《论陶渊明〈停云〉诗对〈诗经〉的创作接受》，《九江学院学报：社会科学版》（九江），2016年03期，第1—6页。

367．毋燕燕：《陶渊明诗文中的矛盾心结解析》，《重庆第二师范学院学报》（重庆），2016年05期，第70—73页。

368．郭世轩：《千古文人陶渊明：兼论陶渊明的当代价值与意义》，《阜阳师范学院学报：社会科学版》（阜阳），2016年06期，第78—82页。

369．许迪：《陶渊明诗歌中时间意识的玄学意味——以〈形影神〉〈桃花源诗并序〉为中心》，《武汉科技大学学报：社会科学版》（武汉），2016年06期，第688—692页。

370．刘明：《宋本陶渊明集考论》，《九江学院学报：社会科学版》（九江），2016年04期，第1—7页。

（三）辞赋

371．赵崇璧：《从焦虑到狂欢：陆机〈文赋〉的重复意识及其历史意义》，《九江学院学报：社会科学版》（九江），2016年01期，第82—87页。

372．贾国庆：《八十年代以来北朝辞赋研究中若干问题综述》，《沈阳工程学院学报：社会科学版》（沈阳），第72—75页。

373．王珏：《庾信赋对晚唐文坛的影响——以李商隐骈文为例》，《文教资料》（南京），2016年35期，第87—89页。

374．饶峻妮；许云和：《〈别赋〉：人间爱别离苦的佛学观照》，《贵州社会科学》（贵阳），2016年08期，第19—26页。

375．方圆：《从赋体看〈文心雕龙〉对〈昭明文选〉之影响》，《长春师范大学学报》（长春），2016年09期，第22—25页。

376．张利：《论〈文选·赋〉选文的排序》，《文学教育：上》（武汉），2016年11期，第182—183页。

377．罗文；李心怡：《论〈文赋〉中的儒玄思想》，《钦州学院学报》（钦州），2016年06期，第16—21页。

378．程芳萍：《从〈典论·论文〉与〈文赋〉看建安至太康文学创作倾向的演变》，《吉林工程技术师范学院学报》（长春），2016年08期，第76—78页、第83页。

379．黄紫：《陆机〈文赋〉以赋名篇原因考》，《文化学刊》（沈阳），2016 年 09 期，第 206—214 页。

380．张琼文：《心上无弦：陶渊明〈闲情赋〉浅释》，《黑河学刊》（黑河），2016 年 02 期，第 34—36 页。

381．段梦云：《〈闲情赋〉研究献疑》，《安庆师范学院学报：社会科学版》（安庆），2016 年 01 期，第 20—24 页。

（四）其他

382．梁中效：《试论建安文学的西部书写》，《成都大学学报：社会科学版》（成都），2016 年 01 期，第 68—75 页。

383．何新楚：《"建安文学"姓"汉"不姓"魏"》，《湖北职业技术学院学报》（孝感），2016 年 04 期，第 42—47 页。

384．林榕杰：《孔融生平与思想考论》，《东方论坛》（青岛），2015 年 06 期，第 69—75 页、第 90 页。

385．严孟春：《尊曹还是尊刘：由三国至两宋的历史纠结》，《海南大学学报：人文社会科学版》（海口），2016 年第 1 期，第 58—64 页。

386．刘术：《魏晋南北朝时期的铜雀文化》，《天中学刊》（驻马店），2016 年 02 期，第 127—131 页。

387．陈淳子：《三国时期门第出身对谋士政治命运的影响——以杨修、郭嘉为例》，《淮南师范学院学报》（淮南），2016 年 03 期，第 65—68 页。

388．王挺秀：《建安时期以女性为题材的赋作探析》，《辽东学院学报：社会科学版》（丹东），第 9—13 页。

389．赵俊玲：《建安时期"书"对"笺"的渗透及"笺"的演变》，《文艺评论》（哈尔滨），2016 年 07 期，第 103—111 页。

390．朱供罗；郭林红：《魏晋南北朝文论"依经立义"概览》，《文艺评论》（哈尔滨），2016 年 11 期，第 33—39 页。

391．岳进：《明代古诗选本与谢灵运——兼议何景明"古诗亡于谢"》，《衡阳师范学院学报》（衡阳），2016 年 01 期，第 70—76 页。

392．吴章燕：《论谢灵运与〈涅槃经〉的关系》，《湖南第一师范学院学报》（长沙），2016 年 01 期，第 91—95 页。

393．白崇：《明代复古派对谢灵运诗歌经典价值的发掘》，《岭南师范学院学报》（湛江），2016 年 01 期，第 51—57 页。

394. 文晓华：《魏晋六朝拟篇乐府诗初探》，《中国韵文学刊》（湘潭），2016 年 02 期，第 21—28 页。

395. 张炜：《论"永明体"之为文章之体》，《中国韵文学刊》（湘潭），2016 年 02 期，第 76—81 页。

396. 许云和：《"芙蓉出水"与"错彩镂金"——关于汤惠休与颜延之的一段公案》，《文学遗产》（北京），2016 年 03 期，第 132—141 页。

397. 张含若：《试论谢灵运诗中的庄子精神内涵》，《兴义民族师范学院学报》（兴义），2016 年 03 期，第 57—63 页。

398. 孙吉洋：《魏晋山水诗歌中的解脱与无奈》，《名作欣赏》（太原），2016 年 20 期，第 79—81 页。

399. 张晶：《宗炳与谢灵运：从佛学到山水美学》，《江西社会科学》（南昌），2016 年 07 期，第 73—84 页。

400. 任仲夷：《佛教与谢灵运的山水诗》，《戏剧之家》（武汉），2016 年 15 期，第 256—258 页。

401. 李晓红：《永明声律审美的继古与新变——兼及谢灵运文学史地位之失落》，《中山大学学报：社会科学版》（广州），2016 年 05 期，第 10—21 页。

402. 刘育霞：《谢灵运妙用〈诗〉典与六朝〈诗〉学新变》，《北方论丛》（哈尔滨），2016 年 05 期，第 5—8 页。

403. 郑超：《论萧统对陶渊明和谢灵运接受的比较》，《牡丹江大学学报》（牡丹江），2016 年 09 期，第 95—97 页。

404. 夏昕君：《试论谢灵运山水诗的审美趣味》，《文学教育：上》（武汉），2016 年 11 期，第 62—63 页。

405. 时丽琼：《南朝乐府和汉乐府女性形象之比较》，《淄博师专学报》（淄博），2016 年第 2 期，第 49—52 页。

406. 张睿鸿：《略论谢灵运之思想内蕴——以山水诗为例》，《韶关学院学报》（韶关），2016 年 11 期，第 20—23 页。

407. 陆路：《论六朝时期今浙江地区的诗歌创作》，《浙江社会科学》（杭州），2016 年 11 期，第 118—129 页、第 150 页、第 160 页。

408. 苗蓓：《从〈诗品〉看钟嵘的文学史观》，《许昌学院学报》（许昌），2016 年 01 期，第 22—24 页。

409. 潘小玉：《论钟嵘〈诗品〉中的"推源溯流"》，《长沙民政职业技术学院学报》（长沙），2016 年 01 期，第 127—129 页。

410. 李波：《钟嵘古今观与其诗学思想》，《甘肃理论学刊》（兰州），2016 年 03 期，第 140—143 页。

411. 程方；葛刚岩：《钟嵘〈诗品〉与"知人论世"》，《许昌学院学报》（许昌），2016 年 04 期，第 19—22 页。

412. 付健玲：《钟嵘〈诗品〉的理论价值探析》，《忻州师范学院学报》（忻州），2016 年 04 期，第 1—4 页。

413. 刘天宇：《钟嵘〈诗品〉阮籍"其源出于〈小雅〉"辨》，《文教资料》（南京），2016 年 29 期，第 4—6 页。

414. 牛丹丹：《浅析钟嵘〈诗品序〉中的诗学思想》，《鸡西大学学报》（鸡西），2016 年 10 期，第 118—120 页。

415. 张兆勇：《〈诗品〉的思维本质和〈诗品〉的阅读心法》，《前沿》（呼和浩特），2016 年 10 期，第 101—106 页。

416. 雷炳锋：《论魏晋南北朝诗歌的汉代书写及"汉代情结"的凝成》，《中国韵文学刊》（湘潭），2016 年 03 期，第 5—9 页。

417. 张炎荪；于广元：《魏晋南北朝诗歌的夸张及其审美》，《南京晓庄学院学报》（南京），2016 年 05 期，第 104—107 页、第 124 页。

418. 徐永丽：《魏晋南北朝小说中的诗歌研究》，《文艺评论》（哈尔滨），2016 年 10 期，第 28—35 页。

419. 曾小明：《身心的发现、书写与超越：魏晋诗歌的诗学观察》，《文艺评论》（哈尔滨），2016 年 12 期，第 41—49 页。

420. 叶庆兵：《神话与魏晋诗歌》，《海南热带海洋学院学报》（三亚），2017 年 01 期，第 27—33 页。

421. 力之：《太子未亲参撰〈文选〉的"一个证据"说辩证——责〈闲情赋〉与录〈神女〉诸赋之矛盾不是问题》，《西南民族大学学报：人文社科版》（成都），第 171—177 页。

422. 郭晨光：《论梁代前期诗歌的多元交错局面》，《中南大学学报：社会科学版》（长沙），2016 年 02 期，第 174—179 页。

423. 余康：《〈孔雀东南飞〉中的道教因素》，《史林》（上海），2016 年 02 期，第 69—74 页、第 220 页。

424. 王立：《〈孔雀东南飞〉：婆媳矛盾母题的经典本土建构》，《学术交流》（哈尔滨），2016 年 10 期，第 167—175 页。

四、隋唐五代诗歌

（一）初唐诗歌

425．张丽：《隋初唐文学之溯源及初唐四杰排序纷争新探》，《嘉应学院学报》（梅州），2016 年 03 期，第 65—68 页。

426．陈占敏：《"初唐四杰"的结局——唐诗笔记之一》，《名作欣赏》（太原），2016 年 10 期，第 35—37 页。

427．刘子鹤：《旷世幽独——陈子昂与"方外十友"的交游》，《开封教育学院学报》（开封），2016 年 02 期，第 28—29 页。

428．李最欣：《〈登幽州台歌〉非陈子昂诗考论》，《台州学院学报》（临海），2016 年 01 期，第 30—35 页。

429．张德恒：《陈子昂诗杂考四题》，《晋中学院学报》（晋中），2016 年 01 期，第 99—102 页。

430．赵建明：《"湘水有清源"——陈子昂对屈原的接受》，《中华文化论坛》（成都），2016 年 04 期，第 43—49 页。

431．赵洪奎：《论陈子昂的边塞诗》，《连云港师范高等专科学校学报》（连云港），2016 年第 2 期，第 23—26 页。

432．马静：《浅析陈子昂"兴寄""风骨"复古革新主张》，《语文教学通讯·D 刊：学术刊》（太原），2016 年 07 期，第 66—67 页。

433．余承艳：《浅论陈子昂〈修竹篇序〉的影响》，《文教资料》（南京），2016 年 25 期，第 1—2 页。

434．周文静：《陈子昂〈感遇〉诗与阮籍〈咏怀〉诗的比较》，《淮海工学院学报：人文社会科学版》（连云港），2016 年 12 期，第 37—40 页。

435．朱新亮：《王船山论初唐诗歌》，《衡阳师范学院学报》（衡阳），2016 年 01 期，第 6—11 页。

436．李成晴：《〈唐诗别裁集〉：一个选集经典的确立》，《文艺评论》（哈尔滨），2016 年 02 期，第 72—78 页。

437．杨贺：《初唐歌诗入乐与诗风演变新探——以女性形象描写为例》，《交响》（西安），2016 年 03 期，第 61—67 页。

438．唐会霞；高春民：《初唐的汉乐府接受》，《咸阳师范学院学报》（咸阳），2016 年 05 期，第 93—98 页。

439．罗志：《杜审言贬谪岭南峰州》，《文史春秋》（南宁），2016年12期，第47—49页。

440．王新锋：《唐代岭南贬谪诗歌的文化诠释》，《长春师范大学学报》（长春），第116—120页。

441．陈占敏：《诗体与国体——唐诗笔记之二》，《名作欣赏》（太原），2016年13期，第28—30页。

442．崔森林：《几首古诗的另类解读》，《文学教育：上》（武汉），2016年03期，第96—97页。

443．张无尽：《唐代的诗僧王梵志、寒山和贯休》，《文教资料》（南京），2016年01期，第1—2页。

444．李广欣：《王梵志诗歌中的奇趣与真情——从〈吾富有钱时〉说起》，《名作欣赏》（太原），2016年29期，第130—132页。

445．张菁洲：《论王梵志诗歌的传播》，《安顺学院学报》（安顺），2016年06期，第16—19页。

446．董艾冰：《张若虚〈春江花月夜〉与琵雅芙〈玫瑰人生〉的比较阅读》，《名作欣赏》（太原），2016年05期，第129—130页。

447．竺柏岳：《江畔仰首问月 一曲千古绝唱——（唐）张若虚〈春江花月夜〉赏析》，《写作：上旬刊》（武汉），2016年04期，第95—96页。

448．牟德余：《也说张若虚〈春江花月夜〉——被当乐府的非乐府》，《广州广播电视大学学报》（广州），2016年02期，第65—69页、第110页。

（二）盛唐诗歌

1．王孟

449．张晓怡：《文学地理学视域中的王孟山水田园诗的异趋》，《名作欣赏》（太原），2016年09期，第150—154页。

450．陈娜：《〈鸟鸣涧〉释疑》，《名作欣赏》（太原），2016年03期，第20—21页。

451．莫道才：《文中有画亦有诗——王维〈山中与裴秀才迪书〉品读》，《古典文学知识》（南京），2016年01期，第20—22页。

452．周裕锴：《空灵蕴藉，涵泳不尽——王维禅诗精赏》，《古典文学知识》（南京），2016年01期，第119—124页。

453. 张永旺：《"诗中有画，画所难画"——王维诗中的画境研究》，《湖州师范学院学报》（湖州），2016 年 01 期，第 53—56 页、第 71 页。

454. 聂妤敏；彭红卫：《王维诗歌宋代接受与传播方式初探》，《三峡论坛：三峡文学·理论版》（宜昌），2016 年 01 期，第 85—89 页。

455. 张东艳：《空谷幽兰，不为无人而不芳——论王维〈辛夷坞〉旷放超逸与深情绵邈的美学特质》，《名作欣赏》（太原），2016 年 06 期，第 126—127 页。

456. 李迎春：《唯本色而为真，入空灵而有悟——运用"妙悟"说鉴赏王维的山水田园诗》，《名作欣赏》（太原），2016 年 06 期，第 50—51 页。

457. 焦健：《论王维诗歌的起结》，《长江大学学报：社科版》（荆州），2016 年 02 期，第 30—33 页。

458. 莫砺锋：《王维的〈终南山〉是讽刺诗吗？》《古典文学知识》（南京），2016 年 02 期，第 94—97 页。

459. 杨松冀：《王维〈使至塞上〉诗新考》，《文学遗产》（北京），2016 年 02 期，第 189—190 页。

460. 管琴：《论王维诗中不遇感书写方式的新变》，《华南师范大学学报：社会科学版》（广州），2016 年 02 期，第 151—157 页。

461. 昝春香：《王维〈辋川集〉诗歌浅论》，《鸡西大学学报》（鸡西），2016 年 05 期，第 122—124 页。

462. 方胜：《从"秋"到"春"的思念——谈王维〈相思〉的版本嬗变及其文化意义》，《南昌航空大学学报：社会科学版》（南昌），2016 年 02 期，第 80—86 页。

463. 孙树山：《浅谈孟浩然山水诗中的生态和谐》，《湖北文理学院学报》（襄樊），2016 年 06 期，第 22—25 页。

464. 萧晓阳：《襄阳民歌与孟浩然诗歌的流丽品格》，《中南民族大学学报：人文社会科学版》（长沙），2016 年 01 期，第 133—137 页。

465. 王梦：《孟浩然的诗及其隐逸情怀》，《辽宁教育行政学院学报》（沈阳），2016 年 02 期，第 100—102 页。

466. 唐榕骏：《淡而有味，静而含动——孟浩然〈春晓〉赏析》，《名作欣赏》（太原），2016 年 21 期，第 159—151 页。

467．周项林：《隐读、隐居与隐逸——孟浩然〈夜归鹿门歌〉一处注释商榷》，《语文知识》（郑州），2016年11期，第76—77页。

468．雷礼锡：《一种诗话的环境美学——以孟浩然山水诗为例》，《郑州大学学报：哲学社会科学版》（郑州），2016年04期，第12—16页、第142页。

469．向永心：《浅析盛唐漫游之风对孟浩然山水诗歌的影响》，《兰州教育学院学报》（兰州），2016年08期，第5—6页、第37页。

470．孙车龙：《孟浩然名句"江畔洲如月"考析》，《名作欣赏》（太原），2016年29期，第133—135页。

471．卫佳；杨和为：《论孟浩然之背疽及其死亡》，《许昌学院学报》（许昌），2016年06期，第37—41页。

2．边塞诗派

472．刘梅兰：《唐代河西边塞诗史论》，《西安石油大学学报：社会科学版》（西安），2016年06期，第102—107页。

473．姜玉琴：《论盛唐边塞诗对"汉文本"的引用与改写》，《上海大学学报：社会科学版》（上海），2016年06期，第107—118页。

474．王篤堃：《隋代边塞诗中的功业意识》，《重庆第二师范学院学报》（重庆），2016年04期，第89—93页。

475．王志清：《唐代军事文学中的王维表现》，《解放军艺术学院学报》（北京），2016年02期，第52—59页。

476．赵志强：《初盛唐边塞诗的时空描写艺术再探》，《华北电力大学学报：社会科学版》（北京），2016年02期，第104—106页。

477．邓锡斌：《论干谒对初盛唐文人集团和文学流派的影响》，《甘肃社会科学》（兰州），2016年01期，第47—51页。

478．沈笑颖：《论中唐边塞主题乐府诗的复变》，《名作欣赏》（太原），2016年02期，第65—68页。

479．岳东洋：《岑参边塞诗"奇丽"特征之背景》，《中学语文教学参考》（西安），2016年18期，第67页。

480．陈占敏：《别友人，向远方——唐诗笔记之五》，《名作欣赏》（太原），2016年22期，第32—34页。

3．李白

481．陶冉：《楚调雅怨与李白的乐府拟古》，《名作欣赏》（太原），2016年02期，第62—64页。

482. 康怀远：《李白读〈易〉初证——易解李白刍议（之一）》，《重庆三峡学院学报》（重庆），2016年01期，第46—51页。

483. 聂亭婷：《〈静夜思〉中的"床"字小议》，《濮阳职业技术学院学报》（濮阳），2016年01期，第106—108页、第115页。

484. 王茜：《李白〈清平调词三首〉析疑一则——"云想"还是"叶想"》，《名作欣赏》（太原），2016年05期，第25—27页。

485. 王茜：《李白〈清平调词三首〉析论》，《名作欣赏》（太原），2016年05期，第28—29页、第46页。

486. 周丽：《青莲沽饮少陵醉——李白与杜甫的"酒"情结比较》，《文史杂志》（成都），2016年02期，第80—83页。

487. 杨琳：《"赧郎"新解》，《古典文学知识》（南京），2016年02期，第147—150页。

488. 陈翔：《李白与开元士风》，《燕山大学学报：哲学社会科学版》（秦皇岛），2016年01期，第97—104页。

489. 魏耕原：《李白诗歌结构论》，《吉林师范大学学报：人文社会科学版》（四平），2016年02期，第15—24页。

490. 陈建森：《从〈古风〉五十九首看李白"穿越"之"神思"》，《吉林师范大学学报：人文社会科学版》（四平），2016年02期，第25—29页。

491. 孙振涛：《新解李白作品中的"沧海"意象》，《名作欣赏》（太原），2016年12期，第30—32页。

492. 任梦一：《〈蜀道难〉系列诗歌的承继与发展》，《西昌学院学报：社会科学版》（西昌），2016年01期，第91—95页。

493. 曹利华：《李白语言风格及其形成的几大因素》，《语文学刊：外语教育教学》（呼和浩特），2016年04期，第14—16页。

494. 周珊；刘星：《李白与丝绸之路国际学术研讨会综述》，《西域研究》（乌鲁木齐），2016年02期，第132—134页。

495. 叶彦：《客寓意识与李白的孤独感》，《大众文艺》（石家庄），2016年08期，第35—36页。

496. 王茜：《李白〈公无渡河〉诗新解》，《名作欣赏》（太原），2016年14期，第31—33页。

497. 王茜：《李白〈登高丘而望远海〉诗新解——兼论李白卒年》，《名作欣赏》（太原），2016年14期，第26—30页。

498. 向维果:《李白〈观鱼潭〉诗意》,《文史杂志》(成都),2016年03期,第50页。

499. 张文利:《宋代理学视域下的李白及其诗歌》,《求索》(长沙),2016年05期,第121—126页。

500. 伍宝娟:《论李白女性题材诗歌中的弃妇形象》,《西南科技大学学报:哲学社会科学版》(绵阳),2016年03期,第27—31页。

501. 尹林:《从李白诗歌"玉"意象的统计与归类看其五种象征义——兼论其"玉"意象使用的系统和广泛性》,《九江学院学报:社会科学版》(九江),2016年02期,第89—93页。

502. 宋洁鑫:《孤独的饮酒者——李白和杜甫的独酌诗》,《甘肃广播电视大学学报》(兰州),2016年03期,第21—24页。

503. 廖惊:《李白诗歌月亮意象之文化心理探析》,《绵阳师范学院学报》(绵阳),2016年06期,第28—31页。

504. 朱昌林:《"2015李白文化高端论坛"综述》,《绵阳师范学院学报》(绵阳),2016年06期,第32—36页。

505. 杨栩生;沈曙东:《五代宋时李白序志之载事辨》,《绵阳师范学院学报》(绵阳),2016年06期,第21—27页、第46页。

506. 李林圃:《谪仙的归乡之旅——再读李白的〈梦游天姥吟留别〉》,《名作欣赏》(太原),2016年20期,第122—123页。

507. 葛景春:《李杜与异地文化的冲突与交融》,《杜甫研究学刊》(成都),2016年02期,第6—10页、第38页。

4. 杜甫

508. 田峰:《杜甫从秦州到巴蜀荆湘的地理感知与文化体验》,《中国韵文学刊》(湘潭),2016年01期,第11—17页。

509. 哈建军:《〈蜀相〉新解》,《语文建设》(北京),2016年01期,第48—51页。

510. 吴怀东;徐昕:《北宋著名学者王得臣论杜注杜考论》,《淮南师范学院学报》(淮南),2016年01期,第1—7页。

511. 陈梦熊:《"杜甫不赋海棠"的传播机制研究》,《中国韵文学刊》(湘潭),2016年01期,第18—21页。

512. 何俊:《奥地利汉学家查赫的杜甫诗歌德译》,《杜甫研究学刊》(成都),2016年01期,第75—81页。

513. 徐希平:《谢思炜教授〈杜甫集校注〉简评》,《杜甫研究学刊》（成都），2016年01期，第117—119页。

5. 其他

514. 魏耕原：《杜甫歌行论》，《杜甫研究学刊》（成都），2016年01期，第12—20页、第23页。

515. 王立国：《从〈文选〉"序"看杜甫"熟精文选理"之"理"的涵义》，《杜甫研究学刊》（成都），2016年01期，第21—23页。

516. 罗娇：《满怀忧世情　意深贵妃诗——杜甫贵妃题材诗歌研究》，《杜甫研究学刊》（成都），2016年01期，第24—31页。

517. 萧驰：《杜甫夔州诗作中的"山河"与"山水"》，《中华文史论丛》（上海），2016年01期，第1—50页、第399页。

518. 罗芳芳：《论"老杜"之"老"》，《中国韵文学刊》（湘潭），2016年02期，第34—37页。

519. 张仲裁：《从〈四松〉诗看杜甫的存在意识》，《西华大学学报：哲学社会科学版》（成都），2016年03期，第17—21页。

520. 罗振亚：《"杜甫热"与当下诗歌的审美选择》，《文艺评论》（哈尔滨），2016年06期，第4—8页。

521. 牛睿：《杜甫七律拗体诗的规律探究》，《杜甫研究学刊》（成都），2016年02期，第75—80页。

522. 林继中：《从文化诗学的视角认知"诗史"》，《杜甫研究学刊》（成都），2016年02期，第1—5页。

523. 吴华峰：《杜甫"花门诗"小议》，《杜甫研究学刊》（成都），2016年02期，第21—29页。

524. 钟志辉：《老杜写"老"》，《杜甫研究学刊》（成都），2016年02期，第30—38页。

525. 吴增辉：《简论陶、杜田园诗之异同》，《杜甫研究学刊》（成都），2016年02期，第39—46页。

526. 杨胜宽：《读蔡梦弼〈杜工部草堂诗话〉札记（一）》，《杜甫研究学刊》（成都），2016年02期，第47—53页。

527. 王永环：《黄生〈杜诗说〉之诠释方法探微》，《杜甫研究学刊》（成都），2016年02期，第54—60页、第66页。

528. 冉驰：《杜甫〈行次昭陵〉"铁马汗常趋"典故考》，《杜甫研究学刊》（成都），2016年02期，第67—71页、第80页。

529. 陈广忠：《〈白帝城最高楼〉"拗体"解》，《杜甫研究学刊》

（成都），2016 年 02 期，第 72—74 页。

530．王斐然；段晓华：《浅论杜甫五古中的"势"》，《杜甫研究学刊》（成都），2016 年 02 期，第 81—90 页。

531．刘萍萍：《韦庄对杜甫以近体诗写时事传统的继承与发展》，《江苏师范大学学报：哲学社会科学版》（徐州），2016 年 03 期，第 50—56 页。

532．黄桂凤；陈玉滢：《论杜诗在元代诗歌中的接受》，《玉林师范学院学报》（玉林），2016 年 03 期，第 77—82 页。

533．刘炜：《论马一浮的"诗史"精神》，《名作欣赏》（太原），2016 年 18 期，第 5—8 页。

534．钟振振：《杜诗成说新辨》，《社会科学战线》（长春），2016 年 03 期，第 158—162 页。

535．李定广：《杜甫大历五年夏卒葬耒阳考实》，《学术界》（合肥），2016 年 05 期，第 16—24 页、第 323 页。

536．赵贤慧：《郭正域〈批点杜工部七言律〉研究》，《齐齐哈尔大学学报：哲学社会科学版》（齐齐哈尔），2016 年 06 期，第 103—106 页。

537．魏耕原：《杜甫组诗论》，《西安文理学院学报：社会科学版》（西安），2016 年 03 期，第 16—24 页。

538．莫砺锋：《杜诗中的"佳人"实有其人吗？》，《古典文学知识》（南京），2016 年 03 期，第 87—90 页。

539．陶慧：《〈过去与现在：对杜甫诗歌的个人解读〉质疑》，《古典文学知识》（南京），2016 年 03 期，第 114—119 页。

540．张巍：《咏物诗：从杜甫到李商隐》，《古典文学知识》（南京），2016 年 03 期，第 131—134 页。

541．廖肇禄：《丘葵〈七歌效杜陵体〉析论》，《闽南师范大学学报：哲学社会科学版》（漳州），2016 年 02 期，第 57—62 页。

542．程振中：《从唐朝兵制及其变化看杜甫〈前出塞〉》，《美与时代：下》（郑州），2016 年 06 期，第 88—89 页。

543．曾绍皇：《吴广霈手批〈杜诗集评〉及其文学批评史价值》，《济南大学学报：社会科学版》（济南），2016 年 03 期，第 46—56 页。

544．李寅生；姜高威：《杜诗"雨"意象初探》，《文化与传播》（南宁），2016 年 02 期，第 17—21 页。

545．徐公持：《转益多师：杜甫与汉魏六朝诗人》，《文学遗产》（北京），2016年04期，第86—93页。

546．曾祥波：《现存五种宋人"杜甫年谱"平议——以鲁訔谱对赵子栎谱、蔡兴宗谱的承袭为主要线索》，《文学遗产》（北京），2016年04期，第94—102页。

547．许琛琛：《〈韵语阳秋〉杜诗评论研究》，《长江大学学报：社科版》（荆州），2016年07期，第27—29页。

548．许光：《独吟与合唱——论清人对〈北征〉〈南山〉轩轾之争的讨论与评骘》，《社会科学论坛》（石家庄），2016年08期，第61—70页。

549．杨玉锋：《杜甫律诗"自"字论》，《成都师范学院学报》（成都），2016年07期，第84—89页。

550．曹志芳：《论杜甫〈秋兴八首〉之孤独意识的四重内蕴》，《吕梁学院学报》（离石），2016年04期，第11—13页、第83页。

551．张悦欢：《杜甫和他的寓言诗》，《广东开放大学学报》（广州），2016年03期，第66—72页。

552．王永波：《明代杜诗学研究失误述评》，《安徽大学学报：哲学社会科学版》（合肥），2016年04期，第38—44页。

553．付金；姜金元：《神·鬼·人：爱的高扬与爱的退场——屈原〈九歌·山鬼〉与杜甫〈佳人〉的对比分析》，《乐山师范学院学报》（乐山），2016年07期，第19—23页。

554．许琛琛：《〈韵语阳秋〉杜诗评论研究》，《长江大学学报：社科版》（荆州），2016年07期，第27—29页。

555．张思齐：《从两类文献看苏轼杜诗批评的成就与特色》，《福州大学学报：哲学社会科学版》（福州），2016年04期，第85—92页。

556．黄桂凤：《杜甫李商隐咏物诗之比较》，《古籍整理研究学刊》（长春），2016年04期，第70—74页。

557．杨玉锋：《杜甫律诗"自"字论》，《成都师范学院学报》（成都），2016年07期，第84—89页。

558．侯可：《杜甫眼中的李白》，《名作欣赏》（太原），2016年23期，第160—162页、第169页。

559．孙微：《杜甫文赋旧注纠谬》，《学术界》（合肥），2016年08期，第125—133页。

560. 文迪义：《杜诗学的兴盛与清初诗风的转变》，《现代语文：学术综合版》（曲阜），2016年09期，第24—26页。

561. 陈冬根：《文天祥"集杜诗"创作及其文化蕴含》，《井冈山大学学报：社会科学版》（吉安），2016年05期，第118—123页。

562. 曾祥波：《宇文所安杜诗英文全译本"The Poetry of Du Fu"书后》，《杜甫研究学刊》（成都），2016年03期，第82—87页。

563. 陶成涛：《论朱鹤龄、仇兆鳌、浦起龙、杨伦对杜集编年的贡献》，《杜甫研究学刊》（成都），2016年03期，第17—24页。

564. 胡永杰：《开元盛世与杜甫"致君尧舜"的政治理想》，《杜甫研究学刊》（成都），2016年03期，第25—33页、第43页。

565. 黄学义：《再论道家和道教在杜诗中的不同作用——以〈老子〉及其相关典故为例》，《杜甫研究学刊》（成都），2016年03期，第34—43页。

566. 刘伟生：《李杜赋及诗赋地位的变迁》，《杜甫研究学刊》（成都），2016年03期，第44—53页。

567. 莫道才；张超：《走出李杜优劣论的怪圈——李杜优劣之争研究评述》，《杜甫研究学刊》（成都），2016年03期，第54—58页。

568. 张宏：《赵熙及其〈草堂寺记〉碑考》，《杜甫研究学刊》（成都），2016年03期，第77—81页。

569. 孙微：《杜甫与齐鲁文化学术研讨会暨杜甫读书会第二次学术论坛综述》，《杜甫研究学刊》（成都），2016年03期，第91—92页、第123页。

570. 龚晓斌；贾佳：《多模态视域下杜甫诗画语篇的英译研究》，《名作欣赏》（太原），2016年15期，第151—152页。

571. 丁庆慧：《论杜甫的亲情题材诗》，《名作欣赏》（太原），2016年15期，第125—126页。

572. 魏耕原：《盛唐三大家诗关键词论》，《安康学院学报》（安康），2016年01期，第1—11页。

573. 唐欢欢：《论盛唐山水田园诗歌与庄园文化的和谐》，《新疆职业大学学报》（乌鲁木齐），2016年01期，第63—66页。

574. 徐涛：《周勋初先生唐诗研究的特色》，《古典文学知识》（南京），2016年01期，第10—15页。

575. 沈家煊：《从唐诗的对偶看汉语的词类和语法》，《当代修辞学》（上海），2016 年 03 期，第 1—12 页。

576．尹晴：《试论唐代三首"快诗"的抒情艺术》，《西安文理学院学报：社会科学版》（西安），2016 年 01 期，第 48—51 页。

577．刘子珍：《唐人咏鹰诗审美意蕴拓展及士人精神风貌嬗变》，《安康学院学报》（安康），第 48—53 页。

578．谭新红：《唐诗"绝唱"刍议》，《兰州大学学报：社会科学版》（兰州），2016 年 04 期，第 18—29 页。

579．李鹏飞：《追寻那一切的开始之开始——葛晓音教授古典文学研究的成就及其方法》，《文学评论》（北京），2016 年 04 期，第 171—180 页。

（三）中唐诗歌

1. 韩愈

580．崔璨；丁放：《论韩愈奇险中见雅正的诗风》，《江苏师范大学学报：哲学社会科学版》（徐州），2016 年 01 期，第 56—60 页。

581．熊礼汇：《韩愈"上书"及骈散朝廷文字刍议》，《周口师范学院学报》（周口），2016 年 01 期，第 1—7 页。

582．洪本健：《韩国李钟汉教授和他的韩愈研究》，《周口师范学院学报》（周口），2016 年 01 期，第 8—10 页。

583．郭春林：《韩愈标榜式批评的诗史意义》，《文艺评论》（哈尔滨），2016 年 01 期，第 43—48 页。

584．莫砺锋：《中唐诗坛上的韩潮柳江》，《文学遗产》（北京），2016 年 01 期，第 53—62 页。

585．刘毓庆；唐婷：《韩愈颠覆"子夏作〈序〉"与宋代〈诗〉学格局的确立》，《南京师大学报：社会科学版》（南京），2016 年 01 期，第 121—127 页。

586．姜云鹏：《明代韩集版本考述》，《中国文学研究》（长沙），2016 年 01 期，第 44—47 页。

587．赵萌：《硬语横空始性灵——从〈随园诗话〉看韩愈诗》，《焦作大学学报》（焦作），2016 年 04 期，第 18—20 页。

588．何寄澎：《韩愈古文的古典意义与现代意义》，《苏州大学学报：哲学社会科学版》（苏州），2016 年 01 期，第 131—144 页。

589．胡宪丽：《论韩愈诗歌的"有"字句》，《河北师范大学学报：

哲学社会科学版》（石家庄），2016 年 02 期，第 73—77 页。

590. 安然：《从语言艺术的视角论韩愈散文对〈法言〉的继承》，《牡丹江大学学报》（牡丹江），2016 年 03 期，第 94—96 页。

591. 滕汉洋：《论白居易与韩愈复古文学观念之分野——从皇甫湜与白居易争名一事说起》，《南京师范大学文学院学报》（南京），2016 年 01 期，第 38—44 页。

592. 李珺平：《韩愈前后儒家圣人统序与经书统序的嬗变及原因》，《青海社会科学》（西宁），2016 年 02 期，第 155—162 页、第 188 页。

593. 张炜：《韩愈〈元和圣德诗〉规模〈诗三百〉辨》，《衡阳师范学院学报》（衡阳），2016 年 02 期，第 74—77 页。

594. 经芳：《试论韩愈和他的春天诗》，《佳木斯职业学院学报》（佳木斯），2016 年 04 期，第 86—87 页、第 89 页。

595. 孙微：《韩愈〈祭十二郎文〉中"有知无知"渊源考》，《古典文学知识》（南京），2016 年 04 期，第 153—156 页。

596. 莫琼：《韩愈〈原道〉篇写作时间新证》，《孔子研究》（济南），2016 年 04 期，第 77—86 页。

2. 元白

597. 尚永亮：《"元白"并称与多面元白》，《文学遗产》（北京），2016 年 02 期，第 87—97 页。

598. 滕汉洋：《论白居易与韩愈复古文学观念之分野——从皇甫湜与白居易争名一事说起》，《南京师范大学文学院学报》（南京），2016 年 01 期，第 38—44 页。

599. 陈才智：《王渔洋之于白香山——取舍避就之道》，《文学遗产》（北京），2016 年 03 期，第 176—189 页。

600. 臧焱辛：《白居易、元稹唐诗异同分析》，《吉林工程技术师范学院学报》（长春），2016 年 05 期，第 72—75 页。

601. 蒋远桥：《释〈长恨歌〉"破"兼谈"宛转柔声入破时"》，《语文建设》（北京），2016 年 22 期，第 51—52 页。

602. 张忠纲：《杜甫与元白诗派》，《杜甫研究学刊》（成都），2016 年 03 期，第 1—10 页。

603. 莫道才；张超：《走出李杜优劣论的怪圈——李杜优劣之争研究评述》，《杜甫研究学刊》（成都），2016 年 03 期，第 54—58 页。

604. 何昶熠：《从中唐服饰风尚看韩孟诗派与元白诗派》，《西昌学院学报：社会科学版》（西昌），2016年03期，第82—85页。

605．吴伟斌：《世人对元稹诗文的曲解》，《南京晓庄学院学报》（南京），2016年01期，第56—62页。

3．**其他**

606．俞芝悦：《论中唐诗人自注其诗体现的读者意识——以白居易、元稹等诗人为中心》，《文艺理论研究》（上海），2016年01期，第148—156页。

607．吴伟斌：《后人对元稹〈归田〉等诗歌的错读》，《宁夏社会科学》（银川），2016年02期，第248—256页。

608．邵明珍：《论白居易的"拜相情结"》，《苏州大学学报：哲学社会科学版》（苏州），2016年02期，第135—141页。

609．付兴林：《白居易对权贵、皇权之纠弹与谏诤——以奏状为考察中心》，《河南科技大学学报：社会科学版》（洛阳），2016年02期，第15—23页。

610．吴伟斌：《元稹散佚诗篇举例》，《宁夏师范学院学报》（固原），2016年02期，第13—22页。

611．路薇：《元稹〈连昌宫词〉"尔后相传六皇帝"之再解读》，《古典文学知识》（南京），2016年03期，第135—140页。

612．吴伟斌：《元稹诗文编年正误三例》，《厦门广播电视大学学报》（厦门），2016年02期，第50—56页、第69页。

613．吴伟斌：《元稹〈琵琶歌〉等诗文误读纠谬》，《南京师范大学文学院学报》（南京），2016年02期，第34—41页。

614．周炽成：《唐宋道统新探》，《哲学研究》（北京），2016年03期，第29—36页、第128页。

615．颜研生：《唐人诗文中的法观念》，《广西政法管理干部学院学报》（南宁），2016年03期，第125—129页。

616．杨碧海：《宋代对刘禹锡的政治评价及其文化背景》，《许昌学院学报》（许昌），2016年03期，第92—95页。

617．李金欣：《元和乐府诗坛的分野——从唐代史学"文、史关系"角度出发》，《贵州师范大学学报：社会科学版》（贵阳），2016年第03期，第114—119页。

618．张一南：《唐代的七言排律》，《西南民族大学学报：人文社科版》（成都），2016年07期，第165—172页。

619. 杜晓勤：《五言诗律化进程与唐诗体式研究的思考与探索》，《北京大学学报：哲学社会科学版》（北京），2016年01期，第100—107页、第2页。

620. 咸晓婷：《从题写到编集：论唐诗题注的形成与特征》，《浙江大学学报：人文社会科学版》（杭州），2016年05期，第83—92页。

621. 金滢坤：《唐代书判拔萃科的设置、沿革及其影响》，《厦门大学学报：哲学社会科学版》（厦门），2016年05期，第37—49页。

622. 徐海容：《唐代制诰的文体特征和审美追求》，《社会科学家》（桂林），2016年10期，第134—138页。

623. 钱丽君：《略论李贺诗歌中的"云"意象》，《鸡西大学学报》（鸡西），2016年01期，第123—125页。

624. 任贺贺：《约翰·邓恩与李贺诗歌比较研究初探》，《名作欣赏》（太原），2016年06期，第128—130页。

625. 张慧琴；徐婷：《论李颀、李贺涉乐诗捕捉角度的差异》，《名作欣赏》（太原），2016年08期，第116—118页。

626. 张宏锋：《〈唐诗三百首〉不收李贺诗原因新探》，《长春师范大学学报》（长春），2016年03期，第129—131页、第162页。

627. 刘美燕：《赋对李贺诗歌创作的影响》，《兰台世界》（沈阳），2016年08期，第55—57页。

628. 黄金灿：《"向前敲瘦骨，犹自带铜声"——论李贺诗歌中的"硬性词"》，《集宁师范学院学报》（集宁），2016年03期，第19—22页。

629. 冷成金：《唐诗悲剧意识审美类型论要》，《山东社会科学》（济南），2016年05期，第37—43页。

630. 李雪岩：《从李贺的鬼仙诗看其生命意识》，《文学教育：上》（武汉），2016年07期，第66—67页。

631. 钱甜甜：《浅谈钱钟书〈谈艺录〉中李长吉诗论》，《大众文艺》（石家庄），2016年11期，第31—32页。

632. 韩敏：《李贺：一位特立独行的诗人》，《名作欣赏》（太原），2016年24期，第132—133页。

633. 莫砺锋：《李贺诗中的铜人为何流泪？》，《古典文学知识》（南京），2016年05期，第96—100页。

634. 吴振华：《李贺诗歌奇诡幽峭风格与其任奉礼郎的关系》，

《古典文学知识》（南京），2016 年 06 期，第 54—58 页。

635．苏婷：《从赠答诗看刘长卿的仕隐矛盾》，《现代语文：学术综合版》（曲阜），2016 年 02 期，第 11—13 页。

636．吴莉莉：《山含秋色近，鸟度夕阳迟——刘长卿诗歌中黄昏意象的研究》，《南通职业大学学报》（南通），2016 年 01 期，第 43—46 页。

637．李昇：《孤怜的诗歌与诗歌的孤怜——论刘长卿贬谪诗的创作》，《黔南民族师范学院学报》（都匀），2016 年 03 期，第 28—32 页。

638．梁尔涛：《论唐代姻娅诗群及其文学意义》，《中州学刊》（郑州），2016 年 05 期，第 139—144 页。

639．尹华君：《近三年柳宗元研究概述（2013—2015）》，《湖南科技学院学报》（永州），2016 年 01 期，第 1—8 页。

640．贾晓梅：《柳宗元游记散文风格探微》，《名作欣赏》（太原），2016 年 08 期，第 81—82 页。

641．刘伟安：《论柳宗元自命"愚者"的复杂情感内涵》，《运城学院学报》（运城），2016 年 01 期，第 10—15 页。

642．万德敬；关永利；李燕青：《第七届柳宗元国际学术讨论会综述》，《运城学院学报》（运城），2016 年 01 期，第 21—22 页、第 26 页。

643．王永波：《〈柳河东集〉在宋代的编集与刊刻》，《青海师范大学学报：哲学社会科学版》（西宁），2016 年 02 期，第 93—99 页。

644．刘子珍：《柳宗元寓言所见寄情特质及其成因探析》，《合肥学院学报：综合版》（合肥），2016 年 02 期，第 118—122 页。

645．高建新：《"无限居人送独醒"——略说柳宗元饮酒》，《古典文学知识》（南京），2016 年 03 期，第 49—57 页。

646．秦丽纱：《典范与校勘——再读〈刘禹锡全集编年校注〉》，《兰州文理学院学报：社会科学版》（兰州），2016 年 01 期，第 21—27 页。

647．崔淼；姜剑云：《试论竹枝词的词体属性》，《乐山师范学院学报》（乐山），2016 年 01 期，第 17—21 页。

648．张兴茂：《刘禹锡研究新进展——刘禹锡学术研讨会暨"中国刘禹锡研究会"成立大会综述》，《兰州文理学院学报：社会科学版》（兰州），2016 年 01 期，第 28—33 页。

649．李晖：《贬谪失意境 坚守贤官志——刘禹锡〈历阳书事七十韵〉解读》，《韶关学院学报》（韶关），2016年01期，第21—26页。

650．孙文杰：《刘禹锡诗歌与永贞革新》，《黑河学刊》（黑河），2016年03期，第47—50页。

（四） 晚唐诗歌
1．小李杜

651．孙景鹏：《论李商隐〈夜雨寄北〉的"朦胧美"》，《长江师范学院学报》（重庆），2016年01期，第84—87页、第144页。

652．王舒；张启慧：《大数据背景下古代文学研究的新策略——以"小李杜"诗词研究为例》，《广西职业技术学院学报》（南宁），2016年02期，第69—72页。

653．曹彬：《论李商隐无题诗及文学史意义》，《名作欣赏》（太原），2016年15期，第127—128页。

654．闵丰：《〈唐音统签〉与李商隐诗学之推演》，《云南大学学报：社会科学版》（昆明），2016年03期，第87—92页、第112页。

655．黄欣卉：《李商隐诗歌时空审美意象解读》，《城市学刊》（益阳），2016年03期，第105—108页。

656．马瑞；张燕：《李商隐撰并书〈王翊元夫妇墓志〉研究中的几个问题》，《人文杂志》（西安），2016年06期，第68—73页。

657．李海燕：《多变的态度与多元的诗评——闻一多对李商隐认识转变之原因解析》，《江汉论坛》（武汉），2016年07期，第87—93页。

658．王彦明：《钱龙惕与清初李商隐诗笺注考略》，《中国典籍与文化》（北京），2016年03期，第37—42页。

659．罗剑波；昂俞暄：《钱谦益诗学批评中的义山诗》，《东北师大学报：哲学社会科学版》（长春），2016年04期，第24—29页。

660．冯现冬：《难以言说的生命况味与体验——李商隐〈锦瑟〉赏析》，《名作欣赏》（太原），2016年32期，第19—20页。

661．冯现冬：《凡俗人世间一抹生命的亮色——李商隐〈无题·昨夜星辰昨夜风〉赏析》，《名作欣赏》（太原），2016年32期，第20—21页。

662．谭心悦：《从评点李商隐诗看纪昀的诗格观》，《名作欣赏》

（太原），2016年32期，第118—121页。

663．田金霞；李欣蔚：《佳人锦瑟怨华年——李商隐〈锦瑟〉赏析》，《名作欣赏》（太原），2016年33期，第125—126页、第166页。

664．邝龑子：《"多少楼台烟雨中"——从杜牧诗看自然之道中的历史感》，《南开学报：哲学社会科学版》（天津），2016年05期，第31—51页。

665．吕丹妮：《"钉头磷磷"的"磷磷"释义平议》，《现代语文：语言研究版》（曲阜），2016年06期，第41—42页。

666．刘伟生：《杜牧〈阿房宫赋〉的文体文化意义》，《名作欣赏》（太原），2016年34期，第104—111页。

2．其他

667．严小军：《论晚唐诗创作的唯美倾向》，《开封教育学院学报》（开封），2016年03期，第37—38页。

668．韩雪晴：《晚唐三十六体流变考》，《广播电视大学学报：哲学社会科学版》（呼和浩特），2016年02期，第35—37页。

669．鞠岩；李媛媛：《中晚唐诗人的湘妃情结》，《石家庄学院学报》（石家庄），2016年04期，第68—72页、第95页。

670．姜剑云；何卉：《韦庄家世小考》，《河北大学学报：哲学社会科学版》（保定），2016年03期，第16—21页。

671．刘亮亮：《薛涛诗歌中动物意象的情感探析》，《河北北方学院学报：社会科学版（张家口）》，2016年02期，第8—10页。

672．刘秀芳：《薛涛诗歌的女性意识研究》，《中国市场》（北京），2016年12期，第112—113页。

673．林雪娇：《浅析鱼玄机对女冠生活的接受与超越》，《信阳农林学院学报》（信阳），2016年01期，第67—69页。

674．林雪娇：《对鱼玄机出游江陵所作诗歌的研究》，《长春教育学院学报》（长春），2016年07期，第33—35页。

675．夏菽：《宇文所安研究视角下的晚唐诗人许浑再解读》，《名作欣赏》（太原），2016年05期，第98—101页。

（五）总论及其他

676．宋雪伟：《"绕"字的意味——试析唐诗中的"柔""杂"与"韧"》，《名作欣赏》（太原），2016年27期，第89—90页。

677. 蒋寅：《古典诗歌传统最后的整体重塑——沈德潜历代诗选的诗学史意义》，《求索》（长沙），2016 年 08 期，第 140—152 页。

678. 胡晓虹：《唐宋诗词里的价值追求》，《政工学刊》（大连），2016 年 03 期，第 85 页。

679. 赵小华：《公共性：唐代女性诗歌的别样视角》，《华南师范大学学报：社会科学版》（广州），2016 年 02 期，第 145—150 页。

680. 周运会：《薛涛诗歌的自我隐喻分析》，《湖北经济学院学报：人文社会科学版》（武汉），第 117—118 页。

681. 徐涛：《周勋初先生唐诗研究的特色》，《古典文学知识》（南京），2016 年 01 期，第 10—15 页。

682. 莫砺锋：《作于大唐开国元年的唐诗名篇》，《古典文学知识》（南京），2016 年 01 期，第 100—103 页。

683. 葛晓音：《六朝隋唐诗歌格律、体式演进问题及其研究进展——兼评杜晓勤〈六朝声律和唐诗体格〉》，《安徽大学学报：哲学社会科学版》（合肥），2016 年 01 期，第 36—41 页。

684. 黄伟：《唐代诗人"素质教育"漫谈》，《文教资料》（南京），2016 年 02 期，第 3—4 页、第 16 页。

685. 冷成金：《人的自证与唐诗宋词中的价值建构》，《浙江社会科学》（杭州），2016 年 01 期，第 139—144 页、第 161 页。

686. 李晖：《唐宋诗词以歌妓为描写中心的典型一例——燕子楼史迹与文化的考索及其赏析》，《榆林学院学报》（榆林），2016 年 01 期，第 68—73 页。

687. 刘毓庆；唐婷：《"诗缘政作"的唐代诗学新命题》，《山西大学学报：哲学社会科学版》（太原），2016 年 01 期，第 10—16 页。

688. 何伟棠：《唐诗声律格式组合聚类与调谐应用研究的新篇章——黄谷甘、黄杰晟〈唐诗声律九宫格与吟唱〉序》，《广东技术师范学院学报》（广州），2016 年 01 期，第 135—142 页。

689. 李小荣：《唐音缭绕在禅林——论唐诗名篇在丛林的传播与接受》，《文学遗产》（北京），2016 年 01 期，第 63—71 页。

690. 徐语杨：《唐代的"代言体"诗歌现象》，《濮阳职业技术学院学报》（濮阳），2016 年 01 期，第 104—105 页、第 160 页。

691. 杜晓勤：《五言诗律化进程与唐诗体式研究的思考与探索》，《北京大学学报：哲学社会科学版》（北京），2016 年 01 期，第 100—

107 页、第 2 页。

692. 邹福清：《〈唐诗纪事〉及纪事类著述体例的流变》，《湖北工程学院学报》（孝感），2016 年 01 期，第 33—37 页。

693. 罗积勇：《传统文化经典的修辞研究及其意义——兼评段曹林新著〈唐诗修辞论〉》，《宜春学院学报》（宜春），2016 年 01 期，第 86—89 页。

694. 严正道：《〈全唐诗·李绅诗〉考辨》，《西华师范大学学报：哲学社会科学版》（南充），2016 年 01 期，第 104—107 页。

695. 郭殿忱：《唐人咏〈陇头〉乐府诗异文校释》，《天水师范学院学报》（天水），2016 年 01 期，第 1—5 页。

696. 连振波：《唐宋诗歌中"临洮"意象发微》，《天水师范学院学报》（天水），2016 年 01 期，第 50—54 页。

697. 李金坤：《孔颖达"比兴"之释义与唐诗比兴生态世界审美》，《顺德职业技术学院学报》（佛山），2016 年 01 期，第 56—62 页。

698. 刘永亮：《论模糊思维和宇文所安唐诗译介》，《名作欣赏》（太原），2016 年 05 期，第 61—63 页。

699. 田方；赵翰生：《唐诗中的"郁金"》，《海外英语》（合肥），2016 年 03 期，第 119—121 页。

700. 孙京荣：《论铜雀台意象在唐诗中的流变》，《甘肃广播电视大学学报》（兰州），2016 年 06 期，第 11—14 页。

701. 颜晓晖：《唐代诗歌对"乌孙公主"的书写》，《名作欣赏》（太原），2016 年 35 期，第 125—127 页。

702. 姜丽：《德译唐诗的侨易问题浅析》，《同济大学学报：社会科学版》（上海），2016 年 06 期，第 19—28 页。

703. 查清华：《唐诗学研究的继往与开来——"唐诗学书系"出版座谈暨学术研讨会综述》，《社会科学战线》（长春），2016 年 12 期，第 279—280 页。

704. 高红梅：《唐诗宋词中的禽鸟意象分析——兼议诗词意象的心灵空间感》，《内蒙古财经大学学报》（呼和浩特），2016 年 06 期，第 62—65 页。

705. 石云涛：《唐诗中流寓和出入长安之外域人》，《社会科学战线》（长春），2016 年 12 期，第 93—104 页。

119

706. 洪水英：《唐诗中反衬修辞的隐喻性》，《福州大学学报：哲学社会科学版》（福州），2016年06期，第76—81页。

707. 王树森：《一幅新颖厚重的唐诗接受景观图——评沈文凡先生〈唐诗接受史论稿〉》，《重庆师范大学学报：哲学社会科学版》（重庆），2016年06期，第102—106页。

708. 卢东阳：《象似性视角下唐诗的语篇连贯》，《读与写：教育教学刊》（南充），2016年12期，第290—291页、第4页。

709. 颜研生：《唐人诗文中的法观念》，《广西政法管理干部学院学报》（南宁），2016年03期，第125—129页。

710. 陈尚君：《唐诗学研究的总结性著作》，《学术月刊》（上海），2016年10期，第101—103页。

711. 罗时进：《唐诗学研究的方向与路径》，《学术月刊》（上海），2016年10期，第103—104页。

712. 钱志熙：《关于唐诗学的一些浅见》，《学术月刊》（上海），2016年10期，第105—106页。

713. 张伯伟：《域外汉籍与唐诗学研究》，《学术月刊》（上海），2016年10期，第106—108页。

714. 洪水英：《唐诗"香"之隐喻的美学内涵分析》，《教育评论》（福州），2016年12期，第146—149页。

715. 张晓茹：《探析唐诗灯烛意象的群体构成》，《梧州学院学报》（梧州），2016年05期，第75—78页。

716. 邹福清：《〈唐诗纪事〉及纪事类著述体例的流变》，《湖北工程学院学报》（孝感），2016年01期，第33—37页。

717. 严小军：《论晚唐诗创作的唯美倾向》，《开封教育学院学报》（开封），2016年03期，第37—38页。

718. 王继如：《〈全唐诗〉慧宣、法宣诗辨正》，《中华文史论丛》（上海），2016年01期，第103—116页、第401页。

719. 余红芳：《鹤驾寻沧海 犀轩过赤城——唐诗动物骑乘意象的个人气质因素研究》，《关东学刊》（长春），2016年03期，第76—82页。

720. 刘丹丹：《清代科举应试下〈唐诗三百首〉价值探析》，《潍坊工程职业学院学报》（青州），2016年02期，第52—54页。

721. 田恩铭：《唐诗接受史研究的三维空间建构与拓展——沈文

凡先生〈唐诗接受史论稿〉阅读札记》,《古籍整理研究学刊》(长春),2016年02期,第110—113页。

722．张一南:《汉赋体物因素的消长轨迹——以唐诗为参照》,《甘肃社会科学》(兰州),2016年02期,第74—79页。

723．孙振涛:《〈全唐诗〉中的食盐文化考》,《盐业史研究》(自贡),2016年01期,第57—63页。

724．安琦:《试论明传奇中"集唐诗"的发展及其功能转换》,《巢湖学院学报》(巢湖),2016年02期,第76—78页、第83页。

725．刘永亮;刘泽青:《宇文所安唐诗英译的模糊表现形式及传译策略》,《名作欣赏》(太原),2016年08期,第48—50页。

726．詹丹:《诗歌的赏读和赏析——从关于贺知章〈咏柳〉诗的三篇赏析文说起》,《上海课程教学研究》(上海),2016年03期,第77—80页。

727．李开林:《唐诗"鸣鹤"意象与唐代古琴审美》,《徐州工程学院学报:社会科学版》(徐州),2016年02期,第66—69页。

728．王凡:《由周瑜的诗性塑造看唐诗中三国武将的形象书写》,《湖北文理学院学报》(襄樊),2016年03期,第5—8页、第20页。

729．徐希平:《唐诗中的羌笛及其所蕴含和平交融文化内涵》,《杜甫研究学刊》(成都),2016年01期,第100—109页。

730．王红霞;冉驰:《唐诗接受史研究的新建构与拓展——沈文凡〈唐诗接受史论稿〉述评》,《阿坝师范学院学报》(汶川),2016年01期,第76—78页、

731．杨梅:《基于英汉思维方式的差异谈唐诗中的数字翻译》,《英语教师》(天津),2016年06期,第63—66页。

732．刘丹丹:《唐诗选本〈唐诗三百首〉的局限性》,《岳阳职业技术学院学报》(岳阳),2016年02期,第110—113页。

733．王明明:《谈谈〈全唐诗〉中"含窗诗"的局促感》,《现代语文:学术综合版》(曲阜),2016年04期,第23—25页。

734．刘宝强:《王渔洋唐诗选本研究述略》,《渭南师范学院学报》(渭南),2016年07期,第72—75页。

735．石云涛:《河湟的失陷与收复在唐诗中的反响》,《石河子大学学报:哲学社会科学版》(石河子),2016年02期,第76—87页。

736．王书艳:《建筑文化视野中的诗美境界——廊的空间情态与

唐诗的审美意蕴》，《浙江传媒学院学报》（杭州），2016年02期，第138—144页。

737．张承宗：《〈襄阳乐〉与唐诗》，《湖北文理学院学报》（襄樊），2016年04期，第21—22页。

738．刘子瑜；刘宋川：《唐诗一字平上两读而义同以及义别义同兼备问题研究》，《长江学术》（武汉），2016年02期，第105—118页。

739．解玉峰：《读〈唐诗三百首〉志疑》，《文化与传播》（南宁），2016年02期，第1—5页。

740．张延俊：《〈唐诗三百首〉存在句研究》，《信阳师范学院学报：哲学社会科学版》（信阳），2016年03期，第117—119页。

741．曹丽芳：《〈全唐诗补编·续拾〉订正》，《江海学刊》（南京），2016年03期，第195页。

742．孙振涛：《唐诗作品中的"寺钟"意象考释》，《集宁师范学院学报》（集宁），2016年03期，第1—5页、第18页。

743．陈占敏：《诗体与国体——唐诗笔记之二》，《名作欣赏》（太原），2016年13期，第28—30页。

744．尚光一：《海洋信仰观照下的唐诗海洋书写》，《集美大学学报：哲社版》（厦门），2016年02期，第39—44页。

745．李魏：《携"境"入诗——浅谈唐代"诗境"论的"法"与"破法"》，《吕梁学院学报》（离石），2016年01期，第7—12页。

746．许芳红：《将唐诗个案研究推向深入的创新力作——范新阳〈孟郊诗研究〉评介》，《淮阴师范学院学报：哲学社会科学版》（淮安），2016年03期，第411—413页。

747．唐臻娜：《唐诗英译在美国的经典化建构及影响》，《兰台世界》（沈阳），2016年07期，第143—145页。

748．郑佳琪：《论唐代诗人的扬州情结》，《文学教育：上》（武汉），2016年05期，第110—111页。

749．郭德民：《唐诗艺术表现手法举隅》，《商丘师范学院学报》（商丘），2016年05期，第52—55页。

750．李小奇：《唐诗对宋代园林空间艺术建构的影响——以宋代园记散文为考察中心》，《暨南学报：哲学社会科学版》（广州），2016年04期，第64—71页、第130—131页。

751. 余俊：《唐诗"杏花"意象与举子的科场心态》，《现代语文：学术综合版》（曲阜），2016 年 05 期，第 20—21 页。

752. 赵立春：《从唐诗看唐人对曹操的评价》，《钦州学院学报》（钦州），2016 年 05 期，第 12—15 页。

753. 吴镕：《唐诗里的博物学》，《江苏政协》（南京），2016 年 05 期，第 28—29 页。

754. 王歌：《论唐诗人的咏马情结》，《宁夏大学学报：人文社会科学版》（银川），2016 年 03 期，第 120—127 页。

755. 王书艳：《窗间的风景：唐诗中窗的间隔审美观照》，《名作欣赏》（太原），2016 年 17 期，第 31—32 页、第 41 页。

756. 王书艳：《太湖石的审美发现——唐代咏太湖石诗篇赏论》，《名作欣赏》（太原），2016 年 17 期，第 33—34 页、第 37 页。

757. 王书艳：《"一勺争禁万顷陂"——唐诗中的园池意象论》，《名作欣赏》（太原），2016 年 17 期，第 35—37 页。

758. 刘燕歌：《诗歌题材的拓展：唐诗中的幼童形象》，《名作欣赏》（太原），2016 年 18 期，第 89—90 页。

759. 陈占敏：《命脉相系的知音——唐诗笔记之三》，《名作欣赏》（太原），2016 年 16 期，第 89—90 页。

760. 周梦柯：《唐诗中的剪纸艺术》，《南都学坛》（南阳），2016 年 05 期，第 58—61 页。

761. 程火钗：《〈河岳英灵集〉在唐诗学史上的地位》，《开封教育学院学报》（开封），2016 年 08 期，第 18—19 页。

762. 向回；张璐：《论唐诗入乐的三种方式》，《石家庄学院学报》（石家庄），2016 年 05 期，第 82—88 页。

763. 李德辉：《〈唐人选唐诗新编（增订本）〉的学术价值和当代启示》，《清华大学学报：哲学社会科学版》（北京），2016 年 05 期，第 98—102 页、第 195 页。

764. 胡可先：《诗论·诗材·诗史：唐诗学体系的多维建构》，《学术界》（合肥），2016 年 07 期，第 13—15 页。

765. 董乃斌：《陈伯海先生建立的"唐诗学"学科体系》，《学术界》（合肥），2016 年 07 期，第 5—6 页。

766. 尚永亮：《读"唐诗学书系"的几点感想》，《学术界》（合肥），2016 年 07 期，第 11—13 页。

767. 段永升：《唐诗香意象文化美学论》，《咸阳师范学院学报》（咸阳），2016年05期，第109—113页。

768. 邹淑琴：《唐诗中的胡姬与西域酒文化在中原地区的传播》，《中国韵文学刊》（湘潭），2016年04期，第17—22页。

769. 洪水英：《唐诗"香"之隐喻及美育价值》，《闽南师范大学学报：哲学社会科学版》（漳州），2016年03期，第51—55页。

（六）词

770. 陶文鹏：《词家笔下春光好》，《古典文学知识》（南京），2016年04期，第136—139页。

771. 杨景龙：《〈花间集〉题材内容再认识》，《殷都学刊》（安阳），2016年01期，第74—79页。

772. 赵惠俊：《〈花间集〉的地理意象》，《中国韵文学刊》（湘潭），2016年02期，第88—96页。

773. 叶晔：《汤显祖评点〈花间集〉辨伪》，《文献》（北京），2016年04期，第3—12页。

774. 管晶晶：《试论《花间集》中的联章词》，《河池学院学报》（宜州），2016年04期，第39—43页。

775. 卞萃平：《〈花间集〉中的"窗"意象研究》，《鸡西大学学报》（鸡西），2016年08期，第106—108页。

776. 闫卿：《〈花间集〉中的"帘"意象》，《商丘职业技术学院学报》（商丘），2016年04期，第77—79页。

777. 高玮；易帆：《试论〈花间集〉之"香"意象的类型及作用》，《三峡大学学报：人文社会科学版》（宜昌），2016年06期，第51—55页。

778. 刘源：《李煜梦词简论》，《哈尔滨学院学报》（哈尔滨），2016年03期，第52—56页。

779. 饶眺：《浅论李煜词的家国情怀》，《湖北科技学院学报》（咸宁），2015年12期，第82—84页。

780. 赵晓琳：《无限江山 独自凭栏——解读李煜词中的"栏杆"意象》，《林区教学》（哈尔滨），2016年03期，第31—32页。

781. 刘琦；高春燕：《试论李煜的词风与悲剧意识》，《语文学刊》（呼和浩特），2016年06期，第57—58页。

782. 周露：《李煜词解》，《黑龙江教育：理论与实践》（哈尔滨），2016年10期，第5—6页。

783. 叶晔：《明人分调编次观与唐宋词的分调经典化》，《文学评论》（北京），2016年01期，第193—202页。

784. 宋秋敏：《论唐宋词的感官主义倾向》，《中国韵文学刊》（湘潭），2016年01期，第64—68页、第93页。

785. 田玉琪：《唐宋词调字声与"又一体"》，《文学遗产》（广州），2016年01期，第89—95页。

786. 杜庆英：《唐宋词的场景叙事及其文体学意义》，《中国韵文学刊》（湘潭），2016年03期，第57—62页。

787. 魏玉莲：《论唐宋词中屏风意象的儿女情》，《新余学院学报》（新余），2016年01期，第83—85页。

788. 姚文辉：《飘风骤雨惊飒飒——祝允明草书〈唐宋词〉卷考》，《艺术品》（北京），2016年03期，第40—45页。

789. 蒋勤俭；钱勇：《从敦煌曲子词看中古民间祷祝活动》，《文学遗产》（广州），2016年05期，第39—46页。

790. 姚惠兰：《论天台山文化对唐宋词创作的影响》，《学术界》（合肥），2016年05期，第129—137页。

791. 游洁洁：《浅论敦煌曲子词中的人物形象》，《黑河学刊》（黑河），2016年06期，第67—69页。

五、宋代诗歌

（一）北宋诗

1. 苏轼

792. 陈永红：《苏轼与陆游海棠诗歌之比较》，《南京工程学院学报：社会科学版》（南京），2016年04期，第28—31页。

793. 陈斌：《苏轼〈贺新郎〉作时与作意综述》，《江苏科技大学学报：社会科学版》（苏州），2016年04期，第27—36页。

794. 刘岳耘：《苏轼茶诗的文化品格（下）》，《茶叶》（杭州），2016年04期，第212—217页。

795. 杨菲：《从苏轼诗词中透视其哲学思想》，《安徽文学（下半月）》（合肥），2016年12期，第3—4页。

796．宁雯：《苏轼诗中的自喻：自我特质与人生状态的婉曲揭示》，《人文杂志》（西安），2016年11期，第79—85页。

797．沈广斌：《苏诗理趣论》，《中国苏轼研究》（北京），2016年01期，第15—47页。

798．孙蛟龙；陈名扬：《苏轼中晚期诗作思想所受陶诗之影响初探》，《名作欣赏》（太原），2016年17期，第114—116页。

799．宁雯：《苏轼诗歌中的自注与自我表达的强化》，《河北师范大学学报：哲学社会科学版》（石家庄），2016年03期，第108—113页。

800．朱皋：《高丽诗坛与苏诗》，《齐齐哈尔大学学报：哲学社会科学版》（齐齐哈尔），2016年03期，第107—108页。

801．徐立昕：《宋诗阐释领域所体现的江西诗派理论——以苏诗百家注为例》，《信阳师范学院学报：哲学社会科学版》（信阳），2016年01期，第112—117页。

802．刘洋：《简论苏轼诗中的比喻》，《中国苏轼研究》（北京），2016年02期，第54—62页。

803．宁雯：《苏轼诗中的自嘲：举重若轻的自我表达》，《中国苏轼研究》（北京），2016年02期，第41—53页。

804．谢桃坊：《苏轼诗学思想的意义》，《文史杂志》（成都），2016年05期，第40—47页。

805．由兴波：《论苏轼诗学思想与书法理论的互通与互补》，《中国苏轼研究》（北京），2016年01期，第224—237页。

806．郑元清：《白居易的闲适诗创作对苏轼诗的影响》，《湖北经济学院学报：人文社会科学版》（武汉），2016年01期，第114—115页。

807．高云鹏：《"诗以奇趣为宗，反常合道为趣"——苏轼"趣"论研究》，《中国苏轼研究》（北京），2016年02期，第180—195页。

808．商拓：《试论苏轼诗歌的比喻艺术》，《西华大学学报：哲学社会科学版》（成都），2016年06期，第1—8页。

809．王渭清：《圆活与尚趣——佛禅与苏轼诗歌的美学风格刍议》，《乐山师范学院学报》（乐山），2016年10期，第12—17页。

810．王永波：《苏轼〈和陶诗〉版本考述》，《铜仁学院学报》（铜仁），2016年02期，第14—21页。

811．吴莉莉：《从苏轼〈次荆公韵四绝·其二〉析其诗歌创作》，

《现代语文：学术综合版》（曲阜），2016 年 04 期，第 29—30 页。

812. 苏莉：《苏轼茶诗中的人生态度与审美精神探析》，《闽南师范大学学报：哲学社会科学版》（漳州），2016 年 01 期，第 67—71 页。

813. 姚华：《苏轼诗歌的"仇池石"意象探析》，《文学遗产》（北京），2016 年 03 期，第 155—165 页。

814. 浅见洋二：《言论统制下的文学文本——以苏轼诗歌创作为中心》，《复旦学报：社会科学版》（上海），2016 年 04 期，第 2—17 页。

815. 何永炎：《苏轼的咏竹诗》，《科教文汇（下旬刊）》（合肥），2016 年 07 期，第 195 页。

816. 庆振轩；陈佳宁：《苏轼庐山诗研究综述》，《乐山师范学院学报》（乐山），2016 年 07 期，第 1—6 页。

817. 王凤苓：《苏轼民俗诗创作缘由的多维透视》，《山东社会科学》（济南），2016 年 08 期，第 179—183 页。

818. 李荣道：《浅谈苏东坡诗文的理趣》，《文教资料》（南京），2016 年 20 期，第 1—2 页。

819. 宁雯：《海北天南总是归：苏轼诗歌中的"归处"》，《海南大学学报：人文社会科学版》（海口），2016 年 04 期，第 96—103 页。

820. 贾晓峰：《苏轼黄州寺院诗的新变》，《内蒙古大学学报：哲学社会科学版》（呼和浩特），2016 年 05 期，第 100—105 页。

821. 程磊：《论苏轼早期的山水宦游诗》，《中国苏轼研究》（北京），2016 年 01 期，第 48—65 页。

822. 王苑：《儒释诗学观视域中的苏黄墨竹诗》，《临沂大学学报》（临沂），2016 年 04 期，第 88—94 页。

823. 朱皋：《高丽诗坛与苏诗》，《齐齐哈尔大学学报：哲学社会科学版》（齐齐哈尔），2016 年 03 期，第 107—108 页。

824. 李静；董宏钰：《论泗州时期苏轼的诗心佛缘》，《学术交流》（哈尔滨），2016 年 12 期，第 196—201 页。

2. 其他

825. 秦蓁：《从理性的〈诗经〉学到理学的〈诗经〉学——以欧阳修〈诗本义〉与朱熹〈诗集传〉为中心》，《广西社会科学》（南宁），2016 年 05 期，第 171—176 页。

826. 王小兰：《欧阳修〈庐山高〉诗解疑》，《中华文史论丛》（上海），2016 年 04 期，第 123—142 页。

827. 唐亚飞：《从滁州唱和看欧阳修与曾巩的诗歌交游》，《辽宁工业大学学报：社会科学版》（锦州），2016年01期，第62—65页。

828. 管琴：《宋代"穷而后工"论之异说考》，《文艺研究》（北京），2016年12期，第73—82页。

829. 徐红：《从交游看欧阳修与宋学发展的关系——以北宋至和至治平年间为考察对象》，《湖南科技大学学报：社会科学版》（湘潭），2016年01期，第155—160页。

830. 李晶晶：《论宋代儒宗欧阳修诗歌中的佛禅因缘》，《成都大学学报：社会科学版》（成都），2016年02期，第83—87页。

831. 李骋：《平易质朴、返璞归真——欧阳修的文学理论及其诗歌创作》，《安徽文学（下半月）》（合肥），2016年06期，第30—32页。

832. 秦蓁：《欧阳修儒学复兴时代语境下的〈诗经〉学阐释》，《中华文化论坛》（成都），2016年06期，第59—65页。

833. 李晶晶：《唐音向宋调的转捩——论诗学批评视野中的欧阳修诗歌》，《现代语文：学术综合版》（曲阜），2016年04期，第20—22页。

834. 郑苏淮：《王安石诗学思想的三个维度》，《江西社会科学》（南昌），2016年07期，第85—93页。

835. 黎文凤：《以气为主，以文为笔——韩愈与王安石诗歌对比研究》，《湖北科技学院学报》（咸宁），2016年11期，第76—78页。

836. 史俊杰：《王安石诗歌中的怨刺探析》，《东华理工大学学报：社会科学版》（抚州），2016年35期，第101—104页。

837. 黎烈南：《咏鸟情长寓意深——王安石〈见鹦鹉戏作〉四句欣赏》，《古典文学知识》（南京），2016年03期，第19—22页。

838. 介金嵘：《〈诗经〉学对王安石诗歌创作的影响》，《天中学刊》（驻马店），2016年06期，第75—78页。

839. 李唐：《王安石诗风演进新探》，《学术交流》（哈尔滨），2016年07期，第176—181页。

840. 杨国文：《宋代孟子升格运动境域下王安石对于孟子的尊崇——以王安石诗歌为例》，《中国民族博览》（北京），2016年10期，第123—125页。

841. 吴雅萍：《论北宋诗中的"饥饿感"》，《华北电力大学学报：

社会科学版》（北京），2016年06期，第100—107页。

842．董秀丽：《"陌生化"手法与宋诗的"破体求奇"》，《黑河学刊》（黑河），2016年06期，第61—62页。

843．张甲子：《"自然"与唐宋诗学的内在规范》，《燕山大学学报：哲学社会科学版》（秦皇岛），2016年03期，第120—124页。

844．胡建次；李甜甜：《中国古典诗学对"宋诗"之抑的消解与反思》，《中南民族大学学报：人文社会科学版》（武汉），2016年04期，第152—157页。

845．宋佳俊；黄雨芯：《从宋代题画诗看宋诗的理趣》，《老区建设》（南昌），2016年08期，第39—42页。

846．苏勇强：《唐宋文本差异与宋诗学问化》，《社会科学家》（桂林），2016年07期，第126—130页。

847．张金明：《论白描在唐宋诗中的发展》，《阅江学刊》（南京），2016年06期，第102—108页。

848．任聪颖：《试论唐宋诗转型的情感因素》，《太原学院学报：社会科学版》（太原），2016年05期，第41—44页。

849．朱新亮：《〈全宋诗〉、〈全宋文〉梅询诗文补辑、辨伪与点校商榷》，《楚雄师范学院学报》（楚雄），2016年07期，第49—53页。

850．吴昊：《〈全宋诗〉、〈全宋文〉李良臣小传及所收诗文订补》，《湖北科技学院学报》（咸宁），2016年07期，第98—100页。

851．柴继红：《一支摇曳千载风流——浅析宋诗中虞美人草的审美意象》，《九江学院学报：社会科学版》（九江），2016年02期，第85—88页。

852．王正刚：《从"斝"字看宋诗审美取径》，《皖西学院学报》（六安），2016年03期，第126—129页。

853．赵艳喜：《立足本体的宋诗研究佳作——评〈宋代南渡诗歌研究〉》，《中共济南市委党校学报》（济南），2016年02期，第88—90页。

854．张晓红：《〈全宋诗〉所录〈高岩立春日〉与〈象州上元〉作者考辨》，《中国典籍与文化》（北京），2016年02期，第10—

15页。

855．李朝军：《论唐宋时期的火灾诗》，《求索》（长沙），2016年12期，第145—149页。

856．刘丽：《宋诗中的蔬食意象及其文化意蕴》，《云南社会科学》（昆明），2016年06期，第171—176页。

857．阮堂明：《论寒山子及其诗歌在宋代之遗响》，《苏州科技学院学报：社会科学版》（苏州），2016年06期，第59—65页。

858．林晓娜：《论宋代睡隐诗的典故意象》，《聊城大学学报：社会科学版》（聊城），2016年06期，第27—33页。

859．刘丽：《宋代食风新变与诗歌演进》，《河南师范大学学报：哲学社会科学版》（新乡），2016年06期，第147—152页。

860．吕冠南：《〈光绪海阳县志〉中的宋代佚诗佚文》，《广东开放大学学报》（广州），2016年05期，第21—25页。

861．李成晴：《"误置"的两宋诗人——〈全宋诗〉重列作者考辨》，《湖南大学学报：社会科学版》（长沙），2016年01期，第117—121页。

862．李旭婷：《〈全宋诗〉补遗与勘误——据宋画中所见题画诗》，《中国韵文学刊》（湘潭），2016年01期，第106—112页。

863．李朝军：《论宋代的地震诗》，《井冈山大学学报：社会科学版》（吉安），2016年01期，第112—114页。

864．李成晴：《被遗落的两宋诗人——天顺本〈大明一统志〉所见〈全宋诗〉未著录作者考》，《汉语言文学研究》（开封），2016年01期，第44—49页。

865．祝尚书：《宋人对以"道"论诗的修正——兼论宋末"以诗言理学"的兴起》，《西华师范大学学报：哲学社会科学版》（南充），2016年02期，第1—9页。

866．孙宇男：《唐宋诗之禅变——以咏雪诗为例》，《哈尔滨工业大学学报：社会科学版》（哈尔滨），2016年02期，第108—113页。

867．李懿：《〈古今岁时杂咏〉所收宋诗部分补正》，《古籍整理研究学刊》（长春），2016年03期，第44—48页。

868．彭敏：《宋代湖南诗僧地域、宗派分布与存诗类型分析》，《湖南大学学报：社会科学版》（长沙），2016年03期，第115—120页。

869. 陈由歆；侯晓云：《宋儒精神与宋代茶诗》，《兰台世界》（沈阳），2016年12期，第141—143页。

870. 张鹏宇：《宋代诗派林立原因之文化关照》，《江西社会科学》（南昌），2016年07期，第107—112页。

871. 李开林：《宋诗"寄梅"的文化意蕴及现实思考》，《中北大学学报：社会科学版》（太原），2016年01期，第82—85页。

872. 陈元锋：《"吏"与"诗"：宋代诗坛流行话题之———以南宋为中心》，《绍兴文理学院学报：哲学社会科学》（绍兴），2016年04期，第8—16页。

873. 蔡厚示：《长作江西社里人——谈黄庭坚诗学中的忧世情结和亲民思想》，《中国书法》（北京），2016年14期，第128—133页。

874. 张志杰：《人如大雅诗——略议黄庭坚诗中的以"大雅"论人》，《文教资料》（南京），2016年17期，第3—4页。

875. 张炎：《黄庭坚诗三首证伪》，《古籍整理研究学刊》（长春），2016年01期，第36—38页。

876. 罗杏芬：《黄庭坚诗歌的〈庄子〉用典——以黄诗中"庖丁解牛"寓言故事的用典为例》，《九江学院学报：社会科学版》（九江），2016年02期，第25—29页。

877. 谭梅：《试论黄庭坚诗歌的儒学色彩》，《九江学院学报：社会科学版》（九江），2016年03期，第31—35页。

878. 戎凯利：《黄庭坚〈清明〉解读》，《文学教育（上）》（武汉），2016年09期，第45页。

879. 邱美琼；曾素芸：《黄庭坚诗歌在日本的刊刻与流布》，《国学学刊》（北京），2016年02期，第136—140页。

880. 卞萃平：《杜甫与黄庭坚的诗歌内容比较分析》，《广西教育学院学报》（南宁），2016年03期，第136—139页。

881. 付新营：《"韵胜"：黄庭坚的人格诗学》，《关东学刊》（长春），2016年10期，第56—62页。

882. 王盼盼：《论黄庭坚辞赋的独特性》，《文学教育（下）》（武汉），2016年08期，第22—24页。

883. 赵文焕：《论黄庭坚贬谪时期的题画诗》，《南京师范大学文学院学报》（南京），2016年02期，第42—45页。

884. 黄文翰：《黄庭坚诗文中的净土思想》，《南昌教育学院学报》

（南昌），2016 年 03 期，第 28—31 页。

885．孟淑华：《略谈秦观闲适诗》，《文学教育（下）》（武汉），2016 年 12 期，第 139 页。

886．尹梦杰：《论秦观诗歌的艺术风格》，《名作欣赏》（太原），2016 年 35 期，第 63—65 页。

887．张再林：《秦观在百年文学史书写中的变迁》，《中国韵文学刊》（湘潭），2016 年 03 期，第 34—41 页。

888．朱惠国：《近五年秦观研究的进展与期待》，《中国韵文学刊》（湘潭），2016 年 03 期，第 42—47 页。

889．王昊：《关于秦观佚诗〈梅花百咏〉的质疑》，《中国韵文学刊》（湘潭），2016 年 03 期，第 48—51 页。

（二）南宋诗

1. 江西诗派

890．陈小辉：《宋代诗社与江西诗派》，《西南交通大学学报：社会科学版》（成都），2016 年 02 期，第 37—43 页。

891．徐立昕：《宋诗阐释领域所体现的江西诗派理论——以苏诗百家注为例》，《信阳师范学院学报：哲学社会科学版》（信阳），2016 年 01 期，第 112—117 页。

892．杨理论：《"灯传"江西与"不嗣"江西——论陆游对江西诗派的接受与拒斥》，《杜甫研究学刊》（成都），2016 年 04 期，第 109—113 页。

893．吴晟：《王世贞对江西诗的批评》，《学术研究》（广州），2016 年 05 期，第 155—159 页。

894．任竞泽：《文体学视域下的吕本中"活法"论》，《学术界》（合肥），2016 年 09 期，第 62—75 页。

895．左志南：《吕本中"活法"说内涵生成的理学观照》，《新疆大学学报：哲学·人文社会科学版》（乌鲁木齐），2016 年 06 期，第 124—132 页。

896．黄之栋：《性理风骚一例收——论理学对吕本中及其诗歌的影响》，《广州大学学报：社会科学版》（广州），2016 年 11 期，第 87—90 页。

897．王柳茵：《近十年中国诗论"活法"说研究述略》，《濮阳职业技术学院学报》（濮阳），2016年04期，第111—115页。

898．吴晟：《靖康之难与陈与义诗学观的转变》，《中国韵文学刊》（湘潭），2016年02期，第44—48页。

899．朴哲希：《朝鲜高丽朝文人李齐贤对宋诗及江西诗派的文学选择》，《辽东学院学报：社会科学版》（丹东），2016年06期，第117—123页。

900．杨理论：《"灯传"江西与"不嗣"江西——论陆游对江西诗派的接受与拒斥》，《杜甫研究学刊》（成都），2016年04期，第109—113页。

901．瞿慧：《俄国形式主义与江西诗派的比较》，《景德镇学院学报》（景德镇），2016年05期，第80—84页。

2．中兴四大家

902．管琴：《七律的放翁诗法——从"律熟"的评价说起》，《文学评论》（北京），2016年04期，第200—209页。

903．颜智英：《论陆游诗的泛海想象》，《海南师范大学学报：社会科学版》（海口市），2016年04期，第73—84页。

904．邓程：《陆游诗中的自我武将形象浅论》，《华北电力大学学报：社会科学版》（北京），2016年02期，第99—103页。

905．李沛：《陆游诗中"花汞"一词考释》，《邢台学院学报》（邢台），2016年04期，第121—123页。

906．闫城宇：《陆游爱国诗歌思想内容及艺术特色浅析》，《石家庄职业技术学院学报》（石家庄），2016年03期，第48—50页。

907．高丽华：《陆游研究三十年述评》，《文学遗产》（北京），2016年05期，第73—82页。

908．张剑：《陆游的醉态、醉思与饮酒诗》，《北京大学学报：哲学社会科学版》（北京），2016年02期，第99—108页。

909．李锋：《陆游诗词中的"痛感"情结》，《连云港师范高等专科学校学报》（连云港），2016年04期，第39—42页。

910．陈永红：《苏轼与陆游海棠诗歌之比较》，《南京工程学院学报：社会科学版》（南京），2016年04期，第28—31页。

911．姚建华：《从〈夜读兵书〉感悟陆游诗篇的爱国情怀》，《文学教育（下）》（武汉），2016年11期，第131页。

912．王兴铭；吴晓威；高长山：《陆游养生诗的题材风格研究》，

133

《古籍整理研究学刊》（长春），2016 年 06 期，第 98—102 页。

913．周晓波：《试论陆游爱国思想的形成和爱国诗词内涵》，《科学咨询（科技·管理）》（重庆），2016 年 10 期，第 85—86 页。

914．黄奕珍：《论陆游成都时期爱国诗的特色》，《文学遗产》（北京），2016 年 05 期，第 29—36 页。

915．周剑之：《论陆游记梦诗的叙事实践——兼论古代诗歌记梦传统的叙事特质》，《文学遗产》（北京），2016 年 05 期，第 38—47 页。

916．诸雨辰：《画境诗心：陆游山水田园诗的构图与诗体选择》，《文艺评论》（哈尔滨），2016 年 01 期，第 39—42 页。

917．三野丰浩：《陆游孤村诗小考——以〈十一月四日风雨大作〉其二为起点》，《绍兴文理学院学报：哲学社会科学》（绍兴），2016 年 01 期，第 9—20 页。

918．周一农：《绍祚中兴时的舌尖记忆——从陆游的饮食诗谈起》，《绍兴文理学院学报：哲学社会科学》（绍兴），2016 年 01 期，第 21—25 页。

919．林素玲：《陆游山阴诗之美——以嘉泰三年（1203）至嘉定二年（1209）期间为核心》，《绍兴文理学院学报：哲学社会科学》（绍兴），2016 年 01 期，第 26—33 页。

920．吴光兴：《陆游与唐诗史"盛唐"观念之建构》，《华南师范大学学报：社会科学版》（广州），2016 年 01 期，第 21—28 页。

921．赵从奎：《探析陆游不同时期田园诗的思想特征》，《柳州职业技术学院学报》（柳州），2016 年 02 期，第 104—107 页。

922．孙岩：《陆游的道教思想及其对仙道诗文创作的影响》，《兰台世界》（沈阳），2016 年 07 期，第 87—89 页。

923．石祥：《汉中地理对陆游"汉中诗文"的影响》，《文史博览（理论）》（长沙），2016 年 04 期，第 30—31 页。

924．郭玉琼；李金松：《"家风"与陆游的诗歌书写》，《绍兴文理学院学报：哲学社会科学》（绍兴），2016 年 02 期，第 27—31 页。

925．商宇琦：《陆游"戏作"诗的独创性》，《中国韵文学刊》（湘潭），2016 年 02 期，第 49—56 页。

926．何永炎：《陆游的情伤诗》，《科教文汇（上旬刊）》（合肥），2016 年 06 期，第 195 页。

927．徐艳吉；高春燕：《陆游的"梅情结"》，《美与时代（下）》

（郑州），2016 年 06 期，第 44—46 页。

928．李华云：《陆游巴蜀诗歌的戏谑书写》，《中国韵文学刊》（湘潭），2016 年 03 期，第 17—22 页。

929．张媛：《陆游晚年养生诗歌探析》，《职大学报》（包头），2016 年 04 期，第 60—62 页。

930．孙利华：《从陆游诗词绝句中探析其情感世界的悲哀》，《现代语文：学术综合版》（曲阜），2016 年 09 期，第 11—12 页。

931．周欣媛：《浅析中国古代诗歌中的"姑恶"意象——以陆游"姑恶诗"为例》，《中国民族博览》（北京），2016 年 08 期，第 136—138 页。

932．王新芳：《查慎行对〈瀛奎律髓〉中陆游诗歌的评点》，《石家庄铁道大学学报：社会科学版》（石家庄），2016 年 02 期，第 67—69 页。

933．吕肖奂：《"不得体"的社交表达：陆游的人际关系诗歌论析》，《四川大学学报：哲学社会科学版》（成都），2016 年 01 期，第 152—160 页。

934．曾维刚：《江湖长翁：南宋中兴诗人陈造考论》，《兰州大学学报：社会科学版》（兰州），2016 年 04 期，第 30—37 页。

935．汤洪丽；陈文苑：《范成大旅徽及诗歌创作》，《楚雄师范学院学报》（楚雄），2016 年 11 期，第 58—62 页。

936．刘存明：《范成大田园诗研究述评》，《漯河职业技术学院学报》（漯河），2016 年 06 期，第 42—45 页。

937．李淳：《自我与时代之心——范成大诗歌创作的衰病主题及其超越》，《中华文化论坛》（成都），2016 年 04 期，第 50—57 页。

938．王开春：《范成大的五言古诗》，《国学学刊》（北京），2016 年 01 期，第 122—128 页。

939．钟巧灵；陈天佑：《范成大题画诗论》，《南华大学学报：社会科学版》（衡阳），2016 年 06 期，第 110—115 页。

940．梅思玲：《论范成大〈四时田园杂兴〉对传统田园题材的突破》，《文学教育（下）》（武汉），2016 年 04 期，第 23 页。

941．于东新；张小侠：《形态与影响：论宋代山水田园诗》，《文艺评论》（哈尔滨），2016 年 04 期，第 57—60 页。

942．王敏杰：《范成大的田园世界及其创作成就》，《名作欣赏》

（太原），2016年12期，第135—137页。

943. 吴晓婷；杨为刚：《杨万里馆驿诗的特色》，《鲁东大学学报：哲学社会科学版》（烟台），2016年06期，第31—35页。

944. 金杰：《茶与杨万里诗歌关系探究》，《科教文汇（中旬刊）》（合肥），2016年08期，第145—146页。

945. 苗锐：《一颗童心看世界——论杨万里的童趣诗》，《巢湖学院学报》（巢湖），2016年04期，第52—57页。

3. 其他

946. 《清雅绵邈 乐韵携永——姜夔琴歌〈古怨〉的音乐特征及演唱分析》，《黄河之声》（太原），2016年16期，第81—83页。

947. 胡旭：《论刘克庄的悼亡诗词》，《龙岩学院学报》（龙岩），2016年03期，第10—14页。

948. 王明建：《刘克庄的诗歌价值观与中国文人的文学价值观》，《学术交流》（哈尔滨），2016年02期，第199—205页。

949. 侯荣川：《宋元至明中期严羽诗学接受的误读与还原》，《中华文史论丛》（上海），2016年04期，第363—386页。

950. 王延：《浅谈〈沧浪诗话〉的别趣说》，《河南工程学院学报：社会科学版》（郑州），2016年04期，第83—85页。

951. 胡健：《气象·入神·妙悟——严羽〈沧浪诗话〉的意境美学》，《美与时代（下）》（郑州），2016年11期，第31—34页。

952. 任聪颖：《试论唐宋诗转型的情感因素》，《太原学院学报：社会科学版》（太原），2016年05期，第41—44页。

953. 尚永亮；段亚青：《尊体：严羽"本色"理论及其四大要素》，《文学理论研究》（上海），2016年05期，第108—116页。

954. 钱甜甜：《从〈沧浪诗话〉看严羽诗论》，《湖北函授大学学报》（武汉），2016年17期，第183—184页。

955. 王文：《〈沧浪诗话〉"考证篇"中所引〈乐府诗集〉考》，《华中师范大学研究生学报》（武汉），2016年03期，第73—76页。

956. 王苑：《严羽妙悟说的诗禅学缘探微》，《重庆师范大学学报：哲学社会科学版》（重庆），2016年03期，第48—55页。

957. 阮立：《直觉与妙悟——中西审美思维特征论》，《南京艺术学院学报：美术与设计》（南京），2016年05期，第129—132页。

958. 张硕：《论〈沧浪诗话〉的诗歌言意观》，《黄河科技大学学报》（郑州），2016年02期，第101—105页。

959. 李黎：《论南宋诗歌的市井审美》，《苏州科技学院学报：社会科学版》（苏州），2016年02期，第37—44页。

（三）宋诗总论及其他

960. 苏勇强：《唐宋文本差异与宋诗学问化》，《社会科学家》（桂林），2016年07期，第126—130页。

961. 张立荣：《苏辙的七律诗风与北宋元祐诗坛》，《江西社会科学》（南昌），2016年07期，第94—101页。

962. 曾旭彤：《宋代诗味论与饮食譬喻批评话语研究》，《广西科技师范学院学报》（柳州），2016年04期，第22—25页。

963. 汪国林：《宋初白体诗内涵新释》，《山西农业大学学报：社会科学版》（晋中），2016年08期，第601—608页。

964. 肖瑞峰；周斌：《唐宋戏题诗论略》，《浙江社会科学》（杭州），2016年07期，第119—124页。

965. 张志杰：《宋代"以书喻诗"论及其观念》，《绵阳师范学院学报》（绵阳），2016年09期，第113—116页。

966. 余慕怡：《黄庭坚文赋浅论》，《湖南广播电视大学学报》（长沙），2016年04期，第24—29页。

967. 熊海洋：《黄庭坚的"用意"诗学观初探》，《西华大学学报：哲学社会科学版》（成都），2016年04期，第15—20页。

（四）北宋词

1. 柳永词

968. 王敏：《忍把浮名 换了浅斟低唱——探微柳永悲剧人生及其对宋词发展的贡献》，《语文学刊：外语教育教学》（呼和浩特），2016年03期，第13—15页。

969. 俞志容：《柳永词的市民性简析》，《浙江树人大学学报：人文社会科学版》（杭州），2016年02期，第84—89页。

970. 郭艳华：《宋夏休战与柳永词的"盛世"之音》，《北方民族大学学报：哲学社会科学版（银川）》，2016年06期，第126—131页。

971. 左洪涛：《用事：王重阳词对柳永俗词的融摄》，《求索》（长沙），2016年10期，第188—192页。

972. 程芳萍：《多重拓展视角下柳永词与唐五代词比较》，《菏泽学院学报》（菏泽），2016年04期，第46—49页。

973. 祁曼婷：《柳永词中的俚语俗语研究》，《佳木斯职业学院学报》（佳木斯），2016年06期，第64页。

974. 植泳诗：《论柳永词中的身体叙事》，《南阳师范学院学报》（南阳），2016年05期，第50—56页。

975. 王存弟；薛圆媛：《论欧阳修词的俗化倾向》，《中北大学学报：社会科学版》（太原），2016年02期，第87—92页。

976. 杨帅：《试论柳永词作的审美趣味》，《山东工会论坛》（济南），2016年02期，第125—127页。

977. 俞志容：《柳永词的市民性简析》，《浙江树人大学学报：人文社会科学版》（杭州），2016年02期，第84—89页。

978. 楼培：《柳永词传入禁中考》，《浙江学刊》（杭州），2016年02期，第150—154页。

979. 宋以芳：《浅谈宋词的意象传递——以柳永词为例》，《湖北经济学院学报：人文社会科学版》（武汉），2016年03期，第119—120页。

980. 郁玉英；杨剑兵：《论批评界权威与大众读者对柳永词作经典地位之确立》，《知与行》（哈尔滨），2016年01期，第109—114页。

981. 王芬涛：《论柳永祝颂词的史料价值与艺术特点》，《兴义民族师范学院学报》（兴义），2016年06期，第84—89页。

982. 李娟：《浅析柳永与李清照词的异同》，《语文学刊》（呼和浩特），2016年11期，第82—83页。

983. 郭艳华：《宋夏休战与柳永词的"盛世"之音》，《北方民族大学学报：哲学社会科学版》（银川），2016年06期，第126—131页。

984. 程峰：《从柳永的词透视其反叛性》，《大众文艺》（石家庄），2016年21期，第26页。

2. 苏轼词

985. 钟健星：《苏轼词主题现实化的概念整合阐释》，《鄂州大学学报》（鄂州），2016年01期，第62—64页。

986. 丰家喜：《苏轼与张孝祥词艺术特色比较研究》，《信阳农林学院学报》（信阳），2016年04期，第89—92页。

987. 陈斌：《苏轼〈贺新郎〉作时与作意综述》，《江苏科技大学学报：社会科学版》（苏州），2016年04期，第27—36页。

988. 殷海卫：《论苏轼词的"以俗为美"》，《安徽文学（下半月）》（合肥），2016年11期，第1—3页。

989. 蔡群发：《中学语文教材中苏轼词作所折射出的悲情色彩》，《才智》（长春），2016年33期，第84页。

990. 杨集熠：《试论苏轼词中的归乡情结》，《现代语文：学术综合版》（曲阜），2016年11期，第12—17页。

991. 贾文霞：《从苏轼贬谪时期的作品探究其心路历程——兼与韩愈谪阳山、潮州对比》，《名作欣赏》（太原），2016年33期，第122—124页。

992. 张子川：《论苏轼词中的转折艺术》，《太原城市职业技术学院学报》（太原），2016年10期，第177—179页。

993. 聂改凤：《苏轼论词题跋的文献学价值》，《河南广播电视大学学报》（郑州），2016年02期，第62—65页。

994. 贾琪：《论苏轼词对杜甫诗歌的化用》，《安康学院学报》（安康），2016年05期，第32—36页。

995. 王德龙：《苏轼〈念奴娇·赤壁怀古〉版本考辨》，《语文学刊：外语教育教学》（呼和浩特），2016年06期，第31—33页。

996. 董华翱：《"错"的艺术和艺术的"错"——〈念奴娇·赤壁怀古〉细读》，《语文建设》（北京），2016年13期，第48—51页。

997. 冷成金：《苏轼词对现实悲剧性的审美超越》，《河北学刊》（石家庄），2016年03期，第86—92页。

998. 张拓：《苏轼词中酒的情感内涵》，《文学教育（下）》（武汉），2016年06期，第110页。

999. 甘来冬：《论苏轼词中的舟船意象》，《成都大学学报：社会科学版》（成都），2016年02期，第94—99页。

1000. 王卫星：《苏轼推尊词体说献疑》，《广西民族大学学报：哲学社会科学版》（南宁），2016年02期，第166—170页。

1001. 魏琳：《试从苏轼词之意象窥其词作风格的多样性——以"月""雨""水"为例》，《戏剧之家》（武汉），2016年12期，第237—238页。

1002. 李雪：《半瓣花上述缘情——论东坡词中的花意象》，《大众文艺》（石家庄），2016年12期，第38—39页。

1003．贾琪：《浅论苏轼词中的〈庄子〉典故及意象》，《湖北科技学院学报》（咸宁），2016年05期，第71—74页。

1004．徐梦琳：《苏轼送别词人文意象的审美内蕴》，《六盘水师范学院学报》（六盘水），2016年03期，第23—25页。

1005．张国荣：《苏轼"以诗为词"之动因、标志及词史意义》，《乐山师范学院学报》（乐山），2016年06期，第1—7页。

1006．陈元瑞：《辛弃疾和苏轼词赋的意象差异研究》，《牡丹江教育学院学报》（牡丹江），2016年06期，第4—5页。

1007．高峰；王金伟：《苏轼与西湖》，《江苏社会科学》（南京），2016年04期，第193—198页。

1008．黄永莉：《从苏轼词管窥其人生态度》，《才智》（长春），2016年20期，第217—218页。

1009．黄学义：《苏词对杜诗的接受及其意义》，《广东开放大学学报》（广州），2016年03期，第59—65页。

1010．王莉莉：《论苏轼作品的人格美》，《开封教育学院学报》（开封），2016年07期，第25—26页。

1011．杨小翠：《以〈定风波〉为例谈苏轼谪居黄州的退隐情结》，《文学教育（下）》（武汉），2016年08期，第19—21页。

1012．张美丽：《论陈与义对苏轼词的接受和推重》，《学术交流》（哈尔滨），2016年08期，第184—190页。

1013．王莉莉：《宋型文化视野下——论苏轼黄州词中的心灵归途》，《湖北科技学院学报》（咸宁），2016年07期，第101—105页。

1014．刘博；苏亚静：《苏轼词中的"野狐味"》，《濮阳职业学院学报》（濮阳），2016年05期，第99—102页。

1015．刘明哥：《关于苏轼并非音律家的探究》，《成都理工大学学报：社会科学版》（成都），2016年05期，第85—88页。

1016．贾琪：《苏轼号"东坡"与白居易之关联》，《重庆第二师范学院学报》（重庆），2016年05期，第74—79页。

1017．吴水发：《苏轼写梦词审美价值分析》，《语文学刊：外语教育教学》（呼和浩特），2016年10期，第55—56页。

1018．王琳祥：《但令人饱我愁无——喜见苏东坡黄州〈浣溪沙〉五首墨迹》，《黄冈职业技术学院学报》（黄冈），2016年05期，第1—

5页。

1019．梁一粟：《苏轼渔父组词特点探析》，《兴义民族师范学院学报》（兴义），2016年04期，第54—59页。

1020．宋瑞丹：《南北宋豪放词的发展与流变——以苏轼、辛弃疾的豪放词作为研究案例》，《赤子（上中旬）》（北京），2016年20期，第31—32页。

1021．杨等华；陶宾：《苏轼对柳永词接受史论》，《牡丹江师范学院学报：哲学社会科学版》（牡丹江），2016年01期，第51—56页。

1022．丁放；夏小凤：《苏轼词入乐可歌之新论》，《西北师大学报：社会科学版》（兰州），2016年02期，第52—59页。

1023．俞兆良：《此心安处便是吾乡——苏轼归隐词探究》，《太原师范学院学报：社会科学版》（太原），2016年01期，第70—73页。

1024．张小童：《苏轼诗词歌的艺术特色》，《西部皮革》（成都），2016年06期，第270—271页。

1025．牛丽娟：《苏轼词对白居易词的继承与创新——以苏轼黄州词为例》，《安阳工学院学报》（安阳），2016年01期，第81—83页。

1026．彭文良：《苏轼出守密徐湖时期的词作内容及地位》，《东方论坛》（青岛），2016年05期，第121—124页。

1027．陈薇：《从苏词中简析苏轼谪居之心路历程》，《语文教学通讯·D刊（学术刊）》（太原），2016年01期，第54—56页。

1028．汪洋：《辛词学东坡的微观考察》，《铜仁学院学报》（铜仁），2016年01期，第25—31页。

1029．宋宇：《兹游奇绝冠平生——从苏东坡三次贬谪经历探其创作风格变化》，《赤子（上中旬）》（北京），2016年20期，第38—39页。

3．**其他**

1030．王存弟；薛圆媛：《论欧阳修词的俗化倾向》，《中北大学学报：社会科学版》（太原），2016年02期，第87—92页。

1031．翁小娣：《近十年欧阳修诗歌研究综述》，《景德镇学院学报》（景德镇），2016年05期，第49—53页。

1032．林雪娇：《欧阳修词的深婉风格研究》，《齐齐哈尔师范高等专科学校学报》（齐齐哈尔），2016年05期，第35—37页。

1033．郁玉英；杨剑兵：《欧阳修居洛词的主题及其文学地理学意义》，《井冈山大学学报：社会科学版》（吉安），2016年05期，第107—111页。

1034．何宜蔚：《试析欧阳修词花意象运用的艺术手法》，《新余学院学报》（新余），2016年02期，第91—94页。

1035．董媛：《从仕途之悲惨看秦观爱情词的婉美》，《郑州铁路职业技术学院学报》（郑州），2016年04期，第65—68页。

1036．庞海东：《论秦观词中的佛禅思想》，《名作欣赏》（太原），2016年32期，第105—107页。

1037．王胜楠：《怨悱不乱——论秦观词的深厚与沉着》，《现代交际》（长春），2016年05期，第100页。

1038．郑春：《愁情如海爱为怀——谈秦观爱情词》，《语文知识》（郑州），2016年12期，第38—40页。

1039．苏文健：《秦观词在两宋时期的经典化生成》，《北方论丛》（哈尔滨），2016年04期，第11—17页。

1040．陈祖美：《评秦少游早期词作之得失》，《绍兴文理学院学报：哲学社会科学版》（绍兴），2016年06期，第1—5页。

1041．段新颖：《晏殊诗词地位差异的原因探究》，《语文学刊》（呼和浩特），2016年08期，第57—58页。

1042．张莹莹：《晏几道梦词探微》，《常州工学院学报：社科版》（常州），2016年03期，第19—22页。

1043．王使璋：《晏殊和晏几道父子词风的差异》，《文学教育（上）》（武汉），2016年05期，第57页。

1044．张沐阳：《晏殊〈珠玉词〉中的形式美》，《内蒙古电大学刊》（呼和浩特），2016年01期，第64—66页。

1045．李曙光：《晏殊词的书写范式——以基调、复调作品及哲思为视角》，《文艺评论》（哈尔滨），2016年01期，第54—58页。

1046．薛为然：《以〈临江仙〉为例简析晏几道小词中的精微深邃特质》，《语文学刊：外语教育教学》（呼和浩特），2016年12期，第56—57页。

1047．连明霄：《晏几道"女性词"探微》，《湖北科技学院学报》（咸宁），2016年11期，第65—69页。

1048．张爽：《都人离恨几多般——晏几道〈诉衷情〉主旨引发歧义的原因浅析》，《名作欣赏》（太原），2016年29期，第142—

144页。

1049．梁丰：《〈彊村丛书〉本〈小山词〉之得失》，《福建广播电视大学学报》（福州），2016年04期，第51—54页。

1050．宋洁鑫：《从〈鹧鸪天〉解读晏几道词的女性化特质》，《兰州文理学院学报：社会科学版》（兰州），2016年04期，第87—90页。

1051．孙歌：《论晏几道词的化诗现象》，《南昌航空大学学报：社会科学版》（南昌），2016年02期，第106—111页。

1052．王彬竹：《从〈小山词〉看晏几道的"悲惨世界"》，《忻州师范学院学报》（忻州），2016年01期，第16—18页。

1053．刘小丽；何浩：《由〈小山词〉试析晏几道的人生轨迹》，《语文学刊》（呼和浩特），2016年02期，第54页。

1054．徐晋如：《狂狷——唐宋词与人生（之六）欲将沉醉换悲凉——说晏小山》，《社会科学论坛》（石家庄），2016年02期，第147—157页。

1055．童坦：《2007—2015年晏几道及其词研究述要》，《河北北方学院学报：社会科学版》（张家口），2016年01期，第10—13页。

1056．杨秀晨；高书杰：《柳永和晏几道歌妓词的对比》，《兰台世界》（沈阳），2016年01期，第104—106页。

1057．郭俊锋：《论姜夔幽韵冷香词境的生成》，《新乡学院学报》（新乡），2016年11期，第16—18页。

1058．周一帆：《论姜夔词的起结艺术》，《安徽文学（下半月）》（合肥），2016年11期，第71—73页。

1059．肖豆豆：《姜夔〈杏花天影〉的情感意蕴初探》，《艺术研究》（哈尔滨），2016年04期，第96—97页。

1060．陈亚梅：《淮左名都如此，人何以堪——分析姜夔〈扬州慢·淮左名都〉中黍离之悲的表达》，《现代语文：学术综合版》（曲阜），2016年11期，第18—20页。

1061．石婷：《化杜牧诗句续写"黍离之悲"——姜夔〈扬州慢〉的悲剧审美》，《常州工学院学报：社科版》（常州），2016年05期，第33—36页。

1062．周焕卿：《经典与接受：常州词派后期的转变——从姜夔、吴文英到苏轼》，《中国韵文学刊》（湘潭），2016年04期，第76—84页。

1063．马莉嘉：《"清空的旋律"——关于南宋姜夔自度曲的研究》，《乐府新声：沈阳音乐学院学报》（沈阳），2016年03期，第49—58页。

1064．张爽：《冷鸥轻燕岂相谙——姜夔笔下的"鸥"与"燕"》，《现代语文：学术综合版》（曲阜），2016年07期，第7—9页。

1065．王柳茵：《姜夔词序作用考》，《黑龙江生态工程职业学院学报》（哈尔滨），2016年03期，第135—137页。

1066．张艳艳；王璐：《自在飞花轻似梦 无边丝雨细如愁——论姜夔词中的生命哀愁》，《齐齐哈尔师范高等专科学校学报》（齐齐哈尔），2016年02期，第71—73页。

1067．徐晋如：《狂狷——唐宋词与人生（之五）戚氏凄凉一曲终——说柳三变》，《社会科学论坛》（石家庄），2016年01期，第164—173页。

1068．杭勇：《论贺铸词之"诗化"》，《陕西学前师范学院学报》（西安），2016年12期，第106—110页。

1069．冯婵：《论北宋祝寿词的发展与用典》，《解放军艺术学院学报》（北京），2016年03期，第145—150页。

1070．王催霞：《周邦彦词用韵考》，《现代语文：语言研究版》（曲阜），2016年09期，第34—37页。

1071．彭曙蓉：《论朱敦儒〈樵歌〉与洛阳文化的关系》，《河南科技大学学报：社会科学版》（洛阳），2016年01期，第5—10页。

（五）南宋词

1．辛弃疾

1072．吴慧媛：《举杯消愁愁更愁——略谈辛弃疾词中之"醉"》，《语文学刊：外语教育教学》（呼和浩特），2016年12期，第54—55页。

1073．郭帅：《在金生活经历对辛弃疾词创作的影响》，《山西广播电视大学学报》（太原），2016年04期，第59—62页。

1074．田野：《浅论辛弃疾词的艺术风格》，《开封教育学院学报》（开封），2016年10期，第16—17页。

1075．袁成：《浅析朝鲜文人对辛弃疾的评述——兼勘正朴现圭所做相关研究》，《上饶师范学院学报》（上饶），2016年04期，第28—

32 页。

1076. 陈晓芸；刘宇龙：《辛弃疾信州山水词初探》，《上饶师范学院学报》（上饶），2016 年 04 期，第 33—38 页。

1077. 金秋；匡永亮：《辛弃疾词对楚辞的继承与发展》，《鸡西大学学报》（鸡西），2016 年 08 期，第 109—111 页。

1078. 甄强：《笔作剑锋长——简论辛弃疾词中的"剑"意象》，《佳木斯大学社会科学学报》（佳木斯），2016 年 04 期，第 108—110 页。

1079. 陈元瑞：《辛弃疾和苏轼词赋的意象差异研究》，《牡丹江教育学院学报》（佳木斯），2016 年 06 期，第 4—5 页。

1080. 刘师健：《儒道融合视域下辛弃疾词的多元特质》，《湖南第一师范学院学报》（长沙），2016 年 03 期，第 93—96 页。

1081. 陈国平：《豪放与婉约的矛盾融合——辛词叠字的婉约风格解析》，《鄂州大学学报》（鄂州），2016 年 04 期，第 43—44 页。

1082. 王华；戈庆华：《从三首词看辛弃疾一生的心路历程》，《滁州职业技术学院学报》（滁州），2016 年 01 期，第 78—80 页。

1083. 刘亚文：《辛弃疾鸥鸟情结与仕隐矛盾——鸥鸟意象在辛词中的发展变化探微》，《广西教育学院学报》（南宁），2016 年 01 期，第 90—93 页。

1084. 李远：《李清照与辛弃疾词体文学比较研究》，《现代交际》（长春），2016 年 03 期，第 178—180 页。

1085. 郑杰英：《南北文化对稼轩词的影响》，《九江学院学报：社会科学版》（九江），2016 年 03 期，第 80—83 页。

1086. 赵洪义：《论辛词用典修辞的审美特征》，《辽东学院学报：社会科学版》（丹东），2016 年 02 期，第 95—98 页。

1087. 汪洋：《辛词学东坡的微观考察》，《铜仁学院学报》（铜仁），2016 年 01 期，第 25—31 页。

2. 李清照

1088. 李宛悦：《李清照宋词中的"花样人生"》，《遵义师范学院学报》（遵义），2016 年 04 期，第 70—73 页。

1089. 李豫凤：《从李清照诗词看中国传统节庆习俗》，《焦作师范高等专科学校学报》（焦作），2016 年 04 期，第 12—16 页。

1090. 李娟：《试论李清照词的基本特征》，《语文学刊》（呼和浩特），2016年12期，第69—70页。

1091．王亚曼：《李清照南渡前后词作题材选择的转变》，《才智》（长春），2016年36期，第188页。

1092．钟健星：《李清照词的象似性分析》，《佳木斯职业学院学报》（佳木斯），2016年12期，第85页。

1093．俞秀红：《李清照〈永遇乐·落日熔金〉深层的隐喻性》，《文学教育（上）》（武汉），2016年12期，第101页。

1094．王玉娇：《试论易安词反映的女性意识》，《名作欣赏》（太原），2016年35期，第66—68页。

1095．李娟：《浅析柳永与李清照词的异同》，《语文学刊》（呼和浩特），2016年11期，第82—83页。

1096．芜崧；刘盼：《李清照词作中的量范畴》，《乐山师范学院学报》（乐山），2016年11期，第38—45页。

1097．芦亚林：《简·奥斯汀和李清照的女性意识比较》，《现代语文：学术综合版》（曲阜），2016年11期，第63—64页。

1098．刘廷富；陈雪萍：《愁情瘦境，清雅风流——由李清照词的语言特点看其审美追求》，《名作欣赏》（太原），2016年33期，第101—106页。

1099．游芳；唐祖敏：《李清照词的"愁"情探微》，《湖南人文科技学院学报》（娄底），2016年05期，第91—95页。

1100．李俊：《浅谈李清照词中的美学意蕴》，《科教文汇（上旬刊）》（合肥），2016年10期，第156—157页。

1101．马路路：《论李清照酒词的思想内容及艺术特色》，《鸡西大学学报》（鸡西），2016年09期，第119—122页。

1102．李洋：《女性生命的律动——李清照不同阶段的词风探微》，《吉林广播电视大学学报》（长春），2016年04期，第143—144页。

1103．常怡鹏：《论李清照词的意境美》，《美与时代（下）》（郑州），2016年02期，第92—94页。

1104．郑静：《殊途同归：生态女性主义视域下狄金森与李清照比较研究》，《兰州教育学院学报》（兰州），2016年06期，第3—9页。

1105．张刚：《李清照词作经典化历程及启示》，《湖北民族学院学报：哲学社会科学版》（恩施），2016年03期，第153—156页。

1106．张萌：《李清照菊花词中的女性美》，《美与时代（下）》

（郑州），2016 年 06 期，第 41—44 页。

1107．彭婕：《易安词的那些花草树木》，《名作欣赏》（太原），2016 年 21 期，第 143—147 页。

1108．程珏：《李清照诗词中的女性思想研究》，《教育教学论坛》（石家庄），2016 年 35 期，第 71—72 页。

1109．赵红卫：《词体"正变"观的再确认——清初王士禛对李清照词的接受与批评》，《苏州科技学院学报：社会科学版》（苏州），2016 年 04 期，第 31—37 页。

3．**其他**

1110．余筠珺：《论南宋中晚期"寿贾词"的歌颂词风》，《中国韵文学刊》（湘潭），2016 年 03 期，第 63—70 页。

1111．孙倩；费靖雅：《一梦一窗，道不破家国情思》，《才智》（长春），2016 年 13 期，第 216 页。

1112．赵娟娟：《和而不同 异曲同工——谈"词家之有吴文英如诗家之有李商隐"》，《新西部：理论版》（西安），2016 年 07 期，第 80 页。

1113．陈文新：《刘永济的吴文英论述与 20 世纪中国文学史书写》，《暨南学报：哲学社会科学版》（广州），2016 年 10 期，第 12—21 页。

1114．徐晋如：《人间万感幽单——说吴梦窗》，《社会科学论坛》（石家庄），2016 年 07 期，第 152—162 页。

1115．王怡石：《〈梦窗词全集笺释〉"留""补""不缕述"评析》，《汕头大学学报：人文社会科学版》（汕头），2016 年 03 期，第 42—46 页。

1116．兰石洪：《激楚之音，骚雅之境——张炎题画词析论》，《贵州师范学院学报》（贵州），2016 年 11 期，第 10—17 页。

1117．王军敏：《论张炎"西湖"词》，《绵阳师范学院学报》（绵阳），2016 年 07 期，第 98—102 页。

1118．孙虹；陈蓉：《张炎山阴词补笺》，《绍兴文理学院学报：哲学社会科学版》（绍兴），2016 年 03 期，第 21—25 页。

1119．黄浩然：《张炎词在清代的接受与清代词学的建构》，《南京师大学报：社会科学版》（南京），2016 年 01 期，第 138—146 页。

1120．张琳：《略论李光词的崇苏与学苏》，《关东学刊》（长春），

2016 年 05 期，第 39—43 页。

（六）宋词总论及其他

1121．朱国伟：《宋代军旅词特点探析》，《重庆科技学院学报：社会科学版》（重庆），2016 年 07 期，第 65—67 页。

1122．刘晓静：《宋词中的"莺花"即"樱花"辨》，《皖西学院学报》（六安），2016 年 06 期，第 114—117 页。

1123．肖鹏；王兆鹏：《宋词的深度阅读与现场还原》，《中国文化研究》（北京），2016 年 04 期，第 41—60 页。

1124．莫培：《多情自古伤离别——浅论唐宋离别词的抒情模式》，《文教资料》（南京），2016 年 33 期，第 1—3 页。

1125．张亚娟：《谈向宋词艺术境界的引申——以〈西江月·明月别枝惊鹊〉为例》，《语文教学之友》（廊坊），2016 年 12 期，第 26—27 页。

1126．万薇薇：《论宋词自然形象的疏淡美》，《现代商贸工业》（武汉），2016 年 32 期，第 179—180 页。

1127．张含若：《宋词中性别化的屏风意象及其艺术功能》，《南都学坛》（南阳），2016 年 06 期，第 60—64 页。

1128．韩玺吾：《唐诗宋词中的楚天楚水意象及其营构艺术》，《长江大学学报：社科版》（荆州），2016 年 11 期，第 21—24 页。

1129．王芳：《情怀视野下唐宋诗词名篇探究》，《语文建设》（北京），2016 年 35 期，第 85—86 页。

1130．欧阳珍：《以〈全宋词〉为蓝本看宋代歌妓词人及其词作》，《文学教育（上）》（武汉），2016 年 11 期，第 52—55 页。

1131．李彩凤：《浅析唐诗宋词中的"绿"字的情感内涵》，《语文月刊》（广州），2016 年 11 期，第 84—85 页。

1132．崔光慧：《宋词中歌妓形象的分析探索》，《名作欣赏》（太原），2016 年 33 期，第 25—27 页。

1133．刘洁：《涉筝词与宋型文化》，《江西青年职业学院学报》（南昌），2016 年 05 期，第 68—72 页。

1134．刘珊珊：《宋词中的"水"意象分析》，《重庆科技学院学报：社会科学版》（重庆），2016 年 10 期，第 63—65 页。

1135．孙静蕊：《宋词中的无讼观念》，《天中学刊》（驻马店），

2016年06期，第82—85页。

1136．刘强：《宋词中词人的春日情怀》，《文学教育（上）》（武汉），2016年10期，第43—45页。

1137．陈未鹏：《唐宋词史的"辨体""破体"之争——以刘克庄词学观的内在矛盾为例》，《合肥工业大学学报：社会科学版》（合肥），2016年01期，第100—105页。

1138．闫姿旭：《浅议宋词与后世读者的情感共鸣》，《安徽文学（下半月）》（合肥），2016年02期，第31—32页。

1139．司春鸟：《中国古典诗词中的酒意象》，《西部皮革》（成都），2016年04期，第143—144页。

1140．宋秋敏：《论唐宋词的感官主义倾向》，《中国韵文学刊》（湘潭），2016年01期，第64—68页。

1141．刘尊明：《论宋词长调"金曲"〈满江红〉的风格特征》，《齐鲁学刊》（曲阜），2016年01期，第121—129页。

1142．田玉琪：《唐宋词调字声与"又一体"》，《文学遗产》（北京），2016年01期，第89—95页。

1143．宋以芳：《浅谈宋词的意象传递——以柳永词为例》，《湖北经济学院学报：人文社会科学版》（武汉），2016年03期，第119—120页。

1144．张巍：《〈全宋词〉中三首相同内容词作间的关系》，《国学学刊》（北京），2016年01期，第129—134页。

1145．彭文良：《两宋词社的发展历程》，《西南民族大学学报：人文社科版》（成都），2016年05期，第182—188页。

1146．沈丛丛：《宋词中猿鹤相招的类型和内涵》，《郑州航空工业管理学院学报：社会科学版》（郑州），2016年02期，第13—16页。

1147．王华；戈庆华：《宋代皖籍词人略论》，《名作欣赏》（太原），2016年14期，第130—131页。

1148．王永豪；吴恺：《"别是一家"与"自是一家"——唐宋词论之"本色论"辨析》，《中国石油大学学报：社会科学版》（东营），2016年02期，第86—91页。

1149．傅宇斌：《龙榆生的唐宋词研究》，《文学遗产》（北京），2016年02期，第177—188页。

1150．谢永芳；曾昭海：《论宋词中的无名氏现象》，《中国文化研究》（北京），2016 年 02 期，第 47—55 页。

1151．赵晓辉：《心态自然纯真，一洗人间尘嚣——评〈两宋休闲词研究〉》，《盐城工学院学报：社会科学版》（盐城），2016 年 02 期，第 50—53 页。

1152．王骞：《宋词经典篇目的互文性状况研究》，《南都学坛》（南阳），2016 年 03 期，第 45—49 页。

1153．徐晋如：《狂狷——唐宋词与人生（之十）此地宜有词仙——说姜白石》，《社会科学论坛》（石家庄），2016 年 06 期，第 144—156 页。

1154．刘睿：《城市空间视角下的宋词创作》，《云南师范大学学报：哲学社会科学版》（昆明），2016 年 04 期，第 147—156 页。

1155．甘松：《唐宋词集在明代的传播及其"冷热"际遇》，《滁州职业技术学院学报》（滁州），2016 年 02 期，第 75—77 页。

1156．杜庆英：《唐宋词的场景叙事及其文体学意义》，《中国韵文学刊》（湘潭），2016 年 03 期，第 57—62 页。

1157．贺文锋：《从〈白雨斋词话〉对宋词的评论看其"沉郁"说》，《牡丹江师范学院学报：哲学社会科学版》（牡丹江），2016 年 04 期，第 52—57 页。

1158．曹艳春：《简论唐宋词对面着笔和反面落笔的艺术手法》，《大众文艺》（石家庄），2016 年 15 期，第 16 页。

1159．朱长英：《论两宋词坛京都书写的世俗化趋向》，《东岳论丛》（济南），2016 年 08 期，第 183—187 页。

1160．霍洪波：《柳永创作与接受过程中的"准市民"特色》，《安庆师范学院学报：社会科学版》（安庆），2016 年 04 期，第 80—83 页。

1161．刘尊明；陈晶：《宋词小令"金曲"〈鹧鸪天〉创调渊源与声律特征》，《中国文化研究》（北京），2016 年 03 期，第 19—28 页。

1162．范凌云：《宋词与我国宋代艺术歌曲创作特色》，《语文建设》（北京），2016 年 21 期，第 59—60 页。

1163．刘强：《宋词中词人的春日情怀》，《文学教育（上）》（武汉），2016 年 10 期，第 43—45 页。

1164．何洁：《合久必分，分久必合——试论宋词词调与曲调的"重合"》，《乐府新声：沈阳音乐学院学报》（沈阳），2016 年 03 期，第 213—217 页。

1165．潘链钰：《中国诗史中的"湘怨"情结——以唐诗宋词为中心》,《海南师范大学学报：社会科学版》（海口），2016年09期，第64—71页。

1166. 刘菊华；朱玉红：《论歌妓的演唱对宋词的贡献》,《绵阳师范学院学报》（绵阳），2016年第09期，第107—112页。

1167. 高红梅：《唐诗宋词中的禽鸟意象分析——兼议诗词意象的心灵空间感》,《内蒙古财经大学学报》（呼和浩特），2016年06期，第62—65页。

1168. 傅阿循：《试析宋词中的"美人泪"意象》,《赤峰学院学报：汉文哲学社会科学版》（赤峰），2016年12期，第137—138页。

1169. 唐君红：《宋词中的道教美学思想》,《中国宗教》（北京），2016年12期，第64—65页。

1170. 顾立新：《宋词中梅花意象的审美类型探析》,《济源职业技术学院学报》（济源），2016年04期，第110—113页。

1171. 周建梅：《人生如梦——论〈红楼梦〉〈聊斋志异〉和宋词人苏轼、朱敦儒生命梦观之同异》,《现代语文：学术综合版》（曲阜），2016年10期，第50—52页。

六、辽金元诗歌

（一）诗

1172. 张建坤：《金代诗用韵和"平水韵"比较研究》,《唐山师范学院学报》（唐山），2016年06期，第25—30页。

1173. 崔佳佳：《清淡闲适自悠然——金代党怀英诗歌分析》,《现代语文：学术综合版》（曲阜），2016年11期，第21—22页。

1174. 裴兴荣：《金代贺人登第诗的情感内涵》,《辽宁工程技术大学学报：社会科学版》（阜新），2016年05期，第626—633页。

1175. 李翔：《金代题画诗探析》,《内蒙古师范大学学报：哲学社会科学版》（呼和浩特），2016年01期，第116—120页。

1176. 都刘平：《〈全元诗〉辑补25首》,《古籍整理研究学刊》（长春），2016年06期，第14—17页。

1177. 王淑丽：《"元诗歌"的语言艺术探析》,《美与时代（下）》（郑州），2016年10期，第104—106页。

1178. 何踪：《论元代诗人刘诜的格律诗》,《山西大同大学学报：

社会科学版》（大同），2016 年 04 期，第 47—50 页。

1179．方俊：《论民国时期的元代诗人生平研究》，《泰山学院学报》（泰山），2016 年 04 期，第 60—64 页。

1180．黄桂凤；陈玉滢：《论杜诗在元代诗歌中的接受》，《玉林师范学院学报》（玉林），2016 年 03 期，第 77—82 页。

1181．张福勋：《元代诗歌批评史上杰出贡献者——吴澄对元诗的补阙与评点》，《阴山学刊》（包头），2016 年 02 期，第 41—46 页。

1182．吕国喜：《论陈樵的乐府诗》，《兰州文理学院学报：社会科学版》（兰州），2016 年 02 期，第 77—81 页。

（二）词曲

1183．李东静：《辽代戏剧漫谈》，《新西部：理论版》（西安），2016 年 23 期，第 111—112 页。

1184．李东静：《壁画"刘三取钱"漫谈兼论辽代戏剧题材》，《赤峰学院学报：汉文哲学社会科学版》（赤峰），2016 年 11 期，第 25—27 页。

1185．张丹；姜维东：《辽代唯一传世的"辽词"考证——〈三盆山崇圣院碑记〉上的"西江月"》《学问》（长春），2016 年 05 期，第 86—90 页。

1186．王冲；姜炫先：《元代鲜卑族诗人近体诗的用韵特点》，《汉字文化》（北京），2016 年 05 期，第 57—60 页。

1187．和谈：《论耶律履对陶渊明和苏轼的接受》，《徐州工程学院学报：社会科学版》（徐州），2016 年 04 期，第 84—87 页。

1188．赵欢：《元代上都竹枝词的特点》，《北京工业职业技术学院学报》（北京），2016 年 03 期，第 116—120 页。

1189．毕娇娇：《元曲词汇研究综述》，《忻州师范学院学报》（忻州），2016 年 03 期，第 122—126 页。

1190．陈地阔：《元代"带过曲"不同辨析论》，《兰州工业学院学报》（兰州），2016 年第 03 期，第 111—114 页。

1191．陈露；孙扬：《由元曲解读元代及后世绘画中的"寒鸦"图像》，《南昌师范学院学报》（南昌），2016 年 03 期，第 113—116 页。

1192．刘斌：《元曲中的长安意象》，《西安文理学院学报：社会科学版》（西安），2016 年 02 期，第 50—53 页。

1193. 刘薇：《从"乐府"角度探究元明清曲学》，《四川戏剧》（成都），2016 年 05 期，第 41—46 页。

1194. 张小芳：《宗元观念与明代戏曲理论之建构》，《南通大学学报：社会科学版》（南通），2016 年 03 期，第 53—59 页。

1195. 陶莉；张迪：《试论元曲与元代山水画意境之关联》，《淮北师范大学学报：哲学社会科学版》（淮北），2016 年 03 期，第 119—121 页。

1196. 王骁；孙春艳：《谈元曲中"李逵戏"的独特魅力》，《中国戏剧》（北京），2016 年 06 期，第 55—57 页。

1197. 张婷婷：《元曲宫调"音乐"论向"声情"说的转义及其历史文化原因》，《南京师大学报：社会科学版》，2016 年 04 期，第 138—147 页。

1198. 蒋书红：《贯云石的湖湘印迹与湖湘情结——以其诗歌散曲为中心》，《中国韵文学刊》（湘潭），2016 年 03 期，第 86—91 页。

1199. 刘淑丽：《叶华与〈太平清调迦陵音〉》，《浙江艺术职业学院学报》（杭州），2016 年 02 期，第 27—33 页。

1200. 陈四海；陈园园：《论白朴音乐思想》，《忻州师范学院学报》（忻州），2016 年 04 期，第 21—24 页。

1201. 赵义山；施绍莘：《〈秋水庵花影集〉序跋的曲学史意义》，《文献》（北京），2016 年 04 期，第 88—98 页。

1202. 张艳：《论元代文人的雅俗双栖创作》，《北方论丛》（哈尔滨），2016 年 04 期，第 59—63 页。

1203. 冯艳：《论散曲翻谱体对明清歌谣时调之影响》，《湖北社会科学》（武汉），2016 年 08 期，第 126—130 页。

1204. 王艳歌：《元散曲中的阑干意象》，《厦门广播电视大学学报》（厦门），2016 年 03 期，第 65—69 页。

1205. 何丽丽：《酣畅淋漓"辣"元曲》，《文学教育（上）》（武汉），2016 年 10 期，第 120—121 页。

1206. 汪羽扬：《铁与犁的缠绵——相异文化的冲突与融合对元曲艺术风格的影响》，《大众文艺》（石家庄），2016 年 17 期，第 42—43 页。

1207. 管弦：《小议〈元曲选〉中的"死科下"》，《戏剧之家》（武汉），2016 年 21 期，第 49 页。

1208. 罗旭舟：《复庄〈今乐府选〉存本新考》，《戏曲艺术》（北京），2016年03期，第110—116页。

1209. 戴梦军：《简论元散曲中的尾声》，《文学教育（上）》（武汉），2016年11期，第171页。

1210. 邹幸：《元曲中的非范畴化现象及其英译研究》，《内蒙古民族大学学报：社会科学版》（通辽），2016年05期，第88—94页。

1211. 尹晓琳：《元代中后期蒙古族散曲主题的多元化倾向》，《戏剧文学》（长春），2016年12期，第83—88页。

1212. 田薇：《认知视角下中国古典诗词的语篇连贯研究——以〈天净沙·秋思〉为例》，《江苏科技大学学报：社会科学版》（镇江），2016年04期，第62—66页。

1213. 陈谙哲：《〈元曲选〉与〈元刊杂剧三十种新校〉中〈公孙合汗衫〉之对比》，《绥化学院学报》（绥化），2016年12期，第106—109页。

1214. 时俊静：《论元曲曲牌与金代道士词》，《浙江艺术职业学院学报》（杭州），2016年04期，第12—18页。

1215. 周君：《从"发愤著书"说看元代散曲创作》，《戏剧之家》（武汉），2016年22期，第252—253页。

1216. 倪博洋：《论元代中后期"北词南渐"之风》，《民族文学研究》（北京），2016年06期，第151—159页。

1217. 华伟康：《诗词艺术歌曲演唱探究——以高为杰〈元曲小唱（三首）〉为例》，《北方音乐》（哈尔滨），2016年23期，第38—39页。

1218. 崔凤珍：《试论蒙古族作家对元散曲创作的贡献》，《音乐时空》（贵阳），2016年03期，第17—18页。

1219. 张帆：《元明散曲中的水上演乐研究》，《戏剧（中央戏剧学院学报）》（北京），2016年01期，第15—25页。

1220. 孔杰斌：《元曲家孔文卿籍贯及"西湖旧本"辨析》，《文学教育（上）》（武汉），2016年04期，第42—45页。

1221. 张蕊：《简析关汉卿散曲中爱情女主角的类型特征》，《重庆科技学院学报：社会科学版》（重庆），2016年03期，第78—80页。

1222. 金艳霞：《〈古今名剧合选〉选剧标准管窥》，《兰州文理学院学报：社会科学版》（兰州），2016年02期，第65—69页。

1223．张婷婷：《元曲散套与剧套联套规律的差异性特征》，《艺术探索》（南宁），2016 年 01 期，第 105—109 页。

1224．张家合：《〈元曲选〉曲文跟宾白的语言差异——以常用词"若—如""立—站"为例》，《浙江师范大学学报：社会科学版》（金华），2016 年 02 期，第 74—79 页。

1225．张倩倩：《从元杂剧版本谈起》，《艺海》（长沙），2016 年 05 期，第 5—6 页。

1226．赵贤慧；马超：《元散曲"黄花"意象研究》，《鸡西大学学报》（鸡西），2016 年 05 期，第 106—109 页。

1227．王姝：《金代女性作家及其诗作考略》，《通化师范学院学报》（通化），2016 年 11 期，第 139—144 页。

1228．胡传志：《北方民族对辽金元文艺思想贡献刍议》，《文学遗产》（北京），2016 年 06 期，第 10—12 页。

1229．王冲；姜炫先：《元代鲜卑族诗人近体诗的用韵特点》，《汉字文化》（北京），2016 年 05 期，第 57—59 页。

1230．赵彩娟：《墓铭悼女情，至文相与析——韩愈〈女挐圹铭〉与元好问〈孝女阿秀墓铭〉比较》，《语文建设》（北京），2016 年 10 期，第 77—78 页。

1231．裴兴荣：《金代贺人登第诗的情感内涵》，《辽宁工程技术大学学报：社会科学版》（阜新），2016 年 05 期，第 626—633 页。

1232．延保全；王琳：《试论文学"流动空间"的建构——以金宋文学为例》，《民族文学研究》（北京），2016 年 04 期，第 97—110 页。

1233．和谈：《论耶律履对陶渊明和苏轼的接受》，《徐州工程学院学报：社会科学版》（徐州），2016 年 04 期，第 84—87 页。

1234．李春丽；张福勋：《元好问〈中州集〉作者小传之诗论意义》，《忻州师范学院学报》（忻州），2016 年 03 期，第 6—8 页。

1235．孙翀：《境由心造 事在人为——读元好问〈颍亭留别〉》，《中共济南市委党校学报》（济南），2016 年 02 期，第 84—87 页。

1236．沈文雪：《宋金对峙时期南北文学与文化地理》，《社会科学战线》（长春），2016 年 03 期，第 163—167 页。

1237．狄宝心：《〈元好问全集〉点校失误补正——兼及如何恢复元著原貌的校勘理念》，《晋阳学刊》（太原），2016 年 04 期，第 8—19 页。

1238. 赵彩娟；吴扬：《元好问的僧道碑铭文略论》，《辽宁师专学报：社会科学版》（铁岭），2016 年 03 期，第 17—19 页。

1239. 张静：《〈中州集〉题识考论》，《阅江学刊》（南京），2016 年 06 期，第 121—126 页。

1240. 程希：《元好问〈论诗三十首〉的几个缺位》，《晋中学院学报》（晋中），2016 年 05 期，第 95—98 页。

七、明代诗歌

（一）诗

1241. 贾飞：《复古派领袖王世贞："性灵说"的先驱》，《求索》（长沙），2016 年 11 期，第 137—142 页。

1242. 郑利华：《王世贞与明代七子派诗学的调协与变向》，《文学遗产》（北京），2016 年 06 期，第 90—102 页。

1243. 叶晔：《"五子"诗人群列与王世贞的文学排名观》，《文学遗产》（北京），2016 年 06 期，第 103—114 页。

1244. 李晓蓉：《"真诗""辞达""天则"——王世贞晚年性灵文学思想的萌芽》，《遵义师范学院学报》（遵义），2016 年 05 期，第 59—63 页。

1245. 吴晟：《王世贞对江西诗的批评》，《学术研究》（广州），2016 年 05 期，第 155—159 页。

1246. 朱丽霞：《从王世贞与明中后期诗坛之关系看文化的相融与独立》，《兰州学刊》（兰州），2016 年 04 期，第 5—11 页。

1247. 鲁茜：《王世贞"格调"早晚两期比较研究——钱谦益"弇州晚年定论"研究方法刍议》，《湖南科技大学学报：社会科学版》（湘潭），2016 年 03 期，第 132—138 页。

1248. 陈元瑞：《从高启诗歌看"诗可以观"》，《湖北函授大学学报》（武汉），2016 年 13 期，第 172—173 页。

1249. 陈昌云：《论宋濂诗歌的创作成就》，《浙江师范大学学报：社会科学版》（金华），2016 年 03 期，第 9—23 页。

1250. 刘亮；邹祖尧：《"兴象"视角下明诗式微原因分析——以李梦阳和谢榛的诗为例》，《宿州学院学报》（宿州），2016 年 05 期，第 53—55 页。

1251．张兆勇；陆楠楠：《王船山〈明诗评选〉的根本义与批评展开思路》，《衡阳师范学院学报》（衡阳），2016年04期，第5—12页。

1252．郑晶燕：《王船山诗话对宋明〈诗〉学的继承与批判》，《求索》（长沙），2016年06期，第183—187页。

1253．潘林：《岭南明诗选本中的复古诗学》，《岭南师范学院学报》（湛江），2016年04期，第69—73页。

1254．陈广宏：《从〈诗法要标〉看晚明诗法著作的生产与传播》，《文学遗产》（北京），2016年04期，第153—163页。

1255．潘林：《论明代地方明诗选本的文献价值——以〈吴兴艺文补〉为中心》，《湖州师范学院学报》（湖州），2016年05期，第37—42页。

1256．李黎：《论陈田〈明诗纪事〉的编纂成就和甄选特点》，《苏州大学学报：哲学社会科学版》（苏州），2016年05期，第142—150页。

1257．刘宁；李文娟：《论胡应麟〈诗薮〉中的〈古诗十九首〉评点》，《西安文理学院学报：社会科学版》（西安），2016年03期，第29—33页。

1258．赵鹏程：《浅论胡应麟〈诗薮〉古体七言之辨》，《吉林广播电视大学学报》（长春），2016年03期，第91—92页。

1259．王辉斌：《胡应麟〈诗薮〉与乐府批评论》，《阅江学刊》（南京），2016年01期，第107—114页。

1260．赵鹏程：《略论〈诗薮〉之诗体流变观——以七言体为例》，《常州工学院学报：社科版》（常州），2016年04期，第28—30页。

1261．王明辉：《胡应麟"格以代降"说的诗学意义与文化意义》，《文艺理论研究》（上海），2016年02期，第135—143页。

1262．袁宪泼：《以画论神韵入诗学复古——兼论胡应麟书画艺术与诗学建构路径》，《太原师范学院学报：社会科学版》（太原），2016年01期，第61—66页。

1263．李瑄：《袁宏道诗学史意义的再检视》，《南开学报：哲学社会科学版》（天津），2016年05期，第62—71页。

1264．李瑄：《开放诗世界的无限可能——袁宏道的诗歌语言观与中国诗学传统》，《四川大学学报：哲学社会科学版》（成都），2016年05期，第101—108页。

157

1265. 何丽娜：《由自发到自觉的性灵追求——沈周与袁宏道诗歌创作比较》，《国学学刊》（北京），2016年03期，第103—110页。

1266. 方锡球：《公安派对"性灵论"的重建及其诗变观念》，《中山大学学报：社会科学版》（广州），2016年04期，第11—22页。

1267. 姚金笛：《论边贡对"济南诗派"的意义》，《长春大学学报》（长春），2016年09期，第78—81页。

1268. 闫勖；孙敏强：《"文章之道"如何"复归词林"——论明代嘉隆之际的馆阁文学》，《浙江社会科学》（杭州），2016年09期，第108—115页。

1269. 孟丽：《论徐祯卿关于艺术创作审美主体的建构》，《武陵学刊》（常德），2016年05期，第106—111页。

（二）词曲

1270. 孙欣婷：《浅论明词曲化及其在明清小说中的表现——以〈醒世姻缘传〉为例》，《蒲松龄研究》（淄博），2016年04期，第102—109页。

1271. 张彤彤：《从情感表达看明代学术思潮对明词的影响》，《黑龙江教育学院学报》（哈尔滨），2016年06期，第95—97页。

1272. 张仲谋：《论晚明词坛与清词之复兴》，《苏州大学学报：哲学社会科学版》（苏州），2016年03期，第134—140页。

1273. 胡建次：《中国传统词学视野中的"明词"之论》，《湖南大学学报：社会科学版》，2016年02期，第94—99页。

1274. 周明初；王禹舜：《方志中所见明词辑补之一——〈中国方志丛书〉所辑明词》，《徐州工程学院学报：社会科学版》（徐州），2016年02期，第54—58页。

1275. 张仲谋：《论明词中的台阁体》，《江苏师范大学学报：哲学社会科学版》（徐州），2016年02期，第55—65页。

1276. 王靖懿：《晚明"山人"文化语境下的闲适词创作》，《中国文学研究》（长沙），2016年03期，第67—72页。

1277. 孙欣婷：《浅论明词曲化及其在明清小说中的表现——以〈醒世姻缘传〉为例》，《蒲松龄研究》（淄博），2016年04期，第102—109页。

1278. 曾萍：《晚明的崇苏之风》，《宿州教育学院学报》（宿州），

2016年03期，第41—42页。

1279．曾永义：《魏良辅之"水磨调"及其〈南词引正〉与〈曲律〉》，《文学遗产》（北京），2016年04期，第135—152页。

1280．叶晔：《汤显祖评点〈花间集〉辨伪》，《文献》（北京），2016年04期，第3—12页。

1281．吴新雷：《明代散曲文献整理的新收获与曲学的新进步——〈全明散曲增补版〉序》，《西华师范大学学报：哲学社会科学版》（南充），2016年01期，第1—3页。

1282．郑雅宁：《论王九思的曲学观念和散曲创作实践》，《太原师范学院学报：社会科学版》（太原），2016年02期，第66—69页。

1283．刘英波：《杨廷和、杨慎、黄娥散曲中的心态解析》，《西华师范大学学报：哲学社会科学版》（南充），2016年01期，第9—13页。

1284．张海涛：《张綖诗文补辑》，《湘南学院学报》（郴州），2016年01期，第37—42页。

八、清代诗歌

（一）诗

1285．朱雯：《明清易代之际的女性诗歌——个人与家国命运的自我书写》，《北京大学学报：哲学社会科学版》（北京），2016年05期，第82—91页。

1286．陈凯玲：《清代中叶广东诗歌总集的姊妹篇——〈岭南群雅〉与〈岭南四家诗钞〉》，《五邑大学学报：社会科学版》（江门），2016年03期，第30—33页。

1287．杨齐：《性灵说影响下的清中期诗学思潮转向——以吴镇诗学观为中心》，《东南学术》（福州），2016年03期，第171—177页。

1288．陈开林：《七部清人诗话考辨》，《西华师范大学学报：哲学社会科学版》（南充），2016年05期，第30—36页。

1289．黄治国：《江南之外：赵宾诗歌探论兼及清诗的不同场域》，《河北科技师范学院学报：社会科学版》（秦皇岛），2016年04期，第6—11页。

1290．王琳：《李调元文学交游及对其诗歌的影响》，《现代语文：

学术综合版》（曲阜），2016 年 11 期，第 36—39 页。

1291．王文荣：《清代苏南地方诗总集论略》，《江苏理工学院学报》（常州），2016 年 05 期，第 22—25 页。

1292．李杰玲：《广东诗人与清诗东渐——从明治文献出发的考察》，《西华大学学报：哲学社会科学版》（成都），2016 年 04 期，第 26—32 页。

1293．刘和文：《论清人辑选清诗总集的"诗史"观——以〈诗观〉〈清诗铎〉〈道咸同光四朝诗史〉为中心》，《湖南人文科技学院学报》（娄底），2016 年 03 期，第 27—32 页。

1294．陈凯玲：《清代诗人并称群体的特殊类型与文学表现——兼谈清诗作家并称现象之盛》，《阴山学刊》（包头），2016 年 02 期，第 50—55 页。

1295．朱则杰：《〈清诗考证〉续补》，《乐山师范学院学报》（乐山），2016 年 03 期，第 22—25 页。

1296．丁功谊：《性灵诗学与雅正思潮的对立——清代状元李振钧诗歌的文学史意义》，《淮南师范学院学报》（淮南），2016 年 04 期，第 8—14 页。

1297．李睿：《论李振钧诗歌的独特性》，《淮南师范学院学报》（淮南），2016 年 04 期，第 15—20 页。

1298．吴怀东：《论清道光九年状元李振钧的人生道路与创作倾向》，《阅江学刊》（南京），2016 年 03 期，第 117—127 页。

1299．严媛：《浅析黄宗羲诗歌的艺术特色》，《名作欣赏》（太原），2016 年 12 期，第 61—64 页。

1300．李瑄：《"梅村体"的界定》，《中国社会科学院研究生院学报》（北京），2016 年 05 期，第 96—101 页。

1301．李瑄：《"梅村体"歌行与吴梅村剧作的异质同构：题材、主题与叙事模式》，《浙江学刊》（杭州），2016 年 01 期，第 105—111 页。

1302．刘燕：《〈诗比兴笺〉韩愈诗选评研究》，《江苏第二师范学院学报》（南京），2016 年 05 期，第 72—76 页。

1303．李姣玲：《论魏源的赠答诗》，《邵阳学院学报：社会科学版》（邵阳），2016 年 06 期，第 5—10 页。

1304．唐飞凤；黄建军：《从〈诗比兴笺〉看魏源的人格之美》，

《邵阳学院学报：社会科学版》（邵阳），2016年03期，第25—30页。

1305．欧蕾：《清代诗人赵忻及其诗歌创作》，《语文学刊》（呼和浩特），2016年07期，第71—73页。

1306．唐燕飞：《论晚清宿儒萧光远的学人之诗》，《遵义师范学院学报》（遵义），2016年02期，第66—69页。

1307．罗宏梅：《郑珍〈巢经巢诗钞〉的艺术风格》，《贵州社会科学》（贵阳），2016年03期，第83—88页。

1308．马腾飞：《论古典诗学中的"浣花诗坛"——以钱仲联〈浣花诗坛点将录〉为中心》，《苏州科技学院学报：社会科学版》（苏州），2016年01期，第45—52页。

1309．袁晓聪：《新世纪清词流派研究述评》，《盐城师范学院学报：人文社会科学版》（盐城），2016年03期，第77—85页。

1310．吴茜：《试析〈雪桥诗话〉对桐城派研究的参考价值》，《宿州学院学报》（宿州），2016年05期，第56—59页。

1311．张彩云：《常州派"寄托"说自身演变与20世纪的回响》，《盐城师范学院学报：人文社会科学版》（盐城），2016年03期，第61—66页。

1312．陈水云：《常州词派的"根"与"树"——兼论常州词学的流传路径与地域辐射》，《文学遗产》（北京），2016年01期，第122—134页。

1313．刘静：《清代常州学派对〈诗经〉学发展的影响与贡献》，《河北学刊》（石家庄），2016年04期，第222—226页。

1314．韩阳：《试论黄宗羲的诗学主张》，《现代交际》（长春），2016年19期，第121页。

1315．李明军；朱利侠：《清初顾黄王性情诗学的文化内涵——以儒家风雅诗学复兴为背景》，《船山学刊》（长沙），2016年05期，第19—28页。

1316．李训昌：《全集本〈南雷诗文集·碑志类〉点校指误》，《古籍整理研究学刊》（长春），2016年05期，第68—75页。

1317．项念东：《黄宗羲"以诗补史之阙"说的另类解读——中国文论教学手记》，《学语文》（芜湖），2016年06期，第67—68页。

1318．范杞燕：《黄宗羲亲情诗"三美"论析》，《名作欣赏》（太原），2016年01期，第113—116页。

161

1319. 张棉棉；王怡：《黄宗羲行旅诗的情感论析》，《名作欣赏》（太原），2016 年 08 期，第 49—50 页。

1320. 黄婷：《王夫之"现量"说的诗学内涵》，《文教资料》（南京），2016 年 35 期，第 93—94 页。

1321. 陈杨：《船山诗歌研究的新成果——评朱迪光的王船山诗歌注释》，《衡阳师范学院学报》（衡阳），2016 年 06 期，第 174—175 页。

1322. 谷鹏飞；陈皓钰：《身历目见乃诗文之铁门限——评王夫之身历目见的美学思想》，《船山学刊》（长沙），2016 年 06 期，第 20—23 页。

1323. 陈勇：《远行与回归——萧驰和王夫之诗学研究》，《衡阳师范学院学报》（衡阳），2016 年 01 期，第 12—15 页。

1324. 张东艳：《王夫之非杜批评析辨》，《山西师大学报：社会科学版》（临汾），2016 年 02 期，第 79—85 页。

1325. 朱卫平：《王夫之、朱熹〈诗经〉经文评论比较》，《船山学刊》（长沙），2016 年 02 期，第 31—39 页。

1326. 李金坤：《"杨柳""雨雪"皆哀思——王夫之"以乐景写哀，以哀景写乐"诗评之新见》，《名作欣赏》（太原），2016 年 10 期，第 95—98 页。

1327. 付定裕：《王夫之论"五言古诗之矩矱"——兼论王夫之对李攀龙"唐无五言古诗"说的接受与批评》，《中国韵文学刊》（湘潭），2016 年 04 期，第 35—42 页。

1328. 后作栋：《论王夫之〈诗译〉中的"物理"》，《湖北函授大学学报》（武汉），2016 年 19 期，第 166—167 页。

1329. 蒋寅：《"正宗"的气象和蕴含——沈德潜新格调诗学的理论品位》，《文艺研究》（北京），2016 年 10 期，第 45—53 页。

1330. 季威：《浅议清代袁枚的〈随园诗话〉及其史料价值——以前三卷为例》，《才智》（长春），2016 年 36 期，第 198—199 页。

1331. 孙利政：《〈随园诗稿〉所存袁枚佚诗考》，《文教资料》（南京），2016 年 35 期，第 69—71 页。

1332. 梁结玲：《袁枚与乾嘉满洲诗坛》，《民族文学研究》（北京），2016 年 06 期，第 160—168 页。

1333. 张绿蕊：《袁枚节令诗研究》，《文教资料》（南京），2016

年21期，第19—21页。

1334．赵元皓：《袁枚与席佩兰交游补考——以〈上随园先生求作诗序〉为中心》，《古籍整理研究学刊》（长春），第4期，第104—107页。

1335．黄强：《居丧赋诗话袁枚》，《古典文学知识》（南京），2016年04期，第75—81页。

1336．孔令彬：《台湾文献中新发现的丘逢甲佚诗佚文》，《名作欣赏》（太原），2016年17期，第164—166页。

1337．宫伟伟：《丘逢甲诗作中的遗民情结》，《宜宾学院学报》（宜宾），2016年05期，第43—48页。

（二） 词曲

1338．曾晓林；钟俊昆：《丘逢甲的创作及其客家精神的体现》，《兰台世界》（沈阳），2016年03期，第151—152页。

1339．宫伟伟：《论丘逢甲悲壮诗风的成因》，《嘉应学院学报》（梅州），2016年01期，第12—17页。

1340．陈志斌；胡港：《王船山词的语言艺术》，《南华大学学报：社会科学版》（衡阳），2016年05期，第25—31页。

1341．张仲谋：《论晚明词坛与清词之复兴》，《苏州大学学报：哲学社会科学版》（苏州），2016年03期，第34—40页。

1342．李圣华：《查慎行与浙西词派》，《兰州学刊》（兰州），2016年08期，第38—49页。

1343．刘红红：《浙西词派研究述论》，《古籍整理研究学刊》（长春），2016年06期，第103—107页。

1344．黄坤尧：《清词三大家与"词人之词"的审美变异》，《吉林师范大学学报：人文社会科学版》（四平）2016年05期，第56—66页。

1345．郎琴芳；张宝兰：《以情动人——纳兰容若与勃朗宁夫人抒情诗词的表情艺术研究》，《常州工学院学报：社科版》（常州），2016年06期，第44—47页。

1346．龙鹏屹：《纳兰容若边塞词的艺术个性研究》，《文学教育》（武汉），2016年05期，第38—39页。

1347．叶颖芝：《试论纳兰词的"东风""西风"意象》，《广西职业技术学院学报》（南宁），2016年02期，第79—83页。

1348. 李苗：《"我是人间惆怅客"——纳兰性德的"惆怅"》，《濮阳职业技术学院学报》（濮阳），2016 年 01 期，第 109—111 页。

1349. 杨中英：《试析周济的诗学思想》，《兴义民族师范学院学报》（兴义），2016 年 01 期，第 52—55 页。

1350. 戴伊璇：《周济词集版本考略》，《中国韵文学刊》（湘潭），2016 年 02 期，第 110—113 页。

1351. 朱洪举：《论王闿运的"以词掩意"观》，《郑州师范教育》（郑州），2016 年 02 期，第 50—54 页。

1352. 崔颖：《张惠言的词学主张》，《文化学刊》（沈阳），2016 年 10 期，第 180—182 页。

1353. 张小璐：《张惠言〈七十家赋钞序〉批评研究》，《西南交通大学学报：社会科学版》（成都），2016 年 04 期，第 49—53 页。

1354. 龚敏：《论张惠言的易学与词学思想分析》，《湖北函授大学学报》（武汉），2016 年 19 期，第 173—174 页。

1355. 陈水云：《常州词派的"根"与"树"——兼论常州词学的流传路径与地域辐射》，《文学遗产》（北京），2016 年 01 期，第 122—134 页。

1356. 张彩云：《常州派"寄托"说自身演变与 20 世纪的回响》，《盐城师范学院学报：人文社会科学版》（盐城），2016 年 03 期，第 61—66 页。

1357. 鹿苗苗：《清代嘉道时期郭麐与浙西、常州词派关系考论》，《电子科技大学学报：社科版》（成都），2016 年 06 期，第 83—90 页。

1358. 张任：《蒋春霖词学观念与词风探源》，《南阳师范学院学报》（南阳），2016 年 08 期，第 57—62 页。

1359. 高明祥：《陈廷焯词作风格探微》，《玉林师范学院学报》（玉林），2016 年 06 期，第 91—98 页。

1360. 蔡文静：《论况周颐的词骨之"真"》，《广西科技师范学院学报》（柳州），2016 年 06 期，第 59—61 页。

1361. 周茜：《一生心事付吟梅——清季遗民况周颐"咏梅词"论》，《中国文学研究》（长沙），2016 年 04 期，第 45—48 页。

1362. 彭玉平：《论词之"松秀"说》，《文学评论》（北京），2016 年 05 期，第 69—83 页。

1363. 刘红红：《试论况周颐的女性词学观》，《文学评论》（哈尔滨），2016 年 05 期，第 79—83 页。

1364. 窦瑞敏：《况周颐〈蕙风词〉之痴》，《古典文学知识》（哈尔滨），2016 年 03 期，第 79—86 页。

1365. 张悦：《宋词赏析》的词学批评观和词学批评渊源》，《才智》（长春），2016 年 31 期，第 217—218 页。

1366. 王诗雨：《饶宗颐的清代词选本及词话的研究》，《郑州航空工业管理学院学报：社会科学版》（郑州），2016 年 04 期，第 15—19 页。

1367. 王诗雨：《晚清民国词学研究述论》，《湖北民族学院学报：哲学社会科学版》（恩施），2016 年 04 期，第 109—112 页。

1368. 袁晓聪：《新世纪清词流派研究述评》，《盐城师范学院学报：人文社会科学版》（盐城），2016 年 03 期，第 77—85 页。

1369. 李国栋：《略论晚清三大词话的词学得失》，《顺德职业技术学院学报》（顺德），2016 年 04 期，第 55—60 页。

1370. 王静：《许宗衡与晚清常州词派的诗化问题辨正》，《现代中文学刊》（上海），2016 年 06 期，第 18—22 页。

1371. 沙先一：《尊体意识与典范追求——以清词序跋为中心》，《文艺研究》（北京），2016 年 12 期，第 55—63 页。

1372. 曹明升；沙先一：《统序的建构与清代词坛的经典化进程》，《文艺理论研究》（上海），2016 年 05 期，第 129—138 页。

1373. 王新立：《晚清民国词学研究述论》，《湖北民族学院学报：哲学社会科学版》（恩施），2016 年 04 期，第 109—112 页。

1374. 彭建楠：《晚清民国时期的清词总集编纂与清词史的建构》，《云南社会科学》（昆明），2016 年 04 期，第 166—188 页。

1375. 丁远芳：《清代皖籍词人群的地域分布概况》，《安徽文学（下半月）》（合肥），2016 年 06 期，第 7—9 页。

1376. 欧明俊：《清词中的"离乱"书写》，《北京大学学报：哲学社会科学版》（北京），2016 年 03 期，第 83—91 页。

1377. 张美莉：《〈全清词·顺康卷〉"补编"查继佐词补辑》，《古籍整理研究学刊》（长春），2016 年 03 期，第 57—58 页。

1378. 骆新泉：《论瘦鹤轩词的幽怨情怀与艺术特色》，《湖北经济学院学报》（武汉），2016 年 01 期，第 123—128 页。

1379. 查紫阳：《论词乐恢复视野下的清词自度曲创作》，《兰州教育学院学报》(兰州),2016年12期,第1—2页。

1380. 祝东;潘玥:《论清代序跋论词的模式及意义》,《广西师范学院学报:哲学社会科学版》(南宁),2016年06期,第65—71页。

1381. 龙野:《〈明词综〉因袭前选相关问题发微》,《山西师大学报:社会科学版》(临汾),2016年05期,第66—70页。

1382. 刘宏辉;戈载:《佚著〈词律订〉考论》,《南阳师范学院学报》(南阳),2016年10期,第36—41页。

1383. 朱秀敏:《清代湖南文人竹枝词中的土家文化意蕴》,《怀化学院学报》(怀化),2016年10期,第68—72页。

1384. 刘少坤:《清代词律批评理论的词学史地位及意义》,《南阳师范学院学报》(南阳),2016年01期,第37—40页。

1385. 曹明升:《论清代中期的集句词》,《文化遗产》(北京),2016年05期,第170—181页。

1386. 周佳慧:《论晚清"词史"意识的自觉》,《鸡西大学学报》(鸡西),2016年11期,第144—146页。

1387. 关满春:《清代顺康雍三朝禁毁戏曲剧目论析》,《安康学院学报》(安康),2016年06期,第44—48页。

1388. 林翰;周伟华:《清代江西戏曲家李雯杂剧〈破梦鹃〉研究》,《影剧新作》(南昌),2016年04期,第140—144页。

1389. 管晶晶:《试论黄图珌〈看山阁闲笔〉中的戏曲理论》,《黑龙江生态工程职业学院学报》(哈尔滨),2016年06期,第145—146页。

1390. 董雪莲:《清代云南戏曲家严廷中与杂剧〈秋声谱〉》,《戏曲艺术》(北京),2016年04期,第62—65页。

1391. 梁帅:《〈啸亭杂录〉中的清代戏曲史料刍论》,《戏曲艺术》(北京),2016年04期,第56—61页。

1392. 朱万曙:《〈三遂平妖传〉的两个清代戏曲改编本》,《文学遗产》(北京),2016年06期,第139—147页。

1393. 王淼;王玫:《浅析清代中后期以来的戏曲声腔演变》,《戏剧之家》(武汉),2016年11期,第40页。

1394. 刘小雨:《京剧的产生与发展及其在清代戏曲中的地位》,《黄河之声》(太原),2016年13期,第114页。

1395. 张晓兰:《论清代戏曲的自娱化倾向》,《社科纵横》(兰州），2016 年 10 期，第 119—121 页。

1396．徐海梅：《论清代曲家凌廷堪的戏曲思想》，《齐鲁学刊》（曲阜），2016 年 04 期，第 123—127 页。

1397．田雯：《清代宫廷演剧导演艺术研究》，《文化遗产》（北京），2016 年 05 期，第 136—144 页。

1398．王为群；李小珊：《经学与戏曲的交融与互渗——评〈清代经学与戏曲〉——以清代经学家的戏曲活动和思想为中心》，《兰州交通大学学报》（兰州），2016 年 02 期，第 7—9 页。

1399．刘铁：《清代宫廷戏曲研究概述》，《沈阳师范大学学报：社会科学版》（沈阳），2016 年 02 期，第 155—160 页。

1400．刘于锋：《清代剧目七种稽考》，《中国戏曲学院学报》（北京），2016 年 01 期，第 83—86 页。

1401．王亚楠：《清代观念性禁戏之手段与形式考述——以功过格为中心》，《宁夏大学学报：人文社会科学版》（银川），2016 年 01 期，第 131—136 页。

1402．唐海宏：《清末时事剧〈潘烈士投海〉本事及版本考述》，《江南大学学报：人文社会科学版》（无锡），2016 年 02 期，第 118—123 页。

1403．刘飞：《最后的汪派》，《创作评谭》（南昌），2016 年 01 期，第 39—41 页。

1404．龙野：《〈明词综〉因袭前选相关问题发微》，《山西师大学报：社会科学版》（临汾），2016 年 05 期，第 66—70 页。

1405．党月瑶；彭志：《〈清远县志〉所收词作及改词现象考论》，《中国石油大学学报：社会科学版》（东营），2016 年 04 期，第 71—76 页。

1406．王辉斌：《李调元的戏曲批评及其特色——以其"剧曲二话"为研究重点》，《宁夏师范学院学报》（固原），2016 年 02 期，第 23—29 页。

九、近代诗歌

（一）诗

1407．庄吉：《南社社员与周庄迷楼雅集》，《南京理工大学学报：社会科学版》（南京），2016年04期，第30—34页。

1408．汪成法：《论现代旧派文人的新文学书写——从柳亚子〈新文坛杂咏〉组诗谈起》，《西部学刊》（西安），2016年06期，第31—35页。

1409．苏珊玲：《论福建女诗人萧道管诗歌艺术风格》，《滇西科技师范学院学报》（临沧），2016年03期，第27—32页。

1410．辛晓娟：《论夏承焘的歌行体创作及诗体创变思想》，《文艺理论研究》（上海），2016年03期，第78—88页。

1411．侯运华：《论同光体诗歌创作的求新自变》，《天中学刊》（驻马店），2016年01期，第89—95页。

1412．刘炜：《20世纪中国古典诗歌史略论》，《大理大学学报》（大理），2016年01期，第31—35页。

1413．詹静珍：《秋瑾诗歌研究述评》，《档案》（兰州），2016年10期，第36—39页。

1414．刘炜：《论马一浮的"诗史"精神》，《名作欣赏》（太原），2016年18期，第5—8页。

1415．赵思奇：《近代中国女性观念在文学中的流变——以近代女词人为例》，《信阳师范学院学报：哲学社会科学版》（信阳），2016年03期，第129—132页。

1416．魏鹏展：《论秋瑾思想对清末诗人徐自华、徐蕴华的影响》，《广东技术师范学院学报》（广州），2016年03期，第8—14页。

1417．魏鹏展：《清末女诗人徐自华与徐蕴华的女性形象初探》，《中山大学研究生学刊：人文社会科学版》（广州），2016年01期，第19—27页。

1418．魏鹏展：《清代女诗人徐自华慈母形象初探及其女儿安葬地点考证》，《安徽文学（下半月）》（合肥），2016年02期，第22—23页。

1419. 秦帮兴：《论湖湘派对汉代诗歌的接受》，《中国韵文学刊》（湘潭），2016 年 02 期，第 57—63 页。

1420. 焦宝：《梁启超的思想变动与晚清报刊诗词演进——以梁启超及其主持的报刊为中心》，《浙江社会科学》（杭州），2016 年 11 期，第 130—136 页。

1421. 胡全章：《革命诗僧第一人——近代报刊视野中的黄宗仰诗歌》，《菏泽学院学报》（菏泽），2016 年 04 期，第 33—38 页。

1422. 胡全章：《诗界革命视野中的〈清议报〉诗歌》，《河南大学学报：社会科学版》（开封），2016 年 04 期，第 79—86 页。

1423. 胡全章：《诗界革命谁欤豪——近代报刊视野中的蒋智由诗歌》，《汉语言文学研究》（开封），2016 年 02 期，第 55—61 页。

1424. 胡全章：《"诗世界里先维新"——林纾〈闽中新乐府〉的诗歌史意义》，《淮阴师范学院学报：哲学社会科学版》（淮安），2016 年 03 期，第 367—373 页。

1425. 陈凯玲：《"近世诗家三杰"并称始末》，《古典文学知识》（南京），2016 年 02 期，第 88—93 页。

1426. 孙之梅：《从诗界革命到南社：新古体诗的蜕生》，《文史哲》（济南），2016 年 02 期，第 48—56 页。

1427. 王昭鼎：《且悲且悯且彷徨——浅析何绍基〈普贤西向〉之情思诗美》，《天中学刊》（驻马店），2016 年 06 期，第 86—89 页。

1428. 袁辉：《多重价值视野中的诗坛嗣响——邵雍诗歌元明以来影响探析》，《聊城大学学报：社会科学版》（聊城），2016 年 02 期，第 38—45 页。

1429. 周芳：《郑珍诗歌之诗史品格新解》，《中国石油大学学报：社会科学版》（东营），2016 年 01 期，第 70—75 页。

1430. 李肖：《论黄遵宪〈日本杂事诗〉》，《苏州教育学院学报》（苏州），2016 年 06 期，第 49—53 页。

（二）词曲

1431. 甘松：《明代词谱对唐宋词选的接受——以词调与例词的选录为中心》，《合肥师范学院学报》（合肥），2016 年 02 期，第 63—67 页。

1432. 王纱纱：《词学由古典走向现代——论龙榆生对朱村词学的

继承与发展》,《名作欣赏》(太原),2016 年 35 期,第 92—94 页。

1433. 马强:《黄孝纾词学成就述论》,《河北民族师范学院学报》(承德),2016 年 03 期,第 38—45 页。

1434. 纪德君:《古代小说经典的民间重构——清代车王府鼓词〈西游记〉论略》,《学术研究》(广州),2016 年 04 期,第 165—172 页。

1435. 张洪玉;邹宗良:《蒲松龄〈重阳王次公从高少宰、唐太史游北山归,夜中见访,得读两先生佳制,次韵呈寄〉诗本事与作期考》,《蒲松龄研究》(淄博),2016 年 04 期,第 83—93 页。

1436. 张敦彦:《赏读蒲松龄重阳诗》,《蒲松龄研究》(淄博),2016 年 04 期,第 94—101 页。

1437. 张敏:《蒲松龄俚曲的艺术特征微探》,《音乐创作》(北京),2016 年 11 期,第 125—126 页。

1438. 刘富伟:《晚年创作的转型与文化视角的下移——浅析蒲松龄聊斋俚曲的改写背景》,《蒲松龄研究》(淄博),2016 年 03 期,第 238—249 页。

1439. 尚继武:《词笔绘"雨"谱心曲——从聊斋词看蒲松龄的自我意识(之三)》,《蒲松龄研究》(淄博),2016 年 01 期,第 92—113 页。

1440. 蒲泽:《闲话聊斋俚曲的传播》,《蒲松龄研究》(淄博),2016 年 01 期,第 105—114 页。

1441. 李会娜:《蒲松龄杂剧三种研究》,《成都理工大学学报:社会科学版》(成都),2016 年 02 期,第 112—115 页。

1442. 尚继武:《聊斋词对蒲松龄身份认同的多重性书写》,《文艺评论》(哈尔滨),2016 年 03 期,第 81—87 页。

1443. 陶映竹:《〈茗柯词〉浅析及其版本流传考》,《牡丹江大学学报》(牡丹江),2016 年 08 期,第 64—65 页。

1444. 龚敏:《清代词坛尊体运动中的〈诗经〉》,《黄冈师范学院学报》(黄冈),2016 年 04 期,第 54—56 页。

1445. 王纱纱:《"彊村词人群体"考辨》,《泰山学院学报》(泰安),2016 年 04 期,第 43—48 页。

1446. 沈阳:《〈蓼园词选〉的"传"与"不传"》,《兰台世界》(长春),2016 年 08 期,第 99—100 页。

1447. 郭克俭:《近代戏曲变革与"四大名旦"崛起》,《浙江师范大学学报：社会科学版》（金华），2016年06期，第1—9页。

1448．陈志勇：《近代"外江戏"的进入与岭南戏曲生态的变貌》，《文化遗产》（广州），2016年03期，第16—26页。

1449．郑传寅：《论近代戏曲的发展历程与主要特点》，《湖北大学学报：哲学社会科学版》（武汉），2016年01期，第68—73页。

1450．蒲曾亮：《侯芝的弹词旨趣与女子才德观》，《南京师范大学文学院学报》（南京），2016年03期，第41—46页。

1451．郭克俭：《近代戏曲变革与"四大名旦"崛起》，《浙江师范大学学报：社会科学版》（杭州），2016年06期，第1—9页。

1452．郑传寅：《论近代戏曲的发展历程与主要特点》，《湖北大学学报：哲学社会科学版》（武汉），2016年01期，第68—73页。

十、理论及其他

1453．马强；黄孝纾：《词学成就述论》，《河北民族师范学院学报》（承德），2016年03期，第38—45页。

1454．于永森：《以豪放臻致"神味"艺术境界的稼轩词——〈稼轩词选笺评〉简评》，《宁夏师范学院学报》（固原），2016年04期，第112—115页。

1455．赵洁：《监利方言亲属称谓词选释》，《文学教育（下）》（武汉），2016年06期，第190—191页。

1456．甘松：《唐宋词集在明代的传播及其"冷热"际遇》，《滁州职业技术学院学报》（滁州），2016年02期，第75—77页。

1457．王琳：《论"礼乐文化"对方志收录戏曲资料的影响——以河南省为例》，《戏剧文学》（长春），2016年11期，第123—130页。

1458．柯琦：《戏曲改良运动中汉剧公会的运营与困境》，《文化遗产》（北京），2016年03期，第36—44页。

1459．蓝青：《〈全明词〉辑补》，《南阳师范学院学报》（南阳），2016年02期，第35—38页。

1460．赵银芳：《运用文献资料开展苏轼相关研究个案分析——以"清代'豪放''婉约'词论研究"为例》，《华北电力大学学报：社会科学版》（北京），2016年06期，第94—99页。

1461．胡晓博：《清代云南竹枝词论析》，《昭通学院学报》（昭通），2016年04期，第41—46页。

1462. 谭朝炎：《钩沉竹枝调，重解泰西游——尹德翔〈晚清海外竹枝词考论〉的新突破》，《浙江万里学院学报》（宁波），2016年06期，第45—47页。

1463. 罗杰：《云南竹枝词研究述评》，《聊城大学学报：社会科学版》（聊城），2016年06期，第39—45页。

1464. 郑艳：《竹枝词的发展历史及其民俗学价值探析》，《东岳论丛》（济南），2016年08期，第138—146页。

1465. 房建国；张文文：《试论明清福州竹枝词中的信仰文化》，《文学教育（下）》（武汉），2016年07期，第45页。

1466. 张介凡：《广州竹枝词对广府文化的承载与传播》，《广东技术师范学院学报》（广州），2016年07期，第31—37页。

1467. 陈德琥：《论民间艺术表演场域的要素与特征——以孔尚任〈平阳竹枝词〉为分析文本》，《学术界》（合肥），2016年07期，第114—122页。

1468. 赵欢：《元代上都竹枝词的特点》，《北京工业职业技术学院学报》（北京），2016年03期，第116—120页。

1469. 黄贤忠：《巴渝竹枝词内涵三论》，《湖北民族学院学报：哲学社会科学版》（恩施），2016年06期，第113—117页。

1470. 朱易安：《清代中期竹枝词的市井化趋向及其意义》，《复旦学报：社会科学版》（上海），2016年01期，第31—40页。

1471. 崔淼；姜剑云：《试论竹枝词的词体属性》，《乐山师范学院学报》（乐山），2016年01期，第17—21页。

1472. 陶映竹：《论清真词中的叙事性》，《连云港职业技术学院学报》（连云港），2016年01期，第10—13页。

1473. 张巍：《〈全宋词〉中三首相同内容词作间的关系》，《国学学刊》（北京），2016年01期，第129—134页。

1474. 蔡慧；钱锡生：《论清真词对前人诗歌的接受》，《江苏师范大学学报：哲学社会科学版》（徐州），2016年02期，第66—73页。

1475. 刘培：《新学独尊与两宋之际的颂美辞赋》，《文史哲》（济南），2016年01期，第70—83页。

1476. 章辉；李建萍：《南宋文士尚闲心态论》，《铜仁学院学报》（铜仁），2016年05期，第60—65页。

1477. 兰石洪：《激楚之音，骚雅之境——张炎题画词析论》，《贵州师范学院学报》（贵阳），2016年11期，第10—17页。

1478. 安亚：《词中有画 画中有词——探析改琦题画词与画之关系》，《河南广播电视大学学报》（郑州），2016年03期，第70—73页。

1479. 刘文龙：《论纳兰性德题画词》，《内江师范学院学报》（内江），2016年09期，第49—54页。

1480. 陈琳琳：《赏玩与抒怀：吴文英、周密、张炎题画词论析》，《文艺评论》（哈尔滨），2016年05期，第69—78页。

1481. 张仲谋：《论明代吴门词派》，《阅江学刊》（南京），2016年01期，第91—106页。

1482. 沈松勤：《陈维崧与阳羡词派新论》，《文艺研究》（北京），2016年12期，第45—54页。

1483. 黄贤忠：《论唐人对曲辞的文体判断及其理据与分歧——以曲辞在唐代文献中的著录为核心》，《西南大学学报：社会科学版》（重庆），2016年06期，第126—134页。

1484. 彭新有；沙振坤：《浅论清代〈渔家傲〉十二月节词的嬗变》，《名作欣赏》（太原），2016年32期，第93—95页。

1485. 刘崇建：《浅论刘体仁〈七颂堂词绎〉中"境界说"的内涵》，《太原城市职业技术学院学报》（太原），2016年10期，第198—200页。

1486. 彭玉平：《论词之"松秀"说》，《文学评论》（北京），2016年05期，第69—83页。

1487. 彭建楠：《晚清民国时期的清词总集编纂与清词史的建构》，《云南社会科学》（昆明），2016年04期，第166—172页。

1488. 袁晓聪：《论近代闽中词学》，《阜阳师范学院学报：社会科学版》（阜阳），2016年04期，第50—53页。

1489. 杜庆英：《唐宋词的场景叙事及其文体学意义》，《中国韵文学刊》（湘潭），2016年03期，第57—62页。

1490. 何跞：《通达而兼容：刘将孙的文学理论》，《齐齐哈尔大学学报：哲学社会科学版》（齐齐哈尔），2016年07期，第99—101页。

1491. 许菊芳：《刘永济先生的词体鉴赏论及其实践》，《中国韵文学刊》（湘潭），2016年03期，第81—85页。

1492. 赵红卫：《词体"正变"观的再确认——清初王士禛对李清

照词的接受与批评》,《苏州科技学院学报:社会科学版》(苏州),2016年04期,第31—37页。

1493.周茜:《一生心事付吟梅——清季遗民况周颐"咏梅词"论》,《中国文学研究》(长沙),2016年04期,第45—48页。

1494.李庆霞:《论朱彝尊与厉鹗对雅词理论的贡献》,《苏州科技学院学报:社会科学版》(苏州),2016年04期,第38—43页。

1495.朱倩:《清代〈诗经〉学与王昶"寄兴托意"词学思想研究》,《理论观察》(齐齐哈尔),2016年08期,第127—128页。

1496.昝圣骞:《论徐绍棨的词体声律研究》,《南京师范大学文学院学报》(南京),2016年02期,第59—63页。

1497.曹艳春:《论词学发展史上的雅俗之辨》,《廊坊师范学院学报:社会科学版》(廊坊),2016年03期,第50—53页。

1498.王永波:《赵熙词论略》,《内蒙古大学学报:哲学社会科学版》(呼和浩特),2016年06期,第71—76页。

1499.肖瑞峰;李寒晴:《晚清民国词创作新变:以词论外国小说》,《浙江工业大学学报:社会科学版》(杭州),2016年02期,第142—147页。

1500.袁美丽:《清代女词人袁绶词论略》,《金陵科技学院学报:社会科学版》(南京),2016年02期,第63—66页。

1501.杨唐衍:《晚清民国冒鹤亭词学述论》,《伊犁师范学院学报:社会科学版》(伊宁),2016年04期,第85—89页。

1502.周和军:《先秦至金元时期"情性"说述评》,《海南师范大学学报:社会科学版》(海口),2016年12期,第73—76页。

1503.高尚杰:《刘壎诗论中的江西诗学色彩》,《文教资料》(南京),2016年36期,第85—86页。

1504.刘平平;陈璐:《论虞集的诗学思想》,《文教资料》(南京),2016年36期,第9—11页。

1505.张杰:《浅析梅尧臣"意新语工"说诗学内涵》,《太原理工大学学报:社会科学版》(太原),2016年06期,第61—65页。

1506.潘务正:《理学与桐城诗学》,《苏州大学学报:哲学社会科学版》(苏州),2016年06期,第129—137页。

1507.周兴禄:《民国初期诗学融通与新变——以胡怀琛〈诗的作法〉为考察中心》,《安顺学院学报》(安顺),第2016年06期,第

20—23 页。

1508. 张红；孙立论：《清代学人对许浑诗歌的接受与批评》，《杜甫研究学刊》（成都），2016 年 04 期，第 114—118 页。

1509. 王征：《论明代台阁体诗学"性情之正"的渊源及缺失》，《西华师范大学学报：哲学社会科学版》（南充），2016 年 06 期，第 42—48 页。

1510. 杨齐：《从王鸣盛与吴镇的交游看嘉道诗学的发展方向》，《海南大学学报：人文社会科学版》（海口），2016 年 06 期，第 87—94 页。

1511. 常德荣：《南宋艾轩学派的诗学呈现》，《石家庄学院学报》（石家庄），2016 年 01 期，第 71—76 页。

1512. 吴晟：《叶适与江西诗学的离与合》，《广州大学学报：社会科学版》（广州），2016 年 11 期，第 81—86 页。

1513. 黄伟；吴翔：《俞樾诗学理论平议》，《山西大学学报：哲学社会科学版》（太原），2016 年 06 期，第 1—10 页。

1514. 王征：《张以宁诗学思想平议》，《长江师范学院学报》（重庆），2016 年 05 期，第 65—70 页。

1515. 张家壮：《痛切的自觉：明末清初的杜诗学摭谈》，《古典文学知识》（南京），2016 年 06 期，第 144—149 页。

1516. 黄立一；许总：《中国传统诗学的尚奇与反拨》，《华侨大学学报：哲学社会科学版》（泉州），2016 年 05 期，第 122—131 页。

1517. 张方星懿：《清代辽东诗人戴亨之诗学观》，《边疆经济与文化》（哈尔滨），2016 年 10 期，第 70—71 页。

1518. 沈赛：《陈子龙乐府诗的复与变》，《名作欣赏》（太原），2016 年 29 期，第 80—83 页。

1519. 王银洁：《论沈德潜诗学观对乾嘉时期苏州杂剧创作的影响》，《南京师范大学文学院学报》（南京），2016 年 03 期，第 60—65 页。

1520. 朱则杰：《清代诗人结社丛考——以镇扬两地为中心》，《江苏大学学报：社会科学版》（镇江），2016 年 06 期，第 41—46 页。

1521. 周于飞：《"惊隐诗社"与山阴秘密反清团体交游考》，《绍兴文理学院学报：哲学社会科学版》（绍兴），2016 年 06 期，第 37—40 页。

1522. 熊海英：《江湖诗人的公共"文坛"——以月泉吟社为中心》，《湖北大学学报：哲学社会科学版》（武汉），2016年06期，第71—77页。

1523. 邱林山：《遗民诗僧函可与清初诗坛》，《西北师大学报：社会科学版》（兰州），2016年06期，第80—85页。

1524. 卢高媛：《"西泠酬倡"考论》，《杭州电子科技大学学报：社会科学版》（杭州），2016年05期，第55—63页。

1525. 李娜：《清初滇遗民诗人陈佐才"雪峰诗社"考略》，《现代语文：学术综合版》（曲阜），2016年10期，第45—47页。

1526. 王献峰；胡媚媚：《论红楼梦诗社与宋人"白战体"的关系》，《河南工程学院学报：社会科学版》（郑州），2016年01期，第66—68页。

1527. 郑利华：《八旗诗人宝廷结社考论——以"消夏""消寒"诗社为中心》，《社会科学战线》（长春），2016年02期，第162—170页。

1528. 邵鹏宇：《清代常州文人交游研究——以"毗陵七子"为例》，《现代交际》（长春），2016年10期，第80—81页。

1529. 焦宝：《论晚清民国报刊诗词中的东坡生日雅集》，《社会科学研究》（成都），2016年04期，第185—191页。

1530. 项姝珍：《北麓诗社及其诗人群体的文化品格》，《浙江师范大学学报：社会科学版》（金华），2016年05期，第97—102页。

1531. 范志鹏：《易顺鼎诗词结社考》，《泰山学院学报》（泰安），2016年05期，第42—49页。

1532. 刘金凤；丁佳楠；雷雨婷；张晓阳：《宋代宁夏边塞诗中的"真"与"幻"》，《现代语文：学术综合版》（曲阜），2016年03期，第21—23页。

1533. 许博：《清代"新"边塞词及其文化内涵摭论》，《东南大学学报：哲学社会科学版》（南京），2016年05期，第135—140页。

1534. 赵敏莉；屈娜：《浅析古代边塞诗的丰富内涵》，《新西部：理论版》（西安），2016年14期，第84页。

1535. 周艳波：《唐宋边塞诗词比较研究》，《山东农业工程学院学报》（济南），2016年02期，第178—179页。

1536. 李小荣：《乐府诗题的流变》，《吕梁教育学院学报》（离石），2016年04期，第110—112页。

1537．王立增：《关于构建乐府史料学的思考》，《河北学刊》（石家庄），2016年06期，第99—104页。

1538．沈赛：《陈子龙乐府诗的复与变》，《名作欣赏》（太原），2016年29期，第80—83页。

1539．郗韬：《简论何东序别具一格的乐府诗》，《运城学院学报》（运城），2016年04期，第23—26页。

1540．方荸：《论近代新乐府诗的体式与特质》，《广西科技师范学院学报》（柳州），2016年04期，第29—31页。

1541．王立增：《论杨慎的乐府研究》，《四川师范大学学报：社会科学版》（成都），2016年04期，第143—149页。

1542．许兰玉：《孟姜女传说的乐府诗创作》，《美与时代（下）》（郑州），2016年06期，第85—87页。

（作者单位：首都师范大学文学院）

（编辑：姚苏杰）

2016年中国古代诗歌研究硕士论文索引

◇孙春晓　整理

* 本索引所收录的是2016年中国大陆地区高校中有关中国古代诗歌研究的硕士研究生毕业论文索引，数据来源为中国知网。

* 论文大致按年代顺序排列，跨代研究单列为最后一部分。论文原文为繁体字的，条目中亦用繁体字以示区别。

* 每个条目所列内容及格式为：序号. 作者：《题目》（导师名），院校

简明目录

一、先秦诗歌

二、汉魏六朝诗歌

三、隋唐诗歌

四、宋代诗歌

五、金元诗歌

六、明代诗歌

七、清代诗歌

八、民国诗歌

九、跨代研究

一、先秦诗歌

1. 云彦茹：《〈诗经〉颂美诗研究》（魏永贵），内蒙古大学
2. 方勇：《〈诗经〉草意象研究》（周远斌），山东师范大学
3. 李颖：《〈诗经〉异文字际关系考证》（石勇），广西师范学院
4. 赵利杰：《〈诗经〉中的蔬菜研究》（王星光），郑州大学
5. 冯静：《〈诗经〉中的拟绘词研究》（李先耕），黑龙江大学

6. 周阳：《〈诗经〉中概念隐喻的认知参照点阐释》（梁燕华），广西大学

7. 方勇：《〈诗经〉草意象研究》（周远斌），山东师范大学

8. 苏睿：《〈诗经〉用乐文献考索》（熊良智），四川师范大学

9. 郜默或：《〈诗经〉成语研究》（李丽），内蒙古师范大学

10. 史茜茜：《〈诗经〉中的"采集"情节研究》（余江），天津外国语大学

11. 吴娇健：《〈诗经〉德育思想及其当代启示》（王安白），西南政法大学

12. 赵崇：《论〈诗经〉中的"簋"》（刘宽忍、王鹤），陕西师范大学

13. 肖佑垠：《〈诗经〉中动物词象征意义的认知研究》（廖光蓉），湖南师范大学

14. 周阳：《〈诗经〉中概念隐喻的认知参照点阐释》（梁燕华），广西大学

15. 张懂：《源自〈诗经〉的成语的认知语义研究》（白解红），湖南师范大学

16. 佘思雅：《关于〈诗经〉中女性隐喻的认知分析：独立隐喻和依存隐喻》（杜世洪），西南大学

17. 李亚丹：《〈诗经·国风〉植物意象研究》（刘昌安），陕西理工学院

18. 周楚：《〈诗经·国风〉英译中的互文性研究》（廖志勤），西南科技大学

19. 喻贵珍：《音乐与民俗视域下的〈诗经·国风〉考》（李方元），西南大学

20. 何长盛：《孔颖达诗学研究——以〈诗经·二南正义〉为中心的考察》（郑伟），山西大学

21. 张倩倩：《中日韩〈诗经·小星〉研究之考察》（刘毓庆），山西大学

22. 朱映晨：《〈诗经·小雅·采薇〉研究》（刘毓庆），山西大学

23. 杨丹：《〈小雅〉战争诗研究》（龙文玲），广西师范学院

24. 黄贝如：《对古诗词歌曲〈关雎〉的比较研究——以〈风雅十

二诗谱〉、赵季平作曲、林海作曲三首为例》（汤志平），南昌大学

25. 吕慧峰：《"生命一体化"观照下的〈诗经〉审美特质》（何长文），北方民族大学

26. 钱慧：《先秦心理动词语义演变研究——以〈诗经〉〈荀子〉为例》（周有斌），淮北师范大学

27. 吴克冰：《〈四书〉引〈诗〉研究》（段庸生），重庆工商大学

28. 屈园：《〈左传〉赋〈诗〉考论》（黄怀信），曲阜师范大学

29. 范诗超：《古代朝鲜对〈诗经〉的接受——以朝鲜诗话所辑文献为中心》（郭万金），山西大学

30. 崔裕振：《〈诗经〉与韩国文化关联研究——以语言文化为中心》（郑日男），延边大学

31. 陈宁宁：《〈诗经〉在日本诗话中的传播》（郭万金、张小敏），山西大学

32. 刘念：《〈万叶集〉防人歌和〈诗经〉战争诗的比较研究》（张丽花），云南大学

33. 李欣哲：《面向认知效率的〈诗经〉情感可视化设计及其评测研究》（王妍），哈尔滨工业大学

34. 陈明月：《关联理论视角下〈诗经〉中反复的翻译研究》（张向阳），南京师范大学

35. 迟呈凌：《框架理论视角下探析〈诗经〉翻译中的框架操作》（潘智丹），大连外国语大学

36. 李莹莹：《〈毛诗序〉写作年代及尊、废问题简论》（王承略），山东大学

37. 石雅琼：《楚辞汉赋游仙题材初探》（付希亮），内蒙古师范大学

38. 蔡雨彤：《楚辞"风"意象研究》（侯文学），吉林大学

39. 李含嫣：《〈楚辞〉对艺术文化创新的启示》（白路），天津工业大学

40. 朱祥虎：《〈楚辞〉祭祀舞的生态发生研究》（习英），福建师范大学

41. 贾丽丽：《〈楚辞〉饮食文化探究》（许连军），长江大学

42. 郭淑娴：《〈文选〉李善注引〈楚辞〉考》（高华平），华中

师范大学

43．王琼：《楚文化视阈下的〈楚辞通释〉研究》（王伟），贵州大学

44．李静茹：《论〈离骚〉的翻译及其文化比较》（闫广林），海南大学

45．庄佳：《翻译美学视角下〈楚辞〉两个英译本的对比研究》（李庆明），西安理工大学

46．章石：《交往行为理论视角下翻译主体间性研究——以〈楚辞〉为例》（贾秀海），东北财经大学

47．田语：《从〈楚辞〉与〈诗经〉的关系看楚文化的华夏化——以屈原作品为例》（李军），西藏大学

二、汉魏六朝诗歌

1．赵竹：《汉乐府游仙诗研究》（张庆利），辽宁师范大学

2．王维炜：《论两汉贵族乐府诗》（韩维志），华中师范大学

3．高立雯：《两汉著述引〈诗〉研究》（郗文倩），福建师范大学

4．马越：《汉代诗赋饮食叙写研究》（郑杰文），山东大学

5．黄昭茜：《汉代经史视域下的〈诗经〉孝亲诗》（何海燕），湖北大学

6．徐磊：《谈汉诗英译的模糊点及翻译策略——以许渊冲汉诗英译为例》（张昌宋），福建师范大学

7．王泽凤：《越南汉诗流变述论》（严明），上海师范大学

8．王鑫淼：《王褒研究》（孙明君），清华大学

9．刘洋：《嵇康四言诗对〈诗经〉的继承与革新》（归青），华东师范大学

10．杨麟舒：《曹植与魏晋风度》（程世和），陕西师范大学

11．王亚轩：《建安七子诗歌研究》（力之），广西师范大学

12．毕林林：《建安诗坛"五言腾踊"现象研究》（董家平、安海民），青海师范大学

13．倪珂：《陆云诗赋研究》（韩晖），广西师范大学

14．洪平：《论陶渊明诗歌中的山水情怀》（舒大清），湖北师范大学

15．张思语：《方重翻译思想研究——主体以〈陶渊明诗文选译〉为例》（周领顺），扬州大学

16．朱晓灿：《鲍照与六朝的"拟代诗"——以鲍照为中心论六朝"拟代诗"》（张国安），广西民族大学

17．胡玉：《王融诗文研究》（郑训佐），山东大学

18．刘婉：《论历代诗话评论中的谢朓诗歌》（王莉），安徽大学

19．张欢欢：《"叹逝"：汉末魏晋诗人的时间意识与生命情调》（陈彦辉），广东外语外贸大学

20．郭家嵘：《汉魏六朝诗文中雨意象研究》（王莉），安徽大学

21．蒋雪萌：《汉魏六朝女诗人乐府研究》（袁绣柏），沈阳师范大学

22．杜晓晓：《论汉魏七言诗体的生成》（王今晖），青岛大学

23．曹祎黎：《魏晋赠答诗中文人的自我书写》（张新科），陕西师范大学

24．葛弘扬：《魏晋之际诗体演变研究》（郑国周），贵州大学

25．王丹：《魏晋宴饮诗文献研究》（周燕），云南师范大学

26．赵静：《魏晋玄言诗中的"空白"问题研究》（刘丽辉），云南师范大学

27．张凯：《魏晋诗歌重言词研究》（高明），西藏民族大学

28．张秀蓉：《魏晋士人心态研究——以诗歌为中心》（王华宝），东南大学

29．夏瑞霞：《魏晋玄风与陶渊明哲理诗》（郭建勋），湖南大学

30．杨伟鑫：《简约与两晋诗风》（蔡彦峰），福建师范大学

31．郦惠萍：《魏晋南北朝应制类诗歌研究》（张一平），温州大学

32．曾维君：《论魏晋南北朝战争乐府诗》（何新文），湖北大学

33．程语絮：《魏晋南北朝琴诗研究》（王春元），青岛大学

34．张丽峰：《两晋南北朝战争初探》（李森），山东大学

35．李柴菁菁：《南朝俳谐诗研究》（徐国荣），暨南大学

36．李真真：《南朝诗歌"声""色"研究》（程兴丽），陕西理工学院

37．程宵：《元嘉文人五言诗对偶艺术研究》（孙金涛），河北师范大学

38．向蒙：《六朝涉乐诗审美风尚研究》（唐志远），湖南大学

39. 粟阳阳：《诗话乐府三论》（吴象枢），吉首大学

40. 罗冬芹：《〈乐府诗集〉中汉魏晋歌诗题名考》（王洪军），武汉音乐学院

41. 许瑜娜：《〈古诗十九首〉经典化过程——以代表性诗人的拟古诗为研究视角》（张新科），陕西师范大学

三、隋唐诗歌

1. 赵明：《隋朝乐府诗研究》（袁绣柏），沈阳师范大学
2. 王维：《隋及初唐乐府诗学研究》（王福利），苏州大学
3. 杨雪薇：《贞观咏史诗中所见的朝代记忆》（李磊），华东师范大学
4. 张依彤：《唐武后时期宰相唱和诗歌研究》（傅绍良），陕西师范大学
5. 王玉婷：《王梵志诗副词研究》（木霁弘、杨立权），云南大学
6. 葛奕：《陈子昂的精神世界与诗歌创作——兼论武则天时期的文学氛围与盛唐诗的发生》（童岭），南京大学
7. 王倩倩：《张说诗歌的接受史研究》（殷祝胜）广西师范大学
8. 刘玲：《储光羲诗歌接受研究》（黄大宏）西南大学
9. 朱俊俊：《羊士谔研究》（吴怀东），安徽大学
10. 田艾灵：《王维诗歌中的自然意象研究》（曹丽芳），辽宁师范大学
11. 魏春梅：《王维诗歌意象语言研究》（沈小仙），浙江工业大学
12. 杜秀萍：《论禅学影响下的王维诗画》（赵廷仁），山西师范大学
13. 张嘉宁：《从关联理论探讨王维诗歌英译》（孙昌坤），山东大学
14. 路濛：《生态美学视野下的王维诗歌研究》（吴淑玲），河北大学
15. 王清：《寻求与诗人的共鸣——以规范性研究视角看王维三首古诗英译》（崔长青），外交学院
16. 吴书仪：《李白诗歌取法〈文选〉的诗艺研究》（刘运好），安徽师范大学

17. 萧龙：《李白宗族诗文研究》（徐希平），西南民族大学

18. 冯旭颖：《接受美学视角下李白诗歌中"玉"意象的两个英译本比较研究》（孙婷婷），北京外国语大学

19. 冉驰：《南羲采〈龟磵诗话〉对李白的接受》（王红霞），四川师范大学

20. 牛睿：《杜甫拗体诗研究》（袁书会），西藏民族大学

21. 王星：《杜甫绝句组诗研究》（刘亮），海南大学

22. 诸舒鹏：《杜甫与唐代唱和诗演变》（刘明华），西南大学

23. 李鸿章：《杜甫与李穑诗歌的比较研究》（于春海），延边大学

24. 高丽男：《杜甫"沉郁顿挫"诗风确立论要》（张冰），四川外国语大学

25. 商伟杰：《杜甫军事题材诗文研究——以"安史之乱"为中心》（孙微），河北大学

26. 徐荣荣：《试探杜甫夔州苦热诗》（刘青海），上海师范大学

27. 经惠：《论杜甫七古的体物与写志》（蓝旭），中央民族大学

28. 封恬恬：《杜甫表达忧患意识诗句的英译研究——以许渊冲、杨宪益及路易艾黎三译本为例》（蒋显文），南华大学

29. 于艳军：《皎然〈诗式〉的诗学理论研究》（王则远），齐齐哈尔大学

30. 杨辰宇：《刘言史诗歌论稿》（沈文凡），吉林大学

31. 贾巧梅：《刘禹锡诗歌体裁研究》（曹丽芳），辽宁师范大学

32. 陈欣欣：《刘禹锡和雪莱诗歌中"秋"意象的认知比较研究》（李志强），上海师范大学

33. 袁庆：《白居易茶诗研究》（吴言生），陕西师范大学

34. 李雪静：《白居易讽谕诗之议论化研究》（李子广），内蒙古师范大学

35. 夏云秋：《白居易节令诗研究》（殷祝胜），广西师范大学

36. 杜雪婷：《论白居易闲适诗中的生命意识》（栾睿），新疆师范大学

37. 郭悦琦：《白居易诗文之夷夏音乐考论》（李方元），西南大学

38. 陈雨舟：《白居易杂律诗研究》（付兴林），陕西理工学院

39. 程楠：《元稹被贬江陵时期诗歌研究》（郑福田），内蒙古师范大学

40. 李坤：《论李贺诗歌的象征性》（熊开发），海南大学

41. 杨学敏：《周贺诗歌论稿》（沈文凡），吉林大学

42. 孙林丹：《陈陶及其诗歌研究》（潘百齐），南京师范大学

43. 张薇：《杜牧诗歌中的人物评论研究》（徐炼），湘潭大学

44. 杜松梅：《李商隐交游诗研究——以"心迹"觅寻为中心》（綦维），山东大学

45. 马绒绒：《李商隐诗歌隐喻认知研究》（谢世坚），广西师范大学

46. 徐艳：《论韦庄诗》（陈燕妮），华中师范大学

47. 黄加玉：《李中诗歌校注》（李谟润），广西民族大学

48. 何丹：《朱庆馀及其诗歌研究》（潘百齐），南京师范大学

49. 任冬青：《张乔及其诗歌研究》（潘百齐），南京师范大学

50. 高琳瑛：《初唐四杰诗序研究》（孙尚勇），西北大学

51. 黎慧冉：《初唐四帝（太宗至中宗）时期应制诗研究》（张一平），温州大学

52. 孟鹏程：《科举文化与初盛唐诗坛风尚研究》（兰翠），烟台大学

53. 庞婷：《盛唐诗歌的基本审美形态研究》（王建疆），上海师范大学

54. 王浩文：《二张与盛唐气象》（方丽萍），青海师范大学

55. 程心伟：《盛唐山水田园诗中实体隐喻的研究》（白彬），辽宁师范大学

56. 赵国庆：《大历年间长安诗坛研究》（魏景波），陕西师范大学

57. 宋丹丹：《中唐诗学的指授性特色及其理论内涵》（郭鹏），山西大学

58. 单丽君：《中唐乐府诗学研究》（王福利），苏州大学

59. 雷晓妍：《中晚唐科举探花诗研究》（李子广），内蒙古师范大学

60. 宋晋海：《中晚唐"伤春诗"研究》（赵成林），湘潭大学

61. 张明明：《中晚唐传奇与诗歌的雅俗演化原因研究》（罗筱玉），温州大学

62. 李芳：《晚唐五代诗僧群体的诗禅观研究——以齐己为中心的考察》（戴建业），华中师范大学

63．金佳敏：《晚唐五代诗僧普遍苦吟现象研究》（李舜臣），江西师范大学

64．刘亮亮：《咸通年间长安诗坛研究》（魏景波），陕西师范大学

65．刘帆：《唐代诗歌中的体育文化研究》（王淑英），河北师范大学

66．刘晓旭：《唐代早朝诗研究》（罗宁），西南交通大学

67．李晓晓：《唐代端午诗歌研究》（李浩），西北大学

68．何丽丽：《唐代山水诗审美意境流变研究》（李维），齐齐哈尔大学

69．李荣平：《唐代幽州诗研究》（高建新），内蒙古大学

70．韩飞洋：《唐代山东经济文化初探——以唐代诗文为中心》（鲁统彦），山东师范大学

71．盖文聪：《唐代咏扇诗文研究》（李浩），西北大学

72．黄珍妹：《唐代金陵怀古咏史诗歌研究》（王朝华），闽南师范大学

73．董艳霞：《唐代长江江行诗研究》（李芳民），西北大学

74．邓伟月：《唐代诗歌引黄金台典故研究》（莫道才），广西师范大学

75．刘红敏：《唐代县尉诗人研究》（聂永华），天津师范大学

76．高颖：《唐代诗歌语言中的数字》（魏静），天津大学

77．黄瑞梅：《唐代咏史怀古七绝研究》（刘兴超），广西师范学院

78．蔡然：《唐代阴山诗研究》（高建新），内蒙古大学

79．胡云：《唐代涉蕃诗研究》（周莹），西藏大学

80．刘丹：《唐代游戏诗研究》（姜剑云），河北大学

81．丁佳楠：《唐代咏宁夏诗歌研究》（梁祖萍），宁夏大学

82．韩小婷：《唐诗四季诗之夏季诗与冬季诗研究——以李杜诗歌为例》（刘桂华），湖北师范大学

83．赵丽：《唐诗中的女冠形象研究》（兰翠），烟台大学

84．余红芳：《唐诗动物骑乘意象研究》（刘明华），西南大学

85．陈思瑞：《唐诗中的竹林七贤形象》（胡秋银），安徽大学

86．董艾冰：《唐诗中的鹤意象研究》（张海沙），暨南大学

87．石菲：《唐代赋家对〈诗经〉的接受》（周兴泰），江西师范大学

88. 张青菊：《〈中国审美文化简史〉第十一章（下）英译实践报告——侧重于盛唐诗歌英译分析》（王晓农、倪燕燕），鲁东大学

四、宋代诗歌

1. 赵连志：《北宋诗歌语言审美思想研究》（周远斌），青岛大学
2. 张逗：《北宋楼阁诗歌研究》（张海沙、闫华），暨南大学
3. 张艳：《北宋诗歌中的石意象研究》（张海沙），暨南大学
4. 李雪莹：《北宋前期的〈诗经〉学研究——以欧阳修、苏辙、王安石为例》（刘再华），湖南大学
5. 陈敏：《〈九僧诗集〉研究》（陶然），浙江大学
6. 李辉：《钱惟演诗歌创作心态研究》（刘锋焘），陕西师范大学
7. 董海春：《梅尧臣诗歌地名疏证》（张三夕），华中师范大学
8. 韩维娜：《梅尧臣叙事诗研究》（邹志勇），辽宁师范大学
9. 石文芬：《欧阳修诗歌接受史述论》（胡建次），南昌大学
10. 范小兰：《北宋中后期杭州知州及其诗歌研究》（阎福玲），河北师范大学
11. 张晓凤：《王安石诗歌意象研究》（田道英），四川师范大学
12. 吴丹：《苏轼诗文中的饮食文化述析》（郑南），浙江工商大学
13. 韩凯：《从苏轼诗作中自称辞论其生命轨迹》（张瑞君），山西大学
14. 陈若怡：《韩国诗话中的苏轼诗歌研究》（石云涛），北京外国语大学
15. 尹逊刚：《苏轼茶诗研究》（王星汉），新疆师范大学
16. 林红：《苏轼与酒及涉酒诗研究》（张骏翠、杨胜宽），四川师范大学
17. 任丹：《苏轼诗文美学思想研究》（贾媛媛），黑龙江大学
18. 马琳：《论北宋"新旧党争"下的苏轼诗歌创作》（田小军），河北大学
19. 付亚云：《苏辙〈诗集传〉解诗研究》（孙光），河北大学
20. 孟文晴：《苏辙次韵诗研究》（江合友）河北师范大学
21. 卢会艳：《陆佃诗文研究》（陈元锋），山东师范大学
22. 黄蓉：《孔平仲杂体诗研究》（姜剑云），河北大学

23. 刘青：《黄庭坚诗歌自注研究》（聂巧平），暨南大学
24. 孙娜：《黄庭坚对魏晋诗歌的接受研究》（胡晓军），贵州大学
25. 王瑞珊：《黄庭坚及江西诗派诗歌英译价值与传播策略初探》（郭鹏），山西大学
26. 刘菲：《秦观"诗歌词化"研究》（李冬红），曲阜师范大学
27. 杨晓乐：《陈师道唱和诗研究》（闫续瑞），中国矿业大学
28. 钟燕兰：《饶节诗歌研究》（丁佐湘），华东交通大学
29. 黄玉林：《"临川二谢"交游考及交游诗研究》（魏祖钦），江西师范大学
30. 王婷：《徐中行诗文研究》（陈书录），南京师范大学
31. 齐函：《北宋后期杜诗学著述辑考》（吴怀东），安徽大学
32. 曹容春：《元祐四友诗歌研究》（肖庆伟），闽南师范大学
33. 杨冬华：《南宋洪适诗歌研究》（周子翼），南昌大学
34. 唐安庆：《郭印诗歌研究》（阳静），广西大学
35. 董秋月：《陈与义七律研究》（王朝华），闽南师范大学
36. 罗郝林：《姜特立闲适诗研究》（杨理论），西南大学
37. 李玉晗：《陆游诗中的儿童形象研究》（苏荟敏），云南大学
38. 周青松：《陆游诗歌复句研究》（胡传志、鲁华峰），安徽师范大学
39. 齐颖：《范成大纪行诗研究》（林岩），华中师范大学
40. 王雪：《范成大七言绝句研究》（胡传志、鲁华峰），安徽师范大学
41. 傅珊：《洪皓与范成大使金诗对比研究》（龙延），鲁东大学
42. 倪奕佳：《许顗〈彦周诗话〉研究》（张国安），广西民族大学
43. 张莹洁：《杨万里诗歌创作"翻案法"研究》（吴晟），广州大学
44. 王金艳：《朱熹诗歌与叶音之韵系研究》（汪业全），广西民族大学
45. 谢晓雪：《叶茵诗歌研究》（陶新民），安徽大学
46. 张晓梅：《喻良能诗歌研究》（骆晓倩），西南大学
47. 熊师佳：《〈苕溪渔隐丛话〉诗学研究》（汪群红），江西师范大学

48．劳贝儿：《孙应时及〈烛湖集〉研究》（孙先英），广西大学

49．张晓晓：《〈竹斋先生诗集〉校注》（李寅生），广西大学

50．吕树政：《南宋诗人韩淲及其诗歌研究》（张玉璞），曲阜师范大学

51．田萌萌：《南宋孝宗朝蜀地幕府与诗歌研究》（阎福玲），河北师范大学

52．冯晓玉：《南宋中期诗话考论》（汤江浩），华中师范大学

53．王兆娟：《程珌诗文研究》（曹辛华），南京师范大学

54．任军霜：《宋伯仁及其诗歌研究》（孙先英），广西大学

55．冉丹：《周密及其诗歌研究》（孙虹），江南大学

56．廖小君：《〈艇斋诗话〉诗学理论研究》（张震英），广西民族大学

57．刘军：《陈岩肖〈庚溪诗话〉研究》（张震英），广西民族大学

58．严少珍：《张镃诗歌研究》（张文利），西北大学

59．杨江：《章甫诗歌研究》（骆晓倩），西南大学

60．姚婷婷：《虞俦及其诗歌研究》（陶新民），安徽大学

61．齐菲：《〈沧浪诗话〉诗学范式研究》（郑伟），山西大学

62．冀鹏燕：《严羽〈沧浪诗话·诗评〉研究》（王少良），重庆师范大学

63．陈洋：《〈全宋诗〉中落第诗研究》（黄云鹤），东北师范大学

64．黄曦：《宋代冬至诗研究》（王友胜），湖南科技大学

65．周倩如：《宋代祈雨诗研究》（罗莹），沈阳师范大学

66．李航：《宋代诗歌中的"池"意象研究》（张再林），广西师范学院

67．徐晶：《宋代咏韩信诗研究》（邱瑰华），淮北师范大学

68．杨凯：《宋代劝学诗研究》（罗莹），沈阳师范大学

69．古红琼：《宋代海棠诗研究》（唐爱明），西华师范大学

70．柏雪：《宋代西北地区诗韵研究》（杨怀源），西南大学

71．邓泰：《宋代僧人咏史诗研究》（邹志勇），辽宁师范大学

72．王玉新：《理学与宋代桐木韩氏家族诗文研究》（江合友），河北师范大学

73. 毛莎莎：《宋诗话中"言外之意"研究》（梅国宏），宁夏大学
74. 许微维：《宋诗贞烈女形象研究》（周晓琳），西华师范大学
75. 蒋倩倩：《宋诗睡眠动词研究》（谭代龙），四川外国语大学
76. 许文刚：《宋诗与宋代药材研究》（何玉红），西北师范大学
77. 王菲：《宋代杜诗师古注研究》（赵睿才），山东大学
78. 赵相仲：《论宋诗话对杜甫诗学思想的接受》（周波），山东师范大学
79. 王江琴：《宋代诗话杜甫品评的儒家路径》（邓国军、刘朝谦），四川师范大学
80. 王中昌：《宋诗中的杜甫形象研究》（方新蓉），西华师范大学
81. 胡玉尺：《两宋京口诗歌研究》（王友胜），湖南科技大学

五、金元诗歌

1. 王晓玲：《蔡松年诗歌研究》（李成），辽宁师范大学
2. 杨纯：《金元山西地区诗词用韵研究》（徐朝东），南京师范大学
3. 谭晓容：《张性〈杜律演义〉研究》（刘明华），西南大学
4. 白雪：《元代〈大雅集〉考论》（张建伟），山西大学
5. 关胜男：《王恽交游诗评注》（李成），辽宁师范大学
6. 刘颖：《吴莱诗歌研究》（王素美），河北大学
7. 陈巧灵：《元代安南纪行诗研究——以陈孚、傅若金纪行诗为中心》（韩洪举），浙江师范大学
8. 屈培培：《元代后期东南沿海诗人群体研究》（梅国宏），宁夏大学
9. 张菁菁：《元明易代之际诗歌的情理之辨研究——以明初五派为分析中心》（贺根民），广西师范学院

六、明代诗歌

1. 吴文庆：《蓝仁及〈蓝山集〉研究》（何宗美），西南大学
2. 王万驰：《〈唐音〉研究》（朱易安），上海师范大学

3. 徐欣：《朱权〈西江诗法〉研究》（王颖、高洪岩），沈阳师范大学

4. 苑增智：《薛瑄诗歌研究》（陈书录），南京师范大学

5. 张强：《李祁与李东阳诗歌及诗论比较研究》（王素美），河北大学

6. 张茜茜：《乔宇诗文研究》（白建忠），山西师范大学

7. 赵婧：《张含诗歌研究》（段炳昌），云南大学

8. 魏宁楠：《福州林浦林炫诗文研究》（陈庆元），福建师范大学

9. 郭俐伽：《俞允文诗文研究》（史小军），暨南大学

10. 王欣悦：《王世贞诗歌理论研究》（王炜），华中师范大学

11. 李昳：《谢杰及〈杜律詹言〉研究》（李霜琴），安徽大学

12. 魏巧红：《胡应麟诗歌用事研究》（韩晓），湖北大学

13. 李莹：《胡应麟〈诗薮〉诗学理论研究》（赵忠山），齐齐哈尔大学

14. 陈小娜：《刘一相〈诗宿〉整理与研究》（李士彪），鲁东大学

15. 张乐乐：《许学夷论杜诗述评》（孙学堂），山东大学

16. 赵艳艳：《傅山诗文研究》（张则桐），闽南师范大学

17. 张迈：《徐增诗学研究》（李江峰），山东师范大学

18. 袁春梅：《明代胡广诗歌研究》（李精耕），南昌大学

19. 蔡丹霞：《明代王翰诗歌研究》（白建忠），山西师范大学

20. 孙盼盼：《明代诗话对梅尧臣诗歌的批评》（任竞泽），陕西师范大学

21. 董广印：《明人〈关雎〉接受研究》（杨秀礼），上海大学

22. 魏友：《明代〈古诗十九首〉接受史研究》（徐克谦），南京师范大学

23. 卢婷婷：《明代题仕女画诗词研究》（彭茵），南京师范大学

24. 焦沿沿：《明代的闽诗选本研究》（刘海燕），福建师范大学

七、清代诗歌

1. 贾慧君：《〈钱注杜诗〉的诠笺特点及其诗学倾向》（郑福田），内蒙古师范大学

2. 任豆豆：《朱鹤龄〈杜工部诗集辑注〉研究》（郝润华），西北

师范大学

3. 曹峰：《冯班乐府诗研究》（段海蓉），新疆大学
4. 田甜：《贺贻孙〈骚筏〉研究》（韩晖），广西师范大学
5. 刘畅：《黄宗羲诗学思想研究》（石玲），山东师范大学
6. 王冠玉：《吴淇〈六朝选诗定论〉研究》（杨焄），华东师范大学
7. 王珊珊：《清代河朔诗派研究》（李金善），河北大学
8. 黄丹丹：《潘江及其诗文研究》（宋豪飞），安庆师范大学
9. 周甜甜：《黄生诗学研究——以〈唐诗摘抄〉和〈唐诗矩〉为中心》（李江峰），山东师范大学
10. 刘献姣：《毛奇龄〈诗经〉学研究》（侯文学），吉林大学
11. 陈芳芳：《徐乾学诗歌研究》（王珏），辽宁大学
12. 张瑜：《清初东北贬谪诗人研究——以吴兆骞为例》（王成），淮北师范大学
13. 叶紫玉：《陈恭尹诗歌用韵研究》（杨怀源），西南大学
14. 覃小耘：《王士禛〈十种唐诗选〉研究》（阳静），广西大学
15. 宋瑞瑞：《清初诗人钮琇研究》（马珏玶），南京师范大学
16. 兰洋洋：《清初山左诗人冯廷櫆及其家族诗歌研究》（王小舒），山东大学
17. 曹维金：《刘廷玑诗歌研究》（周永忠），广西大学
18. 解雅涵：《何焯诗学思想研究》（韩胜），天津师范大学
19. 李贞贞：《何焯〈义门读书记〉杜诗评点研究》（孙微），河北大学
20. 林新萍：《清初诗人费锡璜研究》（陈斌），福建师范大学
21. 包润文：《京口三诗人研究》（陈书录），南京师范大学
22. 曹学琴：《乔亿诗学批评考论》（刘飞），安徽大学
23. 肖阿如：《清代桐城张氏家族诗歌研究》（王昊、潘务正），安徽师范大学
24. 刘苏晓：《"清溪吟社"的诗社运作及其创作研究》（汪文学），贵州民族大学
25. 邢锐：《清代诗人杨鸾及其诗歌研究》（冉耀斌），西北师范大学
26. 赵萌：《从〈随园诗话〉看袁枚的〈诗经〉观》（陈鹏程），天津师范大学

27. 朱培培：《窦光鼐及其诗文研究》（石玲），山东师范大学
28. 韦怡：《严长明诗歌研究》（张维），广西大学
29. 秦威：《翁方纲之杜诗学研究》（王则远），齐齐哈尔大学
30. 梁芳：《李调元诗歌研究》（曾肖），暨南大学
31. 武建：《谢启昆诗歌研究》（吴中胜），赣南师范大学
32. 周思含：《陈本礼〈屈辞精义〉研究》（刘生良），陕西师范大学
33. 冯金：《沈起凤诗文研究》（姜丽华），牡丹江师范学院
34. 肖蓓蓓：《秦瀛及其诗歌研究》（赵杏根），苏州大学
35. 董雅倩：《李鼎元及其诗歌创作研究》（赵义山），四川师范大学
36. 王佳：《杨揆诗词研究》（冉耀斌），西北师范大学
37. 杜爱玲：《张问陶诗歌用韵研究》（杨怀源），西南大学
38. 唐述壮：《郭麐诗学思想研究》（骆锦芳），云南师范大学
39. 钟美玲：《论方东树的六朝诗观》（黄河），华侨大学
40. 王钊：《清代蒙古族诗人恭钊研究》（米彦青），内蒙古大学
41. 许冬雪：《丁晏〈诗〉学研究》（于淑娟），浙江师范大学
42. 李晓燕：《〈习苦斋诗集〉整理与考释》（韦宾），陕西师范大学
43. 邵雪松：《黄体元诗歌辑校》（石天飞），广西民族大学
44. 唐晓旭：《金和叙事诗研究》（龚喜平），西北师范大学
45. 贾婷：《俞樾〈毛诗平议〉训诂研究》（周掌胜），杭州师范大学
46. 代凯丽：《李媞媞诗词研究》（孙鸿亮），延安大学
47. 胡健：《谭献诗学研究》（骆锦芳），云南师范大学
48. 罗璐：《王闿运〈楚辞释〉研究》（郭建勋），湖南大学
49. 隋明辉：《黄遵宪诗歌的语言特征及其在诗歌发展史上地位的形成》（周新顺），山东大学
50. 辛龙凯：《廖平〈诗经〉学研究》（王长华），河北师范大学
51. 方慧勤：《夏孙桐诗词研究》（薛玉坤），苏州大学
52. 薛方媛：《徐珂及其词研究》（朱惠国），华东师范大学
53. 黄洁颖：《清前期咏剧诗研究》（李慧），广西大学
54. 陈曦燕：《清代诗学中的王维诗体和并称研究》（李小荣），福

建师范大学

55. 何年丰：《清初两浙诗僧研究》（曾礼军），浙江师范大学
56. 高阳：《清代金陵组诗研究》（张天来），东南大学
57. 马若荟：《用西班牙语韵律翻译汉语诗歌的问题——以〈红楼梦〉中诗歌的翻译为例》（常福良），西安外国语大学
58. 陈彩云：《古典诗词俄译时的意象翻译研究——以〈红楼梦〉中的诗词为例》（高荣国），湖南师范大学
59. 苏丽薇：《社会文化因素对诗歌翻译的影响——以1958版和1995版俄译本〈红楼梦〉"芦雪庵即景联句"为例》（李丽），吉林大学
60. 陈雅琴：《从伽达默尔哲学阐释学视角看霍译本〈红楼梦〉中的诗歌翻译》（李龙泉），四川外国语大学

八、民国诗歌

1. 姚晴晴：《林义光〈诗经通解〉训诂研究》（刘精盛），吉首大学
2. 杨雅坤：《谢无量的〈诗经〉学研究》（王长华），河北师范大学
3. 何嘉忆：《陈寅恪诗研究》（刘再华），湖南大学
4. 孙梦菲：《骆鸿凯与〈楚辞〉研究》（黄灵庚），浙江师范大学
5. 刘烨：《顾颉刚〈诗经〉研究新探》（刘冬颖），黑龙江大学
6. 葛婧婧：《南社诗人周实及其文学创作研究》（龚喜平），西北师范大学

九、跨代研究

1. 赵文文：《先秦两汉女性诗学探微》（戚良德），山东大学
2. 刘怡玮：《汉唐咏柳诗文化意蕴嬗变》（章军华），东华理工大学
3. 赵晓华：《南朝至唐代古意诗研究》（查正贤），华东师范大学
4. 顾婷婷：《齐梁至初唐宫体诗的嬗变研究》（栾睿），新疆师范大学
5. 宋玉莉：《唐宋诗词中养生作品研究》（孙惠欣），延边大学
6. 宋小静：《唐宋僧人茶诗研究》（祁伟），陕西师范大学

7. 张淼：《中国古代山水诗画时空表现比较——以唐宋为中心》（詹冬华），江西师范大学

8. 刘韵：《禅宗思想对唐宋审美趣味转向之影响——以诗歌及艺术理论为例》（仵埂），西安音乐学院

9. 常珺：《杜甫与陆游夔州诗比较研究》（张中宇），重庆师范大学

10. 肖旭：《陆游诗与晚唐诗之关系研究》（杜华平），江西师范大学

11. 黄金灿：《险韵诗研究》（吴振华），安徽师范大学

12. 王惠琇：《雁门关诗歌研究》（钟振振），南京师范大学

13. 张龙高：《西昆体宋金元接受史研究》（段莉萍），西南交通大学

14. 熊婷：《明清诗味说研究》（詹冬华），江西师范大学

15. 万一方：《明清女性诗词中的昭君形象》（赵厚均），华东师范大学

16. 刘雪乔：《明清之际山左邹平县诗人张实居及其家族文学研究》（王小舒），山东大学

17. 董小霞：《明末清初"诗可以怨"理论批评研究》（崔海峰），辽宁大学

18. 庄德友：《晚清民国诗钟研究》（罗时进），苏州大学

（作者单位：首都师范大学文学院）

（编辑：姚苏杰）

2016年中国古代诗歌研究博士论文索引及摘要

◇展子雯　整理

＊本索引及摘要所收录的是 2016 年中国大陆地区高校中有关中国古代诗歌研究的博士研究生毕业论文信息，数据来源为中国知网与国家图书馆学位论文库等。

＊索引在前，摘要附后，大致按年代顺序排列。

＊每个条目所列内容及格式为：序号. 作者：《题目》（导师名），院校

一、索引

1. 马志林：《〈诗经〉"二雅"研究》（刘生良），陕西师范大学
2. 宋丁羿：《雅俗之间：〈诗经〉跨阶层传播研究》（颜世安），南京大学
3. 唐海艳：《科举制度与〈诗经〉研究》（刘冬颖），黑龙江大学
4. 杨冬冬：《陈寿祺、陈乔枞父子〈三家诗遗说考〉研究与整理》（梁韦弦），福建师范大学
5. 于浩：《明末清初诗经学研究》（于亭），武汉大学
6. 赵然：《游国恩楚辞学研究》（李金善），河北大学
7. 张世磊：《屈原辞文体研究》（廖群），山东大学
8. 柳卓娅：《出土文物与汉代乐府诗歌表演研究》（廖群），山东大学
9. 钟婷婷：《汉代骚体辞赋演变研究》（赵敏俐），首都师范大学
10. 陈心愉：《两汉乐府诗的民俗研究》（戴建业），华中师范大学
11. 于国华：《曹植诗赋缘情研究》（木斋），吉林大学
12. 盖翠杰：《风俗视域下魏晋南北朝诗赋研究》（郑杰文），山东大学

13. 刘丽华：《贞元诗坛研究》（张安祖），黑龙江大学

14. 王雪：《唐代农事诗研究》（曹书杰），东北师范大学

15. 唐萌：《安史之乱前后文学地域分布与诗风演变研究》（詹福瑞），南开大学

16. 王玉姝：《柳宗元诗文与佛禅的现实关照研究》（王树海），吉林大学

17. 林媛媛：《中晚唐僧诗研究》（王树海），吉林大学

18. 唐婷：《唐代〈诗〉学与诗学》（刘毓庆），山西大学

19. 何卉：《韦庄文学思想及其创作研究》（姜剑云），河北大学

20. 武晓红：《唐五代诗词名物专题研究》（胡可先），浙江大学

21. 吴玲玲：《唐宋西南竹枝词及其地域文化研究》（傅绍良），陕西师范大学

22. 周斌：《宋代俳谐诗研究》（肖瑞峰），浙江大学

23. 姜游：《北宋道士诗研究——以陈抟、张伯端、黄希旦、张继先等四人为中心》（张三夕），华中师范大学

24. 朱长英：《地理空间对宋词影响之研究》（陈元锋），山东师范大学

25. 谷青：《宋代绘画对宋词的影响研究》（刘锋焘），陕西师范大学

26. 王红杏：《宋代涉海韵文研究》（李静），吉林大学

27. 刘园园：《叶适的思想学术与文学》（巩本栋），南京大学

28. 彭敏：《宋代湖湘诗人群体与地域文化形象研究》（吕肖奂），四川大学

29. 武氏明凤：《越南李陈禅诗之研究》（李定广），上海师范大学

30. 孙宏哲：《金代诗文与佛禅研究》（王树海），吉林大学

31. 刘畅：《中华影响下的10—12世纪高丽汉诗发展研究》（赵季），南开大学

32. 文爽：《明代"以声论诗"研究》（卢盛江），南开大学

33. 刘劲松：《明代词学通论》（彭国忠），华东师范大学

34. 高春花：《清代唐宋词选研究》（马亚中），苏州大学

35. 茆萌：《咸同词坛淮海词人群体研究》（马亚中），苏州大学

36. 张瑞杰：《清代山西诗歌研究》（马卫中），苏州大学

37. 石昭：《清初苏州诗论家群体研究——以叶燮、沈德潜、薛

雪、李重华为集群》（侯敏），苏州大学

38. 姜鹏：《清代东海诗歌研究》（罗时进），苏州大学
39. 马腾飞：《清代淮海诗人研究——以〈淮海英灵集〉及其〈续集〉为中心》（罗时进），苏州大学
40. 张敬雅：《清代唐诗总集序跋研究》（李定广），上海师范大学
41. 茶志高：《清人编纂云南诗文总集研究》（张三夕），华中师范大学
42. 李清华：《清代地域诗话研究》（张寅彭），上海大学
43. 杨齐：《乾嘉关陇作家吴镇研究》（宁俊红），兰州大学
44. 董继兵：《晚清战争词研究》（谭新红），武汉大学
45. 袁子微：《樊樊山及其诗歌研究》（刘永翔），华东师范大学
46. 张海涛：《陈廷焯词学研究》（孙克强），南开大学
47. 徐燕婷：《民国女性词集研究》（朱惠国），华东师范大学
48. 王慧：《美国汉学家康达维的辞赋翻译与研究》（何新文），湖北大学

二、摘 要

1. 马志林：《〈诗经〉"二雅"研究》（刘生良），陕西师范大学

摘要：本论文以《诗经》"二雅"研究为选题，除绪论和结语，共分五章。

第一章"二雅"基本问题解要。包括释义训诂、共同特征、时代、创作主体、区别、编次、"周民族史诗"辨等问题。

第二章"二雅"思想内容析要。"二雅"的思想内容与周王朝的政治密切相关。此章分析了讽刺诗、颂美诗、武事诗（本论文将"二雅"中的战争诗、营建诗和田猎诗统称为武事诗）、燕飨诗等几种类型的特点及内容情感表达。

第三章"二雅"结构艺术探要。包括"二雅"的构篇艺术、章法结构、字法与句法。"二雅"章法，也正是对二元对立哲学思想的反映。

第四章 论先秦两汉典籍对"二雅"的引用与阐释。无论是外交赋诗，还是著述引《诗》，先秦典籍征引"二雅"的次数远远多于《国风》和《颂》。著述引《诗》，其目的在于引《诗》以证言。《墨子》

《孟子》《荀子》《韩非子》《晏子春秋》《吕氏春秋》《国语》《战国策》等书以《诗》为常典,所引同样以"二雅"居多。汉代著作引《诗》表现出新的特征,其用"二雅"表现为压缩、省略、散化等。

第五章 论"二雅"对后世相关文体的影响。"二雅"对唐前四言讽谏诗、劝诫诗、赠答诗、应制诗都产生了明显的影响。作为文体的赋,与"二雅"擅用的赋法,是有源流关系的。汉赋继承了自《诗经》以来形成的讽谏传统,其铺采摛文的艺术特点与题材产生了重要影响。"二雅"对墓志铭的行文格式以及人物评价等都产生了深远的影响,但自唐以后,随着墓志铭形式的流变,"二雅"的影响也在淡化。"二雅"中的诫命之诗与诏令关系密切,从"二雅"中还可以找到罪己诏这一特殊诏令的文体和思想依据。

2. 宋丁羿:《雅俗之间:〈诗经〉跨阶层传播研究》(颜世安),南京大学

摘要:《诗经》是中国古代第一部诗歌总集,其中包含了大量来自民间的篇章。本文从文体和观念两个方面来研究《诗》自下而上的跨阶层传播。

首先,"诗"作为一种来自民间的文体。民间的诗最初是在娱乐场合被贵族接受的,在《仪礼》的《乡饮酒礼》《燕礼》《乡射礼》和《大射仪》四篇中呈现了大量乐工歌《诗》的场景,贵族们在娱乐性的燕礼和射礼中受到民间诗乐的熏陶。这些诗篇逐渐为贵族们所熟悉,并成为表达个人情感和意见的语言工具。春秋时期的赋诗言志,就是在这种情况下产生和流行开来的。在春秋时期的内政和外交场合,《诗》的重要性与日俱增,甚至成为贵族教育的课本。与此同时,随着《诗》向上层传播,来自民间的套语也开始被贵族阶层吸收,并大量运用到贵族自身的诗歌创作中。在此过程中,一些套语的语义也发生了变化。《诗经》某些西周末期的诗篇中出现了作者的署名,其意义在于作者想借诗篇的创作把自己的名字流传下去,用周代贵族自己的话说,就是求"立言"以致"不朽"。在这些署名诗中,最具有代表性的是《小雅·巷伯》,它出自一个宦官之手,但是却显示出某些类似于《尚书》中的诰训命誓等高等文体的特征,这也是《诗》文体地位上升的一个表现。

其次,《诗经》中存在大量的民间爱情诗。其中奔放的爱情观传播到上层,也会影响到贵族们对性爱的看法。春秋时期,因为爱情的不

节制而酿成的政治灾祸比比皆是。因此孔子提出"放郑声"从乐曲中删除那些过于热烈的爱情诗篇，同时在孔门内部把一些爱情诗改造为阐发美德的语言工具。

最后，《诗经》大量运用了自然物起兴的修辞手法，这展现了中国古代博物学的原发形态———一种平民性的自然知识。而春秋时期的贵族对此种博物学知识是较为排斥的，直到孔子提出《诗》有"多识于草木鸟兽之名"的功用，博物之学才依附于《诗》学，逐渐成为一种具有合法性的学问。到战国时期，博物学知识在政治领域的重要性日益凸显，成为儒家构建天人秩序的重要资源。而儒家内部也出现了《尔雅》一书，其中有大量篇幅是训释自然物的，这标志着博物学成为儒者知识框架中一个不可缺少的部分。

3. 唐海艳：《科举制度与〈诗经〉研究》（刘冬颖），黑龙江大学

摘要：科举是中国古代重要的人才选拔制度，《诗经》是重要考察内容，二者之间联系密切，科举制度的发展变革对《诗经》研究产生重要影响，《诗经》学的研究成果又作用于科举考试之中。研究科举制度与《诗经》学发展，既能丰富《诗经》学术史的研究，也可助益科举学史的研究。然而迄今为止，对这一课题的研究相对薄弱，主要为断代研究及专题研究，尚无整体性、系统性的论述。科举制度自设立到废除的1300年间，各个时期都在调整变革，其与《诗经》学发展的互动关系也在不断变化。

为了更清楚地揭示科举制度与《诗经》学发展之间的关系，本文在借鉴前人研究成果的基础上，以时代为线索，立足科举文献资料，通过对历代科举制度发展变革的宏观考察以及对现存《诗经》考试试题、士子答卷和考官评语的深入分析，并结合士子的读书心态、学习风气和《诗经》研究成就等，全面探讨不同时期的科举制度对《诗经》研究的影响以及《诗经》学发展在科举考试中的作用。

科举制度对《诗经》学发展的影响是双面的，既有正面意义，也有负面影响。其正面意义主要有两点：第一，科举制度促进《诗经》的推广与普及；第二，科举制度对《诗经》学变革起着重要的导向与推动作用，在一定程度上促进了《诗经》研究新风的发展。如宋代《诗经》学疑辨之风、明代《诗经》研究视角由经学向文学的转变、清代《诗经》考据学的兴盛等，都在一定程度上受到科举制度的影响。科举制度对《诗经》研究的负面影响主要有三：一、唐代科举帖经、墨义的考试方法导致士子只注重记诵，不潜心研究，《诗经》学成就有限；二、明代八股文考试致使《诗经》经学研究衰落；三、严格的考试标准导致士子大多谨遵标准教材，少有创见，无益于《诗经》研究的发展。科举制度对《诗经》研究产生深刻影响，同时《诗经》学发展也作用于科举考试之中，《诗经》学的研究成果为科举制度提供新的考试规范教材和评判标准等，以符合科举制度变革的需要。

4. 杨冬冬：《陈寿祺、陈乔枞父子〈三家诗遗说考〉研究与整理》（梁韦弦），福建师范大学

摘要：陈寿祺、陈乔枞父子学通汉宋，其治《诗》的主要成就体现在对今文三家《诗》佚文遗说的搜讨与研究上，历经两代最终成《三家诗遗说考》。

陈氏父子的今文三家《诗》研究，对嘉道之际的清代辑佚学、《诗经》学的发展产生了重要影响。其学术历程始终贯穿清初诸大儒所提倡的"实事求是""经世致用"的治学取向。并把这一思想作为辑佚与研究汉代今文三家《诗》的指导思想。

其治三家《诗》的主要思想可以概括为：实事求是，古今兼采的治《诗》取向；以师法、家法作为构筑《三家诗遗说考》的理论基础；辨形声、核诂训，考证详密的客观求证精神。

《三家诗遗说考》所保存的历史、神话、文学等资料，不仅对现存《诗经》文献校勘、训诂有着重要意义，也对整理和研究早期中国国家历史提供了重要的参考资料。陈氏父子对三家《诗》的辑佚和研究，使得早已亡佚的三家《诗》重见天日，虽不能完全恢复三家《诗》的旧貌，但却可以为延续三家《诗》的研究做出贡献，在完善和发展《诗经》学史的过程中更是发挥着独一无二的作用，成为清代辑佚研究的一个重要组成部分，成为清代复兴汉代今文经学的重要一环，更成为"清代学术复古为解放"运动达到高潮的产物，并推动这一运动进一步展开。

由于《三家诗遗说考》还没有标点本，因此对《三家诗遗说考》进行点校，能为学术界提供标点本《三家诗遗说考》的同时，也可以促进三家《诗》的进一步研究。

5. 于浩：《明末清初诗经学研究》（于亭），武汉大学

摘要：本文以明末清初的诗经学为中心，考察明万历三十三年（1605）至清雍正五年（1727）这一时期诗经研究的基本状况，包括诗

经诠释和考证的发展、著述的体式及其变化、学者间的渊源关系及学术交流与传播等等。在此基础上进一步探讨明清学术的延续性、明末清初学风转变的轨迹和特点，并以诗经学为切入点，尝试分析清代考据学的生成，尤其以语言考据为中心、以经典考据为方法的清代汉学是如何兴具起，可以说类似一种乾嘉考据"前史"的研究。

　　本文分五章展开论述。

　　第一章分析和讨论明末诗经学的背景，从学术思想、文化、社会、经济、制度等各个方面进行了讨论。明代学术上承宋元学术的格局，对朱子学乃至宋学的思辨、讨论始终没有停止。明代中期以后，受王学影响的学者，在诗学上封朱子的诗说造行驳斥，在诗旨的择取上或用古义或别自为解。同时城市经济的发展也带来了文化上的繁荣，这一时期的学术带有明显的复古尊经的特点。清朝建立以后，遗民学者对明末的思想和学术进行了广泛的反思。同时清廷也通过各种政策，具复文教、管控思想，而消极影响在于将思想定于一尊。本章最后统计了清初诗经学者的身份，发现87位学者中43人不仕新朝，正是这些遗民学者，开启了清代学术的格局。

　　第二章系统考察和分析了郝敬《毛诗原解》、冯复京《六家诗名物疏》、何楷《诗经世本古义》、沈万钶《诗短类考》、曹学佺《诗经剖疑》等著作及伪《子贡诗传》《申培诗说》等著作。郝敬的《毛诗原解》是元明以来第一部全面批评朱子诗学、尊主诗序的著作。冯复京《六家诗名物疏》试图通过论诗中名物的考证发明古义，并开启了明末的名物考证之风。何楷撰《诗经世本古义》，其体例以时代世次为序，改变了原来《诗短》的编排方式。他依托汉唐诗说的诠解方式，不仅群引经传及群书考证制度、名物、地理、天文等方面，还大量引用明代学者的著作，成为明代诗学的集大成者，并对清代的诗经学产生了深远的影响。

　　第三章以钱澄之、朱鹤龄和陈启源为中心，考察清初诗学三大家的学衍渊源、背景、诗学观念及其影响，并结合顾炎武、王夫之、毛奇龄的诗经考据，考察清代考据形态的生成。钱澄之与朱鹤龄都有一定的宋学背景，钱澄之《田间诗学》首列诗序、朱鹤龄《诗经通义》专申序义，但二书都对朱子的诗学颇有曲护。朱鹤龄的《诗经通义》也有较为明显的宋学渊源，但他也用不同于朱子诗说的其他宋人之说来补充经学、诠释内涵。从郝敬到朱鹤龄，虽然诗序的权威得到重新确立，但是对汉学的概念及相关研究并不充分。直到陈启源的《毛诗稽古编》一出，才真正开启了清代汉学的研究理路。同时清初的诗经考据在方法和理念上也较明末更为先进。

第四章分析清初以理说诗的诗经学著作。通过考察孙承泽《诗经朱传翼》和冉觐祖《诗经群说》两部祖述朱子的著作，发现这些著作本身存在无可避免的困境。首先是鳌守朱子诗说之藩篱，不敢有半点逾越，致使论理无所发明，亦无考辨，失去了学术上的价值。其次以朱子为天然正确不加证明，致使在论述过程中陷入循环论证。清初还有几部颇具特色的以理说诗之作，但通过对以理说诗的考察和分析，我们也发现这种诠诗方式逐渐衰微，为考据旨趣的学术趋势。

本文最后一章以康熙官修《钦定诗经传说汇纂》为中心，考察其内容、取向以及与其相关的学者和著作。本章考证《诗经汇纂》初稿成于康熙五十六年（1717），竣成于五十七年（1718），刊行于雍正五年（1727）。参与编纂的人员均出身翰林，因此《诗经汇纂》显示出了材料丰富、论证威谨的倾向，与康熙的提倡不无相关。同时还考证出方苞与《诗经汇纂》的关系密切，他的经学观念也多契合于康熙。此外，本章还考察了李光地与《诗经汇纂》之关系。这显示出了在汉学、考据风气渐渐兴起的情况下，官修经学注本都无法对朱子诗学进行维护。

本文最后探讨《诗经汇纂》对清代诗经学著作的影响。发现因为乾隆的大力推行，此书在清朝中期已经颁发至各地学官，学子便于获取，而又因其内容丰富、资料翔实，故对当时学术之研究大有裨益。

6. 赵然：《游国恩楚辞学研究》（李金善），河北大学

摘要：在楚辞研究方面，游国恩是处于由古代向现代转型的关键性人物。他奠定了现代楚辞学的基础，成为我国现代楚辞学的集大成者。游国恩楚辞学与清末民初的外部环境和个人因素有关，两者共同孕育了游国恩的楚辞学体系。

游国恩楚辞学体系的构建包括楚辞学作家论、楚辞学作品论、楚辞学文献论、楚辞学史论。游国恩楚辞学作家论包括屈原和宋玉两部分，屈原论涉及屈原的生卒年限、身份、思想；宋玉论涉及宋玉的生卒年、师从关系。对于屈原作品的篇数，游国恩前后持不同的观点。游国恩提出了楚辞流传下来的两个缘由，一是楚国广大人民对爱国诗人屈原的爱护与同情；二是屈原后辈对于屈原作品的爱好和祖述。游国恩考察了楚辞的源与流，认为北方文学《诗经》是楚辞形成的一个源流。南方文学中的《道德经》和民间歌谣成为楚辞的另一个重要源泉。游国恩研究了楚辞的发展流向，它是中国辞赋之祖、骈俪文之祖、七言诗之祖。

游国恩楚辞学研究还包含楚辞艺术论和楚辞审美论。游国恩认为楚辞艺术手法最重要的就是比、兴、赋。楚辞作为审美客体存在，游国恩关注的是渗透在审美形式中的意蕴。

纂义体例是游国恩对楚辞学的一个重大贡献，它是对两千年楚辞学研究的一个总结，是楚辞学资料丰富的宝库。这种以文系人、以人观诗的形式便于查阅；"谨按"点评精当。比较游国恩纂义与闻一多校补体例，发现游国恩纂义研究重点在于疏通文义，闻一多的校补研究重在校正文字；游国恩注重古人对楚辞的研究，闻一多比较重视近人的研究成果。游国恩的学术个性"平正通达"。

游国恩楚辞学的研究理念、研究方法、研究使命等对当代楚辞学的研究产生了重要的影响，最突出的一点就是他的整体观与历史观。他对文化地理学、民族、民俗学、文献学的研究方法对20世纪的楚辞文献学的研究产生了重要的影响。他把研究楚辞学与学者的社会责任紧密联系起来至今仍有重要意义。

7．张世磊：《屈原辞文体研究》（廖群），山东大学

摘要：屈原辞文体研究是从文体学视角出发研究屈原辞。通过对屈原所处战国时代主要文体生成方式的研究，得出那一时期的文体内涵至少包括两个方面：文章之体类与文本之体征。所谓文章之体类，是指文章类别，诸如诰、盟、诗、赋、小说等等；所谓文本之体征，是指某一文类下的文章文本所具有的特征，包括语言、句式、文本结构等等。建立在此基础上研究屈原辞包括两大文类：诗体与赋体。

在结构上，本文主要分为七个部分。绪论部分主要是对相关概念的界定和屈原辞文体研究现状及所存在的问题的论述。第一章，具体论述战国历史语境中文体的生成形式及其内涵，明确本文所用文体的概念内涵。第二章，依据屈原辞文本特征、创作目的及创作艺术构思，划分屈原辞文体类别，分诗体与赋体两大类。第三章，依据各篇章文本体征的不同，对诗体文类下的具体篇章进行再分辨。第四章，对屈原辞赋体进行再分辨，如将《卜居》《渔父》认定为问对体言志明理赋，将《招魂》认定为是状物骋辞大赋。第五章，对屈原辞文体风格进行论析，不同的体式会形成不同的风格，而体式的不同又源于情感表达的需要，如《离骚》《九章》表现为悲怨、风骨的风格特征；《天问》表现出激愤、警策的风格特征；《九歌》则表现为凄婉缠绵的风格特征。第六章，论述屈辞文体在后世的流变与影响。

8. 柳卓娅：《出土文物与汉代乐府诗歌表演研究》（廖群），山东大学

摘要：汉代乐府是一种涵盖诗歌、声乐、舞蹈、器乐等多种形式的综合性表演艺术，我们今天能够看到的只是一些乐府歌辞以及一些简单的配乐和表演的文字记录。在今天的学科分类中，汉乐府已经进入了文学的范围，经常采用的提法是"乐府诗"。但是我们不能忽视汉乐府曾经是一个综合的表演，这种存在方式对它的语言表达和文学特性有着深刻的影响。本文把汉乐府歌辞放在表演的大背景下进行考察，充分利用出土文物对汉代乐府诗歌的表演性特点进行系统研究。

本文由绪论、正文和结语三个部分组成。

首先是绪论部分，主要对本文涉及的重要概念如出土文物、乐府、表演等做出界定，然后对目前学术界已经取得的关于汉乐府研究的成果进行梳理，特别是对在汉乐府表演以及出土文物与汉乐府表演结合方面取得的研究成果进行重点介绍。在此基础上介绍本文的研究空间、研究意义和研究方法。

接下来是正文部分，主要由五章构成。第一章是汉画汉简与汉乐府叙事诗情节性表演研究。汉代乐府的叙事性情节性很强，汉代画像石中有很多同题材的故事画像，人物故事、乐府歌曲与故事图画的流传往往是互相照应的，这些图画和故事有助于推进我们对汉乐府叙事诗的把握和研究。第二章是出土文物与汉代乐府仪式歌曲表演研究。汉代社会对前代礼乐文化有很多的继承和发展，在汉代乐府中有大量的仪式歌曲。例如大量的金石乐器的出土特别是刻有"嘉至""安世"等文字的编磬的出土证明汉高祖《登歌》、唐山夫人作的《房中祠乐》有很高的演出规格。第三章是出土文物与汉乐府表演形式研究。首先结合汉画像石歌乐俑中的乐舞形象分析汉代乐府相和歌表演时的演唱形式，主要有歌歌相和、歌乐相和、两曲相和等形式，歌曲的舞蹈表演主要有自歌自舞、歌舞分离、歌乐舞综合等多种形式。俳优说唱也是汉乐府表演的一种形式，内容以滑稽调笑为主，说唱俑的出土具体地展示了这类表演可能有的一人自歌自舞和四人配合表演两种形式。

第四章是出土文物与汉乐府表演场所研究。汉代乐府作品非常丰富，表演形式多种多样，规模有大有小，适应不同表演需求和不同的演出场地。出土文物展示了汉代歌曲的居室、殿庭、广场、楼台等表演场地。表演场地所带来的娱人性特点对汉乐府有重要影响，直接影响了其文本内容和艺术特质。第五章是出土文物与汉乐府表演的服饰和道具研究。服饰是表演的重要组成部分，长袖舞的运用对于汉乐府的特质展现有重要作用。"象人"表演是汉乐府的重要表演形式，画像石中《总会仙倡》的图像证明这是一场很有规模、综合性很强的歌曲演唱和化装模仿表演。

最后是结语。借助出土文物，本文对于汉乐府诗歌表演研究有很多重要收获。因为对表演的关注，我们对汉乐府诗歌之间的内在联系有了更加深入的认识，对很多汉乐府诗歌的表演形式有了直观的了解，对一些歌曲和个别没有记录歌词的曲目进行了推测，对一些汉乐府诗歌表演要素背后的内在文化意义进行了考察。但是因为对声乐、器乐、表演等专业知识的不足和文物出土的偶然性，一些汉代乐府诗歌表演研究还有待深入。

9. 钟婷婷：《汉代骚体辞赋演变研究》（赵敏俐），首都师范大学

摘要：《楚辞章句》中收录的7篇汉人拟楚辞作品和以"赋"为名、以"兮"体句为主要句式结构的汉代骚体赋作品，是本文的主要研究文本，合称"汉代骚体辞赋"。骚体辞赋是汉代文人阶层用以抒情言志的主要文体，具有不可替代的地位。本文对汉代骚体辞赋文本进行了逐篇的细致的深入的考察。一方面，结合每一位作者的生平经历解读其骚体辞赋作品的个性化特征，另一方面，从整体上提炼出汉代骚体辞赋的文体形态特质，从纵向上考察了其文体演变过程，以及东汉中期之后的文体地位的变化，并分析变化的内外部原因。

前三章是对文本个案的细致解读。

第一章专门针对汉人拟楚辞。以贾谊、东方朔、庄忌和刘向的作品为例，四人的身份各不相同，包括了朝廷俊才、平民文人、门下辞人和宗世之子。

第二章解读西汉骚体赋。主要依据题材划分为董仲舒和司马迁的"感士不遇"类，司马相如的游仙、咏史类，刘彻与班婕妤的皇室抒情类，扬雄的述理言志类和刘歆的述行骚体赋。

第三章为东汉骚体赋的解读。包括三篇言志论"道"主题的作品，

两篇述行类作品,另辟两节专论张衡和蔡邕的作品及其对汉代骚体赋演变的影响。

后两章为整体性研究。

第四章在前三章的基础上,提炼出汉代文人阶层的群体性心态特征,大致总结为托古伤今和"不遇"情结、尊智崇道、较强的自我观念和立言观念、浓烈的政治情怀、抛不开的利禄心等共同心理特点。

第五章是对汉代骚体辞赋文体演变的考察分析。从文体形态的演变、骚体赋中"兮"字的演变和骚体赋文体地位的演变等方面,分别论述。首先,总结出汉代骚体辞赋的文体形态特征及其演变,即:长篇的抒情结构、铺排的创作手法和以"兮"为主要表征的句式。其次,对决定骚体辞赋音乐性特征的"兮"字,进行了专门的分析,并对汉代骚体赋文本中个别的"兮"字缺失现象做了考察。最后,重点分析了骚体辞赋在汉代文体形式的演变,一方面是文体自身艺术形式的发展变化,包括题材的拓展、形式的趋于整饬、"兮"字功能的弱化;另一方面是文体的地位演变,骚体辞赋最初之时的不可取代的抒情文体地位自东汉中后期开始动摇。

10. **陈心愉:《两汉乐府诗的民俗研究》(戴建业),华中师范大学**

摘要:汉乐府歌诗不管来自民间还是文人拟作,都浸染了浓郁的民俗文化,民俗文化既是它表现的重要内容,也制约了它的表现形式,并影响了它的艺术风格。因此,本文拟从民俗文化的视角研究两汉乐府,通过文献和史籍的分析资料,采用诗史互证的方法,考索贯穿在两汉乐府诗歌的民俗事象,剖析乐府诗歌所表现的风俗文化。

本文共分七章。

第一章是绪论。绪论先对民俗进行界定,并阐述与之相关的研究现状及研究视角。

第二章考辨汉乐府的物质生产民俗,主要包括农业、渔业、畜牧业、手工业。一个社会的生产方式与社会生活有密不可分的关系。基于此,本章的内容不单是挖掘两汉乐府诗歌的物质生活民俗事象,同时一并探究与之相应的生产技术。这是为了将相关的生产活动有机地整合起来,把与汉代物质生产活动相关的一系列内容加以组织、梳理,考察汉代生产民俗的内涵。

第三章论述汉乐府中饮食、服饰和居室等三方面的消费民俗生活。从饮食方面来看,《乐府诗集》所见的食物烹调方法,至今仍是中餐主要的烹饪手法。再从两汉的服饰民俗来看，上衣下裳的服装形式已成为基本形制。两汉服饰也因身份不同而有区隔，足服更可看出身份的差异。两汉时代无论男女，都有以佩饰装点自己门面的风尚。就汉代的居室民俗而言，"一堂二内"已形成古代民居基本的格局，其中蕴含封建礼教与宗法制度，形成汉民族特有的建筑形制。

第四章讨论的焦点是汉乐府的商贾与交通民俗，包括两汉的商业活动、商业城市以及汉帝国的水陆运输网络。随着海陆交通的发达，主要的交通工具也随之革新。《秋风辞》中出现的楼船，工序繁复，反映出汉代造船技术的进步。此外，汉代主要经济大城多集中在北方，乐府诗中的交通工具，也以车马出现的频率较高，侧面反映出南船北马的生活形态。

第五章是汉乐府的婚丧民俗，包括婚恋风俗和丧礼风俗。《焦仲卿妻》是考察汉代婚俗的重要材料。两汉乐府诗歌对汉代女子追求爱情的态度也有所描写。《白头吟》和《有所思》诗中的女性勇于追求爱情，敢爱敢恨，与《上山采蘼芜》《怨歌行》诗中的弃妇形成鲜明的对比。两汉盛行厚葬之风，汉代送葬挽歌因身份不同而分二曲，《薤露》送王公贵人，《蒿里》送士大夫庶人。汉人的丧葬礼俗是以灵魂不灭的观念为导向。

第六章是汉乐府诗歌的精神信仰风俗，包括贵族的祭祀活动和平民百姓的精神信仰。贵族的精神信仰主要体现在《郊祀歌》与《安世房中歌》。前者主要是确立统治政权的合理性，后者是皇室祭祀宗庙的乐章。汉人崇拜神灵有其功利现实的一面，贵族和平民都有急于成仙的意图，求仙成为一股时代的狂潮。

第七章探讨的是汉乐府的游艺民俗。人声唱和与丝竹乐、器乐相结合，相和大曲成为融歌、乐、舞为一体的表演形式，相和歌辞的人物形象鲜明。再从乐府诗歌的展演功能来看，发展出一套程式化的套语，随时可以上场即兴演出，这正是口传歌唱民俗的特征。由此可见，乐府歌辞不但为后人提供研究汉人生活的材料，它本身就是民间以音乐歌舞为主的娱乐表演活动。

结论部分明确指出本文的论题，两汉乐府反映了丰富的民俗事象，通过民俗的视野分析汉乐府，有助于后人重新认识两汉的乐府歌诗，从而开拓以民俗学解读文学作品的新视野。

11. 于国华：《曹植诗赋缘情研究》（木斋），吉林大学

摘要：曹植的作品是文学由汉代压抑个性至魏晋张扬自我的重要转换力量，他的诗赋突破了言志的藩篱，由言志或者志不获遂的忧伤转而为缘多种情感而发，在爱情、友情、亲情诗赋创作上均取得了极高的成就。本文力图通过对曹植的感情世界，以及情感在诗赋中的表达进行论述和总结，揭示曹植在诗赋缘情方面的贡献。本文分为七个部分：

绪论部分首先明确了感情的概念，明确了情对于中国文学的特殊意义，其次概述了曹植缘情研究的现状与不足。

第一章按照先秦、西汉初期、汉武帝至汉桓帝时期三个阶段时间顺序，对曹植之前文学中的情感表达状况以爱情、友情、亲情、自我实现为线索进行细致梳理，明确曹植感情世界与文学表达的渊源与基础。

第二章重点分析曹植情感世界得以拓展的直接原因与诗赋缘情发展的时代基础。汉末社会动荡，鸿都门学的设置、人物品评的转向对儒学的统治地位造成了冲击；纸张的渐次应用促进了文学对即时情感的表达；曹操求才三令、曹丕对平等的提倡有助于曹植情感世界的开拓；曹操、曹丕对文学的重视与对文学活动的组织，时人的缘情之作对曹植的情感文学创作均有促进作用。

第三章专论曹植的亲情世界与文学表达。首先破解对曹植亲情判断有影响的重要问题——夺宗。其次论述了曹植的亲情世界与文学表达。论文将曹植的亲情文学进行了分类，并从亲情世界的建构、真诚与矛盾结合、隐喻特征、体裁选择四个方面论述了曹植亲情表达的特点。

第四章探讨曹植的爱情世界与文学表达。首先论证了曹植与甄后之间存在爱情的可能性与合理性，继而分析曹植爱情文学的内容与特征。然后论曹植爱情诗赋的内容与特征。最后论析了情类赋代表《洛神赋》在情感表达方面取得的成就。

第五章论述曹植的友情世界与文学表达。首先论析了曹植的友人构成与友情世界特征，得出曹植择友标准。其次将曹植友情诗赋的主要内容分为欢宴与游赏、留别与赠别、恤友三类加以论析。最后从文体发展角度看曹植的友情诗赋的新变。

第六章综论曹植诗赋的情绪特征。从曹植的需求是否满足所引发

的快乐、恐惧、忧伤、焦虑等情绪表达特征，探讨曹植文学中的情绪特征以及曹植特殊的人生经历对情绪表达的影响。

第七章综论曹植在诗赋情志分离过程中的贡献。曹植文学创作完成了对文人情感世界的整体性建构，其诗赋情感表达的质量亦首屈一指。曹植的创作是从诗言志、赋体物转向诗赋缘情的最为重要的体现。同时，在理论上也为诗赋缘情开辟了道路。

12. 盖翠杰：《风俗视域下魏晋南北朝诗赋研究》（郑杰文），山东大学

摘要：本文主要从魏晋南北朝时期的衣、食、住、行等物质生活风俗及人生礼俗、节日娱乐等社会生活风俗出发，通过分析魏晋南北朝诗赋中蔚为大观的风俗事物和现象，探讨风俗性诗赋在文学上的传承与发展。同时运用点面结合的方法，探讨某些专题类诗赋如蚕桑织诗赋、游宴诗赋、饮酒诗赋等风俗价值、审美理想、哲理意蕴和文化意义。即运用民俗学的视角来研究魏晋南北朝时期代表着精英文化的诗赋作品，总结归纳诗赋作品中蕴含的风俗内涵，概括魏晋南北朝时期风俗的时代特色，解析风俗与诗赋文学之间深层次的互动关系。

第一章主要从服饰风俗视角研究魏晋南北朝诗赋。魏晋南北朝诗赋中记载了蔚为大观的服饰风俗景象，服饰上的繁荣离不开农业生产和手工业技术的发展，蚕桑织诗赋作品中既有亲蚕仪式的描写，也有桑树象征意味的吟咏，还有相思主题的传递。魏晋南北朝服饰诗赋巧妙运用服饰意象，通过捣衣、钗、镜等极具有生活气息的事物来传递情感，使普通的服饰物象超脱了原有物质层面的意义，成为表现情感、展现时代特征的一种象征。

第二章主要从饮食风俗视角研究魏晋南北朝诗赋。魏晋南北朝时期饮食风俗具有明显的精致化、尚奇性和竞奢性倾向，饮食生活的繁荣直接推动了饮食类诗赋文学创作的兴盛，带来咏物诗赋、宫廷游宴诗赋、饮酒诗赋等创作的繁荣。这一时期盛行的服食文化，既有灵芝、桂、菊、桃、枣等食，也有五服散等各种丹丸，形成了新的社会饮食崇尚，成为构建游仙诗的有机组成部分。魏晋南北朝饮食诗赋重视在普通的饮食物品中寄寓情绪和人生思考，如鲈鱼、莼菜与思乡之情，莲与爱恋、思念等，将普通的物品演绎成为某类思想的代表，提升了饮食物象的审美价值。

第三章主要从住行风俗视角研究魏晋南北朝诗赋。魏晋南北朝建

筑风俗中的象征主义，影响到相关建筑诗赋的文学写作，对都市宫殿赋的写作内容、描写方式以及对山水田园诗赋冲淡自然的语言风格都产生了不可忽视的作用。魏晋南北朝时期行旅的物质条件日趋完备，行旅风俗繁多，推动着诗赋创作的兴盛。游览纪行诗赋创作的繁荣反映出这一时期游览风俗的兴盛，人们在对山水的描写中逐渐意识到自然山水的独立审美价值，强化了山水游览诗的写作结构模式，表现出玄游山水的时代特征。

第四章主要从人生礼俗视角研究魏晋南北朝诗赋，主要包括生育、婚姻、丧葬等三方面。在生育方面，集中反映出这一时期鬼神文化的兴盛，如佩戴宜男花与生育民俗的密切关系、乳名小字与神仙方术等民间迷信的流行以及佛教盛行的关系等。在婚姻方面，择吉、却扇、财婚等风俗都成为婚姻诗赋的表现内容。在丧葬方面，主要有临终诗、挽歌诗和悼亡诗赋等三个方面。它们书写死亡认识、表达自我情绪，往往由悼念逝者而引发深深的自悼，使人产生世事无常、生命易逝的悲凉无奈，使得这一时期的悼亡所悼念的不仅仅是亡者，更是生者与整个时代的挽歌。

第五章主要从节日、娱乐风俗视角研究魏晋南北朝诗赋。魏晋南北朝时期节日丰富，娱乐因子日渐凸显，既有禳灾逐疫的传统意味，也有欢庆自娱的时代风尚。其中上巳节是魏晋南北朝诗赋创作最为繁盛的节日。这一时期娱乐风俗中的游艺风俗和乐舞风俗，都有纵情欢愉、肆意游乐的时代特色。无论是消遣观赏的斗戏还是脑力竞技的弈棋，都贯穿着知足常乐、超脱物外的理想精神。如在棋艺诗赋。而啸这种特殊的音乐形式，凝聚着魏晋士人特有的超脱情怀，更成为魏晋风流的象征符号之一。

结语部分主要是概括魏晋南北朝风俗的时代特点，阐释风俗与文学密不可分的关系。魏晋南北朝时期的风俗具有多样性、包容性、趋同性、世俗性等特点，在诗赋作品中也有相应的表现。风俗文化不但是文学创作的力量与源泉，同时还丰富和充实文学作品的思想内容。文学与风俗的完美结合，更有利于体现出积淀在民情风俗中的深厚文化内涵，共同完成优美的社会风俗画卷。

13．刘丽华：《贞元诗坛研究》（张安祖），黑龙江大学

摘要：贞元年间是公元785年到805年，贞元诗坛研究指的就是对德宗朝主要是贞元时期的诗人、诗作、诗风的整体探究。李肇在《唐

国史补》中将贞元视为一个独立阶段并以"荡"概括其诗文风貌。挖掘当时具体的时代背景，探寻贞元诗坛创作主体们的创作情况及贞元诗坛的演进轨迹，并在此基础上给予贞元诗坛以准确的定位是本文的主要内容所在。

本文除"绪论"外，共分六章。

第一章主要介绍贞元诗坛的时代背景和创作格局。德宗朝逐渐恢复的经济状况、困顿而带有希望的政治格局以及丰富而充满活力的文化环境为贞元诗人提供了良好的创作氛围；贞元诗坛的老、中、青三代创作群体感受着不同的因素，抒发出自我在特定时代、特定地域中的独特篇章。

第二章主要分析了从大历进入贞元的江南诗人群在德宗朝的创作情况，代表诗人为韦应物、顾况和皎然等。进入德宗朝后，他们形成了新的创作风貌。韦应物诗中一以贯之的对社会现实的关注和思考以及顾况、皎然、灵澈等人对于诗歌创作中好奇逐异观念的重视和实践，既是对"气骨顿衰"的大历诗坛的一种反拨，同时也为贞元诗坛的进一步发展提供了新的路径。

第三章分析了李益和卢纶的边塞诗。文章对德宗朝的边塞诗歌进行了系统的考察，在内容上与初、盛唐边塞诗相比，对于家国之恨、遗民心态、收复失地的诉说与渴望成为这一时期边塞诗歌的新特质。在诗歌风格上，由浪漫转向写实，曾经雄阔昂扬的风貌逐渐被衰飒凄清、沉郁苍凉的格调所取代。

第四章主要研究了创作期主要在贞元时期的台阁诗人群和孟郊、欧阳詹的创作情况。文章在介绍唐德宗和台阁诗人群创作情况的基础上，对他们的应制诗和应酬往来之作进行了细致的分析与评价。孟郊、欧阳詹二人在贞元时代均曾经历了多年科场偃蹇和仕途不遇的生活，在他们的诗中蕴含了诗人的至情至性，所以颇具感人的力量，而其中所流露的现实主义精神以及独到的艺术风格成为元和文学发展的先导。

第五章主要分析了以韩愈、张籍、王建、元稹、白居易、刘禹锡为代表的青年士子群在贞元时期的创作情况。他们在诗歌思想上推崇古、道，重视对个人情志的抒写和诗歌的娱乐功能，在诗歌题材上或者描写社会现实，或者写个人的身世之感。让他们的诗歌不仅成为贞元诗坛中独特的风景，同时也为他们在元和诗坛的进一步创新奠定了基础。

第六章主要研究了贞元诗坛三大创作群体的演进轨迹和"贞元之风尚荡"的问题。三大诗人群体在诗歌题材上，对现实的关注更加深入、普遍；在诗体形式上，古体诗的比重逐渐加大；在诗歌风格上，日益呈现出多样化的趋势，展现出渐变的态势。文章分析了李肇所说之"荡"的具体内涵。

就历时性的价值而言，贞元诗坛不仅是元和诗坛繁荣昌盛的基础，同时亦为诗歌在晚唐乃至宋代的进一步发展提供了一些新变的路径。就共时性的价值而言，贞元诗坛也有一些自身的独到之处。贞元时代的文学宝藏是如此的丰富，确实值得研究者们为它投入更多的精力和心血。

14. 王雪：《唐代农事诗研究》（曹书杰），东北师范大学

摘要："农事诗"是指那些描写农业生产、农人活动以及与之有关的政治、宗教、文化活动的诗歌。唐代农事诗是唐诗中的重要组成部分，较为全面地映射出了唐人的经济状况、思想状态和物质生活，有着独特的历史文化价值和社会意义。学界历来对这一题材的关注多限于田园诗的领域，但农事诗并非是以往意义上的田园诗，二者虽有交叉但不能够重合和混淆。鉴于以上认识，本文将唐代农事诗置于唐代社会政治、经济、文化的背景下，在充分占有原始文献资料的基础上，以诗歌为本位，运用文本分析与历史参照相结合的方法以及个体研究与整体观照相结合的方法，系统论述唐代农事诗的创作及相关问题。

据此，本文分为四部分：第一部分为绪论，第二部分为总论，第三部分为专论，第四部分为附录。论文主体部分共八章，具体情况如下：

绪论：主要总结了学术界对唐代农事诗研究的现状，并阐述该领域研究的意义与价值。

总论：第一章唐代农耕文明与诗歌。对"农事诗"这一概念进行梳理解读，并从宏观角度对唐代农事诗的面貌作了整体观照，全面考察唐代农事诗内容以及创作分期，最终确立出唐代农事诗的两大主题。

专论：第二章到第八章。以唐代农事诗的类别为单位，分别论述每一类农事诗的源流、内容、艺术表现手法等问题。其中，第二章和第三章的农事诗属于唐代农业生产生活题材，第四章到第八章的农事诗属于农业文化情感题材。第二章唐代农耕诗，通过农事诗中表现出的具体农耕事宜，探讨唐代对土地的选择与利用、介绍农业生产中的耕垦工具、灌溉工具和加工工具、列举出唐代的粮食作物、瓜菜作物、药材及茶业，力求展现出唐代农事活动的各方面内容。第三章唐代采集诗，梳理唐前的采集活动与采集诗歌，并对采桑和采莲活动作重点研究，凸显出唐代采集活动的普遍性，最后分析其他植物的采集与诗歌创作。第四章唐代悯农诗，阐释唐前悯农诗的创作源流和唐代悯农诗的创作新变，探讨中晚唐时期悯农诗繁荣之因，总结出唐代悯农诗的主题内容。第五章唐代乐农诗，本章先区分乐农诗与田园诗的不同，再梳理乐农诗之源流，后逐一探讨乐农诗的两种乐，即灾后恢复之乐、安享太平之乐和劳动收获之乐。第六章唐代喜雨诗，本章阐述喜雨的文化内涵，梳理唐前喜雨诗的起源与发展，并探讨唐代喜雨诗的创作背景，将应制奉和类的喜雨诗和杜甫的喜雨诗作为重点分析对象，展现出唐代官方和民间不同的喜雨情感。第七章唐代归田诗，梳理先秦、汉代和魏晋南北朝时期的归田诗创作源流，分析唐代文人写作归田诗的思想渊源和社会原因，论述唐代归田诗的具体内容。第八章唐代社日诗：探讨社日民俗的起源与流变、文人写作社日诗之因，发掘唐代社日诗的民俗内涵，论述社日诗的作用和价值。

附录：唐代农事诗歌。

15. 唐萌：《安史之乱前后文学地域分布与诗风演变研究》（詹福瑞），南开大学

摘要：安史之乱是唐代的重大政治事件，安史之乱前后的盛中唐之交之际是唐诗风貌发生重大演变的时期。盛中唐政局的分裂与统一，南北诗人的流移与聚散，地域文化的交流与融合，使得这一时期的诗歌风貌发生明显的变化。其中，诗人的地域分布是导致诗风演变的重要因素。本文从地域的视角入手，对安史之乱前后唐诗风貌变化的现象及其原因进行探讨。本文主体部分共分五章：

第一章，安史之乱中文人之遭际。把握乱中文人的遭际与活动地域。安史之乱爆发，诗人随避难百姓南迁，其人生境遇也随之改变。

第二章，安史之乱前后文学地域分布之变化。关注战乱前后诗坛的地域分布。乱前的盛唐诗坛以长安、洛阳两京地区为中心，乱后中唐诗坛的分布由京师中心变为南北多元。京师地区的诗歌创作经历衰落与复苏，南方地区尤其是聚集南迁诗人较多的荆楚、吴越地区成为重要的诗歌创作区域。

第三章，因乱羁旅诗人的心灵抒写。对乱后不同人生境遇的诗人的诗歌进行细致解读，分别是南迁诗人的山水情怀、漂泊诗人的客居意识、避难诗人的独善心理以及乱后诗人的忆旧情结，以此揭示战乱对诗人的心态影响并探讨经乱诗人群体的诗歌中表现的共同倾向。

第四章，乱中诗人南迁形成的吴、楚诗坛。选取吴越、荆楚两地的诗歌创作现象进行剖析，从地域文化的角度入手，探讨安史之乱期间南迁诗人在南方文化的浸润下，诗人心灵的变化以及诗歌创作在内容与形式方面所呈现出的新风貌。

第五章，乱中南北诗坛的形成与风格差异。考察乱中南北诗坛的具体情况。根据乱后诗人的行迹与境遇，南北方诗坛呈现出不同的特点。乱后的南方诗坛以江南一带的诗歌创作为代表，江南水乡环境使诗歌表现出清淡之风。乱后避难于北方山林的诗人创作则表现出质朴的风格特点。

通过以上考察与分析认为，安史之乱不仅带来国运的转变，也是诗风演变的节点。其中，由安史之乱引起的诗人大规模的地域迁移是安史之乱前后唐诗风貌演变的重要原因。

16．王玉姝：《柳宗元诗文与佛禅的现实关照研究》（王树海），吉林大学

摘要：柳宗元生长于三教调和的中唐时期，一生经历诸多磨难，其仕途坎坷，经历短暂的荣光之后，几乎是在贬谪地度过了自己的后半生，最终客死他乡。任何一个人物都离不开他所生活的时代，柳宗元交游广泛，在儒释道三教融合的时代背景下，深受佛、道二教的影响已是不争的事实。同时柳宗元的佛教观通透圆融，他对当时佛教的各个宗派都有不同的态度。柳宗元的诗歌中援引了大量的佛禅典故、佛经术语，运用了一系列的佛禅意象，可见其佛学造诣之深和对佛教经典涉猎之广。诗歌中屡次提及慧远、支遁等得道高僧并表钦慕之意，冀望自己能有高僧们的自由境界，可见他对佛界超脱生活的向往。同时柳宗元的寓言对佛经中的譬喻有所借鉴，在训诫意义、题材和形式上二者都有相同之处。柳宗元的议论体文章同样传习了佛经中论证方法的缜密性。凡此种种，透露出柳宗元文学作品与佛禅之间的种种关联。柳宗元的山水文学作品中，展现了清幽静寂之境，诗人在其中行禅思、享禅悦，自身与景物几乎浑然一体，体现出一派主客双泯的圆融之境。在南国的嘉山秀水中，柳宗元似乎暂时忘记了仕途的得失和生活的不如意，他笔下的自然景物，表达了他内心的宁静淡泊。但同时，他又把自己的感情寄托于景物之中，把山水景物当作有情识的生命，对其诉说其内心的不快。柳宗元远离故国，经世之心难以实现，因此其诗中更多地表达了对故国、故人的怀念，更有逆境中竭力奋起的倔强。柳宗元内心的酸楚和寂寞都源于他对现世人生的观照，他借助佛禅思想来安慰自己贬谪生活中孤寂的内心，同时亦以佛禅的现实观照来实现自己的儒家济世思想，超越现实人生。柳宗元的普度众生之愿、对时政的关心、统合儒释的思想，都是在佛禅影响下对现世人生的超越。

17. 林媛媛：《中晚唐僧诗研究》（王树海），吉林大学

摘要：中晚唐僧诗既是佛禅文化的重要组成部分，亦是唐代诗歌不可或缺的一部分。诗僧以群体之力，极大丰富和拓展了唐诗的创作领域。中晚唐是诗僧辈出的时代，诗僧在中晚唐特定的历史背景下，扮演了沟通禅俗的特殊角色。他们以禅法入诗、以禅理入诗、以禅趣入诗，营造了诗禅合一的禅境与诗境，并以独特的文学品格影响了当时和后世的文学创作。本文以中晚唐僧诗一百三十多年的发展演变为主线，求对中晚唐僧诗进行全面深入的论述，重点考论中晚唐僧诗的时代特质，深度挖掘中晚唐僧诗的文化内涵，进而揭示中晚唐僧诗的重要文学史意义。

本文由绪论和五章内容组成。绪论部分对本文的研究时段进行了设定，对中晚唐僧诗的研究现状给予了整体分析，对本文的选题意义及期望达到的研究效果作了相关说明。全面分析了佛教发展，尤其是南宗禅发展的阶段性特征对诗僧创作理念、僧诗创作风格的影响，以从总体上把握中晚唐僧诗发展的轨迹和特征。

第一章至第三章，以中唐的历史环境为背景，首先梳理了禅宗的历史发展状况，以及禅宗思想、偈颂对诗歌、音乐的影响，以揭示禅宗对中唐文化乃至整个唐代文化的特殊贡献。其次，结合历史文献和研究成果，深入考证了中唐诗僧，特别是以寒山、拾得为代表的"通俗派"，以及以皎然等为代表的"清境派"诗僧的生平事迹和文化内涵等。最后，以僧诗创作风貌为切入点，全面分析了中唐僧诗在沟通禅俗、融禅入诗等方面体现出来的种种特征，以从整体上把握中唐僧诗的时代特质。

第四章至第五章，以晚唐乃至五代时期的政治社会情况为切入点，首先分析了晚唐政局及政治措施对佛教的重大影响，论述了南宗禅以及禅宗五家的发展脉络、兴盛原因。其次论述了晚唐的禅宗实践、不同宗派的禅法对诗歌创作的影响,从整体上把握了晚唐佛禅的发展情况。通过对晚唐诸多诗僧生平、交游、创作等考证,对晚唐诗僧群体进行了总体的把握和分析。全面理清了晚唐僧诗的题材内容、风格特征以及诗歌体式的特点,整体上把握晚唐僧诗创作风貌。

结语部分归纳总结了论文的创新点,提出了论文尚未解决的相关问题,以及可为后来研究者提供研究思路的地方。

18. 唐婷:《唐代〈诗〉学与诗学》(刘毓庆),山西大学

摘要:《诗经》研究围绕"经学"与"文学"两大命题,展开了无数次讨论。但直接涉及《诗》学研究对诗学发展变革之影响的却并不多见。故本文以唐代《诗》学研究与诗学变革为考察对象,对此论题做一探讨。

以历史进程为轴,全文按四部分展开论述。初、盛唐时,以《毛诗正义》为代表,此时《诗》学研究最典型的特征是对汉代"兴喻"说《诗》传统的继承与发扬。此解经方式是以"礼"为核心的意识形态的产物,《正义》继承发扬"兴喻"说诗,在此基础上提出了"兴必取象"与"诗缘政作"两大命题,前者直接启发了殷璠"兴象"论的提出,构筑了唐诗(尤其盛唐诗)格高调远的精神气质,对明清诗歌美学的建设也有重要作用;后者"诗缘政作",乃是继"诗言志""诗缘情"后,诗学历史上所出现的第三大诗学命题。

中唐时,施士匄为代表的文人儒士对经典进行整理与再思考。施士匄说《诗》,从"情理"出发,否定毛、郑旧说,开启了从"兴喻"转向"情理"的说《诗》路径。继施士匄之后,韩愈否定"子夏作"说。如此,《诗序》的"政教说"也开始受到质疑,是《诗经》汉学走向《诗经》宋学最重要的转捩点。然这些变奏动向并没有在当时形成更大的反响。此时《诗》学研究的主流仍然坚守着汉代"政教说"的传统,中唐《诗》学基本上仍以坚持传统为主。

至晚唐,此时诗学理论不再像中唐那样高蹈政教,而是转向对"人情"的关注。此时产生了大量"诗格""诗式"类著作,呈现出要解构传统诗学"政教"意味的发展趋势。此时诗学谱系已由《诗》转轨入《骚》,这正契合了在无可救药的社会背景下,大部分文人儒士的创作心理。整个晚唐文学的发展特征是,在儒家传统观念的遮掩下,宣扬以抒发个人情感为主,这便印证了晚唐诗学谱系"由《诗》入

《骚》"的事实。

藉以上论述，表明唐代《诗》学由继承汉代"兴喻"说《诗》的传统，走向以"情理"说《诗》，《诗》学研究经历了从"礼"到"理"的变奏，直接启发了宋代《诗》学的形成。与之相关，唐代诗学则表现出由《诗》入《骚》的转轨迹象，晚唐时诗学理论不再强调政教，而是关注人情。由此，我们认为《诗经》研究应跨出"经学"与"文学"非黑即白的论争，《诗》作为"诗"也作为"经"，在诗学的发展变革中起到了重要的引导作用。同时，诗学发展也为《诗经》研究提供了新视角、新材料，二者紧密相关，是《诗》学研究与诗学研究都不应忽视的内容。

19. 何卉：《韦庄文学思想及其创作研究》（姜剑云），河北大学

摘要：本文将韦庄文学思想及其创作作为研究对象，从韦庄家世、社会地位、地域文化、宗教文化等多方面探讨韦庄文学思想之来源。结合韦庄的文学创作和选本《又玄集》，笔者以为韦庄文学思想有以下几个方面：

第一，韦庄最重要的文学思想是"玄"。《又玄集》是韦庄文学思想的重要载体，其最重要的文学思想是"玄"。韦庄所谓的"玄"有两层含义：一是大，一是精，有博大精深之义。因此，只要是精美之作，无论何种题材、体裁、风格、时代皆可选入此集。

第二，慕"丽"是韦庄重要文学思想之一。韦庄关于"丽"的论述散见于他的《又玄集序》《对酒赋友人》《寄湖州舍弟》《题许浑诗卷》等诗歌中。"慕丽"之"丽"不单单指"清词丽句"，而且还包含宕丽、绝丽、骏丽、姱丽、静丽等多种多样的"丽"。甚至是李贺诗歌之奇谲怪奇、孟郊诗歌之"清寒生硬"、贾岛诗歌之"荒凉苦瘦"也包含在内。这种慕"丽"文学思想体现在韦庄创作上，主要表现在语言之丽、音韵之丽、意象之丽、意境之丽四个方面。

第三，尚"实"也是韦庄文学思想的重要方面。韦庄在《又玄集》序中说道："采实去华，俟诸来者。"即选取朴实、简洁之诗，除去那些繁杂、浮华之诗。韦庄诗词创作大多来源于现实生活，如游子思家、亲朋离别、悼亡哀挽、咏史咏怀、写景咏物、社会风俗、晚唐战事、伤乱伤世等，皆入诗章。加之他善于运用白描手法，因此他的诗词能够充分地体现其尚"实"的文学思想。

第四，重"才德"是韦庄品评人物的重要标准。所谓的"才"主

要是指诗才和政才两方面,所谓"德"是指悲天悯人之德、忠君爱国之德、刚直正义之德三个方面。

最后,尚"苦吟"也是韦庄文学思想不可缺少的部分。"苦吟"是一种排解苦闷心情的手段、一种创作诗歌的态度,也是一种欣赏文学作品的手段。韦庄诗词清丽典雅、声律圆转、用字精当、结构新颖,与其"苦心经营"的文学思想密切相关。

在探源过程中,本文还对韦庄身世有了新的发现。从相关史料、韦应物全家墓志、韦庄诗词中分析,认为韦庄是韦应物之四世孙,韦庆复之三世孙,韦退之之孙,韦韫之子。

20. 武晓红:《唐五代诗词名物专题研究》(胡可先),浙江大学

摘要:本文以唐五代诗词名物为研究对象,以唐五代诗词文本为文献依托。在充分挖掘原典的基础上,将出土文献、域外文献与传世图谱、考古实物相结合,对唐五代诗词名物进行了专题考证。本文按照综合与个案两条线索编排篇章结构,以深入探讨唐五代诗词文学和名物的具体关联问题。

本文内容共分六章,主要致力于以下几方面的探讨:

第一章,唐五代诗词名物理论研究。主要对诗词名物研究和传统名物研究的分野进行了理论架构和阐释。同时对诗词名物和诗词意象做出概念上的界定和划分,对于二者相对区分又有所勾连的关系予以分析。阐明研究诗词名物,不能离开对于名物原生态特点的考证求索。

第二章,金银饰品与唐五代诗词研究。对唐五代诗词中出现的金银饰品主要分为冠饰、发饰、耳饰、项饰、手饰、腰饰、衣饰几部分做出考证,又着重对金银饰品在诗词中于声色表现、意象传递、情感表达方面的独特艺术特征做出释读。

第三章,乐器名物与唐五代诗词研究。按照吹乐、弹拨乐、打击乐三大类对乐器进行考证。在考证中提出一些具体观点:如"檀槽"不是架弦琴格、"金屑"不是指金属装饰、"促柱"不是急弦行为等。最后详细剖析了乐器名物在诗词中的拟声效果、情感呈现以及意境塑造途径。

第四章,闺中物事与唐五代诗词研究。以《全唐诗》及《花间集》为底本,重点选取了最具代表性的几种闺阁物:屏风、枕头,窗、帘幕,灯、烛,香炉进行考证。尤其对其在唐五代诗词中的特殊表现,如"枕腻""背灯"等现象,以及在文学表达中的情感特质做出深入解

析。在文学的语境中,还原出真实的唐五代闺阁图景。

第五章,唐五代诗词经典名篇中的名物研究。主要选取了三部唐五代时经典作品:温庭筠的《菩萨蛮》、白居易的《长恨歌》和杜甫的《丽人行》,从名物角度对作品进行考与论的整体关照。论文在具体论证中有所突破,如对温庭筠《菩萨蛮》中的"小山"做出全新角度的考辨;详细解析"花钿"在不同文学语境下指代不同名物的现象;纠正古往今来对于杜甫诗中"珠压腰极"的注释讹误。

第六章,唐五代诗词经典名物词考证诠释。遵循个案研究的思路,选取了唐五代诗词中具有丰富内涵的三个名物词:钗头凤、簪珥、蹙金,对其进行了名物实意上的考证,又对其体现的文学意义和演变,以及突出的文化内涵做出诠释。具体名物反映了时代环境的细节,由物性到理性,再到文学情性的渗透,是一种隐性的文学生产模式,本章即对此过程予以特别关注。

21. 吴玲玲:**《唐宋西南竹枝词及其地域文化研究》(傅绍良),陕西师范大学**

摘要:竹枝词从民间走上学者案头,从民歌变成文人创作,从歌唱爱情到歌生民病,最后成为风土民情的载体。总结起来,近四十年来竹枝词与唐宋西南竹枝词相关的研究,主要集中在两个方面:一是刘禹锡《竹枝词》的相关研究;二是考辨竹枝词的源流及其风格演变。为与后代竹枝词地志特点相衔接,本文着重在唐宋西南竹枝词的地域文化方面来进行细致深入的剖析。

第一章是西南竹枝词的发展演变,从名称和身份地位两个方面来梳理。竹枝词起源与创作重镇都在巴蜀,竹枝词名称和身份地位的演变,也即是西南竹枝词的名称和身份地位的演变。

第二章将唐宋西南文人竹枝词的创作者们分类。这些文人竹枝词有的是贬谪到巴蜀时所作,有的是被派遣到巴蜀之地任职,有的是路过巴蜀之地受当时情景感触而作,有的是为排遣内心的苦闷,到巴蜀之地游览……根据他们创作竹枝词时的身份特点,分析他们当时的创作原因。期间若有诗人创作时间、地点或创作意图不明,则根据相关史料作简要考证。

第三章是唐宋西南竹枝词中的经典风物。从唐宋西南文人竹枝词中挑出代表该地区风土特色的字词,有巴蜀山水、水陆植被,也有蜀中独特地理环境造成的风俗习惯等等,从中寻找相关文学作品或史料佐证之，使之内容更丰富。

第四章是唐宋西南竹枝词中的经典人物。这些人物可能在唐宋西南竹枝词中出现的频率不是很高，但具有一定的代表性、象征性，如屈原、贾谊、杜甫，他们不仅出现在竹枝词中，这些历史人物本身也是当地耳熟能详的传说，源远流长。

第五章是唐宋竹枝词与巴蜀文化的研究。唐宋竹枝词中有部分反映巴蜀社会生活习惯的记载，对形成巴蜀独特文化有重要作用。如云安酒为代表的巴蜀酒文化、巴蜀农耕文化、巴蜀游乐文化及屈原精神对竹枝词创作的影响。

22. 周斌：《宋代俳谐诗研究》（肖瑞峰），浙江大学

摘要：作为一种诗歌体裁与艺术表现形式，俳谐诗一直存在于古典诗歌中，在传统"诗言志""诗缘情""温柔敦厚"的体系之外形成了另一种诗歌现象。不过，由于俳谐一词与俳优的渊源关系，以及传统诗学中以"诗言志"为代表的儒家诗旨与"感物""缘情"说为代表的情感论的影响，使我们轻视、忽略了俳谐诗的价值。但到了宋代，俳谐诗呈现出蔚为大观的景象。俳谐是宋诗的重要宗旨与艺术特色，同时又关乎宋人的审美趋向、思想性格与生命意识，值得引起我们的重视。

本文的绪论部分，主要考察了俳谐一词的历史与文化语境，进而分析了俳谐诗为何会遭到后人轻视的原因；同时对宋代俳谐诗的研究现状与研究意义加以评述。

一、二两章，着力阐明俳谐的发生机制，通过对俳谐诗的表现类型的梳理，进一步确认了俳谐的内涵与意义，并对宋前俳谐诗的发展历史与表现形态做了简要回顾。

第三章探讨宋代俳谐之风的社会背景，通过对各类史料笔记的钩稽与辨析，缕述了宋人普遍的俳谐性格与俳谐在宋人生活中的种种表现与妙用。

四至六章，通过对宋人对诗歌游戏功能的重视、对悲哀的转化以及以趣眼观物的生命情趣的观照，从文学——文学精神——时代精神的相互关联中揭示了宋代俳谐诗的生成场域与功能表现。

第七章则立足文本研究，对宋诗中的俳谐手法进行了归纳与阐释。

23. 姜游：《北宋道士诗研究——以陈抟、张伯端、黄希旦、张继先等四人为中心》（张三夕），华中师范大学

摘要：海内外学界近三十年来有关道教和道家道教文学的研究多

集中于几位著名高道，而对北宋道士诗人诗歌系统全面的研究尚有不足。本文系基于文献学方法上对北宋道士诗歌进行整体性研究，并包括较深入的个案研究。论文由绪论、正文（上下编）、余论组成。

绪论部分交代了写作缘起、海内外研究现状、研究方法，并界定了所谓北宋道士诗，是指主要活动年代在北宋时期、活动行政区域在北宋统治区域内、接受过政府颁发的度牒并以道士为职业的道教徒，或遵从道教的生活方式，践行道教的内外丹修炼方式，并以此名世的道教著名修行者的诗歌。词曲等不在本文研究范围之内。

正文分上下编。上编分三章。

第一章概括了北宋特有的社会政治基础与思想文化因素直接导致了北宋道士诗的兴盛。宋代是我国道教发展的鼎盛时期，道教成为社会主流信仰。流派众多，高道迭出，从事道教的人员职业素养与文化素质较高，具备了写诗的文化基础。三教合一的文化思潮和道士社会地位的提高，以及广泛结交统治阶层为道士诗的大量写作与传播留存提供了社会基础。

第二章为北宋道士诗概说，考证了宋代道士诗的作者和数量，分析了北宋道士诗的题材，并概括了其发展轨迹和文学成就，在此基础上试图评价其在宋代诗歌史上的地位。本文以《全宋诗》为依据，对《全宋诗》中存有宋代道士的诗歌以及诗歌残句进行了全面统计。北宋道士诗的题材范围较广，其诗可划分为宫观诗、修道诗、隐逸诗、山水与游仙诗、赠答唱和诗和杂咏诗等六种类型。体裁多样，可分古体诗和近体诗。古体有七古、五古、四古、六古和杂古等；近体有七绝、五绝、七律和五律等。

第三章为北宋道士诗作者的生平考述。订补《全宋诗》中相关道士诗作者小传，参照宋人诗话、笔记、正史稗史等多种文献相互印证，以求得到一个个完整多面的道士诗人形象。陈抟、张伯端、黄希旦、张继先的诗歌最能代表北宋道士诗的成就。

正文的下编从第四章至第七章，对这四位道士诗人进行个案研究。陈抟是对宋代士大夫的人生观与宋代学术思潮影响最大的宗教人物，其诗多抒写自己归隐山林的旷达情怀，总体诗风潇洒疏旷。张伯端修道诗其意旨在于宣扬道教观念与内丹理论，形象阐述修炼的理论和方法，修行的要领；艺术特色主要表现在意象独特丰富，旁收并蓄，风格神秘隐蕴，博大精深。黄希旦号"支离子"，本文以《全宋诗》所收黄希旦诗作为底本，以《四库全书存目丛书》中的《支离子诗》一卷作为对校本，全面对黄希旦诗进行了校注。黄希旦的山水诗歌与其道教思想之间关系密切。其诗多用道教术语，注意营造自然之境，表现了淡然生涯之外的精神追求。

余论部分简略介绍了北宋道士诗在宋代的接受和传播。北宋道士诗除了凭借道士本人的文集诗集和与之交往的文人文集诗集的刊行而流布、或经由人们口耳相传被文人采集记录之外，其主要传播场所是在道观，方式为石刻和题壁。宋代文人题诗于道观多为称赞道士的德行、法术与二者间的交往，或对道教生活的钦羡；道士题诗则表达了对自己隐逸或修道生活的自适与自得其乐。宋代宽松积极的文化政策促进了道士诗歌的接受和传播。

24．朱长英：《地理空间对宋词影响之研究》（陈元锋），山东师范大学

摘要：中国文学与地理空间的不解之缘可追溯至《诗经》《楚辞》的先秦时期。及至两宋，词与地理空间的关系更为密切，柔美婉约为主的词作风格、多涉南方山水的创作内容、词人多占籍南方的地理分布等现象都为这一密切关系提供了坚实的立论基础。本文选取"地理空间对宋词影响之研究"为题，来探究环境与词人之间的关系，以增加空间维度上的宋词研究力度，力求在时空共筑的生态环境中科学把握和研究宋词。

本文从宏观和微观两个方面分析论证地理空间对宋词的影响，以数理统计、文献史料为支撑，以词作为根基，以个案研究为切入点，运用动态的、全局性的研究方法来分析地理空间对宋词题材内容、风格特点、词学思想、词人心态等方面的影响，总结其规律性特点。本文共分三部分：引论部分、主体部分和结语部分。

第一部分引论。在对"地理空间"这一核心概念进行界定的基础上，交代本选题的研究缘起，分析地理空间与宋词关系研究的现状，探求本选题的研究价值，阐述本文的研究思路与方法。

第二部分主体部分。分上下两编，上编为宏观研究，下编为个案研究。宏观研究的观点和结论建立在个案研究的坚实基础之上。

上编宏观研究共分五章：第一章为地理空间对宋词题材内容的影响研究。地理空间对题材内容的影响有强弱之分，怀古咏史词、风土词、写景咏物词和羁旅仕宦词是受影响最大的题材内容。第二章为地理空间对宋词风格的影响研究。本文从影响地域差异的地貌、水文、生物、气候等多个要素中选取最强有力的气候要素为标准展开。第三章为地理空间对宋代词学观念的影响研究。整体来说，地理空间对词学观念的影响远没有对题材内容和风格的影响直接有力。本章仅分析"词为艳科"和"自是一家"的词学观念与地理空间的关系。第四章、第五章分析乡土情结和恋阙情结两种特殊的人地关系心态。本文对这两种词人心态分别加以梳理研究后，进一步分析故乡和京都这一组互为反方向的地理空间之间奇特而复杂的关系，探究两宋词人微妙复杂的内心世界。

下编个案研究共分六章：根据两宋各阶段词人的贡献大小，分别从北宋前期词坛、中期词坛、后期词坛、南渡词坛、南宋中期词坛、后期词坛选取最具有代表性的七位词人进行深入细致的个案研究，分析总结地理空间影响两宋词的表现及其规律性特点。北宋前期词坛，柳永。北宋中期词坛，苏轼。北宋中后期词坛，周邦彦。南渡词坛，朱敦儒。南宋中期词坛，辛弃疾。南宋后期词坛，刘克庄与吴文。

第三部分余论。本部分总结强调地理空间对宋词发挥影响力时两个极为重要的研究维度，即广度和深度。从广度视角审视地理空间对宋词的影响，要重视词人对地理空间的拓展力度，这正是词体发展的重要表现。从深度视角来审视地理空间对宋词的影响，要意识到地理空间对词人的影响深浅有别，考量深浅程度的标尺是作家的心灵世界。重视广度和深度两个维度，才能描绘出地理空间与宋词奇妙关系的生动画卷。

25．谷青：《宋代绘画对宋词的影响研究》（刘锋焘），陕西师范大学

摘要：本文以宋代绘画与宋词的关系为研究对象，着重探讨宋代绘画对宋词的影响，尝试以一种新的视角去发掘宋词的美学特征，对其幽微难言之美进行更为生动形象的阐释，开拓宋词研究的新视野。

本文分四个章节论述宋代绘画对宋词的影响。绪论部分主要阐述绘画对宋词影响的研究背景，包含两个方面：一是"现代背景"，即绘画与宋词关系研究现状；二是"历史背景"，即阐释宋代绘画对宋词产生影响的历史文化背景，这正是研究两者关系的前提和基础。以此背景为基础，尝试从画家、画作、画法、画论四个角度来论述绘画对宋词的影响，这是文章的主体部分。

第一章研究的主题是画家对宋词的影响，研究重心在于探讨宋代绘画中的美学思想对宋词艺术风格产生的影响。这一影响是通过画家主体影响到宋词创作的。在宋代，词画兼善者不在少数，他们既是画家也是词人，画家的身份使他们不可避免受到绘画美学思想的影响，因此在词的创作中，他们便将绘画中的美学理想渗入到词作之中。宋代画家在参与宋词创作时，将宋代绘画推崇的"高雅"之美与"清逸"之风融入了词作之中，从而影响了宋词的情思内容及美学风貌。

第二章研究的主题是画作对宋词的影响，其重心在于探讨绘画作品对宋词艺术表现的作用。其一是关于宋代题画词的研究。在题画词的创作中，词人有着绘画欣赏者与词的创作者这一双重身份，使得题画词在艺术上具有了"画趣"的生动性。其二是探讨绘画作品融入宋词之中对作品艺术表现的深化。这指的是在宋词中嵌入了不同题材的绘画影像，提升了词作的艺术表现力与感染力。其三是探讨宋代山水词作中层次空间的表现。山水画作品使得他们在词的创作中表现出对生动画面感的自觉追求，山水词作也便呈现出如"画境"般的层次空间。主宾、远近、高低、疏密、虚实等层次空间的营造，使山水词生成了"画境"之美。

第三章研究的主题是画法对宋词的影响，这一影响关系分为两个方面：一个是绘画技法对宋词创作的影响，主要指的是将绘画技法中的"点""染"与"抹"直接写入词中，提升了词作的生动性和表现力，将绘画中色彩的运用融入词中，为词作增添了"生香活色"的神韵；另一方面是绘画技法对宋词词法理论的影响，主要指的是将绘画中的"点染""勾勒""白描"等笔法以及"开合""疏密"与"虚实"等构图法，丰富了与宋词相关的词法理论，启发了研究者从一个新的视角对宋词的艺术技法进行更加深入的探索。

第四章研究的主题是画论对宋词的影响，涉及的画论有"传神论""神品论"与"南北宗论"。"传神论"不仅体现在绘画中，还影响了宋词中艺术形象的塑造。"神品论"是宋代绘画品评中一个重要的美学范畴，因此当词论家以绘画中"神品"的内涵为参照来品评宋词的时候，自然让研究者对宋词中的"神品"之妙有了更加深入生动的阐释。宋代绘画不同的风格特征被后人划分为"南北宗"，虽然这一划分至明代才出现，但是其依据仍然是宋代的绘画。宋代绘画中的"南北宗"正与宋词中不同的风格流派相呼应，这便启发了研究者对宋词流派的进一步探讨。

本文尝试从史料、理论著作以及作品等各方收集材料,以此为基础结合大量的词作来进行阐释与解析,试图多角度、多层次揭示宋代绘画对宋词的影响。希望这一研究能为词学的发展带来新的启发与推动。

26. 王红杏:《宋代涉海韵文研究》(李静),吉林大学

摘要:"宋代涉海韵文研究"这一课题旨在以涉及海洋(包括描写海景、描写海洋特产、记叙航海经历等)的诗、词、赋等韵文为发点,以文学史作为支撑,分析宋代这一类韵文的发展概况,及其在我国古代涉海韵文以及整个海洋文学史中的地位。

绪论部分首先廓清研究对象,即何为"涉海韵文"。其次是介绍研究动机与方法,并总结了有关这一课题的研究现状,在肯定前人研究的同时,试论其研究不够深入和细化的遗憾之处,最后阐述本文有何研究目的与意义。

第一章分为两个部分,分别简要介绍了涉海韵文的起源,其在宋前的发育史以及在金元及宋后的发展概况,从而明确宋代涉海韵文在所处坐标系中的位置。

第二章便从外因与内因两个部分介绍了宋代涉海韵文的生成环境与要素,同时也展现了宋代涉海韵文的史学价值。外因即历史背景,又分为三个部分:一是宋代文人的迁谪情况,二是宋代经济重心南移后对东南沿海地区的开发,以及宋代的对外贸易政策,三则是科技的进步。

第三章则是根据宋人的创作视野对宋代涉海诗进行分别考察,探讨其文学价值。这一章分为四节。第一节,分析宋代表现海洋风景的诗歌。第二节,分析宋代表现海洋物产的诗歌。第三节,分析表现宋代描写沿海生活的诗歌。这一类诗歌又可分为三类:一类带有非常明显的诗人的痕迹,表现的是诗人自己的滨海生活;一类则是诗人站在旁观者的角度描写普通百姓的沿海生活;第三类则将诗人与当地百姓结合起来,主要表现诗人对群众具体生活的评价或态度。第四节,分析写到宋人(包括诗人自身)航海经历的诗歌。

第四章考察的是宋代的涉海词与赋。在宋词中,海洋以一虚一实两种面目出现。而宋代论及海洋的赋并不多,本文选取了四篇赋来介绍宋代涉海赋的内容指向与艺术价值。首先是对海洋进行概括性介绍的吴淑《海赋》,在内容上表现海洋地带特殊气候的苏过《飓风赋》,

宋赋中表现滨海人文胜迹的代表范成大《望海亭赋并序》，而杨万里《海䲡赋》表现的是虞允文抗金的壮举，是具有开创意义的表现水上作战力量的赋作。

第五章则以诗为主，词、赋为辅，分析宋代涉海韵文的文化和文学意义，从而试图为第二章所提出的问题，即宋代何以能成为一个承上启下的关节提供解答。另一方面，在向前人宝库中进行取用的同时，宋人也在海洋题材方面有着自己的新创。首先是扩大了海诗的表现题材，将前人未曾或很少关注的内容纳入诗歌；其次是在前人对海畏惧或好奇的情感内涵之上加入对海的热爱亲近之情，直接启发了元代表现海商牟利的相关诗歌创作；最后则是宋人以征实的态度加强了涉海韵文中的写实成分，包括内容（景、物、事、人）上的真实与情感上的真实，这对于明代涉海韵文有着直接影响。

27. 刘园园：《叶适的思想学术与文学》（巩本栋），南京大学

摘要：叶适是南宋永嘉学派的集大成者，南宋中后期文坛领袖。本文力图在对叶适作品文本和相关史料进行考辨与阐释的基础上，推进叶适思想学术和文学中相关重要问题的研究。本文共分五章。

第一章论述叶适的政治制度观。制度是叶适"以经制言事功"的核心。通过对叶适制度观念的梳理，认为叶适从皇极和实德出发，描绘出了一套以蕴德、务实、审势为要求的理想制度体系。反对天命重视人事，提出君臣皆应加强自我道德修养，以"礼贤下士"为相处之道。他讨论了南宋制度革新失败的原因，并指出南宋当局恪守"祖宗之法"和复兴《周礼》的举措都脱离现实、无益于治道。

第二章讨论了叶适的"六经皆史"说、"史法"论、通达的历史观。叶适进一步完善了"六经皆史"的理论内涵，亦用于指导个人的经学和史学研究。叶适论"史法"主要以对司马迁坏"史法"的批评展开，斥责司马迁在史料选择、撰写体例、史义劝诫三方面对上古"史法"的破坏。在不同程度上对章学诚等清浙东学者产生了直接影响。这种通达的观念基于叶适"凡事皆两"的哲学观点，也是永嘉学派事功理论的思想基础。

第三章探讨了叶适论学之本质、对象、方法对文学观念的影响。叶适将学术本质概括为修德教民之法，论学不限于儒家经典，在方法上谨守孔氏法则并以物为本。基于上述观点的影响，叶适形成了思想内涵为文采之先，文学应承担教化功能、关注圣贤事业的文学观念，以及内容质实、简而有法的行文风格。

第四章选取"文本于经"考察叶适文学思想与创作的关系。"文本于经"植根叶适思想学术，规定"六经"为文义和文体模板，是叶适弥合文道的具体实践。诗歌创作遵循儒家思想和道德体认，追求言之有物、物中有理的表达方式，以及不怨不怒、质朴真淳的美学境界。文章创作贯注历史意识，憧憬经、史、文合一的为文状态。

第五章是对《习学记言序目》的研究。该书涵括论史、明理、评文三个部分，以习学和考事为论述特色。基于与吕祖谦文道观的契合，叶适还将有补治道的《皇朝文鉴》纳入讨论，表现出文学与义理杂糅、文学与史学交叉的研究特点。

第六章讨论了叶适经、史、文并举的《诗》学观。叶适论《诗》表现出重理轻文的特点。他结合个人"物在道在"的理论，将《诗》的生成归纳为"明理""感物""比次扬抑"三个创作过程和"因诗度乐"的诗用过程。叶适不满于《诗》从经学向文学的转变；反对"孔子删诗说"；联系历史对小《序》进行辨误，试图还原诗教原貌；利用《诗》、《序》、周史考补《诗》本事，意欲彰先圣教化，获得经世治国的教训与启示。

28. 彭敏：《宋代湖湘诗人群体与地域文化形象研究》（吕肖奂），四川大学

摘要：宋代湖湘诗人群体与诗歌创作呈现出以下几个特点：第一，诗人群体身份构成复杂；第二，诗人所作诗歌带有鲜明的湖湘地域特色；第三，寓湘宋人对湖湘景物的态度由唐前的抵触变为欣赏，"潇湘八景画"与"潇湘八景诗"的出现成为历史上"八景文化"演变发展的源头；第四，宋人承汉唐之后，在对潇湘意象的核心内涵进行继承的同时也有着为跳出传统而进行反叛的努力；第五，以诗歌刻石为风尚，石上诗歌内涵指向互有区别与联系。

结构上，本文分为绪论、上编、下编三个部分。

绪论部分是本文的技术性纲领。首先对地域文学与文人群体等本文涉及的重要概念进行探讨。此外，绪论部分综述了本课题的研究现状。最后，绪论部分还对本文的研究思路、方法、对象及范围等问题做出交代。在研究思路上，本文围绕地域、诗人、诗歌三个核心要素，分别从诗人群体与地域文化形象两个方面展开论述；在研究方法上，本文采用的是文学与史学相结合、整体研究与个案研究相结合、学科交叉研究等考察方法；关于研究对象，主要是对"湖湘诗人"进行界定，本文将在湖湘境内有过诗歌创作行为的宋人皆纳入研究视野，包括本土诗人与寓湘诗人；关于研究范围，主要是对"湖湘"的地理范围进行界定，本文综合考虑到今湖南政区范围与宋代行政区划，考察宋代的潭、衡、道、永、绍、郴、澧、鼎、岳、辰、沅、靖十二州与武冈、桂阳二军。

上编以地域诗人群体为中心展开论述。首先做总体概述，从宋代湖湘整体环境与诗人概况两个方面展开。其次，个案研究分别从四个角度展开：第一，从隐士湖湘的角度，探讨以廖凝、廖融兄弟为中心的衡山隐士文人群。第二，从僧人湖湘的角度，探讨在禅僧士大夫化的大背景下，湖湘诗僧相互之间的交往与唱和。第三，从学者湖湘的角度，探讨南宋乾道年间以张栻为中心的长沙文人群的交游与唱和。第四，以诗歌唱和集《南岳倡酬集》为核心，力求复原张栻、朱熹、林用中当年同游衡山的游览与创作过程，并对《南岳倡酬集》的一些遗留问题做出考辨。最后，从迁客湖湘的角度，探讨迁客在湖湘与地方官员、士子的交往和创作，兼论宋代人员流动的官制及"刑不上士大夫"的训诫为湘西偏远蛮乡带去诗书礼义的积极影响。

下编以地域文化形象为中心。这一部分分别从宋代潇湘八景、潇湘意象及潇湘石刻三个方面展开论述。"潇湘八景"诗是对湖湘自然风光的集中体现。潇湘意象主要出自潇湘历史故事当中，形成了独具特色的历史人文景观。潇湘意象群以潇湘为母意象，可分为三大意象系统，分别是帝舜、湘妃意象系统，屈贾、柳子意象系统，渔父、桃源意象系统，而各个意象系统之下又有着自己的子意象，形成了一个风格相对统一的庞大的意象群。本文从湘中数十处石刻遗踪当中提取浯溪、朝阳岩与澹岩三大石刻群作重点探讨。浯溪传统的人文主题是忠义颂德、怀古追贤及隐逸，至宋又有所发展，呈多元状态。寓贤与贬谪是朝阳岩最重要的两大人文主题。澹岩的人文主题偏向于隐逸，经黄庭坚诗笔而闻名于天下，多有闻人至此留题，其中诗刻多体现出一种出尘野趣与隐逸倾向。

29. **武氏明凤：《越南李陈禅诗之研究》（李定广），上海师范大学**

摘要：本文针对越南李陈的禅师、帝王、文人三大创作群体的禅诗，就其内容及功能共分为15类，进而探讨诗的特色。李陈两朝禅诗的搜集范围主要以《禅苑集英》与《李陈诗文》为依据。

本文的核心问题是越南李陈时期禅诗中贯穿的中心思想,而以不同创作者禅诗的各个内容进行分类,以其表现手法为切入点。从佛教史与文学史两个层面为出发点,先从佛教禅宗的源流,进而就偈、诗、禅诗的融入与结合,概括出李陈禅诗的内容与艺术表达手法。探讨李陈禅诗中的中心思想及其社会背景、文学地位与价值,进而说明与唐禅诗的关系。

通过本文的研究,提出五点看法:

(1) 每位禅师一生平均只流传两首诗。李陈时期的禅师、帝王,一位禅师的一生平均只创作两首,一首在生平,另一首在即将临终时完成。这个发现与中国唐代的禅师约有98%的禅师平均只流传两首诗偈是相当一致的。

(2) 只有两种创作群体即"开悟者"与"未开悟者"——对生活的"无常、苦、无我"的体会而感慨体悟者。其中,"无我"——没有一个真实的自我,就是"空性"另一说法,亦称之为"佛性"。"爱欲"与"无常、苦、无我"为本文结论。

(3) "心如画工师"。每一首诗不外乎发源自人的内心所构思进而创作出来。其中,一首诗的结构、表现手法以及每一物象符号的意象,皆是诗人的内心世界转化而成。

(4) 没有李陈禅诗与唐禅诗之间的界限。本文在探讨"越南李陈禅诗"与"中国唐禅诗"的关联性时,发现这两个空间与时间的范围逐渐模糊了,如果"禅"的目的是扭转人心,使其回归纯真本性,则任何时代与地域空间、任何人种、任何身份所创作的诗,都可以泛称之为"禅诗"。

(5) 佛法的随缘方便法门。自佛陀所留传的"无常、苦、无我"到六祖慧能的"直指人心"为中国禅顿悟的核心点,至越南陈仁宗创立"竹林禅派"以"入世精神"为越南民族性色彩,乃至近代太虚大师所倡导的"人生佛教"。这些其实是原来佛陀的引导披上一件大外套,是为了适应不同时代的生活环境是比公元前六世纪(佛陀时代)的生活环境所发展出来对应的方便法门之一。

30. 孙宏哲:《金代诗文与佛禅研究》(王树海),吉林大学

摘要:金元一代文学植根于汉文化与北方民族文化交叉点,金代作家染佛习禅,其文学创作受佛禅浸淫的程度,并不逊于两晋以来任何一个朝代。《金代诗文与佛禅研究》在前贤研究的基础上,从文化、

社会的角度，用文学的外部规律与内部文本分析相结合的方法，研究金代诗文与佛禅的关系。将共时性与历时性相结合，按作家身份的不同将其放置在世俗与宗教两个不同的社会分野，分别分析上至皇室贵族下至文人士大夫，再到诗僧、道士的诗文创作，力图深入细致地分析金代作家的佛禅情结以及作品的佛禅意蕴，展现佛教禅宗对金代作家心灵的浸润，金代作家对佛禅的独特解读和现实性期待。

本论文分为绪论、正文、结论三大部分。

绪论部分主要阐述金代诗文与佛禅的研究现状，研究意义与研究方法。

正文分为四章，按照作家社会身份的不同分别研究他们与佛禅之间的关系。

第一章探讨金代皇族的涉佛文学创作。这部分探讨金代女真政权的佛教政策，金代皇族的涉佛文学创作。金代女真统治者逐步接纳佛禅，金代皇族涉佛文学创作呈现出从最初具有政治利用、宗教政策宣传之意图，到理解逐步深入最终成为皇族成员化解生存苦闷、提升人生境界的有效手段这一特点。金代皇族涉佛诗文创作是金代最高统治者加强文化思想统治，促进民族融合等政治策略的组成部分，也是女真皇族汉化逐步加深，民族融合在思想文化方面的重要体现。

第二章探讨金代文人士大夫与佛禅。这一部分第一探讨文人士大夫习染佛禅之缘由。第二探讨金代文人士大夫对佛教禅宗采取的排佛与护法的态度。金代文人士大夫对佛教所持的立场基本可以分为排斥与护持两个方面，但他们并不是针锋相对的，而是交叉兼容边界并不十分清晰。第三，讨论金代文人士大夫濡染佛禅的文学表现。第四，讨论佛禅影响金代文人士大夫的典型个案王寂，分为文学作品中佛禅意蕴的表现和受佛禅影响的原因两个方面论述。第五，分析佛禅对金代文人士大夫文学批评观念的影响。

第三章讨论金代诗僧及其创作部分。首先，对诗僧与僧诗进行界定。在此基础上，探讨金代诗僧创作缘由，可分为个人因素和社会历史因素两个方面。其次，对金代诗僧的地域分布及存世诗作进行了统计分析。再次，讨论金代诗僧的特征。最后集中讨论金代诗僧的诗作主题取向和风格特征。

第四章金代全真道"援禅入道"及其文学体现。这一部分首先分析全真道融摄佛禅的思想基础与全真道面临的现实困境，然后以全真道成员创作的文学文本为基础，探讨全真道"援禅入道"的三个方面：三教融合的立教原则；内丹思想的核心——心性理论；佛教禅宗影响下的修持方式。最后讨论其他佛教观念的影响和佛教意象的运用。

结论部分全面归纳金代诗文与佛禅之间的关系，揭示佛教禅宗影响了金代作家的思想，丰富了金代文学表现的内容和方式，催发了某些金代文学批评观念，对整个金代文学具有重要意义。

31．刘畅：《中华影响下的 10—12 世纪高丽汉诗发展研究》（赵季），南开大学

摘要：从 918 年高丽建国至 1170 年武臣乱爆发，是高丽汉诗发展的第一个阶段，也就是本文所要研究的 10 至 12 世纪。高丽虽号称是恢复高句丽，实际在制度承袭、人才登用等方面，对前代的统一新罗多有继承，高丽汉诗史的序幕也在新罗末期拉开。

668 年，大唐与新罗组成联军，助新罗文武王取得统一。统一之初，新罗人汉文化水平普遍不高，解读、创作骈体公文尚有难度，新罗善德女王九年［唐贞观十四年（640）］，请遣子弟入大唐国学习。自此，新罗人入唐留学即成传统，新罗开始模仿大唐的教育制度。682 年，新罗设国学。但国内汉文学水平普遍不高，这一局面，直到 9 世纪后半叶的新罗末期才有所转变。

新罗末期的留学生们，成为过渡期汉文学、汉诗诗坛的主将。崔致远、崔承祐、崔彦㧑、崔匡裕、朴仁范，能诗善文，且都曾以新罗人的身份赴唐留学，宾贡及第。朴仁范、崔承祐、崔匡裕三人的诗作，展现出唐诗风味，而他们远离家乡，千里求学异国的留学经历，使去国怀乡、渴望及第、与华人交游成为他们诗中共同的主题。

高丽国初，仅丽祖王建有作品现存，其诗或体贴入微，对仗工整，或古直沧桑，展现出横槊赋诗的英雄气概。惠宗至成宗五朝，汉诗作品流传至今的，大概只有王郁七律一首、崔承老诗七首、东京老人七绝一首。宣宗、肃宗等朝，高丽文治大发展。高丽文宗七年，崔冲致仕，首创私学教育。崔冲汉诗传世者大抵只有《戒二子》，体现出以文为诗的风格。文宗三十四年，朴寅亮、金覲出使大宋，宋人见到二人所著尺牍、表状、题咏，叹赏良久，刊刻出书，即《小华集》。

佛教信仰在韩半岛生根已久，很多具备良好文化水平的人学佛、

出家，孕育出诗文修养与佛学修为兼备的僧人——大觉国师义天。义天的汉诗主要收录在《大觉国师文集》卷十七至二十，共存诗百三十一题。

仁宗朝前期，虽然与宋邦交恶化，但对大宋文物崇尚之心未曾改变。整体看来，这一时期的汉诗已经有明显注重章法的痕迹，汉诗诗人大量涌现，传世作品明显增多。主要诗人有金富轼、郑知常、尹彦颐、李之氐、郑与龄、权适、王楷、郑袭明、崔惟清、高兆基、李阳实、印份、申淑、金礼卿、朴椿龄、金子仪、刘曦、黄纯益、金若水、林宗庇、李知深、高孝冲、金敦中、金敦时、许洪材、田致儒、任克忠、金永夫、郑叙、崔均、金莘尹、李公升、文克谦、蔡宝文等人。

睿宗、仁宗朝至1170年武臣乱，高丽文人政治宣告结束。这一时期可谓文人政治的黄金时代，高丽汉诗开始走向成熟，诗人诗作彰显着蓬勃的生命力，出现高丽汉诗史发展的第一座高峰：郑知常的诗，接续上罗末丽初以来若隐若现的唐诗传统，重视意境构造，展现出明亮清空的风格；金富轼的诗，唐诗风外，也上接高丽太祖以来的宋诗风格，有融合唐宋的意味；崔惟清《杂兴》组诗，以古体写作，尤具古诗风貌；高兆基的诗更是具备盛唐气象。

32. 文爽：《明代"以声论诗"研究》（卢盛江），南开大学

摘要："以声论诗"是从明初一直延伸到明末诗学中一个非常显著的现象。明人所言之"声"具有十分丰富的内涵，举凡从外在的合乐性到内部语言的平仄声律、韵律、吟咏节奏、声调等都包含在内。明人从"诗乐合一"的原始音乐性出发，集中关注诗歌语言内部的"音乐性"。

论文分上下两编进行分析。

上编为宏观研究。以"问题"为纲，主要从"声之生成"（声、气关系，声、情关系）、"以声辨体""以声求味""以声为教"四个方面宏观探讨了明人"以声论诗"观念的主要内容。

第一章论述"声之生成"。明人认为"声"的产生与"气"和"情"两大元素主要相关。"缘情而有声"是明人对诗歌属性的基本看法。明人"自然声情"与"人工声情"相结合，以达到"声盛者情不伪""情真者声不俗"的表达效果，形成了"声气"与"声情"的诗学范畴。

第二章论述"以声辨体"。"声"为广义的诗声，不仅包括具体的声韵格式，也包括在此基础上所形成的整体声音风格；"体"，不仅包括各种体类诗体，还包括各种体貌之体，具体呈现为地域诗体、时代诗体和作家诗体。明人首先以声区辨诗与文；其次辨析诗体内部各类诗体的音声表现。明人以"（体）调"来命名地域诗体、时代诗体和作家诗体。明人的"以声辨体"带有实践性品格。

第三章论述"以声求味"。明人对于诗歌"声韵"的追求是声之浑化、入神的境地，并且希冀从格调、声韵中求得诗歌之风神、兴趣、韵、味。前后七子还是零星的表述，胡应麟"风神尽具音节中"、许学夷"诸体所诣，诗之趣"、冯复京"神韵趣味旋运于章句音调之中"的说法已是比较具体的认识，而陆时雍的"声微而韵"说和杨文骢的"声情风味"理论则是此一观点的集大成代表。明人希望通过"熟读涵泳"的方式从"声韵格式"中求取"神韵趣味"，在实践中还要靠作者个人的"造诣之功"。

第四章论述"以声为教"。"声"指诗歌讽咏之时呈现出来的自然音乐属性，明显受到了传统乐教文化的影响。无论是"以声致教"的内容，还是唐诗风雅正变观，再或是对"雅正和平之音"的追求，都带有传统儒家"乐教"理论的烙印。在实际的诗学批评中，三种观念互相交织。

下编属于微观个案研究。主要以谢榛、郝敬和赵宧光三人的诗话著作为中心，探讨其个人的诗声观念。

第五章，谢榛对诗歌的"声律之学"颇有研究，从"平仄抑扬"的"声调观"到"韵学理论"，再到"意随字生，句由韵成"的"声""意"关系论都有十分详尽的论述。

第六章，郝敬提出"诗主声，声主和平"的观点，以《诗三百》的"平和"之声为基准，建立起了以"雅""郑"之声为别的诗体辨别观。

第七章，赵宧光提出"诗以声调为主"的观念，在明代诗学史上第一次以"声调者，诗之容貌"的方式对"声调"的内涵做了比较详细的阐释。他还论述了"声调"与"格调""律""雅俗""兴""意""天工"与"人工"等其他文学因素的关系。

"以声论诗"是诗歌鉴赏评价中的重要一环。与"以画论诗"单纯追求诗歌的审美意味相比，"以声论诗"可以突出诗歌"抒情性""审美性"和"教化性"的统一，具有无可比拟的优势。

33. 刘劲松：《明代词学通论》（彭国忠），华东师范大学

摘要：明代词学是中国词学史上的重要环节，近些年来对于明代词学的相关研究都已经取得了丰硕的成果，本文以专题论述的形式展开对明代词学的研究，以期抓住明代词学中核心、本质的问题进行考察，在展开问题研究的同时贯穿"史"的线索，考察明代词学的动态演变过程，对明代词学研究提供一种新的观照视角和研究方法。本文从复古思潮和心学背景考察明代词学，可以从一个广阔的层面把握明代词学发展的演变状况，从而揭示明代词学的特征规律和价值意义。本文由绪论、正文六章、结语、附录等部分组成。

绪论部分，论述明代词学的研究现状，介绍本文的研究方法。

第一章从明代复古思潮考察明代词学。明代词学领域掀起的复古思潮，在明人"尊婉约抑豪放""正变之争"的背后，都隐含着"词体主情""词为艳科"的词学理念。由于民歌兴象天然、辞以情发、情感真切的艺术特征，明人提出了"真诗只在民间"的口号，在这种观念的影响下，明人也提出"申俗黜雅"的词学主张。由于词乐的失传，明人展开了对词体的音乐追寻，明人还希望能够通过词体艺术的格律追溯到上古的音乐。

第二章考察在心学背景下明代词论中的"主情说"。心学也影响了明代词学家们对词体体性特征的认识，明人认为词体是"主情"的艺术，词论家们也由此把词体的起源追溯到了六朝乐府，词体乐府起源说成为明人的主流看法。明人对词体的道德价值也进行了阐释，认为"真情即性"，这就为词体表达艳情找到了正当的理由，与词体主情的观念一致，明人也表现出崇北宋抑南宋的审美旨趣。

第三章探讨明人的尊体说。明人认为诗词异体同质，认为在小词中也蕴含着"义理"，从词体的政治功用上达到了推尊词体的目的。明人对词体"悯惜惩创"的净化功用和"情适"理论的阐发，揭示了词体有别于其他文体的价值功用，从对诗词异体同性的阐释、义理的发掘到词体净化功用和达情功用的解说，标示着明人对词体体性特征的认识正在趋向独立。

第四章研究明代词论中的递变观。文学发展到明代，各种体裁繁复，明人把词体放在宏观的历史脉络中考察，试图找出文体递变的原因。在递变观的影响下，明人也提出了独到的词体发展观和价值观，并有意推崇各种文体在兴盛期的经典作品，"一代有一代之文学"成为

明人的主流观点。明人在考察各种文体递变和自身的发展过程中,提出了一系列较有价值和意义的观念范畴,都深入到了文学创作过程中内部规律的探讨,其影响力甚至渗透到了清代的诗学理论。

第五章分析了明代词学中的创作论。明人重性情,认为词体创作是表达性情的需要,但也注意到了才学对于性情的重要性。在探讨词体创作时也继承和借鉴了"兴"这个诗学概念,在物对于心的感发上几乎是从纯艺术的角度来探讨词体的生发。明人在探讨词体的创作手法时也提出了"虚、实、即、离"的造境之法,以期达到含蓄蕴藉的美学效果。明人追求"浑然圆融"的艺术特色,提出了"蛇灰蚓线""一气流贯"的创作技法,可以说明人对于词体(特别是慢词长调)的体性特征的认识更加深入了。

第六章论述了明代词学的发展史。根据明代词学的发展线索,将明代词学的发展分为三个阶段:从洪武元年(1368)到成化年间(1487)为第一期,是明代词学发展的初期;从弘治初(1488)到隆庆六年(1572)为第二期,为词学的发展探索期;从万历元年(1573)到崇祯十七年(1644)是明代词学的繁荣期。明代词学从雅正刚健的明初词坛,到复古与心学思潮影响下的中期词坛,再到以理节情的晚明词坛,明代词学完成了一次循环。

结语总结本文的主要观点:由于受到复古思潮和明代心学的影响,明人在复古追寻的过程中建构了自己的词学观念,复古与融今在民歌这一媒介得到了有机的契合,民歌的艺术特征深入地渗透到了明代词体创作以及对于词体体性特征的认识。正是基于这一点,明代词学呈现出与宋元、清代词学不同的特征。

34. **高春花:《清代唐宋词选研究》(马亚中),苏州大学**

摘要:清代是词学发展的昌隆时期,这一时期出现的唐宋词选无疑是这一强盛的重要组成部分。同时这些唐宋词选的出现又是在词学发展的背景下孕育而出,因而词学发展必然会影响词选的发展。但是唐宋词选的编选与词学发展的脉络又不是一一对应的,选者不同的词学思想、编选旨趣、选本功用等因素又使每部词选具有自己的个性,这些个性之中自然包括悖于词坛主流的词学思想,也正是这些相悖才使得清代词坛缤纷炫目。

本文以清代的唐宋词选为研究对象。目前所见的清代唐宋词选共有三十余部。本文主要集中研究三部分内容:

（1）清代唐宋词选史。根据词选的刊刻时间与词选数量分布，清代的唐宋词选大致分为三个时期：康乾、嘉道与光宣时期。康乾时期以"全备"为宗，嘉道时期朝"专精"发展，光宣时期则迈向"词学"之路，大致显示了清代唐宋词选在雅化道路上的演进走向。不过，整部唐宋词选的发展其实是相互勾连，互相交融，并不是非此即彼的。每个时期在论述时首先概述这一时期唐宋词选的概况，包括词选的数量、编选的体例、刊刻年代等基本信息，然后选出几个突出的方面概述这一时期唐宋词选的特征。具体论述时以时间为序，选取本阶段有代表性的词选详细地论述这些词选在编选上的特点，以及与同时期词选相比比较突出之处。历时地考察同一时期唐宋词选在编选上的同异，与其他时期相比，又可见不同时期唐宋词选不同的编选风貌。同时，将清代的唐宋词选与清词的发展脉络相勾连，力图阐述这两者之间的关联与影响。词选有开宗、立派之功用，清代的唐宋词选也不例外。不过"文学史"上的派别在实际的发展中并不是壁垒分明的，从词选的编选队伍、词选之间的相互借鉴等方面就可以看出他们之间的关系。跳出派系的壁垒，从唐宋词选本身显示出的信息重观文学史上的"派别"也是本文比较注意的一个方面。

（2）清代唐宋词选的文本细化研究。词选的编选有共性，也有个性。这部分内容旨在研究每部词选的编选体例、编选旨趣、编选队伍、词选功用等细节问题，力图还原当日词选编选的状况，在当时编选情境下给予每部词选以理解的研究。在选取研究对象时主要选取特征比较突出的词选，比如《御选历代诗余》的"官修"，《林下词选》作为女性词选的"首庸"，《古今别肠词选》的"别肠"等等，以此突出这些词选在唐宋词选史上的地位与意义。一些研究已经比较充分的唐宋词选没有单独列章，仅在每一章的概述中作为参照。在具体研究时，注意词选之间的相互借鉴与发展。从唐宋词选史的角度去观照每部词选与从文学史的角度去研究，研究的侧重也不同。在研究中本文比较注意研究编选人员、人员之间的关系以及选本的功用等问题。在具体评价每部词选时也应该考虑到当时的编选队伍、编选功用等问题，而不是带着后世接受的痕迹去反观这些唐宋词选。另外，通过这部分研究，还可以进一步比较唐宋词选在编选体例、旨趣、思想等方面的沿革与发展，并在词学发展背景下审视这些发展与沿革。

（3）部分唐宋词选研究辨误。清代唐宋词选在研究中还是存在一些错误，尚有修正的空间。目前所知见的三十多部词选中有一些是前人尚未研究的，这部分词选存在作者生卒年、词选收词数量等细节的错误。本文依据手中的版本一一查询，认为有些论点过于武断，其根源就在于以后世的评价反观词选本身，对于词选的评价应该回到最初的编选情境下，综合编选的功用、编选旨趣等多方面因素全面综合考量。与此相关，对于选者的评价也应该回到选者的语境中，而不是带着文学史上的观点去寻找蛛丝马迹来论证文学史上的观点，这样会造成一些假命题。

35. 茆萌：《咸同词坛淮海词人群体研究》（马亚中），苏州大学

摘要：词在清代历史进程中经历起落消长。清初云间词派后，吴伟业、龚鼎孳、柳州词派、毗陵词人群体、岭南三家等各据南北，词风多元。其后阳羡词派、浙西词派和常州词派在清初百派回流之后，相继各立门户。烽火中的晚近词坛异彩纷呈，清末诸家在乾坤纷争中共筑了词坛最后的盛景。就咸丰、同治两朝来看，词人的感慨寄托和时代的风云际会关系密切。二十余年间词人受世事所扰，词作多论及世事，创作旨趣和风格、词人心态均受时代影响。丧乱之余，他们将"家国文物之感，蕴发无端"，承续了"词史"的发展，融合了时代的状态和词人之心态，组构了特属于咸同词坛的词学景象。

本文以咸丰、同治两朝淮海地区词坛为研究对象，对淮海词人群体进行分析探究，通过对群体的聚合活动和个体的行迹进行探索，从而勾勒出群体及词坛发展的原貌。在此基础之上，我们将对共同历史背景下的淮海词人做综合考察，究"因"，求"变"，探"史"，以期能在探索词人心态、词体流变的同时，对词人群体和时代的互动进行阐释，从而对群体的意义和价值进行重构。

第一章对咸同词坛的历史社会背景进行探索，对淮海词人群体所处的时代环境、学术环境和词坛氛围进行介绍。

第二章展开对淮海词人群体的综合论述。在对群体的概念与特点、构成和具体词人考订进行讨论的同时，也剖析群体中个体的流动特点、心态特征等。咸同词坛的群体聚合与其他时代相比，有一定的被动性，这在偶然间促进了群体自身的发展。在词体流变上，这一时期的词人创作选择和词论大体与清初词坛对接，在其基础上延伸出"词史"在咸同词坛的个性内容和意义。

第三章展开对淮海词人群体交游的详细考证，以九秋社成员和

《淮海秋笳集》中的各位作者为主要论述对象，对词人交游进行论述。

第四章对淮海词人群体的创作主题做一分类，从战争、咏物和题画三个方面做分类论述，由词人对主题内容的选择考察其"词史"表现。

第五章对淮海词人群体的创作风格和词论的师法取向进行探索，以探清词人在词的发展当中所处的环节。

第六章以"词史"的流变为线索，考辨咸同词坛词体的特点和流变过程，并对这一时期内"词史"的衍变意义和价值进行研究，对咸同淮海词人群体的"词史"书写和意义做讨论。

36. 张瑞杰：《清代山西诗歌研究》（马卫中），苏州大学

摘要：清代山西诗歌是清代文学的重要组成部分，也是山西诗歌发展不可或缺的一个阶段。本论文以清代山西诗歌为研究对象，在认真梳理原典文献的基础上，通过对各阶段诗人的生平、交游、创作等方面的分析，揭示清代山西诗歌"U"形发展格局，同时指出清代山西诗歌不同时期的主要特征及其形成原因。清代山西诗歌还具有明显的地域性特征，在空间分布上呈现出由南到北逐步下降的趋势。整个清代，山西诗歌根据其发展历程可分为清初、清中和晚清三个阶段。本论文按照五个部分展开论述。

第一章为山西人文地理特征与清代诗歌的发展背景。通过对山西自然环境人文历史，清代社会政治科举文化以及山西诗歌发展历史等三个方面的梳理，厘清影响清代山西诗歌发展的地域因素、历史因素以及诗歌自身传承因素。

第二章为清代山西诗歌发展概述。本章从纵向历时性变化，横向地域性特征两方面来介绍山西诗歌发展概况，从理论上建构清代山西诗歌发展演变脉络，突出诗歌地域内部空间分布的差异性，以及以整体面貌显现的地域性特征。

第三章为清代初期山西诗歌。选取遗民傅山、贰臣程康庄、台阁陈廷敬、布衣吴雯等身份不同的诗人为此期代表。分由明入清和清初两个阶段，前期诗歌创作的主体是遗民诗人，多反映社会巨变的现实以及巨变带给人的心理感受。后期主体是清代入仕诗人，诗多润色王朝鸿业或是山水之音。山西诗坛的中心经由傅山转至陈廷敬，在清初近八十年时间里先后引领了山西诗歌的发展走向。慷慨悲歌、凄急幽奥的遗民诗风逐渐转变为清新典雅、温柔敦厚的台阁诗风。此期诗歌创作较为繁盛,具有诗风转向起步慢但完成快的特点。在对明诗继承的基础上逐渐形成山西诗坛自身风貌。

第四章为清代中期山西诗歌。诗人影响度不如前后两期,但是诗作数量众多,诗歌地域性特征明显。主要表现为地域性诗歌流派雏形初现,地域性诗歌总集大量刊刻,以及以诗话理论为代表的地域诗歌意识的显现。诗歌题材以山水田园为主,内容上多抒写个人情怀,总体基调为盛世之音。同时也出现了讲求形式、内容空虚的不良倾向。出现了以静乐边塞诗人李銮宣、灵石画坛诗人何道生、阳城文坛领袖张晋和延君寿等为代表的一大批诗人,其诗风格迥异。但由于诗人政治地位较低,多是下层官吏甚至是布衣,当中缺乏能够引领或者影响全国诗坛的大家。

第五章为晚清山西诗歌研究。该部分主要选取晚清诗坛盟主祁寯藻、宋诗派羽翼徐继畬与冯志沂、晋商出身的仕宦诗人董文涣及其弟媳冯婉琳、渊源魏晋诗学唐人的杨深秀作为研究对象。厘清由以祁寯藻为代表的宋诗派到以董文涣为中心的唐宋兼融,再到"诗学唐人"的杨深秀之间诗学风格演变的脉络。晚期山西诗歌与社会现实联系紧密,诗歌叙事性与学问性较强,体现出浓郁的时代风貌。诗人地域内部交往与外在联系较为频繁,一定程度上促进了诗歌的繁荣。

结语从诗歌纵向发展历程、诗歌自身创作特点、诗歌地域性空间分布等三方面建构立体的清代山西诗歌发展的轮廓,从中总结其历史地位与诗坛影响。

37. 石昭:《清初苏州诗论家群体研究——以叶燮、沈德潜、薛雪、李重华为集群》(侯敏),苏州大学

摘要:诗学集群或流派是历史的产物。以叶燮为代表的清初苏州诗论家群体的诗学思想,其生成与演变进程是在一个极其复杂的过程中由多种合力作用的结果。康熙、雍正、乾隆时期是"集大成"的清代诗学的发轫期。就地域来分,清代诗话的作者以江、浙一带为最多。梁启超先生在《近代学风之地理的分布》一文中,便描述了以江苏的苏、常、松、太和浙江的杭、嘉、湖一带为清代诗学的最盛。本文以清初苏州诗论家群体为研究对象,并选择以叶燮、沈德潜、薛雪、李重华为代表进行研究。在清初的苏州文坛和诗学园地,这是一个半自觉或不自觉的诗学集群,即以叶燮为代表的、由叶燮等四人构成的清初苏州诗学集群。这是一个由地缘、师缘、学缘构成的、前后相续的、

在诗学观念上具有同中有异、异中有同的诗学集群。

本文主要分为七个部分。

绪论部分说明本文撰写之目的和研究方法,并概述清初苏州诗论家群体的研究现状与问题。

第一章先从苏州诗学的历史背景及清初诗学的地域格局两个方面介绍苏州在清代何以成为中国诗学的重镇,之后从著述活动和特色两个方面,宏观地介绍以叶燮为源头的清初苏州诗论家群体。

第二章笔者从研究对象的思想着手。中国古典诗学以儒家的古典诗学为正统,道家和后来传入的佛教为补充。以叶燮为首的清初苏州诗论家群体也不例外,只是在思想的生成与结构中灌注了他们人格体验、自我修炼与文艺襟怀。本章基于此,从儒家思想、与佛学的关联以及儒、道、释之互动三个角度论述四位诗论家的思想维度。

第三章从主、客体之本以及二者联系之"气"论阐述研究对象对于诗歌创作理论的独到见解。

第四章笔者分别分析叶燮等四位诗论家对于诗歌之美境的不同认识,最终厘清其审美基调。

第五章论述了具有代表性的叶燮与沈德潜的文学史观,主要包括诗歌的源流正变、盛衰、文学发展论等方面。

余论部分从叶燮独特的知性品格以及沈德潜、薛雪、李重华各自的影响、传承与发展和叶燮、沈德潜与其他诗论家对于诗学观念的辩驳三个方面补充说明四位诗论家独具之特性、历史地位与影响,进而对这个清初苏州诗论家群体进行梳理与总结。

以上可知,面对这个诗学集群,我们只有充分考虑到它的历史渊源、精神姿态、言说构造,才能够更为深入地洞见其本源与特色及其实绩,为后来相关问题的研究提供了新的理论视野。

38. 姜鹏:《清代东海诗歌研究》(罗时进),苏州大学

摘要:海洋文学研究在中国古代文学研究中处于新兴的研究领域,清代东海诗歌的研究更是少有人提及。本文以"清代""东海"为时空框架,以东海文化圈交流为主轴,梳理出了东海诗歌的发展面貌。考察了包括中国—琉球、中国—日本、中国大陆—中国台湾的三条主要东海航路的文化交流史实,梳理出了东海诗歌的主要书写群体,并以此为依托进行相应的文本分析。同时以"钓鱼岛诗歌"、张斐及其《莽苍园稿》为个案,考察诗歌写作动机。

第一章考察了清代前期中国古代海洋观。为东海诗歌研究范围做地理上的界定。通过考古、典籍等多方面来论证东海这一概念的形成过程，为后期对清代东海这一范畴的论述提供学理上的依据。

第二章分析东海文化圈形成，为清代东海文学的写作提供一个真实的历史背景。东海文化圈主要指中国大陆与日本、琉球、中国台湾等东海海内岛屿及其辐射圈的文化交流。这种交流是以古东亚体系为基本构成的各地区之间的文化交流，主要构成包括朝贡体系下的文化一统，兼及清朝对其海洋国土的文化开发，以及在朝贡体系崩溃下的文化价值观的逆输出。

第三到五章，我们将以琉球航线、台海航线、中日航线上的文学活动为主要研究对象，对东海诗歌进行逐一分析。

第三章是琉球册封使团文学诗群活动。琉球册封使团作为经由东海驶往琉球的重要文化团体，其所留下的东海文学数量巨大，不但具有深远的文献意义，更具有可观的文学价值。他们奔赴琉球、泊舟东海、返抵中土的诗歌大多都是围绕着东海旅程而创作，具有很浓厚的海洋文学意味。另外，钓鱼岛作为东海海路的特殊文化象征，本章将利用一节的内容对钓鱼岛诗歌进行研究。

第四章是台海航路上的诗歌。台湾自古以来便是中国领土不可分割的一部分，中央朝廷对其统治从未松弛。明末清初，台湾作为反清复明的重要据点被清王朝视为大患，在这一时期，台海航路上的诗歌表现出的是遗民的坚守家园和清廷的护边平乱的双重情绪。康熙二十二年（1683）台湾正式重归清廷的管辖，一方面出现的是以大量赴任官员为组织者的文化迁移，一方面是台湾士子的文化回渡。两者共同构成了台湾作为边境与家园的两种不同形象的心理映射。在这些复杂的背景下，台海航路上出现了多层次的东海诗歌。

第五章是日本航道的诗歌。它较前两者，显得寂寥、沉默。官方失声的同时，文化的维系也趋于隐性，书籍的东渡成为中日文化交流的基本载体。中日，尤其是日方严苛的海禁政策，几乎隔断了两国之间文人的大规模交流，知识分子渡海数目也较唐宋时期大量减少，留在日本航路的东海吟唱在这一时期几近真空。所幸明末清初，大批儒士僧人东渡日本，为我们留下了亲临中日东海航路的人生体验。本章也将围绕这一群体进行展开。

在余论部分，对1840年以后的东海诗歌聊做小结，将东海诗歌由古代进入近代部分补充完整，使本研究成为一个完整的体系。本文以清代为历史背景，以文化为维系纽带，以东海诗歌为研究文本，论述了清代东海诗歌的文学价值，是对中国古代海洋诗歌研究方法的一种尝试。

39. 马腾飞：《清代淮海诗人研究——以〈淮海英灵集〉及其〈续集〉为中心》（罗时进），苏州大学

摘要：在清代，"淮海"泛指扬州府八属与通州四邑。近年历史地理学者提出了"淮海文化圈"的概念，为这片文化地域的划属提供了有力的理论支撑。

作为一个独立的文化版图，淮海有着悠久的历史底蕴和深厚的人文传统。淮海地区以"通壤"为主要文化特色，却又能自成一独立疆域。从董仲舒的"正谊明道"四字心诀流播此地时起，再到清代扬州学人大倡实学，千百年来，淮海熔铸着忠介亢直、雄奇俊伟的士风。

淮海以扬州府城为中心，以泰州、通州等其他大邑为辅翼，在清代形成了持久稳定的文学圈。其中，诗人、诗学是最为活跃的部分。明清鼎革之际，淮海境内各邑遗民诗人奔走呐喊尤为瞩目，如吴嘉纪与东淘诸子、范荃与北湖诗群、李氏与昭阳诗群，乃至陶季等游历诗人在清初遗民诗坛上留下了瑰玮卓绝的篇章。

随着清朝政权的逐步稳定，在周亮工、王士禛、孔尚任等风雅大吏的主盟下，不少淮海诗人与之交游甚密，进而有部分诗人逐渐步入仕途，最典型的是"江都二汪""维扬二妙"以及名列"江左十五子"的缪沅、宫鸿历等新朝诗人。

清代中叶，扬州经济复苏，清季扬州府城之文化由此达到顶峰，许多盐商亦是淮海诗人中的重要成员。

乾嘉时期，扬州学派大放异彩，淮海各邑之学人富于文学创作，造诣不凡，如贾田祖、汪中、任大椿等经学硕儒，成就最高的当属黄承吉的《梦陔堂诗》。

除此之外，清代淮海地区有着相当数量的诗学家族，若皋邑冒氏、宝应乔氏、通州范氏等皆其中佼佼者。文学家族中往往还涌现有大量出色的女性诗人，她们是亟待考察、归纳的重要对象。

《淮海英灵集》以及《续集》作为"存一地之诗"的地域性诗歌总集，在乡邦风土的诗性记忆、淮海一地的文学传承等各方面有着重要贡献。嘉庆间仕扬文人汪之选所辑的《淮海同声集》的内容，涉及大批宦游淮海的名士在当地游历、咏景、怀古的创作现场,也可以从地名学上为"淮海"的划属提供进一步佐证。

整体而言,清代的淮海地区凭借襟江带海的地域优势,在通壤文化与当地崇古右文的人文传统、晚明泰州心斋之学的沾溉之下,形成了博雅、朴实并行的人文氛围以及诗学特色。从整体文学成就上看,淮海地区比之江南稍有不及,但足以紧随其后,成为清代地域文学自成疆域的一大重镇。

40. 张敬雅:《清代唐诗总集序跋研究》(李定广),上海师范大学

摘要:历代唐诗总集尤其清代唐诗总集中很多有价值的序跋、小引和凡例,是未被开掘的浑金璞玉,发挥其应有的文献和学理价值。本文最大的特色是发现新材料、阐释新材料。本文以今存二百五十余种清代唐诗总集为依托,以"序跋"研究为立足,致力发掘序跋文献价值、诗学价值。着力凸显清代唐诗总集序跋的内涵与价值,辨识总集与别集序跋差异,明确清代唐诗总集的类型差异与序跋的不同特色,分析序跋的基本文献问题,考察清代唐诗总集序跋体现的编纂思想,探究清代唐诗总集序跋与清人的诗学观。共分五章。

第一章为唐诗总集编纂史述论,梳理历代唐诗总集,为序跋研究奠定基础。唐诗总集编纂呈阶段性特征:由唐五代的兴盛,宋金元的低潮,明代的复兴,至清代进入集大成时期。清代唐诗总集量大质高,编选种类齐备。

第二章揭示清代唐诗总集的类型差异构成其序跋不同特色。选集类序跋强调"精选",突出"选诗为首选人其次"的标准;合集类序跋强调"求全亦求善",突出"重在选人"的标准;全集类序跋强调"网罗赅备",突出"通观全唐"。

第三章从文献角度切入,厘清清代唐诗总集序跋总量,探讨重刻重抄本序跋增删、总集序跋入文集的删改等问题。还注意到序跋的留存史料、交代选诗来源、鉴定版本等文献价值。

第四章旨在探索清代唐诗总集序跋体现的编纂思想。其编纂动机,当受清代崇唐学唐的炽热之风影响。人们或不满之前编集成果而另编他集,或企图借助唐诗总集来矫正诗坛流弊。与此同时,清人于唐诗总集序跋呈现多样化编选宗旨,既彰显"选学"为核心的"唐诗学"思想,亦申明推尊雅正诗教、提供后学范本的重要性。

第五章通过清代唐诗总集序跋探析清人诗学观,解读清人对其所

关注的唐诗热点问题的意见。发现清代唐诗总集序跋对唐诗分期问题争论激烈，对中晚唐诗尤其是中唐诗的意义有重大揭示，也涉及唐诗大家标举、各体大家的标举。除此，由序跋知悉清代的个别唐诗总集对诗体划分最近唐人分类实际。并且，清代唐诗总集多七律选本，对七言律诗尤为关注。

41. 茶志高：《清人编纂云南诗文总集研究》（张三夕），华中师范大学

摘要：滇中总集的纂辑始于明代，清代为云南诗文总集编纂的鼎盛期，先后产生了八部诗文总集。本文首次系统地研究了这八部清人编纂云南诗文总集的承继关系、体例及各自特点。

其中《滇南诗略》体例最为完备，按序跋、目录、参订、同辑等诸家姓氏、凡例、作者小传、诗作、注释、眉批、总评的顺序编排内容。《滇南诗略》《滇南文略》参编者阵容庞大，点评出自众手，其余各部总集系独纂。前者易于集思广益，也难免水平参差不齐；后者可统一体例，但亦有力不能逮之处。《滇南文略》收文不求备体，而是分门别类以求古，内容按奏疏、经史、札子、檄、上书、策议、论书、喻解、辨考、说铭、颂赞、引序、碑文、游览、表志、状述、诔文、列传题跋、赋、骈体、贺表的顺序排列，体现"尊君尊经""义正事公"的思想。如《滇诗嗣音集》《滇诗重光集》《丽郡诗征》《丽郡文征》无诗歌点评。各部总集中或多或少有疏漏，诸如目录统计有误、作者小传错误、诗作缺题、误把诗名当人名、目录顺序与正文编排次序不符等，文中逐一进行订正，并根据作者之籍贯，统计分析总集所收明清云南诗人之地域分布情形。

本文还对总集中较有地域特色的内容进行专题研究。《滇南诗略》《滇诗嗣音集》有"方外""闺秀"等单列之内容，涉及诗僧与女性诗人的作品，文中进行初步论析，亦对明代云南隐逸诗人及以汤琼为首的"永昌诗社"进行考证，补充郭绍虞等前辈学者所未论及诗社成员程廉由、司祥、应贡、姬绪四人。对《滇南文略》所收赵州赵氏文学家族与赵淳对赵州诗学源流的自觉梳理进行分析，同时对《丽郡诗征》收丽江木氏土司文学家族、桑氏文学家族的诗文进行观照。清人编纂云南诗文总集建立在文教鼎兴、风会日趋的社会背景及编纂者对乡邦文献的关注之上，故其编纂思想显示出其独有的时代和地域性特色。除求备文献为宗旨之外，收诗以"性情之正"为核心标准。

本文揭示了总集编纂的背后蕴含的编者对地方文化的忧患意识，编者欲以编纂总集来引领改变一地之观念，纠正世人"滇无诗""滇无人"的错误认识，唤起地方人士重视先贤遗作，诱启文化自觉，达到有文献足征和"以人存诗，以诗存人"的目的。因此，本文的研究具有一定的现实意义。

42．李清华：《清代地域诗话研究》（张寅彭），上海大学

摘要：地域诗话是清代诗话最有特色的部分，目前尚没有深入而系统的专题研究。地域诗话的大致范围多经学者论定，但与现实情况尚有一定差距。故本文以清代地域诗话为研究对象，并主要从以下几个方面进行论述。

绪论主要概述清代地域诗话的研究现状，探讨地域诗话专题研究的现实可行性以及选题意义。

第一章主要探讨地域诗话的界定、源流、范围、数量、地域分布、层级性等相关问题。较以往学者著录新增地域诗话20余种，总数达到73种，以图表的形式按照地域分类呈现。以山东、畿辅、江苏、江西为考察对象，对地域诗话南多北少的分布格局略做论述。

第二章是福建地域诗话的个案研究，既有诗话内容的详细考述，如郑方坤《全闽诗话》、林正青《榕海诗话》、徐祚永《闽游诗话》；又对该地发达的闺秀诗话作整体关照，如梁章钜、丁芸的一系列闺秀诗话著作。

第三章是浙江地域诗话的个案研究，对陶元藻《全浙诗话》、潘衍桐《缉雅堂诗话》以及戴璐《吴兴诗话》做详细论述。述台州、鄞县、奉化等地地域诗话，尤其是面目未详的大型之作《冰庐诗话》，就其成书、地域性以及文献价值略做探讨。

第四章以浙江嘉兴府为研究范围，描绘嘉兴诗学的繁盛以及诗话撰著的高度成就，并以嘉兴多部地方诗总集附载之诗话为例，着重探讨朱彝尊《明诗综》附载"静志居诗话"体例在当地的传承、发展以及传播。

第五章专门论述总集附载诗话体例在地方诗总集中的寄生和脱胎的存在形式，以及诗话的内容类型，附论诗话与总集间的联系。

第六章进一步诠释诗话通于方志的情形。从两者在内容上的重合切入，以张懋延《蛟川诗话》为中心，窥探清人撰述诗话过程中常见的补志意识。

第七章论述清代诗话中出现的域外元素，诸如清人诗话的海外刊刻、流传以及诗话域外内容的细致分析，展现诗话作为域外汉诗评论以及中外诗学交流平台的文学史意义。对具有域外元素的诗话之作，诸如俞樾《东瀛诗记》、聂景儒《樱花馆诗话》等略做介绍。

附录有二，其一为诗话书目补遗考略。是对张寅彭师《新订清人诗学书目》和蒋寅《清诗话考》的进一步补充，仿后者体例分为见存诗话和待访诗话，共计219种。其二为清代诗话的读书札记，多涉人物生卒年、佚名诗话撰者以及成书时间、散佚之作的辑佚、不同版本的考订等内容，共20余则。

43. 杨齐：《乾嘉关陇作家吴镇研究》（宁俊红），兰州大学

摘要：本文选取乾嘉时期的关陇文学核心代表作家吴镇为研究对象。作者在对吴镇著作和传记资料进行广泛收集、整理时，新发现了多出六种作品集的嘉庆刻本《松花庵全集》、刊刻于乾隆末年的诗歌选本《松厓诗录》、记载其生平事迹比较详细的嘉庆刊本《松厓府君行略》以及吴镇后人珍藏的手抄本《吴氏家谱》等珍贵资料。结合新资料，对吴镇的诗文作品进行了整理校勘，对其年谱进行了重新编撰，为展开吴镇的综合系统研究奠定了良好的基础。本文分别对吴镇的生平、著述、交游和文学创作进行了专题研究，以期望全面而深入地了解吴镇其人及其文学成就，并以吴镇为中心探究乾嘉关陇文学的繁荣局面。

本文共十章。

第一章考述吴镇生平事迹。依据新资料，补充了王文焕《吴松厓年谱》中未载、不详或错置的事迹，对其生平进行了比较全面的概述。

第二章重点考辨吴镇的著述情况。介绍了新发现的《松厓文稿三编》《松花庵诗话》《松厓诗录》等几种作品集的文献价值，并对《松花庵全集》的版本及其著录信息进行了考辨，对吴镇作品的收录情况进行了梳理。

第三章主要探讨以吴镇为中心展开的关陇文学活动，主要分析围绕吴镇开展的书院文学活动、诗社活动、诗文评点、序跋撰写以及作品编选刊刻等活动，从这些活动中看吴镇在乾嘉关陇作家群中的领袖地位，探讨他对乾嘉关陇文学走向繁荣做出的重大贡献。

第四章到第七章主要从师承、与主流文坛的交流、诗友赠答和对文学后辈的培养四个层面研究吴镇的交游。第四章主要探讨牛运震、李友棠等老师对吴镇文学成长的影响。牛运震影响了吴镇早年的格调诗学观,而李友棠则引导吴镇走上集句诗的写作道路。第五章主要通过研究吴镇与袁枚、王鸣盛、杨芳灿等乾嘉主流作家的交流,探讨吴镇对主流诗学的学习和对自己理念的坚守。他在继承格调诗学理论的同时,也认同性灵诗学的合理因素,走上融合格调与性灵的诗学之路。第六章则主要探讨了吴镇在不同时期与诗友的赠答唱和。吴镇在早年求学兰山书院、中年游宦南北各地、晚年主讲兰山书院时,都积极组织和参与文学活动,与该地作家往来频繁。第七章研究吴镇对关陇文学后辈的培养和影响。重点关注了其对后学张翔、吴栻,学生王光晟、刘壬、李华春,家人吴承禧、李苞等人的培养和影响,探讨他对关陇文学精神的传承。

第八章到第十章主要选取吴镇的诗歌、集句诗和散文,结合乾嘉文学发展状况对吴镇的文学创作进行了专题研究。第八章主要从吴镇生活的前、中、晚三个时期探讨吴镇诗歌在乾嘉诗风影响下的变化。第九章专门研究吴镇的集句诗,重点探讨了他创立的新体式律古和写景专题集句。第十章主要探讨吴镇的散文艺术。

附录中的吴镇家族谱系图、吴镇年谱简表、吴镇著述概述以及吴镇与其他作家的交游考是本文研究中的相关成果,可增补吴镇的生平、著述和交游情况,有助于加深对吴镇的了解。

44. 董继兵:《晚清战争词研究》(谭新红),武汉大学

摘要:晚清中国,内外交困、战火频仍。频繁的战争冲突,不仅对当时的中国社会和广大民众带来了极大的灾难与伤痛,更引起许多有识之士和爱国志士纷纷走向"救亡图存"的抗战救国之路。生长于这一时期的词人,由于政治环境的急剧恶化和内外战争的长年摧残,纷纷用"词"这种心灵的载体,细腻而深沉地表达着自己对国家的热爱、对时局的关切、对战争的思考,向后世展示着他们当时那种迷茫、彷徨、流离失所、无力回天的心情,这也促成了晚清战争词创作的繁荣。本文根据丰富的历史文献和词学资料,梳理晚清战争词百年的创作轨迹与辉煌实绩,力图脉络清晰地展现晚清战争词的历史演变过程,并深入考察其独特的"词史"价值与艺术成就。研究内容主要包括以下四方面:

第一章通过检索一些晚清词集汇编资料和史料文献,特别是相关的词话、词集汇编、词选本和清代人物传记资料等,按词人的姓名、生卒年、籍贯、科举、仕履、词集等项，整理出晚清战争词作者简况表。再结合词人的出生时间、区域分布、社会阶层等方面的统计与分析，来具体探讨晚清战争词作者的分布与构成情况，分析晚清战争词作者的主要阶层类型与艺术倾向表现等。

第二、三章围绕晚清一些重大的战争事件，主要有政局动荡的嘉道前期、丧权辱国的鸦片战争、血火纷飞的太平天国战乱、战火依然的同光中兴、惨烈悲壮的甲午战争、劫难深重的庚子国变、艰难前行的清末革命等七个专题，力求从战争词创作的角度来还原这些战争的真实面貌，并结合一些重要词人与词作的分析，认真梳理晚清战争词百余年的主要轨迹与发展脉络，归纳每个阶段战争词创作的主要特征与发展趋势。

第四章结合晚清战争的不同性质与战争词创作的实际，主要分为反抗列强侵略战争与爱国主义的高扬、平定内部叛乱战争与政治秩序的维护、资产阶级革命战争与民主革命的号召等三种类型，来具体探讨每种类型战争词中的重要主题和价值取向，以及所呈现出的独特面貌。

第五章是从艺术分析的层面，按照"词亦有史"的创作意识、蕴含丰富的意象建构、"比兴寄托"的艺术手法、以"悲"为主的艺术风格等四个方面，来重点归纳晚清战争词独特的艺术特征和美学特质，努力发掘晚清战争词作的艺术魅力。

45. 袁子微：《樊樊山及其诗歌研究》（刘永翔），华东师范大学

摘要：樊增祥（1846—1931），字樊山，号云门，晚号天琴老人，湖北恩施人，光绪三年（1877）进士。他是清末民初中晚唐派诗人的代表，诗歌创作有三万首之多，在当时具有重要影响。本文力图以诗歌研究为基础，了解樊山生平并分析他如何走上文学创作之路，探讨其丰富多彩的诗学实践，进而总结其诗学主张及诗史地位。

本文主要内容如下：

第一章题为"樊山生平及著述"，主要讨论樊山如何在一个武将世家中成长为文学家，其家族教育及影响起到了重要作用。早年幕府生涯奠定了仕宦基础，为官期间善于听讼，《樊山政书》是其从政期间的集大成著作。此外，重大历史事件对其仕途影响极深。樊山所著文集有六十余种，通过概括整理可知其著作的基本情况。

第二章题为"樊山与诗社活动"，主要叙述了樊山一生参加的诗社。主要是青门萍社、超社、晚晴簃诗社、寒山诗钟社、梯园诗社等。本章重点讨论樊山在诗社中的地位及主要活动。

第三章题为"樊山诗歌创作与师友",樊山早年主张诗学百家,对古代先贤多有学习。入张之洞门下,受到南皮师"经济之翠"的影响,创作倾向严谨。后又受李慈铭影响,诗风转绮丽。樊山晚年因与易顺鼎频繁唱和,诗歌创作随意,诗风趋向拉杂鄙俚。不同的时段,不同的交往对象,都对樊山的诗风有重要影响。

第四章题为"樊山诗歌分类研究",将樊山诸多诗歌分类,并选择代表诗集、诗歌进行研究。樊山的诗歌创作以艳诗最有特色。樊山一生辗转多地,有不少属于描写旅途所见所感,即兴咏怀的纪行诗。另外,樊山还有反映时局动态、战火纷纭的战争诗,能体现其鉴赏水平和艺术眼光的题画诗。四大类别的诗歌各有特点,其中艳诗数量最多,最能代表樊山创作特色。

第五章题为"樊山的诗学主张及诗学地位",重点归纳了影响樊山一生的诗学观点,如"诗学百家"、崇尚"性灵说"等,进一步总结樊山在创作中用叠韵次韵、用僻典、用新名词的特点。通过归纳分类历代诸家的正反评价,说明了樊山在当时诗坛的重要地位和影响。

结论是对樊山其人、其诗总结性的评论。附录一是对樊山《琴楼梦》小说的研究和辑佚,附录二主要辑佚了樊山的诗文。

46. 张海涛:《陈廷焯词学研究》(孙克强),南开大学

摘要:陈廷焯是晚清著名的词学家,他的"沉郁说"对清末以来的词学发展产生了深远的影响。本文在全面搜集陈廷焯相关文献的基础上,对其词学思想进行内、外部的系统梳理与综合研究。

正文之前为绪论,说明选题价值,综述前人成果,并对本文的研究方法和思路予以介绍。

第一章考述陈廷焯的生平、著述与交游。交游中,庄棫、李慎传、王耕心、包荣翰四人与陈廷焯的词学交往尤为密切,另列专节详述。

第二章讨论陈廷焯早期词学思想。前三节分别介绍词体论、风格论和词史论。最后一节辨析陈廷焯早期词学思想与浙西词派的关系。

第三章讨论陈廷焯词学思想的转变。庄棫是陈廷焯词学转向最为重要的外部因素。王耕心认为词以性情为本、藻绘为末,陈廷焯与之同声相应。李慎传则通过解读《国风》与推扬庄棫间接促成陈廷焯词学思想的转变。

第四章讨论陈廷焯后期词学思想中的正变观与"沉郁说"。陈廷焯以合于《风》《骚》者为词中正声，其余词作皆属变体。而"沉郁"是一种意境，涵盖作者、作品、读者三个方面。它以忠君爱国为词情，主要针对文人词；以比兴顿挫为词笔，其中比兴要求含蓄不露，此乃实现沉郁的唯一笔法。

第五章讨论陈廷焯后期词学思想中的艳词理论。陈廷焯将艳词分为言情和体物两大类。言情类再分为闺襜之作和赠妓之作。闺襜之作又分为泛设和实指。在分类的基础上，他依据"先辨雅俗，再分高下"的原则对各类艳词进行了精当的文学批评。创作论方面，他要求艳词只可像温、韦词那样描写女子对男子的爱慕相思，以求能与正声相衔接。

第六章讨论陈廷焯诗学、曲学思想与词学思想的关系。陈廷焯早期论诗追步《风》《骚》传统，标举汉、魏风骨。推尊曹植、陶渊明、李白和杜甫为四大诗圣，并以杜甫为圣中之圣。后期认为诗词一理，同体异用。并将杜诗学之"沉郁顿挫"引入词中，作为词体之美感特质与诗相区别。在曲学与词学的关系方面，陈廷焯早期认为词曲大同小异，有混一的倾向；后期则认为词曲异体异用，强调词曲之辨。

第七章讨论陈廷焯词学的意义和影响。陈廷焯别于周济，乃是常州词派的另一大宗。关于《白雨斋词话》对词学发展的影响，可谓近现代词学建构中一股重要的源泉。关于"沉郁说"对词坛创作的影响，选取陈廷焯词学的嫡传包荣翰词作为考察视角，"沉郁说"施于词坛创作的影响要小得多。

正文最后为结语。探讨陈廷焯治词成绩斐然的原因，评价其前后期词学之高下得失，并指出今后研究的致力方向。文末另有三篇附录：《陈廷焯行年考略》《陈廷焯诗词文补遗》《陈廷焯曲论汇录》。

47．徐燕婷：《民国女性词集研究》（朱惠国），华东师范大学

摘要：立足于民国女性词集的个案研究，对女性词进行总体观照，了解民国女性词创作各个阶段不同的风貌。

从宏观层面来看，首先，民国女性词创作具有独特的文化生态，如女性立言意识逐渐强化；女性传统教育与新学并行，并向现代化趋近；女性从闺阁走向社会，加速职业化的进程；作品在吟咏情性的基础上，呈现多样化格局等等。其次，从民国女性词集作者、文本等维度予以观照，亦有其独有的特征。如从作者地域分布和身份构成来看，地域分布具有不均衡性与动态的流动。作者身份构成呈现多元化，具有身份的交叉性特质。

从文本本身来观照，既是一种"独抒性灵"式的美学发声，又存在着雅俗并存的状况，主要表现在创作主张的失声与性灵美学的典型特质。

从发展历程来看，主要可以分为三个阶段：第一个阶段，以1912—1927年民国女性词集为研究对象，这一时期词集集中表现为晚清闺秀词余风的笼罩与突围。第二个阶段，以1927—1937年民国女性词集为研究对象，这一时期词集集中表现在新学教育背景中词的新变与因循。第三个阶段，以1937—1949年民国女性词集为研究对象，这一时期词集集中表现抗战后词坛两极局面之转型与复归。

从群体创作来看，虽然民国女性词创作仍以个别创作为主，但也存在群体创作的现象。以《寿香社词钞》为观照对象，它展现了民国女性词群体创作的基本情况，一定程度上代表了寿香社乃至民国时期福州女性词人的创作成就和创作特色。

48. 王慧：《美国汉学家康达维的辞赋翻译与研究》（何新文），湖北大学

摘要：华盛顿大学教授、美国艺术与科学院院士康达维（David R. Knechtges），是生长于美国的当代著名汉学家和汉魏六朝辞赋研究专家。在近50年的从教和治学生涯中，他用英文和中文发表了20多篇研究中国辞赋的论文，英译了80余篇辞赋作品，出版了《汉赋：扬雄赋研究》《昭明文选赋英译》《汉代宫廷文学与文化探微》（自选集）等多种赋学专著和英文译著，培养了近60名研究中国古代诗文辞赋的硕士博士研究生，主持英译了四卷本的《中华文明史》。康达维在长期的中国古代文学教学和翻译、研究的实践过程中，不仅取得了突出成就，而且形成了颇为系统的赋学思想和翻译理论。

全文包括绪论和六章正文，主要论述了如下内容：

绪论主要是综述东西方学界对于康达维及其赋学成就的关注与评论，然后申述本文的选题意义、主要内容及研究思路方法。

第一章康达维的学术历程。在概述康达维之前约70年间欧美辞赋研究状况的背景下，叙论康达维投身中国辞赋研究的学术历程。

第二章康达维的赋学观及其翻译思想。康达维对于赋体本质属性和赋体源流的探讨论述，突破欧美前辈汉学家将赋归于"诗"或"散

文"的藩篱，强调赋有"诵读"的特征，并由此而将"赋"音译为"Fu"。他同时认为赋体的起源具有多元性。康达维的辞赋翻译思想，主要表现在"异化的翻译观""语文学的翻译策略"及其对于"汉赋描写性复音词"的翻译原则、方法等方面。

第三章康达维对赋家扬雄的研究。对于赋家扬雄的研究是康达维辞赋研究的起点，也是其研究重点之一。自20世纪70年代以来，康达维的《扬雄赋研究》一直是海内外最具开创性的研究成果，代表了当时美国辞赋研究的最高水平。

第四章康达维的汉魏六朝赋论述。康达维研究其他汉魏六朝赋篇的论文有20余篇，研究的内容涵盖了对赋篇真伪的辨析、对赋中名物的考证、对赋篇主旨的揭示、对赋家审美和思想观点的阐释、对赋篇叙写宫廷文化和饮食文化的分析，以及对赋篇翻译的探讨。康达维使用语文学和历史主义的方法，由微观而宏观、遵循赋体发展进程、重视探本清源等，从而使他的汉魏六朝赋论述表现出鲜明的文学史家的史学思维特点。

第五章康达维的昭明文选赋英译（上）。《昭明文选赋英译》是康达维辞赋翻译和研究的集大成之作，也是本文论述的重点。本章共四节。第一节叙论康达维对《文选》及"选赋"的认识；第二节论《文选》"京都之赋"的英译；第三节论《文选》"郊祀、畋猎、宫殿、江海之赋"的英译；第四节论《文选》"论文、哀伤、情之赋"的英译。

第六章康达维的昭明文选赋英译（下）。总结康达维对《文选·赋》的英译的特点。其译文既以大量考辨性的注释和用词的准确性以实现译文忠实于原文，又能够译出赋铺陈体物、唯美抒情的文学意味，可谓是"学者型英译"与"文学性英译"有机结合的代表作品，为中国古典文学英译树立了新的标准和经典范例。

最后是本文的结语。总结康达维在古代辞赋翻译和研究方面的学术成就、理论贡献，以及对于当代赋学研究和辞赋英译的示范作用。

（作者单位：首都师范大学文学院）

（编辑：姚苏杰）

楚史及屈赋研究的重大创获
——评张树国新著《出土文献与上古历史文学研究》

◇冷卫国

《史记》中的《楚世家》及《屈原列传》向来为古典学界奉为楚史及屈原研究的经典，然而因为当时文献稀缺，许多事件诸如屈原在怀王、顷襄王时期的流放、《天问》作期等等问题成了千年疑案。在未有太多出土文本的时代，廖平、胡适、何天行以及日本三泽玲尔、冈村繁等学者，怀疑屈原的存在以及屈赋二十五篇问题，被学界称为"屈原否定论者"，在古典学界掀起了旷日持久的论争。由于传世材料有限，也制约了论争的深度和广度。孔子说："殷礼吾能言之，宋不足征也，文献不足故也，足则能征之矣。"（《论语·八佾》）随着出土战国竹简的大量问世，研究楚史及屈原楚辞的"文献不足"问题，在近二十多年来有非常大的改观。学术界已经编订了大型集成类的竹简书册，最富有代表性的诸如马承源先生主编《上海博物馆藏战国楚竹书》（全九册）、清华大学出土文献研究与保护中心《清华大学藏战国竹简》（已出八册）、荆州博物馆《郭店楚墓竹简》以及湖北荆沙铁路考古队《包山楚墓》竹简、湖南博物馆、复旦大学出土文献研究中心《长沙马王堆汉墓简帛集成》（全七册）等等，古文字学界对上述古代篇章已经做了很好的释文，从而极有益于楚史与屈赋研究，对破解《史记》记载的千年疑案提供了可能性。

众所周知，先秦文学文本的本来面目就是以这些古文字作为书写符号、作为思想载体的竹简帛书，绝大多数传世先秦文学文本实际上是经过秦始皇"书同文"之后，经过秦汉隶变传抄而来的，屈原、宋玉楚辞作品也在汉初经过了隶写程序。出土汉文帝时期的阜阳汉简中，发现了汉初隶书《楚辞》残句，其一为《离骚》残文四字，即"惟庚寅吾以降"中"寅吾以降"；其二为《九章·涉江》残文"不进旖奄回水"六字，传世本作"船容与而不进兮，淹回水而凝滞"，可见《离骚》《涉江》是通过"隶古定"保存下来的先秦作品。而在汉初隶变先秦作品的传世文本中，不可避免地会出现各种问题，因此就要采用上古楚文字书写的简帛文本来解决先秦楚史与屈原《楚辞》问题。

如何研究先秦楚史及屈原《楚辞》，补充或修正司马迁《楚世家》《屈原列传》的记载？因为近三十年来出土文献几乎全部出自湖北、湖南等原属战国楚地的区域，文字也是上古楚文字，文献记载也以楚国历史文学与文化为主，因此首先就要通晓上古楚文字，这是正确解读楚地出土文本的前提。其次要了解上古文字在秦汉时期的隶变原理，是解释传世《楚辞》文本的不二法门。这就要求我们利用好这些出土文本，新材料带来新学问，重视古文字的研究成果，利用古文字考释的知识经验，将出土文本作为第一手资料，来解释传世文本中的一些难题。张树国先生承担的国家社科基金结项成果《出土文献与上古文学研究——以楚史及屈赋为中心》（人民出版社 2018 年版）主要以古文字知识进行文本诠释，作为"问题意识"的展开方式。该成果主要特色体现在四个方面：

第一，利用出土文献研究楚史及相关文学叙事问题。目前学界对西周时期楚国先史的了解，主要依据《史记·楚世家》850 字左右的记载，文字简略，史料阙失，自西周共和元年（前841）熊勇之世始有确切纪年。近年来出土文献如"清华简"中的《楚居》《系年》等篇，"上博简"以及金文文献中保存了西周时期的楚国先公逸史，从颛顼到楚武王熊达共 31 世。《楚居》首次记载了楚先公在蛮夷地区的开拓史，为史家所不道，非常重要。传世春秋时期楚王史料主要依据《左传》《国语》及《史记·楚世家》等文献，自楚武王熊达（通）三十七年（前 740）称王，开始了春秋楚王的历史。这部书利用《楚居》《系年》以及"上博简""包山简"等竹书史料，结合相关金文文献，补充丰富了楚国的春秋史，利用《系年》《楚居》与𫠡羌钟铭文整理了战国初年楚三王（楚简王、楚声王、楚悼王）的事迹。

第二，楚辞是战国文学的华彩乐章，是中国古典文学皇冠上璀璨的明珠。屈原是中国文学史上顶尖的大文学家，其思想及创作深深扎根在楚国的土地上。若无屈原与《楚辞》，本课题的研究意义无疑大打折扣。宋代黄伯思《校定〈楚辞〉序》云："盖屈宋诸骚，皆书楚语，作楚声，纪楚地，名楚物，故可谓之楚辞。"单凭"楚语""楚声""楚地""楚物"还判断不出楚辞的时代性和作者。最重要的是，屈宋楚辞是用先秦楚系文字写成的文学作品，"用楚字"才是战国楚辞的本质特点，更是解决楚辞问题的关键。本课题利用新出土简帛材料，对一些重大问题都进行了探讨：

（一）借助出土楚文字资料探讨彭咸即彭祖，与载籍中彭祖诸名翦、籛、铿音近相通，《离骚》"彭咸之遗则"在传世文献里没有任何线索，"清华五"《殷高宗问于三寿》托名殷高宗武丁与彭祖对答，作为"高文成祖"的彭祖阐述的"九度"思想被高宗武丁称为"先王遗训"，包含"揆中水衡""振若除慝""均厚遏淫"等重要思想，实际是法家变法宣言，屈原认为这就是"彭咸之遗则"，对其"造为宪令"改革弊政提供了重大理论指南，是其悲剧命运的总根源；

（二）笔者根据出土资料考证《史记·屈原列传》收录的唯一文本《怀沙》实际是汉初隶变先秦楚辞文本，从文献角度证明"屈原否定论者"之谬误；

（三）在将《鄂君启节》铭文隶定出完整文本的基础上，探讨屈原早年流放汉北以及晚年流放陵阳问题，在此基础上，揭示出《哀郢》"江与夏之不可涉"之句在屈原晚期作品中的独到地位，结合《楚辞·九章》中的《哀郢》《涉江》《悲回风》《怀沙》等具体诗篇，探讨屈原晚年流放路线及自杀悲剧的成因；

（四）结合简帛编连体例的研究，通过《九章·悲回风》的解读，认为这篇长诗结构由屈原《悲回风》原作及西汉扬雄《畔牢愁》附益而成，《悲回风》原作承接《哀郢》《涉江》而来，表达了屈原岁暮流浪于沅湘流域的凄怆感受，到第二年孟夏所作的《怀沙》实际上是屈原的临终绝笔。

第三，上文论述屈原在楚顷襄王之世流放到陵阳（今安徽池州）长达九年，而陵阳古属"群舒"，作为春秋晚期吴国属地长达百年之久。张树国先生考证《天问》是屈原在陵阳时期见到春秋吴国遗留神庙壁画，"呵而问天"，写下了一百七十二问，共九十五个韵段，其最晚事件为伍子胥身世以及伐楚入郢的壮举，其他均为上古神话传说、三代与春秋历史等诸多母题，体现了春秋吴国本位的夷夏史观。其中一些韵段对考证古史具有非常重要的参考价值，如《天问》第53韵段"吴获迄古，南岳是止。孰期去斯，得两男子"隐喻太伯、仲雍于商代建立吴国的史实，并与《商颂》创作有密切关系；《天问》第77韵段"稷维元子，帝何竺之？投之于冰上，鸟何燠之？"在《上博一·子羔篇》记载孔子对尧舜禹及后稷感生神话的讨论，与后稷神话与西周郊祀关联密切。

第四,《楚辞·大招》向来充满争议,作者有屈原、景差以及西汉淮南王刘安、淮南大山诸说。《楚辞·大招》中108次"只"字结构具有汉初隶变的文字音韵特点,其文本中所有历史证据均指向汉高祖刘邦,实际上是汉高祖"大殓入殡"礼中的招魂词,为汉初文人陆贾所作。

先秦文学实际是中国"古典学"的一个重要组成,这部著作注重出土文献与传世文献的结合解决千年难题,从侧面证明目前在先秦文学研究领域尚存争议的"上博简""清华简"都是可信的出土文献,在极大程度上补充了传世先秦文献的不足,弥足珍贵。该成果始终坚持"二重证据法"的学术准则,运用古文字音韵训诂等基本原理以及现代诠释学的科学方法,每个引用几乎都有准确注释,每个结论都有相关证据,不尚空谈,实事求是,环环相扣,层层递进,具有科学性、学术性和体系性的统一;本课题得出的研究结论,可以作为继续探讨的前提和基础,已经产生了一定的社会影响。其阶段性成果绝大部分通过国内重要期刊报纸《文学评论》《文学遗产》《光明日报》《中华文史论丛》《浙江学刊》《北京大学学报》等公诸学界,并被《新华文摘》《人大复印资料》《高校学报文摘》和"中国社会科学网"等转摘或全文转载,产生了强烈的反响,获得国内外学术界的广泛注意和肯定。

(作者单位:首都师范大学国学院)
(编辑:姚苏杰)

礼乐结合　诗礼相依
——评战学成《五礼制度与〈诗经〉时代社会生活》
◇姜国申

《周礼》将礼分为五类，即"五礼"：吉礼、嘉礼、军礼、宾礼、凶礼。此"五礼"历代相承，其精神文化内涵延续至今。"五礼"之名最早见于《尚书》。《尚书·舜典》曰："舜修五礼。"孔安国传云："修吉、凶、宾、军、嘉之礼。"①《周礼·春官·大宗伯》云："以吉礼祀邦国之鬼神示……以凶礼哀邦国之忧……以宾礼亲邦国……以军礼同邦国……以嘉礼亲万民。"②《诗经》作为一部产生于周代礼乐文明历史土壤中的诗歌总集，生动记录了周代社会的民俗生活，并处处渗透着"五礼"思想。

礼与《诗》的关系问题，是一个颇为古老的话题。清代以前，以礼解《诗》是学者治学之传统。"五四"之时，随着新文化运动的开展，西方文化对中国传统文化进行了极大的冲击，以礼解《诗》的风潮中断。至20世纪80年代，这一风潮又开始复归乃至于兴盛。复旦大学周予同先生在《经、经学、经学史》一文中说："'经学'退出了历史舞台，而经学史的研究却急待开展。"③ 此言甚善。《诗经》作为周代礼乐文化的范本，脱离不了当时的礼乐文化背景。因此，研究《诗经》便须回归传统，全面挖掘其中蕴含之礼乐文化与社会生活的价值。战学成先生的《五礼制度与〈诗经〉时代社会生活》一书将《诗》学与礼学结合，以《诗》探礼，以礼证《诗》，系统挖掘礼乐文化土壤中《诗经》所蕴含的艺术精神，对我们全面认识《诗经》时代的礼乐文化与社会生活提供了极大帮助。纵观全书，笔者认为本书具有以下三个特色：

---

① 孔颖达等：《尚书正义·虞书·舜典》卷三，上海：上海古籍出版社1990年，第36页。
② 同上，第36页。
③ 转引自李学勤：《十三经注疏》序，北京：北京大学出版社，1999年。

一、资料翔实 论证充分

学术研究需要建立在扎实的文献基础之上,如若没有宏富的文献资料作为地基,即便外表再璀璨华丽的学术大厦也是徒有其表,终有一日会轰然倒塌、贻笑大方。本书在撰写之初,作者便搜集了大量的文献资料,对文章涉及的每一个重要问题都做到了竭泽而渔式的考索。譬如,作者在论述"礼"的类型之时,细致考辨了古代文献,认为自古以来有"三礼""五礼""六礼""八礼""九礼"之说,在论述每一种说法时都引用了详细的文献作为支撑:

"三礼"出自《尚书·舜典》:"有能典朕三礼?"孔安国传:"三礼,天、地、人之礼。"一般认为《舜典》的成书年代,最早不出周初。"三礼"指天神、地祇、人鬼之礼。"三礼"是就空间而论:上事天,下事地,天地之间尊奉祖先。

"五礼"出自《周礼·春官·小宗伯》:"掌五礼之禁令,与其用等。"郑玄注引郑司农云:"五礼谓吉、凶、军、宾、嘉。"《周礼·地官·大司徒》:"以五礼防万民之伪,而教之中。"郑玄引郑司农云:"五礼谓吉、凶、军、宾、嘉。"《周礼·地官·保氏》:"保氏掌谏王恶,而养国子以道,乃教之六艺。一曰五礼。"郑玄注:"五礼,吉、凶、军、宾、嘉也。"《礼记·祭统》:"礼有五经,莫重于祭。"郑玄注"五经":"谓吉礼、凶礼、宾礼、军礼、嘉礼。""五礼"是就礼的根本方面概括而言。刘师培《经学教科书》认为:"上古之时,社会蒙昧,圣王既作,本习俗以定礼文,故唐虞之时以天地人为三礼,以吉、凶、军、宾、嘉为五礼,降及夏、殷,咸有损益,是为《礼经》之始。"

"六礼",出自《礼记·王制》:"司徒修六礼以节民性。"郑玄注:"六礼,冠、昏、丧、祭、乡、相见。"这主要是从人生各阶段所实行之礼仪而言的。

"八礼",出自《礼记·昏义》:"夫礼,始于冠,本于昏,重于丧、祭,尊于朝、聘,和于射、乡。"

"九礼",出自《大戴礼记·本命》:"冠、昏、朝、聘、丧、祭、宾主、乡饮酒、军旅，此之谓九礼也。"①

作者在论述周代礼乐精神渗透着《诗》的艺术精神之时，首先以孔子提出的"三无"理论（孔子云："无声之乐，无体之礼，无服之丧，此之谓三无。"）为基点阐述礼乐之关系。接着，作者以《诗经》文本与《论语》《礼记》《左传》等文献论礼部分相对照，对诗礼相依的关系做了详细论证。譬如：

礼讲究敬，《论语·八佾》："为礼不敬，居丧不哀，吾何以观之哉？"《孝经》："礼者，敬而已矣。"李隆基注："敬者，礼之本也。"

《诗》云："凡百君子，各敬尔身。"《仪礼》："俨若思，安定辞，安民哉。"主张为人行礼，仪容要端正稳重，若有所思的样子，措辞要安详确定，这样才能安定民心。

《诗》云："我心匪石，不可转也；我心匪席，不可卷也；威仪棣棣，不可选也。"《礼记》从反面要求人们："临财毋苟得，临难毋苟免。很毋求胜，分毋求多。"《诗》则反问："凡百君子，不知德行。不忮不求，何用不臧？"《礼记》正面教育人们："贤者狎而敬之，畏而爱之。"《诗》则正面比喻说："他山之石，可以为错。""他山之石，可以攻玉。"

礼讲究"非礼勿视，非礼勿听，非礼勿言，非礼勿动"。《诗》则云："君子无易由言，耳属于垣。""高山仰止，景行行止。""善戏谑兮，不为虐兮。"……从反面批判"赫赫师尹，民具尔瞻。"……"维迩言是听，维迩言是争，如彼筑室于道谋，是用不溃于成。"诗人以反话正说的表达方式，斥责统治者昏庸，任用小人，为邪谋所惑。作者正反对比道："诲尔谆谆，听我藐藐。"

《礼记》从反面指出："敖不可长，欲不可从，志不可满，乐不可极。"《诗》则从正面比喻："斐然君子，如切如磋，如琢如磨。"

《左传》："礼以顺天，天之道也。"《诗》则云："胡不相畏？不畏于天。""上天之载，无声无臭。""我其宿夜，畏天之威，于时保之。"②

不仅是古代文学方面的材料，作者对于古代历史、哲学乃至国外的研究成果都有大量搜罗。在扎实的文献基础上，作者可谓言必有据，

---

① 战学成：《五礼制度与〈诗经〉时代社会生活》，北京：中国社会科学出版社，2014年，第13、14页。

② 同上，第24、25页。

论必精当。在本文的附录部分，作者还列了十张图表，分别是：《毛诗礼征》所考礼制表、《毛诗礼征》所考嘉礼内容分类表、《诗经》祭祀诗之宗庙祭祖诗表、《毛诗礼征》所考军礼内容分类表、康有为《毛诗礼征》按五礼分类表、《毛诗》言礼之诗表、《诗经》直接描述"德"的思想诗篇表、春秋时代郑晋"垂陇七子赋诗"（盟会）表、古代学者对"礼"的解释列表、古代学者释"乐"表。由此可见，作者对于文献的整理是颇费一番苦心的，这些图表也为以后的研究者提供许多便利。

二、结构清晰　体大虑周

作者在本书中几乎以五礼囊括周代社会生活的各个方面。"五礼"的基本内容包括：

吉礼：祭祀对象有上帝、祖先、日月星辰、司中司命、风师雨师、社稷、五祀、五岳、山林川泽及四方百物等；

凶礼：除丧葬外，还包括天灾人祸的哀吊，如饥荒、水灾、战乱等不幸事件；

宾礼：即朝觐之礼，包括天子接见诸侯，诸侯间互相聘问、会盟等；

军礼：主要指战事（出师、报捷、凯旋、献俘）及对诸侯兵力的规定，也包括田猎、建造城邑、划定疆界等；

嘉礼：指冠礼、婚礼、飨燕、朋友间的宾射、诸侯间的庆贺等。

本书选题颇富创新性，作者对于各类概念之界定亦颇具匠心。全书脉络分明，分为引言、正文、结语三部分。

作者在引言中精辟地论述道："礼包括了社会生活的诸多方面，并形成了典型的五礼之制，《诗》的出现，则是诗礼结合的标志。《诗》的结集流传，首先是出于礼治社会的需要，确立社会秩序的需要，其次是出于礼乐教育的需要，以乐普及、传播礼的需要。其中包含着礼从宏观走向具体的过程，从一般的礼俗形式，祭天祀神的庄严行为，转向对于个体行为品质的约束和限制，所以《诗》即是周礼的诗化形式，亦是诗乐的总结形式，更是礼走向教义的始基。礼的诗化和雅化，固然是人摆脱原始状态的标志，但是礼的从民间走向庙堂，逐渐丧失了创造的活力，最终礼便成为僵化的礼教。"①

正文部分共七个章节。第一章"嘉礼与《诗经》婚俗诗"，主要论述了士冠礼与《诗经》、士昏礼与《诗经》《关雎》与房中之乐、《鹊巢》与嘉礼、嘉礼与上巳节、《诗经》婚俗诗产生的哲学依据与文化意义。第二章"乡饮酒礼与《诗经》宴饮诗"，主要论述了乡饮酒礼的意义、乡饮酒礼的程式、乡饮酒礼上的音乐、《诗经》宴饮诗所反映的乡饮酒礼、《诗》应用于乡饮酒礼。第三章"宾礼与春秋时代赋《诗》风气"，主要论述了春秋赋《诗》风气所蕴含的文化、《左传》所见朝聘诗的类别和特征、春秋赋《诗》的原则及特点。第四章"祭礼与《诗经》祭祀诗"，主要论述了祭礼是周代国家重要制度、祭礼之诗、《诗经》祭祀诗的文化特征。第五章"籍田之礼与《诗经》农事诗"，主要论述了籍礼的象征文化意蕴、《诗经》农事诗的礼乐内涵、农事诗与生殖崇拜、农事诗与《豳风》的关系、天人合一与人定胜天。第六章"军礼与《诗经》战争诗"，主要论述了军礼与战争、战争与祭祀、准军事活动与祭祀。第七章"丧礼与《诗经》悼亡诗"，主要论述了丧礼考、《诗经》悼亡诗、《诗经》悼亡诗的文化价值。

本书结语部分简短而精当，作者鞭辟入里地指出："礼乐结合，使诗乐有了一种明确的内容范畴、表现对象。具有规范、约束意味的礼进入诗乐，礼便成为诗乐的重要内容，礼本身获得了艺术化的表现形式，日常生活及人生的重大事件，通过诗乐便有了形象化的传播方式，教化目的亦从中不断强化，这反映了人类社会生活从粗糙到典雅的过程。"②

三、视角新颖　见解独到

本书以五礼制度勾连《诗经》时代的社会生活，既使五礼因《诗》而变枯燥为生动，亦使《诗经》蕴含之周代社会生活有了丰富的礼法依据。新颖的视角自然会产生独到的见解，这也是本书的一大特色。譬如作者在引言中说："孔子云：'兴于诗，立于礼，成于乐。'……《论语正义》引包咸注曰：'兴，起也，言修身当先学诗。礼者，所以

---

① 战学成：《五礼制度与〈诗经〉时代社会生活》，北京：中国社会科学出版社，2014年，第28页。
② 同上，第208页。

立身。乐所以成性。'正义解释说：'学诗后，即学礼，继乃学乐，盖诗即乐章，而乐随礼以行，礼立而后乐用也。'诗、礼、乐三者之间是培养君子的不可分割的前后相承的有机整体。""由于诗乐的介入，所以礼不仅是政治生活，也是文化生活。""孔子提倡的'温良恭俭让'，既是对上古时代礼的本质的归纳与总结，又为后世礼的发展指明了方向。孔子欲通过礼乐教化，使礼成为人类摆脱自然属性从而获得社会属性的重要条件，并使礼成为人类后天习得的品性。以达到'非礼勿视，非礼勿听，非礼勿言，非礼勿动'的自觉境界，排除一切杂念的干扰，从而实现'彬彬有礼'的君子人格修养。个体的有礼又是实现大同的前提，礼便日渐神圣化。"[1] 诚哉斯言。《诗经》的创作与应用充分体现出当时的礼乐文化精神，《诗经》本身便是先秦礼乐文化的产物，是礼乐制度的教科书。

作者对礼与诗乐关系的论述亦堪称精到："礼与诗乐的关系历来密不可分，诗最初应为礼的附属工具，当'诗言志'无论是作为提倡，还是作为实践行为，都标志着诗的独立形态的开始，并与礼共同进入'修齐治平'的教化行列，共同为培育伟大崇高的人格而服务。故诗乐的社会功能重于其审美功能。但这种以教化本身为目的的社会功能，必须通过娱乐的审美形式来实现，从而避免了教化本身的刻板特征。""礼与《诗》的结合，应是社会伦理内容与艺术形式的统一，是文艺的功利性与审美性的统一，更是社会道德规范的艺术化规定，使刚性的约束标准有了柔性的表达和传播方式。因此人类的生活不仅与礼俗相关，亦与诗密不可分：诗入礼俗，礼俗具有诗化特征。""礼乐成制，首先是对现实生活方式及包含其中的价值观念的一种肯定，是对成为习俗的生活行为的制度性概括。其次才是一种政治制度，一种具有普及教育特征的制度，同时也是具有约束行为的制度。""礼与诗的关系，有一部分就是礼的诗化形式，即成为礼的具体内容，并具有直接鲜明的规范；有一部分则是对礼的形式的描绘或讴歌，极言礼的神圣与庄严，追求人对礼的敬畏之感，其中不乏对诸侯的规劝；还有一部分则源于民间创作，但却满足了礼的要求的作品，《国风》部分大多属于此类。孔子所云'思无邪'，正是强调了《诗三百》满足了礼的规范和要

---

[1] 战学成：《五礼制度与〈诗经〉时代社会生活》，北京：中国社会科学出版社，2014年，第15、16页。

求,即使是某些内容描绘、情感抒发看似违背礼,但却属于远古时代的行为情感,故可用'无邪'概括。"①

总之,《五礼制度与〈诗经〉时代社会生活》一书从礼的起源入手,详细考察了"吉、凶、军、宾、嘉"五礼与《诗经》的互渗关系。本书资料翔实、论证充分、结构清晰、体大虑周、视角新颖、见解独到,无论是对以后的《诗经》研究还是礼法研究都有一定推动作用。

(作者单位:首都师范大学文学院)

(编辑:艾欣)

---

① 战学成:《五礼制度与〈诗经〉时代社会生活》,北京:中国社会科学出版社,2014年,第27页。

20世纪以来徐渭诗学研究述论

◇雍繁星　董天歌①

提　要：20世纪以来的徐渭诗学研究，可以分为两个阶段。一是20世纪80年代至世纪之交的开放、多样的研究范式之形成。二是21世纪以来，在此范式之下的细致化推进。徐渭的人格特征、文学思想、学术背景、诗歌理论及创作等问题，都在这一进程中得到关注。相应地，他的文学史地位、畸人人格、重真重情、与阳明心学的关系及多样化的诗歌风格等问题，也渐渐变得明晰而深入。

关键词：徐渭研究；20世纪以来

徐渭是明代文学史上的重要人物，在多个艺术领域都有很高的成就。他自称"书第一，诗二，文三，画四"，撇开书画文章不论，② 其诗确实才气纵横，超然高妙，是李白、李贺那样天才式的诗人。在明代诗人中，徐渭能与高启、陈子龙等一流诗人相媲美。很可惜的是，他功名偃蹇，僻处越中，又与时代风潮抵牾，因而实际影响较小，名不称其才。但是站在后人的角度反思历史，我们发现，他的人格、思想、诗论以及诗歌都表里如一，在晚明那个历史时期具有很重要的意义。20世纪以来的徐渭诗学研究，经历了由少到多、由向度单一到多元、由浅层笼统到深入细致的过程。其中，20世纪20年代至世纪之交，是徐渭诗学研究的范式确立期。在此期间，徐渭研究的问题领域、思考方向及相关结论都有了比较深入的稳定基础。20世纪以来的研究，比前一时期更为细致，也有局部的推进。

---

①　雍繁星，首都师范大学中国诗歌研究中心副教授。董天歌，首都师范大学中国诗歌研究中心硕士研究生。本文第一部分由雍繁星撰写，第二部分由董天歌撰写。全文由雍繁星进行了结构及文字方面的调整疏通。

②　袁宏道说，假若不论书法论书神，"先生者诚八法之散圣，字林之侠客"，其花鸟竹石"超逸有致"，都是很贴切的评价。

一、20 世纪的徐渭诗学研究

与大部分文人只是在知识阶层展现名气不同,徐渭的影响力,体现在精英和世俗两个层面。30 年代的宋佩韦说"到现在徐文长、金圣叹的大名,几乎三尺童子都知道的"。① 扣除夸张的成分,徐渭之名在妇孺村夫的俗人世界中有一定名气大概可以肯定。20 世纪早期,学界有关徐渭的研究很少,多数出版物的兴趣着落在作为智者、绍兴师爷、恶作剧能手三位一体的徐渭形象方面。② 直到 20 世纪 80 年代之前,徐渭多是以书法家和画家而为研究者们关注。③ 到了 80 年代以后,研究者们也发表了很多有关徐渭戏曲理论和创作的研究成果。有些问题例如《南词叙录》的作者,还是学界的争论热点。④ 此外,有些学者认为徐渭是明代四大奇书之一的《金瓶梅》的作者。⑤ 80 年代之前,较重要的徐渭传记仅有徐仑的《徐文长》,之后则出现了何乐之、骆玉明贺圣遂合撰、李德仁、丁家桐等多种重要著作。⑥ 徐朔方的《徐渭年谱》更是徐渭乃至明代文化史研究中不可或缺的成果。此类传记多以生平和书画戏曲成就为主,偶尔会简单提及诗歌。徐渭的文集也于 1983 年由中华书局整理出版,"搜罗完备","虽不以全集为名,已有全集之实",⑦ 为此后的研究提供了文献基础。

徐渭的艺术特征与其个性人格密切相关,而他的独特生活经历又对其人格的形成有重要作用。生活经历和环境通常是影响一位作家人格和创作的重要因素,但对徐渭的个案而言,经历和环境的影响尤为

---

① 宋佩韦:《明代文学》,上海:上海书店出版社,2010 年,第 756 页。
② 谢德铣等:《徐文长的故事》,杭州:浙江人民出版社,1982 年。吕洪年:《关于徐文长故事》,《杭州大学学报》,1985 年第 3 期。王骧:《有关徐文长的生平和传说》,《民间文学》,1985 年第 6 期。
③ 李松:《徐渭生平与其绘画成就》,《文物》,1961 年第 6 期。
④ 骆玉明,董如龙:《〈南词叙录〉非徐渭作》,《复旦学报》,1987 年第 6 期;徐朔方:《南词叙录的作者问题》,《徐朔方文集》第一卷,杭州:浙江古籍出版社,1993 年。
⑤ 潘承玉:《〈金瓶梅〉抄本汇源:〈金瓶梅〉作者"徐渭"说新证之一》,《中国文学研究》,1998 年第 4 期。
⑥ 何乐之:《徐渭》,上海:上海人民美术出版社,1981 年;李德仁:《徐渭》,长春:吉林美术出版社,1996 年;夏咸淳:《徐渭》,上海:上海人民美术出版社,1998 年;丁家桐:《东方畸人:徐文长传》,上海:上海人民出版社,1999 年。
⑦ 徐朔方:《评〈徐渭集〉的编辑和校点》,《杭州大学学报》,1989 年第 1 期。

重要，远超一般文人，在他的艺术风格方面反映极强烈。骆玉明等认为，徐渭的艺术特征是"颓放"，"在内在的精神上，它表现了强烈的个性意识、自由意志，以及个性遭受压抑时所产生的充满悲愤的反抗情绪和由失望而引起的痛苦。在艺术表现上，它以传达内心的真诚感受为最高要求，反对一切虚伪矫饰的态度，绝不以世人的好恶以及各种人为的规矩法度来束缚心性的自由宣发。"① 天赋高明之人每多敏锐触觉，处在那样沉重惨然的生活环境中，徐渭难免"从自卑感中激发出过敏的自尊心，形成好猜忌而又偏执的心理，和时常与周围环境对立、反抗的性格。"② 徐渭自称"矫激"，既表明他的偏执，也反映出他的无奈。"畸于人而侔于天"的"畸人"，想象地传达出他与世不谐而只能求达天道的深沉悲哀。学者们一度纠结于徐渭的"矫激"是否导致病狂而终究酿成惨剧。其实他到底真狂或者佯狂都属次要，重要的是他的"宣泄""抗争""自纵""入境"，其本质都是人生的悲剧及其解脱途径。③ 作为排遣解脱的一个重要支柱，道家道教对徐渭的人生和文学创作都有重要影响。张松辉就徐渭一生中与道家道教的相关史实进行了考辨。④ 实际上在晚明思想多元的时代，三教合一是当时的重要思潮，徐渭与佛教的史实也值得整理发掘。（关于徐渭思想方面的问题下文还要谈到，此处不赘。）梅客生说徐渭"病奇于人，人奇于诗，诗奇于字，字奇于文，文奇于画"，其人之"奇"是排在列的，是徐渭研究的钥匙。徐朔方说"他的老师王畿（表兄）和季本的王阳明学说以及《参同契》《首楞严经》《素问》《葬书》以及三教其他经典对他的影响都不能同他的悲惨经历相提并论。"⑤ 人生经历的不同阶段对徐渭艺术创作有哪些细微或是重大变化；作为一个感触远超旁人的天才式人物，他的情感世界除了愤懑和狂放之外还有哪些因素，它们在艺术方面如何展现，这些问题都还有待继续深化。

"本色论"是徐渭文学成就的主要聚焦点。徐渭论"本色"，字面

---

① 骆玉明，贺圣遂：《徐文长评传》，杭州：浙江古籍出版社，1987年，第225页。
② 骆玉明，贺圣遂：《徐渭家世考略》，《复旦学报》，1984年第2期。
③ 王长安：《徐渭三辨》，北京：中国戏剧出版社，1995年。关于徐渭是否真发狂，骆玉明、贺圣遂《徐文长评传》（杭州：浙江古籍出版社，1987年）、张新建《徐渭论稿》（北京：文化艺术出版社，1990年）都讨论过这个问题。
④ 张松辉：《谈徐渭的道士身份及其与道家道教的关系》，《古籍整理研究学刊》，2000年第6期。孟泽也提及徐渭晚年的解脱与道家思想有关，参见《论徐渭的审美历程与古典精神的自足轮回》，《湘潭大学学报》，1990年第4期。
⑤ 徐朔方：《论徐渭——汤显祖同时代的作家论之一》，《浙江学刊》，1989年第2期。

上多是就戏剧说：

> 世事莫不有本色，有相色。本色犹俗言正身也，相色，替身也。替身者，即书评中婢作夫人终觉羞涩之谓也。婢作夫人者，欲涂抹成主母而多插戴，反敢掩其素之谓也。故余于此本中贱相色，贵本色，众人喷喷者我呴呴也。岂唯剧者，凡作者莫不如此。①

此处的评论是就戏曲《西厢记》而发。"本色"还多次出现于《南词叙录》和戏曲评论中，因此研究者们往往在戏曲理论中探求"本色论"的内涵。例如孙崇涛和苏位东都是从戏曲文辞及音律的角度来解释本色。② 樊文忠也认为"本色论"的"基本含义乃是要求语言通俗易懂，与口语相近"，要"妥善处理唱词与音律的关系"，其深层意蕴是"注重真实、崇尚自然的美学追求"。③ 张新建则对"本色"这一文学批评术语进行了历史追溯，最后归结于戏曲艺术的"俗与文的辩证统一"，"自然天成，不加雕饰"。他认为徐渭的本色论的前提是区别文体，"强调戏曲区别于诗、词乃至于'经子之谈'的艺术特质和创作规律，划清戏曲与诗、词的界线，纠正以诗为曲，以词为曲、'以时文为南曲'的错误倾向"，属于"对戏曲精神风貌的总体把握，或者说是对戏曲整体的审美感受"。④ 徐渭对戏曲文体的独特性要求自然没有问题，但这应该不是"本色论"的全部内涵。前引徐渭论本色结尾明明说"岂唯剧者，凡作者莫不如此"，足以证明"本色论"虽然主要针对戏曲而发，可以把戏曲作为讨论基础，但绝不应局限于某种唯一的文学题材。正像周群所说，本色论针对戏剧而发，也包括所有的文学领域。⑤ 可以说，"本色论"是徐渭的艺术风格追求或者说美学追求，甚至作为其艺术精神的概括也未尝不可。

如前所论，不少学者指出了"本色论"的技术要求。如周群说

---

① 徐渭：《徐渭集〈西厢序〉》，北京：中华书局，1983年，第1089页。
② 孙崇涛：《徐渭的戏剧见解——评〈南词叙录〉》，《文艺研究》，1980年第5期。苏位东：《点铁成金，信是妙手：徐渭"本色论"浅说》，《四川戏剧》，1992年第1期。
③ 樊文忠：《面向"大地众生"，反映"人生本色"——徐渭戏曲"本色"说略论》，《江西师范大学学报》，1997年第2期。
④ 张新建：《徐渭论稿》，北京：文化艺术出版社，1990年，第137—141页。
⑤ 周群：《论徐渭的文学思想与王学的关系》，《南京社会科学》，2000年第12期。

"本色论","一方面是指与刻意求工、典雅藻饰相对立的语言风格,另一方面还具有真实无伪的含义,广及人物、情节诸方面,是与'相色'相对立的"①。技术性的条件当然对实现"本色论"的理论目标来说必不可少,但仅此仍然不足以体现"本色论"的根本特征。对"本色论"的探讨,还需要追本溯源至徐渭的哲学思想。对徐渭直接影响最大的思想家以他的老师季本和姑表兄弟王畿为最,王畿是阳明门人中被认为有禅学倾向的重要人物,徐渭的思想中有禅学成分是合情合理的。他熟习《庄子》,注《参同契》,曾为道士等诸多事实,说明他受道家思想影响也在所难免。因而,魏际昌说徐渭思想是三教合一,"出入释道,以儒为宗";②李德仁说其思想"以禅为尾,道为脊,儒为首"③,都是深得其实的看法。李德仁还指出,徐渭的"三教合一"虽然以儒为宗,却并不厚此薄彼,而是兼重三教。这个特点源自阳明心学,又具有独特性。在左东岭看来,给徐渭以较大影响的王门学人除了季本、王畿之外还应加上唐顺之。④ 徐渭"从王畿处接受了良知自然的主张,故亦讲顺自然之天则,但他更从季本处接受了自我检束的劝告,反对借口洒脱而流于放肆无忌惮"。在这方面,徐渭和季本、唐顺之"眼光颇为一致"。⑤ 周群认为徐渭兼法季本、王畿而更近后者。结合徐渭自己的论述(如《论中》)看,笔者以为在思想上他还是较王畿的高明多些沉潜,从而更近于唐顺之。(周群自己在分析"本色论"时也提到本色论具有理性色彩,在艺术精神上是师古与师心相统一,在文学创作上是文思与学理的调适。但问题的关键还不在此,而是要着落在徐渭的独特经历和个性上。详见下文。)左东岭提出,考虑到徐渭与唐顺之的交往,更重要的是他与唐顺之"本色论"精神主旨的一致性,"说徐渭本色论是荆川本色说的继承人,应该说是并不过分的。"⑥ 在我们看来,虽然徐渭并没有像其他正宗心学学者一样留下许多专论、书信等

---

① 周群:《论徐渭的文学思想与王学的关系》,《南京社会科学》,2000 年第 12 期。
② 魏际昌:《徐文长论》,《河北大学学报》,1986 年第 2 期。
③ 李德仁:《徐渭》,长春:吉林美术出版社,1996 年,第 274 页。
④ 唐顺之与徐渭的关系非常重要,涉及徐渭"本色论"的理论源流。此一问题似仍有待更为深入细致的考察。
⑤ 左东岭:《王学与中晚明士人心态》,北京:人民文学出版社,2000 年,第 468 页。贺圣遂认为"徐渭与唐宋派之间存在着根本性的差异",原因在于他对唐宋派有不同的认识参照系。
⑥ 同上,第 469 页。

专门研讨心学理论的资料，但对"本色论"的基本精神而言，他与心学之间的关系问题只需达到原则上的一致性就足够了，而这一点已经是学界共识。

更值得关注的还有如下事实，就是不少学者并没有停留于讨论思想渊源时从思想到思想的常见做派，而是将思想传承落实在徐渭本人人格的特殊性上。例如贺圣遂论徐渭文学的个性精神"已经不仅仅是任诞自放的表现，或对社会压迫的感性反抗，而是具有理性认识的追求。"① 从徐渭对自己性情"矫激"的分析，对自己"傲与玩""终两不得其情"的评语来看，他的理性认识当然有，但是他的理性并不能抑制悲苦人生中的毁灭冲动情绪。因而，《四库全书总目提要》在介绍徐渭"传姚江纵恣之派"的学统后，立即回归到他"侘傺穷愁"的经历上，作为其"愤激无聊，放言高论，不复问古人法度为何物"的基础。同样地，左东岭也把本色论的基点落实在徐渭的"人格特点"上：

> 从这种人格特点（"既有唐顺之自我检束、自信良知的品格操守，又具备了晚明文人的狂傲与自放，从而使他成为一位过渡人物"）出发，徐渭的本色论也就有了自身的特征。他保持了唐顺之本色说真实独特的内涵，却减少了道学的色彩与成圣成贤的意识，而以自我表现与自我宣泄为核心。②

徐渭的"本色论"不仅是强调自然本色的"真"，更强调"真"的"狂放"本相。有了这样的基础，徐渭"本色论"的基本精神就比较明晰了。

有些学者也反过来由徐渭人格特征出发，旨在探讨其艺术理论建构及文学创作特点。比如陈望衡，他拈出"真我"，认为"'真我'说运用到文艺创作，则表现为重真、重情、重个性、重本色"。③ 王长安说徐渭的"本色论""以真为内核，去辐射整个创造活动的全部环节"。④ 赵有声也以"本色论"为核心，认为徐渭美学思想的结构为：重情尚真的美学本体论——本色、天成的审美观——自得自鸣的艺术

---

① 贺圣遂：《徐渭文学的个性精神》，《复旦学报》，1989 年第 1 期。
② 左东岭：《王学与中晚明士人心态》，北京：人民文学出版社，2000 年，第 471 页。
③ 陈望衡：《徐渭和他的"真我"说》，《理论月刊》，1997 年第 7 期。
④ 王长安：《徐渭三辨》，北京：中国戏剧出版社，1995 年。

创作论。① 他的阐释偶有过度之处，但总体逻辑严密，颇能切中肯綮。还有学者将本色论具体化，论述其在文学创作中的表现。如宫源曾认为徐渭的诗文理论具体表现在主真反伪、崇尚本色，反对摹拟剽窃、反对拟古但不反对借鉴、重视民歌等方面。② 陈建华通过《论中》阐述了徐渭的文学主张是反复古、重俗、重自然。董晓萍则专门就徐渭的民俗文艺观进行了探讨，认为徐渭的民俗文艺"从自觉的市民意识出发，由俗曲而说唱而戏曲，通过用曲论补充、修正诗论，正面突出'俗'的地位和作用，使明代民俗文艺理论建设自此冲破了正统诗文体系的束缚，发生了以乐论词的方向性转折。"③ 她的观点试图将民间艺术与传统诗文结合起来，徐渭也确实是一个极好的样本。可惜专业意识使她过分夸大了"俗"的民间文艺的作用，忽略了徐渭作为功名在身的"士"之传承。此外李德仁指出，"有些研究者认为徐渭主张写情、摹情，就是反对写理、摹理，其实这是误解。徐渭并不反对在作品中体现理，他所反对的只是在作品中生硬地体现片面的机械的非情之理，因为他的'情'中已经融合了理"。因而，本色论统摄下的"情"亦是情理与情感的融一。④ 从《草玄堂稿序》《肖甫诗序》中的叙述来看，李德仁的说法无疑更有道理。我们的研究，有时仍然不自觉地带着绝对化、简单化的特点，为追求逻辑的一以贯之而忽视了研究对象的复杂性。⑤

与徐渭的思想、人格、书画、戏剧等方面的成果相比，诗文方面的研究成果极少，与其实际成就极不相符。较早提到徐渭诗文成就的是宋佩韦，他说徐渭"天才超轶，诗文迥出伦辈……其诗往往鬼语幽坟，近乎李贺一流，文亦为金圣叹等之滥觞。然而他指斥当时复古派末流的模拟剽窃，颇中其失……他的诗如《龛山凯歌》云……又如《望夫石》云……则所谓凄清幽眇，流于魔趣者也。"⑥ 这些评语，几乎就是四库馆臣的原话。文学史的特殊体裁也限制了其表述的深度展开。

---

① 赵有声：《明代文艺启蒙运动的开拓者——徐渭美学思想简论》，《学术月刊》，1988年第4期。
② 宫源曾：《徐渭诗文理论初探》，《上饶师专学报》，1987年第4期。
③ 董晓萍：《论徐渭的民俗文艺观》，《文艺理论研究》，1990年第6期。
④ 李德仁：《徐渭》，长春：吉林美术出版社，1996年，第288—289页。
⑤ 按，尤振中有《徐渭批评李贺诗歌》一文，似应对其诗歌理论和创作有所涉及，可惜未曾寓目。《文学遗产》增刊第15辑，1983年。
⑥ 宋佩韦：《明代文学》，上海：上海书店出版社，2010年，第755—756页。

80年代以前几乎仅有的徐渭诗歌专论是徐仑的《明代抗倭战争的诗人徐文长》，此文重点在以徐文长为中心线索，来说明抗倭战争与文学创作的关系。他是把诗文当作史料，目的不在诗文本身。① 80年代以后，徐渭诗歌逐渐开始引起注意。魏际昌的《徐文长论》讨论了徐渭的诗文理论和创作。② 骆玉明等认为徐渭诗歌大约分为两类："一是反映他自身遭遇，以及他和封建道德传统、封建等第制度之间的冲突"，"另一类是政治诗"。这个分类显然因为带着时代的印记而缺乏概括性，是因为主要把徐渭当作激愤的反抗者来看待的结果。假如单单从抗争者的形象出发，徐渭的诗歌作品"景物和景象险怪诡奇，而他诗作的意境也是阴冷、凄艳、可怖、怪异，他用这些来表现他的孤独、抑郁、焦虑、恐惧的内心世界，表现他的自我的挣扎"。③ 不过，徐渭留下了2000多首诗，阴冷怪异的抗争者绝非其完整面目，独出心裁的题画诗、议论惊人的咏史诗、天趣盎然的儿童诗，都是他诗歌成就中必不可少的部分。④

徐渭诗歌内容丰富，各体兼备，相应地也风格多样。骆玉明等说他的诗"以天才为资，以性灵为宗，以横放绝出气如风雨，或以妙想偶得、天趣盎然为胜。至若夹泥带沙，或丽人蓬首，则时有未免"。⑤ 固然限于体例没有足够具体分析，却揭示出了徐渭诗歌的特色。吴志达《明清文学史》除了把徐渭诗风描述为"壮逸疏狂，豪放自恣"之外，还重点提到其七言绝句"语言精练，意象奇峭，而意蕴丰富"。⑥ 周伟民也认为徐渭的诗"任情恣放，随意抒写……不屑于模拟古人，诗歌不避俗语俗物，奇思突出，在日常生活之中，无物无言不可入诗。"⑦ 总体看来，徐渭的诗遵循着"本色论"的基本方向，如左东岭所说，"尽管没有创造出新形式，却雅俗不分地涉入了更多的艺术领域，并最大效用地利用了旧形式与旧方法。"⑧ 杰出的才情使他在任何

---

① 徐仑：《明代抗倭战争的诗人徐文长》，《学术月刊》，1962年第3期。
② 魏际昌：《徐文长论》，《河北大学学报》，1986年第2期。
③ 周明初：《晚明士人心态及文学个案》，北京：东方出版社，1997年，第219—220页。
④ 徐朔方：《论徐渭——汤显祖同时代的作家论之一》，《浙江学刊》，1989年第2期。沈新林把徐渭诗分为：反映社会现实、山水旅游、题画、抒写诗人自己的遭遇等四类（《鬼语秋坟韵味长：徐渭和他的文学创作》，《古典文学知识》，1998年第1期）。
⑤ 骆玉明，贺圣遂：《徐文长评传》，杭州：浙江古籍出版社，1987年，第231—232页。
⑥ 吴志达：《明清文学史·明代卷》，武汉：武汉大学出版社，1991年，第477—478页。
⑦ 周伟民：《明清诗歌史论》，长春：吉林教育出版社，1995年，第211页。
⑧ 左东岭：《王学与中晚明士人心态》，北京：人民文学出版社，2000年，第471页。

诗体之间任意游走，自由展示，以奔放的意气激扬文字，把美丑、刚柔、缓急、浓淡、纤犷随手组合起来，形成出人意表的"奇"的诗风。徐朔方举了许多具体的例子，对此进行了有力的论证。

尽管如此多的学者完成了如此多的重要成果，但徐渭诗论及诗歌的研究仍然算不得充分，尤其是和他的创作实绩不相符合，一个要紧的指标就是他还是以戏曲创作而非自己引以为豪的诗歌出现在当前各种文学史中。四库馆臣说他"才高"又说他"识僻"，批评他"流入魔趣""终为别调"，又说他"足以感荡心灵"，是有"揆以中声"的紧箍咒在①；袁宏道和陶望龄夜读徐集"如魇得醒"，"灯影下读复叫，叫复读，僮仆睡者皆惊起"② 的描述或许有文学色彩的夸张，但徐渭的诗文的确有其价值。"光芒夜半惊鬼神，即无中郎岂肯堕"③，并不是黄宗羲阿好乡贤的吹嘘。

二、21世纪以来的徐渭诗学研究

21世纪以来，徐渭诗学研究有了更多的成果积累。从研究对象上看，研究者从诗歌风格、诗歌题材、诗学理论、诗歌意义等方面进行更为具体的讨论，较充分地反映了徐渭诗歌的面貌。从研究方法上看，研究者采用了与其他学科相结合的方式，多维度展现了徐渭诗歌的意义与价值。从研究价值上看，对徐渭诗歌的讨论有以小见大的作用，推进了学界对于徐渭诗文创作与其人格、人生经历和其他文艺形式联系的认识人格。但是，对于徐渭文艺思想的认识，研究者大多沿袭先前的理论阐释和评价框架，没有大的推进。

在徐渭生平研究方面，学者们对徐渭年谱进行了多方面的补充与修正。张淼参考《畸谱》《徐文长三集》与徐朔方《徐渭年谱》，对徐渭诗歌的系年新增有71首。付琼考证了徐渭的出版活动，认为徐渭生前刊刻《徐文长初集》似应于隆庆二年（1568，48岁），而不是万历十八年（1590，70岁）④。他们考证成果，使徐渭的作品更加全面，并

---

① 纪昀等：《四库全书总目》卷178《徐文长集提要》。
② 袁宏道：《徐文长传》。
③ 黄宗羲：《青藤行》。
④ 付琼：《徐渭自刻文集活动考述——兼及〈徐文长初集〉的刊年问题》，《绍兴文理学院学报（哲学社会科学）》，2003年第5期。

纠正了历史错误,有正本清源的作用。另外,盛鸿郎作《徐文长先生年谱》,该年谱以《徐渭集》为依据,在徐渭自撰《畸谱》的基础上,对创作时间明确的诗文加以系年。本年谱的一个重要内容是"《金瓶梅》作者是徐渭",因而有自己的特点,又有值得商榷之处。

徐渭的独特经历与其人格的研究得到进一步认识,研究者对徐渭人生不同阶段与其艺术创作的变化、徐渭情感世界的所含因素进行了探索。郭晓飞整理了徐渭精神障碍自我认知的有关资料,分析了徐渭精神障碍,提出徐渭患有偏执型人格障碍、情感不稳型人格障碍、强迫型人格障碍等猜测,他认为徐渭患有混合型人格障碍①。何循真从徐渭画作入手,通过其画风转变的现象,结合徐渭的人生经历,推断徐渭患有精神分裂症,且属于妄想偏执型②。这些其他学科的研究成果,通过分析徐渭的艺术创作,反映了徐渭的精神状态;在对徐渭诗文的研究过程中,我们可以"反其道而行之",通过徐渭的精神状态,解读徐渭具体艺术创作的内涵。

汪沛着重分析了"徐渭杀妻"一事对其创作的影响,他认为自徐渭出狱以来,其价值预设受到严重打击,不再"以外在的期待为衡量自己价值的唯一初度",其创作目的由表达强烈的"欲以才售"的焦灼愤懑转化为"在艺术中寻找人生价值和意义","以文为寄,以书为寄,以画为寄,以山水为寄"。③ 汪沛此文并非探讨徐渭人生经历与艺术创作的关系,然他对徐渭人生悲剧的文化心理原因分析,跳出了对徐渭悲剧解脱途径的樊笼,更本质地分析了徐渭人生经历对其艺术创作的影响。而且,他挑选"徐渭出狱"作为徐渭人生经历划分的重要节点,以具体事件划分徐渭人生阶段的方式,探讨其前后艺术创作的变化,是一种新的思路。对于徐渭的情感世界在艺术中的展现,除去老生常谈的愤懑、狂放,刘建琼解读出徐渭内心深处的一种令人血脉骤然偾张、精神极度亢奋的本真与艺术激情。徐渭以这种激情去支配其创作时,形成了他的自由创作情态与反叛精神,促成了他艺术表现上的诡

---

① 郭晓飞:《徐渭精神障碍的心理分析》,《绍兴文理学院学报:哲学社会科学版》,2008年第2期。
② 何循真:《解读徐渭、凡·高与石鲁——论精神失常对画家创作之影响》,《美术研究》,2002年第2期。
③ 汪沛:《徐渭文化心态研究》,西安:陕西师范大学学位论文,2007年,第32—65页。

异、怪诞的风格。①金霞，吴春兰认为，徐渭在人格上包含"对自我的重视"意识，在诗文中表现为"以文自戕"的自我表现意识与个性精神②。辛立松将徐渭狂性的内涵细化，分出"惊悚的趣味、泛滥的真情、邪的天性"三个方面，这使得他的创作更重体验，形成了"从学习到露其笔意，再到弃去规范"的艺术发展脉络。③《中国诗歌通史·明代卷》的撰写者认为，徐渭诗作表现出其张扬自我而又苦痛不堪的畸形人格，呈现了他本色的自我，也是影响其诗风变化的主要原因。徐渭青年时期年少有为，侠义精神，诗风豪壮；中年时期诸事不顺，形成了奇崛悲哀的诗歌风格；徐渭杀妻系狱六年后，其诗风转向颓然自放，有滑稽的一面。徐渭"畸形"人格给人们留下了既疑且矫，既狂且忍的印象，但他的为人却是深情绵渺、坦率真诚的，这是徐渭的悲剧所在④。这一阶段，研究者对徐渭人生经历的划分方法有了新的认识，但是对于徐渭人生重大事件对其艺术风格的影响仍需继续深入。而对于徐渭情感因子的分析，研究者普遍沿着前人的思路，将徐渭的愤懑狂放认识成其主观上的"发泄""解脱"，而忽略了徐渭精神异常的客观原因。因此，对于徐渭情感世界的解读，可从其精神异常的客观因素入手，关注徐渭对其愤懑狂放表现的真实态度。

研究者对徐渭诗学理论的探讨，普遍关注于对其形成原因的讨论。焦印亭认为，徐渭诗学理论受李贺诗"率"的影响，徐渭看重贺诗的"率"，是因为它真实地传达了内心的感受，也是寄寓和宣泄徐渭愤懑不平之气，这是徐渭反对复古，推行本色的表现⑤。郭皓政认为，片面地强调徐渭"诗学长吉"不能全面地代表徐渭的诗歌面貌，李贺对徐渭的影响，可归于杜诗对徐渭的影响这一传统之下。徐渭从艺术角度

---

① 刘建琼：《徐渭心理畸变对其艺术创作的影响》，《湖南农业大学学报（社会科学版）》，2007年第3期。
② 金霞，吴春兰：《论徐渭诗文创作中的个性精神》，《华侨大学学报（哲学社会科学版）》，2003年第3期。
③ 辛立松：《论徐渭狂性美学》，南京：南京师范大学学位论文，2011年，第22—38页。
④ 赵敏俐，吴思敬主编：《中国诗歌通史·明代卷》，北京：人民文学出版社，2012年，第578—582页。陈志国观点与此类似（《徐渭人格论》，济南：山东师范大学硕士学位论文，2002年，第3—38页）。
⑤ 焦印亭：《徐渭评批李贺诗探析》，《天中学刊》，2008年第1期。

学习杜甫,强调"真率写情"①,但是在思想方面他回避杜甫,故徐渭诗作更强调个体价值,而非社会性、思想性。② 郭皓政突破了徐渭"诗如长吉"的一般性认识,由徐渭"诗学长吉"与"诗学杜甫"的"论辨"中,不仅表现了徐渭诗歌"奇"与"正"辩证统一的特点,也涉及了徐渭在诗歌史上的地位作用。

有些研究者依然对徐渭文学思想和阳明心学的关系表示关注。张金环认为徐渭哲学思想价值在于对王学思想的补充和完善:一是徐渭把"道"看成人之常情,崇尚"道"之自然,赋予了王学道本体"心"以人欲、人情,初步露出自然人性论的端倪。二是徐渭崇尚自然,但也不完全废除戒惧的工夫,避免了因"虚"而主悟主无所形成的轻视工夫的倾向。三是在王学"人胸中各有个圣人"观念的基础上,提出"凡利人者,皆圣人也"的主张,将平民意识向前推进一步③。前人大多讨论王学对徐渭思想的影响,张金环反其道行之,将徐渭文学思想的意义征于王学,意在表明徐渭的哲学思想对王学的发展起到推动作用。

有些学者希望从本色论出发,归纳徐渭整体的文艺理论框架。徐明安将"本色论"视为徐渭文艺本体论的一部分,认为"本色"是"诗本乎情"的又一发挥④。徐渭"诗本乎情"是情理和情感的合一,既指由外界事物触发而生的喜怒哀乐之情;也是人性,人的本能、本真。因此,徐渭本色论中的情与理是统一的。在文艺创作过程中,"本色"要求创作者表达真实的自我,表现真情,表现个性,强调创新,反对矫情;而作为品评文艺作品价值的美学概念时,其核心是"尚真求新"⑤。而吴迪却将"本色论"置于"真我论"之下,认为"真我"是徐渭"重真、重个性,重本色"的艺术风格,本色则是"体万物,

---

① 曾绍皇与其观点类似:徐渭有意师法杜甫"'真率写情,浑然天成';'撒手生驹,无一毫捉'"的文学理念与"化用杜诗意境入诗入画"的创作实际(曾绍皇:《论徐渭的崇杜情结及其手批〈杜工部集〉》,《杜甫研究学刊》,2010年第1期)。

② 郭皓政:《论徐渭对杜诗的接受》,济南:山东师范大学硕士学位论文,2005年,第34—38页。

③ 张金环:《徐渭的哲学思想与王学渊源》,《绍兴文理学院学报(哲学社会科学版)》,2002年第2期。

④ 徐明安:《徐渭的文艺本体论及其意义》,《上海师范大学学报(哲学社会科学版)》,2001年第2期。

⑤ 徐明安:《徐渭的文艺价值观和风格论》,《绍兴文理学院学报(哲学社会科学版)》2000年第3期。

抒己之所得"的具体实践;"'真我'统摄着'本色',本色是对真我的具体化,是真我在戏剧中的表现"①,这种说法,将"本色论"专用于戏剧领域,又用"真我"将"本色论"的内涵延伸至徐渭的整个文艺活动,实则与陈望衡的观点一致,是从文学实践角度对"本色论"的认识。然他将"真我论"建构为"随处体万物的创作论—己之所自得的方法论—彼之古者,我之今者的发展观",可看作其从文艺实践角度对本色论成体系的概括。《中国诗歌通史·明代卷》认为,在本色论的影响下,徐渭形成了"破体破格"的诗学观念。"诗之体格"指与理分途之后的"诗",这种诗徒有诗之名而亡诗之实,徐渭所谓"理"乃是"性情"而非单纯的说理和议论,故徐渭论诗不重形式,反对固守诗格,极力强调情感表现力度,以形成对诗格的突破。② 这些观点是从"本色论"在文艺实践角度的内涵与作用为起点,探讨徐渭的艺术理论建构。但其对本色论的认识基本与前人一致,没有明显的创新。

  与 20 世纪末类似,学者们遵循本色论的基本方向,对徐渭的诗歌进行了多方位的探索。张平把徐渭的诗歌风格比作"斑驳复杂的综合体",具有"真情真心真人、散逸与风尘草莽气、新奇豪荡、遒媚、幽默诙谐"五大特点③。付琼将徐渭诗歌的抒情方式定义为"高反差抒情方式",诗风倾向于"沉重和尖锐",并认为"既诅咒命运又讴歌人生的复杂心理景观"是构成这一现象的根本原因④。他的研究关注到了徐渭的特殊心理,为分析徐渭诗歌风格提供了新的研究方向。《中国诗歌通史·明代卷》将徐渭诗歌特点归纳为"情感奔放"与"写实易懂"。徐渭以气运笔,摆脱俗套。而过度使气也使徐渭的诗歌想象神奇,意象怪异,成就奇怪诡谲的诗歌面貌。徐渭诗歌的写实易懂表现为其作诗好用俚语,形成了徐渭诗好议论,而且好发不同之论的诗学倾向。这两点与其后公安派诗作"抒写自我性情""宁今宁俗"的特征大体相

---

① 吴迪:《徐渭"真我论"的文艺观研究》,淮北:淮北师范大学硕士学位论文,2016 年,第 13—22 页。
② 赵敏俐,吴思敬主编:《中国诗歌通史·明代卷》,北京:人民文学出版社,2012 年,第 582—589 页。
③ 张平:《连世文章今犹在,一腔畸愤几人知——徐渭诗歌论》.苏州:苏州大学硕士学位论文,2004 年,第 71—81 页。
④ 付琼:《试论徐渭诗歌的抒情方式》,《绍兴文理学院学报(哲学社会科学版)》,2002 年第 6 期。

同,可见徐渭诗作对晚明诗风的先声作用①。从诗歌创作角度看,徐渭诗歌在晚明诗歌史上具有独特的转折意义。

对于徐渭诗歌研究的意义,研究者们将徐渭诗歌放到晚明的背景下从不同角度予以评价。罗朝蓉认为徐渭用诗歌合理宣泄人欲与人情,开启了中国古典诗歌转型的契机②。王云从思想史的角度,分析了徐渭在中国近代启蒙运动史上有着特殊的地位。他的诗文、戏剧和绘画所表达的对专制社会的批判和对个性自由的向往,对汤显祖、扬州八怪乃至后来的新文化运动的先驱者们(如鲁迅)都产生了极大的影响③。这些研究成果,更加体现了徐渭诗文的独特价值。

新世纪的徐渭诗歌研究的一个重要特点,是对其分类的细化,并关注到徐渭诗歌不同题材的独特意义。比如"题画诗",张淼将徐渭题画诗分为三类:一是阐发画理,二是书写胸臆,三为应酬生计,其中书写胸臆者最佳,能通过文本互涉将画面进行视觉展张,以启发读者审美愉悦的生理观感。④ 王羣关注到"竹画诗"题材。竹画诗在徐渭题画诗中约占总数的四分之一强,其诗歌内容可"以诗证事",反映了徐渭后半生的悲欢喜忧,并与画作共同表现了徐渭性格中的孤愤与率性⑤。研究者用徐渭不同体裁的文艺作品互证,不仅体现了这一题材诗歌作品的价值,而且反映了徐渭以本色论为核心的文艺创作理论的一致性。徐渭抗倭诗的价值与成就也备受关注。从内容上讲,徐渭抗倭诗的可贵之处是他能在祝捷的凯歌中冷静下来,深切地反思战争的残酷性以及对参战双方人民的巨大伤害⑥。从情感上讲,徐渭的抗倭诗多

---

① 赵敏俐,吴思敬主编:《中国诗歌通史·明代卷》,北京:人民文学出版社,2012年,第589—596页。

② 罗朝蓉:《应时而生的诗歌世俗化——浅议徐渭诗歌的世俗内容》,《江南大学学报(人文社会科学版)》,2005年第2期;汪沛:《俗与趣:徐渭诗歌的新视域》,《殷都学刊》,2007年第3期。与其观点相似,认为徐渭诗歌的"俗与趣"是新视域,反映了明诗由雅至俗变迁的过程。

③ 王云:《徐渭与明代中后期的个性解放思潮》,《学术界》,2007年第6期。

④ 张淼:《徐渭诗歌研究》,上海:复旦大学博士学位论文,2008年。李殿君(《徐渭题画文学研究》,南京:南京大学硕士学位论文,2013年,第44—54页)、邓乔彬(《文化诗学》,芜湖:安徽师范大学出版社,2013年,第300—311页)、徐博超[《论徐渭题画诗的"以画法入诗"》,青岛:中国石油大学(华东),2016年,第15—17页]的看法与之相似。

⑤ 王羣:《写竹尽托平生意——徐渭的竹画诗评析》,《古典文学知识》,2006年第1期。

⑥ 佟昊:《徐渭诗歌思想内容研究》,呼和浩特:内蒙古大学学位论文,2007年,第25—28页。

表现出他积极的情绪，是徐渭正面情感的宣泄。① 整体上，研究者对徐渭各题材诗歌的特点与意义有了一定的认识。但是，徐渭同一种题材的诗歌，在其不同的人生阶段艺术表现是否相同？徐渭在不同时期对某种诗歌题材的热衷是否与其人生经历有特殊联系？这一点仍可继续讨论。

总体看来，20 世纪以来的徐渭诗学研究取得了比较大的进展。这个进展的重要条件，是 20 世纪 80 年代以来，古代文学研究总体范式的变化。这个新范式，具有与时代精神相适应的开放性特征。它以求实为宗旨，包容了多个维度，多个方向。在这种总体变化中，我们看到，徐渭诗歌研究从传统的内容形式二分法，深化到人生经验、思想基础、诗学理论建构、诗歌创作表现甚至特殊的病态人格和病态艺术等诸多方面。这些方面的贯通，以及相互关系的勾连协调，可能也应该是徐渭研究推进的入路。这不仅是研究范式内部逻辑的完善，自然也是对研究对象做出更为细致的真相揭示之必然要求。

（作者单位：首都师范大学中国诗歌研究中心）
（编辑：艾欣）

---

① 钱秀翡：《论明代抗倭战争中徐渭其人其诗》，《绍兴文理学院学报（哲学社会科学版）》，2009 年第 1 期。

20世纪《河岳英灵集》研究综述

◇郭睿康

摘　要：本文梳理了20世纪对于《河岳英灵集》的研究成果，将其分为80年代以前、80年代、90年代三个阶段。总体而言，20世纪对于《河岳英灵集》的研究呈现出以下几个特点：第一，多数的研究成果集中在批评史一类的著作中；第二，文献学反面的研究臻于完善；第三，对《河岳英灵集》的历史地位及理论贡献的体认日趋充分；第四，对殷璠诗学思想的研究逐步深入。

关键词：20世纪；河岳英灵集

殷璠所编选的《河岳英灵集》是我国古代一部重要的诗歌选本，在文献学和理论批评层面都具有重要的意义。从晚唐开始，《河岳英灵集》就不断受到文人和学者的关注。然而在古代，人们更多是从选诗是否公允和精当的角度出发，来评价《河岳英灵集》。进入20世纪之后，研究者们开始以现代学术的眼光审视《河岳英灵集》，并取得了丰富的研究成果。

一、80年代以前的研究

在整个20世纪，研究者们对于《河岳英灵集》价值的认识，经历了一个从无到有的过程。在中国第一部文学批评史著作，即陈钟凡的《中国文学批评史》中，并没有关于殷璠以及《河岳英灵集》的内容，随后出版的郭绍虞和罗根泽的两部《中国文学批评史》，也没有提到《河岳英灵集》。

最早以文学批评史的眼光来研究《河岳英灵集》的是朱东润，他在1944年出版的《中国文学批评史大纲》中的"初唐盛唐时代之诗论"一章中对殷璠的诗论进行了初步的研究。朱东润认为，殷璠对于诗人的评价,侧重于"意兴之表",即认为殷璠尤其赞赏意在言外的诗歌作品。① 朱东润的论述虽然简略,但却标志着现代学者对《河岳英灵集》研究的开始。

1957年,王运熙在《复旦学报》上发表《释"河岳英灵集序"论盛唐诗歌》一文。王运熙认为,盛唐诗歌之所以能取得声律与风骨兼备的成就,主要有两方面的原因:一是初唐以来文人的长期努力,二是唐玄宗大力提倡质朴之风。王运熙的这篇文章,虽然以《河岳英灵》的序言为切入点,但其主要内容并非是对《河岳英灵集》的研究,而是梳理初唐到盛唐诗学思想的发展。② 不过这篇文章也从一个侧面表明了《河岳英灵集》在中国文学批评史上的地位。

中华书局于1958年点校出版的《唐人选唐诗(十种)》可以看作现代研究者关于《河岳英灵集》最早的文献研究。该书收录唐人选唐诗共十种,其中就包括《河岳英灵集》。根据上海古籍出版社重印本的出版说明可知,该书《河岳英灵集》部分所依据的底本为四部丛刊影印明刻本。该书的不足之处在于,虽然保留了明刻本的原貌,但没有用其他版本进行校对。③

进入60年代以后,研究者们对《河岳英灵集》有了进一步的认识和研究。在郭绍虞主编的《中国历代文论选》(以下简称《文论选》)中,对《河岳英灵集》有这样的论述:"选本中有评语,是这书的创举。序文相当正确地论述了诗歌的内容(理)形式(言)并重的问题和评价作品的标准问题。选者认为作品不可偏重形式,所以理不足而言有余,无比兴而贵轻艳的诗篇,是虽多而无用的。但亦不排斥形式,因此选者在批判了单纯追求声律辞藻的偏向以后,又肯定了开元以来在'去伪存真'的基础上发展起来的声律风骨两者兼备的新诗风。"除了殷璠的诗学思想,《文论选》还对《河岳英灵集》的历史地位进行了评价。《文论选》认为,殷璠的诗歌理论对后世的作家创作具有一定的启发作用,同时认为"选诗标举一家宗旨,就现存的选本来说,殷璠这书是最早的",而专选同时代诗人作品的集子也"滥觞于《河岳英灵集》"。④ 可以看出,《中国历代文论选》对殷璠的诗学思想和历史地位

---

① 朱东润:《中国文学批评史大纲》,上海:开明书店,1944年,第94—95页。
② 王运熙:《释"河岳英灵集序"论盛唐诗歌》,《复旦学报》,1957年第2期。
③ 元结,殷璠等:《唐人选唐诗(十种)》,上海:上海古籍出版社,1978年,第1页。
④ 郭绍虞:《中国历代文论选(上册)》,北京:中华书局,1962年,第397页。

都做出了较为全面和精当的评价。

60年代对《河岳英灵集》研究做出贡献的还有刘大杰，他在《中国文学批评史》中有一节专论殷璠。刘大杰分析了殷璠对诗歌发展史的认识，认为刘勰认识到盛唐诗歌的这种声律与风骨兼备的特色，然而殷璠在评价诗人时，更重视风骨而不是音律，同时，刘大杰分析了殷璠的诗学思想，认为殷璠所说的风骨着眼点在"语言的锻炼与雄劲的笔力"，而兴象则是一种"秀雅幽远的意境"，而二者都是形式层面的，所以"观其所选作品，在重视内容方面，还是很不够的"。①

总体而言，80年代之前对于《河岳英灵集》的研究还十分有限，对于《河岳英灵集》的历史地位也没有很高的评价。

二、80年代的研究

进入80年代后，关于《河岳英灵集》的批评史研究有了新的进展。这种进展主要体现对《河岳英灵集》历史地位的重新思考。在之前的文学批评史著作中，在评价殷璠的历史地位时，更多是着眼于他对前代诗学思想的总结，而进入80年代后，研究者们开始注意到殷璠在诗歌理论上的独特贡献。

罗宗强先生在《隋唐五代文学思想史》中的"盛唐（睿宗景云中至玄宗天宝初）文学思想"一章中，将盛唐时期的文学思想概括为三点：崇尚风骨、追求玲珑兴象、追求自然美。而在前两点中，殷璠的诗学思想都具有重要的地位。罗先生指出，盛唐诗人所追求的风骨，与此前的评论家们所理解的风骨是有差异的。盛唐诗人所追求的风骨，是以一种浓烈壮大的情感、巨大的气势力量和昂扬明朗的基调，而没有建安时期那种慷慨悲凉的色彩。罗先生的这一观点，虽不是专为《河岳英灵集》而发，但其涵盖的范围显然已经包括了《河岳英灵集》，而且这一观点被后来研究《河岳英灵集》的学者们普遍接受。不过，相较于"风骨"，罗宗强认为，"兴象"这一理论概念的提出才是殷璠更大的贡献。罗先生将"兴象"的内涵概括为情景交融的意境，并在此基础上分析了"兴象"这一概念的理论来源，最终做出这样的评价："殷璠创造了'兴象'这样一个诗论的基本概念，对此加以表述，遂开

---

① 刘大杰：《中国文学批评史》，北京：中华书局，1964年，第245—248页。

我国诗歌意境论之先河。"①

在成复旺，黄保真，蔡钟翔所著的《中国文学理论史》（以下简称《理论史》）对"兴象说"的历史地位有进一步的论述。《理论史》对殷璠的"兴象说"这样评价："殷璠的'兴象说'，既是对盛唐诗人在作品中表现出来的共同的审美理想的集中、深化；又是对盛唐诗歌的艺术成就、审美特征所做的总结、抽象。'兴象说'作为殷璠表述的审美理想，其时代意义，就在于此。另外，'兴象说'的提出，在中国古代诗歌理论发展史上，还具有特殊的历史意义。对前人来说，它打破了提倡比兴寄托、重视思想内容、强调有益政教的论诗观点与提倡缘情绮靡、重形式之美、强调愉悦身心的论诗观点的对立，并在吸取、融汇两者精华的基础上，对诗歌艺术的本质特征、创作规律，做出了新的理论概括。对后人来说，它为皎然、司空图、严羽为代表的新的诗歌理论流派的出现，开了先河。"除了对"兴象说"的阐述，《理论史》还首次对"神来、气来、情来"进行了分析，并认为"三来说"的内涵是内容与形式的多样统一。②

80年代关于《河岳英灵集》的研究，另一个重要的方面是与其他唐人选唐诗的比较研究。在这方面，蒋寅的《从〈河岳英灵集〉到〈中兴间气集〉——关于大历诗风演变的抽样分析与假说》与李珍华、傅璇琮的《唐人选唐诗与〈河岳英灵集〉》是其中的代表。

李珍华、傅璇琮的文章首先将《河岳英灵集》与此前的五种唐人选唐诗进行了比较，并指出了殷璠在编选《河岳英灵集》时所面对的四个问题：如何认识从初唐到盛唐丰富的创作成果，从初唐开始被呼吁的理想诗风具体是怎样的，文学选本在观点和形式上如何有所突破，如何将对律体的要求进一步提纯。之后，该文又将《河岳英灵集》与之后的唐人选唐诗进行了对比，从而得出结论：《河岳英灵集》是诸多唐人选唐诗中贡献最突出的一部。这一评价的理由有两点：第一，殷璠明确地试图通过诗歌批评提出了他的诗歌主张，而他的主张正是盛唐诗歌在理论上的反映；第二，殷璠提出了多个值得进行理论探讨的

---

① 罗宗强：《隋唐五代文学思想史》，上海：上海古籍出版社，1986年，第90—110页。
② 成复旺，黄保真，蔡钟翔：《中国文学理论史（二）》，北京：北京出版社，1987年，第80页。

美学概念。而以上两点，都是唐代其他选家所不及的。①

蒋寅从诗体、审美趣味、理论主张等方面比较了《河岳英灵集》《箧中集》《中兴间气集》三部唐人选唐诗的差异，并从中总结了从盛唐时期到大历时期的诗风转变。该文为了分析殷璠关于声律的理论，统计了《河岳英灵集》中所选诗歌中近体与古体所占的比例，从而得出殷璠更加崇尚古体的结论。此外，该文认为，殷璠虽然对不同的诗风都有推崇，但以"奇"贯穿始终，体现了其对艺术独创性的追求。②

另外值得注意的是林继中的《释"神来、气来、情来"说》一文，该文是第一篇对《河岳英灵集》中的理论范畴进行专门研究的论文。该文认为，"神来"内涵是"才学、才气自然流出"，"气来"的内涵是"以'志'为内在力所流出的那种劲健风格"，"情来"则与"兴趣幽远"有关。对于三者的关系，该文认为，"神"寓于"气"与"情"之中，而"气来"居于核心地位。③

三、90年代的研究

90年代关于《河岳英灵集》的研究进展主要体现在两方面：一是版本和校勘的集大成，二是理论范畴研究的精细化和体系化。

在1958年的点校本出版之后的很长一段时间里，关于《河岳英灵集》的文献研究处于停滞不前的状态。直到1991年，李珍华、傅璇琮发表了《〈河岳英灵集〉版本考》一文。该文经过详细的考证，最后得出四点基本结论："一、殷璠自编的本子为二卷本，这个本子一直流传到南宋，南宋中后期尚有刊刻。二、宋元之际或元明之际，二卷本的《河岳英灵集》已极少流传，几经失传。而自明代前期开始，即有三卷本出现。三卷本在流传过程中，亦几经翻刻，各本之间文字也颇有不同。三卷本与二卷本，分卷不同，字句有不少差异，但诗人、诗篇的数量是相同的。三、二卷本属宋本系统，三卷本属明本系统。三卷本

---

① 李珍华、傅璇琮：《唐人选唐诗与〈河岳英灵集〉》，《中国韵文学刊》，1988年第1期。

② 蒋寅：《从〈河岳英灵集〉到〈中兴间气集〉——关于大历诗风演变的抽样分析与假说》，《广西师范大学学报（哲学社会科学版）》，1988年第4期。

③ 林继中：《释"神来、气来、情来"说——盛唐文评管窥之一》，《古代文学理论研究（第十一辑）》，上海：上海古籍出版社，1986年，第236—237页。

有可能据宋时某一刻本翻刻（非覆刻的），因此在文字上保留了某些合理部分，不能因其明刻而尽弃之。四、我们今天整理《河岳英灵集》，应尽力追溯殷璠原编之旧，以宋刊二卷本为底本，参校几种明清时的刻本。"① 李、傅二位先生的研究成果，不仅将《河岳英灵集》的研究向前推进了一大步，还为以后的整理工作指明了方向。

在1996年，陕西人民教育出版社出版了由傅璇琮编撰的《唐人选唐诗新编》，正是按照《〈河岳英灵集〉版本考》中所提出的方法进行点校整理的。依据《河岳英灵集》部分的前记，此次整理以宋刊二卷本为底本，同时用汲古阁本、毛扆校本、沈氏藏本（即四部丛刊本）通校，同时参考何焯校本以及《唐诗纪事》中所引殷璠的评语。② 此次点校可以说是《河岳英灵集》文献研究方面的集大成之作，中华书局于2014年出版的《唐人选唐诗新编（增订本）》在校勘方面并没有新的改动。③

除了版本和校勘，90年代对于《河岳英灵集》诗学思想的研究也进一步深化，而这种深化主要体现在对其理论范畴的深入研究中。这方面的代表作主要有三部：李珍华、傅璇琮的《〈河岳英灵集〉研究》，王运熙、顾易生主编的《中国文学批评通史》，张少康、刘三富的《中国文学理论批评发展史》。

《〈河岳英灵集〉研究》一书是关于《河岳英灵集》的第一部研究专著。该书的第三章对《河岳英灵集》中的诸多理论范畴进行了详细的探索。对于"三来说"，该书认为"神、气、情都讲的是作家的主体"。其中，"神"指的是一种"脱俗的、超然的艺术境界"；"气"与"风骨"相通，指的是一种力量感；"情"是一种以景物为媒介的情致。对于"兴象"这一范畴，该书解释为"情与景的相镕"，并认为"从兴象所蕴含的内涵来说，是神、气、情"。除了上述理论范畴外，该书还运用音韵学的知识，对《河岳英灵集》中的声律说进行了探索。该书对殷璠《集论》所说的"词与调合"做出了如下解释："所谓刚柔可以

---

① 李珍华，傅璇琮：《〈河岳英灵集〉版本考》，《文献》，1991年第4期。
② 傅璇琮：《唐人选唐诗新编》，西安：陕西人民教育出版社，1996年，第105页。
③ 在1992年出版的《〈河岳英灵集〉研究》一书中，有一部分是《河岳英灵集》的点校整理，经过笔者比对，其所使用的底本与校本与《唐人选唐诗新编》是一致的。但是《〈河岳英灵集〉研究》中并没有详细列出诸本的名称，故而与后来出版的《唐人选唐诗新编》相比，尚有未尽善之处。

包括平仄和声母的轻重清浊，而平仄和轻重清浊都是决定和表现声调高下的主要因素。为了避免音节的单调纷乱，诗歌的创作多循一升一降、一降一升的途径演进而使其规律化，达成音节调和的要求。"①

张少康、刘三富的《中国文学理论批评发展史》认为，"兴象"是殷璠文艺思想的中心。该书对"兴象"做出了详细的阐释："'兴象'是殷璠首先提出的重要的文艺美学概念，它是指诗歌中完整的审美意象，不过这种审美意象偏重于指主体比较隐蔽的客体形象，然而他又可以极大地感发人的性灵，产生浓厚的审美兴趣，启发人们丰富的想象。"该书认为，要创造出"兴象"，需要具备三个条件：有"风骨"、有"神来、气来、情来"之妙、构思新颖奇特且具有自然声律之美。同时，该书对于"风骨"和"三来"皆有不同于前人的解释。该书认为，殷璠所说的"风骨"，内涵比较宽泛，是"着重于体现描写对象的风貌神态"。而对于"三来"，该书认为："所谓'神来'是要求'兴象'塑造必须以神似为主，而达到形神并重之妙。所谓'气来'，是要求'兴象'具有生机盎然的特点，表现描写对象内在的生命活力、昂扬的精神状态。所谓'情来'，则是强调'兴象'中应寄寓作者充沛的、强烈的感情，能够感染读者，它是幽远而深厚的，又是非常真实的。"②

王运熙、顾易生主编的《中国文学批评通史》将殷璠的选诗标准概括为五条：重雅、重奇、重风骨、重兴象、重自然音律。本书同时指出，在兴象与风骨之间，殷璠更重视风骨。理由是殷璠在评语中会批评一些作家缺少风骨，但却没有批评哪些作家缺少兴象。对于"三来说"，该书认为，"神来"是泛指诗人创作时迸发的神妙思绪，"气来"和"情来"分别指"诗人意气骏爽或情兴浓郁，易于写出有风骨、有兴象的作品"。而三者分别对应了殷璠重奇、重风骨、重兴象的选诗标准。③

综合以上论述，我们可以看出，20世纪对于《河岳英灵集》的研

---

① 李珍华，傅璇琮：《〈河岳英灵集〉研究》，北京：中华书局，1992年，第39—97页。
② 张少康，刘三富：《中国文学理论批评发展史》，北京：北京大学出版社，1995年，第317—325页。
③ 王运熙，顾易生：《中国文学批评通史》，上海：上海古籍出版社，1996年，第235—258页。

究呈现出以下几个特点：第一，多数的研究成果集中在批评史一类的著作中；第二，文献学方面的研究臻于完善；第三，对《河岳英灵集》的历史地位及理论贡献的体认越来越充分；第四，对殷璠诗学思想的研究逐步深入。同时，我们也可以看到其中存在的一些问题。例如对《河岳英灵集》中诸多理论范畴的内涵，研究者们没有形成统一的意见，对于理论体系的阐释也各有不同。由此，我们可以看出《河岳英灵集》的复杂性与重要性，同时也说明了对《河岳英灵集》展开更深入、更丰富的研究的必要性。

（作者单位：首都师范大学文学院）

（编辑：艾欣）

2018年屈原与楚辞研究综述

◇周微洵

摘　要：屈原与楚辞研究从古至今一直是显学。据不完全统计，2018年来，有关屈原与楚辞的论文共计130余篇，国内外出版的有关屈原和楚辞研究专著目前共计70余部。本文将今年新出的专著与今年有关屈原与楚辞的论文放置在一起进行综述与考察。

关键词：2018年；屈原；楚辞

屈原与楚辞研究从古至今一直是显学。据不完全统计，2018年来，有关屈原与楚辞的论文共计130余篇，国内外出版的有关屈原和楚辞研究专著目前共计70余部。这些出版的专著，大部分是有关楚辞的译注与选评，如董楚平《楚辞译注》①。另外一部分，是一些经典著书的再版，如赵逵夫《屈骚探幽》②。其中一部分再版书目，是对之前的著书，进行了点校或增订后的再版。如黄灵庚《楚辞章句疏证增订本》③、黄灵庚校（宋）吴人杰撰《离骚草木疏》④。还有一部分，是今年新出的专著。

本文将今年新出的专著与今年有关屈原与楚辞的论文放置在一起进行综述与考察。它们的内容大致涉及以下几个方面，即楚辞文本研究、楚辞出土文献研究、楚辞的研究史与接受史、楚文化研究、屈原和屈原精神及屈原接受史研究、海外楚辞学及其相关研究、楚辞相关交叉学科研究。其具体研究成果与研究情况，综述如下：

---

① 董楚平译注：《楚辞译注》，上海：上海古籍出版社，2018年。
② 赵逵夫：《屈骚探幽》，上海：上海古籍出版社，2018年。
③ 黄灵庚，疏证：《楚辞章句疏证 增订本 全六册》，上海：上海古籍出版社，2018年。
④ （宋）吴人杰撰，黄灵庚校：《离骚草木疏 离骚草木疏辨证 离骚集传》，上海：上海古籍出版社，2018年。

一、楚辞文本研究

楚辞文本研究可分为两大方面,其一是对楚辞文本本身的研究,其二是对古人笺注的楚辞文本进行整理与点校。

梳理有关楚辞文本本身的研究,学者们多从以下四个角度对楚辞文本本身进行分析:第一,从审美特征与艺术特色角度对楚辞文本进行分析。郝洪涛就从浪漫主义、修辞手法、语言等方面归纳了楚辞的艺术特色。第二,楚辞文本与其他文本的比较。如许建霞比较了《逍遥游》和《离骚》的文本,得出了庄屈之间的异同及原因①;王廷洽则提炼出了《楚辞》文本中所见的一些《诗经》元素,认为屈原是将楚地祷祝之辞的巫歌和《诗经》中"赋"的创作方法有机地融会在一起②;姚帆比照对读了屈原的《橘颂》和张九龄的《荔枝赋并序》,认为二者感物起兴、接物抒怀的手法殊途同归③。第三,研究楚辞文本中的神话传说、意象等。如杨正娇结合楚辞文本,分析论述了楚辞中的日月神话④;黄敏思则考证了屈赋中出现的众多黑色意象,认为屈原文本中的黑色意象是一种约定俗成的符号属性,象征着神秘与尊贵,同时它也是诗人心中痛苦、徘徊的外在反映⑤。第四,对长期争议不休的楚辞文本相关问题的研究与整理。刘聚晗对古今诸人对《离骚》结构的研究做了较为清晰的梳理与评析,并在此基础上提出了以感情脉络为标准的五分法结构新论⑥。王梦归类理清了历年来《招魂》作者及招魂对象的研究情况,认为我们在面对外证不足,内证也不清晰的情况

---

① 许建霞:《从〈逍遥游〉和〈离骚〉看庄屈之异同及原因》,《名作欣赏》,2018年第23期,第161—162页。

② 王廷洽:《〈楚辞〉中所见〈诗经〉元素》,《上海师范大学学报(哲学社会科学版)》,2018年第47(02)期:第101—107页。

③ 姚帆:《异果同心——屈原〈橘颂〉与张九龄〈荔枝赋并序〉》,《比照对读》,《宜春学院学报》,2018年第40(05)期,第94—96页、第121页。

④ 杨正娇:《楚辞日月神话谫论》,《大庆师范学院学报》,2018年,第38(01)期:第93—96页。

⑤ 黄敏思:《屈赋黑色意象的文化阐释》,《职大学报》,2018年第1期,第17—21页、第124页。

⑥ 刘聚晗:《〈离骚〉结构述评及新论》,《渭南师范学院学报》,2018年第33(23)期,第51—56页。

时，应以原始文献为主，从古代历史文化背景出发，作客观推测①。

一些学者对古人笺注的楚辞文本进行了整理与点校，有上海古籍出版社出版的黄灵庚点校（清）丁晏撰《楚辞天问笺》②、杨新勋点校（清）王夫之《楚辞通释》③和孙晓磊点校（清）戴震《屈原赋注》④。

二、楚辞出土文献研究

近年来，随着出土文献的发现与学者"先秦文本的不确定性意识"的增强，借助出土文献，进行楚辞的校对和研究，成为研究先秦文献必不可少的一环。

张树国借助出土楚文字资料进行考证，认为彭咸之"咸"与载籍中彭祖诸名翦、篯、铿音近相通，彭翦、彭铿、篯铿、彭咸均为彭祖之名。还借助新出土文献《清华五·殷高宗问于三寿》，分析得出《离骚》中屈原所述的"彭咸之遗则"即《清华五·殷高宗问于三寿》中的"彭祖九度"⑤，此外，人民出版社集结了张树国先生以楚史及屈赋为中心的出土文献的相关研究，出版了《出土文献与上古历史文学研究》一书。该书借助出土文献，对楚史、屈原、《楚辞》文本中的重要问题都做了考察与探究，并得出了一些独创性结论⑥；何家兴参考历代注疏，结合出土文献的用字规律，校读了《楚辞》三例语辞，认为《怀沙》"惩连改忿"中的"连"并非"违"之讹，应读"惩濗改愤"；《楚辞·大招》"丽以先只"应读为"列以先只"；《天问》"汤谋易旅"中"汤"本应作"康"⑦。

---

① 王梦：《〈招魂〉的作者及招魂对象研究评议》，《辽宁教育行政学院学报》，2018年第35（03）期，第73—84页。
② （清）丁晏撰，黄灵庚点校：《楚辞天问笺》，上海：上海古籍出版社，2018年。
③ （清）王夫之撰，杨新勋点校：《楚辞通释》，上海：上海古籍出版社，2018年。
④ （清）戴震撰，孙晓磊点校：《屈原赋注》，上海：上海古籍出版社，2018年。
⑤ 张树国：《出土文献与屈赋"彭咸"探研》，《杭州师范大学学报（社会科学版）》，2018年第40（06）期，第76—86页。
⑥ 张树国：《出土文献与上古历史文学研究 以楚史及屈赋为中心》，北京：人民出版社，2018年。
⑦ 何家兴：《出土文献与〈楚辞〉校读（三则）》，《南通大学学报（社会科学版）》，2018年第5期，第72—76页。

三、楚辞史研究

楚辞史包括楚辞的接受史与研究史。楚辞的特殊性在于，它是在一代一代人的解读与研究中流传成经典的。研究楚辞史，除了能更准确地把握楚辞本身的意义之外，还能看到楚辞在不同时代背景下蕴含的不同时代意义，以及这意义背后折射出的时代深意。

楚辞在两汉产生过巨大影响，故两汉时期的楚辞史也一直是学界热门研究对象。谢天鹏分析了汉代学者、辞人共同的评屈缘由，即他们面对王权、功臣、贵戚、流俗时的弱势地位与精神焦虑，吸引着他们去评价"同病相怜"的屈子[1]；罗建新、辛甜甜则分析了"以谶解经"的学术风潮，认为王逸的注骚模式，即依托谶纬观念，又以君臣关系为核心，故其符合当时权利阶层的期望传播的政治观念，且被以谶纬话语体系为集体共识的士人所认可[2]。

还有一些是对其他时代楚辞史的研究。如谢模楷分析了清代诗话视域下的《楚辞》阐释，从中窥得清代楚辞发展风貌[3]；黄德勇从情感内容和艺术形式两个方面，深层次探讨了唐赋对楚辞的接受[4]。

随着近现代楚辞研究史的推进与发展，学者们也开始梳理与研究近现代楚辞史。王海远认为20世纪的前30年是20世纪《楚辞》研究的第一个阶段，他以王国维和梁启超的《楚辞》研究为例，探究了该阶段楚辞研究的新变[5]；人民出版社出版的赵然《学术转型与游国恩楚辞研究》[6]，对游国恩先生的楚辞学研究体系进行了全方位的探讨；龚红林、夏志强则评议了2017年出版的黄灵庚先生撰的《楚辞文献丛

---

[1] 谢天鹏：《辞人的焦虑——从班固评屈看汉代楚辞学兴起背后的精神动因》，《三峡大学学报（人文社会科学版）》，2018年第40（06）期，第20—25页。

[2] 罗建新，辛甜甜：《"以谶解经"的学术风潮与王逸的〈楚辞〉阐释》，《西华师范大学学报（哲学社会科学版）》，2018年第4期，第65—70页。

[3] 谢模楷：《清代诗话视域下的〈楚辞〉阐释》，《青海师范大学学报（哲学社会科学版）》，2018年第40（05）期，第85—90页。

[4] 黄德勇：《唐赋对楚辞的接受》，南昌：江西师范大学硕士学位论文，2018年。

[5] 王海远：《二十世纪初楚辞研究之新变——以王国维和梁启超的〈楚辞〉研究为例》，《北方论丛》，2018年第6期，第77—82页。

[6] 赵然：《学术转型与游国恩楚辞研究》，北京：人民出版社，2018年。

考》①，认为该丛考具有周详性、谱系性、创新性，是当前对《楚辞》版本谱系解读最深细、最有体系性的考述；国家图书馆出版的黄灵庚《楚辞文献考述》对两百多种楚辞学著作有着详细的评述，对著作的底本来源、注释的因承等，也做了翔实的考证与评述，有助于《楚辞》及楚辞史研究②。

四、楚文化研究

除了研究楚辞作品、楚辞出土文献、楚辞史，学者们还对诞生楚辞的背景——楚文化，进行着不懈的研究与探索。了解探清楚地兼容丰富、浪漫神秘的楚文化，可以还原与重构楚辞诞生的历史语境，这对于立足"楚辞文本"及其"诞生语境"来解读楚辞，有着不可替代的重大意义。

江林昌认为《九歌》形成的原因与楚国特殊的历史渊源、楚怀王一统天下的雄心、屈原所处时代及其巫史身份分不开③；熊良智认为早期的艺术形式往往依存在实用性、功能性的生活形态中。在楚文化礼乐仪式的语境下，不同的仪式题材和语境决定了屈原诗歌的结构安排、书写方式和表现方法，形成了屈原诗歌体式多样化的特点，反映了早期诗歌体式的形成机制④；武汉大学出版社出版的杨理胜《江汉汤汤，以绥四方：基于楚文化符号系统的提炼与考察》⑤，剖析了楚文化在不同阶段的符号系统的成型与转换。

一些学者注意到了楚文化中特殊的巫文化。赵晓波探究了楚辞神巫隐喻心理的形成，认为楚辞以神巫文化为载体，托物喻情、神爽飞动，其异于同时期北方谨严、峻峭的文学作品⑥；杨雪莹考证了楚辞中少司命的神职身份，认为少司命司子嗣及小儿命运，兼除恶督过，入

---

① 龚红林，夏志强：《〈楚辞〉版本六大谱系的考索——评〈楚辞文献丛考〉》，《三峡论坛（三峡文学·理论版）》，2018年第4期，第75—78页。
② 黄灵庚：《楚辞文献考述》，北京：国家图书馆出版社，2018年。
③ 江林昌：《远古部族文化融合创新与〈九歌〉的形成》，《中国社会科学》，2018年第5期，第160—184、207—208页。
④ 熊良智：《楚辞的文体视阈与礼乐仪式》，《文学评论》，2018年第4期，第49—57页。
⑤ 杨理胜：《江汉汤汤，以绥四方：基于楚文化符号系统的提炼与考察》，武汉：武汉大学出版社，2018年。
⑥ 赵晓波：《楚辞神巫隐喻心理的形成》，《九江学院学报（社会科学版）》，2018年第37（01）期，第65—69页。

楚后与婚恋联系、少司命与大司命同属天神、掌人间之事、少司命地位尊贵①；黄震云探究了屈原《九歌》的礼乐属性和韶舞，认为楚辞《九歌》是殇祀的礼乐，主要是由韶乐和《国殇》组成，《国殇》主要是春享不幸死秦的楚怀王，格局为醮诸神，礼太一②。陈松青对《九歌》的"配偶神说"进行了反思，认为古本《湘君》是屈原以祀者的视角抒发对湘君（二妃）的爱恋之情③。

五、屈原、屈原精神及屈原接受史研究

在屈原与楚辞的研究中，屈原本人受到的关注并不比他的作品少。这和屈原本人高尚的人格魅力有着十分紧密的关系。2018年，学界依旧在热烈讨论着有关屈原的一切。我将学界对屈原的研究分成三个方向：屈原生平事迹研究、屈原精神研究，和屈原接受史及其影响研究。

首先是屈原生平事迹研究。屈原的流放路线、南行问题一直是学界探讨、争议的重点。张树国认为《鄂君启节》铭文对屈原《楚辞》研究意义重大，并结合《鄂君启节》与《楚辞·九章》中的具体诗篇，就此猜测了屈原晚年的流放路线，并论述了《鄂君启节》与屈原晚期作品及自杀结局的关联性④；舒大清认为屈原在湖南有两次南行，第一次是在怀王时期，屈原作为朝中大臣，曾巡游湖南沅湘一带，顺带旅游至于九嶷山，在那之后，屈原写下了《离骚》。在第二次湖南行中，屈原滞留此一带，时间甚久，最后在此离世⑤。此外，韩少春考了屈原"左徒"官职，认为屈原所任的"左徒"乃"司徒"的说法是有误的⑥。

还有一些重要的新结论的提出，是张树国先生通过对伍子胥图咏本事以及"白蜺婴茀，胡为此堂"以及吴国先史的考证，认为《天问》

---

① 杨雪莹：《楚辞少司命神职身份考》，《黄冈师范学院学报》，2018年第38（04）期，第76—78页。
② 黄震云：《屈原〈九歌〉的礼乐属性和韶舞》，《徐州工程学院学报（社会科学版）》，2018年第33（03）期，第67—75页。
③ 陈松青：《〈九歌〉"二《湘》"合篇方式与内容释疑——《九歌》"配偶神说"反思》，《云梦学刊》，2018年第39（06）期，第37—50页。
④ 张树国：《〈鄂君启节〉与屈原研究相关问题》，《文学遗产》，2018年第1期，第4—18页。
⑤ 舒大清：《屈原两次湖南行的地理考辨》，《湖北师范大学学报（哲学社会科学版）》，2018年第38（05）期，第34—37页。
⑥ 韩少春：《屈原"左徒"官职考》，《理论月刊》，2018年第2期，第60—65页。

是屈原晚期被楚顷襄王流放陵阳（今安徽省池州地区）的九年之间，见到春秋吴国神殿遗存壁画"呵而问天"的产物①。

其次，是有关屈原精神的研究。周建忠论述了楚辞是诗学传统的远绍，解构和审视了屈原的进取模式与心理模式②。

最后，是屈原接受史及其影响的研究。这也是历年来的研究重点，它可分为个人对屈原或屈骚的接受，和某个特定时代对屈原或屈骚的接受。

从个人对屈原或屈骚的接受角度来说，陈斐斐从《九绎》对楚辞的内容模仿和形式模仿着手，窥知黄道周对屈骚风尚的接受和追慕③；从某个特定时代对屈原或屈骚的接受角度来说，梁红在东汉具体的社会背景下，按学术传统，重新探索屈原、屈骚对东汉士人以及东汉文学的影响。认为屈原人格方面"忠"的影响在东汉有细化为"忠贞"，而以"直谏"为表现形式的"抗直"在东汉的影响有所弱化④；卢森艳探究了屈子之称的来源，认为历代将屈原称为"屈子"的文献，可反映出屈原的作品价值逐步确立以及屈原的文化地位不断提升的过程⑤；祁国宏认为晚唐诗人继承、接受了忠直立身、才能卓异而际遇悲凉的屈宋形象与屈宋辞赋感伤兴寄的笔法格调，并对宋玉及其辞赋的接受更多、更明显⑥；何宝玉勾勒出唐代屈原批评的基本脉络，阐述了唐代屈原批评的内容和特点，来为唐代屈原批评乃至唐代楚辞学在楚辞学史上进行新的定位和定性⑦。

六、海外楚辞学及其研究

屈原与楚辞在海外的影响力也不容小觑。近年来一些学者致力于研究海外楚辞的传播与接受。2018年，海外楚辞学研究在继续深入。

---

① 张树国：《从伍子胥图咏论〈天问〉创作时地问题》，《浙江学刊》，2018年第2期，第183—195页。
② 周建忠：《屈原抒情模式的本质特征与现代诗词创作的诗学传统》，《中州学刊》，2018年第8期，第135—141页。
③ 陈斐斐：《从〈九绎〉看黄道周对屈骚的接受》，《河北北方学院学报（社会科学版）》，2018年第34（04）期，第16—20页、第26页。
④ 梁红：《东汉屈原影响研究》，成都：四川师范大学学位论文，2018年。
⑤ 卢森艳：《屈原始称屈子考》，《安徽文学（下半月）》，2018年第7期，第3—5页。
⑥ 祁国宏：《末世诗人的楚骚情怀——晚唐诗歌之屈宋接受》，《北方民族大学学报（哲学社会科学版）》，2018年第4期，第167—172页。
⑦ 何宝玉：《唐代诗文中的屈原批评研究》，武汉：华中师范大学硕士学位论文，2018年。

研究者有海外汉学家也有国内学者，研究对象涉及日本、朝鲜、英语国家与越南等国的楚辞学传播，研究角度有个人对屈骚的接受，也有总结海外楚辞学研究脉络。

四川人民出版社出版的日本汉学家白川静《中国古代文学：从神话到楚辞》一书，将《诗经》与《楚辞》的写作和表现手法，与日本古典文学的经典之作《古事记》《日本书纪》《万叶集》进行了比较研究①；郭建勋、李慧论述了日本江户时期的著名儒学家林罗山诗文对楚辞的接受及其诗文与楚辞的异同②；史小华、郑新超考察了日本汉学界不同时期楚辞研究的脉络，并总结了日本汉学界楚辞研究的特征③；贾捷研究东迁朝鲜半岛的中国古代文人刘荃的屈骚情结④；安玉琳研究朝鲜古代文人中汉诗文创作最旺盛的诗人李穑对《诗经》、"屈骚"、陶渊明接受，认为屈原的人格与精神对李穑产生了深刻影响⑤；中国社会科学出版社出版的郭晓春《〈楚辞〉在英语世界的译介与研究》，展现了《楚辞》在海外英语世界的传播概况和研究成果⑥；夏露则从越南诗人阮攸 200 年前出使中国途中所作的汉文诗集《北行杂录》出发，分析阮攸对屈原的认识以及屈原对阮攸诗文创作的影响⑦。

七、楚辞相关交叉学科研究

随着研究的层层推进，人们试着从其他领域出发，对楚辞做一个多学科视角下的剖析。这纵然受到当今时代学科细分、学科独立现状影响，却也是一个新颖的楚辞研究角度。

---

① （日）白川静：《中国古代文学：从神话到楚辞》，成都：四川人民出版社，2018 年。
② 郭建勋，李慧：《论林罗山诗文对"楚辞"的接受》，《中国文学研究》，2018 年第 1 期，第 177—183 页。
③ 史小华，郑新超：《日本汉学界楚辞研究述评》，《文学教育》（下），2018 年第 10 期，第 80—81 页。
④ 贾捷：《从〈竹谏先生逸集〉看东迁文人刘荃的屈骚情结》，《中国文学研究》（辑刊），2017 年第 2 期，第 82—89 页。
⑤ 安玉琳：《牧隐李穑与中国文学之关联研究——〈诗经〉、"屈骚"和陶渊明接受为主》，延吉：延边大学硕士学位论文，2018 年。
⑥ 郭晓春：《〈楚辞〉在英语世界的译介与研究》，北京：中国社会科学出版社，2018 年。
⑦ 夏露：《"大地处处皆汨罗"——从〈北行杂录〉看屈原对越南诗豪阮攸的影响》，《内蒙古师范大学学报（哲学社会科学版）》，2018 年第 47（01）期，第 66—71 页。

从语言学角度入手，中华书局出版的陈抡《楚辞解译》① 一书，还原历史语境，根据音变规律，把楚辞中的词语根据音的线索，找出方音中的本字，对屈原的作品做了全面训释。

从天文学视角入手，靳婷婷②认为《九歌·东君》所依托的原始天文学内容不被后世认识，导致对《东君》文本的解读出现了许多分歧。她运用知识考古学的原理与方法，将《东君》置于当时的天文学背景下重新解读，发现《东君》所叙乃古代楚地在天狼星"偕日升"的一天黎明所举行的祭祀日神的民俗活动。

从文学与图像关系的视角入手，许结认为楚辞学史兼含楚辞研究的语言文本与图像文本两端，于是他对宋代楚辞的文图二端皆进行了详尽的学术考察③；郭大刚注意到了图像学的兴起，对九歌图的文献著录、图本考据、图文关系和美学阐释等四个方面的研究成果一一做了梳理，理清了当代九歌图研究发展的基本脉络④。

八、小结

综上所述，2018年有关屈原及楚辞的论文和专著数量虽较2017年有所下降，但研究所涉范围、研究所用方法、研究所选视角并不比去年单薄，研究重点和研究突破点也与去年较为一致。笔者认为，在这些新出的论文与专著中，我们应给予以下两方面以特别关注，其一是新研究理念、新研究方法与新研究视角的提出。其二是在数年来悬而未解、争论不休的问题上，取得的新进展与提出的新见解。只有如此，屈原与楚辞研究才能有所推进，才能一步步从文本文献研究落实到真实的历史语境研究，再从真实的历史语境落实到历史语境下真实的人。

（作者单位：首都师范大学文学院）

（编辑：艾欣）

---

① 陈抡：《楚辞解译》，北京：中华书局，2018年。
② 靳婷婷：《原始天文学背景下的〈九歌·东君〉新解》，《西北师大学报（社会科学版）》，2018年第55（03）期，第43—50页。
③ 许结：《宋代楚辞文图的学术考察》，《湖北大学学报（哲学社会科学版）》，2018年第45（03）期，第60—67页、第169页。
④ 郭大刚：《中国当代九歌图研究述评》，《沈阳农业大学学报（社会科学版）》，2018年第20（02）期，第247—251页。

《楚辞·远游》作者问题研究综述

◇李 昭

摘 要：近代《远游》作者之争虽然没有彻底解决，但在研究方法和研究理念上无疑有了重大突破。随着学界研究的推进，《远游》篇的内容结构被分析的愈加深入，它与屈骚的关系被辨析的愈加清楚，今人在正确的研究理念及研究方法指导下，仍可以对《远游》的作者问题进行思考与追问。同时，在作者问题之外，《远游》篇的文学价值和历史意义也值得今人继续反思。

关键词：《楚辞·远游》；研究综述；方法争论

一、《远游》作者问题的开端

《楚辞补注》载王逸《远游》序言："《远游》者，屈原之所作也。"以此为始，至清人胡浚源以前，朱熹、汪瑗、王夫之、蒋骥等各代注《楚辞》者皆以《远游》为屈原作。同时，这些学者在肯定《远游》为屈原作的前提下，也明确意识到《远游》与屈赋中的其他作品体貌相异。与《离骚》《涉江》等屈骚代表作相比，《远游》篇的抒情主人公表现的出世态度和求仙意向与屈原衷心楚地、思君忧国的怀抱并不相同，文中描写的服食、行气等内容亦为他篇所无。由于前代学者在面对这份异样的文本之前，已经将屈原的忠贞不变默认为《远游》篇抒情主人公的人格底色，因此在归纳文章大意时，不同注家各执一词，或言其为一时游戏作，或言其为晚年厌世作，或言其为屈子愤懑至极的有激之言……总之，都是在理解屈原的基础上释读《远游》，从屈原的现实处境和思想底蕴去解释《远游》中的道家术语和神仙家言，故而《远游》为屈原作品，自王逸以来无异辞。

清代中叶，胡濬源最早对屈原作《远游》说提出质疑。胡氏在其《楚辞新注求确》一文中指出：

屈子一书，虽及周流四荒，乘云上天，皆设想寓言，并无一句说神仙事。虽《天问》博引荒唐，亦不少及之。"白蜺婴茀"，后人虽援《列仙传》以注，于本文实不明确何？《远游》一篇，杂引王乔、赤松且及秦始皇时之方士韩众，则明系汉人所作。可知旧列为原作，非是。①

胡氏对屈原作品中的"设想寓言"和《远游》篇中的"神仙事"作了区分。他认为，屈子其他作品涉及的"周流四荒，乘云上天"等"远游"事，与《远游》篇所展现出来的升天游仙式的"远游"事不能混为一谈。同时，胡氏以韩众为秦始皇时代之方士，否定了《远游》为屈原作的可能，并把《远游》的作者归系于汉代文人。这种说法在当时就引起了学者重视，此后关于《远游》的作者问题便一直争论不休。究其原因，乃是由于《远游》篇的文本内容及其思想主旨确实与屈原的其他作品差异过大，正如吴汝纶言：

> （《远游》）其文体格平缓，不类屈子。世乃谓相如袭此为之，非也。辞赋家辗转沿袭，盖始于子云、孟坚。若太史公所录相如篇数，皆其所创为。武帝读《大人赋》，飘飘有凌云之意。若屈子已有其词，则武帝闻之熟矣。此篇多取老、庄、《吕览》以为材，而词亦涉于《离骚》《九章》者，屈子所见书博矣，《天问》《九歌》所称神怪，虽闳识不能究知。若夫神仙修炼之说，服丹度世之旨，起于燕齐方士，而盛于汉武之代，屈子何由预闻之？虽《庄子》所载广成子告黄帝之言，吾亦以为后人屏入也。②

可以看出，当人们不再拘泥于"《远游》为屈原作"这一限定前提时，对文本本身的解读便成为研究者讨论作者问题的重要切入点。胡、吴二人的观点基本概括出了《远游》非屈原作的理由。其后认为《远游》非屈原作的论者，多是在胡、吴观点的基础上进一步阐发，如廖平、胡适、陆侃如、郭沫若、刘永济、胡念贻等等。然而，相关学者虽判定《远游》不是屈原作品，但在具体论述过程中却出现了不少逻辑问题，比如从语言角度来看，陆、郭二人认为《远游》篇的文辞均

---

① 杨金鼎主编：《楚辞评论资料选》，武汉：湖北人民出版社，1985年，第492页。
② 同上，第495页。

与司马相如《大人赋》相似，郭沫若认为《远游》可能是《大人赋》初稿，陆侃如则认为《远游》有抄袭《大人赋》的嫌疑。陆氏因为司马相如"决不会抄前人之作"①，所以根据文辞的雷同现象判定《远游》在《大人赋》之后，这种论证逻辑是错误的。《远游》与《大人赋》虽然存在着结构与语言上的相似关系，但"相似关系无法推导出模仿关系，无法证明《远游》与《大人赋》到底谁模仿了谁。"② 陆氏在进行论证的过程中已经把自己要论证的结果当成了已知条件来用，故其说不成立。

  再从思想角度来看，郭沫若言"《远游》一篇，结构与司马相如《大人赋》极相似。其中精粹语句甚至完全相同，基本上是一种神仙家言，与屈原思想不合"。③ 这段话因论述不严，往往被后来学者误解为"郭沫若认为屈原没有神仙家思想"。前文吴汝纶言"若夫神仙修炼之说，服丹度世之旨，起于燕齐方士，而盛于汉武之代，屈子何由预闻之？"也被解读为"吴汝纶认为屈原所在的战国末期楚地没有神仙家思想"。并且，由于多数学者将神仙思想与道家黄老或老庄思想统视为一事，所以又将吴汝纶、郭沫若认为《远游》非屈原作的理由模糊为"吴、郭等人认为屈原或战国末期的楚地没有道家思想"，并纷纷就此大做文章④，对吴、郭二人的观点横加批判，由此拉开了20世纪末学界一系列关于《远游》作者问题的争辩。

---

  ① 陆侃如：《中国诗史》，天津：百花文艺出版社，1999年，第110页。
  ② 张伟：《辨伪与论证——〈远游〉与〈大人赋〉的关系考辨》，《三峡大学学报（人文社会科学版）》，2014年第4期。该文从逻辑学角度出发，指出陆、郭二位从《远游》与《大人赋》的相似关系推导出模仿关系，从思想成分证明《远游》非屈原所作，实乃循环论证，结论均无法成立。
  ③ 郭沫若：《屈原赋今译》，北京：人民文学出版社，1981年，第182页。
  ④ 如：力之《〈远游〉非唐勒所作辨——与赵逵夫先生商榷》（《齐齐哈尔大学学报（哲学社会科学版）》，2000年第4期），金建民《屈原之〈远游〉与道家思想》（《中国楚辞学》第1辑，北京：学苑出版社，2002年），汤漳平《远游应确认为屈原作品》（《中州学刊》，2009年第5期）及《出土文献释〈远游〉》（《中国楚辞学》第16辑，北京：学苑出版社，2011年），力之《用词汇史鉴定法断〈远游〉非屈作之问题种种——兼论神仙思想屈原时无或尚未流行说之非》（《河南师范大学学报（哲学社会科学版）》，2019年第2期）。另如2006年湖北大学唐景钰硕士论文《远游研究》，2009年湖南大学张伟硕士论文《远游著作权研究史论》，等等。

二、《远游》作者问题的争辩

事实上，上述学者对《远游》非屈原论者的批判，大多是基于对吴汝纶和郭沫若观点的片面化误读。从吴、郭二人论述的原文来看，其关注重点在于《远游》中的修仙旨趣与屈原其他作品表现出的思想态度隔阂甚巨，而不在于屈原究竟有没有神仙家或道家思想，或者屈原所在的楚国有没有神仙家或道家思想。在《远游》作者问题的争辩中，否定屈作者往往强调的是思想的**差异**，而肯定屈作者辨析的却是思想是否**存在**，以及这种存在是否**合理**。这实际上是不同层面的问题。郝志达先生总结道："对《楚辞·远游》的论争，实质上涉及两个方面的重要问题：一、在屈原的时代，是否有神仙思想？作为一种思想流派和社会思潮它对诗人屈原是否有过影响？二、《远游》篇是诗人拜倒在道家或神仙出世思想的脚下，讴歌'具仙'的乐趣，还是诗人心底负荷着时代的苦闷，无法遏止的忧患意识的迸发？论争的焦点最后又归结为：屈原作为一位有理想、有抱负、积极入世的政治家，作为一位对恶势力疾恶如仇的、关心祖国和人民的诗人，在他吟唱的时代悲歌中，能否写出像《远游》那样的作品？"①

关于第一个问题，认为《远游》是屈原作的学者，固然认为屈原具有接受道家思想的条件，并在神仙思潮的影响下作《远游》抒怀。比如姜亮夫先生即从老庄行迹、楚国风俗及屈原职守等方面说明屈原具有道家与神仙家思想的合理性，其文言："盖老聃、庄周皆屈子乡人，而云梦烟云，足以助人神思，想入缅邈者，则屈子习闻乡人之说，而又生值民神杂糅之乡，则《远游》有道家方士之思，情实顺遂，两无扞格也。神仙之思，则最了之义，为长生久视之术，此本战代所最流行之一事。"② 其女姜昆武与徐汉澍合著《〈远游〉真伪辨——屈赋思想、语言与〈远游〉》一文，同样以屈原为高阳之后，与楚同宗，世为楚宗臣，其职兼天官与史官，知阴阳天文术数之学，又加上两次出使齐国的经历，受稷下学风的影响，所以屈原可以有神仙思想，《远

---

① 郝志达：《谈〈楚辞·远游〉论争中的几个问题》，《河北大学学报》，1987年第4期。
② 姜亮夫：《屈原赋校注》，北京：人民文学出版社，1957年，第521页。

游》中有神仙真人修炼用语也不足为奇①。另有论者结合近些年出土的楚地简帛文献说明楚国确为道家思想浓厚的国家，战国时代的楚国也盛行黄老学派思想，从而说明屈原受这一学术思潮的影响是十分自然的事，《远游》为屈原作毋庸置疑②。

然而，出土文献的效力是有限的，它的存在可以说明楚地传有老子之学，可以说明楚地有神仙思想孕育的土壤，它可以纠正楚地没有神仙思想这一观念，但它无法说明《远游》一定为屈原作。认为《远游》非屈原作的学者，仍然可以对上述观点进行驳问：屈原和老庄同在楚地就能说明屈原接受了老庄思想吗？老庄思想不尽以避世忘身为主，先秦道家思想深奥驳杂，屈原接受的是哪种道家思想？这种思想和《远游》中的炼身登仙意识是否具有承接关系？《史记·屈原列传》载屈原出使于齐，屈原或受稷下黄老之学影响，这本是推测之辞，如果进一步追问的话，这一时期稷下黄老之学的思想特点为何？荀子（约公元前313年～公元前238年）、邹衍（约公元前324年～公元前250年）等稷下先生的思想观念是否能为屈原所用？《史记·封禅书》载："自齐威、宣之时，邹子之徒论著终始五德之运，及秦帝而齐人奏之，故始皇采用之。而宋毋忌、正伯侨、充尚、羡门高、最后皆燕人，为方仙道，形解销化，依于鬼神之事。邹衍以阴阳主运显于诸侯，而燕齐海上之方士传其术不能通，然则怪迂阿谀苟合之徒自此兴，不可胜数也。"结合《孟荀列传》中所记，邹衍"深观阴阳消息而作怪迂之变，《终始》《大圣》之篇十余万言……然要其归，必止乎仁义节俭，君臣上下六亲，始也滥耳。"是时稷下邹子之学仍以王道君政为主体，它与《远游》篇中抒情者炼形归神离世登仙等事是否能建立直接联系？且就时间而论，邹衍较屈原时代更后，如何判定其后学所传的仙道之说能为屈原所知并接受？同理，学者在使用出土文献作证的时候也需要对这些文献的传写时间及内容特点加以说明，比如马王堆汉墓《老子》等帛书的传抄时间约在汉高帝时期，怎么用它的存在来判断《远游》是否为百年前屈原作？出土文献中的黄老旧典除了和屈原同出楚地之外，在内容上何以证明《远游》为屈原作？

今人张伟指出，从逻辑上而言，"作品的归属问题应优先于作者思

---

① 姜昆武，徐汉澍：《〈远游〉真伪辨——屈赋思想、语言与〈远游〉》，《文学遗产》，1981年第3期。

② 汤漳平：《〈远游〉应确认为屈原作品》，《中州学刊》，2009年第3期。

想成分问题,前者应该是后者的前提和基础。因此**不能凭空地想象屈原有这个思想没有那个思想。只有先确定哪些作品为屈原所作,哪些作品不是,才能进一步辨析屈原的思想。否则研究者无从得知屈原的思想**"。① 按此,关于论战中的第一个问题,在《远游》作者不确定的前提下,今人可以说在屈原的时代楚地有道家或神仙思想,但无法判定神仙思想作为一种思想流派和社会思潮对诗人屈原产生过影响,也无法以思想的存在与否来证明《远游》是不是屈原作。

同理,关于第二个问题,即《远游》篇的思想情感与屈原其他作品相异的问题,否定《远游》为屈原做的论者多是根据这种差异性立论,分析《远游》与《离骚》中的远游事差别,认为《远游》的登仙意识和避世倾向不为屈原所有,并进一步辨析《远游》思想与庄子思想及战国末期神仙思潮之间的关系,将《远游》作者归系于他人②。而肯定《远游》是屈原作的学者则以屈子作为一个活生生的人,在人生不同时期前后思想会发生变化,在残酷的黑暗现实面前有升仙远游类的避世思想很正常,就如同前代王逸、朱熹、王夫之、蒋骥等学者都是在确定《远游》为屈原作的话语体系中对《远游》篇的思想主旨进行诠释一样,或言《远游》是悲愤之语,或言《远游》为屈子绝命词,

---

① 张伟:《辨伪与论证——〈远游〉与〈大人赋〉的关系考辨》,《三峡大学学报(人文社会科学版)》,2014年第4期。
② 潘啸龙《〈远游〉应是汉人伪托屈原之作:〈远游真伪辨质疑〉》(《青海社会科学》,1984年第5期),朱季海《〈远游〉略说:兼评廖胡二家中失》(《铁道师院学报》,1997年第5期),孙元璋《〈楚辞·远游〉发微》(《文史哲》,1985年第6期),张家英《〈楚辞·远游〉不作于屈原说》(《学术交流》,1991年第1期),雷庆翼《从语言风格论〈远游〉非屈原所做:与姜昆武、徐汉澍二同志商榷》(《衡阳师专学报(社会科学版)》,1993年第1期),张中一《论〈远游〉不是屈原的作品:与罗漫〈远游与屈原的绝命词〉一文商榷》(《吉安师专学报(哲学社会科学版)》,1996年第2期),孙晶《〈远游〉的哲学意蕴及其艺术显现》(《东北师大学报(哲学社会科学版)》,2001年第2期),张骏《试从汉代隐逸文化看〈远游〉的作者及时代问题》(《南京师范大学文学院学报》,2005年第4期),金荣权《〈楚辞·远游〉作者考论》(《中州学刊》2005年第6期),等等。

总之都是坚持维护《远游》为屈原作①。可以看出，学者对文本内容的理解不同，对屈原人格的看法不同，对道家、神仙家思想的认知不同，对出土文献的使用方式不同，在同一个问题上可以得出截然相反的结论。

另外，按照《史记》中的记载，《远游》中提到的韩众为秦始皇时方士，这条证据被持论者视为《远游》非屈原作的铁证。而汤炳正先生则在《楚辞类稿》中就此事另做辨析：

《史记·秦始皇本纪》曰："今闻韩众去不报，徐市等费以百万计，终不得药，……"因此，学术界之否定《远游》为屈赋者，往往以此为据，认为《远游》既言"韩众"，则为秦以后之作品无疑。而反此说者，则又以为《远游》之"韩众"，乃指《列仙传》所叙古代仙人"韩终"，"众""终"音同而误，《史记·秦始皇本纪·正义》于"韩众"下云："音终。"然考《远游》洪兴祖《考异》云："众一作终"，朱熹《集注》之引一本作"终"，可见《远游》古本"终""众"又混用无别。谁正谁误，已难质言。

《訄书·尊史》有云："古者王伯显人之号，或仍世循用，不乃摭取先民，与今欧罗巴人亡异。是故商帝称汤，其后亳王之曰汤也；嬴氏祖曰秦仲，则二世之号秦中；……秦之孙阳字伯乐，察《晋语》言伯乐与尹铎有怨，伯乐则邮无正，晋末复有伯乐也。"因为时代虽不同，"而同术者复茵席重荐之，固知其乐相慕用，故采以自号之。""说者或傅合之，即大紾鎜"。可知，凡遇古人异代同名者而误合为一人，是错误的。因此，秦有韩众，与《远游》所谓古代韩众，既不应混

---

① 王沐《析王船山〈楚辞通释·远游〉》（《船山学刊》，1983年第1期），李希运《〈远游〉作者辨》（《山东师大学报（哲学社会科学版）》，1985年第5期），郝志达《谈〈楚辞·远游〉论争中的几个问题》（《河北大学学报》，1987年第4期），张叶芦《〈远游〉为屈原作补辨》（《贵州教育学院学报（社科版）》，1990年第2期），罗漫《〈远游〉与屈原的绝命ული：兼释"与泰初而为邻"》（《云梦学刊》，1995年第1期），杨建波《〈离骚〉与〈远游〉》（《江淮论坛》，1997年第3期），等等。另2004年首都师范大学王媛硕士论文《〈远游〉的内容、形式与抒情模式研究》，2009年陕西师范大学李路兵硕士论文《〈楚辞·远游〉与战国哲学思潮》，2011年南京师范大学张翱硕士论文《"远游"主题研究——以〈离骚〉〈远游〉为中心》，等等。

为一谈,也不应以为误文。据"韩众"而将《远游》写作时代移于秦汉以后,实为不确之论。盖古有神话传说"韩众",故始皇方士之以"韩众"自号,此殆即太炎先生所谓"同术""慕用"。例如《史记·扁鹊仓公列传》:扁鹊"姓秦氏,名越人","或在齐,或在赵,在赵者名扁鹊。"《正义》云:"《黄帝八十一难序》云:秦越人,与轩辕时扁鹊相类,乃号之为扁鹊。"此之与秦方士之号曰"韩众"的史例相同。

汤先生依据其师章太炎的说法,认为古人有异代同名之例,《远游》中的韩众指的是古代神话传说中的韩众,而非《史记》记载的方士。这种观点为许多认同《远游》为屈作的学者认可。但在非屈作者看来,首先,此说并没有可靠的文献依据,今人无法辩证古代神话传说中究竟有没有一位叫韩众的仙人。其次,张树国先生曾查检今上海古籍出版社影印清文渊阁《四库全书》本《列仙传》,知"列仙七十二人中,未有名为'韩众'或'韩终'者,其为齐王采药之说更不得而知。王叔岷《列仙传校笺》广搜群书,亦未见'韩众''韩终'。"①则《补注》所言或是洪氏讹引,或是洪氏见到的《列仙传》与今本不同。世人今见"韩众"的可靠出处仍是《史记》。上述异代同名的观点实际经不起文献推敲,很难立脚。

综上,在《远游》作者问题提出之后,学界便一直对此问题争论不休,肯定屈作者各言其是,否定屈作者各辨其非。统观近代以来坚持维护屈原著作权的论著,大多都是针对陆、郭二人的逻辑问题进行抨击,但未能对胡、吴二人的具体观点进行有效反驳,且论述过程同样存在着许多逻辑漏洞。由于种种理解及论述的偏差,导致近代学者们争论的焦点集中在了屈原思想中是否具有道家与神仙家思想、屈原是否具有接受道家与神仙家思想的可能性上②,而对《远游》与屈原其他作品的思想差异性辨析的还不够深入,也未能解释清楚屈原思想、道家思想、老庄思想、稷下黄老思想、神仙思想以及《远游》文本本

---

① 张树国:《论〈楚辞·远游〉文本的组成》,《杭州师范大学学报(社会科学版)》,2016年第5期。

② 据王媛在《〈远游〉作者研究状况综述》(《徐州师范大学学报(哲学社会科学版)》,2004年第2期)一文中的统计,20世纪以来《远游》研究论文约40篇。自2004年至2019年,又有近40篇论文(包括硕士论文在内)讨论《远游》作者及思想主旨问题。

身表达的思想等种种思想之间的关系,涉及上述这些情况的论著,本文不再赘述。

三、近年学界对于《远游》作者问题的讨论及相关研究方法的探索

目前,学界关于《远游》作者的争论仍在继续。然而在具体讨论《远游》作者问题的时候,学者们的争论点逐渐发生转移,研究者不再仅仅聚焦于作者是非屈原,而开始对《远游》文本本身的内容结构及其所涉思想进行深入挖掘,并对相关问题的研究方法进行反思和探索。

前人在探讨《远游》与屈原关系的时候,多数学者都是把《远游》与《离骚》《九章》等确定为屈原作品的篇目加以对比分析从而进行论证,尽管分析过程不尽圆满,但这种对比方法本身无疑是可行的。张中一先生指出,"任何类似的作品都可以从内容上、思想上、艺术上进行对比,从对比中找出相互的关系。假如,这两篇文章(《远游》与《离骚》)都是屈原的作品,我们从文章主人公政治思想的转折探讨,从内容上找继承和发展关系,这是极为正常的对比。如果文章的整体结构、文风、叙事时间、地点、人物和内容能基本上挂钩,这一对比所得出的结论就会显得更加正确。如果不同,这个对比的本身可能存在疑问,因为它们属两类风格不同的作品,是否屈原一个人作的就很难说清了。"①

2014 年,常森先生发表《〈远游〉非屈原作以及〈远游〉创作史实新论》② 一文,该文以洋洋洒洒近五万字的篇幅,精细而严密地论证了《远游》非屈原作的理由,指出《远游》实为庄老道学、燕齐神仙方术以及楚骚三种传统交错影响的结果。其论述内容基本涵盖了几十年来关于《远游》作者之争的全部问题,包括对《远游》思想主旨的分析,对《远游》仙信仰与《庄》《老》道学关系的判断,对相关出土文献内容的辨析,等等。其中首要部分,即对《远游》作者问题的

---

① 张中一:《论〈远游〉不是屈原的作品:与罗漫〈远游与屈原的绝命词〉一文商榷》,《吉安师专学报(哲学社会科学版)》,1996 年第 2 期。
② 常森:《〈远游〉非屈原作以及〈远游〉创作史实新论》,收录于《国学研究》第 34 卷(北京:北京大学出版社,2014 年),该文后收入《屈原及楚辞学论考》(北京:北京大学出版社,2016 年),题名易作《论〈远游〉非屈原所作及其创作时期、历史渊源与实质》。

判断，常先生总结了自己的方法，即立足于文本，"让屈子说明自己"。他的具体做法是："以《离骚》《天问》《九章》《招魂》《九歌》等确定属于屈原的作品为主体，建构一个'核心比照系统'，把握该系统之本质，再拿《远游》来做对比时，观察其间的相异性或同一性，以作断案之最终依据；若两者存在大量本质上的关联，便有充足的理据判定它们属于同一个系统。除此之外，《远游》在文学史及思想文化史上关联着一系列事实，它们也将被作为确定其撰著时期的有效标杆。"常森先生在进行文本对比的时候，不是就文辞表面的相似性下笔，而是结合上下文语境，对文辞背后的思想实质进行深度解析，其论证过程是基于对屈原人生经历、作品创作时段及作品思想内涵的整体把握，因而对《远游》与屈原其他作品的异质性关系论述的尤为精到。同时，常先生也关注了屈原作品与《庄》《老》道学及《远游》仙信仰之间的关联，认为："《远游》与屈作、屈作与《庄》《老》道学均无实质上的关联，《远游》与《庄》《老》道学却存在体系化的实质性的缔合。""尽管《远游》被古今大多学者视作屈作，可它完全不被屈作核心比照系统承认和接纳，它另有特质，另有基源，也另有归属。"此后，常森先生又对《远游》及马王堆出土的帛书文献中有关行气导引之术的内容加以分析，并对出土文献的传写时间进行了判断，最终将《远游》视作秦始皇时仙道再次兴盛的产物。

另外，张树国先生早在 2006 年就提出过《远游》文本内部结构的问题，他认为《远游》文本以"重曰"为界，分为上下两部分，两部分内容不出于一手。此后 10 年无人就此问题进行阐发，故张先生 2016 年发文重申其观点，至今仍鲜有应者，其文言：

> （《远游》）与《楚辞》其他诗篇不同的是，其结构以中间"重曰"为界，明显分为上下两部分，"重曰"以上共有 25 整句、50 单句，"重曰"以下共有 64 整句、128 单句，前后文本没有必然联系……前贤未注意的是，《远游》模仿《离骚》及《大人赋》的句子几乎都出于《远游》"重曰"以下。而《远游》（上）的主体思想几乎全部出自于《淮南子》，主要体现在《原道训》《俶真训》和《精神训》中……《远游》（上）将楚骚缘情传统与方仙道、黄老道家思想紧密结合，并

真正开辟了游仙诗这一浪漫文学的传统。①

张先生认为《远游》下部为扬雄《广骚》,为扬雄早年模拟《离骚》《大人赋》而成的集句式的"百衲体",而上部为淮南王刘安原作《远游》,并就此言及"《楚辞》定本出于淮南"的问题。以上观点虽有值得商榷的地方,但文中关注到《远游》以"重曰"为界,前后文本结构以及情感主题均出现了矛盾,并就此对淮南道学与老庄道学和黄老道学的关系加以辨析,以及通过竹书篇卷体例中的"附益"现象对《远游》文本的内部结构进行解释,在方法上无疑都有着巨大的启发意义。它提醒学者关注《远游》内部的思想矛盾,并结合出土文献的文本形态去重新思考先秦传世文献的文本构成问题。

同在 2016 年,王德华先生发表《〈远游〉作者之争与数术方技文化——兼论〈楚辞〉研究领域的开拓与方法论问题》一文,与上述两家非屈论者不同,王先生认为《远游》为屈原作,并批判了非屈作派的"默证"之失,但其讨论重点并不限于作者之争,其文要处仍在于方法论的指导及学术理念的追求。王先生指出,"由于对数术方技文化的认知的支离破碎与不当评价,导致两派争论过程中,很难走近《远游》书写的知识场景,也未能细心体会《远游》文本本身所表达的思想世界与精神指向。"她强调,"突破《远游》作者研究的困局,我们需要从屈原作品文本出发进行分析,需要从传世文献与出土文献中寻找更多的证据,更需要对《远游》中所涉及的'吸食导引''飞升远举'等内容做更多的思考,对战国时代的数术方技文化做深入的研究。"而要做到深入研究,就"迫切需要文献、文化与文本这三者之间的融通。"这种学术理念不仅限于对《远游》一篇文本的研究,它对于如今人文学科领域的研究具有普遍的指导意义。

近十年来,在《远游》作者争端之外,还有不少论家仅就《远游》篇的文本内容下笔。如唐景钰《〈楚辞·远游〉思想内容探析》一文,便以严谨的措辞,只从文本呈现出的内容来讨论《远游》中的神仙家、道家、阴阳五行等思想。陈洪《论〈楚辞〉的神游与游仙》一文以讨论《远游》在文学史上的影响及其意义为主,深入分析了《远游》中

---

① 张树国:《论〈楚辞·远游〉文本的组成》,《杭州师范大学学报(社会科学版)》,2016 年第 5 期。

的游仙内容及艺术特征,将它视为"中国文学史上现存的比较成熟的第一篇游仙文学作品",而不过多纠结作者的问题。此外,近些年对于《远游》文本本身的思想内容研究成果甚多,持论者或结合出土文献讨论《远游》中的黄老、神仙、五行等思想(如崔恒华《〈远游〉思想研究三论》、戴永新《〈远游〉五行思想探析》),或结合古代天文学的学术背景探究《远游》中远游的空间结构与抒情者的精神内涵(如王德华《屈原〈远游〉的空间书写与精神指向》),等等。迄今为止,越来越多的学者将研究关注点聚焦到《远游》文本本身,其内容涉及的诸多文化知识背景也逐渐受到更多学者的重视。关于《远游》的内容结构及相关思想问题还可做进一步讨论。

综上,近代《远游》作者之争虽然没有彻底解决,但在研究方法和研究理念上无疑有了重大突破。随着学界研究的推进,《远游》篇的内容结构被分析的愈加深入,它与屈骚的关系被辨析的愈加清楚,今人在正确的研究理念及研究方法指导下,仍可以对《远游》的作者问题进行思考与追问。同时,在作者问题之外,《远游》篇的文学价值和历史意义也值得今人继续反思。

(作者单位:首都师范大学中国诗歌研究中心)

(编辑:姚苏杰)

《天问》研究综述
◇艾 欣

摘 要：自汉以来，研究《楚辞》的文章可谓汗牛充栋，《天问》一文更是因为它的奇特性引发了很多学者进一步探寻的兴趣，其研究成果呈逐步攀升的态势。根据粗略统计可知，这一系列关于《天问》的著作、论文大体可分为七大部分，如《天问》其名之深意、《天问》的作者，及其创作时间、体例、思想内容、主旨以及文学成就等。而且近年来天问与出土材料对读的研究队伍日益壮大，研究成果达到了前所未有的丰富。在本文，笔者将据自己所掌握的有限的材料对《天问》研究做出初步的概括。

关键词：天问；综述；神话；史观

"楚辞学"的内容广，著作丰，不仅有阐发大义的《楚辞章句》《楚辞补注》，还有订正讹误的近代注本，如《山带阁注楚辞》《屈原赋注》等，在近现代更是到达了研究的高潮，《楚辞》的单篇研究从多方面见作者的学问功底和学术新意，几乎成为当下《楚辞》研究的重点，其中《离骚》《九歌》等篇目因为影响巨大无疑成为研究屈原思想的重要文本，同时《天问》研究也丝毫不逊色，虽然相比起来《天问》文本内容存在着更多的不确定性，但是这并不能减弱《天问》研究领域的活跃性。

《天问》中采用疑问的方式提出了作者胸中之困，文章中充盈着各种问题，这些问题看似无法解答，又看似在作者胸中早有答案。在这一部探求的字典当中，其实存在着无限的奥妙，因为文中提出的问题并不是像孩童一般对世界的好奇之问，而是像在黑暗中翻滚之后对世间真理以及真谛的急切追寻，它包含着也反映着当时社会的历史、神话，也包含着作者的思想与代表着旧文化的思想之间的斗争。

对于近年来的《天问》研究，笔者认为可以根据研究的方面分为三个大段，第一段为继承传统研究方向进行的，虽然方向已不新颖，但是却因为运用了新思想新方法，使这类研究依旧不可忽视。第二段为运用新材料分析《天问》中的内容。第三段为充分吸取前人成果中精华的《天问》研究之再研究。难解的《天问》篇正是通过这些迎难而上的研究者以及他们的不断探究，它的幽深奥秘才能一点点地在我们面前清晰起来。本文笔者将从古今两个方面着手，在今昔对比中突出显现今人在该问题上取得的成就，但笔者学力有限，目光尚窄，在对某方面未见新材料时只好阙如。

一、《天问》的传统研究

（一）关于《天问》之名的考辨

《天问》是一个极其特殊的题名。《天问》中提出的问题是针对天地山川、社会历史兴亡的。他多次诘问天帝，似乎作者的角度出发，题名理所当然应该为"问天"，但是文章里面所问对象的不明确性和解文时候出现的多义性，使篇名的理解问题产生了巨大的分歧。研究的总体情况是尊重"天""问"这个原本题名，但是在这两个字出现的次序上却存在着争议。

1. 借天问人

这场论争的源头在于汉代王逸在注《楚辞》的时候提出的"天问"与"问天"的比较，《楚辞章句》中言："《天问》者，……何不言问天？天尊不可问，故曰天问。"① 明代李陈玉《楚辞笺注》不违前说："天固不可问，聊以寄吾之意耳。"但是二者也有不同之处，李陈玉之说认为屈原"知我者，其天乎？此天问之所作也。"② 王夫之是在王逸提出的"问天"的问题之上，进一步解释了为什么不是问天："原意造化变迁，人事得失，莫非天理之昭著，故举天下不测不爽者，以问憯不畏明之庸主具臣，是为天问，而非问天。"③ 当代杨义先生："屈原的《天问》是一部本质意义上的天书……屈原创造了一个奇迹，他使天开

---

① （宋）洪兴祖撰，黄灵庚点校：《楚辞补注》，上海：上海古籍出版社，2015年，第128页。

② （清）李陈玉笺，汲古阁校：《楚辞笺注》卷3，南京：南京大学出版社，2017年。

③ （清）王夫之著，中华书局上海编辑所编：《楚辞通释》，北京：中华书局，1975年，第46页。

口发问……'天问'就是'天问',不能轻巧地颠倒为'问天'。"①

王逸为了肯定"天问"的称呼而将其与"问天"对比,但是他所代表的"天问"中尊天的情感并没有被后人轻易接受。殷光熹先生说:"《天问》是天来问,……是作者借天问人"②此说亦非"创见",他们这样说的理由是运用题目补足《天问》文首的"曰"的主语。

2. 由人问天

郭沫若先生《今译·〈天问〉解题》说:"《天问》……据我的了解,应该是屈原把自己对于自然和历史的批判,采取了问难的方式提出。他是受着强烈的创造欲所驱遣,存心作出一首奇特的诗。"③ 姜亮夫先生《重订屈原赋校注》说:"考古书命篇之义,春秋以来多举文中首字以标题,如《诗》,如《论语》皆是……故屈子仍用右例,以篇首所陈之事。皆天体天象天德之类。又不仅此也。考《天问》全篇,涉及怪迁者,多僻斥之间,言及人事者,多以天道、天命为说,则天字同亦可贯全文矣。"④ 揭示了为什么人来发问但是篇题中还带有"天"的原因。

3. 其他说法

陈抡以历史比较法与古籍校释得出了新说:"'天问'二字的意思就是'迁客问'。"⑤ 他将"天"解释为"迁",作"放逐"讲。(《正韵》:"迁",放逐也。)古方俗语谓"迁"为"天"。谓"迁"。即把清母字读为透母字。故"天"的意思是"迁",在这里是指接受动作的人,可释为"迁客",是屈原被放逐后的自称。古人常以动词指代受动者。

陈纪然从语序的角度认为"天问"应该是形容词+动词的结构,并且认为"大""天"字形相近、字义相通,在此基础上吸取孔子解答鲁人林放提问的时候曾用到的"大哉问"一句,将其理解为大问,即认为《天问》所问世重大问题、本源问题的学术观点。⑥

---

① 杨义:《杨义文存 第7卷 楚辞诗学》,北京:人民出版社,1998年,第267页。
② 殷光熹主编:《楚辞论丛》,成都:巴蜀书社,2008年,第159页。
③ 吴奔星,徐放鸣:《沫若诗话》,成都:四川人民出版社,1984年,第339页。
④ 姜亮夫校注:《重订屈原赋校注》,天津:天津古籍出版社,1987年,第257页。
⑤ 陈抡:《楚辞解译》,北京:中华书局,2018年,第85页。
⑥ 陈纪然:《〈天问〉文题、文体、文序解》,《北方论丛》,2013年第4期,第11—20页。

(二)《天问》"呵壁说"的探讨

1. 呵壁说的支持者

王逸《楚辞章句》中的说法正是提出呵壁说的源头:"《天问》者,屈原之所作也……屈原放逐,忧心愁悴,彷徨山泽,经历陵陆,嗟号昊旻,仰天叹息,见楚有先王之庙及公卿祠堂,图画天地山川神灵,琦玮僪佹,及古圣贤怪物行事,周流罢倦,休息其下,仰见图画,因书其壁,呵而问之,以渫愤懑,舒泻愁思。楚人哀惜屈原。因共论述,故其文意不秩序云尔。"① 洪兴祖《楚辞补注》继而顺承其说:"《天问》之作,其旨远矣。盖曰遂古以来,天地事物之忧,不可胜穷。欲付之无言乎?而耳目所接,有感于吾心者,不可以不发也。欲具道其所以然乎?而天地变化,岂思虑智识之所能究哉?天固不可问,聊以寄吾之意耳。楚之兴衰,天邪人邪?吾之用舍,天邪人邪?国无人,莫我知也。知我者其天乎?此《天问》所为作也。太史公读《天问》,悲其志者以此。柳宗元作《天对》,失其旨矣。"②

2. 呵壁说的反对者

直到清代的时候才听到另类的声音,以清代为开端,《天问》如何作的问题又多了一个争论的中心。

清代陈本礼《屈辞精义》:"后儒泥王叔师问天之说,昧题图之义,俨若屈子凿空杜撰此百十问,为惊愚眩俗之谈,岂不谬哉!"③ 王夫之《楚辞通释·天问》篇题下云:"篇内事虽杂举,而自天地山川,次及人事,追述往古,终之以楚先,未尝无次序存焉。固原自所合缀以成章者。逸谓书壁而问,非其实矣。"④ 同样对此持反对意见的还有陆侃如、刘永济等。近年来涉及此说的有陈抡,他对此同样没有苟同旧说,认为:"王逸谓书壁而问,殆是臆断"⑤,认为屈原是对"迁客"们所说内容的整理,是相当于孔子弟子之于《论语》的作用。

---

① (宋)洪兴祖撰、黄灵庚点校:《楚辞补注》,上海:上海古籍出版社,2015年,第128页。
② 同上,第129页。
③ (清)陈本礼:《屈辞精义》,上海:上海古籍出版社,2017年,第54页。
④ (清)王夫之著,中华书局上海编辑所编校:《楚辞通释》,北京:中华书局,1975年,第46页。
⑤ 陈抡:《楚辞解译》,北京:中华书局,2018年,第87页。

(三)《天问》的作者问题

对《天问》的作者产生怀疑是近代疑古思想出现后随之产生的新鲜话题，这一时期，人们把注意力从《天问》本身转移到其本身存在的怀疑。但是人们对该猜想的解读在21世纪以来基本趋于一致。此类问题可以明确地分为两派。

1. 非屈原所作说

胡适先生《读楚辞》："《天问》文理不通，见解卑陋，全无文学价值，我们可以断定，此篇系后人杂凑起来的。"① 卫聚贤是一位大胆的疑古主义者，此段言论看似有理有据，但是只依《史记》而下断言，未免显得过于单薄："《离骚》是汉代淮南王刘安所作，《史记》说汉武帝命刘安作'离骚传，且受诏，日中时上'②。即是现在这篇《离骚》，《天问》则大概出自淮南门客八公小山之徒的手笔。"

2. 屈原所作说

在疑古论争中比较有代表性的是陆侃如的《读〈楚辞〉》一文主要针对胡适先生的文章给予反驳，认为非屈原的学识不能写出这样篇幅宏伟的作品。

(四)《天问》的创作时间

1. 放逐前说

梁任公先生主张是在放逐前。因为"先王庙"和"公卿祠堂"，不应在偏远之地。孙作云："它写作于楚怀王三十年、秦昭王八年（公元前二九九年）的秋天。它写作的地点是春秋末年楚昭王十二年的郢都，今湖北省宜城县东南九十里，汉水西岸的古郢都。"

2. 放逐之时说

王逸《楚辞章句》："《天问》者，屈原之所作也……见楚有先王之庙及公卿祠堂，图画天地，山川神灵，琦玮僪佹，及古圣贤怪物行事……仰见图画，因书其壁，呵而问之……"③ 同样持有此说的还有洪兴祖、朱熹、汪瑗、黄文焕。

---

① 胡适：《胡适文存（第2集）》，北京：首都经济贸易大学出版社，2013年，第60页。
② 苏雪林：《天问正简〈屈赋新探〉之二》，武汉：武汉大学出版社，2007年，第17页。
③ （宋）洪兴祖撰，黄灵庚点校：《楚辞补注》，上海：上海古籍出版社，2015年，第128页。

历代的学者都认为《天问》作于《离骚》之后，是屈原放逐期间所作。而屈原的《离骚》之作，应在屈原晚年放逐江南之时；故《天问》的写作也只可能在屈原晚年放逐江南之时。

王倩予将赵逵夫先生的"《天问》创作于怀王二十四、二十五年被放汉北云梦之后，大约在怀王二十七（前302年）前后"。①一结论推翻，将《天问》的创作时间向前推进到顷襄王十三年（前286年），原因是："《天问》与《涉江》中体现的情绪是相同的，相较于怀王来讲表现出了更多的鄙夷和仇恨，并且他们所言处境也像是。由已知推未知的出来了这个结论。"②

（五）《天问》的次序与体例问题

此部分是关于《天问》的文本性问题。如果解决了错简和异文的问题，那么它的内容和结构层次等就一目了然了。

1. 无次序说

王逸在《楚辞章句》主张的是呵壁说，所以自然他认为《天问》是无次序的。

2. 无须有次序说

洪兴祖《补注》曰："夫天地之间千变万化，岂可以次序陈哉！"③

3. 严重错简说

清屈复首先认定《天问》错简，并做了调整。当代郭沫若先生又首先提出："《天问》是很难理解的……脱简窜乱的情形，特别严重……前人崇拜屈原之余，也曾把屈原的作品作为经典，故一般倾向于反对《天问》的整理。这毫无疑问，是封建思想的孑遗。……进行这篇的翻译之前，我也大胆地整理了一遍。……"④

4. 皆无错简说

丛药汀在《屈原赋辨译 天问卷》中⑤表示他是支持《天问》的原有顺序的。他认为读《天问》要进入屈子之心境，他读出了《天问》

---

① 赵逵夫：《〈天问〉的作时、主题与创作动机》，《西北师大学报（社会科学版）》，2000年第1期，第1—8页。
② 王倩予：《〈天问〉解题衍义》，《社会科学研究》，1999年第3期，第134—136页。
③ （宋）洪兴祖撰，黄灵庚点校：《楚辞补注》，上海：上海古籍出版社，2015年，第129页。
④ 郭沫若：《卷耳集 屈原赋今译》，北京：人民文学出版社，1981年，第107页。
⑤ 从药汀：《屈原赋辨译 天问卷》，北京：紫禁城出版社．2013年，第9页。

跳跃的情绪和时空变幻的历史大戏。力主《天问》秩然有序者，尚有蒋骥、吴世尚、夏大霖、游国恩、姜亮夫、林庚、汤炳正、罗漫和江林昌等学者。罗漫认为《天问》的次序是遵从时代的总体规则①。而江林昌确认为《天问》的次序是按照"神话意识"和"历史意识"两个部分展开的。② 田野在《〈天问〉还原研究》③一文中提出了以往持错简说的学者正简的几点弊病：不解文句而妄改、忽略诗体而妄改、拘泥史书而妄改。《天问》虽有错简，但是却并不像诸家说的那样夸张，而且有些错简的部分是不必改的。孟祥笑认为错简出现的原因是简册的编连处断裂而造成的散乱，是从监测制度和简册实物结合相关语句来分析论证的。④ 李川站在"错简"说的对立面，认为当时诸子作文的时候是有不以时间为序的情况出现的，所以《天问》出现"文义不次"的状况可能是作者有意为之，是为了表达目的的特殊表现手段。⑤ 将这一问题做文学阐释的说法的研究者较少，因为对于这一问题持"错简"说的较多，而它相对阵营倒是有些冷清，不过我认为这种说法很新颖，并且理由充足，论据恰当，十分具有说服力。

笔者认为通读《天问》全文，可以从中发现无论是自然顺序还是历史顺序在这篇文章当中都是找得到的，所以在我们发现可靠的能够证明其错简的出土材料发现之前，我们都不应该无端地对原文的顺序进行整理。而我们现在所见的竹简材料都能够与《天问》互相佐证。

（六）《天问》的思想内容

1.《天问》无情说

少数人认为屈原《天问》完全是客观的学问知识之介绍，没有丝毫的情感掺杂其中。

2.《天问》有情说

绝大多数人都可归为"有情派"，司马迁在《史记·屈原列传》里

---

① 罗漫：《〈天问〉的博问与多重价值》，《社会科学战线》，1993年第4期。
② 江林昌：《楚辞与上古历史文化研究：中国古代太阳循环文化揭秘》，济南：齐鲁书社，1998年。
③ 田野：《〈天问〉还原研究》，南京：南京大学硕士学位论文，2013年。
④ 孟祥笑：《简册制度与〈天问〉的错简问题——以〈天问〉"女娲有体"句为中心》，《学术研究》，2014年，第148—153页。
⑤ 李川：《〈天问〉"文义不次序"问题谫论》，《文学遗产》，2009年第4期，第13—22页。

说"余读《离骚》《天问》《招魂》《哀郢》，悲其志。"看来他是读懂了《天问》，感受到了其中流淌着的屈原的感情。与此同时"向天问理"说、"呼天治下"说、"讽谏"说、"自解"说等，均是"有情"说的延展。在此派当中，最应该引起注意的是屈原的怀疑精神。

鲁迅生在一个怀疑的时代，因此对屈原身上的怀疑本质更加欣赏："怀疑自遂古之初，直至百物之琐末，放言无惮，为前人所不敢言。"①郭沫若同鲁迅一样，他认为："其实《天问》……所提出的问题，从天地开辟以来一直问到他自己，把他对于宗教信仰上的，神话传说上的，历史记载上的，人生道德上的各种各样的怀疑，都痛痛快快地表示了个淋漓尽致。那种怀疑的精神，文学的手腕，简直是前无古人后无来者。"②

除对神话和现实中的伦理不符合的思考之外，屈原还质疑天命，质疑传统，质疑"圣王"，但是这样更能反映出他对历史兴亡的总结，从而表达他的历史观。有人从屈原的忠君行为和宗族的态度方面分析他的思想倾向中的儒家成分，但是屈原的思想也有着与儒家思想完全相悖的一面。这一方面就是从《天问》中体现出来的历史观。屈原的历史观是建立在历史化的神话之上的，殷末周初之时，上古的神话经历了历史化的过程，而孔子是处于一个双重路径的交叉点，他既经历了感性的神话，又欲在此基础上保持住理性的精神，所以在他身上体现出来的是"不语怪、力、乱、神"的颇为矛盾的态度。但是屈原身上所体现出来的并不是矛盾而是怀疑，由于政治与地理的关系，他对神话的态度，不是排斥而是容纳，不是不语而是笃定。《天问》中的蛛丝马迹显示着屈原接受的历史教育，并不同于以儒家思想为主体的经书。因为《天问》中有着与儒家的传统记载不同的地方，所以屈原的思想不同于孔子的思想，含有非理性因素是自然而然的了。

（七）《天问》的主旨问题

《天问》的感情与《离骚》等其他篇目的情感一样，都是研究者想要追索的。《天问》中的情感与《离骚》的情感是有微异的，梁文勤在

---

① 周国兴：《人怎样认识自己的起源 人类起源研究史话 上》，北京：中国青年出版社，1977年，第56页。

② 郭沫若：《屈原研究》，《沫若文集》第12卷，北京：人民文学出版社，1959年，第353页。

《〈天问〉：忧伤的困惑》① 中从疑问句式尤其是反问句中定了位《天问》的情感状态是忧伤的困惑。疑问句的大量铺排确实能够体现出困惑的情感，我很同意文中对屈原情感的判断，但是我却认为从句式就能判断出作者的痛苦和悲伤未免难以说服人。

二、关于《天问》史学价值的探讨

对于《天问》中涉及的历史人物以及围绕在其周围发生的历史事件，是近年来的《天问》研究的热点，再加之简帛的出土，使得研究就有了新的材料，所以这部分是当下研究的高产地带。这个时候《天问》就不是带有楚地特色的文学作品了，而是摇身一变，成了满载楚地史料的史学著作。

对于天问的史学价值的研究角度可以分为两个方面：微观与宏观。《天问》中的各个单个问题之间虽然是有逻辑关系的，但是在对史实进行研究的时候却不能关照全篇，所以在研究目的的局限下，这部分文章大多数都是以单句或者几句为研究重点。面向宏观角度的论文讨论的是整体的史学价值、楚国民俗，以及与神话的结合研究。

（一）微观层面

刘健参照《史记》《国语》以及《吴越春秋》等，从《天问》中看出了楚国与吴越之间的战争合作关系，对于这个结论的得出就是依照《天问》中的几句话：②"吴获迄古，南岳是止。孰期去斯，得两男子""勋阖梦生，少离散亡。何壮武厉，能流厥严""吴光争国，久余是胜"，他由微观入手，旁征博引得出了当时楚国国际关系是乱中有序结论。

除了由几句话引发的研究，还有针对某句话进行的研究，如《〈天问〉"大鸟何鸣，夫焉丧厥体"再考释》③《据出土文献校读〈天问〉

---

① 梁文勤：《〈天问〉：忧伤的困惑》，《云梦学刊》，2018 年第 3 期，第 21—28 页。
② 刘健：《从〈天问〉看周代楚与吴越之关系》，《辽宁师专学报（社会科学版）》，2014 年第 1 期，第 27—28 页。
③ 周建忠，常威：《〈天问〉"大鸟何鸣，夫焉丧厥体"再考释》，《中州学刊》，2014 年第 1 期，第 153—156 页。

三则》①《〈天问〉"禹通台桑"与夏代始初的社会转型》② 等。

(二) 宏观层面

如吴成果和彭忠德在《屈原〈天问〉史学价值论析》③ 中从《天问》中发现其记载的史实与北方流传的内容有出入，例如关于鲧的传说，笔者认为这一点既体现了话语主体的不同，还表现出了不同主体的不同史观。《天问》还为今人保留了许多楚国神话，是研究南楚文化的重要作品。范卫平④也将《天问》当成史实来看待，并进一步认为这是一部问歌体创世史诗，他从自身学唱藏族的创世史诗的经历出发，将《天问》与之对比，认为《天问》中体现了宇宙、天地、自然之事，还有历史、社会、生存生活的情况和生产斗争，我们从中能够真真切切地看到历史人物的生活。胡彦在《试论〈天问〉的史学价值》一文当中对它的史学价值有很好的概括："《天问》或录史之实，或发史之微，或正史之误，或补史之阙，或疑史之论，或启史之思，具有极高的史学价值。"⑤ 他将天问与文学作品、史学作品和竹书的内容分别比较，最后得出被《天问》校正过的真正的历史，并且认为在出土文献的更大规模发觉之后，《天问》的史学价值会更加凸显。

1. 对比阅读

将《天问》看作历史材料的研究方法就是将其与简帛类的出土材料进行对比。如《上博简类楚辞作品与屈骚比较探析》⑥ 和《天问》与上博简《凡物流形》之比较⑦，将上博简的《凡物流形》《李颂》《兰赋》《有皇将起》《鹠鹝》五篇的写作模式与篇章结构进行对比分

---

① 徐广才：《据出土文献校读〈天问〉三则》，《古籍整理研究学刊》，2018 年第 5 期，第 63—65 页。
② 江林昌，《〈天问〉"禹通台桑"与夏代始初的社会转型》，《史学月刊》，2015 年，第 129—132 页。
③ 吴成国，彭忠德：《屈原〈天问〉史学价值论析》，《文艺研究》，2012 年，第 35—42 页。
④ 范卫平：《〈天问〉是楚民族问歌体创世史诗——从藏族〈世巴问答歌〉看〈天问〉的文体性质》，《中央民族大学学报（哲学社会科学版）》，2012 年第 5 期，第 96—104 页。
⑤ 胡彦：《试论〈天问〉的史学价值》，《江汉大学学报（社会科学版）》，2014 年第 4 期，第 94—98 页。
⑥ 张世磊：《上博简类楚辞作品与屈骚比较探析》，《船山学刊》，2014 年第 2 期，第 49—55 页。
⑦ 汤漳平：《〈天问〉与上博简〈凡物流形〉之比较》，《福建论坛（人文社会科学版）》，2010 年，第 79—83 页。

析。二者都对整理者曹锦炎先生将它们归为楚辞类（体）作品这一观点持开放态度。认为二者出土文献与《天问》虽然有着一定的体裁用韵方式和思想上的相似性，但是却不能忽略二者的句式不同。除上博简外，清华简、包山楚简等出土文献均有与《天问》对读的研究。

这类作品有《出土文献与〈天问〉所见商末周初史事》①、《中国大陆20世纪考古发现与〈天问〉研究》②、《〈楚辞·天问〉所见夷夏关系及其考古学印证》③等。

2. 文化研究

民族之间的文化影响是学者们的研究目标。鲜于煌在《试论屈原〈天问〉对三峡土家族"盘歌"的影响》中，发现土家族的"盘问"之歌的一问一答的形式与《天问》的形式非常相近，并且在文章的结构方面也有很多相同之处，对其加以研究之后发现，这两种艺术形式之间的内容相似并不是一种巧合，而是"盘歌"是受到了屈原《天问》的影响而形成的。④

楚国内部的习俗仪式更能引起学者的注意。如代生⑤和刘石林⑥分别研究了婚姻习俗和丧礼习俗。

3. 史实与神话传说研究

史实与神话之所以被归纳到一起，是因为对于《天问》文中的一些人物究竟是神话人物，还是历史人物是有争议的。例如上文提到的江林昌将禹作为史实来探求夏初社会的转型，但是还有人从神话的角度看待鲧禹，如《〈天问〉鲧禹神话考论》一文就在神话的基础上加以阐发。因为神话历史化的过程史实方面，有《〈天问〉与商之始祖、先

---

① 代生，江林昌：《出土文献与〈天问〉所见商末周初史事》，《四川师范大学学报（社会科学版）》，2012年第1期，第125—129页。
② 代生：《中国大陆20世纪考古发现与〈天问〉研究》，《社会科学评论》，2009年第2期，第114—121页。
③ 代生：《〈楚辞·天问〉所见夷夏关系及其考古学印证》，《重庆文理学院学报（社会科学版）》，2011年第2期，第35—38页。
④ 鲜于煌：《试论屈原〈天问〉对三峡土家族"盘歌"的影响》，《重庆师范大学学报（哲学社会科学版）》，2005年第2期，第32—41页。
⑤ 代生：《〈楚辞·天问〉与先商族婚姻形态研究》，《哈尔滨工业大学学报（社会科学版）》，2014年第4期，第102—106页。
⑥ 刘石林：《楚地丧葬仪典中的"对花"与〈天问〉》，《岳阳职业技术学院学报》，2012年第3期。

王试探》①、《〈楚辞·天问〉上甲微事迹新释》② 等。

神话方面,《天问》的研究一直与神话学有着密不可分的联系,虽然屈原在向宇宙的形成发问的时候并没有涉及神,但是在随着对历史发展的诸多问题进行阐释的时候却始终没有脱离神话。这一研究也符合了现在人们对神话的逐渐重视:"后现代史学大变革的标志就是放弃'历史科学'的旧观念,转向'神话历史(mythistory)'的新认识。……历史必从神话启程,而且要伴随着神话思维前行。这一认识是今天重新进入中国历史的一道门径。"③ 我认为这与楚国的历史观有关,正是因为浪漫的史观与理性的精神在屈原的脑海中交汇,才生发出《天问》这样长篇的质疑。

学者们经常借用《天问》使原本的神话体系得到完整,并且从中体味出楚国的文化归属以及屈原本人的精神信仰。廖勇鹰在《天问》神话传说解读④便是这样,他认为天问中的神话传说之所以产生是因为与中原文化碰撞产生了多元的文化背景,这样的思路打破了楚国神话产生的氛围是相对封闭的想法。

叶舒宪以文物和图像叙事作为文史研究的第四重证据,更加生动具体地重建了上古神话想象的世界景观,从而丰富了研究材料,最终证明除了《天问》中"负熊以游"的虬龙是升天的运载工具,而熊只是天生化身。⑤ 这一结论是前所未闻的,新材料的加入让神话的解读更加新颖、具体并且可信。

运用相同论证方法的还有何继恒⑥、张世磊、廖群⑦等人,近年来该方向的研究成绩斐然。

---

① 胡彦:《〈天问〉与商之始祖、先王试探》,《中国楚辞学》,2011 年第 20 辑,第 8 页。
② 李锐:《〈楚辞·天问〉上甲微事迹新释》,《史学史研究》,2015 年第 3 期,第 1—6 页。
③ 贾雯鹤:《神话的文化解读》,重庆:重庆大学出版社,2010 年,第 81 页。
④ 廖勇鹰:《〈天问〉神话传说解读》,银川:北方民族大学硕士学位论文,2017 年。
⑤ 叶舒宪:《〈天问〉"虬龙负熊"神话解——四重证据法应用示例》,《北方论丛》,2014 年第 6 期,第 27—31 页。
⑥ 何继恒:《论〈天问〉文学与图像的关系》,《云梦学刊》,2018 年第 2 期,第 35—41 页。
⑦ 张世磊,廖群:《先秦著图训政传统与〈天问〉题画体论证》,《山东大学学报(哲学社会科学版)》,2017 年第 1 期,第 122—130 页。

三、《天问》研究的再研究

《天问》研究或是楚辞的其他研究，经过时间的沉淀，到了现在都成为精华，所以再研究也是现在研究的一个热门方向。我认为对于《天问》研究的再研究能够进一步挖掘我们对这篇被称为"千古第一奇文"的文章的理解。如李杰的《杨义〈天问〉研究的学术贡献与启示》① 认为他通过"本体性分析"的研究方法，梳理了《天问》结构形态和诗学机制，准确释读了相关的文化背景和神话资源；从他对字义和错简问题的处理，可以窥见"以大见小"的学术理路。

周建忠的《〈楚辞〉在韩国的传播与接受》② 更是开拓了《楚辞》的海外再研究的天地。古代韩国文人对《天问》的推崇表现在创作上，很多拟骚制作如《续天问》《续天问（并序）》《对续天问》，《对续天问》还纠正了柳宗元《填对》的谬误。

冉卫华的《游国恩〈天问纂义〉平议》③、韩锋和黄建荣的《试论宋代的〈天问〉注释特色——以洪兴祖、朱熹、杨万里三家为考察对象》④ 等都是再研究系列的优秀作品。

四、总结

《天问》研究囊括了文学研究的各个方向，并且历来学者对它争论不休，以上通过三个大的方面以及若干小方向进行了古今两个方面的概括，但是我相信短短千余字甚至不能将《天问》研究这个宏伟的领域说清楚一角，本篇作业的进一步完善任重而道远。

但是学生在整理《天问》研究时，对一个问题颇有感想，那就是神话和传说在历史当中相交杂的问题。我认为必定要把掺杂神话的古史传说与纯粹的神话加以区别，不能笼统地把神话都归之为古史传说。

---

① 李杰：《杨义〈天问〉研究的学术贡献与启示》，《云梦学刊》，2017 年第 1 期，第 33—36 页。
② 周建忠：《〈楚辞〉在韩国的传播与接受》，《文学遗产》，2014 年，第 123—132 页。
③ 冉卫华：《游国恩〈天问纂义〉平议》，《黔南民族师范学院学报》，2014 年，第 42—45 页。
④ 韩锋，黄建荣：《试论宋代的〈天问〉注释特色——以洪兴祖、朱熹、杨万里三家为考察对象》，《东华理工大学学报（社会科学版）》，2012 年第 4 期。

但这种"加以区别"洵属非易。有一些研究和一些文章明显有把古史传说历史化的倾向,我认为清华简《楚居》一篇就体现了这样的倾向。有些传说当中的祖先其实是"图腾式"的人物,有着人自然属性(动物属性),这体现着当时这个部族的原始崇拜,但是当人的智力慢慢进化的时候,理性的人们知道这样的祖先不可靠,于是就逐渐把传说中的"祖先"逐渐"人化",这样的修正过程确实是存在的。所以说对于宗教崇拜非常明显的民族来说,古史和传说的关系是若即若离的。这些我们如今会分别对待的因素,在真正的历史当中本来就不是泾渭分明的。正如张光直先生所说:"任何的神话都有极大的'时间深度';在其付诸记载以前,总先经历很久时间的口传。每一个神话,都多少保存一些其所经历的每一个时间单位及每一个文化社会环境的痕迹。过了一个时间,换了一个文化社会环境,一个神话故事不免要变化一次,但文籍中的神话并非一连串的经历过变化的许多神话,而仍是一个神话;在其形式或内容中,这许多的变迁都压挤在一起,成为完整的一体。"①

所以我认为,在以后研究这部分的文学作品的时候,对于它所涉及的历史应该仔细分析。也许结合他们人文环境影响下的历史观能够让我们从另一个角度切入去研究,从而得到更好的研究结果。

(作者单位:首都师范大学文学院)
(编辑:姚苏杰)

---

① 张光直:《中国青铜时代》,北京:三联书店,1999年,第363页。

杜甫研究高端论坛暨中国杜甫研究会第九届、四川省杜甫学会第二十届年会综述

◇何哲涵

2019年11月9—10日,"杜甫研究高端论坛暨中国杜甫研究会第九届、四川省杜甫学会第二十届年会"在杭州顺利召开。本次会议由中国杜甫研究会、四川省杜甫学会主办,浙江大学中文系承办,国家社科基金重大项目"考古发现与中古文学研究"课题组协办。来自国内外各高校和科研机构的五十余名学者参加此次会议。

开幕式由浙江大学中文系胡可先教授致欢迎辞。胡可先教授指出,此次会议可以说是杜甫研究史上的一个里程碑,这主要体现在以下四点:第一,这次会议是在杜甫研究高位起点上的一次再攀登,无论是与会的学者还是提交的论文,都达到了新的高度;第二,这次会议是中国杜甫研究会和四川省杜甫学会的融合,这是新时期四十年来杜甫研究的重要节点;第三,这次会议,浙江大学中文系与成都杜甫草堂博物馆达成了合作研究的意向,拟将草堂书院作为浙江大学中文系的科学研究实践基地,这标志着高等学校与杜甫文化及研究的专门机构合作,达到一个新的境界;第四,参加此次会议的学者,有20世纪30年代出生的资深专家,也有20世纪90年代出生的青年才俊,体现了四代学者的传承。

中国杜甫研究会会长、西南大学刘明华教授在开幕词中指出,杜甫早年漫游吴越,与浙江有着深厚的渊源。浙江历代以来也是杜甫研究的重镇。如单复《读杜诗愚得》,是现存明代第一部杜集注本。王嗣奭《杜臆》,以"知人论世""以意逆志"的方法研究杜诗,为后人所推崇。胡震亨《杜诗通》,今人周采泉推为明人注杜之首。仇兆鳌《杜诗详注》,卷帙浩繁、资料丰富,带有集注集评性质,为杜诗注本集大成之作。周采泉《杜集书录》,以一人之力总结历代杜注成果,在学术界有非常大的影响。浙江大学也有杜甫研究的重要队伍,故将会议地

点定在杭州。此次会议由中国杜甫研究会和四川省杜甫学会联合召开，对两会的发展都具有重要的意义。

四川省杜甫学会会长、四川大学张志烈教授认为，此次会议体现了杜甫文化精神研究的最新的创造性进展。杜甫精神是中国传统文化精神的浓缩和凝聚，要研究中国传统文化，不吃透杜甫，是没有前途的。现在是杜甫研究最好的时代，杜甫研究应该注重弘扬杜甫的精神，求实求真，切忌支离破碎、形而上学。新时代的文化建设，不能离开杜甫精神。此外，张志烈教授认为老中青学者应该团结合作，互相学习，共同努力。

成都杜甫草堂博物馆副馆长方伟研究员对杜甫草堂博物馆的基本情况做了介绍，又重点宣传了草堂书院的重建工作以及与浙江大学中文系的合作项目。

下文分九个主题对本次会议的论文进行简要的归纳：

一、关于杜甫生平与思想的研究

本次会议多篇论文围绕杜甫的生平与思想展开，或对杜甫的生平经历重新钩稽，或对部分诗歌的编年提出新的见解，又或探讨了杜甫的儒家思想。

查屏球（复旦大学中文系）《崔氏山庄与杜甫华州期间的家居生活——杜甫辋川之作考释及弃官求食说新证》，认为杜甫《崔氏东山草堂》《九日蓝田崔氏庄》等诗中的崔氏蓝田庄，有可能是崔兴宗的别业，但更可能是杜甫舅氏的山庄。此外又通过这些诗考察了杜甫在华州期间的家居生活方式，对杜甫华州弃官的举动提出了新的解释。

胡永杰（河南社会科学院文学研究所）《杜甫"早充观国宾"当为开元十八、十九年前后由太学预监举参加科考事考辨》，对过去认为杜甫"早充观国宾"是指开元二十三年前后赴乡贡之事的说法提出质疑，又通过对"观国宾"一词及时代风气的考察，推断此事应为开元十八年前后由太学或监举参加科考。因此杜甫一生曾参加过两次进士考试，且入过太学。

张思茗（复旦大学中文系）《杜甫阆州济时考——以唐蕃战争与阆州隶属之变为背景》，考察了杜甫在蜀期间赴往阆州的行程及动机，认为广德元年杜甫三往阆州应与当时唐蕃战争及阆州隶属的变更有关，而且杜甫入阆之举不仅是为了个人生存，也有着唐蕃战局下济时尽责的思考。

杨琼（浙江大学中文系）《〈同诸公登慈恩寺塔〉创作时间献疑——兼谈同题唱和诗的艺术成就》，剖析了有关《同诸公登慈恩寺塔》创作时间的诸种说法，认为杜甫等人于天宝十载登塔的可能性更大，而并非通常所认为的天宝十一载。此外岑参、高适和储光羲的同题唱和诗也应与杜诗对比阅读，不应孤立开来。过去对储光羲诗作较为忽略，是十分遗憾的。

彭燕（成都杜甫草堂博物馆）《〈夜宴左氏庄〉系年辨析——兼论杜甫的隐逸思想》，对杜甫《夜宴左氏庄》一诗的编年进行探讨，认为宋人将其系于天宝二三载前后的说法比较可靠。有学者将其编为杜诗第一首，或编至天宝六载，均有不妥之处。作者又指出此诗体现了杜甫归隐的思想，但基于现实的原因，杜甫从来没有真正实现过归隐。

郝润华（西北大学文学院）《隐逸与园林：关于杜甫农事诗中的几个问题——兼评〈杜甫农业诗研究〉》，介绍了日本学者古川末喜著，董璐译《杜甫农业诗研究——八世纪中国农事与生活之歌》一书，认为此书是一部视角新颖、论述细密的著作，但由于此书并未对杜甫漂泊西南时所有诗歌进行考察，因此过分强调了杜甫农业诗的隐逸特点，而忽略了杜甫在流寓期间的艰难。此外，作者将杜甫居住的成都草堂视作一座园林，也有待商榷。

吴明贤（四川师范大学）大会报告《有关杜甫研究的思考》，从"致君尧舜"的政治理想、"民贵君轻"的民本思想和推己及人的仁者之怀三方面，探讨了杜甫与孟子的关系，为杜甫儒家思想的研究提供了特定的视角。

佐藤浩一（日本东海大学）《杜甫的儒教意识——以典故用法为线索》，通过细读杜甫撰写的《唐故万年县君京兆杜氏墓志》来考察杜甫的儒教意识。杜甫在该墓志中用《列女传》鲁义姑的典故来赞扬姑母，以此可见他的儒教观念。

二、关于杜甫与盛唐文化的研究

杜甫的诗歌创作与盛唐文化息息相关。本次会议有多篇论文是从盛唐的政治文化背景进行探讨，也有论文通过杜甫的诗歌来窥探盛唐文化，又或是研究杜甫与盛唐文人的交友情况。

吴怀东（安徽大学文学院）大会报告《杜甫的春天——从"感时花溅泪"谈起》，以"感时花溅泪，恨别鸟惊心"一句为切入点，对杜甫描写春天的诗句进行分析，进而探讨杜甫面对春天时的情感反应方式，揭示出杜甫的"伤春"情结。又指出，杜甫的伤春与时代变化有着密切的关联，从杜甫到中唐，伴随着唐王朝的由盛转衰，伤春逐渐形成为一种心理惯性和文学惯例。

吕家慧（香港城市大学中文及历史学系）大会报告《灾异观念与灾难书写：以杜甫、白居易为中心》，在论证唐代灾异观念及其思想渊源的基础之上，揭示了杜甫与白居易时事书写中深厚的灾异观念，并指出过去文学史研究这些作品，往往只是从纪实的角度来讨论，但纪实背后所蕴含的一套传统的天人观念，也是不应当被忽视的。

胡可先（浙江大学中文系）《〈饮中八仙歌〉与盛唐诗仙群体》，首先利用出土文献对《饮中八仙歌》中八位文人的生平事迹做了补充，其次探讨了杜甫在这首诗中对李白的理解和对自己的定位，并展开对盛唐诗仙群体的论述，指出"诗仙"在盛唐并非只是李白专属，盛唐诗坛存在着一个"诗仙"文人群体，李白是这一群体的代表，故而"诗仙"的名号最终落到李白头上。

孙微（山东大学儒学高等研究院）《"以土代火"与"四星聚尾"：杜甫献〈三大礼赋〉的政治文化背景及相关问题考述》，首先考察了崔昌"以土代火"说的历史渊源，并分析"四星聚尾"天象对天宝末期政治的深刻影响，在此基础上重新反思了杜甫与崔昌等人的关系，并认为崔昌献"以土代火"说的背后是天宝末李林甫、杨国忠两大集团的政治博弈，杜甫此时献《三大礼赋》表明其与李林甫集团的政治立场具有一致性。

戴伟华（广州大学人文学院）《杜甫乾元元年创作——〈早朝大明宫〉〈饮中八仙歌〉的盛世记忆和现实情感》，探讨了杜甫在《早朝大明宫》和《饮中八仙歌》中所表现的现实情感，对方回提出的为何《早朝大明宫》诗中不见安史之乱痕迹的问题做出回应，并认为《饮中八仙歌》应作于乾元元年春天。

咸晓婷（浙江大学中文系）《唐代七言歌行的演诵与文本变异——以敦煌伯四九九四、斯二零四九为考察核心》，论述伯四九九四、斯二零四九拼合卷与伯二五四四所载的七言歌行，并指出与传世文本相比，其文字错讹的类型占绝大比例的是音讹，原因在于乐师在演诵传抄过程中重音不重意，这也证实了两个文本的唱本性质。在此研究基础上，又认为李白《将进酒》与敦煌写本《惜罇空》之前的差异，很可能是李白自己将普通的歌行之作《惜罇空》改为古乐府《将进酒》造成的。以写本与传本的对比研究发现问题，也为杜甫诗歌的文本研究提供参照的对象。

徐希平（西南民族大学文学与新闻传播学院）《元结与杜甫关系再探》，揭示了杜甫与元结在天宝六载因李林甫奏"野无遗贤"而落第的共同遭遇，又通过分析两人叙写重大历史事件中的诗文，发现杜甫和元结在政治立场与艺术表现上均有相似之处。如杜甫《同元使君舂陵行》反映了两人相通的心志情感与高度契合的创作思想，又如元结《大唐中兴颂》与杜诗一样具有微言大义的特点。

俞沁（浙江大学中文系）《杜甫与汝阳王李琎交谊考论》，通过考察杜甫《饮中八仙歌》《赠特进汝阳王二十韵》《八哀诗》等诗歌，梳理了杜甫与汝阳王李琎之间的交谊情况，并以新出土李琎所撰《韦贞范墓志铭》证明杜甫在《八哀诗》中对李琎文才的夸赞并非虚言。

三、关于杜诗文献的研究

关于杜诗文献的论文共有三篇，或探讨杜诗的异文，或研究杜诗的版本，或据宋人笔记进行校勘。

刘明华（西南大学文学院）大会报告《杜诗"会当临绝顶"异文探讨——兼议古籍整理中的"较胜"选择》，从版本、词义、用例和接受等角度，辨析了杜甫《望岳》一诗中"临"与"凌"的异文，认为"临绝顶"应更接近杜诗的原貌，较审慎的办法是正文用"临"，异文标"凌"，这样庶可两全。

阮丽萍（四川外国语大学新闻传播学院）《〈钱注杜诗〉与清代杜诗版本——以杜诗异文为中心的讨论》，考察了《钱注杜诗》的异文整理与刊定情况，指出《钱注杜诗》在异文处理上的大致原则，揭示了《钱注杜诗》在异文校勘方面对清代杜诗版本的重要影响：一是钱注确立的"以精简为上"的异文处理原则，为之后古籍版本异文的处理所遵循；二是钱注刊定的"正字"，通过《全唐诗》的传播，几乎影响了后世所有杜诗注本。

王红霞、王然（四川师范大学文学院）《〈墨庄漫录〉校勘辨析杜诗、苏诗条目考述》，论述了宋人张邦基《墨庄漫录》中对杜甫、苏轼诸家之诗的辨析，指出其中不少条颇有价值，或纠正前人错讹，或发前人之未发，或补充前人之说，具有较高的文献史料价值。

四、关于杜甫诗学与诗体的研究

关于杜甫诗学与诗体的论文共有六篇，或是对杜诗的风格特征进行贯通的研究，或是对杜诗的某一种诗歌体式进行深入的探讨。

钱志熙（北京大学中文系）大会报告《论安史之乱前的杜诗对初盛唐主流诗风的承与变》，以安史之乱为节点，讨论了杜诗对初盛唐主流诗风的继承与突破，认为杜诗一方面继承了初盛唐"清新"的风格。另一方面，又以雄浑壮豪和逼真写实对清新诗风进行了突破。因此杜甫与盛唐正宗之间实际是存在着一种通变的关系。

刘重喜（南京大学文学院）大会报告《会通：〈杜诗镜铨〉与中国诗学批评》，阐述了杨伦《杜诗镜铨》中所体现的中国古代学术的"会通"思想："会通"一方面体现在《杜诗镜铨》对杜诗源流正变的标举，另一方面也体现在形成了与李善《文选》注不一样的注释范式。杨伦不仅在"会通"思想和"推源溯流"论的影响下，完善了对杜甫诗学体系的建构，又通过诠释"转益多师"和"别裁伪体"，证得杜甫诗学的"正变"之道。

张慧玲（浙江越秀外国语学院中国语言文化学院）《杜诗"集大成"说之一解》，阐述了"集大成"说的演变历程与本质内涵，指出"集大成"说首见于苏轼，第一个正式阐述的是秦观，其前形态则在元稹和两《唐书》中可见，至严羽则将此说的全部内涵完整凸显。杜诗的"集大成"是学力深厚与主体性情高扬两端共同作用的结果。

刘青海（北京语言大学中华文化研究院）《以武事比文艺——杜甫及中晚唐诗人的一种论文方式》，选取杜甫论文方式中的一种特殊形式即"以武事比文艺"进行研究，按喻体的不同分"骑射"和"军阵"两方面论述，并指出杜甫开创的这种论文方式对中晚唐诗人产生了重要影响。

吴淑玲（河北大学文学院）《杜甫歌行体诗的艺术境界》，全面分析了杜甫的七言歌行，认为杜甫的歌行体诗虽然不是他的诗歌体式中最好的一类，但在唐人中也仅次李白，而且形成了自己的独特风格。杜甫歌行体诗的独特艺术境界可概括为"以气概盛"的情感力量、开合自由的结体方式、全面周到的关注视角、潇洒俊逸的审美特质这四方面。

仲瑶（浙江大学中文系）《杜甫"吴体"与"江左风流"及其地理文化内涵》，以杜甫的"吴体"创作与作为江左风流的吴声、吴语、吴吟之间的关系为切入点，考察了"吴体"的内涵。唐代以"吴中四士"为代表的江东士人群体将"江左风流"和"吴语"之风引入长安，影响了王维等中原文人。杜甫的"吴体"创作正是这一背景的产物。杜甫以"吴体"为名可能是有意区别于歌诗系统的吴声，同时采用南朝流行的"双声""叠韵"破弃近体声律，造成拗峭之调，后为晚唐皮陆二人所继承。

五、关于杜甫"诗史"的研究

杜诗的"诗史"特征，也是长期以来受到关注的话题。本次会议也有三篇论文是围绕这个话题进行探讨。

张高评（台湾成功大学、浙江越秀外国语学院中文学院）大会报告《杜甫诗史与六义比兴——杜甫叙事歌行与中国叙事传统》，主要揭示了杜甫诗史与《春秋》书法、中国叙事传统之间的关系。杜甫诗史的"推见至隐"和杜甫叙事歌行的"微婉顿挫"，都有继承《春秋》"六义比兴"的叙事手法。

李寅生（广西大学文学院）《诗史的另一面——从〈江南逢李龟年〉看杜甫展现重大历史事件的表现意义》，细致分析了杜甫的《江南逢李龟年》，认为其虽然是杜甫与李龟年重逢之作，仅二十八字，但却包含了重大的历史兴亡之慨，因此与《三吏》《三别》等长诗一样是诗史的表现。

刘洁（西南大学文学院）《"非君"视角下"诗史"的别样建构——以杜甫、白居易的美刺诗学为中心》，从"非君"的视角考察了杜甫与白居易之间的诗学流变关系，指出白居易的闲适诗其实是"不适之适"，在书写上延续了杜甫"诗史"中以诗纪事的特点，补充和演化了"诗史"中"推见至隐"的内涵。

六、关于李杜比较的研究

本次会议有多篇论文是关于李白与杜甫的比较研究。这些论文中有对李杜名号的溯源，有对李杜优劣的再探讨，还有对李杜并称、李杜合刻的思考等等。

葛景春（河南省社会科学院）大会报告《李白"诗仙"之称、杜甫"诗圣"之称的出处与来源考辨》，认为李白被称作"诗仙"始自北宋的徐积；杜甫被称作"诗圣"始自明代的孙承恩，而并非近人普遍认为的王嗣奭。"诗仙"的名号是从"谪仙人"而来，与李白的道家思想有关；"诗圣"的名号则与杜甫的儒家思想密不可分。

陈才智（中国社会科学院文学研究所）《风流与日常——重斠李杜之争及其垂范意义》，详细梳理了李杜之争的研究历程，并分析了李杜二人的差异，认为这种差异可以归结为"风流与日常"：李白更侧重感发情兴，杜甫则更侧重描绘家常。两座并峙的双峰，同时也构成了唐诗的分野，对后世产生了不同的垂范意义。

崔际银（天津财经大学珠江学院）《"李杜优劣"论争平议》，在梳理"李杜优劣"论争的主要观点和形成缘由后认为，李杜只宜并称共尊，不可硬性区分李杜的优劣，应该正确体认李杜之间的关系，充分认识其各自优长，深入品味其各自特色，学习掌握其表达技法。

孟国栋（浙江师范大学江南文化研究中心）《并称背后的偏私：吕祖谦笔下的李杜优劣》，提出诗人并称时有时也带有一定的偏向，比如吕祖谦虽然接受了李杜并称的用法，但却仍有尊杜卑李的倾向，这一方面和尊杜之风盛行的时代背景相关，另一方面也和吕祖谦的家学师承有关。

任雅芳（西北大学中国文化研究中心）《从李杜合刻看李杜并称的内涵衍变——兼论唐人文集编纂的类目演化》，在考察李杜对读风尚的形成过程和李杜合刻本的流传状况之后，发现唐人文集在明代呈现出诗体分类细化的特点，指出李杜并称在诗体上由唐宋时期的古体为主，转变为明清时期的多种诗体的双峰并峙。

七、关于杜诗在明清的接受研究

本次会议关于杜诗明清接受史的研究有三篇，分别从李攀龙、李念慈和翁方纲三人来探讨杜甫对明清文人的影响。

张锦辉（陕西师范大学文学院）《论明清社会变革之际李念慈诗歌对杜诗的接受》，考察了杜诗对明末清初关中诗人李念慈的影响，指出李念慈善于将杜诗忧国忧民的思想内涵及现实主义的诗风与他个人的生活遭遇及亲历的现实环境相结合，又积极吸取了杜诗形式多样的诗歌创作技巧，在艺术上形成了语言通俗、清新自然，主客交融、意象丰富，各体兼备、沉郁含蓄的特征。

张东艳（郑州师范学院初等教育学院）《翁方纲论学杜》，通过梳理翁方纲《杜诗附记》等论诗著作，探析了翁氏学杜的态度和途径。翁方纲认为学习杜诗可以学习其意，但不必斤斤计较于字句的相似，又认为学习杜诗可以从学习苏轼开始，也可以像黄庭坚那样通过"逆笔"来学杜。

蒋鹏举（陕西师范大学文学院）《评杜、选杜与学杜——明代李攀龙对杜诗的传统》，通过《古今诗删》对杜诗的选录与《唐诗选序》对杜诗的评价来观察李攀龙对杜甫的推崇，并且指出李攀龙在创作上对杜诗的传承主要体现在：诗情上，以忧心国事、体察民瘼为主要内容；诗境上，注重锤炼雄浑蕴涵之境；诗艺上，追求格律宛亮，章法严整。

八、关于杜诗域外传播与接受的研究

杜诗在域外也有广泛的流传。本次会议相关论文四篇，均是围绕杜诗在日本的传播与接受。

汪欣欣（华南师范大学文学院）《邵傅〈杜律集解〉考论》，对在日本广为流传的《杜律集解》进行探讨，考察了《杜律集解》使用的底本及所集诸家评点，指出其熔裁式的集评方式典型体现了明代杜诗集评本的诠释方法和特点，其后又对《杜律集解》传入日本的过程及和刻本流传情况进行了梳理考辨，认为此书在杜诗批评史和中外文化交流史上有着独特的地位和价值。

杨理论（西南大学文学院）《杜诗的域外阐释与变异：以日本大典

禅师〈杜律发挥〉为中心》,对日本大典禅师《杜律发挥》进行研究,指出是书所选杜诗依邵傅《杜律集解》删减而成。大典所做的评注,本土方面受与其师宇鼎士新共同完成的《唐诗集注》影响较大,中国方面则受《杜律集解》《杜律注解》二书影响颇多。此书大量质疑辩驳中国学者的杜注,应是来自日本江户时代的疑古驳难之风,其中对《杜律集解》的驳斥最多。

文艳蓉(徐州工程学院)《李白和杜甫在日本平安时代的流传与受容》,对李杜在日本平安时代的接受进行研究,指出李白在平安初期的敕撰三集中受容相比杜甫为多,其流传之诗多以乐府、歌吟等歌诗为主。李杜之诗之所以在平安时期流传不广,一方面是诗集传入较少,更深层次的原因是平安时期文人还是坚持认为元、白等人为诗家上手。

李寅生(广西大学文学院)翻译了日本大桥贤一、加藤聪、绀野达也的《日本一百二十年来有关杜甫的著作一览及解题》,搜罗了近代以来在日本发表的各种杜甫相关著作 95 种,按时间顺序排列并进行解题。此文一方面体现了杜甫在日本的深远影响,另一方面也为杜甫研究者提供了方便。

九、关于杜诗与绘画、音乐、名物、石刻、地理等方面的研究

本次会议有多篇论文是从绘画、音乐、名物、石刻和地理等角度来探讨杜甫的诗歌,极大程度地开拓了杜甫研究的视野。

张志烈(四川大学)《思杜札记二则》,一则是探讨苏轼书杜甫《堂成》诗的意义,指出杜甫《堂成》诗中重点突出的"桤林"和"笼竹",正是川西坝子林盘的真实写照。苏轼追步于杜甫,写下的《书杜工部桤木诗卷》,也源自对川西文化的怀思。另一则札记是关于蒋兆和先生所画杜甫像的几个问题答友人问。作者指出中华民族自古以来就非常重视"绘像",唐宋两朝写真图貌的人物肖像画技艺已经达到了很高的水平。有关于杜甫外貌的历代资料可分为文字描述和杜甫画像两种,蒋兆和先生在画杜甫像的时候对此也应当有所参照。

吴夏平(上海师范大学文学院)《"马骨"与"沧州":杜诗"绘事"的渊源及义趣》,借"绘事"一词探讨了杜甫与绘画相关的诗歌,指出杜甫"画马不画骨"之论实质是批评齐梁以来重形不重义的画风

和诗风,是杜甫"尚义"思想的表现。此外杜甫诗歌中经常出现"沧州趣",这其实是杜甫内心仕隐矛盾在画论中的反映。

胡秋妍(浙江大学中文系)《唐宋大曲〈剑器〉的演变历程及其文学形态的扩容》,从杜甫《观公孙大娘弟子舞剑器行》谈起,对流行于唐宋时期的大曲《剑器》进行考释,梳理了《剑器》舞蹈和乐曲的演变历程以及演变过程中产生的文学形态,并指出《剑器》"演故事"的叙事特征,促进了宋代戏剧的孕育,其乐曲所配文辞主题和声情的演变,则体现了词体由"依调填词"向"拟格填词"的转变过程。

蔡锦芳、许琛琛(上海大学文学院)《"盍簪""簪盍""盍戠""戠盍"系列考》,考察了杜甫《杜位宅守岁》"盍簪喧枥马,列炬散林鸦"中"盍簪"的典故。"盍簪"典出《易·豫》卦九四"勿疑,朋盍簪",使用中又作"簪盍""盍戠"和"戠盍",意为群朋合聚,可替代使用。

武晓红(山东师范大学)《汉唐诗歌"天马"名物及其意象释证——兼论李、杜诗歌"天马"意象的创作特征》,考察了"天马"名物作为诗歌意象的产生原因及丰富内涵,认为"天马"在汉唐诗歌中的形象表达,经历了一个由虚到实再到逐步融合的过程,并指出李白笔下的"天马"形象神化成分较为突出,而杜甫笔下的"天马"则多为事实描写。

黄萍、李霞锋(成都杜甫草堂博物馆)《成都杜甫草堂博物馆馆藏晚清学者黄云鹄碑刻研究》,通过对晚清学者黄云鹄在杜甫草堂所留的三通碑刻和一篇碑记进行研究,勾勒出黄云鹄与杜甫草堂的关系。

郑玲(西南大学文学院)《杜甫草堂何宇度刻杜公像考辨》,认为杜甫草堂中何宇度所刻杜甫石像,并不是临摹自赵孟頫的《杜子美戴笠图》,其来源当是民间的"圣贤图谱"。此外宋琬所刻秦州杜甫石像,也并非如王士禛所说来源于赵孟頫,而可能是《三才图会》。

刘雁翔(天水师范学院历史文化学院)《"秦州杜诗石刻"考论》,以清初著名诗人宋琬策划主持刊于玉泉观李杜祠的"秦州杜诗石刻"为考察对象,从石刻名称、石刻内容、书法体裁和集字来源、诗碑落成时间和摹刻作者、诗碑置所和流传情况、诗碑拓本流传情况、诗碑艺术价值等方面进行了全面考证。

左汉林(中央财经大学文化与传媒学院)《杜甫〈潼关吏〉中的"大城""小城"考证》,对《潼关吏》中"大城铁不如,小城万丈余"一句进行探讨。学界以往对此句的解释，或以为指"大城"坚而"小城"高，或以为此二句是夸饰之语，或以为此二句为互文。作者通过对潼关一带山川地理及其防御体系的实地考察，认为杜诗中的"大城"是指潼关关楼，"小城"则指禁沟边上的十二连城。

闭幕式由胡可先教授做会议总结。胡可先教授指出，此次会议呈现出高端化和精品化的特点，体现了杜甫研究再攀高峰，但同时也还有一些领域需要继续开拓：一是杜甫与地理的研究；二是杜诗名物与图像的研究；三是杜甫与大数据相结合的研究。

最后张志烈教授以两首绝句圆满结束本次会议："杜学精华美万殊，雕龙绣凤各功夫。骊珠渊隐何由得，求实求真见正途。""百折江流归大海，千情万景巧相融。民胞物与仁天下，自得灵犀一点通。"

（作者单位：浙江大学）

（编辑：姚苏杰）

中国唐代文学学会唐诗之路研究会成立大会暨第一次学术研讨会综述

◇赵素文

摘　要：2019年11月2日至5日，由中国唐代文学学会唐诗之路研究会主办，新昌县人民政府与中国计量大学、浙江在线新闻网站承办的"中国唐代文学学会唐诗之路研究会成立大会暨第一次学术研讨会"在浙江新昌顺利召开。会议选举产生了第一届理事会，宣布研究会成立并举行了学术研讨。110余位参会专家学者，从全局性的唐诗之路地域界定、学科建设谱系和研究方法，以及局部性的全国唐诗之路的区域划分与局部研究两方面切入，对唐诗之路的地域概念、学科谱系、人文文化、宗教资源、遗产保护与建设开发等角度展开了深入交流与探讨，展示了近年来唐诗之路学术研究的新成果，为唐诗之路的文化建设提供了新思路。

关键词：唐诗之路；研究会；新昌；学术研究；文化建设

中国唐代文学学会唐诗之路研究会自2019年5月下旬倡议筹备，得到各方的全力支持和响应，于6月23日在杭州召开筹委会第一次会议，后根据程序，向它的上级学会，中国唐代文学学会申请，于7月2日获得批复，准予成立唐诗之路研究会。又经过几个月的紧张筹备，于2019年11月2日至5日，在浙江新昌隆重召开了"中国唐代文学学会唐诗之路研究会成立大会暨第一次学术研讨会"。来自全国二十多个省市区、几十所高校、科研单位和各地方，以及国外的共计110多位专家学者参加了会议。

会议于11月2日晚举行了预备大会即选举大会。选举出首届理事58人，其中常务理事32人，选举卢盛江（南开大学）为中国唐代文学学会唐诗之路研究会会长，王兆鹏（中南民族大学）、李浩（西北大学）、肖瑞峰（浙江工业大学）、邱高兴（中国计量大学）、林家骊（浙江大学，浙江树人大学）、尚永亮（武汉大学）、罗时进（苏州大学)、胡可先（浙江大学）、戴伟华（广州大学）为副会长；追认竺岳兵先生（浙江新昌）为名誉会长；聘请陈尚君（复旦大学）为顾问委员会主任，薛天纬（新疆师范大学）、莫砺锋（南京大学）、钟振振（南京师范大学）、詹福瑞（首都师范大学）、刘明华（西南大学）为顾问，聘任邱高兴（中国计量大学）为秘书长，李芳民（西北大学）、李建军（台州学院）、徐跃龙（浙江新昌）、高利华（绍兴文理学院）为副秘书长，房瑞丽（中国计量大学）为秘书处办公室主任。审议批准首批设置中国计量大学研究中心、台州学院研究中心、浙东唐诗之路研究中心（绍兴文理学院）、新昌研究中心四家为唐诗之路研究会下属的"研究中心"。11月3日上午，举行了"中国唐代文学学会唐诗之路研究会成立大会暨缘来新昌浙东唐诗之路建设成果发布会"。唐诗之路研究会新当选会长卢盛江教授向大会通报预备大会情况和选举结果；中国唐代文学学会会长陈尚君教授致辞，指出诗路研究将成为唐代文学研究新的学术生长点。11月3日下午开始，举行唐诗之路研究会第一次学术研讨会。会议研讨情况，兹从以下两个方面分述。

一、唐诗之路的地域界定、学科建设谱系和研究方法的宏观构架

与会专家学者对唐诗之路的地域概念界定表现出强烈的兴趣与责任感，并对学科建设谱系和研究方法做出了许多高屋建瓴的积极建构。

其一，从宏观建构角度界定了唐诗之路的空间概念，提出从文学地理学维度综合研究唐诗之路的学科建设意见。这方面相关论文9篇。其中蒋凡教授《文学地理视野中的浙江唐诗之路研究》认为，今天的唐诗之路研究要放在文学地理大环境里加以考虑，我们要以古人优秀文化传统要为当前的精神文明建设服务，以提高居民文化素质，令百姓精神有所寄托。钟振振教授《关于唐诗之路的几点思考》肯定了研究会建立的价值，认为它有成为国家文化建设战略智库的意义，并提出了今后扩大视野、更大规模服务社会。詹福瑞教授的《唐诗之路的学术内涵》提出，诗路研究是设立新的唐诗研究的理路，能提供唐代文学研究的新增长点。唐诗之路学理上属于文化地理学、唐诗地理学，它具有三个方面新空间：首先，它是一条唐诗考古之路，能从知识考古学角度还原唐诗的唐代文化生态；其次，它是一条唐诗生成之路，

诗人诗作的地理分布有区域性，分布不均衡，呈现出点线结合的形态，特定的山川地理和人文背景能直接影响创作；再次，它是一条唐诗传播之路，也是唐诗经典化的道路。罗时进教授《"唐诗之路"研究的视界与视点——从浙东、浙江"诗路"展开的论述》认为诗学发展具有地域性，南方发展强劲；研究要有全新的视野，明确不同道路包含的作家创作心理迥然有异，这些不同的路，都具备唐诗之路的要义，要抓准向吴路等重要的唐诗之路的节点；也提出了对唐诗之路研究的学科建构建议，认为这是诗学研究或文学地理学研究的一个方向，好诗多在行旅中，行走是研究诗路的关键词。胡可先教授的《浙东唐诗之路研究谱系的建构与探索》，全面详细地建构了唐诗之路研究谱系：1. 浙东唐诗之路的诗人诗作系列研究，拟编撰浙东唐诗编年史；2. 浙东唐诗群体研究；3. 唐代诗人浙东游历研究；4. 浙东唐诗之路艺术研究。又指出浙东唐诗之路研究应该具有多方面维度：1. 从时间维度进入研究，关注诗作发生发展演变的纵深研究，编年史、发展史、学术史三位一体，使之成为综合地域文学史的研究整体、浙东唐诗之路点线面的综合研究；2. 从人物的维度进入研究，关注浙东唐代诗人传记撰写和年谱；3. 从艺术维度展开研究，关注中外文化交流，重视文学、艺术研究并存的文化领域研究。从而把唐诗之路谱系落到实处。此外，对唐诗之路进行系统思考的论文还有：韩震军《关于唐诗之路研究的几点思考》、张伟然《从历史地理学角度谈唐诗之路研究的走向》、石明庆《为什么是"唐诗之路"——关于"唐诗之路"形成原因及其研究方法的一点思考》、孟国栋《物候迁变与空中诗路的建构——以衡阳雁意象的生成为中心》，这些论文或关注交通地理的研究，希望能真正将唐诗之路的研究提升到历史文化地理研究的高度，认为历史文化地理的研究有助于提供唐诗解读的案例；或试图重新界定唐诗之路的概念，认为它是能产出唐诗的路，是人们文化感知、诗情追求而成的路。其中孟国栋试图通过诗文中的大雁迁徙路线，解读传统文化精神中对于世界外围边界和天下四极的认知，以构建出的一条空中诗路。

其二，重视人与路的互动关系。相关论文4篇。其中陈尚君教授的《杜甫的盛世危言——重读〈自京赴奉先县咏怀五百字〉》指出，此诗可能是经过杜甫晚年加工过的，暗含了安史之乱的政治预言。吴相洲教授的《诗人流寓与盛唐山水诗写作三大地域之形成》，对荆楚地区

(孟浩然)、长安地区(王维)、吴越地区(无核心人物)的山水田园诗人创作进行了探究。肖瑞峰教授的《刘禹锡与唐诗之路》回顾了唐代诗人与各地唐诗之路的关系,认为唐诗之路的多条分支,不宜进行空间区段和时间区段的割裂研究,唐诗之路和唐代诗人相互依托、相互成就、相互辉映,研究应路人并举,以人为主;其中刘禹锡是代表典型,是与唐诗之路关涉最多的诗人之一,并对他与浙西、湖湘、京洛等唐诗之路的关联进行了解读。戴伟华教授的《王湾〈次北固山下〉诗学史意义确立——兼论唐诗之路中的"次"》,认为张说手题于政事堂的"海日生残夜,江春入旧年",为盛唐之始诗风标杆和政治旗帜,"次"是唐诗之路中的行为方式,也是一个重要概念。

其三,注重对唐以前文献的综合利用,关心先唐文化对唐诗之路形成的影响。他们或从佛教、或从山水诗角度关注唐诗之路的源起和文化多面性,关注唐诗之路特别是海上唐诗之路与宗教关联密切,从不同角度提供了对唐诗之路的思考。林家骊教授的《会稽"山水诗"与"浙东唐诗之路"》,把唐诗之路的形成向前推进为魏晋南北朝时期的山水诗路,探讨了唐诗之路形成的文化渊源,认为浙东的山水之美和北方诗人的审美表达是唐诗之路形成的前提;晋代山水诗和谢灵运的山水诗,促进了浙东唐诗之路雏形的形成;还指出,浙东唐诗之路延伸段上的山水书写,如洞头、永嘉的山水诗,以及海外唐诗之路,如菲律宾、马来西亚对唐诗的接受和传播,都是值得关注的唐诗之路补充。邱高兴教授《史实与传说——浙东区域佛教传播路线与昙猷大师》,提出浙东唐诗之路的概念不限于唐诗和唐代,它既是一条实体性的路线,也是一种形而上的精神文化之路;研究者可以关注唐诗和宗教的关系;诗歌源于宗教,诗歌文学和佛道文化交错互生,浙东是佛教较早的传播地,其佛教文化体现出鲜明的佛教中国化过程特征,如今天看到的浙东之路各地的弥勒佛造像,就可以看出佛教本土化的形象变迁。

其四,对学科研究的新方法新动向做出推介。王兆鹏教授《浙江唐诗之路的可视化呈现》,介绍浙东唐诗之路数据库建立的构想与建设手段,同时谈及数据库的检索方法和使用技巧。

二、全国唐诗之路的区域划分与局部研究

与会学者也分别从浙东唐诗之路、西北陇右北方唐诗之路、巴蜀宣歙岭南粤西唐诗之路、诗路相关文本讨论、文献整理与传播研究，以及唐诗之路的当代传播、浙东唐诗之路文化保护和开发建设的研究五个方面，对全国唐诗之路做出了分区域的空间界定，并展开了细致深入的交流与探讨。

其一，着眼于浙东唐诗之路的研究。这方面研究提交了37篇论文，从多方面展开了对浙东唐诗之路的专题研究与探索。其中对浙东唐诗之路进行范围界定和地域辨析的论文有13篇：唐佳文《剡溪蕴秀异 欲罢不能忘——试论剡溪在浙东唐诗之路上的核心地位》、陶济《开放性梯级性交互性的集成化和合——唐朝浙东唐诗之路的空间层面新探》、邱志荣《挥手杭越间——浙东唐诗之路新探》、梁苍泱《民间传说与"浙东唐诗之路"的建构与延伸》、邱志荣《浙东运河与唐诗之路》、杨万里《论浙南山水诗路》、徐景荣《上虞——浙东唐诗之路上的重要驿站》、袁伯初《罕岭在浙东唐诗之路的地位》、徐跃龙《唐诗之路视阈下的天姥山》、童剑超《正怀王谢俯长流 更览徐封识嵊州——唐代嵊州探源》、张慧玲《镜湖与浙东唐诗之路》、彭万隆《杭越唐诗之路初探——兼谈唐诗之路研究的思考》、诸凤娟《诗源会稽的历史渊源》，分别探讨了浙东唐诗之路的地域空间组成，重视了剡溪、杭越、浙东运河、上虞、天姥山、嵊州、会稽等地在唐诗之路上的节点地位。探讨浙东唐诗之路人物与创作的论文13篇：徐永恩《浅析武则天召见司马承祯的时间、动因及其他》、尚永亮《初、盛唐浙东八州贬官考》、徐希平《杜甫吴越之游再探——以〈壮游〉为中心》、唐樟荣《谢灵运与剡中》、张如安《黄宗羲与〈四明洞天丹山图咏集〉》、蔚然《清代上虞闺秀徐昭华研究》、陆路《六朝浙东诗考论》、仲秋融《论孟浩然浙东行旅诗歌的景观意涵及其治疗意义》、赵厚均《孙绰登上天台山了吗？——〈游天台山赋〉蠡测》、卢盛江《宋之问与浙东唐诗之路》、卢燕新《李白诗"越溪"及其相关语汇考》、邢蕊杰《中唐大历越州文人集群与越州诗文化圈生成》、高利华《名宦循吏与浙东唐诗关系研究》，历时性地关注了浙东唐诗之路上出现的重要文化人物：司马承祯、杜甫、谢灵运、黄宗羲、徐昭华、孟浩然、孙绰、宋之问、李白

的诗路行迹和诗路创作，同时关注了贬官、名宦循吏、越州文人集群等特殊群体与浙东唐诗之路的文化关联。对浙东唐诗之路佛道宗教的相关论文8篇：陈坚《山水禅宗与佛教旅游》、释正涵《浅谈"支竺遗风"与浙东唐诗之路》、李谟润《浙东唐诗之路涉越州佛寺略考》、韩焕忠《寒山诗里的南华影——浅析寒山子诗的佛道融合意蕴》、彭庭松《唐五代诗词中的刘阮二郎》、李建军《寒山诗的雅俗跨界与文学史价值》、王连冬《诗路梵星——浙东唐诗之路上的庙与僧》、赵素文《浙东唐诗之路的山林佛教书写》。这些论文或采用扎实的数据统计，或利用地图可视化呈现，全面踏实地梳理了浙东唐诗之路上的宗教文化资源和诗歌资源；研究认为新昌是佛教中国化的发祥地，唐诗之路不仅是士人的文脉之路，也是佛教的天台之路，同时这条路上也有丰富的道教文化。从刘阮典故的人物称呼变化，以及中晚唐诗人对此典故的运用，体现出了人们对遇仙故事接受态度的微妙变迁。这条宗教路上的诗歌，对文学与宗教的交汇考察有重要价值。寒山诗歌中雅俗跨界的创作特征，与寒山独特的生平体验和思想经历直接相关。另外还有谈诗路地域文化的论文3篇：沈文凡《唐代浙江诗人的文化》、陈秋月《浙东唐诗之路"走"出了天台山和合文化》、俞志慧《春秋战国之交越国军事力量管窥》。

其二，着眼于西北陇右北方唐诗之路的研究。这方面的研究论文共11篇。其中界定西北陇右唐诗之路地域概念及形成背景的论文有5篇：万德敬《山西"唐诗之路"形成的四个要素》、雷恩海《陇右唐诗之路的路径、内容暨文化意义》、米彦青《北方关镇建置与唐代边塞诗之路的建构》、海滨《西域唐诗之路论纲》、邱晓《商於诗路·序》，诸文对西北陇右唐诗之路的形成背景、地域范畴和建构面貌、文化意义做出解析。关涉唐诗之路诗人创作的论文6篇：高建新《"唐诗之路"与岑参的西域之行》、杨晓霭《陇右唐诗之路与绿洲丝绸之路的"同甘共苦"》《丝绸之路上的人物往来与唐诗境界的开拓》、刘梅兰《高适赴河西纪行诗考》、胡永杰《唐代洛南"三关道"上的三种诗境》、王伟《丝路人文遗存与唐代文学的西域书写》、和谈《论岑参与耶律楚材西域诗之异（提纲）》，以上论文就唐诗之路上的诗人岑参、高适等人边塞诗歌的地域文化书写和诗境特色做出了探讨。

其三，着眼于巴蜀宣歙岭南粤西唐诗之路的研究。其中有关诗路地域界定和诗路综述的论文4篇：黄贤忠《巴渝唐诗之路研究》、石天飞《瑶族石刻唐诗之路初探》、钟乃元《唐代粤西诗歌之路》、郭丽《海上唐诗之路——留学生与唐代文人的诗歌交往及其文学史意义考论》；有关诗人的专题论文9篇：萧晓阳《孟浩然行迹考》、左汉林《杜甫行经的寺庙及其遗址考察述略》、吴世民《唐九华山道士王季文所浴龙潭非龙池考》、李芳民《想象与纪实——论唐诗中的蜀道书写》、胡旭《赐金放还与李白创作之变》、陈才智《唐诗之路和醉白之路》、智宇晖《李德裕对海南文化影响的三个层次》、钟志辉《张九龄洪州、荆州之贬原因与诗歌新论》、杨鉴生《福建宁德唐诗人考》，涉及了孟浩然、杜甫、李白、白居易、李德裕、张九龄等唐代诗人的行止和创作考析。

其四，着眼于诗路相关文本讨论、文献整理与传播研究。唐诗之路的文本文献研究相关论文有5篇：张高评《唐代记游诗的写作策略》、刘明华《杜诗"会当临绝顶"异文探讨——兼论古籍整理中的"较胜"选择》、孙欣欣《〈全唐诗选〉的选诗宗旨、特色与价值》、咸晓婷《唐代七言歌行的演诵与文本变异》、房瑞丽《初盛唐之际浙地诗歌的京师推介及其影响》。研究对象涉及唐诗之路的文本写作、文化传播、古籍整理细则、明代唐诗选本研究，以及唐代七言歌行的文本变迁问题。

其五，着眼于诗路的当代传播、浙东唐诗之路文化保护和开发建设的研究。相关论文有吴琦幸《北美中国文化教学与唐诗之路》、李定广《〈中国诗词大会〉与唐诗之路》，分别涉及了新时代唐诗之路文化的国内外宣传推广问题。对浙东唐诗之路的提出者与研究首倡者竺岳兵先生的唐诗之路研究成果做出评介的论文2篇：俞晓军的《竺岳兵研究唐诗之路情况综述》，李招红《竺岳兵先生的学术》。另外，鲁锡堂《重塑越州州城（绍兴古城）魅力——浅谈大湾区建设视角下的"浙东唐诗之路"核心节点打造》、徐雅琴《新媒体时代浙东唐诗之路的钱塘江段的传播》、胡正武《浙东唐诗之路新线拓展的思考》、查清华《浙江唐诗之路的文化资源与现实意义》，关注点则多在新时代如何打造和拓展浙东唐诗之路景观与路线上。

综上，中国唐代文学学会唐诗之路研究会成立大会暨第一次学术研讨会从全局性的唐诗之路地域界定、学科建设谱系和研究方法，以及局部性的全国唐诗之路的区域划分与局部研究两方面切入，对唐诗之路的地域概念、学科谱系、人文文化、宗教资源、遗产保护与建设开发等角度展开了深入交流与探讨，展示了近年来唐诗之路学术研究的新成果，为唐诗之路的文化建设提供了新思路。

（作者单位：中国计量大学人文与外语学院）
（编辑：姚苏杰）

2018年诗歌相关会议纪要十三则

◇李 雯 整理

古代文学研究的新视野与新理念学术研讨会

2018年3月16—17日，由武汉大学文学院主办的"古代文学研究的新视野与新理念学术研讨会"在珞珈山庄顺利召开，来自全国20多所高校的40余位中青年学者参加了本次会议。

开幕式由吴光正教授主持，涂险峰院长、长江学者陈文新教授、南京大学文学院院长徐兴无教授、武汉大学文学院谭新红教授分别致辞，正在台湾讲学的长江学者尚永亮教授委托吴光正教授祝贺大会取得圆满成功。涂险峰院长代表武汉大学文学院欢迎与会专家的到来，介绍了武大的樱花和文学院古代文学学术团队的基本情况。陈文新教授指出本次会议有三个特点：一是议题涵盖古代文学各个方向；二是创建了广阔的中青年学者交流平台；三是有利于促使古代文学研究新视野、新局面的出现。徐兴无教授认为古代文学的发展离不开四个因素，即文献资源、发现问题、话语体系、成果转换，他认为随着古代文学的深入研究，在不久的将来优秀传统文化会得到更好的传承与发展。谭新红教授用四个关键词"友谊""青年""美丽"和"感谢"表达了对本次会议的认识和期待。

会议为期两天，设有1场主题发言和12场大会研讨。与会代表就"文本、制度与先秦两汉文学研究的新视野""先秦两汉写本形态与中华元典文化""中国早期文献的生成与重构""地域、学术与审美——六朝士人的文学与美学""文学传播与接受研究""唐宋词统及其后世承变""宋金元时代的族群、文化与文艺""词学研究热点问题及走向分析""明清日常生活与戏曲""明清文学跨学科研究"等10个议题展开了深入的讨论。

闭幕式由程芸教授主持,中央民族大学叶楚炎教授、浙江师范大学邱江宁教授、华中师范大学林岩教授、武汉大学鲁小俊教授做总结发言。他们认为本次会议涵盖面广、讨论深入;全场采用大会研讨的方式,让与会人员能够全程参与学习和交流。与会专家也对樱花时节举办这样独特的学术会议称赞不已,表示以后要加强沟通与联系,推动学术进步,促进古代文学研究的繁荣。

会议还推介了陈文新教授和江俊伟博士合著的《刘永济评传》。刘永济先生为20世纪武大文学院"五老八中"之首,在屈赋(楚辞)、《文心雕龙》、词学、曲学、文学理论、文学史、唐人绝句等领域均有杰出的贡献。该书是第一部系统评介刘永济先生生平和学术的专著。

来源:武汉大学文学院

2018词学青年学者学术研讨会

2018年6月16—17日,2018词学青年学者学术研讨会暨词学青年学者同人会第二次活动在杭州召开。本次会议由浙江大学宋学研究中心、浙江大学中国语言文学系主办,国内各高校及科研机构十几位青年学者发表论文。浙江大学人文学院院长楼含松教授、浙江大学宋学研究中心主任陶然教授和中国词学研究会会长王兆鹏教授致开幕辞,浙江大学中文系主任胡可先教授致闭幕辞。会议邀请了陶然、吴蓓、周明初、沈松勤、胡可先、李剑亮等前辈学者为评议嘉宾。

会议由六场讨论组成,主题分别为早期词乐、词律问题,宋词正典的再阐释,词体、词类的互动,清人词论与词学观,地域词坛与词风演变,民国词的多维面相,论题涵盖了当前词学界最主流和前沿的研究。关于词乐、词律,马里扬(上海师范大学)《〈高丽史〉"唐乐"讹字、僻调及相关问题》由对《高丽史》"唐乐"文字的校勘延伸入曲调的考证,将高丽"唐乐"中出现的"讹字""僻调"视为一种文学、文化与历史现象加以考察,并推求"唐乐"构成部分的名义及高丽"作者"的问题。王卫星(中山大学)《论唐宋词调中的参差对》,参差对能将灵变的词体与对仗效果巧妙融合,充分彰显长短句的优势,并具体阐释参差对的特色、技法、类型、作用与魅力。关于宋词正典的再阐释，李飞跃（清华大学）《天上人间与月夜观想——苏轼中秋诗词的文本解读与意义生成》将苏轼《水调歌头》视为悼亡词，并通过对该词的不同主题思想及苏轼中秋诗词的文本场域的考察，探求其文本意义的生成及经典化的路径。姚逸超（浙江大学）《柳永羁旅行役词的文本模式》对四种范式词作的文本结构模式和关键话题的选择、组合及呈现，做了梳理和分析，探讨其文本模式。汪超《论辛弃疾词的现实空间叙述》对辛弃疾在信州时期词作的书写内容、创作技巧、结构方式等方面，讨论稼轩观看、体验现实空间的趋向，并对其所处空间的地方认同、生活心态等变化加以申发。

关于词体、词类的互动，刘学（中南大学）《苏轼歌诗之法入词蠡测》认为苏轼受歌诗之风影响，体现在入乐、歌唱、创作等方面，并由此反观苏轼以诗为词的革新实践。符继成（湘潭大学）《词体唐宋之辨流变论》对明清时期词体的"唐音""宋调"两种审美范型之辨细致梳理，一些重要的词学现象和问题也可从唐宋之辨的角度进行新的阐释。叶晔（浙江大学）《诗词曲互动与组词类型化的自觉及局限》从梳理组词的出现、发展的基本特征入手，探究组词较之组诗的独有特征及优势。关于清人的词论与词学观，陈昌强（苏州大学）《"重光后身"说与清初词学演进》以"重光后身"说所显示的以陈子龙、纳兰性德为代表的令词统序，是支撑清词中兴的重要力量。曹明升（扬州大学）《周济词律观的转变及其在清词史上的意义》从周济词律观建构与转变的过程入手，探求其词学观念开启了常州词派意律并重的良好传统。关于地域词坛与词风演变，江合友（河北师范大学）《词学代兴与区域观照——清代畿辅词坛的发展与嬗变》以区域视角观照畿辅词坛，畿辅词人以其独具特色的创作，给词坛增添了区域性景观，呈现出词学代兴的发展面貌。郭文仪（中国人民大学）《〈庚子秋词〉〈春蛰吟〉与临桂词风的演进》，庚子唱和表现了临桂词派对北宋小令与南宋长调的取景，对其词史地位与词风演变有重要意义。关于民国词的多维面相，杨传庆（南开大学）《书札中的词学——晚近以来词学书札片论》认为书札实录词坛论争，记录了词家生动的词学履迹，有助于深化对词学史的认识。徐燕婷（华东师范大学）《社会转型与民国女性词的社会书写》对民国女性关注社会层面书写的原因，其社会书写的内容和各阶段的不同表现予以探讨。龚宗杰（香港浸会大学）《"学词"与"词学"：晚清民国的词法论述与词学演进》对作为知识体系的词法为考察对象，探讨晚近学界对其论述和成果、经验，有助于推动"学词"法脉的延续和"词学"空间的拓展。

此次会议采用双评议人制度，评议人对论文皆提出了有针对性的问题及修改意见。王兆鹏教授总结此次会议，认为与会的青年学者们文风、学风、会风纯正，学有专攻，并敢于挑战难题、新题，体现了学者们的学术自觉和长时间的深入思考。王教授还提出，当前词学研究的困境在于"三有三无"：有学术而无体系、有文学而无艺术、有方法而无理论，希望青年学者可以借助新材料、新方法、新手段来突破传统词学研究的格局，将词学研究引入新的局面。胡可先教授致闭幕辞，充分肯定了青年学者们坚守词学的主体研究、主流研究的态度，论文选题充分体现了问题意识和学术敏感度。此次词学青年学者学术研讨会取得圆满成功，并为词学研究起到了良好的示范作用。

来源：国学网

第五届韵律语法研究国际研讨会

2018年7月14—15日，由香港中文大学组织发起的、复旦大学外文学院承办的"第五届韵律语法研究国际研讨会"在上海成功举办。复旦大学外文学院副院长卢丽安教授致欢迎辞，美国密歇根大学端木三教授致开幕辞，来自海内外100多位学者莅临会议，就韵律语法研究的相关问题进行了深入研讨和广泛学术交流。

本届会议共设9场大会主旨报告和9组会议报告，涉及韵律语法研究各方面问题。在14日上午和15日下午的大会主旨报告中，德国比勒弗尔德大学戴维德·吉本（Dafydd Gibbon）教授从时间和频率的角度对话语韵律研究所应采取的方法进行了阐释。中国社科院语言所沈家煊教授从汉语的现实出发，提出了汉语四字格的韵律模型。香港中文大学冯胜利教授报告的题目是"作为新学科的韵律语法学的几个重要原理"，系统深入地阐释了当前韵律语法研究中所面对的几个重要基础理论问题。美国密歇根大学端木三教授从韵律语法角度分析和探讨了汉语反切为何将介音归入韵母的问题。美国密执安州立大学林燕慧教授在优选论的框架内对汉语台湾话音节唇音的语素同现限制进行了分析和阐释。复旦大学马秋武教授以天津话连读变调问题为例，指出语言问题的确立方法及其解决方案。台湾"清华大学"蔡维天教授针对汉语驴子句问题，指出解读这种句式需要参考的韵律条件。南开大学施向东教授就古汉语称呼语中的韵律作用进行了深入分析和阐释。美国旧金山大学李智强教授从韵律映像中的位置不对称性角度，针对英语、汉语普通话、镇海方言以及沙哈语进行了深入分析和研究，提出了位置不对称性的解读方法。

除了大会主旨报告外，本届会议还专设韵律语法青年学者奖现场评审会场和8个大会分会场。本届会议的评审现场评审出罗一丽和宋璟瑶两位同学获得一等奖。另外8个分场会议分别是：韵律音系、韵律词法与形态、韵律句法、历史韵律、韵律教学与习得、韵律语体与语篇、韵律实验和变韵研究。

在会议闭幕式时，下一届年会承办者西南大学外国语学院做了大会发言，并介绍了西南大学的办会条件和准备情况。最后，端木三教授就会议做了总结发言，并致会议闭幕辞。

来源：香港中文大学—北京语言大学汉语语言学与
应用语言学联合研究中心

第十五届中国散曲暨相关文体学术研讨会

2018年7月21日至24日，第十五届中国散曲暨相关文体学术研讨会在河北大学举行。会议由中国散曲研究会主办，河北大学文学院、河北大学中国古代文学重点学科、河北大学中国曲学研究中心承办。会议收到来自中国社会科学院、北京大学、北京师范大学、南开大学、苏州大学等60余所高校和文化单位的论文70余篇，贺曲近百首。80多名专家学者云集河北大学，共享学术盛宴。

开幕式上副校长李金善代表河北大学对各位专家学者的到来表示热烈欢迎，介绍了河北大学的历史积淀和发展现状，对文学院、中国古代文学学科和曲学研究中心的学术成就给予了肯定。会议嘉宾中国社会科学院陶文鹏研究员和中国散曲研究会会长赵义山教授随后分别致辞。

两天的研讨会，专家们分别就元散曲的创作题材和风格、元曲曲家生平和群体、明代散曲作家与散曲理论、戏曲演出与戏曲理论、曲谱曲律、词曲文献、词律与词学批评、昆曲与非物质文化遗产、当代散曲创作等话题进行了大会主题发言和分组讨论、评议。本届散曲会议除散曲外，还广泛吸收与散曲相关的其他文体的研究成果，在交叉研究和综合研究中推动学术讨论的深入。研讨会打造了一个高规格、高水平、综合性的学术交流平台，加强了全国散曲和古代文学学者间的联系与交流，对今后散曲及中华传统诗词研究的深入发展必将产生重要的推进作用。

来源：河北大学新闻网

"中国《文选》学研究会第十三届年会暨百年《选》学：回顾与展望"国际学术研讨会

2018年8月3日至5日，由中国《文选》学研究会及北京大学中文系主办、北京大学中国古代诗歌研究中心、东亚古典会参办的"中国《文选》学研究会第十三届年会暨百年《选》学：回顾与展望"国际学术研讨会在北京大学召开。来自美国、日本、新加坡以及中国大陆、中国台湾、中国香港共115位学者参加会议，提交论文80余篇。经过两天紧张、热烈的讨论，8月5日会议圆满结束。

《文选》是中国现存最早的诗文总集，由南朝梁朝武帝萧衍太子萧统主编，萧统后因病去世，谥"昭明"，故世称《昭明文选》。它共收录先秦至南朝梁130多位作家的700多篇作品。《文选》在唐初就由曹宪以及他的学生李善等人建立了专学"《文选》学"，是中国古代典籍集部中唯一一部以专书建立的学问。中国古代的读书人无人不读《文选》，至宋代更被称为"《文选》烂，秀才半"。它是中国古代优秀典籍，是中国传统文化的精华。正是因为它在中国古代社会中的巨大影响，1917年钱玄同、陈独秀提倡新文学革命时，便选择《文选》作为向封建文化发动攻击的目标，而提出"《选》学妖孽"的口号。这场文学革命具有新文化启蒙的意义，其以《文选》作为目标，是文学革命的需要。自那个时候至现在，整整过去了一百年，文学革命完成了它的任务，而《文选》也恢复了它作为中国古代传统文化经典的本来面貌。因此，自20世纪90年代，国家批准建立了"《文选》学研究会"，

《文选》研究发生了很大变化，取得了重要成果。当前国家全力弘扬传统文化，《文选》研究喜迎新形势，但如何开展新时期的《文选》学研究，如何认识《文选》的学术价值和研究《文选》与弘扬传统文化间关系的意义，都是需要认真而深入地讨论的。会议代表围绕着百年《文选》学的回顾与展望主题，展开了有深度的讨论。

会议还专设纪念首任会长曹道衡教授九十周年诞辰追思会。曹道衡先生20世纪50年代初毕业于北京大学中文系，是中国古代文学研究著名学者，尤其在魏晋南北朝文学研究领域中堪称第一人。他是《文选》学会首任会长，对《文选》学的研究以及学会的发展做出了卓越贡献。

会议由中国《文选》学会会长、北京大学中文系教授傅刚主持，北京大学中文系主任陈晓明教授致辞，学术界代表：国家图书馆前馆长詹福瑞教授、中国《文心雕龙》学会会长左东岭教授、全国马列文论研究会会长党圣元教授、中国社会科学院文学研究所所长刘跃进教授、日本早稻田大学文学部稻畑耕一郎教授、九州大学中文系主任静永健教授发表贺辞。会议5日闭幕，北京教育学院张亚新教授、长春师范学院陈延嘉教授、河南大学王立群教授、南京大学程章灿教授、清华大学孙明君教授、《文学遗产》编辑部竺青教授、浙江大学金少华教授致辞。学会理事会通过讨论商定，下一届年会将于2020年由常州大学主办。

来源：北京大学新闻网

中国诗经学会举行第十三届年会暨国际学术研讨会

2018年8月7日至10日，由中国诗经学会主办，西北师范大学文学院、甘肃省先秦文学与文化研究中心承办的"中国诗经学会第十三届年会暨国际学术研讨会"在西北师范大学隆重举行。

来自中国大陆、中国香港、中国台湾及日本等国家和地区的170余位专家学者出席了本次盛会。开幕式上，中国诗经学会会长王长华教授宣布研讨会开幕，并带领全体与会代表为于2017年2月7日仙逝的学会名誉会长夏传才教授默哀。随后，王长华教授总结了学会两年来的工作，介绍了2018年1月28至29日在石家庄举办的夏传才教授追思会、《世界汉学诗经学丛书》编纂、《诗经研究丛刊》出版，以及学会年检和党建等工作情况，他希望学会同人继承和发扬夏先生的治学精神，进一步推进和深化当代《诗经》研究，支持学会的发展。西北师范大学党委书记张俊宗教授致欢迎辞，西北师范大学副校长田澍、西北师范大学赵逵夫教授、山东大学郑杰文教授、日本富山大学大野圭介教授、中国诗经学会副会长郭杰教授、邵炳军教授，以及西北师范大学文学院院长韩高年教授在主席台就座。

本次会议采取大会报告、分组讨论相结合的形式展开学术交流。来自海内外的专家学者在8月8日和9日的大会报告、分组讨论中，围绕《诗经》文本与学术史研究、《诗经》与先秦文化关系研究、《诗经》语言文字研究、世界汉学视野下的中国《诗经》学、近百年来《诗经》研究回顾与反思、《诗经》研究方法论等热点和前沿问题展开热烈讨论，多方面展示最新研究成果。会议期间学术氛围浓厚，取得了众多重要研究成果，结集学术论文100余篇。8月9日下午大会胜利闭幕。

中国诗经学会成立于1993年，是由中华人民共和国民政部批准、教育部主管的国家一级学会，秘书处设在河北师范大学文学院。目前有包括全国30个省（区、市）在内的从事《诗经》研究工作的会员600余人，台、港、澳及外籍会员近100人。学会自成立以来，已先后在石家庄、北戴河、桂林、济南、张家界、南充、南宁等地成功地召开了12次国际学术研讨会。中国诗经学会与日本诗经学会、韩国诗经学会，台湾地区台湾经学学会、香港地区中国文学学会保持着经常的学术联系，影响巨大，已成为海内外《诗经》研究的中心。

来源：中国诗经学会

第十九届中国唐代文学年会暨唐代文学国际学术研讨会

2018年8月20—22日，由中国唐代文学学会、复旦大学中文系、复旦大学古代文学研究中心与上海师范大学唐诗研究中心联合举办的"第十九届中国唐代文学年会暨唐代文学国际学术研讨会"在上海召开。本次会议汇聚海内外与会学者近200名，提交论文190多篇。

8月20日上午，本届唐代文学年会拉开帷幕。中国唐代文学学会会长、复旦大学中文系陈尚君教授代表会议主办方致欢迎辞。南京大学莫砺锋教授、美国普林斯顿大学安娜·希尔兹（Anna M. Shields）教授、清华大学中文系谢思炜教授分别做了题为《刘柳与潇湘》《从"文苑"之文到"淑世"之文》《唐代七言诗句式探考》的主题发言。

本次会议依专题分组讨论，分为版本文献考证、宗教地域与文学、诗史互证与唐诗学、唐诗艺术、接受史与学术史等五个专题组，共设三十多个分会场。本届年会的学术讨论呈现出"注重唐诗文献的不同流传""注重唐代社会形态与个人心态""重视运用新材料与出土文献""重视文本细读""前辈学者与海外学者并重"等学术热点。

本次研讨会新增了优秀论文评选活动，共评出了刘宁《"正名"与韩愈古文议论艺术的创新》等十五篇论文，由翁洪武学术基金会给予奖励。华南师范大学文学院蒋寅教授致闭幕辞。

来源：《文学遗产》

2018 年词学国际学术研讨会

2018 年 8 月 22—25 日，"2018 年词学国际学术研讨会"在江苏无锡召开。会议由地处太湖之滨的江南大学人文学院承办，来自海内外一百一十三所高校、科研院所和出版机构的一百九十名专家学者共赴盛会。

中国词学学会会长、中南民族大学文学院教授王兆鹏在开幕致辞中指出，本届会议有三多：参会的精英多、人数多、论文多。大会总计收到论文一百九十三篇，论文集收录一百六十六篇，议题涵盖范围广、交叉跨度大、问题意识强，其中词史研究的成果最为丰硕。会议体现了词学学会"以扶持中青年学者为职志，力图将研讨会打造成青年学者展示身手的平台、成长进步的阶梯"的宗旨。大会主题发言由路成文、林佳蓉、橘千早、叶晔等中青年学者担纲，杨海明、陶文鹏等资深学者针对发言做精彩点评，与会者获益良多。大会学术总结由中国词学学会副会长、中山大学中文系教授彭玉平担任，彭教授按论文集议题分门别类，点评精当。会议指出了目前词学研究存在的不足。王兆鹏会长指出了词学研究中本位意识、创新意识、理论意识、当代意识还有待加强；彭教授则指出：应少写叙述类、概述类的文章，应谨慎介入关注度过高领域，应注重文献与理论的结合，应加强文学论文的文学性。本次会议经过严格的程序与筛选，评选出词学学会优秀论文奖，除特等奖空缺外，叶晔等三人获一等奖，王晓骊等六人获二等奖。

本次大会特别设置的环节有薛瑞生、王伟勇等六位教授选取不同视角，对论文集某一方面的问题进行深入剖析；江南大学人文学院副教授刘桂秋介绍无锡国专与荣氏兄弟创建的江南大学。会议还通过短视频，向近两年逝世的词学泰斗与前辈饶宗颐、葛渭君、邓乔彬、王步高四位先生致敬。论者认为这些环节体现了词学界开放的胸襟。

来源：《文学遗产》

第十三届国际辞赋学学术研讨会

2018年10月19日至21日，由中国辞赋学会主办，湖南大学文学院、湖南大学辞赋研究所承办的第十三届国际辞赋学学术研讨会，在湖南长沙举行。中国辞赋学会会长许结教授，副会长张新科教授、郭建勋教授、易闻晓教授、何新文教授、刘朝谦教授、刘培教授、踪凡教授、冯良方教授，日本东京大学谷口洋教授，新加坡国立大学苏瑞隆教授，台湾政治大学许东海教授，台湾中国文化大学黄水云教授等，及国内外诸多高校、学术研究机构、出版社专家学者，计百余人与会，共襄学术盛举。

2018年10月20日上午，由湖南大学文学院牛海蓉教授主持研讨会开幕式，湖南大学校长助理李树涛教授、湖南大学文学院党委书记杨永锋分别发表欢迎致辞，中国辞赋学会会长许结教授就新时期以来辞赋学领域研究成果进行工作报告。随后，与会学者及会务组成员合影留念。

本次学术研讨会共分两场大会学术报告和四个分会场进行。第一场大会学术报告于20日9：40—11：40举行，由刘朝谦教授主持，许结教授、易闻晓教授、谷口洋教授、许东海教授、牛海蓉教授分别就《〈豳风〉文图与诗赋传统的构建及演变》《汉赋为"学"论》《从"贤人失志"到"士人守志"——两汉之交纪行、述志赋中的自我叙述》《体物与博物：元代耶律铸以谱为赋的家学系谱及其赋学进路》《元明两朝辞赋复古之差异》发言，分别由踪凡教授、黄水云教授、侯文学教授、欧天发教授、孙福轩教授进行评议。

第二场大会学术报告于 21 日 14：30—16：00 举行，由何新文教授主持，巩本栋教授、苏瑞隆教授、刘培教授、潘务正教授分别就《"〈楚辞〉之兴，本由图画而作"——〈九歌〉新论》《论淮南王、〈淮南子〉对汉代辞赋的影响》《岩桂意象的生成与士绅文化形态》《"童子雕虫篆刻"新诠——兼论辞赋与篆书的关系》进行发言，并分别由曹胜高教授、吴广平教授、刘伟生教授、冯良方教授进行评议。

四个分会场各分三场进行。第一分会场由张新科教授、曹胜高教授召集，吴广平教授评议；第二分会场由马昕副编审、踪凡教授召集，冯良方教授评议；第三分会场由吕双伟教授、牛海蓉教授召集，欧天发教授评议；第四分会场由熊良智教授召集，蒋晓光教授评议。四个分会场、十二组，总计研讨论文 68 篇，分别就辞赋学理论、辞赋文化学、辞赋文献学、辞赋文体学、海外辞赋学研究、历代赋家赋作等展开深入热烈的讨论。

21 日 16：10—17：30，张新科教授主持大会闭幕式。湖南大学文学院翟新明博士、上海音乐学院杨赛副研究员、西安交通大学刘祥博士、湖南理工学院李有梁副教授分别代表四个分会场进行研讨总结。踪凡教授介绍了《历代赋学文献辑刊》的编纂过程及未来计划；王思豪副研究员代表青年学者就赋学研究发表感会；潘务正教授宣读了中国辞赋学会常务理事会决议，增选潘务正为副会长，孙福轩、牛海蓉、王思豪、蒋晓光等为常务理事；最后，由第十四届国际辞赋学学术研讨会主办单位复旦大学代表罗剑波教授致辞。张新科教授总结本届辞赋学术研讨会学术成就，宣布第十三届国际辞赋学学术研讨会圆满闭幕。

来源：湖南大学中国语言文学学院

"中国文学史观与文学史研究"国际学术研讨会

"中国文学史观与文学史研究"国际学术研讨会于 2018 年 11 月 2—4 日在山东青岛召开。会议由中国社会科学院《文学遗产》编辑部与中国海洋大学联合主办，由中国海洋大学文学与新闻传播学院和中国古代文学学科承办。来自海内外的九十多名专家学者莅会，共收到学术论文八十余篇，论题集中于中国文学史及文学史观研究、中国诗歌史研究、中国文学史其他专题研究等领域，主要包括以下几个方面的内容：

第一，中国文学史及文学史观研究。徐正英的《出土文献"大文学"研究与坚定文化自信》，从出土文献的角度，对"大文学史"做了全新探讨。刘怀荣的《魏晋南北朝大文学史的发展与特质》，探讨了魏晋南北朝大文学史在先秦两汉大文学史的基础上出现的新发展和新特点。孙之梅的《近代文学史研究观念与理论的变迁》，则立足于近代文化转型的大背景，对近代文学学科独立的相关问题进行了认真的反思和总结。早期的中国文学史明显受到了西方学术和文学观念的影响，并在文学史家那里有新的发展。史伟的《西学东渐中的观念、方法与民国时期中国文学研究》、陈岸峰的《夏志清的中国现代小说史建构的"大传统"及其不足》、王早娟的《古典文学四大研究范式与大文学史观时代的文学史书写》、熊明的《中国古代小说的历史嬗变与小说史的书写策略》、陈才智的《从醉白池的诗境建构看文学史空间维度的拓展》等，或从西学的影响入手，或以本土文学为例，皆立足于个案研究的方式，对文学史相关问题做了深入讨论。魏崇新、张洪波的《当代西方文学史编纂观念之比较》、田恩铭的《文化与文类之间：对文学史书写样态的省思》则以出自西方学者之手的《哥伦比亚中国文学史》和《剑桥中国文学史》为例，从不同角度入手，对西方汉学界学术视野与研究方法的新变化、新特点做了细致的分析，对国内的文学史研究很有启示意义。张景昆的《文化生态与中国影响》、马来西亚学者孙彦庄的《生态美育视角下的"马华"散文研究》、马来西亚学者谢依伦的《马来亚"华文蛮荒"的〈红楼梦〉传播史》、泰国学者黄君中的《〈封神演义〉对泰国艺术的影响》，则介绍了中国文学对周边国家尤其是"汉文化圈"文学史的影响。

第二，中国诗歌史研究。廖美玉的《杜甫"集大成"说及其文学史意涵》、李剑锋的《陶诗阐释的经学化、经典化与意境化》，从一流作家切入，对中国文学"经典化"的本土规律和特点进行了细致的剖析，立论扎实。张树国的《武乙中兴与商颂作期》、曾智安的《汉乐府相和歌江南古辞新论》、宋亚莉的《武氏祠画像中神树形成与"儒主道辅"思想》、孙微的《杜甫的主要诗风是"沉郁顿挫"吗？》、刘锋焘的《从三位皇帝的还乡诗看〈大风歌〉的经典性》、魏学宝的《"比兴"概念阐释的经学、诗学视域互动及其他》、韦春喜的《从先秦赋看赋的渊源及民间文艺性质》等，或立足出土文献，或对文本进行细读，或对传统论题重新解读，都有与传统观点不同的心得。孙明君的《〈洛神赋〉：幻觉体验与赴水隐喻》、朱兴和的《"力"的诗学及其"人""文"关切》、兰翠的《论唐诗中的"夷"》、鞠岩的《论韩愈元和年间诗风之变》、高倩艺的《汉学家入谷仙介及其王维研究》，均在前人研究基础上，提出了自己的新见解。

第三，文学史其他专题研究。唐旭东的《〈尚书·多方〉创作时地考论》、许丹的《〈全宋诗〉中吕祖谦诗作误收为张栻佚诗举隅》、王一帆的《大足石刻"证道牧牛颂"考》、龙成松的《新出石刻与唐代民族文学研究》、刘磊的《盛中唐之间的馆阁书风与文学复古》，或从纸本文献、石刻入手，或纠正前人的偏失，或有新的思考。薛海燕的《"鸳鸯蝴蝶派"女作家吕韵清生平著述论略》、姚春敏的《明清小说、笔记、方志中所载女巫的二元特征》、柳卓霞的《经学、史学、文学的融合：欧阳修传记文特征初探》、李伟的《杜牧的古文创作与中晚唐儒学转向》、杨朗的《苏轼〈书蒲永昇画后〉的三重转化》，论题及论证方法虽有不同，但都有一定的新意。会议还专辟了"青年学者论坛"，韦春喜、陆路、田恩铭、李伟等青年学者做了专题演讲。在大会分组讨论中，诸如文学史写作的通约性与时代性及民族性、规范性与学术个性、宏观研究与微观研究等矛盾应如何处理，及文学史研究的意义到底何在等问题，也受到与会学者的重视，并进行了认真的讨论。

来源：《文学遗产》

第五届佛教文献与文学国际学术研讨会圆满结束

2018年11月10日至11日，第五届佛教文献与文学国际学术研讨会在四川大学科华苑宾馆举办。本次会议由四川大学中国俗文化研究所承办，来自德国、英国、比利时、美国、日本、韩国、中国台湾和香港地区以及复旦大学、武汉大学、中山大学、浙江大学、兰州大学、南京师范大学、中国社会科学院、四川大学等众多高校和研究机构的六十余位专家学者参会。

大会开幕式由张弘教授主持，他代表四川大学中国俗文化研究所向参加会议的专家学者们表示热烈欢迎。项楚教授、傅其林处长、张涌泉教授、安东平教授、高田时雄教授分别在开幕式上致辞。作为佛教文献与文学研究领域成就卓越的前辈学者，项楚先生说道："四川大学中国俗文化研究所是教育部人文社会科学重点研究基地，研究方向是俗语言、俗文学与俗信仰，同时也进行文化人类学和民俗学的研究。佛教文献与文学始终是我们的主要研究内容。在历史上，佛教曾经是东亚各国共同的意识形态，也是东亚各国学者以及世界学者的热门研究领域，在此领域出现了很多著名的学者和一流的学术成果。佛教文献与文学系列的国际会议正体现了国际上的这股学术潮流，并且推动着这股潮流。相信本次会议会吸取前四次会议的成功经验，在佛教文献与文学研究领域里结出丰硕的果实，同时也希望能继续促进各国学者的交流和合作，把国际学术会议的这种学术精神继续传递下去。"四川大学社会科学管理处常务副处长傅其林教授说："四川大学中国古典文献学自2001年以来一直是国家级重点学科，加上文艺学、比较文学与世界文学，三个国家级重点学科共同支撑起了四川大学中国语言文学国家一级重点学科。召开佛教文献与文学国际学术会议，实际上是对中国语言文学学科的重要知识贡献。希望本次研讨会能够促进国内外一流大学的学术互动，加强佛教文献与文学领域相关学者的合作与交流。"

大会发言环节，分别由南京师范大学董志翘教授发表《汉文佛典中"猴狲"之"狲"的语源》，四川大学周裕锴教授发表《文字禅与云门中兴——雪窦重显与北宋云门宗僧诗》，日本东北大学斋藤智宽教授发表《〈续高僧传〉》的史料价值再探》，日本京都大学教授及复旦大学特聘教授高田时雄发表《嘉兴藏本〈大唐西域记〉管见》，温州大学王小盾教授发表《从越南的四所寺院看域外汉文佛教典籍的生存》，比利时根特大学安东平教授发表 Discussing Some Textual Problems of the Foshuo Lengqiejing Chanmen Xitanzhang（《佛说楞伽经禅门悉昙章》），香港教育大学朱庆之教授《王梵志诗"饮酒是痴报"献疑》的报告。

此次大会共安排四十多个主题报告，分为两个小组，主要围绕佛教语言、佛教文学两个方面展开学术讨论。两组学者依次进行精彩纷呈的学术报告，向与会学者展示自己对于佛教文学与文献研究的最新进展，并由相应的评议人进行点评，提出中肯的意见和批评。第一小组报告人有中国社会科学院周广荣教授、武汉大学高文强教授、中山大学学报编辑张慕华女士、台湾铭传大学梁丽玲教授、台湾中央研究院廖肇亨教授、重庆师范大学杨宗红教授、台湾政治大学顾颉锋博士、德国海德堡大学段媛媛博士、西北大学杨遇青教授、英国巴斯大学余德烁教授、云南师范大学阳清教授以及四川大学张洵教授、哈磊教授、李瑄教授、何剑平教授、刘亚丁教授、张弘教授、孙尚勇教授。第二小组报告人有台湾中兴大学林仁昱教授、复旦大学王启元教授、宝鸡文理学院刘林魁教授、台湾铭传大学黄青萍教授、日本国际佛教学大学院大学新田优教授、日本京都大学刘家幸教授、日本名古屋大学三好俊德教授、台湾师范大学李幸玲教授、京都府立大学本井牧子教授、中国社会科学院黄夏年教授以及四川大学俞理明教授、谭伟教授、罗鸿教授、杜晓莉教授、雷汉卿教授、刘郝霞研究员、杨扬博士等。每场报告结尾进行自由讨论，会场气氛热烈，新的材料与不同的观点在此呈现。

11日下午的大会上，来自韩国东国大学朴永焕教授发表报告《民国时期韩中佛教交流与玉观彬》，台湾政治大学涂艳秋教授发表报告《〈高僧传〉中的空间设计》，日本京都花园大学衣川贤次教授发表报告《〈观世音应验记〉百济本考》，青岛大学侯传文教授发表报告《〈神通游戏〉与后期佛教神话》，中山大学康保成教授发表报告《从"山花向前"看佛寺建筑对戏台形制的影响》。之后杨遇青教授与林仁昱教授分别对两个讨论组的发言及评议情况进行了总结，并希望今后能有更多的交流机会使学者之间进行更广泛的交流学习，并向主办方及会务人员表达衷心谢意。

大会闭幕式由郑阿财教授主持，多位学者发表了自己的感想和意见。张弘教授再次对参会学者表示感谢，并说："我们可以将不同板块之间的壁垒打破，从不同的角度对佛教文献与文学做出不同的解读，这是可以积极尝试的。将佛教文献与文学的研究推到一个更高的层次，是我们不容推卸的使命与责任。"并期望青年学者不断成长进步。

在为期两天的研讨会中，来自世界各地的专家学者济济一堂，中间既有学养丰厚的前辈学者，也有风头正健的后起之秀，大家积极交流，共同分享和探讨各自最新的研究成果。各种观点相互碰撞，各种文化相互交融，每位专家学者都大受其益。会议在热情洋溢的氛围中圆满结束。

来源：中国俗文化研究网

中国早期书写国际学术研讨会

2018年11月10日至11日,"中国早期书写国际学术研讨会"在京顺利召开,来自国内外的数十位专家学者出席了这次会议。

10日上午,首都师范大学中国语言文学一级学科负责人、中国诗歌研究中心副主任左东岭教授主持开幕式,首都师范大学中国诗歌研究中心主任赵敏俐教授、北京师范大学文学院院长过常宝教授分别向大会作了会议源起及筹办说明。赵敏俐教授指出,第二次召开以"早期书写"为主题的学术研讨会,是源于对当下学术发展现状的思考,是为了更好地推进中国早期文化和文明的研究。他还指出,我们不能只研究文本,还要研究创造文本的人,把文本的生成看成是人类早期的一种重要活动。书写和文本是两种不同的概念,我们要通过书写来认识文本的生成、性质及其包含的丰富内容,进而探寻民族文化的源头和形成过程。过常宝教授提出,目前先秦两汉相关研究的热度越来越高,选题和论文都越来越有深度,希望大家能够通过会议的召开,逐渐形成一定的共识,以推进相关研究的深入发展。

国家图书馆原馆长、首都师范大学特聘教授詹福瑞先生,中国社会科学院文学研究所所长刘跃进先生,浙江师范大学特聘教授黄灵庚先生应邀分别做嘉宾致辞。三位先生也分别对先秦经典怎样形成、早期文献发展过程具有的复杂性,以及关于"早期书写文献"研究范围的扩大等问题表达了各自的观点。

在两天的会议当中,与会代表分为两个小组,各自进行了热烈地研讨。本次会议共收到了46篇论文,涉及以金甲简帛为主要载体的诗歌辞赋、历史散文等多个领域,其中既有对早期文献具体的考据、阐释,更有对早期文本的书写形态、生成过程、写定年代、文体特征、文化内涵、研究方法等多方面的考察与研究,综合反映了当下国内相关研究的现状,在一些研究热点和难点上提出了新观点和新思考,取得了丰硕的研讨成果。

在11日下午举行的大会闭幕式上,赵敏俐教授代表大会做总结发言。他指出了本次会议的两个特色。第一,参加这次会议的专家学者相对于上一次会议来说,研究领域更为广阔;从年龄段的组成来看,老中青三代学术梯队的搭配更加合理,而且这一次年轻学者们论文撰写大都很出色，发言也十分踊跃，学术传承后继有人。第二，会议的讨论紧紧围绕"中国早期书写"这个主题展开，主题比上一次更为集中，认识深刻，新见迭出，讨论热烈。其中有一些新的看法，非常重要。虽然这些新的观点不一定都能被学术界广泛接受，但假以时日，应该能够逐步彰显出它们的价值。最后，赵敏俐教授再次表达了对全体与会代表和会务组同学们的衷心感谢。

来源：首都师范大学中国诗歌研究中心

俗文学文献整理与研究全国学术研讨会暨中国俗文学学会2018年年会

2018年11月16—18日，"俗文学文献整理与研究全国学术研讨会暨中国俗文学学会2018年年会"在广州召开。会议由中国俗文学学会主办，广州大学人文学院承办。来自全国几十所高校、部分科研机构和出版单位的百余名学者参加了此次会议。本次研讨会共收到论文96篇，其中小说研究类30篇、戏曲及曲艺研究类25篇、民间文学研究类14篇、宝卷研究类10篇，俗文学综合研究及其他类17篇。

开幕式由中国俗文学学会常务理事、广州大学人文学院院长纪德君主持，广州大学副校长郭兴蓬、中国俗文学学会会长廖可斌、中国俗文学学会顾问黄仕忠分别发言。

大会的四场主题发言由《文学遗产》编辑部石雷编审等多位专家学者主持及评议。廖可斌、杜桂萍、傅承洲、徐大军、李永平、胡胜、张廷银、苗怀明、段江丽、李舜华、黄仕忠、左鹏军、徐永斌、万晴川、张云、程国赋、王立、崔蕴华、王丽娟等分别汇报了各自的论文。

北京大学廖可斌教授做了关于"稀见明代戏曲的文献学价值"的演讲。他谈到，明代戏曲是明代文学的重要组成部分也是古代戏曲发展的重要环节。充分掌握文献是学术研究的基础，编纂《稀见明代戏曲丛刊》的目的在于为研究明代戏曲提供重要资料。《稀见明代戏曲丛刊》收录稀见明代戏曲79种，另收录230种明代戏曲的佚曲，为明代戏曲研究提供了宝贵资料，有助于更完整准确地认识明代戏曲面貌，对研究明代特别是明代中后期人们的社会生活和思想感情，考察明代中后期戏曲体制和表现方式的发展演变，都具有重要意义。

中山大学黄仕忠教授做了题为《王季烈〈孤本元明杂剧〉校勘斠议》的演讲。他认为，20世纪40年代所出版之王季烈《孤本元明杂剧》作为校勘杂剧文献的一个很好的范本，也存在值得商榷的某些具体问题，如：涉及戏曲表演方式的误改、对语词语源不明而误改、增字校改与不增字的校改、带方音词与同音语气词之改动、改稀见词为常用词、某些词异写、过度改订、误添删校文字等问题。总结归纳分析这些王氏校读杂剧中存在的问题，对于了解戏曲文献整理的历史具有现实意义。

中国俗文学学会副会长、暨南大学程国赋教授在题为《论晚明小说戏曲中的"写真图"》的演讲中认为，中国古代小说戏曲与绘画艺术的关系相当密切，考察二者关系，可从四个方面探讨晚明小说戏曲中的"写真图"现象：一是统计这时期作品出现的"写真图"数量；二是考察"写真图"体现的名称、形式等特点；三是探讨这一现象兴盛的原因，主要在于人物画复兴，晚明社会、文坛上生命意识与自我意识的崛兴以及叙事文学题材自身发展演变的影响；四是探讨其功用，主要体现在对小说戏曲情节发展、对人物性格刻画与形象塑造产生重要影响。

大会进行了三个分会场、六个场次的会议分组讨论，并预留开放讨论时间，与会学者们就中国俗文学研究中的小说、戏曲、曲艺、说唱文学、民间文学等方面的议题展开了充分的讨论和交流。胡海义、王定勇、吴真分别为分会场作总结发言。

程国赋在会议闭幕式上做学术总结，谈到几点感受：首先，俗文学研究的队伍不断壮大。一方面，中年学者继续在俗文学领域做深入研究，在小说、戏曲、曲艺、民间文学等各个领域推出一批重要的研究成果。青年一代学者迅速成长也特别值得关注。其次，俗文学研究视角呈现多元化的趋势。在以往研究的基础上，对俗文学文体、评点、观念、选本等做多方位的研究。再次，研究方法多元化。包括文献资料的新发现取得突破、理论研究的提升、田野调查与实地调查相结合、文学与文化结合等方式。纪德君在闭幕词中指出，这是一次富有特色和创新精神的高水平学术会议，与会学者发表了许多新颖独到的、有创新性与启迪性的见解，尤其是年轻学者已成为俗文学研究的主力军，这使我们对中国俗文学研究的未来充满信心和希望，相信中国俗文学研究一定能为传承发展中华优秀传统文化做出越来越多的贡献。

会议最后颁发了"北京大学翁洪武科研原创基金学术奖",该项奖励由本次会议所有与会学者匿名投票选出,旨在表彰本次会议所提交的优秀论文,鼓励俗文学研究界的中青年学者们再接再厉,推出更优质的学术成果。江曙《新式学生与近代短篇小说文体的演进》、赵毓龙《〈销释显性宝卷〉与"前世德堂本"〈西游记〉关系略论》获一等奖;胡海义《运河文化与西湖小说的兴起——兼论中国古代通俗小说的地理演进》、徐大军《我们能读到怎样的元代杂剧——依相叙事形态演进路径上的元杂剧考察》、尚丽新《宝卷中的"和佛"研究》等三篇获二等奖;李舜华《〈从礼乐到演剧:明代复古乐思潮的消长〉绪论》、吴真《旧书掮客与首发权——〈脉望馆钞校古今杂剧〉发现史之再发现》、吴肖丹《江户后期浮世绘版画的"转译"与水浒的传播》、陈燕芳《永乐颁降佛曲与明初儒生曲体观念》、邓雷《陈枕与〈水浒传〉》等五篇论文获三等奖。

来源:中国社会科学网

孙明君教授

一、人物基本情况介绍

孙明君，男，汉族，甘肃静宁人，1962年9月生。清华大学人文学院教授。1984年、1990年、1993年毕业于陕西师范大学，分别获得文学学士、硕士、博士学位。1984年至1987年在甘肃庆阳师专中文系任教。1993年至1995年在北京大学中文系博士后流动站工作。1995年开始在清华大学人文学院中文系任教，其间1997年在韩国釜山大学、2007年在日本九州大学任外国人教师各一年。近年来在清华大学开设老庄研读、中国古典诗歌研究与赏析、中古诗歌研究等课程。研究方向：魏晋南北朝文学。

二、主要学术成果

（一）专著、教材

1. 《汉末士风与建安诗风》，台湾文津出版社，1995年。
2. 《三曹与中国诗史》，清华大学出版社，1999年。
3. 《汉魏文学与政治》，商务印书馆，2003年。
4. 《两晋士族文学研究》，中华书局，2010年。
5. 《新斋小语》，中州古籍出版社，2018年。
6. 《南北朝贵族文学研究》，商务印书馆，2018年。
7. 《流霞回风——中国古典诗歌散论》，云南人民出版社，2004年。
8. 《昨夜星辰——中国古典诗歌品鉴》，清华大学出版社，2002年。
9. 《中国古典诗歌品鉴》，高等教育出版社，2018年。
10. 《老庄读本》，人民出版社，2019年。

（二）部分论文

1. 《苏轼与士大夫化的庄子》，《北京大学学报》，2019年2期。
2. 《〈洛神赋〉：幻觉体验与赴水隐喻》，《北京大学学报》，2018年3期。
3. 《老子与愚朴人格》，《光明日报》，2018年8月20日。
4. 《林希逸〈老子鬳斋口义·发题〉释读》，《北京大学学报》，2017年2期。
5. 《杨素与廊庙山林兼之的文学范式》，《文学评论》，2016年2期。
6. 《〈青青陵上柏〉中的宫阙》，《光明日报》，2016年3月24日。
7. 《纪昀评〈文心雕龙时序〉"阙当代不言"说辨析》，《北京大学学报》，2015年5期。
8. 《陈后主、隋炀帝与陈隋诗史的转变》，《安徽大学学报》，2015年5期。
9. 《后来酬唱，罕继声尘——杨素薛道衡赠答诗探析》，《人文杂志》，2015年12期。
10. 《陈叔宝的雅篇与艳什释论》，《陕西师范大学学报》，2015年2期。
11. 《颜之推笺传证》，《郑州大学学报》，2014年2期。
12. 《〈青青陵上柏〉的作者与作年辨》，《陕西师范大学学报》，

2014 年 1 期。

13. 《唐太宗〈陆机传论〉解析》,《北京大学学报》, 2013 年 3 期。
14. 《谢庄〈与江夏王义恭笺〉释证》,《北京大学学报》, 2012 年 5 期。
15. 《颜延之与刘宋宫廷文学》,《文学遗产》, 2012 年 2 期。
16. 《谢灵运〈劝伐河北书〉辨议》,《北京大学学报》, 2011 年 3 期。
17. 《陈寅恪"士族阶级"说述评》,《清华大学学报》, 2010 年 5 期。
18. 《庾信后期政治抉择中的矛盾性》,《北京大学学报》, 2010 年 3 期。
19. 《兰亭雅集与会稽士族的精神世界》,《陕西师范大学学报》, 2010 年 2 期。
20. 《庄老告退,山水方滋——东晋士族文学的特征及其流变》,《北京大学学报》, 2009 年 5 期。
21. 《两晋士族文学的走向》,《陕西师范大学学报》, 2009 年 4 期。
22. 《陆机〈文赋〉中的士族创作论》,《文学评论》, 2008 年 4 期。
23. 《咏新曲于故声改造旧经典再造新范型的陆机乐府》,《北京大学学报》, 2008 年 3 期。
24. 《黄节与汉魏六朝诗歌之笺注》,《文学遗产》, 2008 年 5 期。
25. 《谢灵运〈拟魏太子邺中诗八首〉二题》, 日本九州大学大学院人文科学研究院《文学研究》(第一百零五集), 2008 年 3 月 1 日。
26. 《二陆赠答诗中的东南士族》,《北京大学学报》, 2007 年 5 期。
27. 《天下文宗,名高希代——唐代宗期待视野中的王维诗歌》,《陕西师范大学学报》, 2007 年 5 期。
28. 《陆机与陶渊明仕宦体验之比较》,《清华大学学报》, 2006 年 6 期。
29. 《谢灵运〈拟魏太子邺中集诗八首〉中的邺下之游》,《陕西师范大学学报》, 2006 年 1 期。
30. 《谢灵运的庄园山水诗》,《北京大学学报》, 2006 年 4 期。
31. 《陆机诗歌中的士族意识》,《北京大学学报》, 2005 年 6 期。
32. 《刘勰之书信观》,《清华大学学报》, 2003 年 6 期。
33. 《关于阮籍〈劝进文〉的作年》,《文史哲》, 2002 年 1 期。

34. 《阮籍与司马氏集团之关系辨析》，《北京大学学报》，2002年1期。

35. 《汉武帝与儒家诗教》，《文艺研究》，2002年4期。

36. 《第三种势力：政治视角中的鸿都门学》，《学习与探索》，2002年5期。

37. 《政治视野中的汉魏文学》，《清华大学学报》，2002年6期。

38. 《荀彧之死》，《东南大学学报》，2001年3期。

39. 《从国家到天下——汉魏士大夫文学中的政治情感考察》，《社会科学战线》，2001年5期。

40. 《思无邪与温柔敦厚辨异》，《人文杂志》，2000年2期。

41. 《阶级性在古典文学研究中应予正视》，《北京大学学报》，2000年4期。

42. 《自任以天下之重》，《孔子研究》，2000年6期。

43. 《三源一流：中国诗史流变大势》，《学习与探索》，1999年1期。

44. 《解读诗史精神》，《北京大学学报》，1999年2期。

45. 《酒与魏晋咏怀诗》，《清华大学学报》，1999年1期。

46. 《陶渊明：幻灭的田园梦》，《陕西师范大学学报》，1999年3期。

47. 《天人合一与古代诗歌情感》，《中国哲学史》，1999年2期。

48. 《诗可以群——古代友情诗谈片》，《社会科学辑刊》，1999年4期。

49. 《曹丕〈典论·论文〉甄微》，《清华大学学报》，1998年1期。

50. 《论中国诗史在黄金时代的流变》，《社会科学家》，1998年增刊。

51. 《建安气象》，《清华大学学报》，1998年4期。

52. 《追寻遥远的理想——关于二十世纪中国文学史的回顾与瞻望》，《北京大学学报》，1997年1期。

53. 《庄子哲学中的三重人格境界》，《齐鲁学刊》，1996年5期。

54. 《嵇康与文士道教》，《哲学研究》，1996年6期。

55. 《庄子与中国诗史之源》，《清华大学学报》，1996年4期。

56. 《建安时代文的自觉说再审视》，《北京大学学报》，1996年

6 期。

57．《论曹操对原始儒学精神的诗化》，《陕西师范大学学报》，1996 年 2 期。

58．《走向儒道互补——曹植人格结构的动态考察》，《清华大学学报》，1995 年 4 期。

59．《建安诗风的旧说与己见》，《广西社会科学》，1995 年 2 期。

60．《建安士风论》，《甘肃社会科学》，1995 年 1 期。

61．《道统说辩难》，《北京大学学报》，1995 年 6 期。

62．《论曹丕诗歌的生命意识》，《人文杂志》，1994 年 1 期。

63．《老庄复兴之我见》，《兰州学刊》，1993 年 5 期。

64．《论建安诗人对生命悲剧意识的消解》，《陕西师范大学学报》，1993 年 4 期。

65．《曹操与儒学》，《文史哲》，1993 年 2 期。

（三）科研项目

1．中国博士后科学研究基金项目（1993—1995 年）（项目负责人孙明君）"三曹与中国诗史"

2．国家社会科学研究基金项目（1999—2002 年）（项目负责人孙明君）"汉魏文学与政治研究"

3．国家社会科学研究基金项目（2004—2008 年）（项目负责人孙明君）"两晋历史与文学的关系研究"

（四）获奖成果

1．2006 年入选教育部新世纪优秀人才支持计划。

2．2009 年主讲课程"中国古典诗歌研究与赏析"被评为北京市精品课。

3．2015 年评为北京市高等院校教学名师。

4．专著《两晋士族文学研究》获得第十二届北京市哲学社会科学优秀成果奖二等奖。

5．专著《南北朝贵族文学研究》获得第十五届北京市哲学社会科学优秀成果奖二等奖。

6．2018 年获得国务院政府特殊津贴。

三、代表性著作提要

（一）《汉末士风与建安诗风》

本书在研读、分析大量文史哲第一手资料的基础上，从宏观的角度着眼，系统探讨了汉末士风与建安诗风的深层内涵与关系。上篇"汉末士风论"，论述了桓灵二世士风及建安士风；下篇"建安诗风再审视"，讨论执着于社会政治的情结、对生命本体的观照等问题。

（二）《三曹与中国诗史》

本书从宏观角度探析了三曹与中国诗史之深层关系；继而采用散点透视法分别就三曹与中国诗史之若干具体问题进行分析和论证；最后较为细致地阐述了前文涉及的三个诗歌史与思想史问题。

（三）《汉魏文学与政治》

本书探察、描述了汉魏时代文学与政治之关系的若干问题及嬗变历程。作者提出，在文学研究中应该正视阶级的存在，认为汉魏士大夫文学中的政治情感有一条从国家到天下的转变轨迹，并且对孔子"思无邪"与汉儒"温柔敦厚"之异同、汉武帝与儒家诗教之联系、阮籍与司马氏之关系等问题提出了独特的看法。

（四）《两晋士族文学研究》

本书以两晋士族文学为中心，论述了中古士族文学的形成与嬗变轨迹，对两晋士族文学中的重要诗人与作品展开了深度解析。概论篇描述了两晋士族文学的研究现状、特征与发展历程等。分论篇主要对两晋士族文学中的若干具体问题展开析论。附论篇涉及陈寅恪士族理论述评、黄节与汉魏六朝诗歌笺注、日本六朝诗歌研究一瞥等题目。作者能够在爬梳大量史料以及古今研究成果的基础上展开其理论研究，视野开阔，论述严谨，富有一定的创新意识。

（五）《南北朝贵族文学研究》

本书是国内第一部以"南北朝贵族文学"为研究对象的著述。该书研究围绕着当时呈现出多种形式的贵族文学创作展开，剖析了贵族文学产生的社会和文化原因、贵族文学特点及其文学整体发展潮流的关系等问题。重点研究了颜延之、谢灵运、谢庄、沈约、萧衍、陈叔宝、杨广、杨素、薛道衡等贵族诗人。从现存的史传、文集、类书等古籍文献以及相关的实证研究中搜集整理出中古哲学的史料记载、文学作品记述和其他记录，对南北朝文学家十九人的生平事迹做了全面细致的考证。

四、学人之思

　　回想起来，我在清华大学的讲台上已经站了22个年头，从风华正茂走到了年近花甲，先后承担过近十门课程。孟子曰"君子有三乐"，其中一乐是"得天下英才而教育之"。教育是一项崇高的事业，把自己所学到的知识传递给年轻一代，用自己的火把点燃别人的火把，让智慧的火光照亮世界。清华大学是世界级名校，清华学子属于全国最优秀的青年群体，自己能够厕身于清华教授之列，在庆幸的同时也深感责任重大，每次备课和上课中都如履薄冰，始终对教学怀有一种敬畏感。

　　我的专业是中国古典文学，沉浸于其中能够得到一种美的享受。古典诗词的意象和意境，古代小说戏曲中的人物和情节，无不让人流连忘返，不忍释卷。以诗歌为例，钟嵘《诗品序》曰："动天地，感鬼神，莫近于诗。"司空图把诗歌分为"雄浑、冲淡、纤秾、沉着、高古、典雅、洗练、劲健、绮丽"等二十四品。古典诗歌不仅具有外在的形式美，其内容也丰富多彩，它是中国古典艺术中的无上圣品。我常对学生说，普通人只有一个当下的世界，而我们研读文史的学人则拥有两个世界，在当代世界之外，我们还拥有一个古代世界。在那个世界里，我们可以结识很多人，接触很多事，由于没有利害关系，便可以从容地旁观古人之举止，对他们的行为进行剖析点评。只要静心坐在一隅，摊开那些泛黄的书籍，那些白衣飘飘的古代文士就会向我们走来。听他们诉说，看他们表演，陪他们歌哭，可以净化我们的灵魂，澡雪我们的精神。教学生涯不仅使我有机会沉浸流连在那个世界中，而且还可以带着学生一同去神游那个世界。

　　虽然学科有文科、理科、工科的区别，课程有不同的名目，但我们立德树人的培养目标是一致的。清华大学人才培养的目标是：肩负使命、追求卓越。包括古典文学在内的中国传统文化是一个整体，在教学和研究中，我也尽量打通文史哲，努力传播弘扬优秀传统文化，为培养肩负使命的青年学子贡献自己的一分力量。在商品经济时代，很多人选择专业都会纠结于有用无用，通常文史哲专业都被划归无用之列。张载说："为天地立心，为生民立命，为往圣继绝学，为万世开太平。"今天我们学习和继承中国传统文化，属于"为往圣继绝学"的范畴。中国有五千年灿烂的文明，西方学者和日韩学者中都有人在研究汉学、中国学、敦煌学等，那么，作为炎黄子孙，我们没有理由放弃祖先的文化遗产。文史哲学人不仅在传播古代文化知识，同时也是在传递中华民族优秀传统文化的火炬。哲学中的先秦诸子、两汉经学、宋明理学、儒道互补、三教合一；历史中的《二十四史》《资治通鉴》；文学中的《诗经》《楚辞》，汉赋、唐诗、宋词、元曲，明清小说戏曲；古代典籍中的《四库全书》《道藏》《大藏经》等等，其中蕴藏着中华文化的大智慧和真精神，这是我们民族得天独厚的遗产，其中有取之不尽用之不竭的宝藏。弘扬古代优秀传统文化精神，也是我们教书育人工作的一个重要环节。

教学是一门艺术，优秀的教师应该是一位优秀的表演艺术家。但教师并不能满足于做一个表演艺术家，特别是大学教师。大学教师要把教学和学术研究结合起来，要在学术上不断求索。我多年来承担一定的院系服务工作，对学术研究冲击较大，但还是坚持利用周末和两个假期读书写作。教学相长，我从同学的发言和提问中也得到了许多启发，促使我思考了一些学术问题。来到清华之后，我先后完成了《汉魏文学与政治》《两晋士族文学研究》《南北朝贵族文学研究》《新斋小语》《老庄读本》等数种学术著述。虽然天资愚钝，水平浅陋，但自己一直在不断努力中。

"人生天地间，忽如远行客"，我所从事的教学和科研工作带给我生命中最大的快乐。古代的文人学士到了桑榆暮景之时，易于产生"老冉冉其将至兮，恐修名之不立"的担忧。而我则更欣赏王安石在《游褒禅山记》中所说的这句话："尽吾志也而不能至者，可以无悔矣，其孰能讥之乎？"我把它奉为自己的座右铭。

——摘自作者《新斋小语·后记》

（编辑：姚苏杰）

首都师范大学中国诗歌研究中心 2018 年工作总结

◇赵敏俐

紧张而又充实的 2018 年已经过去，我们又迎来了充满希望的 2019 年。2018 年是贯彻落实党的十九大精神的开局之年，是我国改革开放 40 周年，也是我校落实"十三五"规划、深化综合改革、全面推进"双一流"建设的关键之年。2018 年，中国诗歌研究中心（以下简称诗歌中心）作为教育部人文社会科学重点研究基地，深入贯彻"十九大"会议精神，不忘初心，牢记使命，取得了不俗的成绩，同时也面临着新的目标和挑战。在此，我谨代表诗歌中心，就 2018 年的工作情况总结汇报如下：

一、科研成果

保证产出高质量的科研成果是诗歌中心最为重要的工作之一，也是衡量一所重点基地科研水平的重要指标。诗歌中心自 1999 年成立以来，一直保持着可观的年度成果产出。下面分"著作出版""论文发表""科研项目"等三个方面对诗歌中心本年度科研成果情况做简要介绍。

（一）著作出版

2018 年，诗歌中心的专兼职研究员们出版了多部学术著作，下面选取几部著作予以简要介绍。

1. 《楚辞文献丛考》

黄灵庚教授的著作《楚辞文献丛考》（三卷）（以下简称《丛考》），由国家图书馆出版社于 2017 年 12 月出版。

《丛考》是在 2014 年出版的《楚辞文献丛刊》（80 卷）基础上，对所收著作所做的全面系统评述，全书约 180 万字。《楚辞文献丛刊》

是一部辑录齐全、版本精良的大型《楚辞》文献丛书，是研究《楚辞》和中国文学的必备工具书。而《丛考》既是从文献学角度对每部入选著作所做的介绍，也包含了对这些著作的相关考证评判，是作者多年的研究心得。

《丛考》以注家承传、版本因袭为次序，将历代《楚辞》著作从文献传承的角度分为"《章句》系列""《补注》系列""《文选》系列""白文系列""《集注》系列""宋元系列""明清以后系列"七大系列，在每一系列之前，各有一篇综论，对该系列文献的传承关系做总体论述。就其中的每一部著作原文及注释进行全面比勘、分析，且深入到了各个注本、版本的具体内容，列举大量事例，加以归述，考镜源流。《丛考》的撰述绝非仅仅限于一般的文字比对校勘，而是在对相关历史文献的熟练把握和深厚的古代文学与文化基础之上所做的学术辨析，是具有深度的学术研究。因此，它不仅是一部内容丰富的文献目录学著作，更是一部包含着作者多年心血的学术著作。①

2. 《菅茶山·赖山阳汉诗研究》

李均洋教授、赵敏俐教授和佐藤利行教授主编的《菅茶山·赖山阳汉诗研究》，由商务印书馆于2018年2月出版。

日本汉诗是日本人运用中国古诗形式所创作的诗歌，是日本传统文化的重要组成部分，也是中日两国文化交流的产物，更是世界文化史上的艺术瑰宝。本书分13章系统研究了日本江户时代后期最著名日本汉诗人菅茶山（1748—1827）和赖山阳（1870—1832）的汉诗创作。前10章是菅茶山汉诗研究。最后三章则是对菅茶山的后辈和学生赖山阳的汉诗研究。

江户时代是日本明治维新之前受中国文化思想影响较大的时期，也是日本汉文学的全盛时期。本书广泛联系日本江户时代的社会历史文化背景，从其与中国文化的交流，特别是日本学界对中国文化思想——儒家思想、朱子学、明代文学、文人画、道家思想，尤其是包括魏晋、唐、宋、明等各个时代的汉诗的积极学习，探讨日本汉诗诗人诗歌创作的特点，指出菅茶山、赖山阳在深受中国诗歌内容和形式影响的同时，将日本传统诗歌如和歌、俳谐等引入汉诗创作，在诗语、

---

① 摘自赵敏俐教授文章《辨章学术 考镜源流——从〈楚辞文献丛考〉说开去》，原载于《中国社会科学报》2018年12月21日。

意象、意境、艺术表现手法等方面具有创造性，形成了独特的风格。

本书还结合现当代最重要的菅茶山诗歌选注本的选诗，进行细致的版本比较分析研究，既对各种版本中一些注解上的问题进行细致辨析校正，又在一定范围内探求其背后隐藏的文化思想观念上的差异。特别是结合清末大学者俞樾在其编纂的《东瀛诗选》中对日本汉诗的选编、评价，对中日学者在汉诗这一文化形态上的早期交流进行了极有意义的分析论述。本书是一部严肃的诗歌学术研究专著，也带有诗歌鉴赏的性质，同时给人以知识的启迪和审美的陶冶。

3. 《汉代文学与文化研究》（全二册）

赵敏俐教授主编的《汉代文学与文化研究》，由商务印书馆于2018年12月出版。

汉代是中国历史上一个辉煌的时代，也是中华文化转型的重要时代。汉代的诗、文、赋在中国文学史上也以其独特的成就影响后世。为此，诗歌中心、首都师范大学文学院、《文学遗产》编辑部联合发起，于2012年8月15–18日主办了全国首届"汉代文学与文化国际学术研讨会"，来自台湾、香港和大陆（内地）各大学的70多位从事汉代文学与文化研究的学者参加了此次大会。本次会议共收到60余篇论文，涉及了汉代文学与文化研究的多个方面，关系到文学、音乐、政治、思想、宗教等各个领域，创获丰厚。提交这次会议的论文，此后大都在全国各地学术刊物上发表，产生了良好的学术反响，对新世纪的汉代文学研究起到了重要的推动作用。

汉代是中华文化的盛世，由秦代开始、至汉代而正式稳固下来的大一统专制帝国，奠定了自汉到清两千年的政治制度，由汉代而确立起来的新的文学与文化格局，同样影响了此后的两千余年。它是中国上古文学的结束，中国中古文学的开端。因而，从中华民族大的时代变革角度来研究汉代文学，在当前尤有重要意义，这也正是近年来汉代文学研究越来越受到学界关注的原因。我们期望以本次会议为起点，团结更多的学界同人，共同推进汉代文学研究的深入开展，为当下的中华民族文化建设提供更多的历史资鉴。

4. 《和刻〈颜氏家训〉》

由周延良教授、李均洋教授、赵敏俐教授等主编的《和刻〈颜氏家训〉》，由中国古文献出版社（香港）于2018年12月出版。

《颜氏家训》是中华民族历史上第一部内容丰富、体系宏大的家训,是中国古代家庭教育理论宝库中的一份珍贵遗产,也是中国文化史上的一部重要典籍。历代学者对该书推崇备至,认为"古今家训,以此为祖",视之为垂训子孙以及家庭教育的典范,被后世广为征引,反复刊刻,虽历经千余年而不佚。

《颜氏家训》有多种版本流传至今。日本广岛大学中央图书馆藏宽文二年(1662年)和刻本《颜氏家训》底本为明成化罗春本,是日本江户时代和刻本《颜氏家训》罗春本的早期印本,对我们研究古文献学,研究南北朝历史、文化有着特殊的学术价值,同时在家庭伦理、道德修养方面也有重要的借鉴作用。

5.《转世的桃花——陈超评传》

诗歌中心兼职研究员霍俊明撰写的《转世的桃花——陈超评传》,由河北教育出版社于2018年9月出版。

陈超(1958—2014),中国当代著名诗歌批评家。生前为河北师范大学文学院教授、河北省作家协会副主席、首都师范大学中国诗歌研究中心学术委员。著有《生命诗学论稿》《打开诗的漂流瓶——现代诗研究论集》等,出版诗集《热爱,是的》《陈超短诗选》等,曾获"庄重文文学奖""《作家》年度诗歌奖""鲁迅文学奖"等奖项。

全书48万字,以大量翔实的一手资料追忆和评论了陈超及其所处的那个诗歌鼎盛时代。书中所涉国内一线诗人北岛、舒婷、西川、欧阳江河、翟永明等近百位,感情充沛,语言生动,理论性强,既是对陈超一生的总结,又是对中国诗歌的反思和指引。铁凝、西川、欧阳江河等14位国内当代重量级作家、诗人联袂推荐,表达对陈超的推崇、赞美以及惋惜之情。陈超家属授权的书信日记等难得一见的珍贵文字及图片,使本书在文学之外又具有珍贵的收藏价值。

(二)论文发表

2018年,诗歌中心专兼职研究员以及研究生,在各级学术期刊上以"中国诗歌研究中心"的名义共发表论文45篇。其中权威论文6篇,分布于《中国社会科学》《中国现代文学研究丛刊》《文艺研究》《光明日报》《人民日报》等。下面就权威论文发表情况做简要介绍。

1. 赵敏俐:《中国早期书写的三种形态》,发表于《中国社会科学》2018年第2期

摘要:书写是几千年中华文明得以传承不断的重要方式,甲骨文、

金文和典册文是中国早期文献的三种主要书写形态。它们运用不同的书写工具，有不同的书写方式，承担着不同的文化功能，也有各自不同的发展历史，在中华文化史上各自具有独特价值。甲骨文和金文以实物传承的方式，向后人展示了中华民族早期书写技术和制度文化建设所能达到的高度，但它们都属于具有神圣色彩的特殊书写，在中华精神文明传承过程中影响有限。要充分认识三种书写形态特点，特别是认识中国早期典册文献所承载的历史事实与文化精神双重记忆的功能，将其进行分层研究，与甲骨文、金文书写互补，与当代丰富的考古学成果相互发明相互印证，进而从中华文明的物质考古深入到精神考古，开创早期文明史研究的新局面。

2. 吴思敬：《在传统与现代间行进的诗学（1949—1976）》，发表于《中国现代文学研究丛刊》2018 年第 7 期

摘要：《在延安文艺座谈会上的讲话》和毛泽东的新诗主张，总体上确立了 1949—1976 年间新诗创作与新诗理论的大致走向：即要为无产阶级政治服务、为工农兵大众服务，诗人和文艺工作者要加强思想改造，要深入工农兵的生活，与人民群众密切结合。反映在创作上就是应该坚持革命现实主义和革命浪漫主义相结合，走民族化、大众化的道路，新诗要在民歌与古典诗歌的基础上发展。1950—1976 年中国大陆的新诗理论研究，尽管在诸如现代格律诗建设，以及抒情诗、叙事诗理论等方面的研究有相当的成果，但受那个时代政治环境与主流意识形态影响，更多的时候是呈现出单一化、政治化的美学特征。诗人和诗歌理论家身处巨大的政治旋涡中而难以自拔，很多重要的诗学问题被搁置。但是如果我们把眼光投射到大陆以外的台湾诗坛的话，却能发现一片与大陆诗学界全然不同的景观，就整个大中华诗坛而言，这又恰恰构成与大陆新诗理论的互补。

3. 李怡：《多种书写语言的交融与冲突——再审中国新诗的诞生》，发表于《文艺研究》2018 年第 9 期

摘要：无论是文学史对"五四"文学革命的激赏式描绘，还是当下学界对"五四"的一些质疑，都倾向于将新诗视为晚清以来一系列不完善的尝试的结果。事实上，新诗的创立并非一日之功，在不同阶段都留下丰富的探索成果，成为"五四"以后现代新诗写作的资源。新诗的探索者不限于胡适这样的新式知识分子，而是始终存在着不同群体、不同个人的努力，他们分享着变革的愿望与氛围，这种总体

"势能"让诗歌史的变革真正成为可能。总之,中国新诗是整合多种书写语言资源的结果,正是它们的交融、冲突最终"磨合"成今天的新诗形态。

(三)科研项目

2018年,诗歌中心共完成项目3项,在研项目17项,无新立项目。

1. 由赵敏俐教授任首席专家的2010年度国家社会科学基金重大项目"中华吟诵的抢救、整理与研究"(负责抢救、整理)已经结项。该项目历时7年,共采录和整理了1023位老先生的吟诵音视频,足迹踏遍除西藏以外的全国各地,同时搜集了大量的文献资料。这是本中心近年来完成的一项重要的标志性成果。

2. 由中心兼职研究员、首都师范大学文学院马自力教授主持的教育部人文社科重点研究基地重大项目"宋代文体与诗学研究及资料萃编"(项目编号:13JJD750017)已经申请结项,正在审核中。

3. 李均洋教授主持的《中国诗歌史通论》(日本语版)的外译工作圆满完成,已经交付(日本)白帝社,将于2019年出版。

到现在为止,诗歌中心在研教育部基地重大项目共6项,国家社科基金重大项目2项,国家语委重大项目1项、一般项目1项,国家社科一般项目3项,教育部后期资助项目1项,北京市社科重大项目1项、重点项目1项,北京市教委项目1项,各类项目共计17项。目前,这些项目的研究都在稳步进行中。

二、奖励荣誉

2018年,诗歌中心的专兼职研究员荣获了一系列荣誉奖项,取得了很好的社会声誉和学术影响。比较重要的奖项有:

1. 赵敏俐教授、吴思敬教授主编的《中国诗歌通史》(十一卷)入选"伟大的变革——庆祝改革开放四十周年大型展览"。

2. 诗歌中心兼职教授佐藤利行先生荣获2018年中国政府友谊奖。

3. 吴思敬教授主编的《20世纪中国新诗理论史》(全二册)荣获第十五届北京哲学社会科学优秀成果奖一等奖。

4. 孙晓娅教授荣获"玉润四会"首届女性诗歌评论奖。

5. 吴相洲教授撰写的《乐府学概论》荣获第三届全球华人国学成果奖（通史通论类）。

6. 吴思敬教授荣获"第二届昌耀诗歌奖·特别荣誉奖"。

7. 霍俊明研究员撰写的《转世的桃花——陈超评传》荣获第十三届河北省文艺振兴奖（文艺评论类）。

8. 吴思敬教授荣获"百年新诗人物"荣誉称号。

三、学术交流

2018年，诗歌中心共举办12次学术会议，3次学术讲座，专兼职研究员参加国内外各类学术会议数十次，与北京大学、北京师范大学、日本城西国际大学、香港岭南大学、美国伊利诺伊大学香槟校区、廊坊师范学院以及中国诗歌学会、中国当代文学研究会、白洋淀文化研究中心等中外高校和学术机构开展了广泛的合作交流。

（一）学术会议

诗歌中心本年度举办的学术会议，包括"首都师范大学驻校诗人张二棍对话会""张中海乡土诗歌创作研讨会""教育部基地重大项目'百年新诗学案'大纲研讨会""教育部基地重大项目'中国现代散佚诗集的搜集、整理与研究'大纲研讨会""林莽诗歌创作研讨会""首都师范大学驻校诗人张二棍诗歌创作研讨会""灵魂的自由与女性的星空——中日女诗人交流活动""2018年首都师范大学驻校诗人入校仪式""新诗百年纪念大会学术论坛""中国早期书写国际学术研讨会"等10余次。

（二）学术讲座

诗歌中心本年度共举办学术讲座3次，下面做简要介绍。

1. 2018年6月15日下午，四川大学文学与新闻学院刘福春教授应邀来到首都师范大学，为师生们带来了一场题为《新诗之初——最早的新诗、诗集及其他》的精彩讲座，本次讲座孙晓娅教授主持。首都师范大学部分研究生聆听了此次讲座。

2. 2018年9月17日下午，本届驻校诗人灯灯来到首都师范大学，为师生们带来了一场题为《一首诗的后面》的精彩讲座。本次讲座由吴思敬教授主持。首师大部分本科生、研究生以及校内外诗歌爱好者聆听了本次讲座。

3. 2018年11月19日下午，中国现代文学馆研究员傅光明先生受邀来到首都师范大学，为同学们做了题为《莎剧中的诗与戏》精彩讲座。本次讲座孙晓娅教授主持。首都师范大学部分研究生聆听了此次讲座。

四、国际合作

诗歌中心一贯重视国际间的交流与合作。中心成立近20年来，与日本、韩国、美国、法国、荷兰、南非等国家和港澳台地区开展了广泛的学术交流与合作。2018年，诗歌中心主要开展的国际合作事务如下：

1. 首都师范大学与日本城西国际大学共同签署《合作协议书》；
2. 首都师范大学中国诗歌研究中心、文学院与香港岭南大学中文系、美国伊利诺伊大学香槟校区中国诗歌文化论坛共同签署《合作备忘录》；
3. 首都师范大学外国语学院、中国诗歌研究中心与日本广岛大学研究生院文学研究科学术及教学交流协议（2002年签署）；
4. 国际大雅风文学奖委员会聘请吴思敬教授担任"2019海外华人诗歌春晚"组委会名誉主席，聘请孙晓娅教授为组委会顾问；
5. 诗歌中心与国外学术机构合作主办国际刊物《环球华报》"新诗潮"专栏和《中国古典文学研究》（期刊）。

五、信息资料

（一）图书资料

中心建立了独立于校图书馆的专门图书资料室。文献收藏以中国诗歌方面的专业书籍为主，兼顾历史、哲学、社会、宗教等其他相关人文学科。为满足诗歌中心教学科研工作需要，大力配合中心"十三五规划"推进工作，我中心特向学校申请建设新的图书资料室。从2017年7月份开始，诗歌中心全体人员克服种种困难，经过半年多的不懈努力，完成了从图书搬迁、设备安装、人员安排等各项准备工作。

2018年3月，"中国诗歌研究中心资料室"正式对外开放。

诗歌中心新资料室位于首都师范大学北一区图书馆7层（708—2），面积300平方米，拥有20个阅览座位。资料室已上架图书15000册，以文史类图书为主，以及部分外文诗歌类典藏，另有数十种期刊，可为读者提供图书借阅、期刊阅览、资源查询及自习为一体的服务。在新资料室投入使用的同时，原综合楼4层的诗歌中心资料室继续对外开放。

2018年1月，吴思敬教授为诗歌中心资料室捐赠图书8000册，郑萼书记亲自为吴思敬教授颁发了捐赠证书，以感谢他对诗歌中心资料室建设做出的贡献。

目前诗歌中心共有图书馆资料室和综合楼资料室两个图书室，总计藏书40000册，报刊连续出版物100余种。资料室配备了专职的管理员和学生助管，运行良好，深受广大师生的好评。

（二）刊物出版

诗歌中心现有的三个刊物，出版基本正常。2018年，《中国诗歌研究》出版了第16、17辑，《诗探索》在2018年出版了4辑8册，《中国诗歌研究动态》即将出版21、22辑。其中《中国诗歌研究》是2017—2018年CSSCI来源集刊。在2018年，上述刊物的稿源均有所增加，这说明它们在学术界的影响也在增强。

自2016年4月开始，加拿大华文报刊《环球华报》新开《新诗潮》专栏，由加拿大中华诗词学会和首都师范大学中国诗歌研究中心联合主办，每期以选编海内外优秀华人诗人的原创诗作为主，新、旧体诗不限，是一个具有原创性、纯粹性、超现实性和崇尚审美品位、追求世界性诗学精神的华语诗歌创作平台。《新诗潮》专栏主编为著名古代文学研究专家沈家庄教授，副主编为诗歌中心副主任孙晓娅教授。加方负责组稿和报刊出版，诗歌中心负责微信推送。"新诗潮"专栏自开办以来，社会反响良好，在海内外诗歌界影响很大。目前"新诗潮"已出版至57期。

此外，赵敏俐教授与佐藤利行教授合编的《中国古典文学研究》第15号（ISSN 1349—3639），近期将由日本白帝社出版。该刊物于2003年创刊，由日本广岛大学中国古典文学研究中心主办。2015年7月起，开始与首都师范大学中国诗歌研究中心合办，每年出版一期，今年出版至第 15 期。

（三）媒体建设

中国诗歌网在 2017 年进行了改造。根据上级加强网站管理的要求，诗歌中心原有的具有独立域名的网站注销，变成隶属于学校网站的二级域名网站（poetry.cnu.edu.cn）。在学校数字校园建设中心的支持下，我们对网站的页面做了重新设计，栏目做了调整，以发布社科信息和诗歌中心学术信息、学术动态为主，兼有一定的资料库功能。由中国诗歌研究中心与北京国学时代文化传播公司合办的国学网的影响也在持续扩大。诗歌中心微信公众号于 2015 年 5 月开通以后，以发布中心学术信息为主，目前已经推送二百多期，社会反响良好。

六、教育传播

诗歌中心在成立之初，就把"诗歌教育与传播研究"作为一个重要的研究发展方向，探讨如何充分利用中国诗歌这一丰富的传统文化资源，如何使优秀的中国诗歌在大众的审美教育和人文素质教育方面发挥作用。近几年我们做出了有益的探索，目前常年坚持开展的主要工作如下：

1. 中华吟诵教育与传播系列活动

2018 年，中华吟诵教育研究中心做了多方面的工作。

（1）2018 年初国务院原副总理马凯批示请教育部继续支持我们的工作。教育部教材局今年支持我们研发语文吟诵配套教学资源。11 月 13 日，教育部下发通知，根据《教育部关于开展中华优秀传统文化传承基地建设的通知》（教体艺函〔2018〕5 号），经高校自主申报、省级教育行政部门推荐、专家遴选，认定首都师范大学"中华古诗文吟诵与创作"等 55 个基地为第一批中华优秀传统文化传承基地。

（2）完成并结项了国家社科基金重大项目"中华吟诵的抢救、整理与研究"，共采录和整理了 1023 位老先生的吟诵资料，并建设了中华吟诵资料库，对中华吟诵的情况和学理进行了初步研究。

（3）诗歌中心专职研究员徐健顺主编的《普通话吟诵教程》，由广西师范大学出版社出版，是全国第一本普通话吟诵的教材。徐健顺研究员编写了《中华吟诵古代现代资料汇编》《吟诵概论》等著作，即将出版。此外，中小学吟诵教程的初稿也已经组织编写完成，《中华经典诵读》即将由开明出版社出版，将在全国多个省市发行，成为很多学校的诵读读本。

（4）11月29日—12月1日，慈风孝行·2018中华吟诵大会在浙江省宁波市举行。作为第十届中华慈孝节的重要主体活动，吟诵大会邀请了韩国、日本，以及中国香港、中国台湾等国家和地区的吟诵名家和文化名人，以中华传统古风传颂古老经典，上演一场融宣传、交流、研讨为一体的大型吟诵盛会。徐健顺研究员应邀出席了此次大会，并对大会有关吟诵的工作进行了专业指导。

（5）2018年，吟诵学会继续开展相关培训工作，包括吟诵培训和国学教育培训，一周以上的培训班共有2000人左右的学员，比2017年有所增加。培训的内容也有所改变。在吟诵培训上，主要增加了语文吟诵的内容，对于统编语文教材的吟诵教学进行了系统的梳理和培训。在国学教育方面，主要增加了对中华文化精神的梳理和培训。培训面向全国，邀请了全国一流的专家和名师进行授课，取得了良好的效果，赢得了广泛的社会赞誉。

2. 驻校诗人制度

2018年9月12日，"2018年首都师范大学驻校诗人入校仪式"举行。围绕着驻校诗人，诗歌中心每年固定要召开两次学术研讨会，一次是新的驻校诗人的入校仪式与学术研讨，一次是驻校诗人离校前的创作研讨。7月4日，"首都师范大学驻校诗人张二棍诗歌创作研讨会"顺利举行。首都师大每年入选的驻校诗人都是青年诗人的优秀代表。青年诗人灯灯是第15位驻校诗人，这也意味着我们的这项工作已经坚持了15年。在中国知网以"驻校诗人"为主题词，以近十年为时间段进行搜索，可以搜索出100多篇围绕"驻校诗人"进行研究的论文，从一个侧面反映出了以首师大诗歌中心为主导而发起的"驻校诗人"制度，已经在社会上产生了重要而深远的影响。目前，"驻校诗人"已经成为诗歌中心打造出的学术品牌之一，受到越来越多的社会关注。

3. 诗探索·中国新诗会所

中国诗歌研究中心作为一个开放的学术研究机构，得到了来自社会各界的支持。直接挂靠在中国诗歌研究中心《诗探索》名下的"诗探索·中国新诗会所"，2018年的工作取得了丰硕的成果。

2018年，《诗探索》自创办以来已经走过了39个春秋。沿着一贯的工作方针，2018年会所依旧坚持高品位、小众化和探索性，为优秀的新诗创作者和研究者提供展示的平台。我们继续以真诚的态度，冷静地思考，切实地行动，为中国新诗的发展做出不懈努力。2018年也是《诗探索》编辑部和中国最大的图书馆馆配商——北京人天书店集团战略合作的第三个年头，我们在刊物编辑和发行量、几个诗歌奖项评选、诗歌图书编辑、诗歌活动开展、微信公众号运营等方面，均呈现出良好的风貌。

4. 中国诗歌研究中心朗诵艺术团

中国诗歌中心诗歌朗诵艺术团，在汪葆明团长的带领下，遵循着"弘扬传统文化，普及诗歌艺术"的宗旨，团员张锦德、胡乐民、姬国盛、于晓鹏、刘荟等人在2018年度继续活跃在全国各地，先后参加了40余次各种文化活动。如汪葆明、姬国盛、胡乐民等参加了2月4日在北京梅兰芳大剧院举办的"2018年中国诗歌春晚"，姬国盛2月12日参加宋庄诗歌朗诵会、3月10日参加798艺术区大型朗诵会、4月13日参加湖南卫视荣耀盛典朗诵会、4月24日参加江苏兴化森林公园大型朗诵会；胡乐民于2018年1月出版《洛夫诗歌演诵集》、4月7日参加在保利剧院举办的《纪念碑》交响朗诵会、8月1日参加八一建军节朗诵会、9月21日参加在北京大学百年讲堂主办的"百年辉煌——纪念新诗百年诗歌朗诵会"等。他们还通过网络平台、微信等现代传播手段，推广诗歌朗诵。比如汪葆明团长创作恋爱季节组诗四首《昨日重现》《想念你的吻》《爱如寒冰》《誓言无声》，并在网络平台进行推送，点击率2万多。朗诵艺术团的部分团员还与北京市各区县以及地方政府部门合作，举办诗歌朗诵讲座和朗诵培训班，在社会上产生了良好的反响。如团员于晓鹏在北京语言文字工作协会有声语言艺术专业委员会主办的三期《古诗文朗诵》师资培训班上担任主讲教师，2018年2月应邀赴马来西亚大学举办《中国汉语言声音之美》交流讲座、3月应邀赴美国大使馆进行文化交流，讲解并朗诵《春江花月夜》。团员刘荟作为北京语言协会理事和长期特聘朗诵高级教师，在全年不定期为北京市大、中、小学教师进行艺术语言培训指导。如2018年3月至10月，刘荟在北京市海淀区为在京部分高校的教师举办艺术语言培训课，一期12堂课，每周一次，每次两课时，使他们的朗诵水平获得极大提高；10月至12月，刘荟又为海淀区西三旗基层干部举办艺术语言修养培训课程。

七、人才培养、科研团队及日常管理

诗歌中心目前共有在校博硕士研究生 22 人①，博士后研究人员 1 人②。诗歌中心研究生的培养质量一直很高，曾经三次获得过全国优秀博士论文提名奖。

诗歌中心科研团队由专职研究员和兼职研究员两部分组成。目前，中心专职研究员 14 人，兼职研究员 17 人。除首都师范大学校内教师外，还聘请了中国社会科学院、北京大学、北京师范大学、四川大学、浙江大学、东南大学等高校的诗歌研究专家。其中教授（研究员）23 人，副教授 4 人，讲师 3 人。

诗歌中心的日常管理工作由中心办公室负责，有两名在编工作人员，负责日常行政事务、财务开支报销、学术活动组织、科研档案管理和消防安全防护等工作。日常行政工作负责领导为中心副主任孙晓娅教授。

（作者单位：首都师范大学中国诗歌研究中心）

（编辑：姚苏杰）

《中国诗歌研究动态（古诗卷）第二十二辑》勘误说明

1. 本刊第二十二辑扉页"本期编辑"栏遗漏了参与编辑的王梦，特此补正。

2. 本刊第二十二辑"书评"栏《材料功夫与乐府诗批评的理论构建——王辉斌与中国乐府批评史研究》（作者卢燕新）一文系转载自《乐府学》第十八辑（2018 年 12 月），特此补正。

---

① 以"诗歌中心"名义招收的研究生分配情况如下：赵敏俐教授 8 人，孙晓娅教授 6 人，王光明教授 1 人，李均洋教授 2 人，尹小林副教授 3 人，徐健顺副教授 2 人。

② 博士后研究人员 1 人，合作导师为赵敏俐教授。